吻痕

全二册

上　曲小蛐　著

"我的世界里，
没人是你。"

时代出版传媒股份有限公司
安徽文艺出版社

图书在版编目（CIP）数据

咬痕：全二册/曲小蛐著. 一合肥：安徽文艺出版社，2022.1
ISBN 978-7-5396-7352-3

Ⅰ. ①咬… Ⅱ. ①曲… Ⅲ. ①长篇小说—中国—当代
Ⅳ. ①I247.5

中国版本图书馆CIP数据核字(2021)第244153号

出版人：姚 巍
责任编辑：段 婧 张妍妍 装帧设计：梁 霞 啁 啁 张诚鑫

出版发行：时代出版传媒股份有限公司 www.press-mart.com
安徽文艺出版社 www.awpub.com
地 址：合肥市翡翠路1118号 邮政编码：230071
营销部：(0551)63533889
印 制：北京盛通印刷股份有限公司 (010)67887676

开本：880×1230 1/32 印张：19.5 字数：700千字
版次：2022年1月第1版
印次：2022年1月第1次印刷
定价：69.80元(全二册)

(如发现印装质量问题，影响阅读，请与出版社联系调换)

目录

C O N T E N T S

目录

CONTENTS

第 1 章

—Y A O H E N—

少年和洋娃娃

2004年，夏。

“书书，下面阿姨会问你一些问题，你只需要回答是或者不是，可以吗？”

“……”

“今天的天空是蓝色的吗？”

“是。”

“这让你感到心情愉悦吗？”

“是。”

“从你上次来这里到现在，其间发生过让你开心的事情吗？”

“是。”

“在这些事情里，你是否通过语言或表情表达出你的情绪了呢？”

“不是。”

“这段时间，你是否……”

……

“好了，我们这次的小作业顺利完成，谢谢书书的配合。”穿着白大褂的女人合拢本子，站起身，她笑着弯下腰，摸摸女孩儿的头顶，“书书在这里稍等，阿姨再和你妈妈聊些事情，好吗？”

“……”

宋书安静地抬眸，看着女人走出治疗室。

因为有风，门没有完全合上，细微的交谈声从门缝里传过来。

“白姐，你不要担心，从这阶段测试的结果来看，你女儿并没有明显的心理问题。”

“但她还是和同龄人格格不入。”

“性格上的内向、外向与心理问题并不等同，也没有好坏之分，我们应该尊重孩子的性格差异……”

门外的声音时轻时重。

宋书收回目光，望向窗户。

天气晴朗，茉莉花素雅、馥郁。

窗外蝉鸣，室内安静。

宋书晃了晃悬空的小腿，感觉风从脚下淌过去。

其实比起自己，宋书觉得妈妈更需要这样的测试和谈话，因为她总有繁忙的工作，而且……

宋书在心里回忆，还是没数清自己刚刚在测试时说过多少次谎。

和以前一样。

她不太喜欢这样的测试，轻易就能猜到医生阿姨和妈妈想要听到的答案，做下来也是浪费时间。

不过，如果这样就能让妈妈安心工作，那也没什么不好。

反正时间一直很漫长。

换一件事也同样无聊。

“什么？您要出国？”

“……”

在空中以很小的幅度晃着的小腿慢慢停下，女孩儿慢吞吞地转回头，精致的脸蛋上没有什么情绪。

她看向那条门缝。

“公司海外市场拓展，秦老先生这些年一直很器重我，我没办法拒绝他的良苦用心。”

“那书书怎么办？”

“秦家会照顾她。”

“白姐，秦老爷子器重你，但他女儿不一样。秦扶君怎么可能容得下自己丈夫和前妻的女儿生活在眼皮子底下？”

“你放心，是去城区的宅子生活，只有秦老先生的孙子和照顾他的用人住在那里。”

“秦家的孙子？等等，你是说秦楼？”

“对。怎么了？”

“白姐，这个决定不合适。你对秦楼不了解，绝对不能让他和书书一起生活……”

一阵铃声响起。

很舒缓的前奏，是妈妈的手机，宋书对它很熟悉。

大约又是公司里的事情。对话被迫中止，白颂在电话里处理完紧急公务，几分钟后交谈才得以继续。

“小芊，公司那边有紧急会议，我要先带书书走了。”

“让书书去秦家这件事你真的决定了？”

“书书也不是合群的性格，我想她和秦楼可以好好相处。”

“不，白姐，秦楼和书书的情况完全不一样，他和所有正常的孩子都不一样，他很危险！”

“他只有11岁。”

“是……作为心理医生我这样说可能有些过分了，但秦楼对任何人都毫无信任或情感可言，具有攻击性……”

“够了小芊，这番话我不想听第二遍。秦老先生对我来说不仅是雇主，更是父亲那样的存在。我不相信他会把书书置于危险境地。”

“可是……”

“好了，我时间不多，剩下的事情我们在电话里说，好吗？书书，走了，妈妈送你回家。”

白颂进门，目光和表情在看见女孩儿的一瞬间柔和下来。

宋书滑下椅子，牵住白颂的手。

她走出去时回过头，看见那个笑起来很温柔的医生阿姨站在她们身后，脸上露出由衷的担忧和不安。

宋书无声地转回来，抱紧手里的画本。

秦楼……吗？

白颂在出国前夕，把宋书送去了秦家主家。去的那天，秦老先生的女儿秦扶君恰巧在家。

留在主家里年头长的用人或多或少都知道些秦扶君与白颂这些年明里暗里的不和，所以白颂一下车就有人提醒她。

白颂停在了秦家的大门外。

修葺得整齐美观的草坪旁，宋书站在砾石小路上。她今天穿了一件新裙子，裙摆蓬蓬的，底下是一层浅紫色的丝质衬底，外面还罩着一层白色半透明的薄纱。

送来这件定制裙的阿姨笑着摸她没表情的脸蛋，说这是今年最漂亮的小公主款。

嗯，也是她最讨厌的类型。

但是妈妈喜欢。

“书书，到秦家之后凡事都要有礼貌，知道吗？”

“嗯。”

“再过不久中学开学，在新学校要尊敬老师，和同学们处好关系啊。”

“嗯。”

“妈妈要走了，书书有没有什么想要对妈妈说的？”

“……”

宋书在白颂期待的目光下，沉默。

然后沉默。

再然后，她摇了摇头。

那张初露美人相的小脸上是不变的空白的平静。

白颂轻叹一声，把宋书交给秦家的用人。秦老先生已经安排好一切，她不需要再操心。

“那么，书书，跟妈妈说再见好吗？”

“再见。”

“嗯，书书再见。”

轿车远去，载走了白颂。

宋书安静地站在原地。除了那句再见以外，她一个字都没有多说。她只是很安静地看着车尾巴消失的地方。

那一刻宋书发现，自己原来还是会有情绪的，只是似乎比一般人要迟钝……很多很多。

到此时她才发现，这是第一件可惜的事情。

第二件可惜的事情是，她还没有仔细体会这种情绪上的起伏，心境就被突然从头顶冒出的声音打破了——

“所以，我今年的生日礼物就是这个大号的洋娃娃？”

这是宋书第一次听见这个声音。

应该是她听过的最好听的声音，干净、澄澈，让人想到奏响空谷、一眼见底的泉，还有穿过松林万壑的长着翅膀的风，但带着冰冷又陌生的嘲弄。

宋书循着那个声音，回头。

秦家宅子的层高比普通楼房要高许多，有四米左右。说话的男孩儿此时正坐在三楼的露台上，人面向外，腿在空中晃，修长的手里玩着个魔方，转得飞快，快要转出残影了。

他低着头垂着眼，玩得专心，忘乎所以……

随着最后咔嗒一声轻响，少年手里的魔方恢复原样。

他抬起右手把它举起来，朝着刺眼的太阳比量了下，然后扫了一眼手表上的时间。

“嘁，两分钟。”

魔方被少年冷笑着随手一抛，像扔垃圾一样。

它摔在水泥地上，砰的一声，裂开了。

少年在燥热的夏风里恣意地笑起来，坐在露台上，笑得前仰后合。树的影儿和叶子间的光交替落在他的身上。

宋书安静地站在原地，一动没动。

事实上，她正低头观察着前面不远处那个摔坏的魔方。

最后一次她终于数清楚了。

一面魔方有六层——少年玩的是个奇奇怪怪的六阶魔方。

他在两分钟内把它恢复原样，但并不满意，所以像扔垃圾一样扔掉。

宋书心想，少年应该是妈妈最喜欢的那种——天才。

“喂。”天才喊她。

宋书仰头。

“我讨厌洋娃娃。”他嘲弄地笑，睨着她的眼神冷冰冰的。

嗯，她也不喜欢。

“上次有人送我的洋娃娃被我撕碎了，塞进游泳池的下水口。”

少年咧开嘴角，朝宋书露出一个无声的笑，不掩恶意与嘲弄：“洋娃娃——你喜欢游泳池吗？”

宋书望着他。

沉默很久，她没表情地摇了摇头。

半天没有等到宋书的其他反应，预想中的全都没有，少年皱起眉。

他瞥了眼草坪前仍一动不动地站着的女孩儿，冰冷地嘲弄：“我在的时候不准上三楼！不然有你好看的！洋、娃、娃！”

宋书思索几秒，轻轻点头。

只是少年已经转身走了，并没有看到。

宋书不想冒险。

秦楼在的时候，她不会去三楼。

她很守信。

所以秦楼后来反悔，求她上去的时候，她表情严肃地摇头——

说到做到，不去三楼。

秦楼活该自食其果。

宋书在原地待了半小时，秦家原本负责来领她的用人才终于想起自己好像忘记了什么。

宋书被牵起手，离开。

失去她的身影遮挡的水泥台上，那只摔坏的六阶魔方仍旧孤零零地躺在原地。

只是不知道什么时候，它已经被人重新拼好了。

被用人领进一楼的客厅后，宋书在那儿见到并肩坐在沙发上的宋茹玉和宋帅。

他们是和宋书同父异母的双胞胎姐弟。

宋书父亲的再婚对象，也就是宋书的继母，正是秦扶君。

婚后生下的双胞胎姐弟只比宋书小几个月，而对这个同父异母的姐姐，两人却毫无尊重可言。

“瞧，小乞丐又来了。”宋茹玉听见声音后回头，嘲笑道，“听说你要来二中跟我们一起上学？真晦气。”

旁边端来鲜榨果汁的用人犹豫了下，端着托盘赔笑：“茹玉，老先生听见会生气的。”

“生……生什么气？我说的又不是假话，往我家赖不就是乞丐吗？外公是我的不是她的，这里是我家。我说她是小乞丐她就是小乞丐！”

用人尴尬地低头。

客厅里只有宋书很安静，她没有表情地走到沙发旁边坐下。

对面的小姑娘几乎要气炸了：“没教养的小乞丐！”

“……”

“等到了二中，我一定叫你知道我的厉害，到时候可没外公护着你！”

还是没人回应。

宋书垂着眼，坐在沙发角。她虽然不喜欢洋娃娃，但她知道这时候做个洋娃娃没什么不好。

而且妈妈说过，教养不是说出来的，是做出来的。

宋茹玉又绞尽脑汁地咒骂几句后，旁边的用人看不下去了，小声提醒：“茹玉，秦楼少爷今天也在家，你这么大声音他会听到的。”

“小乞——”说话声戛然而止。

呆了两秒，她僵着脖子扭过头：“秦……秦楼表哥怎……怎么回来了……”

“教不了，这个学生我教不了！你们另请高明吧！”

突然冒出来的暴躁声音打断客厅里的交谈，几人不约而同地转头看向客厅一侧的旋转楼梯。

一位年过花甲的老人正愤怒地下楼。

用人连忙迎上去：“简老师，您怎么下来了？”

“我？你问我不如去问你们家那位大少爷！”

“简老师您先别生气，秦楼少爷他不是——”

嗞啦——

尖锐的电子杂音突然撞上耳膜。

宋茹玉和宋帅哇的一声捂住耳朵，一楼各处的用人们也纷纷惊慌地四处扫视。

宋书转头。进来前，她在客厅角落里见到过一个扩音器。

下一秒，少年的声音回响在一楼：“两分钟都推导不出泰勒公式的废物学生，我可不收。”

宋书安静地坐在角落里，看着那位老师的脸从白色气成了红色，又从红色气回了白色。

几十秒后，老师从鼻子里哼出一声冷笑：“11岁就能推导高等数学公式定理的天才我可教不起，秦家请我来就是为了羞辱我的？”

“不是不是，简老师您先留步，简老师！”

老师已经铁青着脸甩手离去。

“这都多少个了？”

“不知道，那么多，谁数得清？”

“难怪秦老先生要让秦楼少爷去学校呢。”

“少爷就该一个人待在城区那座宅子里，省得祸害别人。”

“那可难了。听说白小姐她女儿也要搬过去。”

“啊？”

客厅周遭几声低低的议论后，宋书感觉几束或同情或复杂的目光落到她身上。

宋茹玉在一阵惊讶后，幸灾乐祸地问：“你要搬去和秦楼表哥一起住？”

宋书仍旧没有反应。

宋茹玉终于忍无可忍，站起来走到女孩儿面前，伸手抓住那件漂亮得让她嫉妒的公主裙的圆领。

“你就跟你妈妈一样讨厌，所以才会被爸爸甩开！”

宋茹玉比宋书高一些，手抓得很用力，让宋书呼吸有点困难。

但她眼底掀起波澜并不是因为这个，而是因为宋茹玉的话。

妈妈……

“茹玉你这是干什么？赶紧把书书松开！”

用人们见势不好，慌忙往这儿跑。

“她就是个哑巴，就是打她她也根本不会哭不会喊。”

宋茹玉气得太厉害，声音尖锐。

她转回头，恨恨地瞪着仍然没有表情的宋书，嘴里吐出恶毒的诅咒：“你能搬去秦楼表哥那里太好了，我一天都不用再看见你了，你的下场一定会很惨的！”

离得最近的用人已经冲过来，伸手要救下女孩儿。

所有人都以为女孩儿依旧不会说话。

但她突然开口：“哦？”

女孩儿被揪着衣领，面无表情地仰视着宋茹玉，眼神空洞，语气平静：“那我很期待哦。”

宋茹玉傻住了。

几秒后她反应过来，感觉自己受到了莫大的嘲讽和侮辱，雪白的小脸顿时涨红了：“你——”

她后面沙发上的弟弟宋帅正在看热闹，此时突然脸色一变，几乎是从沙发上蹦了起来。

“表、表哥！”

一楼客厅里，除了宋书外，其他所有人都僵住了。

宋茹玉回神抬头，表情顿时变了。她猛地退后两步，拼命摇手：“表哥，我、我、我刚刚什么也没说……”

宋书等了几秒，没等到那个嚣张但好听的声音响起。

她安静地转回身。

二楼通往一楼的旋转楼梯上，少年正懒洋洋地趴在木质扶手上，俯身垂眸看着一楼。

神情反常地平静。

宋书刚抬头，目光就接上他的目光。

他在盯的是她。

但眼神和之前不一样了。

“这是我的‘洋娃娃’，谁准你们碰她了？”

秦楼意味深长地说完这句话，收回目光，转身下楼。

咔嗒，咔嗒，咔嗒咔嗒……

他好像踩着某种节拍，安静的楼内只听得到他落在楼梯上的几乎是欢快的脚步声。和着那种节拍，他手里的魔方也在飞快地转动。

一成不变的只有少年嘴角扬起的弧度，恣肆散漫，就像个他这样年纪的很普通的玩心重的孩子。

但即便是楼下那些长他十几二十几岁的用人，也没有哪个敢把他看成普通孩子。

他们噤若寒蝉，一声不吭。

宋书和大多数人从不共情。

所以一楼那么多人里，只有她是放松的。

她知道这个叫秦楼的少年看她的目光好像和在外面时完全不同了。但为什么不同，她不懂，也不在意懂不懂。

宋书独自坐回沙发的角落。

用人已经把她的背包拿进来了，背包里装着她从不离身的画本。宋书把它翻了出来。

有用人偷偷看她，目光藏不住惊讶。

在宋书打开画本的那一刻，秦楼在宋茹玉的面前停下。

啪嗒。

最后一层转回，魔方复原。

秦楼瞥了眼腕表，语气似乎有点遗憾：“一分三十五秒啊。果然没什么意思。”

“表、表哥你玩魔方好厉、厉害……”

宋茹玉不敢往后退，站在秦楼身前结结巴巴的，压着哭腔还要努力捧场。

“哦？”秦楼慢腾腾道。

他似笑非笑地一抬眼，目光却落向沙发另一个角落。

如果刚刚还有人不知道秦楼话里的“洋娃娃”指谁，那这一刻一楼里已经没人不懂了。

秦楼把魔方换到单手。他用拇指和中指捏起魔方的对角作中心轴，食指轻轻一拨，魔方在他两指间旋转起来。

秦楼俯身上前，距离很近地盯着宋茹玉惨白的脸。

然后他笑了，瞳孔光泽冰冷。

"你刚刚说，如果她搬去我那里……会怎么样？"

宋茹玉嘴唇哆嗦得厉害，十几秒后，她哇的一声号哭起来，撕心裂肺的。

在手忙脚乱的用人堆里，秦楼颇感没意思地收手。他退一步坐到沙发扶手上，歪过头看向角落。

女孩儿正趴在那儿画画，安安静静，没表情，没声音，没情绪，没反应。

真像只仿真的洋娃娃啊……

骚乱愈演愈烈。

直到吵来了正在二楼谈事情的秦梁和秦扶君父女。

秦梁精神矍铄，眼神也威严，一边下楼一边皱着眉扫视客厅："吵吵闹闹的，怎么回事？茹玉为什么哭？"

"……"

用人里胆子大的偷偷看向秦楼，多数胆小的低着头一动不动。

秦扶君是跟在父亲身后下来的。到底是自己的亲女儿，听宋茹玉哭成这样她早就于心不忍，此时强挤出笑。

"爸，这还用问吗？能让茹玉哭成这样的，除了秦楼，也不会有别人了。"

秦扶君又转头看向前："秦楼，茹玉怎么说也是你表妹，你平常让着她些，别总……"

秦楼懒洋洋地一抬眼："你跟我说教？你也配？"

秦扶君脸青了。

她攥紧拳头要发作，但僵了几秒后还是转向秦梁，声音委屈："爸，您看看秦楼他……"

秦梁不赞同地望向秦楼："对姑姑尊敬些！"

"嘁——"

秦楼嘲弄地扭过头。

宋茹玉吓坏了，外公和妈妈下来她都没停住。秦梁被吵得心烦，摆摆手让用人带她和吓得红了眼圈的宋帅上楼。

一楼这才安静下来。

用人们仓促散去。露出的沙发角落里，宋书笔下的画快要完成。这场闹剧从开始到结束，只有她一言不发，一动未动。

秦梁见过宋书不止一回，对她也很了解。在秦梁看来，这个小姑娘与自己孙子就是两个完全相反的极端——也是因为这一点，他之前才生了要把宋书安排去秦楼常住的宅子的心思。

但是看刚刚那番景象，秦楼这个性子，恐怕根本不适合与外人接触……

秦梁沉思片刻，开口："秦楼，这是宋书，你白阿姨家的女儿。"

"宋……书。"秦楼缓声念了一遍，嘴角勾起来，"还行。"

"她以后也去二中读书。在学校里遇见，不许欺负她。"

秦楼正抛着魔方玩，闻言一停。

他回头，笑容淡去，眉皱了起来："'洋娃娃'不是要送去我那儿？"

秦梁皱眉："你怎么说话的？"

"是不是？"

"我确实这样打算过，但你也不喜欢和别人相处，所以还是让她留在主家……"

"谁说我不喜欢了。"

"……"

秦梁一愣。秦梁身后表情难看的秦扶君也意外地抬头看向秦楼。

少年从沙发扶手上跳下来。

"今年的生日礼物，"他嘴角一咧，"我就要她。"

秦梁回神，疑虑地审视秦楼："宋书比你还小，你那是怎么称呼她呢？"

"她不在乎。"

"……你真要跟她一起住？"

"对。"

"话说在前，如果你真敢欺负她，我就要替你白阿姨打断你一条腿！"

"把她送给我，让你打断两条也行啊。"

秦楼低着眼笑。

秦梁得了"保证"，和秦扶君继续谈公事去了。

他们走后，沙发角落里，画完画的宋书垂着眼收拾散乱的笔和画本，精致的脸上没有表情。

“你画的是我的魔方？”

头顶突然冒出个声音。

宋书停了停，垂眸看向合上一半的画本。里面新画好的一页上，确实是楼外那个摔得四分五裂然后被她拼回去的魔方。

铅笔阴影加重的裂隙在这张画纸上格外刺眼。

几秒后，纸上的灰色魔方被彩色立体的魔方挡住——宋书的画本上，新的六阶魔方被搁下，手指修长的手收了回去。

她头顶的声音里藏着颇有兴味的笑。

“画它干吗？没意思。”

宋书终于有了点反应。

她仰起头，没表情的脸朝向站在她身旁的秦楼。

对上她空洞的眼，少年笑得更加恣意。

“你不是说你很期待吗？”

少年弯腰，向宋书俯下身来。

距离很近，近到宋书能够看清他的瞳孔，还有瞳孔深处的那个自己。

宋书沉默。

几秒后，她低头把画本收进背包，把铅笔收进背包，最后，她拿起那个魔方。

女孩儿面无表情地停了一秒。

“谢谢。”

魔方也被收进背包。

女孩儿背起背包，安静地离开客厅。

秦楼微怔。须臾后，他看着那道纤瘦的背影笑了起来：

“不客气，‘洋娃娃’。”

秦梁大概是太熟知孙子的顽劣，对秦楼的所谓保证完全没有放心，几番考虑后还是安排两人先在主家住上一周。

这消息一出，家里用人看宋书的眼神都哀怨许多。

这自然还是秦楼的“功劳”。

“书书，这里暂时就是你的房间了。”用人把宋书领进二楼角落一间收拾出来的卧室里，“看看有没有什么缺的东西，随时跟阿姨提。”

宋书放下背包，摇了摇头。

“有什么事情就到走廊对面的房间那里敲门，阿姨不在你也可以找别人帮忙，没问题吧？”

“嗯。”

女孩儿的声音里听不出任何情绪波澜。

用人有些不高兴，只是并没有表露在话里：“那你先休息……哦，对了，”她走到门外，突然想起什么，回头叮嘱，“书书，三楼是秦楼少爷的楼层，他不准家里任何人上去，所以你去其他地方没关系，但不能进三楼——记得了吗？”

宋书想起在楼外就已经收到过的警告，无声地点头。

用人离开。

宋书把背包放到床头旁的矮柜子上，坐到床边。房间的隔音效果很好，所以此时她耳边的世界很安静，一点声音都听不到。

安静得让她有些茫然。

宋书第一次发现，原来自己并不像自己以为的那样，对所有的人、事情、环境都无所谓。原来离开了自己的家，到这样一个完全陌生和冰冷的地方，她会和同龄的孩子一样无措。

只是别的孩子会哭会闹，她不会，她总是安静得像不存在似的。

所以没有人看到，也没有人听到。

中央空调的温度让宋书觉得有点冷。她拉开被子躺下去，然后慢慢蜷起来。

房间里又安静很久后，从被子里伸出来一只白皙的小手，它钩住了床头的背包，然后伸进去，摸出了那只魔方。

……

晚餐时间，宋书被用人领出房间。

餐厅在一楼，从楼梯下来走过去要经过玄关和客厅。宋书这边一只脚下到一楼，另一只脚还没来得及从木楼梯上下来，就听到玄关那里传来门的响动声。

不知道谁说了一句：

“宋先生回来了？路上辛苦了。”

“爸爸！”

宋书面前几米开外，宋茹玉从客厅里的沙发上跳起来，笔直跑向玄关。

一阵皮鞋踩在地板上的响动后，一道身影出现在玄关与客厅的交界处——男人张开双臂，躬身抱住了扑上来的宋茹玉，把她往怀里一拥，大笑起来。

“哎哟我的宝贝女儿喂，今天在外公家过得怎么样？想爸爸了没？”

“想……”

“嗯？眼睛怎么这么红？”男人的笑停下，声音一沉，“是不是哭过？谁欺负你了？”

“是、是……”

宋茹玉哽咽半天也没敢说出秦楼的名字，她委屈地趴进宋成均的怀里，扭过头的时候恰巧看见了站在楼梯下的宋书。

宋茹玉眼里闪过恼恨的情绪。

“是宋书！她今天又来外公家里了，就是她欺负我的！”

听到这个名字的第一秒，宋成均愣了下。然后他皱起眉转向一旁的用人，低声问：“宋书来了？”

“是，宋先生。”

“现在还在家里？”

“秦先生安排她住在二楼——哎，您看楼梯口，她刚下来。”

在用人的提醒下，宋成均转过头，这才注意到楼梯口那个安静地站着的女孩儿。

宋成均眉头拧得更紧。

“爸爸！”宋茹玉委屈地喊他。

“嗯？”宋成均连忙转回头，凑过头去，顶着小姑娘的额头低声哄，“别哭了我的宝贝，爸爸今天还给你带礼物了呢，不要为这么点小事不开心，好不好？”

“什……什么礼物啊？我喜欢才行，不喜欢你要重新给我买！”

“行行行，都听宝贝女儿的，不喜欢爸爸就重新给你买……”

男人抱着怀里的小姑娘，一边哄着一边朝餐厅走去。

他的背影渐远，声音也听不见了。

宋书站在楼梯前，没有动作，也没有声音。

等那道身影彻底消失在视线里，她才慢慢垂下眼去。

从头到尾，那个同样是她的父亲的男人只看了她一眼。

还是皱着眉的。

像是在看什么被丢弃又自己跑回来的让人厌倦的东西。

被讨厌对孩子来说是非常可怕的一件事情。

因为在他们还不够懂事的时候，他们会以为被讨厌是他们自己的错。

明明不是。

明明，不是。

秦家的餐桌上往常就很安静，今天多了一位“外人”，安静里又多了些微妙的气氛。

长餐桌旁，秦梁坐在主位，宋成均和秦扶君夫妻坐在他的右手边，中间坐着宋茹玉和宋帅姐弟。

作为客人，宋书独自坐在左边。

她听用人提过，说秦楼少爷不喜欢和人同桌吃饭，平时他的餐食都是专人来做，专人送上三楼餐厅的。

——秦楼在秦家有多不同，体现的地方显然远不止用人们的称呼区别这一点。

有秦梁在，一顿晚餐吃得平淡而安静——宋茹玉再怎么想为难宋书，当着外公的面也不敢造次。

一家人忍气吞声，藏着嫌恶或者别的情绪，权当她是空气。

宋书吃了一点后，放下碗筷。她安静地抬眼看向秦梁，并不说话。那双没什么情绪的眼睛在灯下看着很漂亮，瞳色柔软。

秦梁和她对视过，难得地露出一点笑意：“这就吃完了？”

宋书点点头。

“要人送你回房间吗？”

宋书摇头，下了椅子，转身往楼梯间走去。

看着她的背影，宋茹玉用力地咬碎了嘴里的东西，小声咕哝："一点都没礼貌！"

秦梁收回目光，瞥她一眼。

"茹玉，我教过你几遍了？不要严以待人，宽以律己。下午的事情，始末缘由你真当没人跟我提？"

宋茹玉吓了一跳，慌乱地看看爸妈，然后连忙低下头："对不起外公……我错了。"

"再有下次，我让人送你去和你表哥一起住一个月。"

宋茹玉顿时脸都吓白了。

"爸……"秦扶君连忙出声护女儿。

"爸什么爸！茹玉以后要是养成个跋扈性子，那就是被你这个当妈的惯的。"

秦扶君张张口，最终还是忍住，把话憋了回去。

她怨毒地看了一眼楼梯口方向。

宋书住的是二楼的一个偏卧，卧室里没有单独的卫生间，二楼两边则有两个公用卫生间。

晚餐时间过去了，听门外用人的声音也渐渐止息，宋书才出门去了楼梯口那边的卫生间。

不一会儿，她从卫生间出来，刚过楼梯口，就听见前面的拐角处，两个声音愈来愈近：

"白颂本来就有公司的股份，现在秦楼和她女儿又走得那么近，你叫我怎么放心？"

"这有什么？两个孩子而已。"

"孩子？呵，你是没看见秦楼今天对我的态度！"

"跟一个11岁的小孩计较，那多没意思！"

"你不懂，不是我和他计较！他爸妈死那么早，秦家现在就他一根独苗，而且我爸本来就对他儿子儿媳的死愧疚在心……以后秦家的产业肯定绝大多数都落进他手里！他现在和宋书亲近，你说我能不在意吗？"

声音近了。

是秦扶君与宋成均。

宋书踩着长廊柔软地毯的脚停下，她回到楼梯口。

在上和下之间迟疑一秒，宋书踏上通往三楼的楼梯，然后走进中间平台的阴影里。

宋书不想和他们撞见，只能等他们过去。

两人的交谈声更清晰。

然后她听到她父亲的声音。

这声音第一次离她这样近。

“扶君，你别想那么多。我听家里用人说过白天的事情了，秦楼把她当一件玩具而已，等兴趣过了就会厌烦的——他不是一直这样吗？”

“可我还是觉得不安。”

“你如果实在担心，那等明天我跟爸提，就说宋书不想和秦楼一起住，让她去寄宿学校，以后你就再也不用看见她了，这样总可以吧？”

“爸能相信？”

“宋书是我女儿，我说的爸为什么不信？”

“你不会是说漂亮话哄我吧？你说的那句对了，毕竟宋书也是你女儿，谁知道你会不会偷偷心疼她？”

“扶君，我们结婚多少年了，你还不相信我？在我心里，只有茹玉和小帅才算我的儿女。”

“宋书呢？”

“宋书？要不是爸器重白颂，我根本就不想看见她们母女俩……”

砰！

平台上放着一张矮桌，桌角的花瓶被阴影里无意识退了半步的女孩儿撞了下来，一直滚到墙根。

哗啦——

花瓶撞裂，碎了一地。

停在楼梯口的两人表情一变。

宋成均厉声喝问：“谁？！”

黑暗里的宋书慢慢往后退了一步，她攥起拳，指尖冰凉。

宋成均跨上楼梯，脸色难看：“再不出来，我——”

砰!

平台的阴影里，突然斜着飞出来一只花瓶，撞碎在墙上。

秦扶君吓得惊叫了一声。

宋成均同样变了脸。

然后他们听见，楼上的阴影里传出少年放肆的笑声。

“秦……秦楼？”

秦扶君脸色顿时白了，她连忙拉住要发火的宋成均，快步离开了。

楼梯平台的落地窗帘被少年一把扯开，月光倾泻下来。

月光下，他的另一只手正紧紧捂着女孩儿的嘴巴，把她压在矮桌前。

确定人已经走了，少年转回头，视线也落下来。他嘴角一牵，嘲讽地躬身俯到女孩儿眼睛前。

“连偷听都不会，你是个榆木做的洋娃娃吧？”

宋书不说话。

秦楼松开了手。

其实他捂不捂没区别，她都不会说话，也不会挣扎。

女孩儿像他白天见到时一样安静，瞳孔里也一样空洞，完全就像个没情绪的人偶。

但又不同。

那空洞里，现在藏着最冰冷也最炙热的一颗火星。

只是没人去点燃它。

所以它才静寂地、孤独地烧着，没有动静，没有人察觉，也没有爆发。

而他知道那根导火索在哪儿。

秦楼笑起来，低下眼：“哎，你爸不要你了啊。”

“……”

“我看他对宋茹玉明明很好啊。难道说，你其实不是他亲生的？”

“……”

“这个问题我觉得最好去问问你妈。白颂白阿姨是吧？我想想，我应该能找人问到她的电话，看看你妈对这件事有什么看法。”

“……”

“既然你没意见，那我去问了。”

秦楼直起身，作势要走。

始终沉默的宋书突然动了。她猛地攥住他的手腕，拉起来恶狠狠地咬上去。

“嘶——”

秦楼疼得轻抽了口凉气。

那双漆黑的眸子里却一点都没露出意外的目光，甚至脸上满是得逞的笑。

他嘲笑地低下头。

“没吃饭吗？能不能用点力气？”

明明是盛暑的夜，蝉在窗外热得知了知了地叫，燥热的风顺着窗帘吹得窗叶开开合合，空气黏稠闷人……

宋书却觉得浑身都冷。

宋成均提及她时不掩厌烦的眼神、话语，穿插着他对宋茹玉的溺爱、亲昵，那些乱七八糟的画面与声音在她脑袋里冲撞得支离破碎。

她冷得忍不住抖，直到被少年从身后抱住。

她被他从那片一个人的冰天雪地里带离。

宋书还咬着他的手腕，笨拙地发泄情绪。

而少年嘲笑她。

“没吃饭吗？能不能用点力气？”

发泄情绪的后果有点严重。

宋书跟在秦楼身后去用人房找包扎用的药和纱布时心情已经平复，然后有生以来第一次感受到愧疚这种情绪。

二人在长廊上有着深色花纹的地毯上走着。少年背影瘦削，垂在身侧的左手袖口挽到手肘位置，露出来的皮肤在光下透着上了釉的瓷一样质地的白。

两道牙印躺在手腕位置，很扎眼，渗出血丝。用人房里轮值的用人吓了一跳。

秦梁有多宝贝秦楼这个秦家独苗，从秦楼平日完全不受束缚的行径便可见一斑。要是秦梁认为是他们疏忽或者失误导致秦楼受伤……

用人一脸快哭出来的表情，翻出装着药和纱布的医药箱：“少爷您这是怎么弄的啊？”

秦楼伸手一遮，挡住用人检视伤口的目光。

用人看不到的地方，他朝没表情的女孩儿咧开嘴笑，然后不在意地说："摔两个花瓶玩，不小心划了。"

用人一噎。听听，这叫人话吗？

用人找出医用酒精，准备洗手给秦楼包扎，却被拦下了。

"不用你，"秦楼笑笑，回头，漆黑的眼直勾勾地盯向身后的小姑娘，"有人帮我弄。"

用人这会儿才注意到之前被秦楼身影遮住的宋书，他迟疑道："书书是不是不太会？"

"你会吗？"秦楼问。

宋书看了看纱布，摇头。

用人松口气，刚要上前，秦楼从他手里拽过医药箱，硬塞给面前的女孩儿："那就学。"

"……"

等两人出去了，用人才摇着头叹气：得亏小姑娘脾气好，换个暴躁的，酒精都能泼他们少爷脸上。

上药地点在宋书房间。

宋书费了一番工夫后，把秦楼的左手手腕用绷带缠起鼓鼓囊囊的一圈，然后打了一个有点丑的……蝴蝶结。

秦楼对着蝴蝶结挑了挑眉。

"你这是报复我呢？"

宋书没表情地盯着那只确实很丑的蝴蝶结，眼神里极为罕见地多了点认真思考的情绪。

房间里又安静几秒，在秦楼也没指望能得到回答的时候，他听见那个有点发涩的女孩儿的声音响起："我只会这个。"

秦楼突然转头看向女孩儿，眸子黑漆漆的。盯了几秒，他的嘴角勾起来。

除了那些单音节、双音节词外，这是他听见宋书说的第二句话。

只对他一个人说的。

秦楼突然发现自己想要听到更多，越多越好。

但是要撬开这个小蚌壳，那可太难了。

秦楼眼底焰火似的情绪闪了下。

他想了想，觉得来日方长，就把心底的火苗压下去。

“我回去了。有人欺负你，就去找我。”

宋书抬头看他。

虽然女孩儿没说话也没摇头，眼神仍旧空洞，但秦楼从这空洞的眼神里读出了拒绝。

他轻挑眉：“有问题？”

宋书站在原地想了想，转过身走去床头，翻起了背包。

秦楼耐着性子倚在墙根等着。

几十秒后，女孩儿走回到他面前。

一只被弄得乱七八糟的六阶魔方被她举到他面前。

秦楼一愣，笑了起来，眼神幽沉：“洋娃娃，你这是在支使我给你复原魔方？”

这语气，如果换了宋茹玉或者其他孩子，大概又要被吓哭了。然而宋书仰起没表情的小脸，点了点头。

魔方又被往前擎了擎。

秦楼眼神一冷，笑容消失，声音也低下去：“你这是得寸进尺了？”

宋书沉默。

然后她慢吞吞地垂下手，不沮丧，不懊恼，也不难过——还是很安静。

秦楼觉得一股无名的火在心里灼，烧出无数的孔洞，然后又从里面蹿出来。

宋书转过身，准备把魔方放回去，突然感觉手里一空。

她茫然回头。

拧着眉的少年瞪了她一眼后低下头。他没在意受伤的手腕，将魔方审视一番后飞快地转动起来。

手好看的人做什么都像画一样。

宋书安静入迷地看了一会儿，不知道过去多久，她的手突然被扯向前。

啪嗒一下，魔方被不客气地拍到她手掌心里。

少年低沉地看她一眼，眼神很是不善。

然后他转身走了。

宋书站了一会儿。

然后她抬起手，把魔方举到面前，一面一面地看过去。

几秒后，女孩儿嘴角突然勾起很轻很轻的一点笑。

第二天早上，秦梁奇迹般地发现他的孙子竟然出现在一楼的餐厅里。用人们和秦扶君、宋成均一家更加震惊。

原本还是昨晚晚餐时的座次，如今要加一套餐具，用人们正在往哪儿安排的问题上犯难的时候，秦楼已经大步走过来。

他停到宋书身旁，单手拉开了高背椅。或许因为使不上力，椅子被他拉得歪歪斜斜的。

秦楼也不在意，直接坐上去。

秦梁最先回过神："你怎么……转性了？不自己在楼上吃饭了？"

"嗯。"秦楼懒洋洋地应了。然后他侧过身，目光扫向身旁。女孩儿坐在高高大大的高背椅上，被衬得看起来更小。

她一动不动，连他进餐厅来这件让其他人震惊的事情都没换来她一次抬头。

啧。

秦楼脸上的笑意淡了淡，心里突然有点莫名的烦躁。他喜怒不定惯了，自己都了解，平常也会这样，但这会儿好像又不太一样。

至于哪儿不一样，他也不知道。

找不出缘由，这让少年眼神更戾，餐厅里气氛阴得快能拧出水来了。

没人说话。

直到秦梁注意到秦楼被包成棒槌似的左手手腕，眉头顿时皱起个疙瘩。

"你的手腕怎么了？"

"摔花瓶，划了。"

"花瓶？什么花瓶？"

秦楼没急着开口，而是微抬了眼，似笑非笑地看向长桌对面。

秦扶君脸色一变，攥着刀叉的手不自觉握紧。

餐厅里气氛更加微妙了。

僵持几秒，秦楼哧地笑了声，垂回眼。

“二楼到三楼的平台上，那两个花瓶我看着不顺眼，所以摔了。”

“……是吗？”

有所察觉的秦梁看了一眼女儿，最终还是没说什么，跳过这个话题。

有秦楼在，一早上餐厅里的气氛都维持着沉闷、压抑。秦扶君一家四口都不吭声。宋茹玉和宋帅两姐弟更是噤若寒蝉，被秦楼吓得头也不敢抬。

宋书大概是其中最不受影响的一个了。仍旧是只吃了一点后，她放下餐具，安安静静地抬眼看向秦梁。

秦梁露出笑：“去吧。”

宋书下椅子，然后滑到一半的时候被拽住了。她不惊讶也不出声，转头看拉住她的秦楼。

秦梁也看过来：“你扯书书手臂做什么？”

餐厅里陡然安静。

过来布菜撤菜的用人不自觉地放轻手脚，偷瞄秦楼。

尚未走出前一天的阴影的宋茹玉更是不安。

然而出乎他们意料，秦楼只是瞥了一眼宋书面前的餐盘，嘴角一扯：“就吃这么点，难怪咬人的力气都没有。”

一桌人都听不懂他在说什么。

宋书听得懂。

她望着他，很慢地眨了眨眼睛，仍缺少表情。

但就是在这没有情绪的目光的注视下，秦楼鬼使神差地松开手。然后他亲眼看着他撬不开的小蚌壳哧溜一下滑下椅子，头都没回地离开餐厅。

“啧。”

秦楼烦躁地扔了刀叉，跳下椅子。

秦梁皱眉：“饭都不吃去哪儿？”

“回房间。”

“……”

秦梁若有所思地看着秦楼离开的方向。

片刻后，他收回目光，瞥了秦扶君夫妻一眼。

然后秦梁淡淡地开口：“扶君，有些想法你还是收敛点，手脚也放干净。”

“爸？”秦扶君抬头，表情茫然，眼睛深处却藏着闪躲，“我不懂您的意思。”

“你懂，我也懂。至于秦楼，”秦梁停住餐刀，视线一抬，“你觉得以他的脑筋，他会不懂吗？”

“爸……”

“等他大了，秦家迟早是要交到他手里去的。他的头脑和能力不会有问题，最需要的是磨炼心性。这几年你在外面故意煽动些什么样的言论，不要以为我不知道，也不要以为我会因为那些风声改变什么。”

“对不起，爸，我……”

“行了，你不用跟我解释什么，你只要考虑清楚就好。你是他的姑姑，也是除我之外他在世的唯一长辈，该做什么不该做什么，自己掂量清楚。”

话说完，秦梁也起身走了。

秦扶君坐在桌前，脸色难看。

等用人离开后，她扭头看向身旁的丈夫，咬牙切齿地开口：“宋书必须走。”

“可爸已经不信任我们了。”

“那就更不能让她留在秦家！既然我们不能开口，那就让她自己来！”

“你的意思是……”

宋成均对上秦扶君的目光，几秒后他点点头。

“我知道了。我去试试。”

早餐后，宋书回到自己的房间里。

左右无事，她摊开画本，坐到书桌前，翻到空白页。依据软硬度区分的不同型号的铅笔刚摆上一排，宋书身后的房门就被敲响了。

宋书抬头。

敲门声又催促地响了一遍，显然门外不是什么有耐性的人，或者说，不是对她有耐性的人。

宋书起身去开门。

站在外面的是宋成均。

“小书，我能进去吗？”男人低声问。

宋书默然地仰头望着他。

男人笑容温和，表情也很温柔，就好像……之前在玄关他抱起宋茹玉时一样。

可是还是不一样。

“你如果实在担心，那等明天我跟爸提，就说宋书不想和秦楼一起住，让她去寄宿学校，以后你就再也不用看见她了……

“在我心里，只有茹玉和小帅才算我的儿女……

“宋书？要不是爸器重白颂，我根本就不想看见她们母女俩……”

宋书低下头去，无声地让开了路。

宋成均快步进门。他似乎是不知道该怎样和这个女儿开场，房间里尴尬的沉默持续十几秒后，他才开口：“小书，在秦家还适应吗？”

宋书没有说话。

宋成均下意识地一皱眉，但很快便强压下不悦：“我看秦楼和你走得很近，你们之前见过吗？”

“……”

宋成均咬了咬牙：“秦楼那个孩子心性不好，你和他走得太近对你没好处。我已经找人帮你安排好一所寄宿学校，你准备准备，过几天就去那里上学吧。”

听到这句，女孩儿终于有了反应。

她仰起没有表情的小脸，用空洞的眼神望他。

宋成均脸上的笑意陡然僵住。

不知道为什么，在这个孩子没有情绪的眼睛前他好像做什么伪装都会被看穿，内心那些龌龊、自私的心思在这双眼睛下无法躲藏。

他觉得这才是他讨厌这个孩子的根本原因——她本来就是个不讨人喜欢的小怪物，这是她的错。

宋成均收起笑。

“小书，爸爸在和你说话，你应该回答，这是最基本的礼貌。你妈妈没有教过你吗？”

然而宋书仍旧毫无反应。

那双乌黑而空洞的眸子里是接近冷漠的温度。她就那样安静地望着他。

宋成均觉得自己要疯了。看出这样诱哄下去也不会有结果，他决定索性撕破脸皮。

“这件事就这么决定了。我是你爸爸，所以你必须听我的。待会儿我领你去找秦老先生，你只要像现在一样安静地听着就好了，不许给我节外生枝——知道了吗？”

宋成均不由分说，拉起女孩儿的手，推开房门，把她拽到走廊上，然后大步朝楼梯口走去，丝毫没有注意到身后的女孩儿被他拉得几次踉跄。

或许即便注意到了，宋成均也不会在意。

五分钟后，同一扇门外。

“小蚌——”

最后一个字消了音，靠上房门的少年脸上张扬恣肆的笑容蓦地停滞。

几秒后他转回头，走到斜对面的用人房外，猛地推开门。

里面的用人被吓了一跳，转过头来看清来人的瞬间，脸上的恼怒自动转为惊惧：“少、少爷，怎么了？”

站在门外的少年眉眼不驯，面带笑意咬牙切齿。

“我的小蚌壳……被带去哪里了？”

“搬去寄宿学校？”

秦家的大书房里，秦梁意外地望向宋成均，跟着目光又落到他手中牵着的女孩儿身上。

“这是宋书的意愿吗？”

“是。”宋成均说，“爸，小书是个很懂事的孩子，所以不好意思自己提。但她对秦楼其实挺害怕的，我看着不太忍心，还是想请您允许她去寄宿学校……”

“您不能进去，秦先生和宋先生在谈事情——少爷！少爷！”

应着从长廊传进书房的呼声，书房的门被从外面猛地推开，身影瘦削的少年站在门口，目光不驯。

用人仓皇地追到他身后，连忙向着书房里的秦梁弯腰：“秦先生，我没拦住……”

“嗯，不用管他。你出去吧。”秦梁摆手。

“是。”

用人松了口气，转身快步离开。

秦梁皱眉看向少年：“你来书房做什么？”

“……我？”

秦楼闻声，缓缓将目光从宋成均身上抽离，他嘴角勾着笑，散漫地说：“我的人都要被人抢走了，我当然得过来看看是谁这么……”

秦楼最后一步收住，停到宋成均面前。他仰头看着这个比他高了很多的成年男人，气得染上一层淡红的薄唇唇角挑起，弧度锋利。

这一笑像是能割伤人。

“欠揍！”

他做无声的口型，接上断掉的尾音。

宋成均气得目眦欲裂。

他是秦家的女婿，在公司里，在交际场上，人人尊他敬他，他什么时候受到过这样的挑衅？更何况挑衅他的还是一个才十几岁的孩子！

宋成均想都没想，伸手攥住面前男孩儿的衣领就想教训他。

“成均！”

身后传来秦老先生不高但足够威严的声音。尽管秦梁什么都没说，但这声称呼里的警告已经不言而喻。

宋成均身影僵住。

几秒后，他僵笑着松开手：“秦楼，姑父因为担心小书，所以情绪有点激动，你不要介意。”

“……介意？我不会啊。”

秦楼笑着抬手，懒散地笑着望着宋成均，慢条斯理地把被对方拉扯得褶皱的衣领整理好。

然后少年眼尾微扬，咧开嘴。

“我有仇必报，为什么要介意？”

宋成均脸色一变，差点忍不住要发作。

“好了秦楼。”秦梁出声阻止，“你也是为宋书的事情过来的？”

秦楼收回目光：“嗯。”

“你姑父说宋书不想和你一起，她有点害怕你。你是不是欺负她了？”

秦楼懒洋洋地抬了抬眼：“他说你就信？他算什么？”

宋成均气得猛转过身：“我是宋书的父亲！”

“哈哈哈哈……”秦楼闻声大笑起来，指着宋成均，“你？哈哈哈哈……就凭你，也算是个父亲？”

“秦楼！”

宋成均顿时满脸通红，像是被人掴了一耳光。

秦梁开口：“秦楼，够了！”

书房里的笑声戛然而止。

笑弯了腰的少年慢慢直起身，他揉了揉脸，眼神散漫，就好像上一秒还在狂笑的人并不是他一样。

少年眼帘半合，目光扫过书房内——

秦梁表情复杂无奈地撑着额头，宋成均眼里同时夹杂着厌恶和避退，还有宋书……

秦楼的嘴角突然翘了翘。

宋书安安静静地站在宋成均身旁，不知道什么时候抬起了头，此时正望着他。

在那双眼睛里仍旧看不到任何情绪，只有干干净净的他的身影。

她就那样看着他，一言不发。

这个撬不开的小蚌壳啊……

秦楼突然很想笑。

发自内心地，人生中第一次，他想要顺其自然并愉悦地笑。

“……既然说她怕我，那让她自己选好了。”少年突然开口。

秦梁不确定地问：“你说什么？”

秦楼抬头：“我这边，或者另一边——站哪里、跟谁走，让她自己来选。”

秦梁思索两秒，点点头：“成均，你同意吗？”

宋成均深呼吸了两下，慢慢压下剧烈起伏的情绪。

他强逼着自己露出笑容：“当然了，爸，我肯定是尊重小书的意见。”

宋成均说完，转回身，低头看向被自己牵在手里的女孩儿：“小书，听见秦爷爷的话了吗？”

女孩儿不说话。

宋成均暗中将女孩儿的手攥得更紧，声音听起来仍旧温和。

“你不喜欢去二中是吧？没关系，爸爸明白的。”

仍是安静。

宋成均露出满意的神色。他很快收敛住，转过身面向秦梁时又换上那副恭敬的神情。

“爸，您也看到了，秦楼在，她不太敢说……”

话音迟疑了下。

宋成均有点不确定，他下意识地低头看了一眼自己的手——他似乎觉得自己攥着的女孩儿的手好像传来一点点反向的拉力。

但又好像……不是错觉。

宋成均脸色微变。

“松开。”

安静的书房里，女孩儿的声音轻哑微涩地响起。

“——小书？”这种出乎意料的状况让宋成均的表情都有点扭曲，他强笑着说，“你怎么突然……”

“松开。”

女孩儿的声音很低很轻，但平静得让人感到坚定、不可动摇。

她仰起头，精致的脸上表情空白。

眼神空得令人发冷。

“松开。”

最后一遍时宋成均不由自主地松了手。

他甚至还退了一步。

书房里沉默几秒。

大人们都有些没回过神。

靠在书桌前的少年却突然笑了起来。

他直身而起，神情和脚步愉悦得像是随时能起舞。

少年几步走到女孩儿身旁，停住。然后他俯身做了一个夸张得像小丑一样的绅士礼：“我能邀请你跟我走吗？”

女孩儿看着他，那张精致的小脸上表情空白。

几秒后，她慢慢点下头。

“嗯。”

女孩儿微凉的娇小的手搁到少年的掌心，然后被蓦地攥紧。

“遵命——”

少年的脸上咧开一个夸张的笑容。

第 2 章

—Y A O H E N—

没人是你

2004年的夏末，燥热的蝉鸣里酝酿着一场将要持续几天的暴雨。闷雷在阴沉厚重的云层里咆哮，风把院落里的茉莉花扯落。一片花瓣被吹到二楼的落地窗外。

花瓣隔着玻璃无声地躺在宋书面前，上面满是被风雨摧折过的痕迹。

这是小宋书搬来城区宅子的第一个晚上。

按照原计划，他们应该再晚几天来这边。但是一场雷雨预告后，宋书突然就被告知行程提前。

她还没怎么回过神的时候，已经来到这处宅子了。

秦楼没有露面。

宋书能够感觉到这个宅子里的一切都很反常。仅有的几个用人行色匆匆，表情凝重，就好像会有什么恐怖的事情发生。

而这一切都和秦楼有关。

“书书，阿姨把晚餐给你端进来了，放在桌上好吗？”

身后传来声音。宋书的目光慢慢从那片花瓣上移开。她回过头，看向屋子中间。

和外面那个昏暗又阴沉的世界不同，屋里的灯光明亮而温暖。进门后站到桌旁的是秦梁专门安排照顾她的饮食起居的阿姨，叫林雅琪。

林雅琪有很温暖的笑容和长相，在秦家主家相处一段时间以后，宋书有点喜欢她了。但即便是这个很温柔的女人，今晚的眼神里仍旧有藏不住的焦躁不安。

宋书垂下眼，走过去，安静地坐到桌前开始用餐。

她不是个喜欢探究别人内心世界的孩子。她的好奇心从来不强，也鲜能被其他的人或事激发出来。

她更不喜欢主动询问。

宋书喜欢林雅琪的一个原因就是对方会温言细语地给她讲事情，而且并不会因为她的一时安静而急躁或者不满。

但今晚的林雅琪不太一样。

收走宋书用好的餐具，离开房间前，林雅琪在门口停下脚步。

她大约停了五秒钟的时间，转回来说：“书书。”

宋书从桌前抬起眼。

林雅琪说：“今天晚上可能会打雷，你知道吧？”

宋书点头。

“打雷之后，不管听到什么动静，都不要出来，趴在被窝里就好了，好吗？”

“……”

宋书安静地看着林雅琪。

在林雅琪以为宋书不会开口而准备离开的时候，她听见宋书问：“谁的……声音？”

林雅琪愣住了，这还是她第一次听见宋书主动问问题。然后她又听见了第二句：“是秦楼的吗？”

到此时林雅琪终于回过神来，她脸上少有地露出尴尬的表情，更深一层，好像还掺杂着些避讳。

“书书，阿姨知道你和秦楼少爷关系很好，但是他……”那些对于一个孩子来说或许有些残忍的词到底还是没有从这个温柔的女人嘴里说出来。林雅琪摇了摇头：“答应阿姨，今晚听到什么声音、看见什么事情都不要管，不要出去，好吗？”

女孩儿沉默。

很久之后，她慢慢点头。

“我知道了。”

林雅琪露出欣慰的笑，转身离开房间。

雷声是在深夜响起的。

起初很远，然后一声接一声，距离渐近。

宋书从被窝里爬起来，她没有开灯，房间里暗沉沉的。在黑暗里，她无声地抱着膝盖坐在床上。

她在等。

不管是声音还是事情，即将发生的和秦楼有关的，她都要等。

因为是秦楼。

然后她等到了。

恢宏的交响乐和噼里啪啦砸在窗玻璃上的暴雨声，混杂着轰鸣的惊雷与少年的狂笑，庞大的声响撕开了窗外浓黑的夜。

宋书蓦地一栗。

她跳下床，踩在冰冷的地板上，跑到窗前。厚重的遮光窗帘被她拉开一角，瓢泼暴雨拍打着面前的落地玻璃窗。

一楼院落里，回形的天井廊下亮着微微的灯光。

院落正中，少年在漫天的雨幕中疯狂地奔跑、大叫。雷和闪电在他头顶的轰鸣声里把天空撕开一道一道的裂隙，悲怆恢宏的交响乐是他的节拍、他的背景音。

到这一刻，宋书才真正地知道，他和这世上其他所有人都不一样。

大人们说得对，他不正常。

……又何止是不正常？

他在暴雨里奔跑、大叫，他像是在一个无人的孤岛上。

宋书听得到。

他不是在大叫。

他在哭。

他不是在大叫。

他在喊救命。

谁来救救他？

没人回应，没人理他。

就好像偌大的世界上，只有宋书听得到。

宋书松开手里被她下意识紧紧地攥得几乎要扯烂的窗帘，转身跑向房门，拖鞋都顾不得穿。

走廊上那么安静——所有用人像是活在另一个世界里一样安静，宋书一个人跌跌撞撞地跑下楼梯。

她摔倒在地毯上，磕碰得浑身都疼，但她又顾不得那些疼，她只记得要跑出去——

那个唯一在她发抖时抱紧过她的少年，他在求救。

可是没人理他。

所有人避他如蛇蝎，所有人只当他疯了。

他该有多绝望才会这样?

宋书一直跑，终于跌跌撞撞地跑下楼梯，跑过客厅。她用尽力气推开客厅门，翻过天井的围栏。

她冲进那轰鸣的雷声和暴雨里。

她停在仰躺在暴雨和泥水里的少年身旁。

她蹲下身去。

倒在地上的少年早已脱力。

他合着眼，他从来没有这么安静过。他苍白地躺在那里，像一只被抽掉了发条的玩偶，像是观众散场后倒在舞台中央的小丑。

能把人撕碎的惊雷声，噼里啪啦的雨声，孤独的、声嘶力竭的大叫声……

黑暗里一切都被放到最大。

只剩恐惧和绝望。

这世界上谁能来救他?

过去，现在，以后……

谁会来救他?

曾经遭受的凌虐、心中和身体上的伤口、哭干的泪、恶意的笑，和濒临悬崖的冰冷麻木的心，它们组成了被带回秦家之前的他的世界。

它不像地狱。

它就是地狱。

在每一个雷雨夜，那个地狱里关着的魔鬼会从记忆里走出来，嘶笑着敲响他的房门。

“怎么办？分不开啊！”

“怎么会分不开？”

“两个人的手握得太紧了，我怕弄伤他们……”

“雨这么大，总不能淋着，先一起带进去吧。”

“送去哪儿？”

“……”

秦楼沉浮在苏醒与昏睡之间，几次闪过曝光过度的底片一样扭曲又断续的画面，还有那些凌乱的、嘈杂的、划过玻璃一样折磨着脑袋的声音。

他烦躁得想要捂上耳朵，但感觉手被什么握着，握得很紧很紧。身体冰冷，只有掌心里那一点点温暖。

秦楼没舍得松开。

反正痛苦他本来就习惯了，久了都麻木了，再难受也无所谓。可是如果在梦里能多握住一秒那一点点温暖……

在那冰冷到心脏都缩紧和战栗的痛苦里，秦楼再次沉进黑暗里。

和以前唯一的不同是，这一次他紧紧地握着掌心的温暖，像是握住了自己人生里那根唯一的稻草。黑暗里他终于有了唯一的牵系，不再是只能跌落进那回荡着魔鬼嘶笑声的梦魇里……

不知道过了多久，秦楼的意识恢复了。

涌上来的第一感觉，是和之前的冰冷截然相反的灼热。他浑身滚烫，喉咙疼得快要干裂冒烟，脑袋也昏昏沉沉的，像塞了铁。

但并不陌生。

秦楼甚至已经习惯了——即便他的身体素质比同龄人的要好，但每一个雷雨夜后他毫无例外会大病一场。

身病，也是心病。

房间里的遮光帘被拉合紧密，一丝光都不透，眼前黑得伸手不见五指——是他最讨厌的黑暗。

但所幸还安静。

按照惯例，家里的用人应该已经给他……

少年的身子突然僵住。

几秒后，他不确定地再次攥了攥左手——掌心里软软的、小小的，能够触摸得到纤细的手指。

秦楼很确定那不是他的右手。

尤其是它还动了动。

他的手掌心被细细的小手指挠过去，痒痒的劲儿一直顺着手掌钻进身体里去。

所以，现在这个从来只有他独自醒来的偌大空旷的房间里，还有第二个人在。

而且根据这只手的大小，和它的主人到现在明明醒了却没有发出过任何声音的情况来判断……

“小蚌壳？”

那只小手试图从他手里挣脱。

秦楼确认了答案。

他笑起来，连声音里都满是愉悦。他紧紧地攥住了那只很小的手，不让它再有半点挣扎的空间。

“你怎么会在？”

空气安静，秦楼本来也没指望能听到答案。

但是他听到了——

“昨晚，院子里，我在。”女孩儿声音轻而慢，带点涩。

少年笑意一沉，声音低下去：“那你还敢来？不害怕吗？”

黑暗里，女孩儿轻轻摇头。

少年冷笑了声：“别摇头，看不见。”

宋书默然，然后她轻声开口：“我知道，你只是想把自己救出来。”

少年笑容一僵。

黑暗里再次安静下来。

几十秒后，秦楼回过神。

他故意把声音压得低低的，听起来格外吓人：“下次你最好跑远点，没看到其他人怎么做？”

他大概忘了自己手里还攥着女孩儿的手，攥得紧紧的，所以连威胁听起来都色厉内荏。

女孩儿没拆穿他，只安静地垂着眼：“下次我也会在。”

但秦楼还是有种被拆穿的脸红感，他硬气地冷笑了声：“谁要你在？你在能做什么？”

女孩儿沉默下来。

秦楼怀疑她想要反悔，所以他先反悔了：“你……你是我的小蚌壳，确实要在。”

为表决心，他把宋书的手攥得更紧了。

宋书点点头。

少年说：“别点头，太黑了，看不见。”

她没开口，少年有点遗憾。

他想，以后如果每天都能听她跟自己说几句话，那他一定会每天都开心一点。

两个人都没想到，说好的“下次”来得这么快。

那场雷雨之后，阴云两天，太阳始终不肯露面。秦楼发烧反复过几次，到这天傍晚才勉强退了。

闷雷声也是在那之后没多久响起来的。

宋书淋了雨，也有点轻微的感冒，吃药之后有些昏沉，但窗外的闷雷声还是在第一时间惊醒了她。

女孩儿小声咳嗽着跑出房间。

走廊上恰好刚走过宅子里的用人。

“又来了，这场雨还有完没完？”

“哪怕不打雷也行啊，一打雷那位肯定又要折腾。”

“他这两天发高烧，虚弱成那样，应该折腾不起来了。”

“那可说不准。赶紧把药给他送过去，我们就去楼下。”

“嗯。”

两人身影远了。

他们身后，女孩儿没表情的小脸在走廊的灯光下有些苍白，她轻抿起唇。

宋书从小情绪迟钝，各方面都一样。然而加上那晚情绪的积蓄，这是她第一次对什么事情产生这样的愤怒感。

她握紧了手，然后顺着长廊快步跑向秦楼的房间。

她到门口的时候，房门闪着一条缝。

门里面黑黢黢的。

宋书推开房门，借着身后长廊上的光，她看到送来的药和水就放在门内的墙角边——送药的用人连门都不敢进，就好像里面有什么吃人的怪物。

宋书踏进房门。

她身后的光落在地上和床上，被折出扭曲的光影方块。

闷雷在窗外隐隐作响。

躲在黑暗的被子里的少年声音嘶哑："把门关上！"

宋书把身后的门关上。

"秦楼。"

黑暗里，她第一次喊少年的名字。

床上那团被子下，无意识地战栗着的少年身子一僵。

秦楼睁开眼，然后他听见被子外，女孩儿走到床边的声音。

"我来了。"

秦楼想女孩儿的声音真的很安静，平平板板的，没有起伏，也没有一点安慰人的模样……果然是个木头洋娃娃。

秦楼撑着被子慢慢起身。高烧让他思绪不清，意识昏沉。而窗外渐近的闷雷，就好像从那个梦魇里伸出来的一只只手，要把他拉进那片只有痛苦和折磨的黑暗。

他一直跑一直跑，跑了很多年，却一次都没逃过那个梦魇。

秦楼想挣扎却无力挣扎，他感觉耳边要把他逼疯的魔鬼的低语越来越近，几乎就要贴上来。秦楼猛地伸出手，攥住了站在床边的女孩儿的手，攥得那么紧。

"你来干吗？"

……救救我。

"你有什么用？"

……救救我。

“你就算来了能做什么？！”

……求你救救我。

一声惊雷骤响，瞬间劈开了漆黑的夜空。

少年的身子陡然僵住。

……来了。

他似乎听到那个魔鬼的脚步声越来越近，它裹挟着阴冷潮湿的惊雷和雨的味道，它身后那些嘶哑咆哮的声音越来越近，越来越近。

黑暗里少年挣扎的战栗停住。

唰——

少年呼吸一滞。

女孩儿的手从他掌心里挣了出来，像是要离开。秦楼回过神，慌了，他下意识地伸出手，想再去把他唯一的温暖拉回来——他的耳朵被轻轻捂住了。

身下的床一陷，女孩儿跪立在床边，捂着他的耳朵。

秦楼愣住了。

女孩儿柔软微鬈的长发散发着淡淡的花香味。

是哪一种？玫瑰、雏菊、茉莉，还是紫罗兰？秦楼分辨不出来，只觉得很好闻，让人很安心。

他几乎被撕碎吞没的理智慢慢回来了。

那些要把他逼疯的声音开始淡去。

从他记忆的梦魇里走出来的魔鬼，被他的小蚌壳拦在了门外。

她说：“我在。”

2004年夏末最后一场暴雨，那是秦楼人生中第一个没有发作的雷雨夜。

从记忆的梦魇里走出来的魔鬼在他的窗前不甘地嘶吼和徘徊，一次次想要再次把他拽进那个充满绝望和恐惧的深渊，然而每一次都有一个声音挡在他的耳边——

那个声音说：“我在。”

秦楼也数不清那一晚宋书说了多少遍，大概比她之前说过的话加起来都要多，一遍又一遍，不厌其烦。

那也是他的第一场没有被噩梦纠缠的安眠，他的梦里出现了别的地方别的形象——不再是那个废弃破旧的后院，不再是那些黝黑的金属桶，不再是那群挥舞着铁棍敲打在他身上的长着孩子面容的魔鬼，不再是他撕碎一切包括自己也没办法逃出来的雷雨夜的噩梦。

他第一次梦见了孤儿院的前门外，那里有一片柔软的草坪。他躺在上面，阳光抚摸着他身上每一寸灼痛的伤口，暖洋洋的光拥抱着他。

尽管身上的伤很疼，尽管稍一动就会扯破伤口淌出血来，他还是伸出手紧紧抱住他的光。

他死都不想放开。

——我在。

——那请你一直在，永远不要离开。

“秦家小少爷的身边多了一个奇奇怪怪的女孩儿。”

——宋书搬进秦家两年后，所有和秦家有关的人都在这样传言。

女孩儿真的很奇怪，因为她安安静静，不爱说话，没什么表情。最重要也最奇怪的是，她不怕秦楼。

“她竟然不怕秦楼？”——传言时每一个人都要加上这句话，尾音最好再上扬一些，这样才足够表明他们内心的震撼。

事实上，秦楼的宅子里的用人们更知道：宋书对秦楼，那何止“不怕”两个字能够形容？

宋书的到来让秦楼喜怒不定的爆发少了很多，连偶尔的雷雨夜他们也不再需要为那些恐怖的场面和声音担惊受怕，但代价是——只要宋书不在宅子里，秦楼就格外容易爆发。

譬如今天。

一辆黑色轿车急刹在宅前。连转进旁边停车位的时间都没留，门前如热锅上的蚂蚁一样焦急等着的用人已经冲上来。

驾驶座的车门打开，司机下车。

“接到了吗？”

“在了在了。”司机被催促着打开后排的车门。

背着书包的女孩儿脚刚踩到地上，就被用人拽住手："书书，你可回来了，都快等死我们了。"

等这边一大一小两道身影消失，去接宋书的司机停好车，下来之后还有些心有余悸。

他问旁边修剪草坪的人："少爷今天又闹了？"

那人苦笑："我都站这儿修剪一上午草坪了，你说呢？"

"唉。少爷这脾气，也就宋书能治得住。"

"还真是。要是离了这位小祖宗，真不知道日子还过不过得下去。"

"不过宋书毕竟是白小姐的女儿，又不可能一直留在少爷身边。而且再小的孩子也总是会长大的，要是以后哪天她想走，以少爷那性格还不得——"

说到这儿，两人对视一眼，各自噤声。

余下的话谁都没说出口。

宋书踏进外楼的玄关时，厅里传出一声清脆的花瓶摔在地上的声音。

跟在她身旁的用人一抖。

宋书倒是没什么反应，她眨了眨眼，神情、动作一切如常，安安静静地换了鞋子走进去。

用人下意识地想把她拉回来，转念又连忙放下手。

宋书进到厅里，看见一地狼藉。

原本站在墙角想拦不敢拦的用人看见宋书，眼睛登时像见了救星似的一亮。他拼命给宋书使眼色。

宋书走进来。

她不问，也不声张，一直走到坐在沙发扶手上的少年身旁才停住脚。然后她拿下背包，从里面拿出一只六阶魔方，递到少年面前。

少年绷着脸瞥过来一眼，声音硬邦邦的："你没看到我在发火吗？"

宋书不回答，把拿着魔方的手抬了抬。

角落里的用人们提心吊胆地看着。只见他们少爷的一张俊脸绷了几秒，还是伸手把魔方接了过来。

用人们纷纷松了口气。

魔方咔嗒咔嗒地转起来，客厅里也有了声音。

宋书低头看了看秦楼坐着的扶手，她也侧身坐上去，一边安静地垂着眼看秦楼玩魔方，一边声音毫无波澜地问："你为什么生气？"

魔方一卡，重新转动。"他要我跳级去高中部。"

"他"是指秦梁秦老先生，不必解释宋书也知道。

宋书问："你不想去？"

"当然不想。"

"为什么？"

秦楼没急着回答，他皱眉抬起头，看了她一眼，又低头继续转魔方："因为你在初中部。"

"因为你聪明，所以秦爷爷才让你去高中部。"

——在秦家待了两年的宋书，最大的进步就是会称呼人了。

秦楼说："那也不去。"

宋书想了想。

"嗯。那就不去。"

角落里的用人们很是无语。

幸亏宋书只是来安抚，不是来劝说，不然秦老先生估计要气出点毛病。

魔方复原，少年的情绪也平复了。用人们从紧绷状态放松下来，开始收拾客厅里一地的狼藉。

秦楼和宋书一起往楼上走。

两人去了二楼的书房。

中午的阳光很好，书房大落地窗的窗帘拉开了，让人懒洋洋的阳光照进来。

书房被分成了两块。一块是宋书的，摆满了各大流派的画作和相关书籍；另一块是秦楼的，书架上尽是些高深的与数学相关的书。

一般进到书房里以后他们都是各"玩"各的。

但今天，进来以后秦楼停了下，转过头看宋书："给我画一幅画吧。"

宋书没太懂他的意思。

秦楼指了指自己："画我。"

说完以后，秦楼就看见很少有表情的女孩儿，像只小树懒一样，慢慢皱起了眉。

秦楼气得不轻。

不过没等他表示自己生气了，女孩儿就点了点头。

“好。”

秦楼一下子又不气了，甚至心情有点灿烂。

“画得好看点。”

他回到自己那排砸下来能掩埋十个他的书架前，拿出一本书，无意识地面带微笑地看了两分钟后，终于回过神。

他笑什么？

智商160+的秦楼，人生中第一次怀疑自己是个笨蛋。

半个小时后，宋书拿着画本走到秦楼那边。

秦楼放下手里厚厚的书。

对于他来说，这些著作里的内容还是过于啰唆，明明一句话能说清楚的事情一定要用几篇来解释——他觉得这就是他刚刚走神了半小时的原因，跟别的没关系。

“画好了？”

“嗯。”

“我看看。”

接过画本，秦楼努力控制着表情和声音，让自己不致显得有点急迫。

然后他看清了画本上的画。

一座哥特式风格的尖顶古堡，细长，很高。

除了最上面的一扇小窗之外，其他地方没有窗户，整个尖顶古堡几乎是完全密闭的。

而那扇唯一的窗户里，站着一个少年。

毋庸置疑，那就是秦楼——因为在这幅画里，他实在找不出第二个人。

秦楼眼底压抑的悦色冷下来。

“你呢？”

“……”

“为什么没有你？”秦楼捏紧了画本，他转头看向女孩儿，不知道自己的脸这会儿有点苍白。

宋书恍然。她拉起画本另一边，指向塔下："我在这里。"

秦楼低头去看，皱眉。

"这是花园。"

"嗯。"

"花园里只有花，哪有你？"

"这些是紫罗兰。"宋书说，"我喜欢紫罗兰。"

所以紫罗兰就代表着她。

听懂这一层意思，秦楼的表情总算缓和了，他看着画儿低声自语："花也好，花不会自己长脚跑掉。"

他声音太轻，宋书没听清，好奇地看着他。

秦楼白皙的脸一红，然后他故意板起脸："那为什么我离你那么远？"

宋书想了想："你听过《莴苣公主》的故事吗？"

"那是小孩儿才看的东西。而且它叫《莴苣姑娘》，不叫《莴苣公主》。"

宋书点头，伸手指了指画本的下边。

到此时，秦楼才发现，在那满花园的紫罗兰里面，用铅笔轻写着画的标题：《莴苣王子历险记》。

宋书第一次露出有点调皮的笑："等王子长出紫罗兰颜色的长发，他就可以从古堡里出来了，紫罗兰会在下面接住他。"

"……按照这个逻辑，不应该是紫罗兰王子吗？"

宋书想了想，点头："要改吗？"

"……"

在"莴苣王子"和"紫罗兰王子"之间思考了0.1秒，秦楼坚定地摇头。

然后他重新拿着画本端详起来。

这一次，看着看着，秦楼脸上慢慢露出笑。

宋书站在旁边。

安静很久后，她轻声开口："我知道不是因为秦爷爷。"

秦楼笑容一僵。

"你因为什么……不开心？"

“……”

秦楼放下画本，转头看向宋书。

在秦楼的眼睛里，宋书看到已经很久没有出现的云翳，一点点吞噬了光。

她看见秦楼敛去笑意。

她听见秦楼低声问：

“他们说，总有一天你会离开我。

“你会吗？”

“……”

“你会吗？”

“……”

书房里安静很久。

风把窗边的书页吹得哗啦哗啦地轻响。

秦楼看见宋书点头。她望着他，乌黑的瞳仁里是明亮的干净。宋书轻声说：“我会啊。”

“……”

“没有人不会离开的，秦楼。”

秦楼怔怔地看着她。

他似乎吓傻了，眼睛睁得很大，里面空得像是要流出眼泪来。

但7岁以后他再也没哭过，他已经不会哭了。

所以他只是问，小心翼翼，声音轻得像怕打破或者碰碎什么，那些恐惧被他压在最深最深的地方：“我不管别人，他们走不走没有关系……可为什么你会离开？……”

秦楼的情绪还是急躁起来。

宋书想了想，开口：“老师说，我们会升到高中，然后考进不一样的大学，会离得很远，交不同的朋友，有不一样的……”

“我只会有你！”

宋书怔了怔：“为什么？”

“因为……因为……”秦楼难得语塞。

宋书安静地看着他：“你那么聪明，比老师们都厉害很多，以后还会更厉害。有很多人想要和你做朋友，你不会只有我。”

秦楼气得不想说话。

“不过你要先开始正常上学，”宋书思考着说，“不能像在家里一样发脾气。大家不再害怕你，就会有很多人和你做朋友了。”

秦楼气到极处，冷冷地笑了下，转身就走。

他一定要叫这个榆木脑袋后悔。

一定！

初三开学后，秦楼看似比之前“安分”了不少，但是他的一些行为还是让老师们头疼不已。

可能是气场原因，在学校里，愿意跟他交朋友的只有一些问题学生。

不过这个小少爷嚣张跋扈了半个学期，连一件出格的事情都没做成过——全校都知道这得益于三班一个叫宋书的小姑娘。

小姑娘安安静静，不爱说话，走到哪儿都抱着一个画本。她的长相是清秀可爱那一类型的，但是很少有表情，再加上学习成绩好到没朋友……总体来说，和其他同学总是有点隔阂。

不过更重要的一个原因，大概就是她和秦楼认识，而且是熟识。

秦楼只听这个小姑娘的话。

每次问题少年们想要搞点事情的时候，消息总是不知怎么就走漏到小姑娘那里去了。

于是，学校后的小树林、操场前的小草坪、音美楼旁边的小广场、体育馆对面的假山喷泉池……无论什么场地，小姑娘总是及时出现。

而且她一露面就把他们的小浑蛋头头儿给拎走了。

这些少年一度怀疑他们之中有内鬼，几次向秦楼互相“检举”。

未果。

直到今天这次。

眼看着两边人都到齐了，小姑娘还没来，问题少年们兴奋得不得了，跃跃欲试，疯狂暗示秦楼可以趁此机会一雪前耻——

“再等等。”

小少爷咬着根狗尾巴草，心不在焉地盯着教学楼的方向。

然后其他人就顿悟了。

不是每次都没来得及，而是他们的头头儿自己通风报信，然后卡着时间等人家小姑娘来“拎”自己。

几个人气得不轻。

不过他们敢怒不敢言。

因为他们发现，随着时间推移，秦楼眼底的笑意一点点阴沉下去，看着吓人。

在秦楼发作以前，被派去给宋书通风报信的人回来了。他气喘吁吁地跑到秦楼身旁。

“他们班的人说，宋书被……被老师叫去办公室了。我等了半天，她都没……没回来。”

秦楼眼底最后一点笑沉了下去。

对面和他们约架的高中部的几个早就不耐烦了，其中一个嘲笑着走上前：“怎么的，害怕了？这是准备要临阵脱逃……”

秦楼眼中寒光一闪，那人一凛，住了嘴。

秦楼扭头径直向教学楼方向走去。

“宋书，你是个好孩子。老师知道你和秦楼从小认识，关系好，但是有些人吧，他可能不适合一直做朋友……”

宋书站在班主任的办公室里，没表情地垂眼听着。

老师的桌上有一盆花，盆栽又小又秀气，还没开，看叶子好像是玫瑰，这样种着活不了多久……

“宋书，老师说的话你听进去了吗？”

“嗯。”

“知道该怎么做吗？”

“嗯。”

“那老师就放心了。你有很好的未来，不要因为一时交错朋友耽误了自己，不然以后一定会后悔的，知道吗？”

“嗯。”

“好了，那你回去吧。”

“老师再见。”

宋书转头往办公室外走。

她其实没听进去，也不太需要听进去。因为从初三刚开学到现在，这样的话她不知道听过多少遍了。

每个老师都告诉她：“秦楼和你不是一类人，你应该离他远一点。”

起初宋书还会告诉他们，没有秦楼就不会有现在的自己，但是后来她就不再辩驳了。

因为他们不会懂。

宋书走出办公室，转身关门，再转过身。

然后宋书愣住了。

办公室外的走廊上，少年抬起头。

他失望地望着她，或许是情绪压抑得太厉害，额角淡青色的血管微微凸起来，垂在身侧的手也紧攥成拳。

“……我听见了。”

少年的声音有一点嘶哑，更多的是痛苦和压抑。但是他笑了。

“所以你才叫我去交朋友，因为所有人都告诉你应该离我越远越好，是吗？你终于发现这一点，但现在才答应他们不觉得太晚了吗？！”

宋书反应过来。

“我不是答应……”

“但你知道吗？”

少年打断她的话。他一步跨上前，咧嘴笑了起来：“他们说得一点都没错。”

“……”

“你早该滚了。”

“……”

说完最后一句话时他犹自僵了几秒，才嘲弄地一低眼。

“……谁稀罕！”

他转身要离开。

“秦楼。”

少年脚步一停，很快重新向前。

“秦楼。”

他充耳不闻。

“秦楼。”

“……”

“秦楼。”

秦楼的步伐蓦地止住。

几秒后，他身体僵硬地转回头。

宋书站在原地。

她安安静静地望着他，明眸柔软。

“我一直站在这里。我没有走啊。”

许久，秦楼压抑到嘶哑的声音传入宋书耳中：“为什么不走？”

“……”

“他们不是劝你了？他们说得很对，关于你的关于我的——他们每一句话都说得很对！”

“秦楼。”

“你早就应该听他们的，离我越远越好，我和你本来就不会走在一起！”

“我们一直在一起。”

“那是以前！再过几年呢？你没有听到家里的用人怎么议论吗？他们都在讨论你妈妈什么时候会接你离开——她怎么可能让你待在我身边！”他低下头，声音嘶哑，“我早就无药可救了！你懂不懂？”

“……”

他把头埋得很低。

这么久以来秦楼第一次这样难过，难过得感觉自己要哭出来了。

他终于就要弄丢他的小蚌壳了。他是该哭一场才对。

秦楼把头埋得更低了。

然后他感觉有一只手抬起来，很轻很轻地揉了揉他的头发。

“我会救你的，秦楼。”

秦楼声音一哑。

她还是听出来了。就像好几年前的那个雷雨夜里，只有她听得出他在求救啊。

“你不怕我吗？”

“为什么要怕？”

“他们都怕。”

“可他们都不是我啊。”

“……”

秦楼慢慢、慢慢收紧手指，握住宋书的手。他垂眼，无声地看着宋书。

他眼里忍着泪。

“对，他们都不是你。”

我的世界里，没人是你。

第 3 章

—Y A O H E N—

做我的锁好吗

宋书和秦楼升入高二的那年暑假，秦家的投资公司在白颂驻地的办事处站稳根基，白颂的外派因此正式结束，完成工作交接后启程回国。

消息是提前一周到的秦家主家。

暑假一到秦楼和宋书就会搬来主家，这些年来这已经成了惯例。白颂回国的消息送去秦梁书房，于是也就不可避免地传进秦楼耳朵里。

秦楼听到后如临大敌——这几年白颂只要回国，就第一时间到秦家探望自己的女儿。随着宋书在秦楼的影响下一点点外向起来，也学会表达，母女俩的相处一次比一次融洽。

所以无论秦楼怎么想，只要白颂回国，他的小蚌壳肯定是要被带走的。

想到这点他就烦躁。

也是赶巧，消息到的时候宋书去参加Q市一所知名高校的暑期夏令营活动，并不在秦家。

能够“灭火”的人不在，秦楼折腾起来没谁敢管，全家上下苦不堪言。

用人们被连续折磨了几天，忍无可忍，终于有人向秦老先生告状了。

秦梁让人把秦楼叫去书房。

秦楼是抱着一整盒不同硬度的铅笔进来的。坐到沙发上以后他打开盒子，随手拿起一根削了起来。

等秦梁从公事里抽身，回头看见后就皱起眉：“你拿的这些铅笔是做什么的？”

“画画用的。”

秦梁一愣：“你最近对画画有兴趣？不玩魔方了？”

“小蚌壳喜欢。”

——宋书不在面前的时候，秦楼喜欢跟任何人这样称呼她，因为很亲密，而且他不准其他任何人用这个称呼。

解释完后，秦楼突然想起什么，皱着眉抬头："我什么时候喜欢玩魔方了？"

"六阶魔方，家里买一卡车了。"

"也是她喜欢啊。"秦楼理所当然，思考两秒又补充，"不过她自己不玩，她喜欢看我玩。那玩意儿结构强度不高，本来就容易玩坏。"

"……"

秦梁知道自己的这个孙子一向是眼里只有宋书，只是不知道已经到了这种程度。

他又好气又好笑地摇摇头。

"你知道你白阿姨要回国的事情了吧？"

不提这个还好，一提起来，秦楼面上的笑容顿时沉了下去。

见孙子不吱声，秦梁又说："叫你来是跟你商量一下什么时候让宋书搬走。"

咔嚓！

秦楼手里那根铅笔被拗断了。

书房里沉默片刻。

秦梁无奈地叹了口气："秦楼，宋书不可能跟在你身边一辈子。"

"为什么不可能？"

秦楼冷眼抬头，眼底深处压抑着情绪。

"你们现在还只是学生，可以一起上学一起玩，但是以后……"

"以后我也要和她在一起，她去哪儿我就去哪儿！"

秦梁一噎，他震惊地看向秦楼，却发现秦楼没有半点冲动的迹象，尽管秦楼的情绪并不平静，但这句话说出来的时候更像是已经在心里酝酿了不知道多少遍。

秦梁迟疑起来。

"秦楼，如果你真的想和宋书长久地在一起，那你现在就更要学着把手放开些，你不能再像个孩子一样思考问题了。你可以强留她一天、两天，但不可能强留她一辈子——强迫只会让人离心。"

"……如果放不开呢？"秦楼声音有些哑。

秦梁叹气："你们可以在同一所学校，进同一个班级，以后你想做什么我不会干涉你，你大可随着她去。但你要让她有自己的生活，她的生活中不可能全都是你……"

书房里又安静很久。

秦楼抱着那只盒子站起身。盒子里面装了很多削好的铅笔，是宋书不在的这些天他一根一根削出来的。

削的时候，他感觉好像是在打磨藏在最深处的逐渐滋生的阴暗情绪。但那些情绪又不一样——无论削减多少、压下去多少，它们总会变本加厉地卷土重来。

他知道这样不对，那样不好。

可是他做不到。

他在黑夜里抓住了他唯一的光，无数个声音叫他把手松开些、放开些……

可他怎么做得到？

"我会……想想。"秦楼这样说。然后他抱着那个盒子，转身出了书房。

走到长廊上的时候，秦楼看见不远处的拐角处好像飞快地掠过去一道身影。

有点熟悉，而且很仓皇。

只是秦楼心情不太好，所以他没有理会，扭头回了自己的房间。

即便秦楼再不情愿，白颂也还是回国了。

而且白颂到秦家拜访秦老先生那天，秦楼发现白颂身边多了个女孩儿。他趴在二楼的楼梯上，听见白颂说那是她姐姐白歌的女儿，比宋书小2岁，所以也是宋书的表妹，叫栾巧倾。

秦楼顿时整个人都不好了。

因为这意味着，宋书不但要回家，而且回家以后身边就会多出一个新玩伴——男的女的不重要，多出来一个有可能威胁到他地位的就是不行。

但是他说不行，显然也不能把栾巧倾变没。栾巧倾的母亲去世很早，父亲的新婚妻子不太喜欢她，所以只能由白颂这个姨妈来照料她。

宋书和这个新来的小姑娘以后待在一起的时间，说不定比和他待的都要长……

秦楼郁闷地去了宋书的房间。

宋书正趴在自己桌上画画，一张又一张，全是她在夏令营里见到的人和风景。

她的东西被收拾好装进几只小小的箱子里，堆在房间的角落。

她到底还是要走了。

秦楼站在门旁不说话。

已经长出俊美的五官轮廓的少年低着眼，他很少这样安静。

他其实是可以闹腾的，反正那样的事情他以前总是在做。闹到无法收拾，闹到所有人惊恐，闹到他们只能顺着他的意思……那样他或许就能把他的小蚌壳多留一天，或者两天了。

但他没有那样做。

“秦楼。”

秦楼听见声音，抬头。

宋书不知道什么时候站到他面前，手里拿着那个一直被她抱着的画本，还有一只六阶魔方。

“这个是礼物。”宋书先把画本给他，然后又把魔方放在了画本上面，“这个是任务。”

秦楼不说话，仍然看着她。

秦楼的眼眸里涌动着太多太多的情绪，多到盛不下，多到要溢出来，多到要把眼前站着的女孩儿淹没。

宋书好像未察觉一样。

她朝他笑了笑，眼角微微地弯下来，弧度并不明显，但是落在他眼里刚刚好。

“知道我为什么每次都让你转魔方吗？”

“……”

“我以前认识的阿姨说这是一种心理暗示法。每次在你情绪起伏厉害的时候让你复原魔方，积累到现在——如果再有情绪波动，那它就可以帮你平复了。”

“……”

宋书晃了晃那只魔方：“我们可以叫它心理镇静剂，你觉得这个名字怎么样？”

“……”

见秦楼仍旧不肯配合，宋书脸上的笑一点点淡下去。

“不喜欢这个名字吗？”

“喜欢。”

秦楼把画本放到一旁，拿过那个魔方。

然后咔嚓一声，掰坏了，扔掉。

秦楼盯着宋书：“但是不是它。我的心理镇静剂从来都不是它。”

宋书看着坏掉的魔方，呆了两秒，然后轻轻地叹了口气：“这么生气吗？”

秦楼微微咬牙，冷笑：“换作另一个人现在就该倒计时准备跑了。”

“才不跑。”

女孩儿没什么表情也没什么起伏地说完这三个字，然后她认真想了想。

“很快就开学了，二中白天上课的时间特别特别长，所以我们只是晚上不会见到——这样想有没有好一点？”

“没有。”

宋书又轻轻地叹了气，又轻轻摇了摇头。

她身上散发着柔柔的香气，混合着紫罗兰香的洗发露的味道。

宋书第一次见这样的女孩子。

——栾巧倾也是这样想的。

不知道是不是由于血缘和基因的奇妙，宋书的长相、性格都和栾巧倾的妈妈白歌有点像。尤其是栾巧倾每次一对上这个比自己还矮了两厘米的姐姐的眼睛时，总觉得自己回到了那拥有一个严厉妈妈的童年。

哦，宋书还和她妈妈一样没什么表情。

所以栾巧倾一点都不怕那个总是笑意温柔地对她嘘寒问暖的白颂姨妈，但是第一次见到这个没声音没情绪地盯着她看的表姐，她从心里觉着怵得慌，那条恨不得跷到脑袋顶上去的二郎腿都局促地放下来了。

“巧巧，这是你的姐姐宋书。书书，这是电话里妈妈跟你提过的表妹，她叫栾巧倾，你叫她巧巧就好。”

栾巧倾在心里翻白眼，想说巧巧巧巧的难听死了，她才不要叫这么肉麻的名字。

然后栾巧倾一抬头，嘴巴张到一半，刚好就对上宋书那双没什么情绪的乌黑眼瞳。

话在嗓子眼一卡，噎回去了。

巧……巧巧就巧巧吧。

宋书安安静静地看了栾巧倾几秒，慢慢点头："好。"

"妈妈之后会安排巧巧转进二中的初中部读初三。作为姐姐，以后在学校里你要好好照顾巧巧啊。"

宋书沉默几秒，又看向栾巧倾。

再次接受审视的栾巧倾不自觉地挺了挺腰。

宋书点点头："好。"

"那你们在家里玩吧。妈妈还要去公司，有事情给妈妈打电话，好吗？"

"嗯。"

目送白颂离开，想到自己即将和这个奇奇怪怪的表姐独处不知道多久，栾巧倾第一次对这个过于温柔的姨妈产生深深的不舍之情。

但是没用。

房门一关，偌大的公寓里只剩下两个小姑娘。

栾巧倾咬了咬牙，她觉得自己得把面对同龄人的气势拿出来，压过这个表姐，然后才能在以后的日子里……

"玩魔方吗？"

"嗯？"栾巧倾脑子没转过来，满眼茫然。

"这个。"

栾巧倾低头去看，然后就看见宋书从自己背包里拿出了一个格子块儿密密麻麻的魔方。

栾巧倾很无语。

这个姐姐连玩的魔方都和正常人的不大一样。

宋书似乎看出栾巧倾的怯意："这个一点都不难，你看。"

栾巧倾真的看了。

看了大概三分钟，眼花缭乱到已经快要分不出那六种颜色的时候，耳边咔嗒一声。

一只复原好的六阶魔方在她眼前晃了晃，然后露出来的是她表姐那张精致漂亮还没表情的脸蛋。

“你看，很简单吧？”

栾巧倾更加无语。

这个姐姐太可怕了，她想回家。

栾巧倾真的跑了。

那天早上白颂走的时候，给了宋书和栾巧倾一人一份零花钱，让她们两个结伴去游乐场玩，玩完还可以手拉手逛逛街。

栾巧倾对手拉手这个说法表示极度嫌弃，但是宋书看了她一眼。

栾巧倾沉默两秒，乖乖地抬起手接过钱，还礼貌地道谢：“谢谢姨妈。”

“巧巧真乖。”

巧巧心里泪流满面。

但是转头她就突然想明白了一件事——她本来就知道爸爸的新住址，只是一直没有时间和钱去那里，现在似乎两样都有了。

栾巧倾开始动心思了。

到了游乐场以后，栾巧倾发现人很多，非常适合她跑路。她眼珠转了转，拉住宋书：“姐姐，我肚子疼，我要去洗手间。”栾巧倾一边说话，一边把手放在肚子上揉。

“我陪你。”她姐姐面无表情。

栾巧倾一噎：“不用不用，我自己去就行了，姐姐你在这儿等我吧，我一会儿就回来！”

说完栾巧倾就要跑路，却被一把拉住。

她心虚地回头。宋书安安静静地盯了她两秒，慢慢点头，同时松开手。

“路上小心。”

栾巧倾吓得扭头就跑。

她跑出去很远以后，回头看身后，那个比她还矮了两厘米的女孩儿仍旧站在人群里，安安静静地看着她离开的方向。

宋书那时候十五六岁，已经长出小美人的雏形，周围好多路过的男生都在或明或暗地打量着她。

然而她眼里好像谁都看不见，只专注地望着栾巧倾这边。

栾巧倾突然有点心虚。

但她还是想回家。她想如果以后有机会，她还是愿意陪这个表姐来游乐场里玩一玩的。

手拉手去逛街……也不是不行。

栾巧倾拿着白颂给她的钱，跑到游乐场门口打了一辆车，直奔她爸爸的新住址。

那边是一片高档住宅区，一栋栋小楼格局规整，外面漆得也很漂亮。栾巧倾是第一次来这里，她有点害怕，但她还是壮着胆子走进去了。

按照门牌号艰难地找到爸爸的新家，看着院子里面漂亮的小别墅和小门庭，栾巧倾深吸一口气，按响院子外面金属门上的门铃。

不一会儿，里面台阶上的门打开了，一个女人的身影露出来。

“谁呀？”

栾巧倾嗖地一下蹲到了门旁的灌木丛后。她抱着膝盖茫然地睁大了眼睛，回忆自己刚刚看到的那个人。

那是她的新妈妈，她知道，对方不喜欢她，她也不喜欢对方；但是回来之前她想过了，她可以为了爸爸忍下来。

但是……

为什么那个阿姨的肚子是挺起来的？

没等栾巧倾想明白这个问题，她听见灌木丛后，一个熟悉的男声渐近，带着点不舍的责怪。

“不是说我来开吗？你还大着肚子呢，小心点。”

“我听见有声音，忍不住嘛。”

“不行，这边台阶这么多，万一伤着你或者宝宝，那我得多心疼。”

“就你会说话。”

“来，让我跟宝宝也说两句……”

“哎呀，好了，你别闹了，我刚刚看见好像有人在外面的。”

“是吗？……没人啊。我就说肯定又是你听错了，走吧走吧，外面这么热，别热着宝宝……”

声音渐远。

最后砰的一声，那些甜言蜜语没了，只有寂静被关在门外。

栾巧倾蹲在灌木丛后。

她蹲得腿和脚都麻掉却没有知觉，蹲得外面的天也一点点黑下来，蹲得噼里啪啦的大雨滴砸到她面前的地砖上，画下一块又一块形状不同的水斑。

栾巧倾终于撑着膝盖站起来。

她看见不远处拉着薄窗帘的窗户里亮起来，一男一女的身影在窗户里依偎着，屋里的灯光很温暖。

她抬了抬头。

其他的小楼，灯光一盏又一盏，书里说的万家灯火大概就是这个样子。

但是书里没说，看到万家灯火的人都是站在门外，外面会大雨瓢泼，外面的天又黑又暗。

万家灯火里没一盏跟她有关。

……

栾巧倾淋成了一只落汤鸡。

她也不知道自己要去哪里。雨那么大，天地中间都是茫茫的一片，行人急匆匆地从她身旁经过，很少有人愿意多看这个被淋得湿透的孩子一眼。

栾巧倾只能盲目地晃着，一直晃到这片高档住宅区外面。

门旁就有一家二十四小时便利店，栾巧倾摸了摸口袋，不知道他们还收不收湿透的钱。

她抬头看过去，然后僵在了雨里。

僵得像个傻瓜。

像个傻瓜是她从便利店玻璃的反光里看出来的。

导致她像个傻瓜的，是反光再往里，坐在便利店休息区高脚凳上那个晃着腿、脸上没表情的漂亮女孩儿。

女孩儿也看见她了。

女孩儿跳下椅子，推开便利店的门，然后停在屋檐下，朝她招了招手。

栾巧倾回过神后第一反应就是，这个已经要上高二的姐姐坐在高脚凳上还能晃起腿来，这得有多矮？

第二反应，看着那张没什么情绪但就是叫她感到亲切和心安的脸，她哇的一声扑上前。

——她以为全世界都把她抛弃了。

原来没有啊。

还好……没有啊。

栾巧倾抱着比她矮两厘米的宋书，哭得一把鼻涕一把眼泪。尽管被她抱着的人没出声也没挣扎，但栾巧倾还是觉得所有的委屈都有了一个泄洪口："妈妈，爸爸他有别的孩子了！他不要我了！哇——"

躲雨的路人扭头看向这边，看俩十几岁的孩子的眼神像是在看两个傻瓜。

宋书安静也平静得多，所以她注意到了。但她没说什么，只是在心里轻轻叹了口气。

她想起那年在秦家的小楼里。

那个满脸笑容地抱住扑进怀里的宋茹玉的父亲，那个亲昵地哄着他的孩子的父亲，那个唯独把厌恶和最伤人的冰冷留给她的父亲……

宋书轻轻摸了摸抱住自己的栾巧倾湿漉漉的头顶。

"那我们也不要他了。"

那些辜负了我们的，我们都舍弃吧。

从那天起，栾巧倾对宋书有了更复杂的情绪，一定要形容的话，大概是爱恨交织。

爱来源于栾巧倾从来没体会过的姐姐的关怀和安抚，尽管那人没什么表情。

至于恨……

栾巧倾至今都记得，她哭得上气不接下气，一边抽泣一边不解地问宋书为什么她跟来了还没淋湿。

然后宋书淡定地从随身的包里拿出了一把雨伞，在淋成落汤鸡的她身旁缓缓撑开……

栾巧倾最终还是进了宋书就读的Q市二中。

二中是在全省排名很靠前的省重点高中，甚至在全国都小有名气，尖子生满地走，而栾巧倾的成绩……不提也罢。

所以当栾巧倾进入初中部，发现几次学校表彰的优秀学生代表里都有宋书时，她总是会想起初见宋书的那个下午，被那个格子多到让人密集恐惧症都要发作的魔方支配的恐惧。

由于两人成绩悬殊，栾巧倾对谁也没提过高二那个漂亮的学霸小姐姐就是自己姐姐。

这个秘密被她捂得很严实。

直到一个“意外”来临——

也许是栾巧倾过于引人注目，她进入二中后，很快麻烦就找上门来了——

有几个人约栾巧倾去“谈谈”。

考虑到对方人多势众，栾巧倾觉得自己一个人去有点掉面子，想了想就把时间和地点发给宋书。

栾巧倾到的时候，就见那几个人站在树下，旁边有个高中部的男生。

那个男生看清栾巧倾是一个人来的，气笑了，扭头问：“不是说她也带人吗？就一个女生，还忽悠着我把楼哥叫来，逗我们玩呢？”

说完，他扭头转向高台：“楼哥，对不起啊，我这帮学妹瞎胡闹……”

顺着这声音，栾巧倾扭过头，才注意到树荫下还有一个人。

穿着白衬衫的少年，晃着修长的腿，坐在台子上。听见声音后他放下手里的书，抬了抬眼。被树荫下的光影描绘过的五官俊美极了，薄唇的流线，鼻梁白皙挺直，还有一双墨色的眼。

栾巧倾从来没见过这么好看的少年。

但少年不怎么和善。

他冷淡地瞥过她，将视线移开，把手里的书合上，往说话的那个男生那儿一砸。

“《长恨歌》背不下来，我今天又见不到小蚌壳，你是特意来害我的？”

男生讪笑着接住：“不是，楼哥，下次绝对不敢耽误您的时间，您继续背，继续背。”

栾巧倾想，世界之大，无奇不有，这是她第一次见到这么好学的问题少年，就是不知道他说的“小蚌壳”是……

“巧巧。”

一听见这个没起伏没波澜的声音，栾巧倾背后一毛。她嗖地一下转回头，条件反射地张口就喊：“姐姐！”

这一声喊得动静有点大，引得那边台子上下几个人都看过来。

空气突然安静了。

栾巧倾第一次在宋书的脸上看到很明显的表情——宋书望着她身后的某个方向，慢慢皱起眉。

“你《长恨歌》背完了吗？”

这话显然不是在问她。

栾巧倾扭头看过去。

然后她看见那个让她惊艳的少年不知道什么时候站起身来。

宋书的意外出现让那双墨黑的眸子里的情绪没有来得及被压住——

他望着栾巧倾身旁安静皱眉的女孩儿，那一瞬间眼底腾起一种惊喜的情绪。

宋书并不知道栾巧倾叫她出来的原因。

等听完栾巧倾有点磕巴地解释过前因后果，宋书表情平静地点点头：“这次月考你总分多少？”

栾巧倾惊呆了。

学霸有种神奇的魔力，那就是不管什么话题，他们最后总能给你扯回到学习上。

栾巧倾装作没听见：“姐，你和那个秦楼认识啊？”她回头看了一眼自己斜后方。

之前少年见到宋书出现时，眼睛里分明流露出喜出望外的目光，结果被宋书问了一句“你《长恨歌》背完了吗”后，不知道怎么，就像被施了法术似的，懒洋洋地坐到树荫下的台子上，还非常应景地摆出一副生无可恋的模样。

栾巧倾收回目光，听见宋书说：“我和你提过，他是秦爷爷的孙子。”

栾巧倾一噎：“就是你说的那个能在两分钟内复原任意一个六阶魔方的？”

“嗯。”

长得帅就算了，脑子也这么好用，这还给不给普通人留活路了？

栾巧倾腹诽时，宋书似乎就什么问题思考了几秒，然后她移过目光，看向栾巧倾斜后方。

“秦楼。”宋书喊了声。

前一秒还满脸颓丧的少年，眨眼间已经站到宋书身旁，速度快得让栾巧倾都有点蒙。

宋书示意了下栾巧倾：“这是我表妹，巧巧。巧巧，这是秦楼，也比你大2岁。”

近距离看着那张帅脸，栾巧倾作为一个“颜值控”，心里有点慌：“哥、哥哥好。”

秦楼轻眯起眼，目光很快从栾巧倾身上掠过，追到宋书那里：“我如果也喊你姐姐，那也能住进你家里吗？”

栾巧倾再次惊呆了。

宋书很淡定：“不能。”

“你搬回来住也行。”

“秦爷爷不会同意。”

“那我搬出去和你一起住。”

“秦楼，别闹。”

看着从来没什么表情的姐姐露出无奈的神色然后说那句“别闹”，栾巧倾深觉一道惊雷从天而降，稳准狠地劈在了她的脑门上。

过了好几秒，栾巧倾才找回自己的声音：“姐，什……什么情况？”

空气一静。

前一秒还笑得恣肆没什么正形的少年突然侧过身，目光冷冰冰地扫了她一眼。

这是他第一次正视她。

目光里只有因宋书而起的警告。

栾巧倾身子一僵。

而宋书木着脸，似乎很不赞同地看向她：“不要胡思乱想，好好学习。”

栾巧倾无语。

这是她胡思乱想吗？

直到那两人交谈着要离开，栾巧倾才回过神，一脸怀疑人生的样子。

2009年除夕，秦梁破例把白颂邀请来家里，说是于公于私都有重要的事情需要两家坐下来谈谈。

一整天，秦扶君脸上的笑都有些不自在。

宋成均和秦扶君的两个孩子都在，白颂又带来了宋书和栾巧倾，再加上秦楼，几个年纪相仿的未成年人坐在偏厅里，空气却安静得叫人窒息。

宋茹玉和宋帅姐弟近些年学得乖多了，无论在家里、学校，见到宋书都是绕着走，生怕哪天一不小心招惹了她，还得“获赠”一份“大魔王的怒火”。

——致命debuff（游戏用语，减益效果），附带增伤流血后果，无冷却时间，一不小心就彻底GG（游戏用语，用于日常生活中表示失败的场景）。

长此以往，他们对表哥秦楼的心理阴影与日俱增。即便秦楼现在没小时候那么容易发作了，但这也丝毫没能减轻他们看到秦楼以后由心而生的畏惧感。

譬如此刻。

秦楼倚在椅子里，长腿抬起来搭在桌边，低垂着眼有一下没一下地转魔方，神色懒散又无趣。

然而这已经让坐在他对面的两个人面如菜色了。

栾巧倾看得幸灾乐祸。

这种场面一直持续到宋书从楼上下来。玩魔方的那人的眼眸像是瞬间被点亮了，注意力直接被吸引过去。

“做完了？”

“嗯。”

“难吗？”

“还可以。”

栾巧倾这一年已经升入高一，大概猜得到这两个人在说什么，因此在旁边泪流满面——

什么是学霸？大概就是明明身处高三寒假，面对车载斗量的试卷练习题量，竟能在寒假没过半的时候提前完成。

栾巧倾窝囊得差点把桌子角给啃下来。

在她付诸行动前，偏厅通往正厅的门被人敲了敲。家里的用人探进头来，小心翼翼地开口："秦楼少爷，老先生让您也去正厅，说是有事要谈。"

秦楼正蹭在他的小蚌壳身边，试图通过一道高难度数学题的特殊解题思路吸引自己的注意力，闻言回眸。

"只让我去？"

用人很识时务："老先生没提，但少爷如果乐意，自然可以请宋书一起过去。"

秦楼满意地回头，然后就发现身旁女孩儿的全部注意力都集中在他刚弄出来的那道数学题上。

秦楼OS（内心独白）：自作孽。

秦楼叹气，起身："我先出去了？"

"嗯嗯。"

宋书点点头，手中的笔飞速地在纸上游走。她脸旁有一绺没捋好的呆毛，跟着她点头的动作上下晃了两下，最后停在她唇角，微微翘着。

秦楼眼神深了深。

他没忍住，伸出手，但在触及女孩儿的唇瓣或者那柔软的发梢之前就停住了，落回身旁，修长的手指慢慢攥起来，攥紧。

"……怎么了？"似有所觉的女孩儿抬眼问。

秦楼眼底翻腾的情绪瞬间被压了下去。

他嘴角一勾，笑了起来。

"没什么。"

"……唔。"

偏厅的门再次关上。

宋书若有所思地转回头来。她不知道是不是自己的错觉，总觉着最近一段时间秦楼有点古怪——虽然古怪是他的一贯做派，但最近他好像和以前并不一样。

比如，她觉得现在的那种古怪都是朝她来的……

"姐。"

耳边的声音唤回宋书跑远的意识，她转过头，发现栾巧倾不知道什么时候站到了自己旁边，脸皱成一团。

"怎么了？"宋书想了想，"作业太难了吗？"

栾巧倾无奈：“啊啊啊——你除了作业还知道别的吗？”

宋书表情不变：“你上学期期末考全班倒数第三，我还没跟你姨妈说。”

栾巧倾呆了两秒。她就不该问的。

栾巧倾放弃了对宋书做启发式的引导，直接把她从椅子上拉起来，往偏厅里的洗手间拖。

“不行不行我忍不了了，这件事我一定得跟你说清楚。”

宋书茫然而又平静地被栾巧倾拉进偏厅的洗手间里。

门把宋家姐弟好奇的目光关在外面。

宋书和栾巧倾在洗手台前停下。栾巧倾转过身，激动得脸色发红，但是在张开嘴巴的时候又像是噎住了，半天都没说出话。

最后还是宋书问：“你想和我说清楚什么？”

栾巧倾深感挫败地敲了敲自己的脑壳：“姐，我就问你一个问题。”

“嗯。”

“你自己认真思考一下，你觉得你和秦楼到底是什么关系？”

“……你要叫他哥哥。”

栾巧倾差点原地爆炸螺旋升天：“这是重点吗？这、是、重、点、吗？我的姐姐啊，你开开窍好不好？！”

栾巧倾的声音在密闭的洗手间里格外震耳，宋书忍了她两秒，伸出食指戳住她的额头。

“你太吵了。”

栾巧倾要气晕过去了。

宋书放下手：“所以你想说什么？”

栾巧倾捂脸扭身趴到墙上：“我的姐姐啊，秦楼他明明就是喜欢你啊！”

镜子里，一直平静的、没什么情绪的女孩儿怔住了。

然后她慢慢皱起眉。

号完了的栾巧倾醒过神，小心翼翼地扭过头，她看着自己的这个姐姐情绪变换的眼神，突然感觉有点后怕。

万一宋书反而退却了，那秦楼知道真相后，她的下场岂不是很惨？

栾巧倾嗖地一下捂住了自己的嘴。

而就在此时，栾巧倾身后皱眉沉思的宋书似乎终于想起了什么——就像是突然解开了一道困惑她好几天的数学难题一样，那精致漂亮的面孔上露出恍然的表情。

她轻拍了下自己的手掌。

“原来是这样。”

栾巧倾心中像被一万只猫挠过。

这是个什么反应？！

解开了疑惑的宋书似乎心情很好，眼角弯下一点弧度：“你就是要说这个吗？”

栾巧倾麻木地点头。

宋书轻笑：“那我知道了，我们出去吧。”

栾巧倾正沉浸在怀疑人生中无法自拔的时候，转身往外走的宋书突然又停住，转回来了。

“你刚刚问，我认为我和秦楼是什么关系，是吗？”

“呃……对。”

“在我看来，我和秦楼的关系，就是我和秦楼的关系。”

“……啥？”

宋书笑了笑。

“不需要同学、朋友、亲人这样的定义，我和秦楼的关系定义就是‘我和秦楼’——这个世界上没有什么既有的关系能够定义我们，因为这段关系里谁都不可替代。是我们，一起让我们成为现在的我们。”

栾巧倾的大脑艰难地想跟上宋书的思路，却被绕得更加晕乎。

宋书看穿了，轻戳了下她的额头：“以后你会懂的。”

宋书离开了洗手间。

栾巧倾慢慢回过神来，她伸手摸了摸被宋书戳过的额头，有点心情复杂地怅然一叹。

其实她也不是完全不懂。

跟在这两个人身边快有两年了吧，很多时候看见他俩站在一起时，她会有一种很奇妙的感觉——

好像只要这两个人在一起，就有什么东西把他们同外界所有人和事隔开了一样。

那个小世界里只有两个人。

那个小世界，除了他们两个，谁都进不去。

而作为唯一的孤零零的旁观者，栾巧倾都不知道自己对谁的嫉妒要多一些。

这场年夜饭前的会谈持续时间格外地长。

偏厅和正厅相隔并不远，从偏厅门外的长廊上走几步就能路过正厅。一直有断续的说话声从那边传来。

秦楼不在，宋家姐弟俩放松不少，没一会儿宋茹玉就坐不住了，去偏厅门口扒着房门竖起耳朵听。

听了片刻她走回桌旁，对宋帅说："外公可真偏心。"

"怎么了？"

"他好像想让表哥和……"宋茹玉往宋书这边看了一眼，不满地转回去，"想让他们俩一起去国外留学。"

宋帅眼睛一亮。

去国外就意味着再没人管，想做什么就做什么，他自然也想去："那我们呢？"

宋茹玉说："我们当然只能留在国内考试了啊。"

宋帅顿时垮下脸。

宋茹玉撇了撇嘴："真不知道谁才是他外孙。"

宋书早就过了和宋茹玉一般见识的时候，这会儿就像没听到，做那道数学题做得专心致志。

但栾巧倾不是压得住脾气的孩子。她听见宋茹玉的话后冷笑了一声："得了吧。论成绩，送我姐和秦楼出国那是争光，送你出去图什么？转着圈儿丢人啊？"

"你……你怎么说话呢？！"

宋茹玉被戳到痛处，顿时气红了脸。

栾巧倾朝她做鬼脸："略略略……"

宋茹玉说："哼，我才不和小孩儿一般见识！说到底还不是个没妈养的……"

砰！

花瓣形状的红茶杯敲在长桌桌面上的声音，压住了宋茹玉的说话声。

宋茹玉下意识地看过去，正对上一双没什么情绪的眼。

她背后莫名地一毛，僵了两秒才硬撑着"刚"回去："你那样看……看我做什么？"

宋书仍是那副神情，语气也淡淡的："我看你，是因为你说错了话。"

宋茹玉有心反驳，但话就是出不了口——她也知道自己刚刚措辞过分，这会儿过于理亏，最后还是憋回去了。

偏厅里再次沉默下来。

但这一次的安静没有持续多久，就被来自正厅方向的一声女人的尖叫划破——

"秦楼！你是不是要杀了我啊？！你疯了吗你？！"

偏厅里所有人表情一变：那个声音毋庸置疑是秦扶君的。他们想都没想，纷纷起身快步向偏厅外走去。

通往正厅的走廊上，家里的几个用人不安地聚在角落。

宋帅急问："怎么回事？"

开口的是家里待得年头久的人了，此时愁眉苦脸："老先生想安排秦楼少爷和宋书去国外留学，完成学业后订婚，还打算把公司事务交给白小姐打理，扶君不同意，闹起来了，一不小心提到秦楼少爷的父母……"

余下的话自然不必说，正厅那边的乱象已经能表明结果了。

几人再顾不得，包括宋书在内，都加快步伐，直奔正厅。

他们止步在正厅旁边的台阶上时，厅里正乱成一片——

秦楼站在正中，地上是四溅的茶杯碎片，秦楼的手流着血。

"秦楼！"声音在正厅外响起。

少年的身影一滞。

两三秒后，他缓缓抬起眼。

宋书站在已经吓蒙了的三人中间，攥紧了手，脸色有些苍白，红润的唇瓣也淡了血色。

但她安静地和秦楼对视，没有露出半点畏惧或者躲闪。

“我画画的铅笔用钝了……你能来帮我削一下吗？”

秦楼僵了两秒，垂眼，猝然一笑。

他看了看自己流血的手，大步走向正厅外。

他走到宋书面前，攥住她的手腕，以一种几乎把她拉得踉跄的力道，直接把她带进走廊。

走廊上的用人们吓得纷纷往两边退，而秦楼目不斜视，直接将宋书拖进偏厅。

砰！

一声巨响，房门骤然合上。

门外众人回过神，一个比一个脸色白得难看。

门内，宋书被秦楼抵在墙上。秦楼的呼吸急促，脸上露出痛苦的表情。

“别怕我……小蚌壳。”

宋书心里蓦地一疼。

秦楼慢慢慢慢低下头，靠到她耳边的墙上。他紧紧地抱着她，声音沙哑微哽：

“做我的锁好吗？

“有你在，我才不会痛苦。”

第 4 章

—Y A O H E N—

从此以后，你便是天堂

除夕夜风波后，秦扶君的抗议也没能阻止秦梁的决策推行。总公司内的高层收到通知，开始为白颂被任命为总经理的决议做人事上的安排，只等年假结束，白颂就要走马上任了。

秦扶君和宋成均一人负责一家子公司，白颂一旦上任，以后就是他们的述职对象。

两边斗了这么多年，秦扶君自然不可能甘心。但秦家的家族产业里一向是秦梁一言堂——老爷子发话拍板，秦扶君再不甘也只能往肚子里咽。

另一件事就和秦楼、宋书有关了。

秦梁的原意是让秦楼和宋书8月份一起到M国参加SAT考试（高中毕业生学术能力水平考试），学业完成后就订婚。

但这件事在白颂那里卡了壳。

白颂以前对于秦楼只是有所耳闻，并不相信多少，但除夕夜的亲眼所见让她产生了一点不安。

除夕夜当晚，宋书就被她叫出去单独谈话了。

“书书，你跟妈妈说实话，你真的愿意和秦楼在一起吗？”

宋书点头。

“他没有欺负过你？”

宋书微怔，随后很轻地笑了下：“他只是看起来很凶。”

白颂想想晚上秦楼的表现，显然并不赞同宋书的话。但和女儿对视几秒后，白颂还是无奈地笑了：“你很喜欢他。”

不是问句，是肯定句。

这世上除了秦楼以外，最了解宋书的一定就是现在的白颂了。

宋书也没有否认，她轻弯下眼角，笑：“就像以前我在电话里说过的，因为他，我才成了现在的我。”

白颂半是担忧半是欣慰。

“好。妈妈尊重你的选择。”

订婚和留学的事情便这样口头约定下来。

在这公私双重的因素下，白颂三人这个年是留在秦家主家过的。

然后用人间慢慢有了些议论。

宋书第一次听到是在大年初二的白天。

那天上午，长辈们在一楼的正厅偏厅和上门拜访的客人们交谈，宋茹玉和宋帅姐弟被拎下去当“吉祥物”。

至于秦楼，他们藏起来还来不及，自然不会让他下楼，而宋书也不是在这种场合能言会道的人，所以两人都留在空荡荡的楼上。

秦楼很想让宋书到他的三楼，但是宋书拒绝得不留余地：“是你说不许我上三楼的。”

“我没说过。”小少爷撒起谎来眼睛都不眨。

宋书慢吞吞地瞥他一眼，停下手里的画笔，微直起腰，学着某人当初的口吻：“我在的时候不准上三楼！不然有你好看的！洋、娃、娃！”她重新拿起画笔，低下头去继续画画，“这不是你的原话吗？”

秦楼牙疼似的凑到她耳边哼哼：“那不是我年纪小不懂事吗？你别跟我一般见识。”

“不行，做人要守信。”

“那我先收回，这样可以吧？”

“不。”宋书用言语表明懒得和他多说了。

秦楼耐心告罄，眯起眼威胁：“小蚌壳，我给你最后一次机会，你再不走我就把你连人带壳一起端了啊。”

宋书没说话，抬起头安静地瞥了他一眼。

然后秦楼就㞞了。

“行吧，不上就不上。”

达成一致后，二人去了二楼通往三楼的平台。从当年那件事后，平台的桌上就不再摆放花瓶，空落落的，留给两人。

宋书在桌上铺开画本画画，秦楼坐在桌角，架着长腿，一边看宋书笔下的画，一边有一下没一下地转手里的六阶魔方。

每次复原完他就把魔方放到宋书面前，宋书重新给他打乱，他再拿回去复原。

半上午都安安静静的，两个人“玩”得不亦乐乎。

夜路走多了会撞鬼，背后坏话说多了就会撞到当事人——临近中午，当家里两个用人再次谈起最近两天家里私下流传的闲话时，声音恰好从二楼的长廊里飘上平台。

“这么多年真是没看出来啊，本来以为白小姐是没什么心机的，没想到其实她才是最厉害的。”

“可不是吗？为了拿到公司的管理权，连女儿都能当工具。”

“说到这我就不太懂了。她那儿说到底也只有当年老一辈一起创业时白家那百分之十的股份吧？就算现在拿到了管理权，又能有什么用？”

“你傻啦？能只是管理权那么简单吗？秦楼少爷可是秦家的独苗，秦家的股权以后绝大部分都是他的。如果他和宋书订了婚，这些股份的话语权将来不还是在白颂那里吗？”

“那秦老先生就这么放给她？”

“不然还有什么办法？秦楼少爷那性子，以后才不会管公司呢，秦老先生这是在替他孙子铺路，所以才有所谓的儿女私事在前，公事在后——只有这样他才能放心把公司交给白颂啊！”

“原来如此……那就难怪秦扶君这么反对那两人订婚、留学了……”

“我甚至怀疑，白颂当初就是怀着这个目的才送宋书来秦家的，那这个美人计的伏笔埋得可够久的。”

“不会吧……”

“怎么不会？不然什么父母会把女儿嫁给秦楼少爷？……”

话音戛然而止。

用人们正停在楼梯口，僵住。他们的目光里，秦楼顺着木制楼梯一阶一阶不紧不慢地走下来。

秦楼手里还转着个魔方，脸上挂着灿烂的笑。

“秦、秦、秦楼少爷！”

两个用人脸色瞬间惨白。

“继续啊，别停。我正听得兴起呢。”秦楼在离二楼还有三四级台阶的时候停下了，他笑着坐在台阶上，倚到楼梯旁的墙上，“你们刚刚说什么？”

“我、我、我、我们……没、没说……”

秦楼眼里笑意一沉。

“你们没说，那就是我幻听？”

用人吓得更厉害，磕磕巴巴，一句解释都没说出来。

“秦楼，别玩了。”

平台上又传来声音，安安静静的，听不出什么情绪起伏。

秦楼回过头。

宋书仍趴在桌上画着她的画，从头到尾，那两个人的话好像对她没有半点影响或者触动。

秦楼轻啧了声，然后恶作剧地笑起来：“小蚌壳，他们说我中了你的美人计。”

宋书想了想说：“美人计是说夫差和西施的，最后一个亡国自刎一个被沉了江，这个比喻不好。”

“这么惨吗？”秦楼枕着手，没心没肺地感叹，“不过美人计嘛，也算死得其所了。”

晃了两圈他又突然停住，皱眉问：“那谁先死的？”

“吴王夫差。”

秦楼眉头一松：“这还差不多。”

一直没什么反应的宋书停下画笔，转回头看他，乌黑的瞳孔里盛着点茫然。

显然这一次连宋书也没听懂秦楼这句话的逻辑。

秦楼并不解释，只坐在台阶上笑。

“你以后可一定要死在我后面啊，小蚌壳。”

尽管没懂，宋书沉默两秒后，还是慢慢点了点头。

“好。”

秦楼笑意淡下去，垂了眼。

没有你的世界，我得有多绝望多难过。

2010年3月的第一个周末，晚上。宋书坐着秦家的车回到和母亲白颂、表妹栾巧倾共居的住处。

过完年之后，她和秦楼便开始准备8月份的SAT考试。秦梁请了专门的辅导老师到家里，宋书每个周末都会去秦家和秦楼一起上课，这周也不例外。

到家时已经接近7点，宋书开门之后发现玄关搁着一双女士高跟鞋和一双男士皮鞋。

这让宋书有点意外。

“姐，你可算回来了。”栾巧倾不知道从哪个角落里蹿出来，“今天姨妈提前回来了。”

“嗯，还有别人吗？”

“我就是要跟你说这个！你爸今天竟然也来了！”

宋书摘下背包的动作停顿了下，她淡淡道：“他不是我爸。”

“啊，我太意外了，没注意措辞……”栾巧倾懊恼地敲敲自己的脑袋，“不过我搬来两年，还是第一次见他过来啊。他这是怎么了？不怕他老婆孩子吃醋啊？”

宋书沉默两秒后问：“作业做完了吗？”

“啊？”栾巧倾笑容一僵，“没、没做完。”

“……”

“行行行，姐你可别这样看我了，我这就去做还不行吗？”

栾巧倾咕咕哝哝地回了房间。

宋书在客厅里独自坐了一会儿。

书房和客厅只有一墙之隔，家里没有特别做隔音，起初里面的说话声还很难听见，后来随着两人的语气逐渐激烈，宋书在客厅也能听得一清二楚了。

“……你才接手总公司多久，凭什么就说EAG的商业模式有问题？”

“问题一目了然，到底出在哪儿，我不相信你自己心里不清楚。”

“白颂，你少阴阳怪气！别以为老爷子把管理权交给你你就高枕无忧，可以对我们随便发号施令了。我告诉你，这在我这儿行不通！”

“好，你不承认EAG的商业模式有问题没关系，那我问你，EAG的主营是什么？”

“当然是沉香！”

“那沉香树要结香，生长周期有多长？”

“生长周期？差不多……五六年吧。”

“五六年？EAG对外宣称自己是沉香业的顶尖公司，所产沉香均为业内最优品质序列——最优品质序列的沉香至少也要十年甚至是二十年的生长时间，五六年能结香的只可能是最普通的沉香！”

“……我、我又不是产品经理，我怎么可能这么了解与种植相关的东西？”

“好，那我再问你，EAG初创距今不过三年，最劣质的沉香恐怕都没有生产出来，也就是说完全无法从销售获得现金流，那你们公司支撑运营的钱是从哪儿来的？”

这一次，在长久的沉默后，宋书再听到的宋成均的声音，底气已经弱下去。

“自然就是……融资嘛。EAG有这样好的产业前景，不少做PE（私募股权投资）的都很看好我们公司的发展。”

“是看好EAG，还是看在秦氏集团的面子上？”

“这也没什么区别。”

“商场无兄弟，他们肯投这么多钱进来，真就只是为了面子这么简单？”

“不、不然呢？”

“你是不是真以为我没有调查过EAG给投资人的利益承诺？在那样高的承诺下，你们的商业模式却完全无法负担。换句话说，你们一直是靠新一拨投资者的本金来偿还之前的投资者的利息——你这是在拉着全公司一起走钢丝！”

宋成均的语气彻底软了下来，甚至带着乞求。

“白颂，你给我一点时间……最新一批沉香就要进入销售阶段了，资金上的空缺我很快就能填补。你不能在这个时候断我的后路啊，不然我就完了！秦家、老爷子，还有大家，都会受到牵连！”

“你也知道你会害全公司遭殃？！”

“我知错了，我已经后悔了，白颂。你放心，真的，第二季度前我一定给你一个满意的报告，好吗？你再相信我这一次……就算、就算是看在宋书的面子上呢？我毕竟是她的爸爸啊！”

“……”

书房里的声音在那番哀求后彻底低了下去。

两分钟后，书房的门被打开。

白颂站在门口：“宋成均，这是我最后一次以私人名义警告你，如果第二季度前你还没办法把这个巨额的资金空缺填补上，那就别怪我不再替你遮掩。”

“好，好，你放心，我一定！”

“我有一个视频会议要开，不送你了，你走吧。”

“好，我自己走。”

房门重新被关上。

几秒后，宋成均阴沉着脸从走廊里出来。他一抬头就看到了无声地坐在沙发上的宋书。

宋成均强挤出一个笑容。

“小书，爸爸今天……”

“出去时关好门。”

宋书起身，头也不回地往自己的卧室走去。

宋成均的笑容僵在脸上。

他眼底掠过复杂的情绪，最后还是讪讪地离开了。

6月，高中毕业季。

在学生们或是欢欣鼓舞或是怅然若失的气氛里，秦梁给秦楼和宋书制订的毕业后就订婚的计划却被迫中止了。原因只有一个——

月初，秦梁就病重入院了。

也是直到此时无法隐瞒，秦家的家庭医生才对这些晚辈说出实话：秦老先生早在去年年底就已经诊断出肝细胞性肝癌，其间一直在进行保守的药物治疗。

按照秦梁本人的意思，这才一直隐瞒着所有人。

得知这个消息后，秦家炸了锅。秦扶君在父亲病床旁连着哭了几天，终于被忍无可忍的秦梁赶了出去。

秦楼和宋书则一起被叫进房间。

他们进去的时候，跟秦梁年纪差不多大的家庭医生正在嘀嘀咕咕地说什么，秦老先生不耐烦地板着脸，显然是被絮叨得不轻。

见到秦楼和宋书进来，病床上的老人这才勉强露出点笑容。

“你们过来吧。”

宋书听话，按照老先生的意思坐到病床旁的椅子上，秦楼皱着眉站着，秦梁也没再管他。

闲聊两句后，秦梁叹了口气。

“到底还是因为我的病，把你们俩订婚的事情给耽误了。”

医生也不介意，他是秦梁的老朋友，此时奚落道：“我之前就说别拖别拖，早点去M国排上移植的肝源，就能早点看到他孙子结婚抱重孙子——你爷爷就是不信，非说万一移植出了问题，他没看着孙子订婚就走了，没脸下去见列祖列宗……现在舒服了吧？人家小年轻好好的订婚都让你给搅了。”

秦梁脸色随着老友的话越来越黑，到最后气得拍拍床板：“你不说话没人当你哑巴！”

“哼！”

宋书和秦楼还是第一次见秦梁这么孩子气的一面，精神头儿也很好，连宋书都不由得笑起来。

宋书和秦楼陪着两位老人坐了半下午，临走前，秦梁叹着气跟宋书说：“过两天我去M国准备移植手术，肯定是要把秦楼他们都带过去的。到时候公司这边只有你妈妈一个人操持，肯定很辛苦，而你和秦楼本来可以好好出去玩玩，也被我耽搁了——你们母女俩实在被我这个老头子连累得不轻。你别怪爷爷。”

“不会。”宋书摇摇头，很认真地看着老人，“等您病好了回来，订婚宴上我给您敬茶——酒不能喝了哦。”

见一向没什么表情的女孩儿认认真真地跟自己开玩笑，秦老爷子也忍不住开怀大笑。

“好，好！我一定喝我孙媳妇给我敬的茶！决不食言！”

“嗯，我们一言为定。”

几天后。

秦家所有晚辈——秦扶君、宋成均夫妇，宋茹玉和宋帅姐弟，还有秦楼，众人一起陪着秦老爷子出国准备移植治疗。

公司里不能离人，白颂留下来独力支撑。宋书则在家里照顾还没放假的栾巧倾。

秦楼走那天，宋书去机场送他。

长相越发俊美的少年如今有着人群里最扎眼的挺拔身量，只是浑身上下散发着“生人勿近”的气息。

连同行的秦家晚辈和用人都恨不能离他十万八千里。

等宋书赶到，秦楼快要按捺不住的情绪才慢慢平复。

这两个人独处的世界时常是安静无声的，而且怎么也不会寂寞或者无聊。即便二人共处于安静无声的世界，秦楼也总是恨不得放慢再放慢，好有足够时间让他慢慢享受与宋书独处的时光。

只是时间是最不听话的。

没一会儿，秦家随行的用人便过来催促了。

秦楼低眼望着面前的女孩儿，咕哝：“你说蚌壳能带过M国那边的海关吗？”

“蚌壳本壳”不理他的无赖话。

“那我走了啊。”

“嗯。”宋书点头。

秦楼眼神轻晃了下，他转过身，却突然被拉住。

秦楼回眸。

宋书没什么表情，只朝他轻轻招手：“你往下来。”

“干吗？”

秦楼一副不耐烦的语气，但还是把他那挺拔的身子躬下来。

然后他的头顶被轻轻摸了摸。

“别怕，我在啊。”

声音安静而叫人安心。

秦楼的瞳孔微栗了下。

僵了十几秒，他才哑声笑起来，带着苦涩的无奈和终于被剥开露出的一点点心底的战栗。

像是又回到了多年前那个雷雨夜，女孩儿在空荡荡的房间里抱着战栗的他，捂着他的耳朵，一遍一遍不厌其烦地说话。

我在啊。

这一次，少年的瞳孔轻栗后，他笑了起来。

“只要你在，我什么都不怕。”

2010年8月13日。

秦梁在M国某癌症研究院的移植手术圆满完成，为期几周的封闭性治疗结束。

作为主责陪同家属的秦楼也在这天得以离院。

他第一时间就想把这个好消息和他的小蚌壳分享。

然而拿到手机以后，秦楼怎么也打不通宋书和白颂的电话了。

直到在外留候的秦扶君和宋成均赶来，宋成均一脸沉痛地将手机上的一封电子邮件打开拿给秦楼看。

秦楼僵着手接过——

“秦氏集团总经理白颂，涉嫌利用EAG子公司非法笼络资金500亿元无法兑付本金，面临包括股权欺诈、洗钱等在内的8项刑事指控……白颂在开庭前夕畏罪自杀。

“嫌疑人的独女宋书，于开庭当日，在路上遭遇严重车祸，重伤入院。一周后，宋书因抢救无效死亡。”

手机跌落在地。

四分五裂的屏幕上，映出一张扭曲而破裂的面孔。

秦楼回国那晚，Q市暴雨，雷声在黑暗的天空里轰鸣，劈开云层的闪电像恶魔的长镰。

而秦楼麻木地走在暴雨、雷声和人群中间。

那曾经撕碎过他的内心世界的魔鬼的笑再一次追上来，它不甘地在他身边嘶吼咆哮，但他再没有回应也没有战栗。

他从来没有这么安静过。

那是在他的世界彻底崩塌之前。

“少爷！秦楼少爷！”

雨幕里，一辆轿车急刹在秦楼的身边，从车里下来的人撑开巨大的黑伞，焦急地跑到秦楼身边。

“雨这么大，您快上车吧少爷！”

秦楼绕过他，没有表情地走进雨幕中。

那人惶恐地追着：“少爷——”

“秦楼！”雨里多了个震怒又嘶哑的声音。

“秦老您就别下车了，您这手术才结束没多久，您得小心身体啊。”

“秦楼！”

那道身影连一次停顿都没有，就好像已经失去了所有的感官和知觉。

少年麻木地走在雨中，原本挺拔的身躯不知道什么时候被压得微微佝偻，如同一具行尸走肉。

秦梁按着车门，手死死地抠紧，青筋在他皮肤褶皱的手背上凸起。

“宋书明天就要下葬了，你连她最后一面都不想见了是不是？！”

雨幕里的身影一震，停住。

很久后，没有任何征兆，雨中的少年突然弯下腰——他从身体里挤出一声歇斯底里的嘶吼。

疼啊。

小蚌壳，我好疼啊。

怎么会这么疼?

他终于支撑不住，跪在积水里。

耳边那些笑声终于变成宋书最温和的安抚。

“我在。”

“我会救你的，秦楼。”

“为什么要怕你？”

“他们都不是我啊。”

“别怕，我在啊。”

……

你骗我。

你骗我。

你骗我啊……

8月底的这场暴雨已经持续了两天，像是要下到世界末日，停都停不下来。

29日傍晚，嘉安公墓。

一座新竖的墓碑前，零星地站着几个打着黑伞穿着黑色衣服的人。一个十五六岁的剪着寸头的女孩儿面无表情地站在最前面。

她身后传来低低的议论：

“就剩这一个孩子了啊。”

“听说是表系的亲属，不然真不知道她以后要怎么过……”

“是啊，白颂欠的那些钱到现在下落不明，找不回来。要是直系，那些债权人还不得疯了吗？”

“这么一想，这宋书走了也好，不然那些人恐怕要逼死她的。”

“说到这个，我听说车祸的责任方是个醉驾司机，你说这不早不晚的，刚好撞了这个孩子……”

“嘘——这些话可不能乱说。”

“也对。”

声音被雨打湿，又被风吹散。

低哀的乐声在公墓里沉沉地飘荡着。

几个人影沿石台阶走上来。

“哎，秦家的人来了。”

“秦老先生可真是心善，秦家这次不知道要吃多大的苦头呢，他还愿意来看这个孩子。”

“白颂可真不是玩意儿，秦老先生待她那么好……”

“是啊，她自己出事了一死了之，秦家可被她害惨了。”

一直僵在那儿的栾巧倾回过头，让人视线模糊的雨幕里，秦家一行人慢慢走近。

为首的是个少年。

黑色的中山装，冷白的肤色，漆黑的眼，俊美的脸上没有半点情绪，苍白而麻木。

栾巧倾呆呆地看了他几秒，突然就崩溃了。

她扑过去，手攥成拳狠狠地捶在少年的肩上、身上，一边打一边痛哭："你为什么才回来？！我姐姐给你打电话你为什么不接？你现在回来还有什么用？还有什么用啊？！"

秦家随行的人上来要拦，却被秦梁制止了。

秦楼不躲不闪，也不辩解。

他麻木地站在那里，一动不动地盯着那块墓碑。

石碑上刻着她的名字。

还有她的一张小小的照片，不知道是什么时候照的。黑白色的框里，女孩儿安静地望着镜头，眉眼一如他所熟悉的。

他好像还能回忆起在机场那天，她轻轻摸着他的头顶时，掌心残留的温度。

"别怕，我在啊。"

……那下面一定很冷吧。

我接你回家好不好……小蚌壳？

少年的眼睛慢慢眨了下。

他面前的栾巧倾脱力地蹲下身，在墓碑旁的石子路上痛哭失声。秦楼慢慢挪动腿，朝那座新竖的墓碑走去。

这短短的几米，他好像走完了一生。

到最后停下时，少年已经撑不住佝偻的身体，跪伏在松软潮湿的泥土上。

他摸着那冰冷的墓碑棱角，干涩的眼眶里早就流不出泪。

"宋书……"

他从嘶哑得已无法发声的嗓子里拼命地挤出一点点声音。

"宋书……"

他的手指紧紧地抠在墓碑上。

"宋书……"

他终于伏到最低，苍白的额头贴着潮湿的泥土，他的声音嘶哑、哀绝。那么低那么轻的声音里，却好像有无数个人在撕心裂肺地哭。

2010年8月29日，宋书下葬。

秦楼的心，也死在了这一天。

那天之后，秦楼生了场大病，一个月没有下床。

秦梁的医生老友叹着气进去叹着气出来，然后两个老人在书房里愤怒地吵了半个小时。

很快用人间传开，说那个明年才满18周岁的小少爷已经不行了，医生叫秦老先生准备后事，二人这才吵起来的。

然后栾巧倾来到了秦家。

她说她要给秦楼看一样东西，是她姐姐留下来的能救秦楼的东西。

秦家用人忙不迭地把她请进去。

昏暗的卧室里，病床上下，一个月不见的两个人都瘦得变了模样。

秦楼变得更厉害些。

他躺在厚而软的床被间，脸色苍白，眼睛合着，无声无息。

栾巧倾对他的最后一点愤恨于是也消散掉。她伸手把一张褶皱的纸放在床头，哑声说："姐姐车祸重伤住进医院后，我只见过她一面。她那时候连笔都已经握不稳了，但还是写下这个给我，说一定要给你……你自己看吧。"

栾巧倾说完，红着眼圈转身走了。

房间里再次安静下来。

那是死气沉沉的安静。

很久很久之后，一只瘦得可怕的手从被子下慢慢伸出来，拿了几次才拿起那张纸。

映着床前发出微光的床头灯，纸上的字迹歪歪扭扭的，却像是做笔记一样，认认真真地写了1和2。

1.照顾好她。

2.你要活到88，不然我们俩……太亏了啊。

少年麻木的瞳孔轻栗起来，然后是手臂，再到身体，颤抖得近乎抽搐。

他无声地低着头。

“好……”

少年干涩的嘴角一点点勾起来。

“我答应……你。”

他只听她的话。

这是他人生里最后一次答应她。

九年后。

Vio资本的顶层天台，一场私人性质的露天派对。

喝得满脸通红的康林深举着杯子笑：“原来秦总是因为初恋才这么洁身自好的啊，啧啧，外面还一直传闻你有难言之隐呢！”

“林深，你喝多了……少说两句吧！”

旁边他的朋友拉着他，冲康林深举杯的位置挤出个笑。

“对不住啊楼兄，林深，不是，康家这个二少爷就这样，喝起酒来没深没浅的，您别跟他一般见识。”

“怕什么？他说的不是实话吗？”

沙发里传出一声无谓的嗤笑。

陷在柔软的真皮沙发里的是个二十六七岁的青年，夜色都掩盖不住他染成紫色的头发。

他向前俯身，从阴影里坐起来，露出一张俊美到和那头紫发形成强烈反差的脸——

冷白的肤色，长而微翘的眼尾，鼻梁高挺，脸颊偏瘦，骨相好看。明明是在笑着，眉眼间偏透着一股说不出的冷劲儿。

“还是秦总随和啊。”

“要是都跟楼兄您这样好说话，哪还有谈不拢的生意，是吧？”

“哈哈哈，有道理……”

众人连声捧着，半晚上的时间在推杯换盏里晃荡过去。

等夜深了，人也散了，露天派对上只剩下服务生收拾着满眼的狼藉。

夜风安静。

专门请来的歌手在低低地唱着歌。

孤身一人的秦楼仰靠在沙发上，蓦地笑了起来。他笑得前仰后合，笑得眼泪几乎都要流下来了。

等他停住笑，歌手和服务生早就吓得没了影。

然后他身旁的沙发一沉。

“笑什么，这么开心？”

秦楼回头看了眼，轻嗤：“小寒总不是不再参加这种派对了吗？怎么临结束还过来了？”

“听说你就为了一张报纸照片上模糊背景里的路人，出国找了一个月都没找到人，我不是怕吗？”

“怕什么？”

“怕你哪天想不开出意外……”

“哈哈哈哈……”

秦楼大笑起来，笑了好久才停下。

旁边的寒时笑不出来，一直皱着眉看他：“宋书已经去世九年了，你也该想开了，还不能放过自己吗？”

秦楼神色淡漠，就好像方才大笑的是另一个人。

他的目光跃过手里的高脚杯，落到不远处天台尽头的红色大LED光幕上。

那上面闪烁着红色的光：

2019.08.12

秦楼把手里的酒杯搁下，语气也认真起来。

“如果真的有一天，我出了意外，你帮我去她的墓前，跟她说一声吧。”

“说什么？”

“就说……”

秦楼露出安静的笑，那一瞬间他的侧脸像是那个十七八岁的少年。

“小蚌壳，我终于去接你了。”

从此以后，你便是天堂。

第 5 章

—Y A O H E N—

重逢

烈日当空。机坪上空晃眼的光被呼啸的风声撕碎了。跑道上，一架大型客机疾速滑行过去，两边草地被掀起浪潮似的起伏。

飞机缓缓停住。

公务舱里，空姐将通往经济舱的布帘拉合，转身回到公务舱内，和其他空姐、空少一起向两旁的乘客微笑俯身。

“秦小姐，飞机已经抵达Q市国际机场。您可以带好行李物品，从廊桥离开了。”

“……”

“秦小姐？”

“……抱歉，你是喊我吗？”

飞机舷窗旁，长发微鬈的女人回过神来，她转过视线，朝空姐歉意地一笑。

“没关系，秦小姐。今天Q市的天空确实漂亮得让人入迷。”

“嗯，但我想，我只是还不适应自己的名字。”

空姐怔了下，随即了然，微笑道：“您是在国外生活习惯了，很少听见国内姓氏称呼了吗？”

舷窗旁的女人轻摇头，但并没有解释，她换了个话题：“我刚刚错过什么了吗？”

“没有。我们的航班已经抵达Q市国际机场，这是您的行李箱，您可以下机了。”

“好的，谢谢。”

宋书拉着小号行李箱走出舱门时，廊桥内衔接处的航班空乘人员面带微笑，一齐向她弯腰。

“欢迎回国。”

廊桥玻璃外，一架飞机凌空而起，机翼划破云霄。

被遮蔽的光重新落下。

宋书停下身，望着这片熟悉的天空。

是啊，欢迎回国。

整整九年，背负着刻骨的冤与仇，她终于从那个孱弱无力到连自己的命都无法把握的孩子成长起来了。

她回来了。

当年参与那件惊天的EAG庞氏骗局案的所有人……从今天开始，她会叫他们一个一个，付出代价。

望着映出自己身影的玻璃，宋书慢慢勾起一个笑。

那笑像是一张面具，和她没有情绪的五官一点点重叠，最后完全契合。

她眨了眨眼。

反光里的女人也俏皮妩媚地眨了眨眼。

“我叫秦情。”

反光里的女人轻声说。

机场1号出站口前，宋书的脚步随着目光停下。

她面前正对着的临时停车位上，此时停着一辆黑色的轿车。副驾驶座一侧的车门打开，穿着修身西装的男人单手扶门站在车旁，笑容温和。

“宋书，不对，我应该称呼你秦情了。”

男人上前，接过宋书手里的行李箱。

宋书没有推辞：“谢谢，劳驾余总百忙中来接。”

“才多久不见，你就跟我这么生疏了？”余起笙谢绝旁边机场工作人员的帮助，提起行李箱走向后备厢，“你先上车。”

“嗯。”

在车上一番寒暄后，余起笙说：“我在Q市的L区给你安排了一个住处，你暂时住在那里，以后有更喜欢的地方再换。”

宋书说："看来余总律所（律师事务所）里的员工福利不错。"

"不是每一个员工都有这样的员工福利。"

"嗯？"

"这是未婚妻特有的员工福利。"

宋书一怔，两秒后她回头看向驾驶座："半年不见，余总变得幽默了。"

余起笙没接话。

沉默蔓延数秒，车里气氛逐渐微妙。

宋书轻眯起眼，那双温顺如猫的瞳孔微微缩紧。

安静最终是被余起笙打破，他苦笑了下："不瞒你了。我引荐你进秦楼的Vio资本任职，不只是以律所员工的名义，更是以我归国未婚妻的名义。"

听到那个名字，宋书晃了下神。但她没有开口，似乎在等余起笙的后话。

余起笙说："没有跟你商量就私自决定，是我的不对。可你要想尽快接触Vio核心，就需要有一个能让Vio董事会信任的身份。"

宋书平静地看着他，眼神里有一丝淡漠，只是那凉意一瞬便散去。她坐回身，勾唇笑笑："当然，我懂余总的良苦用心。"

余起笙再次沉默。

十几秒后，他突然打开应急灯，拐进旁边的应急停车道。

轿车刹车停住。

宋书的身体随着惯性前倾，又被安全带拉回靠背。

"你真懂我的用心？如果真懂，那为什么一定要进入Vio？你明明知道那是秦楼的公司，知道他对你有多……"

余起笙收住话头，他似乎懊恼于自己的失言，转回头去，攥紧拳捶了一下方向盘——

"而且你怎么知道当年那件事他就一定不知情？当年那个案子的证人、证据、证词环环相扣，秦家和公司上下，哪个人你敢确保是干干净净的？"

"我不确保。"宋书定神，声音平静，"但Vio是我的必经之路，不管它的掌权者是不是秦楼。而且……秦楼只和宋书有关系。"

"我当然知道他和你有关，就是因为这样，我才不同意你进Vio。"

"不，宋书九年前就已经死了——我不是宋书，我是秦情。"

余起笙扭回头："他会认出你。"

宋书瞳孔轻颤，须臾后她弯眼，轻声地笑："只要你不说，一个死了九年的人，谁会记得？又怎么认得出？"

余起笙紧抿住唇，皱眉不语。

不知道过了多久，他似乎妥协了似的叹出一口气。

"既然你坚持，那我也没有办法阻拦。只是我要提醒你，一旦进入Vio，你要面对的旧人可就不止秦楼一个了。"

"还有谁？"

"栾巧倾，你的表妹。"

宋书一愣。这是重逢以来的第一次，余起笙在她的脸上见到这样意料之外的神情。

"怎么会……巧巧进了Vio？"

余起笙沉默几秒，轻嘲："这些年你不在，栾巧倾全是靠着秦楼的照料。如今在风投业界，有谁不知道，秦楼对任何女人都不放在心上，唯独对栾巧倾照顾有加！"

余起笙一顿，看向宋书。

"栾巧倾从小受你照顾，跟在你们俩身边，却处处被忽视，处处不如你，她对秦楼真没有一丝觊觎？那时候你们姐妹情深，她还会为了你而克制，但这些年你不在，足够她把机会利用得彻底。说不定在秦楼心里，你早就被取而代之了。"

宋书听得失神。她再移回视线时，正对上余起笙意味深长的目光。

她失笑："宋书已经死了。秦楼、栾巧倾，谁和谁在一起我都不会也不能阻止。而且……你不需要试探我。"

"你怎么知道我是试探？事实不是这样？"

"因为如果你真信了这种传言，也就不会给我捏造出一个未婚妻的身份了，对吧？"

余起笙一愣，无奈地摇头："你永远聪明又犀利。我承认，未婚妻的身份不只是让Vio的董事会信任你，更是在秦楼那里给你加的一层保护罩。"

"保护罩？"不知道想到什么，宋书垂眸，莞尔，"那你还是太不了解他了。”

“嗯？”余起笙皱眉回头。

“如果他真确认了我的身份，所谓未婚妻这件事只会让他……发疯。”

余起笙的表情顿时严峻。

宋书很快从脑海中掠过的那些记忆碎片里回过神，她抬起头，明媚地笑。

“玩笑而已，别放心上。就像我们刚刚说的那样，九年了，什么都变了，谁还会记得一个已经死掉那么多年的人呢？有时候我自己站在镜子前，也几乎认不出自己了，他也……不会的。”

宋书说完，不愿继续这个话题，转向窗外。

余起笙沉默，重新发动车。

他一边望着后视镜轻打方向盘，一边不安地皱起眉。

凭秦楼曾对宋书怀有的那样执着的感情，事情真会如她所说的那样顺利？

倒时差无疑是很痛苦的一件事。宋书昏沉两天后，进Vio的任命通知发进了她的邮箱里。

回国第四天是周一，宋书从余起笙为她安排的住处赶去了Vio资本设立在Q市的投资总部。

听宋书说明来意后，Vio的前台小姐打了一通内线电话。简单说了几句，对方挂断，前台小姐放下座机朝宋书微笑。

“秦小姐，请您稍等，人事部会安排专人下楼来接您。”

“好的，谢谢。”

宋书转身去沙发区。

余起笙的律所在Q市乃至国内业界都小有名气，与多家投资公司有长期合作，口碑良好。它派遣的顾问人员在Vio享受薪资和信任度上的较高待遇并不让人意外，这也是宋书选择借助余起笙进入Vio的主要原因之一。

果然，大约两分钟后，一道身影就出现在大堂内。

“秦小姐，抱歉抱歉，让您久等了。”迎上前的人笑容满面，朝宋书伸出手，“我是与贵律所接洽的负责人，Dennis。”

宋书和对方握手，微笑：“您好，我是今天过来办理入职的秦情。”

“秦小姐请跟我上楼。”

宋书跟上前。走出两步，她包里轻轻振动了下。宋书拿出手机。

余起笙：“生日快乐。”

宋书脚步蓦地一停。

生日……吗?

“忌日”还差不多吧。

站在原地的女人唇角无意识牵起带有一丝凉意的弧度。

“秦小姐？”

“嗯？”宋书抬头，前方那人停下来，不解地回头看着她。宋书眼底的情绪飞快地敛去，换作温顺柔婉的笑：“抱歉。”

她重新迈开腿，走上前去。

Dennis领宋书进了电梯，用自己的员工卡轻刷了下，随即想起什么，从口袋里拿出一张淡金色的卡片递给宋书。

“秦小姐的员工卡要等入职手续录入后才能发下来，在那之前，您先用这张最高权限的访客卡。Vio理念开放，随时欢迎您到其他部门参观。”

“谢谢。”宋书没有推辞，微笑着顺从地接过来。

随后，Dennis开始给宋书介绍公司情况。

Vio脱胎于改制前的秦氏集团，如今是国际闻名的风投公司。除了设立在世界各国核心城市的办事处外，Vio在Q市的总部更是占据一整座写字楼，不计天台，楼层高达23层。

在既是主要控股人又任职总经理的秦楼之下，Vio平行设立两位副总经理、一位财务总监和三个委员会。两位副总和财务总监则各自分管三个以上部门。

而宋书即将进入的法律合规部隶属风险管理部，直接对公司里的林姓副总负责。

听Dennis介绍完各部门和相应的楼层分布后，宋书抬手示意了下电梯里唯一被略过的最顶层。

她回眸笑问：“23层没有部门或者办公室？”

“没有，23层是秦总的。”

“总经理办公室不是在22层？”

“是，但23层不是总经理办公室……”Dennis挠了挠头，尴尬地说，“事实上，那一层不属于办公区域，是秦总的私人楼层。”

“私人楼层？”

“秦总住在公司里。”

宋书怔了下：“他……不回家住？”

“总经理的事情我们这些员工哪好过问？”Dennis尴尬地笑了笑，扭头看见女人柔软的长发下白皙姣好的侧颜，他心头一动，下意识地补充了句，“具体情况我也不清楚，不过听说是由于私人原因。虽然秦总年纪轻轻就资产雄厚，但名下房产始终空置，他一直都是自己一个人住在公司里的。”

宋书垂眼轻喃了句：“自己……一个人吗？”

叮。

电梯到达人事部所在的楼层。

Dennis茫然回头：“嗯？秦小姐您刚刚说什么？抱歉，我没有听清。”

“没什么。”宋书淡淡一笑，抬手将垂下的一缕长发捋到耳后，那点露头的情绪也被掩饰下去，“我们走吧。”

“哦哦，这边请。”

在Vio的入职却不是宋书想象中那么顺利。

“抱歉，秦小姐，您的人事任命书必须由副总以上的管理层签字。负责的副总现在不在公司。”人事部档案室的工作人员面露歉意。

Dennis意外地问：“林总不在？”

“林总这周出差。”

“啊，这样，那送去秦总那边，让他签字？”

办公桌后的人脸色微变，给Dennis使了个眼色，起身走到旁边。

Dennis犹豫了下，跟过去。

宋书面上笑容不变，眼神却紧了紧。她的目光追上两人，隐约听见那边的谈话声。

“今天去找秦总，你疯了？”

“林总不在，找秦总签字不是正常流程吗？”

“你忘记这周是什么日子了？”

“这周怎么——”话音戛然而止，几秒后接了一声急促的吸气，“我还真把秦总这一年一次的‘地狱周’给忘了。”

又一番交谈后，两人分开，Dennis走回宋书面前。

“抱歉，秦小姐，我们这边出了一点意外状况。待会儿人事部的栾部长会过来，我们得向她征询一下意见。”

宋书点头的动作停住：“栾部长是……栾巧倾？”

“秦小姐认识我们部长？”

宋书默然几秒，眼角微弯，笑着摇头：“不，只是听说过。”

Dennis似乎想到了什么，露出一点暧昧的笑容：“看来公司里的事情，秦小姐也有所耳闻。”

宋书笑而不语。

正在此时，几人身后的会议间玻璃门被叩响，咔嗒咔嗒的高跟鞋声随着一个女人的声音进来。

“我刚刚接到电话，新员工的人事任命书卡住了？”

Dennis脸上表情一收，绕开宋书，殷勤地迎过去：“栾部长，麻烦您了。是隽升律所那边过来的秦小姐的人事任命问题，这是相关合约文件。”

栾巧倾翻看文件后说：“这个属于副总级以上的文件了，找我也没用。林总出差了？”

“是，所以我们想送去23层……”

会议间里蓦地静下来。

几秒后，栾巧倾不悦地说：“这周他不会处理任何事务。进公司几年了，这件事还要我提醒你们？”

“……”

“她就是来办入职的？”

“啊，对，这位是秦情秦小——”Dennis回头，看着那背影愣了下，“秦小姐？”

宋书握着手提包真皮手柄的指尖收紧，指腹泛起微微的白，几秒后，又蓦地一松。

她转回身，微鬈的长发在空中划过一道弧。

那副并不好看的黑框眼镜下，女人的笑意却有藏不住的妩媚动人的味道。

“您好，栾部长，我是秦情。”

栾巧倾翻着文件，低着头走过来：“你好。秦小姐是余总的未婚妻吧？果然跟传闻里一样漂——”

话音蓦地停住。

走到宋书面前的栾巧倾表情僵住了，余下的话音也哽在喉咙里。她睁大眼睛，像见到鬼一样。

她对面那张漂亮脸蛋上明媚不减：“栾部长？”

“……抱歉。”

半晌栾巧倾回过神，眼底一瞬间掠过去一种复杂的情绪。

又过了十几秒，她才找回声音：“秦小姐……这周无法办理入职，你下周再过来吧。”

宋书一笑。

“我知道了。栾部长再见。”

她拎着提包，错身走过栾巧倾。

直到那道背影消失在玻璃门外的楼层尽头，栾巧倾才收回视线。

“Dennis，你刚刚说她叫什么？”

“秦情。”

“隽升律所介绍过来的余起笙的未婚妻？”

“是……”Dennis小心翼翼地问，“有什么问题吗，部长？”

“没有。”栾巧倾目光黯了黯，“只是她来的时间太巧，让我想起了一个已经过世的人。”

会议间里安静两秒，栾巧倾抬头说：“秦情的这份人事任命书先扣下吧。”

Dennis一呆：“啊？不等下周送给秦总吗？”

“不行，不能让他看见！”

栾巧倾突然提高的音量让Dennis一惊。等她回过神，她紧皱起眉，手里的文件被捏得起褶皱了。

“秦情不行。她……太像那个人了。联系隽升律所，让他们换一个人过来吧。”

“栾部长，这是不是不合……”

“按我说的办。”

“……是。”

宋书走进空无一人的电梯里。

笑意像浸入水里的画布，上面的颜料一点点剥离褪尽。

电梯门关合。

“请刷卡。”电子女声响起。

宋书闭了闭眼。十几秒后，她终于恢复镇静，从包里取出那张最高权限的访客卡，按在刷卡区。

“请按楼层。”

宋书的指尖移到最底部的数字1上，却停住了。几秒后，鬼使神差地，她抬手按向数字23。

预想中的“权限不足”的提醒并没有响起。

电梯启动，缓缓上行。

宋书怔了两秒，垂眸笑了笑，轻声自语：“安保漏洞啊。”

电梯在23层停了下来。

电梯门打开。

果然不同于之前楼层极简的白色办公风格，走进23层，入目就是深沉的紫色绒质的菱形墙壁软包。

耳边更有轰鸣的音响咆哮声。

宋书怔在电梯门前。

几秒后，她垂眼笑了笑。

之前听Vio的员工说他只住在公司，每年的这一周完全不接触外界，她还有些担心他……怎么也没想到，这一层更像是在开轰趴（Home Party，私人派对）。

宋书笑笑，转身走进电梯里。

然而就在踏入电梯的前一秒，宋书突然停住。她皱起眉，侧身看向这一层的入口。

音响声从黑暗里传来。

和它一同涌来的还有一股浓浓的酒味。

宋书走进那片黑暗里——

23楼内是一片没有隔断的大平层，看不清的地板上滚着乱七八糟的杂物和酒瓶。

宋书磕磕绊绊摔了几次，才终于在那厚重帘子的遮蔽下适应面前的昏黑，依稀分辨出不远处靠在墙角的那道身影。

离那人还有半米远时，宋书脚下一滑，跪到坚硬的地板上，撞出砰的一声。

宋书伸手去探那人的颈动脉后松了一口气。

但骤然涌进肺里的带着浓重酒气的空气呛得她咳嗽起来。

她气急败坏，几乎想抬手抽面前这张醉睡的再熟悉不过的面孔。

攥拳几秒，宋书还是收回手，撑住膝盖慢慢起身。

手腕突然被攥住。

宋书一怔。

下一秒，巨大的拉力传来，她猝不及防地往前一扑。

跟着眼前天旋地转，她被人翻身压在冰凉的地板上。

眼前黑暗。

感官里是滚烫的呼吸、炙热的身体，还有满是酒精味的沙哑呢喃："宋书……"

宋书陡然僵住。

房间里实在太过黑暗，没有任何光线的情况下，宋书完全无从判断面前的人到底是不是清醒的，状态又如何。

而那一声叫她不敢妄动的称呼后，那人的声音断续而嘶哑，带着一种醉意的呢喃："宋书……"他伸出手臂把她圈住，头靠上来，语气低哀得像个无助的孩子。

宋书心口涨涩发疼。

她没有挣扎，直到房间里渐渐安静。

趴在她身上的人像是找到了最温暖的地方，圈住她的手臂收得很紧。他把头埋在她颈旁垂散的长发里，吻她散发着淡淡洗发露清香的长发，呼吸慢慢平稳下去。

不知道过了多久，耳边的呼吸终于变得均匀，宋书也醒过神。她小心翼翼地想要挣脱自己被紧握住的右手。但那人实在攥得太紧，她抽了几次都未挣脱。

宋书无声叹气。

她该知道的，不管回国前后给自己做过多少遍心理建设，但是只要遇到秦楼，她就难免无法控制情绪。

或许她还该庆幸，他们重逢在他并不清醒的时候——她还有时间有机会调整自己。

宋书想着，小心地掰开那人的手指，把自己的手腕抽出。然后她轻托着把那人的手放回他身旁。

宋书起身往外走，黑暗里踩到地上滚着的酒瓶，她踉跄了下，撑住旁边的沙发才稳住身。

来到电梯前，宋书没给自己犹豫或者回头的机会，快步走进了电梯里。

看着电梯门在眼前关上，那片紫色海洋一样的软包背景消失，宋书慢慢吐出一口气，攥紧手包。

电梯厢内犹如镜面的金属壁上，她缓缓露出一个温婉的笑。

只有眼神是凉的、疼的，也是坚决的。

不管是为了她的计划，还是为了秦楼——她都绝不能让任何人认出自己。

Vio资本8层，人事部主楼层。

茶水间里，两个接水的女同事并肩站在一起。

“栾部长今天是怎么了？好像从7层档案室那边上来之后气压就一直很低。我看她都在办公室里走好几圈了。”

“这周‘地狱周’嘛，前两年每到这时候她也心情不好。所以公司里才说她和秦总肯定有故事嘛。”

“感觉不一样啊……”开口的往茶水间外偷瞄了眼，转回来后放低声音，“我听Dennis说，栾部长好像对隽升律所派来的新人有点成见。”

“嗯？隽升来新人了？之前不是一直有他们律所的顾问吗？”

“这次来的这个不一样。听说是国外哪个名牌大学的高才生，来咱公司做什么compliance officer。”

“聊天你就别扯英文了呗。”

“哈哈哈，是因为国内没有这个职业的严格翻译啦，有个说法是叫‘助理合规官’，不过这职业在国内没普及开……其他的我就不知道了。”

“听起来像是走后门进来的闲职啊。难不成栾部长对这个不爽？”

“不会吧？她有什么好不爽的？她自己不都是——咳，反正要不是秦总的面子，栾部长才多大年纪，怎么可能在Vio里坐得上部长的位置？”

“啧啧，长得好看就是有优势啊……”

“对，说起来，Dennis说那个新人虽然戴着副黑框眼镜，但是长相是非常漂亮的那种类型。”

“哇哦，那可就有好戏了。”

“可不是吗？”

“……”

同一楼层尽头的部长办公室内，栾巧倾低头看着手里的那份履历，眉头皱得有些痛苦。

太巧了……真的太巧了。

刚好有一个和她姐姐长得那么相像的女人，又刚好在她姐姐生日这一天来到公司——这难道真的只是一个巧合？

栾巧倾低头看着照片上的女人。

望着镜头的女人是笑着的，温婉甚至是妩媚，大概任何男人看她第一眼都会忍不住走神——和栾巧倾记忆里的姐姐完全不同，虽然五官相像，但姐姐无论做什么脸上都是不会表露情绪的。

她至今都无比清晰地记得那一天——那辆货车撞上来的时候，身旁还没有她高的女孩儿是怎样扑过来，护在她身上的。

直到那一刻那个人都是没有什么表情的，除了痛苦的皱眉。意识恍惚的时候，栾巧倾甚至还能听见那个人的声音飘在耳边：“巧巧……别哭……就会有人来救我们了……一切……一切都会好起来的……”

那份文件被栾巧倾蓦地捏紧。

她咬牙瞪着玻璃映出的眼圈泛红的自己——可那个人骗了她。

她被送到医院，可从头到尾只来得及再见那个人一面！

明明说一切都会好起来的……骗子！

笃笃笃。

办公室的玻璃门突然被叩响，然后推开一条缝。

“栾部长，跟您约的人到了，请他直接进来吗？”

栾巧倾无声地深吸了口气，压住声音里的颤抖，竭力使语气平静：“嗯。让他进来吧。”

“好的。”

半分钟后，一个提着公文包的西装男子走进栾巧倾的办公室。

门被离开的助理带上。

男人停稳身，等确定助理离开了才走上前，向栾巧倾伸出手：“栾部长，你好。”

“你好。”和对方虚握了下，栾巧倾示意他在沙发上坐，“乔先生，请坐。”

“栾部长客气了。”

“劳烦乔先生专程过来一趟，这点客气也是应该的。”

两人落座后，栾巧倾开口：“我不耽误彼此的时间——我们开门见山，好吗？”

“当然。栾部长找我是为了……？”

“我想请你帮我调查一个人。”栾巧倾把手里的履历复印件推到男人面前，“这是我们公司经常合作的隽升律所来的一位新顾问，我想请你帮我调查一下她的背景。”

“栾部长指的背景，有什么怀疑或者不确信的具体方向吗？”

“我希望能拿到这个人幼年时期的照片，或者足够证明她是否进行过整容手术的证据。”

“您是怀疑她按照某人的长相整过容？”

栾巧倾眼神黯然，手却无意识地攥紧了。

沉默几秒后，栾巧倾说：“没错。我怀疑有人想利用当年的一些人和事情蓄意进入Vio内部。”

男人一愣，脸色微变：“栾部长是指……商业间谍？”

栾巧倾顿了下，说：“我只是怀疑。”

“以Vio如今的业务，这方面确实需要防范。”男人神色凝重，低头快速翻看后他有些不确定地问，“可是这位新员工的职务似乎远不够触及Vio核心。”

“这个问题你不必考虑，只需要尽快给我结果。”

“好的。”

男人将文件收进公文包。

就在这时，栾巧倾的电话突然响了起来。

栾巧倾示意对方稍等，自己起身到角落拿出手机，看见来电显示后她愣了下，下意识地转头确认了一遍办公桌台历上的日期。

确实是宋书的生日。

那今天秦楼怎么还会给她打电话？

栾巧倾顾不得多想，接起电话。

“哥？”

“今天上午……”电话那头声音疲惫低哑，“有人来过23层吗？”

栾巧倾一愣：“怎么可能？公司里都知道这周不能去打扰你，不会有人敢擅自上去的。”

“……”

“发生什么事情了吗？”栾巧倾小心翼翼地问。

沉默良久后，那头响起一声低哑的嘶笑。

“没事。又梦见她了而已。”

栾巧倾愣住。

秦楼已经挂了电话。

手机砸在地板上，发出空旷的回声。

秦楼支着腿靠着沙发，半晌后短促地笑了声。他仰向天花板，眼神空洞。

“但这是最真实的一次梦了，小蚌壳。”

“栾部长？栾部长？”

“……啊，嗯，不好意思。”栾巧倾匆忙把手机收起来，回头看向站在沙发旁的男人，目光触及对方手里的公文包时，她突然想起什么，脸色一变，“难道是她上去了？”

“栾部长您说什么？”

栾巧倾回过神，脸色已经变了。她皱眉说：“你先回去吧，有事我再联系你——有了结果第一时间告诉我。”

“好，好的。”

等对方一离开，栾巧倾便来到办公桌前，拿起座机拨出信息技术部的电话号码，接通之后她开口：“我需要调取今天上午电梯运作的信息记录——查明是否有人去往23层。”

几分钟后，得到答案的栾巧倾脸色发青。她紧紧地盯着电梯监控录像里的那个女人。

“秦情，你到底是谁？来Vio想做什么？”

拿起又搁下的保温杯被栾巧倾狠狠地按在桌角。她俯身到电脑前，咬牙切齿地看着里面的女人。

“不管你背后是谁，我绝对、绝对不会让你们得逞的！而且……你们竟然还敢用她的脸！等我找出你们来，我一定要让你们好看！”

电脑里，定格的监控画面上，女人温婉地笑着，一言不发。

栾巧倾又瞪了几秒，终于忍不住眼圈一红，她啪地一下把电脑显示屏按倒——

“不准你用她的脸笑得这么丑！”

玻璃隔音效果不佳。

外面格子间，人事部8层全员蒙呆抬头。

晚餐，余起笙以接风洗尘顺便庆祝生日的名义，接宋书到Q市一家有名的露天江景餐厅用餐。

中途他出去接了个电话，再回来时表情就有些复杂了。

宋书察觉了，问：“怎么了？”

余起笙神色迟疑地说：“Vio那边给我打电话，委婉地表示希望能换个新的顾问。”

宋书神色不变，思索几秒，她淡淡一笑：“我知道了。”

“知道什么了？”

“知道……自己大概是得罪谁了。”

余起笙一愣：“你今天不是只是去办入职，怎么还会得罪人？”

“嗯，因为我在那边遇到了我的旧人吧。”

余起笙手里的刀叉一停，骤然抬头：“你见到秦楼了？”

宋书眼神微晃了下，片刻后她抬眼笑笑：“余总不必这么激动。我只是见到人事部的栾部长了。”

“那怎么……”余起笙话说到中途停住，思绪稍微一转，他也无奈地笑起来，“看来，栾部长是觉着你威胁到她的地位了？”

“余总，巧巧不是那样的人。况且，当年她是亲眼看到我被下达死亡通知书然后火葬的，她不会怀疑我已经死亡这件事情。”

“哦？那你怎么解释人事部的这个决定？”

“没什么好解释的。”

宋书眯起眼，指尖无意识地在高脚杯的杯托上摩挲了一下。

片刻后她回过神，朝余起笙笑了笑：“大概我还是没完全脱去以前的痕迹，她觉得我和宋书太像了吧。Vio家大业大，想钻空子的大有人在，小心些总是没错。”

余起笙说：“你对她还真是信任。”

宋书莞尔，微侧过头：“因为我对她再了解不过了。”

“可人是会变的。”

“如果真那么容易变，就没有‘江山易改，本性难移’这句话了，是吗余总？”

余起笙似乎被提醒了什么，目光微动。须臾他垂眼，微笑：“这可不是什么好话。”

宋书也笑起来：“巧巧也不是什么好性格。”

“哈哈哈，你当年一定是个很严格的姐姐——从这点看，你也没变。”

宋书眼底晃了下，江面上，游艇的汽笛声划破了水雾和夜色。

宋书醒过神，轻抬起纤细的手腕。

一串小贝壳手链在她手腕上叮当响了几声。

她举杯，淡淡一笑：“敬不变。”

余起笙怔了怔，也举起杯，高脚杯在空中碰撞出质地清脆的响声：“好，敬不变。”

——至于是什么不变，就是各人心中自明了。

与此同时……

Vio资本，23层。

一道身影麻木地靠在落地窗边，落进来的月光孤寂清冷。房间里是死一般的寂静，半晌都无声。

直到被一只搭在膝盖上的手拎着的酒瓶晃了晃，传回寥落的空瓶声，靠在窗前的人才终于微微抬了抬眼皮。

停了两秒，酒瓶被扔到一旁。秦楼扶着身后的矮桌站起身，在半醉半醒的倦意里走向储酒室。

屋里凌乱不堪，离了窗前那点光根本无法辨物，秦楼踉跄几次，最后一次踩到一只圆滚滚的酒瓶，狠狠地磕在沙发角上。

砰的一声闷响。

“……开灯。”

他张了张口，嗓音嘶哑。

卧室里的智能语音识别系统发出嘀的一声，离秦楼最近的联入系统的落地灯自动打开。

秦楼撑着沙发准备起身，身子却骤然僵住。

他眼睛一眨不眨地望着自己手底下按着的浅色真皮沙发。

几秒后，他目光骤动——

在他手掌后面几厘米的位置，印着半只印迹还很新鲜的手印。

女人的手印。

第 6 章

—Y A O H E N—

阻挠

第二天一早，Vio资本8层，人事部主楼层。

员工电梯发出嘀的一声轻响，电梯门打开，几个人事部的同事说说笑笑地走出来。

从电梯间拐向该楼层工作区的拐角，聚集了几个早一步到达的人事部员工，他们探头探脑地望着外面，时不时互相说点什么，把路几乎堵了大半。

刚出电梯的一批人里，有好奇的开口问："你们在这儿瞧什么呢，这么热闹？"

"嘘——"有人勾了勾手，"小点声，大魔王今天下来到咱这层了。"

"大魔王？什么大魔……秦总下来了？！"

"妈耶！姐姐你动静小点，让秦总听见了还想不想好了？"

"不是，他……怎么会在这个时候出来？"那人捂着嘴巴快速地掏出手机，"今天8月27日，是'地狱周'没错啊！秦总不是这个周一向连23层都不让人上去打扰的吗？"

"所以才说今天见鬼了嘛。"

几个人又惊叹一番。后边有个今年刚入职的员工好奇地踮了踮脚："为什么喊秦总大魔王啊？"

"那是因为你第一年来公司啊。"

"对，只有Vio员工内部才这样称呼秦总，而且时间特定，只有每年的这个'地狱周'期间，对秦总我们才这样称呼。至于为什么……"

"都'地狱周'了，还能为什么？"

"是啊，每年从8月26日开始那一整周内，秦总基本上是把自己关在23层绝不露面的。之前不了解情况在‘地狱周’贸然上去打扰的，下场都很可怜。”

“嘶……听起来真吓人。”

“那你就错了，背后的故事不吓人，还挺感人的。”

“嗯？”

“我听说，8月26日好像是秦总初恋的生日，8月29日就是她的忌日。”

“啊？死了啊？”

“对，所以从那之后就……”

“哎，那秦总今天怎么下来了？”

“不只是下来了，还去了栾部长的办公室。”

“啧啧，这是终于要开启新的一段了？”

“我看不像。虽然一直有他俩的流言，但是秦总今天可阴郁了，我感觉走到他身边三米远都能听见头顶轰隆隆打雷的动静。”

“哈哈哈，这你就太夸——栾部长！”

这句“栾部长”一出口，所有正在八卦的、看热闹的、低声讨论的全都腰板一挺，表情严肃。

刚出电梯间的栾巧倾脸色不太好，皱了皱眉：“你们都站在这儿干吗呢？”

有人小心翼翼地指指部长办公室：“秦……秦总。”

“什么秦总？”

“那个……秦总在您办公室等您，好像是有什么急事的样子。”

栾巧倾一愣，随即脸色微变。她快步从众人让出的通道穿过去，直奔自己的办公室。

栾巧倾走进办公室，磨砂玻璃门将那些好奇的视线挡在门外。

栾巧倾停在门口，局促几秒才看着那道背影小心出声：“哥，你怎么……突然下来了？”

秦楼没回头，他看着窗外，声音嘶哑而倦怠：“我是从技术部下来的。”

栾巧倾脸色微变。

秦楼说：“昨天我给你打电话，问你23层有没有去过人，你说没有。”

栾巧倾攥紧拳，沉默。

“今天技术部告诉我，昨天上午电梯监控缺失的部分录像是你下命令删的。”

栾巧倾闭了闭眼："对不起，哥。"

"我不需要对不起。"秦楼转回身，脸色苍白，眼神阴郁低沉，"我给你特权不是让你隐瞒我的，在和她有关的事情上更不该！"

栾巧倾眼底露出惧色，但她咬了咬牙："这件事和姐姐没关系，昨天上去的是我，我只是怕你责怪才让他们删掉那段录像的！"

秦楼眼神一震。

半晌，他几乎是从嗓子里挤出一句话："只是这样？"

"不然呢？！"栾巧倾也爆发出来，"哥你到底在幻想什么？姐姐她已经死了，她死了九年了！你为什么还要紧追不放？你能不能放过你自己？"

栾巧倾的话最后还是没有说完，她也不忍心说完——那人的神情已经近乎苦痛难挨。

栾巧倾也不由得红了眼圈。她扭过头去，不肯再看对方。

九年，是啊，九年了啊。

当年庞氏骗局案，涉案金额之大、牵连面之广，曾经让无数人震惊，有许多家庭因为这场骗局倾家荡产妻离子散……

可是九年过去了，人们似乎都已经把这件事忘记了。

而从头到尾从来没有走出来的人，大概只有秦楼，他甚至根本不想走出来。

栾巧倾面露不忍，她刚想缓和语气再劝一句什么，她身后的玻璃门突然被敲响了。

助理眼神畏惧地探头进来："栾、栾部长……"

栾巧倾深呼吸了下："秦总和我在谈事情，有什么事过会儿再说。"

"可是，隽升律所的余总亲自打电话过来，他似乎想要询问他们律所的秦情小姐被……"

"我知道了！"栾巧倾慌乱地打断了助理的话，扭过头狠狠地瞪了对方一眼，"把电话接进来吧。"

助理无辜地缩回去："好的。"

栾巧倾不敢看秦楼，她担心自己此时的目光会向秦楼透露出什么信息。栾巧倾只能快步走到办公桌旁，拿起桌上的座机。

"余总，您好，我是栾巧倾。"

“栾部长，早上好。有点冒昧，这么早给你打电话，只是我刚刚收到秘书室的消息——不知道栾部长执意辞退我们律所的秦情，可是对她的履历有什么不满？”

栾巧倾余光往身后扫了扫，捏着电话线的手指不由得收紧：“我只是觉得，秦小姐作为海归人士，理念上未必适应国内市场，和我司的企业氛围可能也会有冲突，希望余总能够换一位有丰富的国内企业工作经验……”

“栾部长说这话可就外行了。”余起笙朗声笑起来，“助理合规官一职原本就起源于海外，贵司和业内其他公司想要增加这样的岗位，目的难道不正是更快更优地接轨国际市场，补足竞争短板吗？Vio已经是国际级别的风险投资公司了，栾部长作为Vio人事部部长，说出这样的见解，未免有些浅薄了吧？”

余起笙这番话可以说是毫不客气，栾巧倾如果不是顾忌身后那人，此时大概已经忍不住和对方针锋相对起来了。但秦楼还在，她只能咬牙忍着，笑道：“看来余总……”

“这样，我有一个提议，栾部长不是担心秦情资历不够吗？所谓真金不怕火炼，贵司增加一项考核便是。”

“考核？”栾巧倾皱眉，“为她一人专增考核，这好像不太合适吧？”

“哈哈哈，‘合适’这个词从栾部长那里听来还真是有趣，看来栾部长认为自己昨天的决定很合适？那这样，我也不浪费栾部长的时间，还是直接打电话给秦总，问问他的意见吧。”

“不行！”

栾巧倾想都没想便断然拒绝。

说完她才反应过来自己情绪太过激动了，下意识地扭头看向身后。

秦楼正抬起眼，目光深沉地看着她。

栾巧倾心里一虚，慌忙扭过头去，同时压低声音开口：“好吧，那就按余总的说法，我会为秦小姐安排一场面试，具体的时间、地点我另行通知——这样可以了吧？”

“当然。祝愉快。”

“……余总也一样。”

栾巧倾脸色难看地挂断电话。

通话结束后，栾巧倾调整情绪，并没有第一时间转过身来。

秦楼望着她明显肩背紧绷、情绪不安的背影，轻眯起眼。几秒后，他似乎无意地开口问："谁的电话？"

栾巧倾捋了一下头发，转过身来，笑容有些勉强："隽升律所的。"

"他们打电话做什么？"

"嗯，他们律所派来公司的新顾问履历上有点问题，我们在沟通这件事。"栾巧倾含糊地带过去。

说完以后，她就小心地观察起秦楼的表情——

秦楼一副对什么都觉着无趣的表情，似乎并不把这件事情放在心上："那我不打扰你们部门的工作了，你继续。"

"好的，哥，你慢走。"

秦楼离开后，栾巧倾坐在办公桌前，咬着指甲，表情凶狠地思考很久后，按响了桌上的铃。

没一会儿，助理快步跑进来。

"部长，您找我？"

"给我联系风险管理部、法律合规部，借调几个人手，再从我们自己部门里抽几个人，组个临时小组。"

助理愣了下："临时小组的工作内容是……？"

栾巧倾磨了磨牙："内容是讨论怎样在面试中把一个应试者问到心理防线崩溃，答不上来任何专业问题。"

助理呆了下："压力面试？可是还没轮到大规模纳新的秋招，我们现在就准备会不会太早了点？"

"别废话，越快越好，下午我就要看到一个成形的小组。"

"……是。"

助理习惯了这位空降来的部长偶尔发发小脾气，更清楚23楼那位大魔王对这个部长有多照顾，此时只能头疼地应下，转身出去准备了。

办公室里只剩下栾巧倾一人，她不知道从什么地方翻出秦情的履历复印件。她攥紧拳，恶狠狠地瞪着照片里巧笑嫣然的女人。

"你给我等着！想进我们公司干坏事，门没有！窗没有！狗洞都没有！"

另一边，隽升律所。

余起笙挂断电话后，转过办公椅，笑着看向沙发上坐着的女人。

“你对你这个表妹，还真是够了解。”

“我说过，巧巧很单纯的。”

“看来这些年，为了照顾她，秦楼一定花费了不少心思。”

沙发上宋书默然，她垂了眼，面上笑意淡淡的，一成不变。

余起笙也沉默地观察她几秒：“你对秦楼到现在都没放下——就算你明知道是他的家人把你害到这个地步的？”

“这和他无关。”

“怎么会无关？秦楼如今是秦氏的掌权人，你要掘秦氏的根，秦楼就必然是你终将面对的一关——你真有信心在面对他的时候不会手软？”

“我不会。”

宋书几乎是立刻就回答了余起笙的问题。这一瞬她抬眼，素来清和的眸子里的凉意让余起笙都有些发怔。

只是很快，那点凉意散了，取而代之的是温婉的笑。

她拿起桌上的咖啡杯，抿了一口，眼底心底那些汹涌的情绪终于借此慢慢压下去。然后宋书笑着抬头：“为这一场‘战争’我已经准备了九年。孰轻孰重，我分得清。”

余起笙皱眉。

看出他的担心，宋书笑着移回目光：“而且，余总，你没有经历过，或许不知道。”

“什么？”

“恨远比爱刻骨——恨自己无能为力，恨所爱之人死不瞑目，那种滋味尝过一次就知道了。它叫你年年月月日日夜夜，没有一刻胆敢忘怀。”

余起笙从她的话里感受到了那种情绪，他最终还是选择绕过宋书的逆鳞。

“那面试的事情，你准备怎么办？我想栾巧倾再单纯，也一定会尽全力为难你。”

宋书莞尔：“如果连巧巧这一关我都过不去，那我还谈什么为我母亲洗冤昭雪？”

余起笙终于露出了笑。

“虽然认识你这些年了，可我发现我还是最欣赏你无论什么时候都能从容应对这一点。”

宋书避开眼神交流：“余总过誉。我并不是任何时候都能如此的。”

譬如当年。

再譬如，昨天在Vio23层。

周三，宋书接到Vio人事部发来的邮件，通知她下午去Vio参加单人面试。

看了看留给自己的准备时间，收到邮件的宋书不由得莞尔——栾巧倾想尽最大可能把她拒之门外的决心，确实可见一斑。

下午1：45，宋书提前一刻钟到达面试现场。

面试的地方是人事部的一个临时会议室，在楼下前台负责接待的还是人事部那位Dennis。

他领着宋书上楼，全程除了必要的问候几乎一言不发，显然也是提前被栾巧倾“警告”过了的。

宋书不以为意，面带微笑上楼。

即便有心理准备，踏进临时会议室的时候，宋书还是被面前的大场面搞得脚下一顿——

长会议桌的半边只有一张空着的椅子，另外半边则坐满一整排面试官，个个表情严肃。

正中间就是脸快拉到脚背上的栾巧倾。

“秦小姐来了？请坐吧。”

栾巧倾起身，面无表情地冷眼望着宋书。

宋书不知道这两天发生了什么——栾巧倾此刻对她的敌意似乎已经翻了几番，甚至达到完全不加掩饰的地步了。

宋书装作不察，淡淡一笑。

“谢谢栾部长。”

宋书回眸，在Dennis同情的目光里，打开手提包，将里面的档案袋取出来。

“这是我重新准备的简历。因为邮件里没有通知面试官人数，所以我只准备了六份，麻烦你代我递交。”

Dennis下意识地接过去，刚抬头就被栾巧倾瞪了一眼。

Dennis吓得缩回了手。

阎王打架，小鬼遭殃啊。

不管怎么样，宋书作为面试者顺利落座，这场针对她一人的压力面试也正式开始。

栾巧倾压根儿没有再看宋书的简历——这两天她咬牙切齿地瞪着这个胆敢冒用她姐姐模样的女人已经看到麻木了，所以今天她全程面无表情。

“秦小姐，先用英文做一遍自我介绍吧。我们希望能多了解你一点，所以时长五分钟，内容你自由控制。”

宋书垂眸。

在至少十位面试官的森严注视下独自做五分钟的自我介绍，还是用英文……巧巧给她这个姐姐回国的第一份见面礼，还真是够大的。

不过就如宋书对余起笙说的那样，她回国是来把九九八十一难踩在脚下的，这点小小的为难不算什么。

这样想着，宋书露出温婉笑意，然后便打算从简单的问候开始。

只是她第一个音节还未出口，会议室外突然传来一阵骚乱：

“秦总！”

“秦总？！”

“秦总您……”

会议室内所有人一愣。

他们还未反应过来，会议室的门已经被霍然推开。

会议室内外鸦雀无声。

回过神后，被临时拉来的面试官们全都慌里慌张地站起来喊了声“秦总”，然后纷纷看向居中的栾巧倾。

他们自然都记得，昨天开这个小组会时栾巧倾强调的第一件事情，就是这场面试的存在、过程以及结果，绝对不能让秦楼听到半点风声。

然而现在秦楼已经站在门外了。而且明眼人都看得出来，秦楼此时在克制自己的情绪。

包括栾巧倾在内的所有面试官都提心吊胆地防备着，不知道秦楼哪一秒就要发作，这时秦楼攥着门棱的手竟然松开了。

他慢慢低下眼，笑了声。

寂静的会议室里，这一声藏了无数情绪的笑，通过耳郭被收入耳中，又像一声哽咽的哭。

宋书一直保持着微笑的面孔上终于有一瞬几乎绷不住。她用力地掐疼了自己的指尖，才把那点情绪波动压回去。

这个房间里除了秦楼和宋书之外，只有栾巧倾知道秦楼情绪波动的缘由。她不敢去看秦楼的表情，只是恨恨地扭头瞪向长桌对面的女人——

她到底还是没能阻止成，这个女人的目的达到了！

而转过头这一瞬，栾巧倾却在那女人似曾相识的眼眸里看到近乎悲悯的情绪。

栾巧倾一愣，等她再定睛去看，那丝情绪已烟消云散，似乎根本就不曾出现过。是错觉吗？

女人脸上仍是那温婉的笑容，像一张让人挑不出任何瑕疵的面具。

"这位就是秦总吗？很高兴见到您。"

女人不避不退，径直走到会议室门口，停住，然后主动向秦楼伸出纤细白皙的手。

宋书淡淡一笑，轻歪了下头，一绺细细的发丝从鬓边滑下："秦总您好，我是隽升律师事务所派来的助理合规官，秦情。"

听到这一句话后，会议室外扒着格子间踮脚往这边瞧的人事部干事们和会议室里的面试官们几乎不约而同地倒吸一口冷气。

格子间里有人已经惊讶地小声议论起来了：

"我没看错吧？"

"敢在'地狱周'直面大魔王而上的多少年我都没有见过一个，而且她甚至还敢在这个时候朝秦总伸手！"

"是啊，平日里也没几个人敢这样呢。"

秦楼微微抬了下眼皮，布满红血丝的眼睛紧盯着那只手，白皙光滑，上面没有一丝疤痕，仿佛什么伤痛都不曾经历，任何岁月洗礼的痕迹都不曾留下。

五官间隐隐有相似之处，神色、颦笑，却截然不同。

秦楼缓缓松开握住门棱的手，伸向前，完全地裹住女人娇小细白的手，然后蓦地握紧。

"你好……秦情。"

看到这一幕，室内众人目光里透出异样，他们不安地做着眼神交流。

这个握手的分寸显然不符合社交场合男士和女士握手的基本礼仪，但秦楼又好像并不是要发作的样子。

终于还是有人大着胆子迈出一步，小心翼翼地开口："秦总，我们在为这位隽升律所的秦小姐面试，时间已经差不多了，您看……？"

秦楼的视线定格在女人的脸上，分秒都没有移动。

"面试？"

"是，秦总，就、就是一场普通面试。"

"什么普通面试，需要你们调动三个部门以上组成临时小组才能进行？"

栾巧倾闻言脸色一变，怒气冲冲地扫过自己身旁的人——显然他们中有人泄露了消息。

会议室的门已经被外面知趣的助理乖乖关上了，门前宋书的手还在秦楼掌心里被握着，紧得挣不出。

宋书神色不变，只笑着微微前倾："如果秦总有兴趣，面试时您可以旁观，这些压力我作为助理合规官也应当承受——不然您也未必能够信任我，让我来您公司就职，不是吗？"

"……助理合规官？"秦楼低垂着眼，仍没有松开女人的手，"是什么职务？"

在一室诡异目光下，宋书笑容坦然："Compliance officer，助理合规官。其中compliance是指企业对法律或者政府政策与命令的遵守和执行——换句话说，我的职责是审查企业的制度和运作，确保企业依法运营。例如，Vio资本要确保遵守《中华人民共和国反洗钱法》；再比如……"

宋书说到这里停下了。

然后她轻抬手，从秦楼的手掌里慢慢抽出，而笑意不变："再比如，人事聘用里的反歧视、反职场性骚扰。"

听到这毫不客气的最后一句，会议室里众人的脸色齐刷刷地变了。

几秒后，有人干笑两声："赶紧给秦总找把椅子呀。"这人上前打圆场，"秦小姐这从国外回来的人啊，就是心直口快，秦总要不也坐着看看秦小姐的面试表现？"

"国外。"

秦楼眼神微空，须臾后他低了眼，像从胸腔里挤出一声压抑的笑。

"还真是……好远。"

宋书笑容不变，恍若未闻。她微笑着侧过身，垂下被攥疼的手，从容又平静地看向栾巧倾："栾部长，我的面试可以开始了吗？"

栾巧倾表情复杂："可以……你坐回去吧。"

宋书转身。

在背对秦楼的一刹那，她眼底有些无法克制的悲凉还是流露出来，但她又以最快的速度压回去。

——在秦楼在的时候，她必须时时刻刻谨慎提防，不能露出马脚。

因为……这是这个世界上最熟悉她的人啊。

或许比她自己还熟悉。

在宋书落座后，秦楼的目光终于从她的身上慢慢抽离。他身子有些发僵地走到面试官席位的正中位置，停在栾巧倾的身旁。

"这场面试的主面试官，我来。"

栾巧倾脸色一变，张口就想拒绝，但在目光触及男人那双黑得阴郁的眸子时，栾巧倾还是本能地退缩了。

她张了张口："好。"

栾巧倾转身拿起桌上的文件，示意旁边的人挪开。但是不等那人动作，秦楼的声音再次响起："你出去。"

栾巧倾身子一僵，她扭过头："不行，她……"

"出去。"

栾巧倾攥紧了手指，扭回头瞪向对面的女人，愤而转身，踩着高跟鞋咔嗒咔嗒地离开了。

会议室的门砰的一关上。

宋书笑容不变，心底则叹出一口气。

秦楼这一番举动会不会导致别的后果暂且不论，单说在巧巧这里，她估计自己的仇恨值已经拉到最高了。

这是把双刃剑：一方面，多一个“敌人”就要多一分谨慎；而另一面，秦家的人都知道栾巧倾和她感情有多深，所以栾巧倾对她的敌意也可以成为她的伪装之一……

宋书在心底无声地盘算着，这已经是她这些年独自生活养成的习惯。

长桌对面，面试官们重新就座。

秦楼两边的那两位倒霉同事自然是战战兢兢、如坐针毡。其他人也好不到哪儿去。

栾巧倾的意思通过昨天一场小组会议已经表达得很清楚了，那就是绝对不能让这个秦情进到公司里。

而在“地狱周”内的今天突然出现在面试房间里的秦楼，和这位面试者显然关系匪浅。

但秦楼又并未表示出明确的一定要强留对方在公司的意思——在如今的Vio资本，如果秦楼想要留一个员工，那除了董事会，没人能提出异议。

于是面试官们只能一边揣摩着秦楼的心思，一边把握分寸，向宋书提出面试问题。

顾忌着方才宋书和秦楼的那番交锋，面试问题的难度显然做出向下的调整，宋书应答起来比她自己预料中轻松许多。

持续十五分钟后，秦楼左手边的面试官收到同僚们的眼神示意，在心里叹了口气，小心地观察着秦楼的神色，开口：“秦总，您有什么要问的吗？”

秦楼的目光从他面前那份快要被盯出洞的秦情的个人简历上抬起。

和正对面温婉微笑的女人对视很久后，他突然笑了：“秦小姐，你单身吗？”

第 7 章

—Y A O H E N—

入职

“秦小姐，你单身吗？”

秦楼的问题一问出来，房间里陡然一静。最边上坐着的一位面试官由于太过震惊，差点撕了自己面前的简历——虽然及时收手，但是纸张被撕开一角的声音在寂静的会议室里还是显得异常突兀，无比清晰地传入每个人的耳中。

但是此时已经没人有心思去关注他了。他们的目光在秦楼和宋书之间来回转上几圈，才平息心底的惊悸。

宋书是反应最平静的那一个。

就像秦楼了解她一样，她也最了解秦楼。尽管这些年不曾见过，尽管彼此面容都不再是当年十几岁的模样，尽管他们都拥有了新的“壳子”和“面具”，但心底那两个曾经牵着手一路踉踉跄跄地走过来的只拥有彼此的孩子，从未变过。

秦楼做什么她都不会意外，更不会害怕。

宋书想了想说：“我未婚，并且五年内没有任何结婚计划，所以秦总不必担心我会因为婚期、孕期耽误公司……”

“未婚……有男朋友吗？”秦楼打断她的话，然后抬眼。

其他面试官们面面相觑——

坐在秦楼右手边的那位是法律合规部的，刚好也是Vio资本里和隽升律所交接合作的主要负责人。收到同僚们的目光暗示，他在椅子上不安地挪了几次屁股，大约是终于找到一个让他底气稍微足些的坐姿，他小声提醒：“秦总，这位秦……秦小姐，她是隽升律所余总的未婚妻。”

“未婚妻。”秦楼声音低哑地重复一遍，很久后他眼帘一垂，笑了，“好。面试结束。”

秦楼起身，没有再看长桌对面的女人一眼。他侧过身，单手插进裤袋里，抬手拍了拍此时已经换在他右侧的人事部骨干的肩膀："正常录用，给她办理入职。"

人事部骨干被拍得嘴唇哆嗦了下，挤出个笑脸："好、好的，秦总。"

秦楼收手，头也不回地大步走出会议室。

那位人事部骨干回过神，脸上挂起笑容。他快步绕过长桌，走到宋书面前："恭喜秦小姐顺利通过面试。"

宋书和对方礼节性地握手，颔首而笑："谢谢。"

周五，宋书正式入职Vio资本风险管理部下辖的法律合规部。

经过昨天下午加晚上的流言发酵，公司里关于隽升律所来的这位新人的背景早就有了五花八门的猜测。其中多数是建立在宋书和秦楼还有栾巧倾的"三角恋"关系上。而剩下的那一小部分，就是关于宋书和秦楼过去或许有过什么样的桃色新闻的猜测。

这些流言宋书都是在公司的洗手间里偶然听见的，表面上每个同事都是一团和气——在摸清楚新人的来历、背景之前，显然Vio的人精们不太想把她得罪。

法律合规部里安排有一位负责带宋书上手新工作的前辈，姓姚，叫姚意琴，今年30来岁。宋书进部门后就跟着部门同事一起喊她"琴姐"。

正式入职的第一天上午，宋书基本是在大量须熟知的公司文件带来的焦头烂额里度过的。

临近中午，姚意琴过来敲了敲她的格子间。

宋书从一大堆法律文件里抬头："琴姐。"

"小秦啊，也不用这么拼命。"姚意琴笑起来很有种前辈的和蔼劲儿，"你刚入职，这种东西一时半会儿是看不完的，还是得注意休息。"

"我知道，谢谢琴姐。"

"到午饭时间了，你还不知道咱们公司员工食堂的情况吧？走，姐带你去看看。"

宋书犹豫地垂眼看了看自己未看完的材料，须臾后她就抬头，笑着应下："嗯，我这就来。"

说完，宋书从旁边取来便利贴，写上备注和几条未完成思考的线索，贴在自己看到的位置上。

姚意琴看在眼里，点点头，然后玩笑地说："就你这努力劲儿，我看今年年底的年会上，新人奖你是当之无愧了。"

两人这样说笑着，一起往电梯间去了。

到了食堂，宋书跟在姚意琴身后取餐，找空位准备就座，这一路上，被不少注意到她这张新面孔的其他部门同事的目光追随着。

显然，经过昨天的流言发酵，她作为一个新人，现在在全公司范围里都已经是"小有名气"了。

宋书只装作没有察觉，和姚意琴说笑着走回来，然后坐到法律合规部的一拨同事旁边。

几个人打过招呼，各自用餐。

哪个部门都不缺话多或者活跃气氛的人，宋书作为部门新人，又好说话，没什么架子，跟大家消除最初的隔阂和小心试探后，话题就打开了。

"秦情，我听说隽升律所的那位余总是你未婚夫，这事情是真的假的啊？"坐在斜对面的一个女同事第一个问出八卦。

宋书拿着汤勺的手停顿了下，随即淡淡一笑："嗯，是真的。"

"哇，那你也太幸运了吧！余总可是律师界有名的钻石王老五啊，业绩口碑厉害，长得又帅，家里还开着自己的律所……"

"真羡慕，要是换了我，我肯定在家做全职太太，干吗还要出来遭罪？"

"哈哈，你少来，人家秦情可是国际法律学院的高才生，肯定不是跟你一样的志向。"

"就是，秦情肯定也很优秀，不然那位余总也不会和她订婚不是？"

"说起来，秦情你怎么跟你未婚夫认识的呀？"

话题又绕到自己面前，宋书对于他们的追问并没有露出不耐烦："我们是大学同学，刚好……两家也有些渊源。"

"哇，那岂不是青梅竹马！"

"我也想要青梅竹马，从小一起长大的感情啊！呜呜呜，羡慕哭了……"

"你？不存在的不存在的，你以为谁家青梅竹马的对象都那么优秀吗？"

两个女同事互相打趣，同桌的人笑着，没人注意到宋书望着手里的金属汤勺走了神。

青梅竹马……

她确实有，确实一起哭，一起笑，相互扶持，一起长大。

可惜啊，那都是过去了。过去的再也回不来，发生的永远无法抹去……没人能改变这一点。

对吧，秦楼？

宋书嘴角轻翘起来，低头喝了口汤。

坐在她对面的姚意琴目光恰巧扫过，不由得愣了下。相处半天多，她看得出宋书是个情绪藏得很深的人，表面上永远是温婉的、无害的。而刚刚，她第一次捕捉到对方不那么温婉无害的情绪。

很真实，尽管在笑，却更像是难过。

而且是尖锐的、会刺痛别人也会伤害自己的难过。

姚意琴心里正想着，眼睛不经意地一抬，就看到了宋书身后走过来的人。

她呆了下，反应过来后唰地一下站起来了："秦总！"

这一声顿时叫停了这附近几桌的议论声。

几秒后，众人先后起了身。

背对着来人的宋书表情僵了下，很快就调整到平常的模样。她跟着同事们一起站了起来。

"秦总。"众人纷纷出声。

在众人惊异的目光里，秦楼径直走到这桌旁，他的目光在宋书以外的人身上扫了一圈，然后停在姚意琴身上。

"我过来吃饭，麻烦你们往里挪个位。"

姚意琴呆立无语。

她进公司这么久，还是第一次听秦楼跟什么人说"麻烦"。

包括姚意琴在内的同事们都想起了这两天公司里的流言，不少人的目光或明或暗地落到宋书身上。

然后这桌的同事们惶恐地准备挪位置，只是在他们起身之前，宋书先站起来了。

“不用麻烦。秦总，您坐我这里吧，我吃完了。”她说着，已经从座位上离开，同时歉意地笑着，“今天第一天入职，还有不少材料要看，我先回楼上了。”

说着，宋书就准备端起餐盘。

“部门里很忙？”秦楼毫无征兆地问了一句。

宋书动作停顿了下，抬眼微笑：“新入职，秦总放心，我会尽快适应的。”她再次垂手。

然后刚被她端起两厘米的餐盘，被一只修长有力的手啪嗒一下按回桌上。

其余人全都屏息，宋书笑容不变：“秦总？”

“既然忙，那厨余我帮你倒。”

“……”

隔壁桌有个呛着的，剧烈咳嗽起来，在这背景音里宋书的笑容差点没绷住。

宋书慢慢松开手：“谢谢秦总关心，贵司的入职待遇和企业文化都让人很感动。”

宋书不想也不敢多停留，不然她实在不知道这人还能做出什么事情来。

宋书朝秦楼微微点头，转身就走。

只是刚走出去两步，她身后突然传来很轻的一声低唤：“小蚌壳。”

宋书身子蓦地一停。

那一瞬间，她几乎是下意识地摸上自己的左手腕，但是那里空落落的，什么都没有——为免生事端，她来Vio上班前总是会把那条小贝壳手链摘掉。

等她意识到自己的反应时，再做补救已然来不及。

宋书按捺下情绪，转过身，表情里适当地露出一点疑惑：“秦总，您刚刚喊我了吗？不好意思，我没听清。”

秦楼不说话。

他眼睛一眨不眨地望着她，眼神阴郁而深恸。他的视线一点点地描摹过她的五官的每一寸，像是到此刻才想要认认真真地看清面前的女人。

食堂里众人就这样陪着两人沉默了有十几秒。法律合规部的几个人离宋书和秦楼最近，尴尬得手脚都不知道该往哪里搁。最后还是姚意琴作为部门前辈站出来：“秦总，您刚刚是……？”

语气小心翼翼，生怕解围不成，再把自己搭进去。

秦楼似乎终于在第三个人的声音的介入下回过神。

他没有回头，只是望着那个站在离他不远处，到此时笑容也平静淡然的女人，然后慢慢咧开嘴。

“小蚌壳。”他紧盯着宋书，重复一遍，眸子漆黑，目光深邃。

下一秒，秦楼的目光随着身子骤然转向后，他抬眼看向食堂窗口：“我是问今天中午有没有这一道菜。”

前一秒还在窗口里看热闹的掌勺大厨，发现下一秒战火就蔓延到自己身上，他十分茫然且无辜地站起来：“秦总，您是说清炒的蚌壳肉之类的吗？”

秦楼恶作剧似的笑起来：“每种吃法我都想尝试。”

在食堂里所有人迷茫的时候，秦楼转过身。

原本站在他身后几米处的女人已经不见了，不知道在哪一刻，她就以最快速度跑出了他的视线范围。

长腿了啊，小蚌壳。

秦楼拿起桌上宋书的餐盘，不紧不慢地走向食堂里盛放厨余垃圾的不锈钢桶。

哗啦！

厨余被直接倒入桶中。

秦楼转向左侧，走出两步去，放下餐盘。

他垂了眼，无声地笑。

但是不急，太多陈年旧账要一一算起，而且这一次，我们终于来日方长了……小蚌壳。

秦楼转身离开。

等他的背影消失在食堂外，那些员工的议论声才终于重新响起来：

“秦总到底是来干吗的？”

“肯定不是来吃饭。”

“从结果来看，他就只给那个新员工倒了一次厨余。”

“……这是什么新员工福利吗？”

“你想多了，要是每个人入职第一天都有这样感天动地的新员工福利，那我当初——"

"当初怎么样？"

"那我当初可能早就被秦总吓得屁滚尿流地滚蛋了。"

"哈哈哈哈哈，你能不能有点出息？你看看法律合规部那个新人，人家跟你完全不一样，多淡定啊！"

"真是奇怪，她和秦总到底是什么关系？如果真有暧昧关系，那我们不应该完全没听说过甚至没见过她吧？"

"鬼知道！等我晚上问问我法律合规部的朋友，我太好奇了……"

宋书整个下午看起来毫无异样地坐在自己办公的格子间里，翻看那些法律文件。不管路过的同事们以怎样或明或暗的目光打量她，宋书都毫无所动。

这状况持续了一下午，始终没获得什么可供八卦的新资讯后，众人的好奇心这才稍稍按下去。

晚上的下班时间到了，姚意琴走到宋书的办公桌旁。停下来后，她心情复杂地站了几秒，才问了句："秦情，你还不下班吗？"

宋书停了几秒才抬起头，粲然一笑："琴姐，您先走吧，这些材料我还没看完，等这部分看完之后我再下班。"

姚意琴点点头，说："Vio加上集团前身，历史很久，文件多些也正常。不过你别累着自己……"

"集团前身？Vio是什么转型企业吗？不应该啊，我几年前还是个学生的时候，就听说过Vio在风投业界的名号了。"

姚意琴没察觉什么异样，耐心地解释："Vio前身是秦氏集团，当年秦氏的一家分公司因为总公司高层而涉及一桩数额巨大、牵连甚广的庞氏骗局案，遭遇很大损失。当时秦氏的掌舵人是秦梁秦老先生，他选择壮士断腕弥补并非秦氏导致的亏空，然后任用自己毫无经验的孙子秦楼，为企业注入新的理念开启转型——所以Vio如今的体制其实是七八年前由秦总一手转型创立起来的，能在如今国际风投业界占有一席之地，秦总居功至伟。"

姚意琴一股脑儿说完，才有些不好意思地问："我是不是话多了点？"

"当然不会。"宋书蓦地回过神，目光深处那些深沉纠葛的情绪被轻飘飘的笑意遮盖过去，“这样传奇的商业故事谁不想听呢？更何况主人公还是年轻有为的公司领导。”

姚意琴点点头，面容上露出一点笑意：“确实。每次跟没经历过最初的转型困难期的新人谈起当年，我们都会忍不住话多——那时候秦总在董事会其余高层的极度怀疑和不信任下，成功预测了市场利率走向，还带领并不成熟的团队完成过数笔业内传奇的对冲交易……这些事情总能让我这种年龄不小的公司老人都跟着热血沸腾。”

宋书微垂下眼。

沉默几秒后，她笑了笑：“这么多年，秦总一直是个很优秀的人。”

“啊？”姚意琴没回过神。

宋书抬头，笑着补充：“我只是对有这样一位可以信任和追随的年轻领导感到很幸运。”

姚意琴闻言想要点头，蓦地又顿住，面露迟疑。

宋书说：“琴姐，您是我的前辈，还是细心帮我适应工作的人。您有什么想问的，直说就是了。”

“……秦情，你别怪姐八卦，我实在是被问得有点头疼了——同事们也确实都好奇，你和秦总是不是早就认识？”

宋书没有直接回答，她莞尔道：“您该见过我的履历，我这些年一直在国外求学，毕业后就进入当地的律所实习，从未回过国，跟秦总实在无法有什么交集……而且，如果真有Vio资本这样的背景，那我怎么会今年才回国来这里呢？”

“倒也是。哈哈，你该笑话我了，这个年龄了还跟年轻人一样八卦。”

“这没什么，人之常情。而且互相熟悉了，以后工作上合作起来也方便。”

“哈哈，好，那你继续忙，姐不打扰你了，我先下班去接孩子了。”

“好的，琴姐再见。”

目送姚意琴离开，宋书转过身，重新沉浸到她面前的那些材料里。

等把所有材料看完，宋书揉着发僵的肩颈抬起头时，才发现桌上的数字钟显示已经快到晚上8点了。

Vio资本的企业文化讲究高效，对员工加班没有硬性要求，也没有刻意增加工作时间内无法负担的工作量的潜规则，所以到此时，即便法律合规部原本有稍加些班的员工，也早都离开了。

偌大的楼层只剩下宋书一个人。

宋书合上面前最后一份材料，苦笑了下，站起身活动发酸的腰腿。

刚到一半，她的手机响起来。

宋书拿起手机一看，来电显示是余起笙。

宋书接起电话："余总？"

"还没下班吧？"

宋书看了一眼窗外浓重的夜色，她笑了笑："什么都瞒不过余总。"

"你那个脾气我还不知道吗？下来吧，我就在你们公司楼下，接你去吃饭，然后送你回家。"

宋书一愣："这怎么好意思……"

"你和我……我们家的关系，还需要客气这个吗？地方我已经订好了，是一家私房菜馆，味道不错，我带你去尝尝。"

"……好吧，谢谢余总了，我这就下楼。"

"我上去接你。"

"不用。"

"这么晚，让你一个女孩子自己下楼可不是绅士之道。你在电梯间里等我。"

宋书无声叹气，声音里笑意维持不变："谢谢余总。"

挂断电话，宋书收拾好东西，拎着背包走向电梯间。

电梯间灯火通明，亮如白昼。

宋书的脚步却在迈入的第一秒就顿住——

电梯门旁的墙壁前，秦楼不知道已经站在那里等了多久。

听见脚步声，秦楼抬起头。

他神色平静，目光在宋书身上扫过，然后落回到自己的腕表上。"怎么才出来？"说话间，秦楼从倚着的墙壁前直起身，走向宋书。

他语气自然，自然得几乎让宋书恍惚觉着两人是早就约好的，而且已经很久很久都习惯如此相处。

如果没有当年那件事情，或许今天这样一幕就真的只是温馨的日常吧。

宋书想着，然后她退后一步。

——秦楼伸过来的手捞空了，在她面前停住。

秦楼眼底的情绪沉了沉。

宋书像是丝毫不察，微仰起头，明媚莞尔："秦总也没有下班吗？您作为公司一把手都这样辛勤，难怪Vio资本会有如今的地位。"

秦楼不语，背着光的眸子黑沉，只盛得下她的身影。

宋书也不介意，继续说："不过时间已经不早了，我准备下班了，秦总也早些回去休息吧。"说完，宋书朝秦楼颔首，然后便扶着挎包从秦楼身旁绕过去。

秦楼当然不可能就这样放她走。

宋书走到电梯前，伸手去按墙上的下行键的时候，纤细的手腕被秦楼一把攥住了。秦楼强行拉着使她转回身。

宋书眼底情绪一晃，但最后还是没有挣扎，她被秦楼单手扣着手腕压在电梯门旁的墙壁上。

挎包掉落在地，金属扣在光可鉴人的瓷白地面上叩击出清脆的响声。

就在二人僵持的时候，他们身旁电梯门内传来电梯上行的声音。

宋书想起什么，脸色微变。

她扭头看向墙壁上的三角指示灯和旁边的楼层显示。

电梯正从一楼畅通无阻地向上运行。

宋书转回头来："秦总，我未婚夫刚刚在楼下等我，现在应该正在上楼，所以请您放开我，免得我们之间产生不必要的误会。"

秦楼眼底情绪一狞，随后他咧嘴笑了起来："误会？没什么误会，看见了不是正好吗？"

宋书冷下声音："秦总，我给您最后一次机会——立刻放开我。"

听见她的威胁，秦楼只是笑："不然呢？你要怎么做？"

宋书抬眼。

两人身旁，电梯发出叮的一声轻响，数字显示屏停在12。

"抱歉，秦总，这是您逼我的。"话音落时，宋书突然屈腿提起。

一记膝击撞进秦楼怀里。

秦楼吃痛弯腰，宋书趁势一躬身，从他的钳制里脱身出来，还顺便捡起了自己掉在地上的挎包。

她刚拎起包，就觉得里面传来一阵振动，打开包拿出手机，看到来电显示后不禁往秦楼的方向看了一眼，走到他听不到说话声的距离后才按下接通键。

"Jerry？"

"秦，你终于接电话了。"

"发生什么事了？"

"我今天捕捉到多条特殊的查询访问记录，都是与你在学校和公司的个人履历信息相关的，而且这些查询访问记录，分别来自Q市的两个不同的IP地址。"

"你是说有至少两方在调查我？"

"没错。"

宋书微皱起眉，下意识地回头看了秦楼所在的方向一眼。然后她转回身："能够查到具体的物理地址吗？"

"很遗憾，秦，我想恐怕不能。对方经验丰富，应该是专业机构，中间通过'肉鸡'做了几处障眼法，我能锁定对方在Q市已经很费力气。"

"那对方查到什么了吗？"

"哈哈，当然没有，你要相信我的技术，而且你在回国之前不是已经对这件事有所预料和防范了吗？"

"是啊，还好有你在。这种事情可能会有更多，以后要继续劳烦你。"

"前年那桩案子如果不是你帮忙，我现在可能已经进到那该死的没有任何网络的铁笼子里了——所以你不要客气，我们是互相帮助。"

"还是要谢谢你，Jerry。"

"好吧。你那边情况如何？"

"有点难说。"

"你知道你是在以身犯险吧，宝贝？我不理解，余怎么会同意你把自己当成诱饵？"

"Jerry，我们已经讨论过这件事了。"

"好吧，你还是那么固执，我不劝你了。"

宋书挂掉电话，看到余起笙正愣在电梯口——

电梯门前不远处，秦楼捂着腰腹位置，微微佝偻着身体。几米外，宋书平静地站在那儿，腰板绷得笔直，精致的面孔上罕见地没有任何情绪。

余起笙担心地看向宋书：“秦情，这是……发生什么事情了？”

宋书眼神微动。

几秒后她淡淡一笑：“没什么，我是在这里等你，至于秦总，大概是突然撞到墙上了。”

宋书抬起手，轻挽上余起笙的臂弯，她的笑意明媚了许多：“你不是说有家私房菜馆不错吗？我刚好加班饿了，我们这就走吧。”

宋书的突然亲近让余起笙颇感意外地愣了下，不过想了想他便了然。

“如果秦总没有别的事情，那麻烦您退后一步，我们要离开了。”

秦楼僵硬得如同木偶，慢慢向后退了一步。

电梯门重新关上，缓缓下行。

宋书的身影消失在电梯间后，秦楼面色阴沉地回到卧室。

他拿起座机拨出了一个电话。

“秦先生？”

“那个醉驾司机还在牢里吗？”

……

第 8 章

—Y A O H E N—

替身

周一，临近中午。

宋书走到茶水间门口，隐约听到里面有几个人在议论自己，无非是讨论她到底是什么来头。

于是宋书故意在他们讨论热烈的时候走进去，茶水间里顿时鸦雀无声。几个男同事冲她礼貌地笑了一下，赶紧逃离了茶水间。

宋书环视四周，走到一个叫Lisa的女同事旁边，开口道：“Lisa，我工作上遇到了点问题，想向你请教一下。”

“是什么问题？”

“我在跟进一个项目，需要查相关的法律文件，但是我不清楚要去哪里查。”

“在档案室就能查到，你去人事部开一张证明就能进去查了。”

“可是我不了解相关流程，你能陪我一起去开证明吗？”

Lisa犹豫了一下，可是压抑不住内心八卦的欲望，转瞬飞快地点点头：“好啊！”

宋书露出真诚的微笑：“那就在下午上班前去吧，好吗？”

“没问题，到时候我去找你。”

“谢谢。”

Lisa离开后就剩宋书一个人在茶水间，姚意琴从旁边的休息室走了进来。

“琴姐。”宋书微怔之后，淡淡一笑，打了声招呼就准备离开。

“哎，等等。”姚意琴喊住她，有些犹豫地开口道，“秦情，你刚来，可能不知道，Lisa这个人……嘴比较碎。要不然我陪你去吧？”

"不用了，琴姐，谢谢你的好意。我跟Lisa都约好了，我看她也挺好说话的，就和她一起去好了。"

宋书说完笑笑，冲姚意琴点点头，转身离开了。

中午，宋书和姚意琴一起从Vio的员工食堂回来，路上姚意琴再次委婉地劝宋书不要和Lisa一起去人事部，被宋书简单几句话带了过去。

两人回到12层的法律合规部后，宋书的办公桌旁边，Lisa看起来是早就在等的模样了。

一见宋书过来，Lisa眼珠亮了亮："秦情，档案室的调阅证明我觉得还是早些办的好，你要是现在没什么事，那我们就去人事部吧？"

"好。"宋书点头，笑，"谢谢你啊，Lisa。"

Lisa在姚意琴带着点无奈和不满的目光下，眼神闪避了下，她心虚地跑上去挽住宋书的手臂："帮助新同事嘛，这都是琴姐教我们的。琴姐，那我们先走了。"

宋书在姚意琴仍旧不甚赞同的视线里，拿起准备好的相关证明材料，和Lisa一起走向电梯间。

等电梯的时候，Lisa眼珠转了转，有点好奇地开口问："我之前听公司里的人提起过栾部长，都说她脾气虽然直，但人还是不错的。秦情你是刚回国不久吧，怎么一来公司就把栾部长得罪了呢？"

"我也不知道。"宋书微垂下眼，似乎有点无奈，"我第一天入职去人事部办理入职手续，栾部长见我第一眼就不太喜欢我。"

Lisa闻言转过头，把宋书上下打量了一遍。然后她煞有介事地点点头："那一定是因为你太漂亮了。"

宋书确实没料到Lisa会说出这话，停顿了下她才说："公司里漂亮的同事大有人在，我不算什么。而且我想，栾部长应该也不会因为这个就对我心生不满，可能还是我做了什么不该做的事情吧。"

"我听人事部的Dennis说，你那天刚进公司，在那里待了三分钟都不到，栾部长就放话要你不能办入职，那肯定不是因为什么小事——"Lisa话音戛然一停，一两秒后她反应过来，扭过头心虚地朝宋书笑笑，"我在食堂，刚好听见人事部的人坐在一起聊天……秦情你不会怪我多嘴吧？"

"当然不会。"

Lisa左右看看，见四下无人，便凑到宋书身旁小声说："其实我有点猜测，我觉得这件事啊，多半跟秦总有关。"

"嗯？"

"你刚来，可能还没听说过，秦总和栾部长的关系在我们公司乃至风投业界一直都是个未解之谜。我们秦总那是万花丛中过片叶不沾身的人，但是唯独对人事部的栾部长青眼有加。当初栾部长进公司，也是秦总第一次破例升上来的。所以啊，公司里一直都有他俩关系暧昧的传闻。"

宋书故作不解："那这和我有什么关系？"

Lisa看了她一眼，带着点审视和不确定："虽然秦情你说不认识秦总，但是秦总确实对你不一般，不说别的，上周食堂那件事情就很奇怪。"

宋书无奈地笑笑。

电梯刚好到达这一层，确定身旁的Lisa已经被栾巧倾到底为什么对自己生隙的事情吊足了胃口，宋书也没有再赘言。她提醒道："电梯来了，我们进去吧。"

"哦哦，好。"

两人踏入电梯。电梯门关合，电梯下行。而几乎是这边电梯刚开始运行，隔壁的一部电梯就停在了12层。

电梯门打开后，在满电梯诚惶诚恐的目光的注视下，站在最前边的男人走出电梯，向法律合规部的格子间办公区走去。

电梯门重新关上前，还听得到里面低低的议论声：

"秦总怎么会来12层？"

"哪个项目的法律文本卡壳了？"

"哪个项目也不至于重要到非得让秦总亲自下楼过问吧？是没电话、没助理还是没项目负责人啊？"

"难道是之前传闻里那个惹恼了栾部长又去了法律合规部的新人？"

"我看八成是。"

"……"

法律合规部楼层内，刚接水回来的姚意琴才出茶水间，一抬头就愣住了。

"秦……总？"

姚意琴几乎想回头看看自己是不是接了个水就直接穿越到22层的总经理办公室了。

秦楼点点头，刚准备走过去，又停下来。

“你见到宋……秦情了吗？”

姚意琴愣了下，表情微妙起来。

从宋书出现在人事部楼层内工作区的那一秒开始，整个人事部的工作区就完全陷入了一种诡异的安静里。

Lisa陪着宋书在楼层入口干站了四五秒，没人上前接待，她尴尬地笑了笑，朝宋书歪歪头，声音挤成细丝从牙缝里挤出来。

“秦情，你确定档案室非去不可？”

宋书也有点头疼：这样下去，她迟早得成人事部的公敌。

正在两人尴尬地站着的时候，人事部里终于先后反应过来，互相推托一番之后，还是和宋书认识的Dennis被推了出来。

“秦、秦小姐，”Dennis的笑看起来有点痛苦，“你怎么来人事部了？是有什么员工手续没办妥吗？”

宋书似乎未察觉他的异样，脸上还是那温婉的笑意：“不是。我上周刚分到一个项目，在做尽职调查和可行性报告，需要用到一些往年的法律卷宗，所以我想来找栾部长帮我批一个档案室的调阅申请。”

Dennis顿时表情扭曲：“找栾部长？”

“怎么了？栾部长不在吗？”

“在倒是在，就是……”

“栾部长有访客或者会议？那我可以等等。”

“呃，倒也没有。”Dennis磨叽几秒，最后还是垂头丧气地招招手，“得，那你跟我来吧。不过栾部长能不能给你批，我不敢保证。”

“好的，麻烦你了。”

Dennis带着宋书和Lisa走到人事部部长的办公室外，在磨砂玻璃门前停住了。

Dennis小心翼翼地敲了敲玻璃门。

“进。”里面传出栾巧倾的声音。

Dennis缩了缩脑袋，转回来，声音压到最低：“那秦小姐自己进去？”

Lisa闻言，也立刻用手势跟宋书表示自己在外面等。

宋书点点头，推门进到办公室里。

Lisa和Dennis是老朋友了，在八卦方面，两人都是公司里的“翘楚”，这几年时常聊着，一来二去也就熟了。

所以此时在门外不需要言语，两人眼神交汇了下，耳朵已经竖起来了。

不负他们所望，几秒后，办公室里就响起了栾巧倾恼怒的声音：“怎么是你？！”

“栾部长，我是有在跟的项目的需求，特意来找您批一份档案室调阅申请。这是证明材料。”

“……档案室调阅申请？”栾巧倾冷笑了声，“刚进公司就开始跟项目，项目才上手就想调阅以前的法律卷宗，你倒是很积极嘛。”

“这是我分内的工作。”

“既然是你的工作，那你就自己做。什么档案室调阅申请，我没听说，不知道。”

“栾部长，档案室是人事部的下辖部门。”秦情的声音听起来似乎有些为难，“林副总还在外勤，如果您这边不同意，我就只能去找秦总了。”

“你……你威胁我？”

“栾部长？”

“你不要以为你长得像我姐，我哥就真的会把你当他的爱人！你做梦！就算他一时因为你的长相受了迷惑，他迟早有一天也会发现你根本不是那个人！”

“栾部长，我不懂您在说什么。”

“你少跟我装无辜！我告诉你，你以为自己学得很像是吧？但是在我眼里，你连宋书的一根头发丝都比不过！”

“……”

门内突然没了说话声，只听得到栾巧倾气得呼哧呼哧喘气的声音，另一个人没说话——像是噎住了似的。

门外Lisa和Dennis对视一眼，他们刚要说什么，面前突然伸过一只手来，直接推开了他们面前的那扇玻璃门。

“别啊！”Dennis急眼了，扭回头就要痛斥这个不懂事的来人，结果一腔愤懑全数噎在嗓子眼——

“秦、秦总？！”

秦楼未作理会，已经大步走进去。

敞开的办公室门内，他在颇感意外的宋书身旁停下来。

秦楼盯着宋书，几秒后嘴角勾起来。

“长得像还不够吗？这么多年，这是我见过的最像她的了。”

“哥？！”栾巧倾不可置信地瞪着男人，“你说什么呢？！你现在把我姐到底当成什么了？！”

秦楼抬眼：“给她批。”

栾巧倾表情难看地瞪着办公室里的两人。

她咬牙切齿地站了四五秒，办公室里也就死寂了四五秒，最后还是她在秦楼逐渐阴沉下来的目光下绷不住，狠狠地一甩手，钢笔啪嗒一下砸在办公桌上。

“我的章落在家里了，今天没带。”

秦楼望了她两秒，转向宋书：“那去22层吧，我给你批。”

“……”栾巧倾气得咬牙。

宋书眼神微动，此时早已从秦楼进门的意外里回过神，她歉意地笑着说：“这就不麻烦秦总了。调阅的事情并不着急，我明天中午再来找栾部长就好。”

栾巧倾刚想拒绝，紧接着似乎想到什么。思索几秒，她最终只恨恨地扭过头，没有说话。

“栾部长，明天上午您有时间吗？”

栾巧倾瞪向她：“你来，我给你批。”每个字音都咬牙切齿的，听起来恨不得扑上来咬宋书了。

宋书笑笑：“谢谢栾部长。那我就先回去了，明天见。”

说完，宋书朝两位领导点头示意过，转身走向办公室外。

秦楼想都不想，直接抬腿跟上去。

听见身后的脚步声，宋书心里无奈，脸上的笑意倒是看不出半点变化来。

她只当作没有察觉，走出办公室后和还没回过神的Lisa说：“看来是解决了，谢谢你陪我来一趟，那我们回楼上吧？”

“哦……哦哦，好。”

Lisa回过神，抬起头就见到宋书身后跟过来的秦楼——秦楼的目光毫不掩饰地盯在宋书的身上，从那专注的程度来看，像是生怕一眨眼人就消失了一样。

Lisa心情复杂极了，强挤出笑：“那我们走……走吧。”

“嗯。”

“秦总再见。”Lisa小心翼翼地补充一句，这才和宋书一起往楼层外的电梯间走去。

而她们一动，闲站着的秦楼也跟上来了。

楼层内没几个人敢正大光明地看，但偷偷摸摸的或者好奇或者探究的目光一直没离开过宋书的身上。

宋书在心底轻叹。

果然，一旦确定身份后，秦楼就会把全部注意力放在她身上。只是这样下去，以那个人的头脑，总有一天是会把自己搭进局里的。

宋书在这里面搅了九年，所以她再清楚不过——这是个连着深渊的泥沼，深渊里藏着无数吃人的嘴巴，而一旦陷进那泥沼，就毫无再抽身的可能。

她和余起笙是没有选择。但秦楼和栾巧倾都不该也不能被牵扯进来的。

不知道与余起笙商议过的那个方法是否能奏效……

宋书一边低声与Lisa正常地交流着手里那个项目的尽职调查的细则，一边在口袋里轻轻按下了手机屏幕上的某个快速拨号键。

几十秒后，三人前后走进电梯里。

Lisa去按电梯的时候，不忘小心翼翼地回头问：“秦总，您是去22层吗？”

秦楼想了想，皮鞋在光滑洁白的地瓷上向前，圆弧形的鞋头抵了抵宋书的高跟鞋鞋跟。

宋书一顿，回眸：“……秦总？”

秦楼问：“你说我该去哪层？”

宋书一时无言。

所幸还没有到宋书不得不回答这个问题的时候，她的手机就在口袋里振动起来。

宋书转过身，拿出手机，接通之后放到耳边。

“妈？”

Lisa还没什么反应，秦楼的身影却是蓦地一震。两三秒后，他眼神变得躁戾，扭过头死死地盯着宋书的手机。

Lisa察觉氛围诡异，不敢出声。而宋书则像是对秦楼的变化没有什么察觉，手机里的声音隐隐传出，是一个温和的中年女声。

“囡囡，我和你爸爸担心你啊。你说说你，干吗要跑那种大公司工作？在起笙的律所里安安心心地待着不好吗？”

宋书垂眼，无奈地笑笑，眼底温情半点不像作假，带着真实的眷念和依恋。

“之前不是跟您说了，Vio的职业舞台更大吗？您和我爸怎么样？回国后还习惯吗？”

“习惯的，这边的邻居也和善得很呢，今天上午我还跟隔壁老太太一起去推了会儿太极。”

“那就好。”

“你是不是要上班了啊？那妈妈不打扰你了。这个周末有时间吗？有时间就叫上起笙，一起回家吃顿饭。”

“要看工作的，到时候我跟您说，好吗？”

“好，你工作去吧，不要记挂家里。自己照顾好自己啊！”

“嗯，妈妈再见。”

“再见。”

电话挂断，电梯已经错过至少两趟了。宋书收起手机，对Lisa歉意地说：“不好意思啊，我妈也是刚回国，我怕她不太适应，多聊了两句。”

“没事……没事没事。”Lisa一边说着一边给宋书使眼色，眼睛都快抽筋了。

不用Lisa说，宋书也感觉得到——电梯间这会儿就像多了个人工制冷机似的，嗖嗖嗖地在自己身后放着冷气呢。

宋书转过头，笑意温婉明媚：“秦总，您怎么还没上楼？啊，不好意思，是不是我挡住了？我帮您按电梯。”

秦楼眼神深沉，眉头紧锁。

第一部电梯到了，宋书等秦楼进去后，拉住了犹豫的Lisa。看着电梯里转回身还在皱着眉的男人，宋书点头。

“秦总，您事务繁忙，您先上楼，我们等下一部。”

“……”

秦楼竟然一个字没说。

只是直到电梯关上那一秒，他那阴沉的目光都是死死盯在宋书身上的。

等电梯成功上行后，Lisa猛地松了口气，捂着胸口。

“我的妈耶，秦总也太可怕了吧！”

宋书赞同地点点头，Lisa无暇注意这边，宋书面上情绪已经淡了许多。

“确实。”

“你也觉得秦总刚刚情绪突然就不太对了，是吧？变脸跟变天一样啊！”

宋书无意识地敲了敲口袋里的手机后壳，乌黑的瞳孔里那层淡淡的笑意退去，只剩下没什么情绪的思索。

希望这双管齐下能够两边奏效吧。

第二天上午，宋书、秦楼还有栾巧倾在人事部部长办公室的那几句话已经在公司里私下传开了。

那番争执的猛烈程度，更是在某两位八卦人士不懈努力的夸张表达下，传出了战火纷飞的效果。

上午宋书去人事部拿档案室的调阅批示的时候，明显感觉到落在自己身上的目光复杂多了。

她没有过多思索，轻车熟路地走到栾巧倾办公室门外，敲响了玻璃门。

“进！”里面传来栾巧倾明显压抑着怒火的声音。

一晚上还没生完气，巧巧这脾气还真是伤身。宋书一边这样想着，一边推门进到办公室里。

还没停下脚，先对上的就是栾巧倾毫不掩饰敌意的眼神。

“我告诉你秦情，别以为我哥脑子进了水被你这张脸骗了，你在这个公司就可以为所欲为了。只要有我在一天，你就什么都别想从Vio……”

“调阅批示，栾部长盖章了吗？”宋书打断栾巧倾的话，脸上笑意淡得像是随时都能散去。

栾巧倾一愣，她显然没有适应眼前这个女人这样的情绪转换，明明今天之前她对自己还是毕恭毕敬。

回过神，栾巧倾冷笑了声：“你是觉得自己已经坐稳老板娘的宝座，所以都不需要对我客气了，是吗？”

“栾部长如果不给我，我现在就去22楼找秦总要，也是一样的。”

“你威胁我？”

“随便栾部长怎么理解。”

栾巧倾气得咬牙，从旁边文件夹里抽出一张调阅证明，狠狠地拍在桌上：“拿去！”

宋书上前，伸手拉起一角，那纸张却被按住了。

栾巧倾坐在高背椅上，抬起眼皮看着宋书：“从今天起，在公司里你最好给我夹起尾巴小心翼翼地做人，不要露出半点马脚。不然，我一定会让你被判个商业间谍罪。”

办公室里安静几秒，在栾巧倾以为对方已经被自己唬住了的时候，却听对面站着的女人轻笑了声——

宋书那张冷淡的脸上红唇一勾，她缓缓抬眼：“栾部长是觉得，论对法律条文的熟悉和运用，您能和我这个科班出身的叫板了？”

栾巧倾笑容一冷，火气有点压不住。

宋书没给她反击的机会，眼神定格在栾巧倾脸上：“栾部长能坐到今天这个位置，秦总恐怕没少辛苦吧？”

这句话彻底点了栾巧倾的死穴，她顿时拍桌而起：“你有什么资格提我和我哥——”

话没说完，栾巧倾突然憋住了。

只见趁她气到拍桌的这个空当，办公桌外的宋书已经轻巧地把那张原本被她压在手底下不肯放过的证明拿走了。

薄薄的纸张晃了晃，女人红唇一勾，笑得温婉：“谢谢栾部长。”

“你……”

栾巧倾气疯了，到现在这一刻，她哪里还会没看懂——这个女人方才分明就是为了激怒她顺利拿到证明！

可惜宋书没有给栾巧倾回神然后发作的机会，她摆摆手，说了一声“栾部长再见”后，人影已经消失在玻璃门外了。

栾巧倾一屁股坐到椅子上，气成了一只河豚。

拿到调阅证明后，宋书返回12层，在保温处取了自己提前准备好的饮品后，直接下到7楼的档案室。

档案室的人也早就听说昨天为一张调阅证明起的那一番争执，对于宋书的到来毫不意外。

现在知道宋书背后多半有秦楼撑腰，不管背地里怎么说，至少面儿上他们对她很是客气了。

“您就是秦小姐啊，我听说您下午要来。您第一次过来，有些事情还得跟您说清楚——档案室这边的规定是所有通信设备、拍摄设备都不能带进去，所以得麻烦您把手机之类的东西放在这个盒子里，希望您理解。”

宋书点头，笑意温婉：“当然，我能理解。”说完，她把自己随身带的手机等物品都放进那个储存盒内，看着对方将盒子搁到旁边，上锁。

“谢谢配合。”对方转回身，“秦小姐可以进去了——不过这个喝的东西不能往里带。”

宋书一提手里拎着的从12层带下来的饮品，笑着递给对方：“这个是给您的。”

档案室的工作人员愣了下，不解地抬头看向宋书。

宋书表情露出些歉意，解释：“我这趟需要的案例非常多，时间会比较长，知道按规定您是要陪着一起的，心里实在过意不去，所以给您带了杯喝的。公司对面新开的一家店，味道很不错，您尝尝。”

“那家店我知道，里面东西可贵了，这多不好意思啊……”那人推阻几句后，还是笑着接下来了。

“我听店员说，这个东西凉下来会有点腥，您还是趁热喝吧。”

“好，那谢谢你了啊。”

宋书顺利进到档案室里。

Vio这个存放纸质法律文本档案的习惯是从秦氏集团那时就延续下来的。档案室里保留着不少有些年头的纸张，刚进来便能闻到一股淡淡的书香气。

宋书沿着档案架找到自己需要的案例，翻开之后就开始认认真真地比对阅读。

负责监督的档案室工作人员起初一直守在旁边，等发现这个新人一本本阅读翻阅过去，大有一双高跟鞋踩到地老天荒的架势，还看得聚精会神的时候，他终于没熬住那一杯饮品下去后带来的膀胱的折磨，悄悄地离开去洗手间了。

那个人的身影消失后，宋书立刻将手里的档案放回——为了防止失火导致文件丢失，这里面的线路是极简化的，连监控摄像头都只有门外的一个。

人工监视不在的时候，才是她实现此行真实目的的机会——

她做的是双管齐下，要的却是一箭三雕。

宋书没有多做犹豫，快速走向自己之前已经假装无意走过并确认的陈年人事任命、调动记录储备的档案架旁。

将其中自己需要的年份档案抽出后，宋书快速翻阅起来，同时尽可能将翻过的那部分信息刻进脑海里。

就在她聚精会神竭尽所能的时候，身后档案室的门突然咔嗒一声被人推开。

藏在内排的宋书身形微滞，下意识地低头去看腕表——她专门计算过从洗手间到档案室门外的路程和所需的时间，那个人不可能这么快就折返！

脚步声已经近了，宋书没有时间多想，迅速将档案藏到身后。

然后她抬起头："您——"

话音戛然一停。

出现在档案架尽头的不是别人，正是秦楼。

他停住身，歪了歪头，嘴角勾起来。

"秦小姐，你身后藏着什么？"

第 9 章

—Y A O H E N—

档案

宋书身形微僵。须臾后，她轻叹了声，也不管秦楼还站在档案架的尽头，她转过身去，重新翻开自己手里的那份档案，抓紧时间想把自己还没有记下来的信息刻进脑海里。

秦楼见宋书此时在自己面前全然一副放弃反抗的架势，嘴角弧度勾得更明显几分。他踱步上前，脚步声压得很轻，一直到安静而专注地低头看档案的宋书身后才停住。

秦楼从她的肩后看过去，她的长发拢在耳后，露出半张巴掌脸，肤色白皙，吹弹可破。或许因为太过专注，顾不得像平时那般掩饰，此时精致艳丽的五官间看不出半点情绪来。

像极了从前安安静静地捧着书的小蚌壳。

秦楼眼底黯了黯。

宋书对秦楼越是冷淡，秦楼就越是想“搞事”，但无论他怎么骚扰宋书，宋书的注意力都在档案上。

宋书看了一眼腕表，按照时间，估摸那个去洗手间的工作人员快回来了。

“你该走了。”宋书提醒他，并抓紧最后一点时间浏览下一页。

秦楼了然：“被你支出去的人终于要回来了。”

“去厕所是自然生理需求，与我无关。”宋书淡淡道。

没过多久，档案室的门再次被打开，工作人员惭愧地笑着进来：“不好意思啊，秦小姐，我出去了一趟，不过时间也差不多了，我待会儿还得检查归档……”

工作人员看清了档案室里除了宋书还有一个男人，而且那个男人正是秦楼，不禁愣住了。

“秦总……您怎么在这里？”工作人员问得有点心虚。

“我怎么不能在这里？”秦楼反问他。

原本已经心虚的工作人员更加心虚了，他看了一眼宋书，又看了一眼秦楼，两人的距离很近，女方没有任何表示厌恶的动作跟表情，那么他们这是在……约会？

想到这里，工作人员识相地转身离开：“有事随时呼唤我。”

秦楼满意地看着档案室的门被关上，准备继续骚扰宋书，结果被宋书的一句“别影响我看档案”成功制止，安静地陪着宋书看完档案。

中午，员工食堂。

宋书还是和姚意琴一起来的。经过这两天新一波大规模的流言发酵，宋书在全公司上下都有了极高的“知名度”。

而且不同于之前那些性质正负难分的议论，这一次和她有关的，都是带着讥嘲、讽刺情绪的言论。

“我们当初可真是错怪栾部长了，原来她只是秦总初恋的妹妹，真正的狐狸精搁这儿呢。”

“真失望，秦总的初恋情人就长成这副模样吗？”

“漂亮归漂亮，但总感觉长得怪匠气的，不讨人喜欢。也难怪栾部长那么生气，要是我看见自己姐姐死了以后，有这么个狐狸精借着一张有几分相像的脸就想上位，我也得气死。”

“我们不喜欢有什么关系？秦总喜欢就行了呗。而且她不是还有位开律所的未婚夫吗？不知道那位余总知不知道自己脑袋上都快冒绿光了。”

“这余总也算是年轻才俊，碰上这么个未婚妻也是惨——要是我在公司里遇到自己上司的初恋情人和自己长得像这种事，肯定自己先找个借口辞职了。”

“人家可不能，律所再牛也就是个国内的私人律所，秦总手里多少股份财权，那肯定不一样啊……”

……

姚意琴听得脸色越来越沉，宋书倒是没什么反应，甚至脸上的笑意都真诚了几分。

——至少现在流言的方向是她喜欢的，还将栾巧倾择了出去。

皆大欢喜嘛。

宋书端着盛好菜的餐盘，选了张空桌坐下来。

姚意琴刚要落座，就听见旁边桌子法律合规部的几个人招了招手说："琴姐，你坐这边来嘛。"

只喊了姚意琴而没喊宋书，其心可见。姚意琴表情复杂地看向宋书，宋书也在此时抬头。

那张精致的面孔上笑意动人："琴姐，您过去坐吧。"

姚意琴皱眉："你自己一个人能行？"

宋书笑笑："吃顿饭而已，他们还能如何？又不是喜欢玩那些明面儿上把戏的小孩子了。"

姚意琴颇感意外地看了宋书一眼。

从Lisa那件事上她本来以为这是个刚从学校里出来没什么社会阅历的人，没想到此时看事情却是通透。

总像完全不同的两个人似的……

姚意琴一边心里犯嘀咕，一边还是歉意地走向一旁——同在职场，又没有什么切切实实的利害关系，大家都是聪明人。所以姚意琴即便不喜欢那些言论而生气，但也绝不会为宋书出头，更不会贸然为她得罪多数人。

这么一想，小孩子摆在明面儿上的把戏再可笑，至少感情念头都通透。

同样摆在台上当戏看，真正可笑的说不定反而是他们这些成年人呢。

宋书收回目光，神色平静。

那些议论的声音更多几分，而她毫不在乎——流言嘛，对她这从身到心积攒多年厚茧的铜墙铁壁来说，这已经是最不痛不痒的东西了。

流言是能当饭吃吗？

宋书嘴角翘了下，夹了一块花椰菜放进嘴里。

只是不等她咀嚼，餐桌对面一道人影坐下来。

宋书抬头，一怔，随即无奈垂眼。

"……秦总。"

秦楼挑挑眉："听起来你不太想见到我。"

宋书瞥了他一眼，给了他一个"你知道就好"的眼神，然后淡淡一笑："秦总说笑了。这是您的公司，我是您的员工，怎么会呢？"

秦楼眼睛亮了亮："你说得对。"

宋书脸上掠过一丝疑问。

"你确实是我的——员工。"

宋书装作没听到中间的那个停顿。

秦楼出现之后，近处的声音停止，食堂其他角落投来的目光或是传过来的声音却是见长了。

宋书第二筷子没落下去，她抬头看着紧盯自己的人："您不吃饭？"

"我看你吃。"

宋书一顿，点头。

秦楼突然像想起什么似的，一拍桌子。

宋书怔住，抬头。

只见秦楼严肃地看着她，"台词"念得有板有眼："别皱眉，你皱眉就不像她了。"

宋书茫然。

她什么时候皱眉了？

秦楼在Vio员工食堂说的这句话，成功为公司里广为流传的"霸道总裁的替身情人"版本爱情故事板上钉钉。

甚至还没用一下午的时间，这句话在公司里传得几乎尽人皆知了。

虽然宋书并不在乎那些不相干的人如何看待或者议论她，但时不时从陌生人那里收到充满同情或者嘲弄的目光这一点还是让她对某人心生怨念。

于是，秦总为他的"戏精"行为付出了代价——这天下午不论他怎么给宋书的手机打电话，听到的都是"您所拨打的电话暂时无法接通,请稍后再拨"这样冷冰冰的电子女声了。

撬不开小蚌壳，22层的总经理办公室开始向外散发出无形的魔王气息——这种情况一般只在每年的"地狱周"前后才会有，总经理那间豪华办公室外的助理秘书小组全组人员陷入一种茫然的瑟瑟不安里。

越是临近晚上，总经理办公室内的这种气氛越是诡异。到了要送两份必须今天送进去的文件时，助理秘书小组干脆靠猜拳决定命运了。

一轮下来，不幸全输的是小组内资历最浅的许佳佳。小姑娘从学校毕业一年，身上还带点没退干净的学生气，算是小组内最边缘的存在，也就是这种时候才会倒霉，被推上去做挡箭牌。

许佳佳捧着两份文件小心翼翼敲门进去的时候，秦楼正坐在办公桌后。

桌角堆着高高的一摞让人看着就头疼的文件夹，那是业务风险评估委员会下午刚送过来的针对公司近期几个项目和金融产品的风险评估报告。

许佳佳估摸了一下厚度，预计这已经忙得叫人头大的一下午不算，今晚秦总办公室的灯至少要留到晚上9点后。

这么一想，小姑娘觉得自己的腿都快要忍不住哆嗦起来了——本来秦总就心情不好，还要面对这么一堆报告。尤其是业务风险评估委员会的那帮保守派，三天两头什么话难听就把什么话往秦总办公桌前戳。论起触霉头的水平，他们称老二，公司里没哪个部门敢说第一。

从总经理办公室门口到办公桌的这短短几步路，被小姑娘走出悲壮的气氛来。

她走到一半的时候秦楼就皱眉了。

又等几秒，秦楼抬头，表情阴沉得像外面天边能拧出水来的云。

“你脚边有蜗牛吗？在跟它赛跑？”

“不是，我怕打扰到您。秦总，这是……”

不等她说完，秦楼眉一挑：“又是风险评估委员会送来的报告？”

“是……是的。”

“他们当这是交暑假作业，攒两个月的全给我一股脑儿送来就行了？！把这些风险评估报告的拟定人和审核人都给我叫上来！”秦楼把手边单独拎出来的几份文件甩到桌上，“风险评估恨不得给我写五十万张，一到风险控制的可行性建议，翻来覆去几个报告就那么复制粘贴的几条！”

“全、全部吗？”许佳佳欲哭无泪地收拾着桌上那几个文件夹。

“全部！”

秦楼把手里那份签完，阴沉着脸啪的一声放到另一摞文件夹里。

“好的秦总，我这就查验拟定和审核的负责人，让他们立刻上来。”

许佳佳顾不得看秦楼看不看得见了，她匆忙地朝秦楼点点头，转身恨不得百米冲刺跑。

“等等！”

许佳佳哆哆嗦嗦地转回身：“秦总，还有什么事情吗？”

秦楼轻咳了声，语气有点不自在：“你的手机带了吗？”

“啊？”

“手机。”秦楼不耐烦地撩起眼。

“哦哦，带了带了。”

许佳佳着急忙慌地拿手机，自己一怀抱的文件差点散了，好不容易才把手机拿出来送到总经理办公桌前，原本以为会因自己的笨手笨脚挨骂，没想到秦楼竟然一直耐心地等着。

尽管秦总那眉头拧得都能夹死蚊子了，但一接到手机，随着点击一个个拨号键，许佳佳总觉得他们秦总的表情在以肉眼可见的速度慢慢平复。

很神奇。

几秒后，开了免提的手机响起正常的接通声音。

秦楼的表情蓦地一沉。

小心观察的许佳佳内心忐忑：这又怎么了？秦总最近在练变脸吗？

不等许佳佳想明白，电话接通，一个清淡好听的女声响起：“您好，请问您是哪位？”

秦楼咬着牙开口了：“你拉黑我的手机号也就算了，连总经理办公室的座机号都不放过？”

手机那头是一阵沉默，许佳佳听得云里雾里又胆战心惊，目光惊恐地在秦楼的脸上和自己的手机上来回飘移——

什么意思？公司里有人敢拉黑他们秦总的手机号和总经理办公室的座机号？这是自己不想好了还要拉着他们一起吗？

几秒后，毫无征兆，电话咔嗒一声断了。

许佳佳似乎同时看到自己手机的小命和自己的小命离自己而去了。

办公室里沉寂了十秒钟后，秦楼终于把自己苦大仇深的目光从许佳佳无辜的手机上移开。

他抬头看向吓惨了的小姑娘。

“法律合规部最近几次的部门绩效考核如何？”

许佳佳艰难地调动发涩的大脑和嘴巴：“很、很优秀。秦总要看看具体考核评分表吗？”

“很优秀？那算了。”秦楼低眼想了想，目光从自己方才批完的那部分文件上扫过去，他眉头一动，“业务风险评估委员会提交上来的评估建议里，法律风险部分照样做得一塌糊涂，相关的法律风险防范意见全是几年前的论调——法律合规部有没有责任？”

许佳佳艰难揣摩了一遍自家总经理的心理，小心地问：“有？”

秦楼眉头一松：“那他们该不该也上来？”

“……该？”

“嗯。”秦楼终于满意地松开紧皱的眉，翻开手里的新文件夹，“待会儿把法律合规部新来的那个秦情也叫上来吧。”

许佳佳听到这里，才终于恍然大悟。

“好的，秦总，我这就去。”

许佳佳心情复杂地收回自己的手机和那一沓倒霉时期撞到枪口上的同事们的文件，抱着出去了。

十分钟后，Vio资本的二十多层楼内一阵动荡，雷霆怒火从22层的总经理助理秘书小组直接燃到各部门。业务风险评估委员会的主要负责人原本就涉及人事部、风险管理部、法律合规部、投资发展部和信息技术部等多个部门的部内高层，那一摞文件夹里从拟定到审核排查下来几乎没几个幸免的，一个个灰头土脸地往22层的总经理办公室进发。

各部门成员表面上痛心地目送自己部门的领导们，实际上就差抓把瓜子看热闹了。

人事部里。

姚意琴看着那个被牵连的最会耍官威的副部的背影忍不住笑。

姚意琴一边笑，一边给进公司后第一次经历这种场面的宋书解释。

“这种清算情况每年都有，只不过往年一般是在‘地狱周’前后，今年不知道怎么回事，‘地狱周’中途结束……”

姚意琴看了宋书一眼，想起那些和她有关的传言，但又压回去，不着痕迹地把这个话题带走：“反正就推迟到现在了，所以这些人肯定是掉以轻心，在工作上懈怠，结果被秦总逮了个正着。”

宋书点点头：“Vio里原来也有混日子的。”

姚意琴说：“倒也不是，只是报告这种东西的条款条例，除了绩效考核的时候，一般不会抓得特别严格……他们这不是刚好撞枪口上了吗？”

“秦情。”

法律合规部的部长办公室，部长助理跑出来，表情复杂地停到宋书桌前。

“22层让你也上去一趟。”

宋书来到22层总经理办公室门外的时候，正看见几个助理秘书小组的人站在门外，小心翼翼地竖着耳朵听里面的动静。

宋书觉着他们这么做是多此一举，完全可以回旁边的小组办公室等——毕竟离总经理办公室还有几米，宋书都能清晰地听到从里面传出来的秦楼的咆哮声。

许佳佳是站在最外围的一个，被震得耳朵有点疼的时候，一扭头发现身旁几米处不知道什么时候来了个新面孔。

看了半天没看出这是哪个部门的倒霉蛋，许佳佳一边翻着手里还热乎的倒霉名单一边上前问：“你是哪个部门的？负责哪份报告？”

宋书说：“法律合规部。”

“法律合规部的？不对啊，法律合规部的蒯副部已经进去了，没其他人……”

话声戛然一停。

空气死寂几秒后，许佳佳猛地一抬头，幅度大得让宋书都怔了怔：“你就是法律合规部的秦情？”

“嗯。我在部内突然收到22层的通知，没有说明原因，只是让我也上来一趟。”

“原因……这个，哈哈，”许佳佳干笑了两声，“原因还是等我们总经理亲自跟你聊吧。”

“好。”宋书也没打算为难面前这个小姑娘，她伸手一指办公室门，“那我现在进去？”

“你……”

许佳佳一个“你”字刚出口，就听见里面一声响，同时秦楼的声音传了出来：“你们财务部没有过失？！投资决策委员会来我这里告过多少状你知道吗？几个项目的财务调查全卡在你们那里进行不下去，相关条款的谈判也全搁浅！连这个都做不好还要你们干什么？！你还好意思跟我说你们没过失？！”

几秒后，门外守着的助理秘书小组成员们交换目光，许佳佳也快速走过去。

“让秦情进去？”

“没理由啊，总得找个由头才能让人往里进吧。”

“这不是秦总的要求吗？”

“可人家才来公司两周，根本什么都没做，凭什么一块进去听训？换我没个正当理由我肯定不干。”

“而且这会儿大魔王正在怒气值顶峰，谁负责过去通传？”

“也是……”

几人对视，纷纷退却。

宋书只能陪他们在外面等着。

这时，里面传出一声低沉而恼怒的问句：“秘书组的呢？！”

门外原本还鬼鬼祟祟的助理秘书组几人瞬间换了副严肃的表情，最靠前的一个认命地推开办公室的门。

“秦总。”

“秦情还没来？”

“……来了。”

秦楼眉一竖，一眼睃过来：“那为什么不叫她进来？！”

男助理小心翼翼地问：“秦总，让她现在就进来吗？”

“当——”

秦楼话声随着落到被训得蔫头蔫脑的众人身上的目光一停，僵了几秒，目光从头到尾一个不落地扫过一遍，然后冷笑了声。

“我也不用你们加班。下周一一早，这几份文件我要看到完成版的，不要再被我抓住这样那样的问题！”

“是，秦总。”

众人愁眉苦脸：说是不让加班，现在已经周五下午5点了，下周一一早还要见到完成版，他们整个周末加班加点恐怕都得忙个半死才能折腾完。

一帮难兄难弟出门的时候助理秘书小组站在门旁夹道“目送”，跟助理秘书小组隔着一米多，还站着个不太算是生面孔的生面孔——各部门的高层都是耳聪目明，上面稍有点动静他们比谁都探听得快。

所以对于法律合规部这位和他们秦总未来似乎会关系匪浅的新人，没有还不知道的。

只不过此时他们都被训得灰头土脸，一个个自顾不暇，即便从宋书面前经过，也是都低着头沉着脸的。

但是……

等众人走过，宋书敏锐地抬头看向他们的背影——她很确定，从他们一出来，就有一道目光一直是盯在她身上的。

带着戒备的不安。

“秦小姐？秦小姐？”

“啊，抱歉，”宋书连忙回头，笑容一提，“怎么了？”

“秦总让您进去了。”

“好的。”

宋书在门外这几人的目送下，进到总经理办公室内。

宋书走进去的时候，秦楼面沉如水地坐在办公桌前，即便是听到了门开的声音和宋书的脚步声，他也连眼都没抬。

办公桌的一边抽屉拉开，里面印着各种各样外文字迹的颜色不同的小罐子小瓶子正被他一个一个取出来。

最后在他面前摆了有五六瓶的一排。

宋书起初以为他在玩什么东西，待走到办公桌近处停下，看清楚那瓶子里装的东西时，她皱起眉。

一排五六瓶，全是药。

而且其中两瓶，一瓶法文一瓶英文，还都是她认识的药。

宋书垂在身侧的手指轻抖了下，她心里有个猜测，但是最终也没有问出口。

关上抽屉后，秦楼十指交插着，骨节分明而修长的手搁到桌上，懒洋洋地抬了眼。

“过来。”

语气里带着罕有的命令，只不过越近尾音越是轻了——显然是还没从方才面对那些人的恼怒状态里调整过来。

宋书并不意外。当年即便是白颂那样天底下难找到第二个的好脾气，管理秦氏总公司一个月里，宋书不知道听见她在家里书房内打电话或者开视频会议时发了几次脾气——公司高管从来不是好坐的位置，越是大公司越是高位置越是如此。

宋书难得地没有半点不配合，脚步无声地绕过办公桌，走到秦楼的办公椅旁边。

秦楼拧着眉：“帮我倒——”

话未说完，离宋书最近的那个瓶子已经被她拿到手里，拧开了瓶盖。

——他开口前，她就知道他要说什么了。

秦楼喉咙一哽，喉结轻滚了下。

两三秒后他低眼，声音低哑地笑了声，语气里带着点冷意：“再了解我有什么用？你还不是一走那么多年，看都没看我一眼？”

拿着药瓶的白皙手指停住，轻颤了下。

空气安静很久，秦楼才听见一声：“对不起。”

听见之后，秦楼自己先心口一颤——他不想说那句话的，尽管他心底难免有怨言，可他知道宋书比他承受得更多，多到曾经被彼此视为最重的牵绊的感情她都要割舍，宁可换一个名字换一个完全挑不出瑕疵的身份再回来。秦楼甚至不敢想，到底是有着怎样可怕的原因，她的那份履历才不得不如此契合。

秦楼真正怨的大概是自己，真正怨的大概是为什么这些年他毫不知情，在她最需要帮助、最绝望的时候也不在她身边。

他说了要和她在一起，要保护她的，可是他没做到。

秦楼放在桌上的手突然被柔软的温度覆盖。

秦楼一怔，回过神来。

原来他的手不知道什么时候已经狠狠地攥起来，淡青色的血管在肤色冷白的手背上凸起。

宋书安抚地将手放在他的手上。

宋书将按照用量倒出来的药片放在相应的瓶盖里，一一放到秦楼的面前。

“我帮你倒水。”

“不用。”

宋书茫然回眸的时候，正看见秦楼拿起最近的一只瓶盖，把里面的白色药片直接倒进嘴里。

他沉着脸，瘦削面颊上的颧骨微动，那些白色药片被他咀嚼出粉身碎骨的声音。

宋书无奈地垂眼，转回身。

“苦吗？”

秦楼眼皮懒懒地抬了抬：“苦死了。”

“是什么药？”

“你明知故问。”

宋书轻叹了口气。

下一秒，她突然俯下身来，低头吻上他的唇。

一点药片的碎末沾上她的唇。

宋书没什么情绪的漂亮面孔上，细眉轻皱了下。

“确实很苦。”

秦楼回过神，反把宋书抵在办公桌前。

安静两秒，秦楼低下眼笑了笑——

“待会儿我要喊她的名字，你也必须像她那样喊我。”

“她……怎么喊你？”

“宝贝。”

“……滚。”

第 10 章

—Y A O H E N—

宝贝

秦楼给自己加的戏没能演多久——需要处理的文件和报告已经堆满了他的办公桌，办公室外面的助理秘书小组灯火通明，咖啡机几乎没休息过，显然他们已经做好陪总经理彻夜鏖战的准备了。

宋书也催促着他开始务自己的正业。

“不想做。”临了秦楼垂死挣扎，抱着站在桌前的宋书不撒手，“太难了。”

这副模样如果让之前被训斥得灰头土脸的各部门高层看到，他们大概会怀疑自己已经被秦总骂得脑壳或者眼睛坏掉了。

而宋书显然不吃他这一套。

——高中时，这个数学总是满分的顽劣天才生，明明有着绝对实力，但每次碰见一大堆布置下来的数学卷子的时候，也总会这样跟她耍赖皮。

至于耍赖皮的原因……

“说吧。”

秦楼的总经理办公室里没有监控，也没有其他人在，宋书已经不太掩饰了。说这话时，她眼角微垂下来，藏在黑框眼镜下的精致五官间透着点淡漠。

只是顺着那双乌黑的眼瞳往里看，还是能够瞧得出一点只有面对秦楼时才会有的无奈情绪。

“你想要什么？”

听见宋书这句话，秦楼得逞地抬头，仍是那副耍赖皮的惫懒样儿：“把我的手机号和总经理办公室的座机号从你的黑名单里放出来。”

宋书拿出手机，几秒操作完，在秦楼眼前晃了晃：“好了。”

“还能再提一个要求吗？”

“你说。”

“陪我加班。”

宋书思索了下。

她之前在档案室里通过快速记忆获得的信息已经被她抄录下来并发送给了余起笙。在那边对她所拿到的信息内容做完对比筛选前，她还是不宜轻举妄动的。

这样一想，宋书点点头：“可以。但是我这周的工作已经完成了，留在这里陪你也无事可做。”

秦楼目光一动。

宋书微微警觉：“你在想什么坏主意？”

“没有。”秦楼矢口否认，同时按下桌上座机的免提和快捷拨号。

对方几乎是秒速接通：“秦总！”

“你们抽出一个空闲的人，进来一趟。”

“秦总您看许佳佳可以吗？”

“随便谁。”

“好的，她这就进去了。”

十几秒后，助理秘书小组资历最浅的小姑娘可怜兮兮地敲响了总经理办公室的门。

“进。”秦楼开口。

宋书此时早已经自觉绕到办公桌对面，无视秦楼投来的不满目光。

许佳佳迈着小碎步进来，只差同手同脚——这一天进出总经理办公室的频率快比她入职这一年加起来都高了，也难怪她如此不安。

“秦总，您……您有什么指示？”

秦楼撑在办公桌上的手一抬，指向宋书：“你带个新人。”

“啊？”连自己都是新人的许佳佳茫然抬头。

“不用教太多，先从基础的开始吧。”秦楼顿了顿，回眸看向同样有些意外的宋书，他嘴角微翘了下，漆黑的眸子一动不动地盯着宋书，“告诉小组其他人，如果有时间也尽量配合——不管她想学什么都教给她，不许藏私。”

许佳佳蒙了好几秒，回过神后不可置信地看向秦楼，然后眼圈突然一红："秦、秦总……是我做错什么了吗？我可以改的，您告诉我……我一定会改的！"

偌大的总经理办公室里一寂。

几十秒后，看着已经哭得梨花带雨的小姑娘，宋书将怀疑的目光投向秦楼。

两人视线相交，秦楼秒懂，俊美白皙的面庞一红，他恼羞成怒地拍桌：

"我和她什么关系都没有！"

"哦。"宋书轻飘飘地应了声，移开目光。

办公桌再次遭受痛击，这一声响把哭得忘我已经不知道咕咕哝哝在说什么的许佳佳震得回过神。

她眼睛通红地看向秦楼。

秦楼此时从宋书那儿正找不着可以下手的着力点，只能恼怒地掉转火力："我就让你带个新人，委屈你了是吧？哭什么哭？进Vio一年没加过班吗？"

许佳佳吓得抽噎了两下，才磕磕绊绊地开口："秦、秦总，您不是要、要辞退我吗？"

秦楼咬牙切齿："我什么时候说要辞退你了？"

"可是助理秘书小组一直只有五、五个人，现在是全员满额，只有我……我表现一般，您不是要招新人，把我踢、踢出去吗？"

秦楼气极反笑："你要是再废话一句，我立刻考虑你这个建议。"

"……对不起秦总！我这就带秦小姐去适应助理组的工作！"

许佳佳终于从这一天的过度惊吓造成的思维紊乱里反应过来，求救地看向宋书。

宋书无奈地瞥了总经理办公桌后面的那人一眼，见他稍稍收敛了情绪，她配合地转过身："那我们走吧？"

"好、好的，秦小姐跟我来。"

宋书陪着眼睛还通红的小姑娘离开了办公室。

许佳佳带着宋书去了隔壁的助理秘书小组，向组内其余四位年纪不同、资历不同的人做了介绍。

这四个人中资历最老的一位在公司待的时间比秦楼都久，是Vio改制前的秦氏集团时期就已经在公司里任职的老员工了。

和包括许佳佳在内的其余四人不同，只有这位对宋书看起来不卑不亢，宋书被许佳佳介绍着和他们认识时，也只有这位是等宋书走到办公桌前才停下手头工作，主动起身的。

许佳佳在她面前看起来有点拘谨。

“安姐，这是秦情，法律合规部的新进员工。秦总说让我们带着她熟悉一下助理秘书小组的工作。秦小姐，这是我们组里的老大。”

宋书主动伸手，笑容温婉得体：“安姐好。”

“我叫安行云。”年过不惑的女人握住宋书的手，轻点头，“我听说过你的名字，你长得和传言中一样漂亮。”

安行云一顿，又道：“不过想进助理秘书组，光靠漂亮是没有用的。”

这话一出，助理组内一寂。

包括许佳佳在内的四个人都尴尬地看向安行云。已经介绍过的三人中的两人正趴在同一台电脑前讨论一份报告的细则，此时看见这边的气氛，忍不住对视了一眼，声音压得细如蚊蚋：

“真恐怖啊。不愧是安姐，一点都不惯新人的毛病，谁的面子也不给……”

“听说秦总对这个替身真的挺好的，她不会去秦总那儿告安姐的状吧？”

“安姐要是也能被告倒，那她铁面无私这么多年早就被搞掉了。过硬的实力才是立足之本嘛……”

“也对，这下有好戏看了。”

组里其他人的目光都集中到宋书的脸上，想看她会作何反应。

许佳佳急得像热锅上的蚂蚁，一会儿看看这个，一会儿看看那个——她夹在两人中间，偏偏不知道该说什么，急得脸色涨得通红。

就在气氛越来越尴尬的时候，宋书突然笑了笑，似乎是有点生气的。

“安姐您开玩笑了，我没有要进来抢您的饭碗的意思，您也不要太担心。让我跟着助理组熟悉一下工作只是秦总临时起意下的命令，我不得不听话，毕竟我也是公司的普通员工。”

“听话是好习惯，记得保持。”

听完宋书一番软中带硬的说辞，安行云扔回去一句，便安静地坐回去继续工作了。

许佳佳长舒了口气，连忙拽拽宋书的衣袖："秦小姐，我们去那边吧。"

宋书冷冰冰地看了安行云一眼，似乎有些不忿地转身走了。

这晚一直到9点15分，许佳佳总算把助理组内一些基础性的事务全部教给了宋书。

正思索着还有什么可教的时候，她一拍巴掌："差点忘了，还有个基础技能。"

宋书一边回忆着方才学到的，一边回头："嗯，是什么？"

"泡咖啡。"许佳佳朝宋书招招手，"你跟我来吧。"

22层是总经理专用楼层，除了几间大会议室外，就是总经理办公室、助理秘书小组办公室，以及那占地不小的专用休息室了。

许佳佳领着宋书进入休息室旁的茶水间，一步步教宋书冲泡茶饮、咖啡。看着宋书尝试一遍后，她忍不住感慨："好羡慕你啊，你学东西那么快。我今晚教你的这些事情，当初安姐教了我好久我才全部学会呢。"

听许佳佳提起安行云，宋书的脸色似乎沉了点。

许佳佳注意到了，连忙尴尬地找补："其实接触长了你会发现安姐人还是不错的，只是特别公事公办，刚开始看起来有点不好相处。而且她业务能力真的很强，一个人能顶我们四个。"

这样说完，许佳佳觉得自己好像又贬低了另外三人，更急了："哎，也不是那个意思，毕竟我只是凑数的……"

宋书原本阴沉下来的脸色因为她这番话转晴："你不用解释，我懂的。"

许佳佳不好意思地低下头。

"组里数我最笨了。"

"没关系，大家都是一步一步走上来的嘛……"

宋书话音刚落，茶水间的门被人推开了。

面无表情的安行云走了进来。

她一瞥顿时表情严肃的许佳佳："你耽误多久了？今晚的那份报告还交得上来吗？"

许佳佳慌忙点头："就剩一点收尾了，我这就去。"

“嗯。”

许佳佳担忧地看了一旁再次没了笑容的宋书一眼，犹豫着离开了。

许佳佳一出门，安行云就面无表情地走到了宋书身前的咖啡机旁边。

她调试开关，然后拿起自己的杯子放到接口下，整个过程中就好像把身边的宋书当成了空气一样，半个眼神都不给。

宋书也没有主动向安行云开口，她把手里报废的试验品倒掉，取了个新杯子，再次尝试了一遍锡兰红茶的冲泡方法。

添加牛奶后，又加入肉桂时，旁边安行云的咖啡已接好。

“肉桂放多了。”

安行云冷淡的声音响起。

宋书拿着调料盒的手一停，旁边安行云侧身过来，拿起调料盒。

她示范地加入一匙。

在退身离开的前一秒，宋书耳边响起一声无奈的轻叹：“不是说了不让你进来冒险的吗？你怎么就是不听？”

那声音轻得像错觉似的，飘忽地从宋书的耳边掠过去，快得抓都抓不住。

宋书像是怔住了，垂眼看着那杯红茶好大一会儿，她才轻轻地眨了眨眼。

“安姨。”

“我还以为你没认出我呢。”

安行云沉默几秒，抬起目光，视线描摹过眼前已经完全脱去了当年的孩子模样而成长起来的人。

她再次叹了口气：“是啊，变化很大，大得我都快认不出了……这些年，你都是自己一个人生活？”

宋书将手里那杯加过两次肉桂的红茶倒掉，一边重新取茶粉，一边低声开口：“安姨不用替我难过，我过得挺好的。余叔一家对我很照顾。”

“余云涛啊，差点把他忘了。”安行云动作幅度很轻地点点头，“他的儿子，就是公司传言里那个隽升律所的余起笙吧？”

“是。”

“这件事得瞒严实，在别人面前不要提，对秦楼也别提。”

宋书眨了眨眼：“好。”

安行云眼神里的冰微微融化："那公司里传闻说他是你未婚夫，这是真的吗？"

宋书无奈垂眼。

安行云和宋书母亲白颂当年是从同一所大学出来的。她们并不在同一个专业，两人是在一次学生课外活动中结识的，后来逐渐相知相熟，成了至交好友。当年安行云进入秦氏，背后也有白颂不少的努力。

两人都是那种独立且在某方面格外坚韧甚至是倔强的。

在安行云进入秦氏以后，两人因为分属不同，再加上各自身处的派系又恰好有些竞争和嫌隙，所以在其他所有人看来，这两个人是没有任何联系的。也正是因为这样，当年公司里白颂的心腹，乃至所有和白颂有关联的下属全部受牵连被清理，唯独这位白颂真正的至交被忽略，得以在公司里待到现在。

而在当年那件祸事里，如果不是安行云及时得到消息通知余云涛救助宋书，那么宋书大概也没有机会站在这里了。

故而此时，宋书很清楚安行云问自己的任何问题都和八卦没有丝毫关系——安行云就像是她的没有血缘关系的长辈，只是单纯地关心她。

对于这样的长辈，宋书自然不能欺瞒："安姨，我和余起笙只是同学和朋友的关系，我感念余叔一家对我的救助和照顾，除此之外没有别的了。"

"余起笙是个好孩子，他不可以吗？"

"不是好不好的问题。"宋书手里的锡兰红茶到了最后的工序，她的动作越发缓慢起来，声音压得轻且低，"只是余起笙并不适合我，我也不适合他。而且……那件事在前，其他任何事情我都不想考虑。"

安行云抬头，淡淡地望了她一眼："我倒真希望你一视同仁，对谁都不考虑，可你做得到吗？"

"……"

"要真做得到的话，秦楼怎么回事？你们今天晚上在办公室单独待那段时间，又算怎么回事？"

宋书自然知道安行云的意思。

她也想起来，哪怕是在九年前发生那件事情之前，安行云对秦家这根独苗儿，就有着极大的成见。

想到这里，宋书嘴角轻勾。

安行云睨着她，没什么表情地说："你还笑得出来？知道秦楼对你来说有多危险吗？"

宋书莞尔，她低着眼道："没什么，我只是想到安姨您这么多年一直在秦楼身旁做助理，一定忍他忍得很辛苦。"

听宋书主动提起那家伙，安行云的表情也复杂了些。

"他更不适合你，尤其是现在的你。你不知道那件事会使我们走到哪里，不知道这一路上会把什么人牵扯进去，甚至不知道结局如何，谁能置身局外谁又在局里——你何必来招惹他？对谁都不利。"

宋书垂眼："我没有主动招惹他，安姨。只是有些人就和有些事一样，躲是躲不开的。"

"包括进Vio？"

话题再次绕回两人之间的这个核心矛盾点，这也是宋书回国前和安行云联系时二人就已经起过无数次争执的地方。

宋书无奈地说："我早跟您说过了，如今的Vio就是一潭死水，藏在污泥里的那些人安逸太久了，他们已经不愿意再出来了——我必须做那个饵，只有我进局，他们才有可能被勾出来，当年那件事情才有可能真正地真相大白。"

安行云神色不动："那你死了怎么办？我当初那么冒险又拼命地联络余云涛把你救出来，不是为了让你过九年再回来送死的。"

听到这话，宋书笑了起来。

"如果我死了……那更好啊，当年那件事就有了一个彻底掀开的契机。我不信，我们耗费九年织成了大网，我还会像母亲，或者当年的我一样，差点死得无声无息。"

"宋书！"

安行云压低声音警告她。

宋书敛去那种冷冰冰的笑意，她眼角一弯，恢复到最初的温婉无害的模样。然后宋书低头搅拌了下杯里的红茶，淡淡一笑："放心吧，安姨，我不会真放任自己走到那一步的。"

安行云显然并不放心。

宋书回眸看她："就算为了那些还活着的人，我也不会。"

安行云和她对视两秒，收回目光，将咖啡杯拢回掌心："既然这样，我是劝不动你了。但你冒险也要有分寸，知道吗？"

"知道了，安姨。"

安行云点点头，转身要走。

宋书突然在她身后低声问："助理组内，有什么人是安姨怀疑的吗？"

安行云步子一停，沉默两秒后开口："你看出来了？"

"我如果没看出来，刚才就不会做和您不和的假象了。"

"为了给我撇清嫌疑？"背对着宋书，安行云嘴角终于露出一点温柔的笑，但很快又敛去，"算不得怀疑，只是没那么信任罢了。"

宋书点头："我懂了，以后会小心。"

"你……够小心了。"

安行云想起刚才那段她差点没接住的戏，无奈摇头，转身出门。

宋书试验无数次后，总算泡出一杯自己满意的锡兰红茶。她自己尝得太多已经喝不下了，想想这一层刚好有位她可以在明面上讨好还不被怀疑的，她就欣欣然地端着红茶往总经理办公室去了。

去总经理办公室必须得经过助理秘书小组的办公间，完全透明的玻璃门内有人抬头瞥见宋书的身影，低笑了声。

"勾引讨好还真是不遗余力啊。佳佳，你可得小心点，万一被自己教出来的新人抢了饭碗，那不太凄惨了吗？"

许佳佳闻言不安又担心，然后摇摇头："不会的，秦小姐人挺好的。"

"呵，人挺好就不会明明有未婚夫还这么上赶着往总经理办公室跑了。"

"……行了。"

电脑桌前的安行云皱了皱眉："手里的工作都忙完了是不是？敢在背后议论总经理，不想加班想直接辞职？"

安行云在助理组内一言九鼎，其余人没人敢反驳，全把头低下去了。

安行云的余光从屋里某个人身上掠过去，不动声色地落回电脑前。

她在心底再次无奈地叹了声。

宋书啊……

另一边，宋书已经敲响总经理办公室的门，然后推门进去了。

办公桌后闭目休息的秦楼睁开眼，刚要出声呵斥，一看清是宋书，到嘴边的话又全压回去了。

“累。”秦楼可怜巴巴地看着宋书。

宋书走过去，把冲泡好的锡兰红茶放到他桌上：“我刚学会的，茶粉少加了些，浓度比较低，你可以尝尝。别多喝，免得影响休息。”

秦楼眼睛一亮：“你亲手泡的？”

“嗯。”

“有没有加点蚌壳粉进去？听说美容养颜。”

宋书忍了忍，才没有在正式入职第二周的最后一天，“失手”把还有点烫的红茶洒公司总经理一脸。

“你喝不喝？”

“喝。”秦楼连忙捧过来。

宋书看着他好奇地捧到眼前，似乎在研究他的小蚌壳亲手冲泡的红茶和别人做的有什么不一样。

宋书垂了垂眼。

“工作结束了？”

“嗯。”

“……”

“你想说什么，小蚌壳？”

“那些药，不吃不行吗？”

秦楼端着杯子的手一停。几秒后他低眼，笑了声：“害怕吗？”

“怕什么？”

“嗯，怕什么，这是个好问题。”

秦楼已完全没了方才的可怜无辜样，他把红茶杯搁回桌上，倚进椅子里，这一刻他又回到宋书最熟悉的刺猬般的模样。

宋书叹气。

她放松身体，倚坐到办公桌的前沿，然后慢慢压下身，抱住了面前眼神里藏满了惊惧不安，还要装得很凶的人。

“我为什么要怕？”

秦楼瞳孔一栗。

几秒后他垂眼，哧地笑了声，却伸手把面前的人拉进怀里，然后死死地抱住。

他压抑着战栗的声音微哽。

“别再离开我了……”

宋书心尖一颤，然后慢慢回抱住秦楼。

“嗯。我不会离开了。”

……就算是为了这个人，在这个局里她也必须好好活着。

他们已经欠彼此太多了。

夜里10点半，Vio资本办公楼22层，总经理办公室的灯光终于熄灭。

随着房门打开，从里面走出男女两人，秦楼在前，宋书在后。斜对面助理秘书小组的办公区，除了安行云以外的四位助理困得都恨不得拿火柴棒把上眼皮撑起来。

不知道哪一个先注意到秦楼出来了，轻咳了声，然后四人瞬间条件反射，把腰板挺得笔直。

秦楼路过办公区，停下。

“今天辛苦了，收拾一下下班吧。”

“谢谢秦总。”

“不辛苦不辛苦。”

“这是我们的分内事。”

“秦总您慢走。”

……

宋书的目光扫过办公区里面几个人，和安行云对视那一秒里，宋书从这位长辈的眼神中看到明确的不赞同。

显然是针对这么晚她还跟在秦楼身边这件事的。

宋书难得有些讪讪的，她微垂下眼，趁安静的空当开口：“秦总，那我也下班了。”

说完，宋书转身。

秦楼眼疾手快，一把薅住了准备开溜的长腿小蚌壳。

秦楼说："你不行。"

宋书困惑地转身。

"你的工作还没有结束。"

"……秦总，我还有什么工作没有做完吗？"

"送我上楼，给我做夜宵。"

"……"

"不准皱眉。"

宋书一脸问号。

秦楼说："你皱眉就不像她了。"

"……"

这事是不是就过不去了？

宋书心里叹气，顶着那边五人掺杂着复杂情绪的目光，她只能保持住温婉的微笑，克制住把手里的包套在这个臭男人头上的冲动。

"秦总，现在已经很晚了，而且我厨艺不佳。不如我帮您点份外卖……"

"不行。"秦楼面不改色地拒绝，"我们契约里的规定你是不是忘记了？作为她的替身，你必须像她过去一样对我言听计从。我的任何命令你都不能反抗，这是你应付的代价。"

宋书气噎。

过去她什么时候对他言听计从过？这件事情暂且不论，单说"契约"——秦楼最近都在看什么乱七八糟的小说？

内心的那个宋书面无表情，但现实中的宋书脸上的笑容面具似的丝毫未变。

她面带微笑地沉默两秒。

"我懂了。秦总请先行。"

秦楼满意地迈开长腿。

宋书背着身后五个人的更加复杂的目光，跟在秦楼身后往外走。

一直到两人的背影消失在电梯内，办公区里的几个人才堪堪回神，面面相觑。

“这种小说名叫什么来着？”

“《霸道总裁的契约情人》？”

“不，明明是《霸道总裁的替身契约情人》。”

“秦情也是可怜哦，太没尊严了。本来我还羡慕她的，这么看我还是凭本事赚我这点小工资吧。”

……

电梯从22层往23层升的过程中，短短的几秒内秦楼已经瞥了宋书两三次。

等两人从电梯中离开，进入23层秦楼的私人区域，宋书这才放松了情绪。她回眸看向身侧，正对上秦楼望过来的眼睛。

“……怎么了？”

“你生气了？”

宋书不解地问：“我为什么要生气？”

“我以为你不喜欢我的剧本。”

宋书一顿，淡淡莞尔：“别太过火，就随便你。”说着话，宋书已经换掉鞋子放下背包，然后走向以玻璃透明酒架为隔断的厨房区域。

秦楼一怔：“你做什么？”

“遵从契约。秦总不是下令要吃我做的夜宵吗？”宋书玩笑道。

她去洗手池一侧挽起袖子开始洗手，洗完手后抽出一张厨房纸巾擦拭掉水珠。

看着背影柔婉的女人走向厨房角落的冰箱，秦楼终于回过神：“你真的要给我做夜宵？”

“嗯。”

秦楼的眼睛顿时亮了起来。

他三步并作两步走上前，从后面把停在打开的冰箱门前思考的宋书抱了个满怀，毛茸茸的脑袋蹭在宋书的颈旁。

宋书被他蹭得耳边发痒，不由得笑：“你又要做什么？”

“我家小蚌壳竟然会做饭了，我有点激动，还有点紧张。”

宋书自动略过某人的称呼，决定从冰箱里挑拣出几样东西，便从那人怀里挣脱出来，走到一旁的洗菜池。

“激动就算了，紧张什么？”

秦楼跟过去，伸手要帮忙，被拍开。

“别捣乱。”

听见“捣乱”这俩字，秦楼索性“听话”地凑过去在宋书嘴角亲了下，然后他皱着眉直起身：“当然紧张——万一小蚌壳掉进锅里，等捞上来都该熟得开壳了。”

宋书无语。

她就不该多此一问的。

从冰箱里取出适量的纯净水倒进锅中煮沸，将菜洗净切好，面条下入左边的清水锅，右边灶开火熬面条的汤底。

宋书站在厨房里，动作娴熟，秦楼倚着搁着洗碗机的餐具矮柜上边沿，安安静静地垂眼看着。

俊美的面孔被厨房的灯光勾出精致的剪影，五官被衬得更立体。漆黑的眸子里不起波澜，只那样一言不发地看。

宋书把面条端到秦楼面前：“好了，秦总的夜宵，要尽快吃，不然面条会坨的。”

秦楼回过神，眸光闪了闪：“你不吃吗？”

“我去22层前就已经吃过晚饭了。”

倚在柜边的秦楼直起身，抬了抬长腿，钩过旁边一只高脚凳，坐到这段吧台前。

他垂眼，拿起筷子，拨了拨碗里的面条。

宋书一直观察着，见状问道：“不喜欢？我记得你原来最喜欢家里阿姨做的这个……”

“是谁逼得你不得不离开的？”

宋书一愣。

这个话题转得实在是快，很有他的风格，也叫宋书都没能反应过来。

等回过神，宋书垂眼：“没谁。吃饭吧，突然提这个多影响食欲。”

秦楼说：“我想知道。”

“……”

“你变了好多啊，小蚌壳。你以前不喜欢笑，不喜欢说话，不喜欢和不认识的人交谈，更不喜欢碰厨房里的这些刀具餐盘……你以前不喜欢这些事情的时候没人敢逼你去学去做，可是为什么学会并且还习惯了呢？”

宋书指尖轻颤了下，然后她笑笑：“秦总，不准在吃夜宵的时候说这……”

啪！

那双不知道什么质地的筷子被拍在吧台的大理石面上，发出清脆的响声，也震碎了宋书面上的笑意。

秦楼扭过头抬起眼：“看见你逼着自己做所有不喜欢做的事情，我就想知道那个人是谁……我要好好收拾他，我要他把我的小蚌壳还回来。我的小蚌壳想不笑就不笑，想不说话就不说话，想做什么就做什么……我答应过要保护她，我不想……食言。”

话到尾声，男人声音中的战栗终于再也压抑不住。

宋书唇瓣跟着轻抖了下，眼圈也开始泛红，只是那些情绪很快被她压下去。她笑了笑：“秦楼……已经过去了，秦楼。”

“不会过去，我知道还没有过去。你告诉我你在做、在想的一切，让我帮你，好不好？”

他伸手握住她的手，近乎乞求地看着她。

宋书想点头。

太想了。

但这时耳边像是再次传来那轰然的撞击声，之后便是天旋地转，鲜血从伤口流淌出来，漫延，视野慢慢被红色覆盖……

宋书的身子猛地一颤。

她的瞳孔重新定住，面色苍白：“不行。”

“我……”

“不行！”宋书的声音陡然提起，她紧紧地盯着秦楼，泛红的杏眼让人生怜，“我说不行，秦楼，绝对不行。”

秦楼身形僵了几秒后，慢慢点头。

“好，我听你的。”

宋书还想说什么，只是放在沙发上的包里的手机振动起来。

宋书眼底情绪翻涌，又被她压下去。她回身去沙发前拿出手机，看清来电显示后，犹豫了下才接通电话。

“起笙？”

“你今晚有时间吗？”

“这么晚了，有什么事情吗？”

“嗯，如果你有时间的话，我想接你去我爸那里一趟，他说想找你谈谈。”

宋书呼吸一紧：“档案信息里他已经有所发现了？”

“应该是，但具体的他不肯在电话里说。”

“……我这就过去！你现在在哪里？”

“我去过你家楼下，门卫说你还没回来，我又给你们部门的同事打了电话，他们说你加班了，所以现在我正在赶往你公司，大概三分钟后到楼下。”

“好，我现在下楼。”

来不及多言，宋书挂断电话，拎起沙发上的包和大衣。

转身前她迟疑地看向秦楼。

“我有点事情，必须立刻去处理，你……”

出乎宋书的意料，秦楼这一次答应得很干脆。

档案的事情实在牵涉太多，宋书顾不得细想秦楼的反应，快步离开。

偌大的房间里再次安静下来，只剩下隐约的水流声从下水口传出。

秦楼垂眼坐了几秒，从高脚凳上下来，去取了自己的手机，拨出一个没有备注的号码。

几秒后，电话接通。

秦楼眼皮抬了抬：“我让你查的那个人，怎么样了？”

“这件事有点玄乎啊。”

“说。”

“这个叫余起笙的，我觉着他的履历看起来有点怪。我怀疑这个名字不是他的本名。他的国籍是后来改到国外去的，那里的信息一切正常，但是在国内，按照现在这个名字，找不到他以前的线索和痕迹，更别说亲属、世交家庭关系之类的了。按说这样的身家，不像是白手起家的，不应该毫无痕迹留下的。”

“那还有其他方法吗？”

"有个比较简便的方法，不过需要您那边帮点忙……"

第 11 章

—Y A O H E N—

旧冤

离开Vio资本办公楼，到指定的地点会合后，宋书和余起笙连夜赶往Q市的邻市。

余起笙的父亲余云涛就住在Q市的邻市的边远郊区，确切来说，那是个连监控摄像头都还没有布置的小村子。

为了保证余云涛居所的隐秘，余起笙去看望父亲都是找人随便租一辆车。即便是这次紧急来接宋书，两人也刻意约在隔壁的街区，宋书几次确认身后无人跟踪，才找地方戴上墨镜、口罩。

在说好的时间、地点，宋书刚到路边，一辆陌生轿车快速停下，她动作麻利地钻进轿车后门。

上车后宋书就趴在了后座上，余起笙开着车在Q市那座能绕晕导航的立交桥上转了不知道多少圈，才终于开向真实目的地的方向。

他从后视镜里看了一眼后座："好了，不用趴了。"

"没问题吗？"

"嗯，我确认过了。"余起笙停顿了下，问，"今晚怎么这么谨慎？"

宋书坐起身，摘掉口罩："我今天在Vio里见到安姨了。"

"安姨？她认出你了？"

"嗯。"

"那她说什么了吗？"

"助理秘书小组有她不信任的人，我也确实觉得今晚在公司里的时候一直有人在观察我，所以才想着再小心些。"

"嗯，保险起见，你考虑得没错。"余起笙说，"我已经好多年没能和安姨面对面地聊聊了，我爸大概也挺想见见她的。”

“是啊，他们三个人毕竟是这么多年的老朋友了。”

余起笙一愣，回头：“不好意思，我不是特意提起来的。”

“没什么。”宋书淡淡一笑，“我妈这一生能遇上余叔和安姨这样的朋友，她自己应该也一直是引以为豪的吧。”

余起笙无声一叹。

宋书低头看了眼手腕上戴着的手环，随着她的手腕抬起，那上面自动显示出时间：“已经这么晚了，我们到那边估计得凌晨，你没问题吗？”

“明天下午有个会议，其余事情没什么紧急的，我没关系。”

“那就好。”宋书顿了顿，“只是余叔还要跟我们一起熬夜。这么多年的折腾，害得他一直住在那种小村子里隐姓埋名的，我心里实在过意不去。”

余起笙闻言皱眉：“你要是这样说，那我可要替我爸训你了——他对白阿姨的心你是知道的，当年如果没有那件事，那他们才是最可能走到一起的。所以在这件事上，我爸想要真相大白于天下，还白阿姨一个公道的急切心情，不会比你弱半点。”

宋书垂了垂眼：“我知道的。”

余起笙放软语气：“不说这个了。你也累了吧，今天加班怎么加到那么晚？公司里出什么事情了？”

“没有。”宋书摇头。

“那就是秦楼又闹你了？”

“……”

“我就知道。”宋书沉默间，余起笙已经心里有数，他皱起眉，“他不是已经确定你的身份了？怎么还这么不知深浅？”

宋书顿了顿：“他想帮我。”

余起笙了然：“你肯定没有同意。”

“这件事太危险了。除去那两个站在明处的人外，我们至今甚至连真正的主使人和其他参与者都无法确定……我不想再牵涉任何人进来了。”

“在这一点上，你善良得像白阿姨一样。”

“善良是有代价的。”望着车外飞掠的夜色，宋书目光飘忽了下，像是被风吹动的烛火，“我记得西方有句古老的谚语说：‘通往地狱的路，往往是由善意铺成的。’”

——如果母亲当年没有给那个豺狼一样的人渣机会，那他和他背后那些阴暗扭曲的影子，怎么会有吞噬掉光的可能呢？

余起笙沉默很久，问：“那天堂呢？”

宋书目光转回车内。

余起笙重复了一遍：“如果通往地狱的路都是善意铺成的，那通往天堂的路在哪里？”

宋书默然，摇头。

“我不知道，我一直在找。”

“会找到吗？”

“会的。”宋书慢慢握紧手，“一定会的。”

就像明天黎明时太阳升起的那一刻，笼罩大地的黑暗会被光明驱散。

她坚信，这段惊天的旧冤，终将洗清。

周六下午，余起笙结束了视频会议，坐在办公室里揉了揉太阳穴。

昨晚连夜赶去他父亲的住处，那个小村子十分偏僻。因为山区坑洼，地势不平，修路十分困难，所以连进村都还只有土路，唯一一段水泥路也是年久失修。

不过也就是因为这村子这样偏僻，所以父亲才会选在这里吧。

余起笙揉揉眉心，叹了口气。

就在余起笙站起身考虑要不要进里间休息一会儿时，他办公桌上的座机电话突然响起来。

来电显示是律所楼下前台的座机分号。

余起笙皱眉，按下免提。

“不是说了下午有会，一律不要打扰吗？有事吗？”

“余总，有人来律所要见您。”前台的声音听起来有点紧张。

余起笙皱眉，听出些不一般：“下午预约都延后了，什么人这时候来？”

律所一楼，前台小姐看着对面休息区那一头张扬的紫发和下面完全不搭的一张俊美面孔，她咽了口唾沫，扭过身压低声音，小心翼翼道：“Vio资本的那位秦、秦总经理。”

余起笙一愣。

几秒后，他眉间立起山川：“让他上来。”

“您……您不下来？”

“不下。”

“……哎。”前台小姐头疼地答应了句，挂断电话时还在疑惑地看话筒——他们余总什么时候跟个孩子似的了？怎么还能跟这样的大客户赌气呢？

三分钟后。

秦楼站在了余起笙的办公室内。

“秦总怎么今天有时间，专程来我们律所跑一趟？”

余起笙敷衍地站起身，目光明显不善地看向秦楼。

秦楼也不把自己当外人，进来以后就大大咧咧地往沙发扶手上一坐，然后微眯着眼，以一种让余起笙十分不爽的目光慢慢地打量着他。

“我之前听她跟我说你多温柔懂礼节，今天见了……果然该说盛名之下，其实难副？”

余起笙瞥过秦楼那不正经地坐在沙发扶手上的坐姿，眉头拧巴：“那秦总就和传言里的您一模一样了。”

——无论业界还是秦家内外，关于秦楼的传言里，大概就没有几句好话。

秦楼就更不介意了，他甚至笑起来，很是恣肆：“你刚刚问我什么？”

余起笙神色不动：“我问秦总来此有何贵干。”

秦楼笑：“我来跟你要个人。”

“什么人？”

“秦情。”

余起笙脸色一变。他隐隐有些要发怒的迹象，只是几秒后又慢慢按下去，发出一声冷笑：“秦情现在已经在贵司工作，秦总还想怎样？”

“我不想在给她安排工作或者职务时还要隔着你们律所这一层关系，我想把她整个人全部挖进Vio。余总开个价吧。”

余起笙气笑了，站起身：“秦总当我这是菜市场？”

秦楼想了想：“海鲜市场才卖小蚌壳吧？”

余起笙完全没跟上这个急转弯的思路，也是第一次碰上这样脑子有病的“大客户”，一时脸色都有点青。

“不好意思，秦总，我这里什么市场也不是。你要人可以，你自己去跟秦情谈，不要妄想通过我来给她施压，我不会配合你的！”

“真不肯？”

“想都别想！”

“那算了。”

秦楼说完从沙发上起身，似乎直接就打算走人了。余起笙没反应过来，甚至因为无法想通这人到底是来做什么的，表情一瞬间茫然，他看着秦楼的背影。

这时秦楼停住脚：“对了，还有件事。”

“什么事？”余起笙警惕地问。

秦楼转身，笑容灿烂。

“你和秦情的那份婚约，能不能也转让给我？”

余起笙这次是真的气饱了，他念头一转，咬牙笑道：“我们的婚约是两家父母亲自面谈协定的，我个人无权也不想改变。况且……连婚约都能拿来交易，那秦总准备拿什么换呢？”

空气安静几秒。

秦楼脸上的笑容一点点消失不见：“我的一切。”

沉默几秒，余起笙皱眉：“秦总今天来，到底想说什么？”

秦楼说：“我知道她有很多很多事情瞒着我，或许还有很多很多计划要去实施。我也知道，我不了解的那些过往和真相你都了解。所以我希望，余总哪天如果想通了，觉得她其实需要我这样一个帮手或者助力的时候，可以跟我谈谈。”

余起笙默然片刻，摇头：“抱歉，秦先生，这件事我不能自作主张答应你。她的事情就是她的事情，怎么决定是她的自由和权利，我们任何人都无权干涉。”

“……好。”秦楼点头，“那我只有一个最基本的要求。”

“什么？”

秦楼慢慢握紧手，嘴角也翘起来。

“将来某一天，如果需要有人做什么了，那么所有危险的事情全都交给我，你不准让她去接触。”

这个命令的语气让余起笙冷了脸。

“我凭什么听你的？”

“凭什么？”秦楼笑起来，“你不是喜欢她吗？”

几秒后，看着已经被关上的门和远去的模糊身影，余起笙回过神，咬牙切齿地攥紧了拳头。

新的一周，从忙成陀螺的周一开始。

上周五总经理办公室那场从风评委员会烧起来的雷霆怒火借着一个周末，迅速席卷了整个公司——被训得头都抬不起来的各部门高层转头就把怒气撒在部门群里，各部门自上而下全面反思反省，那些重点被批的部门甚至有的全员每人交了一份总结反思报告。

为了避免下一次又被抓典型，各部门争先恐后地开始推进手头项目或者工作的进度，整个Vio从这个周一开始，就明显陷入一种异常紧张的氛围里。

法律合规部也不例外。

周一一早，宋书提前二十分钟到达办公区。

坐下后她就明显感觉到，整个12层内不同于往常周一那种懒洋洋的气氛，每个人周身都弥漫着紧急备战感，整个格子间区域到处响着敲键盘的噼里啪啦声，争先恐后。

宋书有点茫然。

趁姚意琴上班路过她的办公桌，宋书连忙把她喊住：“琴姐，周一一早，大家怎么都这么急匆匆的？”

姚意琴愣了下：“还没人通知你吗？”

“通知什么？”

“哦……我想起来了，上周五晚上你不在部门里，去了22层，所以副部长下来动员部门布置任务的时候你不在。”

宋书连忙问：“有什么重要事情吗？”

姚意琴叹了口气，压低声音："副部长这次在总经理办公室估计是被训惨了，回来之后先拿着几份复印报告抓责任人，然后就是催各人手头的项目和报告的进度，要求全部门在原定的任务完成时间基础上缩短20%，完成度还不能打任何折扣。最近的所有项目他们要一一核查，必须在总经理那里留个好印象。领导还说了，第三季度的绩效考核咱们部门如果拿不到公司前三，部长、副部长带头加班。"

宋书莫名地有点心虚，听完后眨了眨眼："我上周那个实习性上手的项目刚刚结束，还没有新的任务下来，那我该做点什么？"

姚意琴惊讶地问："部门里没给你邮件通知？"

"没有。"

宋书刚说完，旁边路过的Lisa听见两人的对话，好奇地探过头："你还没跟进新项目？不应该啊。这次领导们是真下狠心要抓绩效了，我看副部长恨不得把茶水间打扫卫生的阿姨都拎进他的项目小组里呢。"

宋书无奈地笑了笑："邮箱我每天确认四遍，周末确实没有收到新项目跟进的安排。"

Lisa猜测："难道是新入职的员工被遗漏了？"

姚意琴不赞同："你以为Vio是什么地方？路边的小作坊吗？好了，别在秦情这儿磨叽了，上周五人家投资发展部的同事都亲自跑来咱们层催你把你们项目组的投资合同弄出来，就差把你按在电脑桌前看着你敲——你那部分做完了？"

Lisa吐了吐舌头，赶忙溜回自己的位子。

姚意琴收回目光，犹豫了下，对宋书说："这种事情是领导管，你去部长或者副部长那边问问看。"

宋书想了想，点头："好。"

姚意琴原本想走，迟疑后又转回来，压低声音嘱咐宋书："在公司里，大家巴不得自己手头多个大项目，风险大回报也大——各种绩效考核就靠着平常这点工作任务出彩。你不要抱有侥幸心理，在公司里忙一些没坏处的。"

宋书眼神柔下来："我知道了，谢谢琴姐提点。"

"你也算我的后辈，更是部门里安排要我带的新人，这是我分内的事。"姚意琴拍拍宋书，"加油吧。"

“嗯。”

姚意琴离开后，宋书收拾起桌面上的材料。等到法律合规部部长来到12楼，走进部长办公室，宋书等了两分钟后站起身。

“是小秦啊，进来坐。”部长看见敲门后进来的宋书，面上的笑容十分和蔼。不等宋书打招呼，他就主动笑着问：“刚进公司，还适应吗？”

宋书点头：“挺适应的。公司里同事们都很好，对我也很照顾，大家都比较合得来。”

部长听完噎了下。

公司里的流言他一点都没少听见，不然对宋书的态度也不会比对其他员工“和善”许多。考虑到那些绝对不算好的流言，他一时搞不清楚面前这个女人是在说客套话还是在反讽。

停顿两秒，没从宋书表情里揣摩出真意，他也就假笑着点点头：“那就好，那就好。那你过来是为了……？”

宋书简单说明了来意。

部长表情有些微妙：“噢噢，原来你是为这个事情来的啊，态度还是很上进的。不过给你安排工作项目这件事吧，目前不归部门管。”

宋书一怔：“项目分配不是部门……”

“你别误会，不是所有人都这样，主要是你这边比较特殊。”部长暗示性地看了宋书一眼。

宋书隐隐有所了悟，但为了避免因为没说清楚日后出状况被追责，她明面上只能装傻：“部长，您是指……？”

部长露出无奈的表情。

“周末秦总亲自给我发邮件，其中有一条，大概意思就是说以后你这边的项目工作不必经过部门，直接对22层的助理组负责，他们会给你做调度和安排。”

宋书心说果然。她问：“意思是我直接跟进总经理的助理秘书小组吗？那部门这边的工作怎么办？”

“具体我不清楚，更不好决定。秦总不让我管，我也就管不了了。你不如自己去22层问问。”

宋书无奈："我明白了，打扰部长您工作了，我之后去问清楚。"

部长立刻摇头："哎，小秦你说这话就见外了，进了部门大家就是一家人，共荣辱共进退——你明白吧？"

宋书触及对方那暗示意味十足的目光，知道这时候再装傻就显得太不通人情世故了。她笑着点头："当然，我是法律部的一分子。不管22层怎么安排，我一定会做好自己的本职工作，为部门尽到责任。"

部长立刻喜笑颜开："你这样有能力又有潜质的年轻人，以后发展前景绝对很好的，加油，好好干！"

宋书又客套几句，这才离开了部长办公室。

出门以后宋书眼神暗了暗，在回办公区和上22层两者间犹豫几秒后，她选择了后者。

宋书上到22层时，助理秘书小组的办公区里，和她相熟的安行云和许佳佳都不在——由于工作强度过高，Vio资本里总经理的助理组一直是采取轮换工作制，周一、周三是组里另外三位，周二、周四则是安行云和许佳佳。

三人看见宋书以后，脸上都露出了和善的笑容。

互相打过招呼，宋书说明来意。

"哎，这件事我们还没听秦总提起。"最靠外的那个叫林晓鸥的男助理挠了挠头，"秦总今早刚好有位客人，是直接上的23层，所以秦总这会儿还没下来。秦小姐干脆直接上去问问吧。"

宋书一怔："这不太好，我还是在这里等秦总下来。"

林晓鸥摆了摆手："不用啊，秦总上周就说过了，如果秦小姐来找他，不需要通报和预约时间，直接进就可以。"

宋书顿了顿："他是这么说的？"

"当然了，秦总原话，我们哪敢假传？"林晓鸥道。

他刚说完，另外两人也附和地回应。

其中唯一的一位女助理半开玩笑地说："秦总对秦小姐最关照了。"

宋书沉默两秒，面上故作又失落又有些欣慰的表情："只是因为另一个人而已。"

那三人没人说话，复杂的目光如电波在空中疯狂交流起来。

演足替身戏，宋书出来后直接上23层。

上周五为了档案的事情扔下秦楼不管，周末又忙了两天，她心里原本对秦楼就一直有些歉疚。

正想着该如何将上周五匆忙离开的事情遮掩过去再哄哄那家伙，电梯门就打开了。

迎面是秦楼和一个年约30岁的陌生男子。

电梯门内外的三人同时一怔。

秦楼最先回过神，有些惊喜：“你怎么上来了？”

宋书低了低头：“秦总，有些工作上的事情我需要向您汇报一下。”

陌生男子此时也回过神，连忙把诧异的目光从宋书身上移开。他头上戴着顶棒球帽，此时他伸手拉低帽檐，声音也压低了些：“那我就先走了。”

“嗯。”秦楼眼神一淡，点点头。转向宋书后他的嘴角立刻勾起来：“不是有要汇报的工作吗？进来吧。”

宋书依言走出电梯，和那个戴着帽子低着头的男人擦肩而过。

秦楼主动转身走在前面，看都未看合上的电梯门和电梯里的人。

宋书跟在秦楼身后走进23层的大平层内。

拐进去时，她正看到，先她两步进来的秦楼将沙发上搁着的一个牛皮纸袋收进旁边的柜子内。

宋书一停，眼神轻晃了下。

第 12 章

—Y A O H E N—

调查

秦楼关上柜门直起身，回眸时就见到宋书的目光正一动不动地停在他的身上。秦楼嘴角一扬。

“好奇吗？”

“……什么？”宋书从被那个牛皮纸袋牵得更深的思绪里回过神，杏眼一抬，对上秦楼的目光。

秦楼单手插在裤袋里，垂手敲了敲身旁的玻璃柜门：“我刚刚放进去的东西，还有那个下楼的人，他是谁，来做什么，给了我什么东西，我又有什么事情需要瞒着你——不好奇吗？”

秦楼看着她，笑得很恣意，一只明晃晃的鱼饵摆在她面前只等着她来咬的模样。

宋书目光一敛。

方才那个人离开后，她就已经恢复了以前惯常的没什么情绪的模样，此时听了秦楼的话也不见有多少反应。

“好奇的话，你会告诉我吗？”

秦楼站在原地盯了她两秒，突然走过来。“当然会，”他停在她面前，“不过有条件。”

“条件？”

“嗯，这可是成人世界了，小蚌壳。所有别人给予的东西背后都有标价，看得见或者看不见的，没什么是免费的。”

说完之后，秦楼也不再开口，故意吊她的胃口。

宋书安静几秒，问：“什么条件？”

秦楼微撩起眼帘，那双轻勾着的细长眼尾里藏着得逞后的恣肆和懒散。

宋书心中明白秦楼的意图，在秦楼有下一步动作之前打消了他的念头："现在是上班时间，秦总。"

"我周末两天都在加班，现在偷一会儿懒你还说我！"

"我可没有秦总理直气壮，周末也因为没收到下周工作任务所以没有加班——我应该上班了。"

秦楼情绪有点低沉："原来你是为了工作才上来找我的。"

"……你连工作的醋都要吃？"

"你一天陪它八九个小时，陪我连八九分钟都未必有，我为什么不能吃它的醋？"

竟然无法反驳。

宋书陷入沉默。

他微歪过脑袋，脸上带着戏谑的笑："你也会生气吗，小蚌壳？"

宋书攥了攥拳，扭开脸，没什么情绪起伏地说："我不想在工作的事情上搞特殊，这样太容易授人以柄——巧巧在绩效考核的时候一定会想方设法地为难我，你要害我被踢出公司吗？"

"她敢！"秦楼淡淡收笑，起身，"我的小蚌壳，谁敢碰？"

宋书瞥他。

秦楼想了想："栾巧倾可以放过，交给你处置。"

"……我需要工作，法律合规部普通职员的工作。"

秦楼闻言沉默两秒，突然没征兆地开口："你想接触公司的什么人。"

宋书瞳孔微缩。

秦楼原本就在极近处观察她的情绪和反应，此时露出得逞的低笑。

"你被我抓住尾巴了，小蚌壳。"

宋书转开眼："我不懂你在说什么。日常工作是职责，我不想搞特殊。"

"你知道在我面前，就算再掩饰也没有用吧？"

"……"

"没关系，"秦楼遗憾地说，"你回法律部等通知吧，明天之前，我会给你一个合适的项目小组的位置。"

宋书眼神深处搅动起情绪，但最后还是被悉数压下。

宋书道："那我回12层了。"

不久，23层的入户电梯间里传来电梯下行的机械声。

秦楼面上的情绪懒散下来。

在还绕着宋书身上好闻的清香的沙发上流连地坐了片刻，他才慢慢起身。

走到旁边的玻璃柜前，秦楼俯身从柜子里取出了那个牛皮纸袋。

“关门。”秦楼低声说。

智能控制系统收到声线吻合的主人指令，通往电梯间的一道电子防护门缓缓落下。

平层内柔和的灯光自动亮起。

秦楼拎着牛皮纸袋回到沙发前，拉开线绳的系带，将它打开，然后把里面的东西倒出来。

哗啦一下，一沓照片和文件散落在桌面上，铺开一片扇形。

秦楼随手拿起其中几张照片，又拿起最上面的一份文件资料。

第一页是余起笙的个人资料，和之前的笼统含糊不同，这一次里面的资料详细了许多，都是过去——他还没有把自己的姓从乔改为余的时候——他在国内所留下的痕迹。

只是在家人一栏里，仍旧没有什么信息。

秦楼微蹙起眉，他伸手在那些不知道从哪里搜集来的余起笙从小到大的照片里扒拉一圈，手指蓦地一顿。

他拿起其中一张。

那似乎是余起笙小学时参加什么活动，几个孩子戴着鲜艳的红领巾骄傲地站在台上。

每个孩子的身旁都陪着一位……家长。

秦楼的目光在余起笙身旁的那个男人身上盯了许久，他的眉头越皱越紧。

这张脸，他一定见过。

尽管似乎比记忆里的一瞥要年轻许多，但那种似曾相识的感觉还是在第一时间击中了秦楼。

他闭目仰躺进沙发里，飞速地调动起自己的大脑，在无数帧记忆画面里搜寻这张熟悉的面孔……

秦楼蓦地睁眼，他腾一下直起身，不敢相信地看向照片里的男人。

“乔天波。”

——他确实见过。

在宋书的葬礼上。

秦楼将散落在桌上的所有照片和文件收起来，他皱着眉，一张一张照片翻过去，终于又在剩下的照片里找到那道熟悉的身影，也证实了自己的记忆——

余起笙的父亲，现在名为余云涛的这个男人，就是当年白颂的辩护律师乔天波。

而这个男人，在九年前那件案件结束后，就消失得无影无踪。

时隔九年，这个男人的儿子却成了宋书的未婚夫。而且按照那天秦楼到隽升律所时余起笙说的，“婚约是两家父母亲自面谈协定的”……余云涛和宋书分明至今都是关系匪浅。

宋书不可能认不出她母亲的辩护律师。

更大的可能是，当年宋书假死，余云涛从头到尾完全知情。

而那时候只有十七八岁的宋书能够假死成功，甚至很可能就是余云涛帮她完成的。

那也就解释得通，为何宋书身边会有一个和她这样亲近如旧友的余起笙——对方在这九年里，都是作为她救命恩人的儿子和她相处的……

秦楼拳头无意识地攥紧，淡青色的血管在手背上微微凸起。等他回过神时，手里捏着的那张照片已经被攥出捋不平的褶皱了。

秦楼重新展开照片，眼神阴沉地看着照片里的人。

照片里是个阳光明媚灿烂的天气，里面的学生们穿着硕士服，余起笙和宋书并肩站在一排金发碧眼的同学之间，俊男靓女看起来格外扎眼。

他们的前排还有两个女生玩笑地做出心形的手势，然后每人向上一指——照片上，比她们稍高一个台阶的宋书和余起笙毫无所觉地向着镜头微笑。

那是他没有参与过的，整整九年。

秦楼只觉得嫉妒、愤怒……诸多情绪交织在一起，就像是无数只虫子在啃噬他的心。

秦楼的呼吸急促起来。在情绪失控之前，他弯腰拉开桌下的抽屉，从里面翻出白色的有外文字母的药瓶。

秦楼倒出几粒药片，没有用水冲服，直接放在嘴里用力地咀嚼成粉末。苦涩的药粉在唇齿间弥漫开，几乎将神经全部麻痹。

秦楼眼神稍稍放空，他又想起上周在22层的总经理办公室，他的小蚌壳主动俯下身吻他，唇上沾了一点苦涩药粉的画面，还有她皱着眉，眼底深处压着心疼和嗔责的样子。

在眼前和心底一遍遍描摹着宋书的眉眼与一颦一笑一举一动，秦楼眼底的情绪终于被慢慢压下去。

他重新拿起桌面上的文件。

对着余起笙的调查资料，秦楼一条一条看过去，脑海内飞快掠过的却是当年白颂那起案件的细节。

——能够让宋书和余云涛也就是当年的乔天波站在一起筹谋九年的事情，秦楼能想到的可能性只有这一个。

当年EAG公司牵连进去的金融案件轰动一时，高达500亿的涉案金额震惊业界，但那部分本金中的多数都随着白颂自杀、其独女宋书车祸身亡而下落不明。

后来法院查封白颂名下的所有资产也没有找到那笔巨额资金的下落，但资金流不可能凭空消失，白颂被指控的8项刑事罪名里的一项就是“洗钱”——那么真正的受益者，很可能至今仍逍遥法外。

而如果这件案件另有隐情，如果当时白颂自杀有不为人知的原因，甚至如果白颂根本连这起案件里的洗钱白手套都不是……

秦楼放在沙发扶手上的手突然僵住，他的眼角神经质地抽搐了下。

那么宋书当年遭遇的车祸，那个最开始谎称自己醉酒驾驶，最后被他动用手段才承认自己是记恨白颂而报复其女的司机……这一切的背后可能有真正的幕后黑手，其牵涉之广，甚至远不止一个！

藏在幕后的那些人……

远在欧洲的秦梁接到孙子的电话时，已经是当地时间晚上9点了。

“秦楼的电话？”秦梁有些意外。

“秦先生，是秦楼少爷的，我已经确认过了。”

“嚯，少见，他怎么想起这个时间给我打电话了？”

“估计是向您问好吧。”跟在秦梁身边多年的用人笑着说。

“问好？他不给我惹事让我生气就不错了。”秦梁嘴上这样说着，面上还是露出没有完全藏住的笑意，他伸手拿起电话，“咳，这么晚了，有事吗？”

旁边的用人无奈地看了秦梁一眼——秦老先生一辈子最做不到的事情大概就是放下长辈的威严，所以明明对那个孙子疼爱、担心得要命，却总是不肯表露出来。

偏偏祖孙俩还是一样的脾气。

用人无奈地摇摇头，刚准备转身离开，给祖孙俩留些聊天的时间和空间，突然就见秦梁脸色陡然沉了下来。

“突然提那件事做什么？”秦梁眼神冷沉，“已经过去那么多年了，我说过秦家只吃这一次亏——不要再提它，对谁都好，你不懂吗？”

秦楼微微嘶哑的笑声从电话另一头传出来：“我当然不懂。我早就说了，你们那些蝇营狗苟的勾当，我永远都不懂。”

“……你是故意打电话来惹我生气的是不是？！”

“你别误会，我没有那个闲心，我打电话来只是想问一件事。”

“什么事？”

“既然你还记得EAG那桩大案，那当年那件事发生后我问过你的问题，你还记得吗？”

“……你这是什么态度？”

“我一直都是这个态度！”电话那头，秦楼声音里的笑意消失，“当初我问你，白颂在那个案子里到底是无辜还是有罪——你是怎么告诉我的？！”

秦梁脸色变几次，终于还是攥紧拳硬声道：“就算你今天或者以后再来问我，她也不是无辜的。”

“但那件案件分明另有隐情吧？！”

秦梁忍无可忍，暴跳如雷：“我告诉过你多少遍——那件事情已经过去了！已经死了的人再也活不过来，只剩下这些还活着的！你难道还能要所有活着的人一辈子都陪他们在地狱里度过吗？！”

电话那头沉默许久，秦楼声音嘶哑地笑起来。

“我从来没有要所有人都陪着。但如果是有罪的，那么活在地狱里也是他们罪有应得。”

秦梁咬牙，苍老的面孔上，额角青筋凸起：“那你又知道到底谁有罪谁无罪？”

“我可以查。”

“你如果要查，身陷危险的将是你自己！”秦梁暴跳如雷。

“危险？哈，没关系啊。比起这九年来的痛苦，危险算什么？”

秦梁狠狠地拍在桌上，声音苍老、嘶哑：“秦楼！你非要为那母女俩把整个秦家都搭进去？！”

电话里安静下来。

十几秒后，Vio资本办公楼23层。

黑暗里秦楼无声地勾起嘴角，眼神冰冷：“如果当年那件事里白颂是无辜的，那么秦家就是旁观者，是帮凶，更可能是罪魁祸首之一！”

“你……你胡说什么？！”不知是力竭还是心虚，电话里秦梁的声音多了一丝战栗。

秦楼不为所动，声音低沉：“昨天一整天我都在查，都在想，想当年你心灰意冷地把秦家所有的事情交给我打理，想你那时候似乎对所有人失望至极，执意要秦扶君和宋成均夫妇和你一起隐居欧洲，说是不受纷扰，坚决不许他们归国……”

“这又如何？如今我只剩下你姑姑一个女儿了……我让她陪在身边，难道这也有错？”

秦楼沉默许久后嘶声笑道：“没错，当然没错。你待白颂再好她也是个外人，秦扶君再心如蛇蝎也是你的女儿！”

“秦楼！”

“算了吧，爷爷，只请你记得代我向姑姑、姑父‘问好’。”

“秦楼，你……”

“顺便告诉他们一声，等我这边事了了，一定备一份大礼——让他们且等着，哪怕追到天涯海角我也会送到。”

第 13 章

—Y A O H E N—

助理

在工作的事情上，秦楼没有食言。

周二一早，宋书刚到12层的法律合规部，最早来的同事便过来敲了敲她桌旁的格子板。

“秦情，22层助理秘书小组的许佳佳刚刚下来，说有工作分配上的事情找你。见你没来，她说麻烦你上班后过去一趟。”

“许佳佳？”宋书放下包的手一停，随即轻轻点头，“谢谢，我知道了。”

“嗯，没事。”

那个同事目光复杂地看了宋书一眼后，才转身回自己的办公桌去了。

宋书不必猜也知道对方此刻的心理活动。嘴长在别人身上，她管不得别人怎么说怎么想，索性便随他们去了。

宋书没有急着离开，而是把昨天无事时翻看的公司以前比较经典的几个投资项目、基金产品的资料一一归类收好。等到了上班时间，同事们都坐在办公桌前开始忙碌起来了，宋书这才去电梯间上到22层。

然而到了22层的助理秘书小组，宋书就有点失望了——今天应该是安行云和许佳佳值班，但是不知道什么原因，安行云并不在办公区里。

掩饰住遗憾情绪，宋书敲了敲玻璃门。

“许助理？”

门里在电脑桌前噼里啪啦地敲着键盘的许佳佳似乎是从高度集中的工作状态里惊醒过来，整个人往上弹了一下。

她扭过头，一副惊魂未定的模样：“啊……是秦小姐？”

宋书歉意地笑：“抱歉，是不是我走路的声音太轻了，刚刚敲门好像吓到你了？”

“没事没事，跟你无关，我本来就是容易受惊。”许佳佳连忙不好意思地摆手。

宋书笑：“这样啊，那许助理做这份工作肯定要比别人辛苦些。”

许佳佳似乎被宋书这句话勾起了什么不太美好的记忆，心情晦暗地蔫了几秒，然后才醒过神：“习惯就好了。”

“那倒是。”宋书目光在办公区里扫视一圈，“我看安行——安助理好像不在？今天不应该是你和她一起值班吗？”

许佳佳提起这个就头疼，她苦笑起来：“安姐的孩子今天发烧了，好像烧得还挺厉害的，一大早就送去医院了。她丈夫正在外地出差，没办法，安姐只能请假，在那边陪床照顾。”

宋书听到消息心里担忧，但面上丝毫不显，甚至还皱了皱眉：“这样一来，你今天的工作压力就太大了些吧。”

许佳佳笑笑：“没事，谁还没有点意外情况呢？”

“……也对。”宋书微垂下眼。

许佳佳自然记得两人的“不和”，在这个话题上没有多聊：“秦小姐今天过来是为了工作分配上的事情吧？”

“对。”宋书说，“楼下同事通知我上班后来22层一趟，给我的工作任务已经确定了是吗？”

许佳佳摇头：“我刚刚下去，秦小姐不在12层，就没有说清楚。秦总的意思是，秦小姐自己选一个想跟的项目。”

宋书一愣，过了两秒她才迟缓地露出笑意：“这样会不会……不太合适？”

“这是秦总的意思，既然他觉着可以，那应该就合适吧。”许佳佳笑着说。

宋书无奈地说：“好吧，那我现在是……”

宋书伸手指了指办公室。

许佳佳明显露出一秒的迟疑，这让宋书心里疑惑了下——按照昨天那三个助理的说法，秦楼是对助理秘书小组公开表明过自己随时可以免预约免通报进入22层的，此刻许佳佳却犹豫了。

难道……

宋书的目光转向办公室，大脑内飞快地转过可能性最大的几种原因。

不等她思索完，许佳佳转回头，把答案和难题一起抛给了宋书。

“秦小姐，人事部的栾部长今天早上刚好过来汇报工作。”

宋书恍然。她和栾巧倾不和的消息，全公司上下大概早就已经无人不知无人不晓了。

宋书甚至听姚意琴向自己暗示过，不少同事明里暗里地等着栾巧倾替自己的亡姐收拾她这个“冒牌货”，姚意琴则一直劝她躲着栾巧倾走。

“秦小姐，要不您进来坐着等一会儿？”许佳佳示意了下办公区里面的沙发——如果坐在那儿，大概就不会被栾巧倾看到了。

宋书心思暗转，几秒后她笑笑：“都在一个公司，低头不见抬头见，躲着也不是办法。”

许佳佳讪讪地说：“我不是那个、那个意思……”

“许助理的好意我心领了。”宋书声音里的温度似乎冷了下来，她扭头看向总经理办公室，“但我也不是什么任人拿捏的软柿子，何必要躲着她走呢？”

许佳佳不好意思地起身：“那我领秦小姐过去吧。”

“好的，麻烦许助理了。”

两人一前一后地走到总经理办公室门外。

22层的总经理办公室自然是全公司上下最顶级的配置。

办公室内专门做了隔音降噪的软包设施，除了一扇磨砂玻璃门稍有些影响效果外，除非里面音量极高，不然站在玻璃门外是根本听不到里面的交谈声的。

两人在门前停下时，玻璃门内只有一点隐隐的话声，听得出来说话的人情绪并不平静，但也压着音量，至少宋书无法听清他们在讨论什么。

希望不是和她有关的事情。

宋书站在许佳佳身后，暗自皱起眉。

她之所以坚持在这个时候进来，主要原因也是这个。秦楼那一贯不按常理出牌的行事风格，连她也不能完全摸透，她实在担心秦楼哪天突然就把自己的事情透露给栾巧倾。

巧巧和秦楼不同，既没有那个心智，也没有那份魄力，万一被牵扯进局里，多半要出事。

宋书正不安地想着，许佳佳已经敲响办公室的门。

里面原本就不甚清晰的话声蓦地停住，几秒后，门旁的微型扩音器开关被从里面拨开，秦楼冷冷的声音传出来：“什么事？”

“秦总，法律合规部的秦小姐上来了。”

秦楼沉默两秒，语气明显缓和了些，就像太阳底下肉眼可见的冰山消融似的：“让她进来吧。”

“是，秦总。”

许佳佳转回身，向宋书示意了下，自己则点点头，回助理秘书小组的办公区去了。

宋书轻吸口气，调整好眼神、情绪，推门而入。

房门还未合上，宋书还未抬头，一束异常不善的目光已经第一时间落到了她的身上。

宋书心里不由得莞尔：栾巧倾现在对她的敌意，大概已经超过当年对宋茹玉和宋帅的了吧。

宋书这样想着，只装作不察，抬头望向办公桌后：“秦总。”

当着栾巧倾的面，秦楼没有半点想要掩饰什么的意思，他正揉着眉心，此时抬头，眼神可怜巴巴的。

“过来。”

宋书犹豫一秒，到底没能扛住秦楼那疲惫又倦怠还可怜的眼神。她顶着栾巧倾咬牙切齿的目光走到办公桌后。

离秦楼还有几十厘米，宋书停住了。

但秦楼显然不满意，他直接伸手把她拉了过来。

办公桌外咔嗒一声，送上来的红茶杯差点被栾巧倾直接摔碎。

秦楼毫不理会。“头疼。”他张了张口。

宋书无奈：“秦总，我不是医生。”

“揉一揉。”

宋书迟疑了下，到底还是抬起手轻轻帮秦楼按起太阳穴来。

秦楼皱着的眉慢慢松下来，安静得像个乖巧的孩子。

宋书心里慢慢柔软下来。

有人却忍无可忍了。

栾巧倾直接站起来，踩着高跟鞋啪嗒啪嗒地走到办公桌前，瞪着两人的目光中充满了无法压抑的怒火。

“秦情，你不是有未婚夫吗？你懂不懂羞耻？！”

宋书没什么反应，秦楼却倏然睁眼，那双眸子黑漆漆的，眼帘一掀，他冷冰冰地看向栾巧倾：“向她道歉。”

栾巧倾气得声音都发抖：“我凭什么向她道歉？！你说的那件事想都不要想——只要我做一天人事部的部长，她就别想能上22层，更别指望能进助理秘书小组！”

……进助理秘书小组？

宋书闻言一怔，看向秦楼。

“栾、巧、倾。”

秦楼一字一顿，怒意在他的话声里不加掩饰地腾起。

目光对上，栾巧倾被吓得浑身一栗，也终于从方才的失态里回过神。

她对秦楼的畏惧是积攒多年，而且与日俱增的，所以她丝毫不敢真的去触碰秦楼的底线。

但她一直以为，那条底线应该是宋书……

栾巧倾的眼眶红了起来。

她声音放低，但仍咬着牙攥着拳：“助理秘书小组每个成员都是层层选拔层层面试层层考核才能确定的，你无权自己决定！我绝不同意她一个新入职员工，没有取得过任何工作成绩就直接空降助理秘书小组。”

秦楼张口想说什么，却被宋书按住。

宋书道：“秦总，你今天累了，这件事你们可以以后再谈。我先送栾部长出去吧。”

他低着眼哑着声：“快点回来。”

“……好。”

宋书转身，在栾巧倾充满恨意的目光里一伸手：“栾部长，请吧？”

“……”

两人前后出了总经理办公室的门，一路经过助理秘书小组的办公区。许佳佳呆滞地看了两人一眼后连忙低下头去，显然不想被卷入这场没有硝烟的战争。

宋书一直陪着栾巧倾走进电梯间，这才停住。

宋书按下电梯的下行键。

与此同时，她身后响起冷厉的声音："我告诉你，只要我在公司一天，你就别做梦能爬上22层！"

"……我对助理秘书小组并不感兴趣。"

宋书冷淡开口。收回手后，她眼都不抬地站在原地。

栾巧倾冷笑了声："你以为我会相信你的这种鬼话？你千方百计地进Vio，还要遇见秦楼，不就是为了接触Vio的核心工作？"

宋书扑哧一笑。

栾巧倾脸色一变："你笑什么？！"

宋书转过身，笑意淡淡："你怎么就知道，我不是为了秦楼？"

几秒后栾巧倾才回过神，她咬牙切齿地怒道："你、做、梦！"

宋书淡淡一笑，也不辩驳。

栾巧倾声音都发哑了："我告诉你，这辈子没人能得到秦楼，除了我姐姐！谁都不能！"

宋书望着电梯门上自己的影子。

沉默几秒，她轻声道："不，那是他的自由。"

"你胡说！那是他的债！我姐姐的命就是他的债——那是他欠我姐姐的！我姐姐死了，他一辈子都不配幸福！"

宋书的眼瞳蓦地一栗。

电梯停住，电梯门在此时打开，栾巧倾攥着拳从宋书身旁走过去，进入电梯。

然后她转过身，恨恨道："你更不配！"

栾巧倾刷卡，按下电梯关门键。

然而就在电梯门开始关上的那一秒，电梯外始终默然的女人突然上前一步，猛地按住电梯门。

自动金属门几乎像是被她强推回去的，那双纤细的手上淡色的血管都绷了起来。

栾巧倾一愣，抬头。

她对上一双没有任何情绪而只有冷意的眼，那冰冷熟悉而又陌生，毫无征兆地撞进她的眼里。

那个女人一字一顿地开口：

“栾巧倾，你给我记住——秦楼从来不欠宋书任何东西。

“要欠……也是宋书欠他！”

电梯间气氛僵滞。

栾巧倾呆呆地看着电梯门外站着的女人。有那么一瞬间，她几乎就要以为站在面前的是姐姐了。

“你……”

黑框眼镜下，宋书的眼神微晃了下。这样的失态对于她来说前所未有，但一边是秦楼，一边是巧巧，要做到对这两个人无动于衷真的很难。

所幸，巧巧不像秦楼那样敏锐而聪慧。

宋书心里想着，嫣红的唇角一勾，那些冷意像是冰雪消融一般从她的眼角眉梢退去。

她退后一步，将平抬的手臂垂回身旁，露出一个温婉无害的笑容。

“栾部长，如果你的姐姐还活着的话，那她应该会这样跟你说吧？”

栾巧倾一瞬间被这个虚伪的笑容从那种让她恍惚的熟悉感里拉回现实，她反应过来，表情顿时被厌恶和恨意覆盖。

“你为了进Vio，调查过她多少？学得很辛苦吧？告诉你，你就算学她再多也成不了她，东施效颦而已，只会叫人笑话！”

说完，不待宋书反应，栾巧倾恶狠狠地按下电梯的关门键。直到电梯门关上前她都没有抬头，似乎是不想再多看门外的那个女人一眼。

电梯下到人事部所在楼层8楼。

电梯门打开，栾巧倾走出来，表情难看得很。路过的跟她打招呼的职员全被无视，等她走过去后，几个人忍不住八卦地凑到一起议论起来。

“部长这又是怎么了？脸拉得都快掉到地面上去了。”

“还能是怎么？肯定又去22层找秦总告状，结果吃瘪了吧？”

“告状？告谁的状？”

“除了新来的那位，还能有谁？要我说秦情也是手段了得，她才进公司几天啊？她没来的时候，栾部长在公司里可是要风得风要雨得雨，秦总什么事情不是顺着她来？现在倒好……”

“就因为和秦总初恋长得像，秦总就那么轻易地被她迷住了？到现在我也没法理解。”

“这有什么不能理解的？你没听他们说吗？栾部长都是因为是秦总那位去世的初恋的妹妹，这才一直被秦总照顾纵容这么多年的。”

“那估计应该是长得很像吧？”

“再像有什么用？真正的初恋早就死了，她再像也只是个替身，多卑微！”

“也是……”

砰！

部长办公室的门重重合上，楼层内离得近的吓了一跳，不敢再多嘴，纷纷散开，做各自的事情去了。

关上房门，栾巧倾动作僵硬地慢慢走向办公桌。没有来得及坐到办公椅前，她先伸手扶住了桌边。

她此时的表情很复杂，既愤恨，又难过，眼底更是掺杂着某种久远的怀念和不舍。

她想她终于知道，秦楼为什么会被这个女人迷惑住了。

那一瞬间，真的太像、太像了啊！

连她几乎也要以为，当年那个她亲眼看着撤下呼吸机、覆上白布，因为没有成年亲属可以认领，停留数日就被送去火葬的姐姐，重新站在她的面前了。

庄生晓梦迷蝴蝶。

即便秦楼心知那只是个梦，可如果现实中再也看不见触不到的人能够在梦里触摸和得到，那是梦还是现实，又有谁会真正在乎呢？

现实那么苦、那么疼，那么多回忆如刀，有些人宁可死在梦里，这辈子都不要醒来吧？

如果可以，她又何尝不想？

栾巧倾扶着桌边坐到办公椅上，然后她拉开桌下的柜门，打开里面保险箱的密码锁，从最上面的暗格里拿出一只大盒子。

里面装满了乱七八糟的零碎物品。

那是她搬到宋书身边住的那几年，每年她过生日的时候宋书送给她的礼物。

有的是如《5年高考3年模拟》这种礼物，看到以后她差点一手扔出去，又在姐姐没情绪的眼神下乖乖地写上班级、姓名，还要约好以后每天做几道题。

也有她期待了好久的小东西——走过饰品店玻璃门的时候她明明目不斜视昂首挺胸，但是不知道怎么就被宋书发现了，然后买回来送给她，上边用彩带扎的装饰花还不如装《5年高考3年模拟》的礼袋漂亮……

最上面是一张照片，大头贴。

忘记是哪年她跟着宋书和秦楼一起出去，三个人里她是最多余的那个，总生气秦楼霸占着宋书还不肯让她碰到半点，又迫于那人的淫威连个屁都不敢放。直到秦楼被宋书支开去买冰淇淋，她这才得意扬扬地拉着宋书在旁边的大头贴照相机前拍了两张。

照片里的她出尽洋相，陪在她身旁的小姑娘却安安静静的，一点表情都没有，一副不喜欢，但丝毫没有不耐烦的模样。

那个人一直那么安静啊……

到最后离开时，躺在那张苍白的病床上，十七八岁的女孩儿仍旧是最美最美的模样。

所有人都可以活在梦里，秦楼也可以。她一味地怪罪秦楼，却也知道在这件事上秦楼没有任何错，他什么罪也没有过，而他又是被留下的最绝望的那个。

所以秦楼也可以活在梦里。

但是她不能。

因为在这个世界上，姐姐已经没有其他爱她的人了——如果所有人都把她忘掉，那宋书这个人就真的像是没有来过这世上一样了……

所以她不能忘。

梦里再幸福，她都要在现实中清醒地活着，并且记着。

电梯离开后，宋书回到总经理办公室。秦楼手边还是一堆要处理的文件——上周末各部门高层挨训的效果体现得非常好，大家争先恐后地把自己加班赶工做出来的材料往22层送。

见宋书进来，秦楼给正在看的那份文件上夹了便签，合上放到一旁。

他起身走过去，把在门前几米处停住的宋书拉向沙发。

宋书一顿："我是上来拿工作任务的。"

"我知道，已经摆在桌上了。投资发展部周末和周一加班加点，从最新建立的项目资料库里筛选出几个可以试试的投资项目，都是近期会建立或者已经建立投资项目小组的，待会儿给你安排一个。"

"为什么不是现在？"

秦楼压着倦怠，道："一个重点投资项目小组组员的位置，怎么也能换两三个小时的服务吧？"

宋书没理会他，面上情绪淡淡的："为什么心情不好？"

秦楼一顿。

几秒后他眼一垂，在沙发上坐下。

"……头疼。"他哑着声音，半合着眼。

宋书已经习惯了这样别扭还有点欠揍的"秦氏撒娇"。

她来到他身旁，垂下手，轻揉起他的太阳穴。

"昨晚没有休息好？"

"昨晚？"秦楼眉心松下来，思绪懒洋洋地转了转，"没休息。"

宋书手一停："你到底因为什么事情？巧巧？"

秦楼合着眼："我脏了，你扔了我吧。"

他就是"脏"了。

他能懂爷爷秦梁是如何想的——

他们回国时木已成舟，事情也已经尘埃落定，白颂母女的不幸结局无可更改，挽救无用，再去深查只会牵动更多。

尤其是，对于那时候的秦楼来说，真相大概会成为压垮他的最后一根稻草——秦楼睡不着时整夜都在想，如果那时候自己知道了真相，会怎么做？

那大概是秦梁最无法接受的结局。

比起至亲，真相重要吗？

对于秦梁来说，答案显然是否定的。

秦楼能够明白，但他不能够原谅。

因为那是宋书。

在当年那场无妄之灾里，那样孤零零地悲惨地“死”掉了的，是他的小蚌壳。

宋书手指一停，她低下头。

秦楼不知何时紧紧地皱起眉，他双目紧闭都无法掩藏内心的痛苦。

“秦楼？”宋书担心地望着他，“秦楼……”

最后一个字音未竟，秦楼突然睁眼。

那一刻他的眼里只有空洞的痛苦和绝望。

宋书抬手盖住秦楼的眼：“闭上眼睛休息，不要胡思乱想。”

“当年那件事……”

“那件事和你没有任何关系。”宋书平静而不容置疑地打断秦楼的话，然后她缓和语气，“那件事的参与者和幕后黑手我都会去查，你从未参与更不知情，所以那件事本来就和你没有关系。有冤情要昭雪的是我们，这件事也只能我们亲手去做。”

秦楼任宋书的手遮在眼前，却不肯闭眼。透过她指节间细微缝隙的光是暗红色的，余下的即便是黑暗也让他心安。

只是听完宋书的话，他心里一拧：“……你们？你和谁？余云涛还是余起笙？”

宋书沉默两秒，有些无奈：“你查他们了？”

秦楼笑了声，带着些怨艾和不甘：“你的未婚夫，还有你未婚夫的父亲，我当然要查的。”

“那查到多少了？”

秦楼不语。

宋书说：“余起笙昨天告诉我，上个周末你去他的律所了。”

“去又怎么了？他对你还真是知无不言言无不尽……”秦楼语调阴沉下来。

宋书莞尔：“可我了解你，你不会没有任何目的就跑到被你视作敌人的人面前去虚张声势的。还有，我那天在22层看到的那个人，应该就是你的线人或者帮手吧……你是为了调查余起笙吗？”

秦楼沉默两秒，有些烦躁地轻轻啧了声。他低声咕哝：“我做什么你都猜得到，你做什么我却一点都不清楚。”

“那就不要清楚。”宋书说，“调查到余起笙就停下吧，不要再往下查，不要再好奇，更不要再深究了。”

“为什么？”

“因为那是一个巨大的泥沼啊，秦楼。泥沼下面只有深渊，还有藏在深渊里暗不见光、凶猛狠毒的‘猛兽’……他们眼里只有利益，为了钱，他们无视条规，践踏法律。而你是这件事的局外人，这一切都和你没有关系。”

“那你把我当作什么？”秦楼闷声问。

“……”

“宁可把我们之间的关系择得一干二净，都不想我参与进去。如果那件事真的那么危险，如果你真的出了事，那你让我怎么办？”

“秦楼。”

宋书心里一颤。尽管秦楼此时的声线难得地平静，甚至听不出一丝起伏，但这反而更让宋书心里的不安逐渐积聚——他发作的时候不可怕，安静沉默和克制的时候才最可怕。

秦楼坐起身。

然后他站起来，走向自己的办公桌，俊美的面孔上看不出丝毫情绪：“既然你是这样想的，那来选好你想要的工作然后走吧。”

“秦楼。”

宋书伸手拉住秦楼的手，声音里带着无奈和苦涩。

秦楼停住，他轻眨了下眼睛，然后重新迈开腿——她的手被他尽最大狠心地挣开了。

秦楼走到办公桌前，把自己提前选出的那几份项目立项报告拿出来，一个一个摊开摆在桌面上。

他一边做这些一边安静地说：“和那些与你有关系的人去做吧，做什么都无所谓，有多危险也没关系，就算你死了又怎么样呢？你又不是没死过。”

宋书身子一僵。

听懂秦楼的话的那一瞬间，宋书心口猛地闷疼了下，像是有什么重物直直地砸在心窝上。

砸得她头晕目眩，绝望和难过一齐涌上来，几乎把她淹没、吞噬，让她窒息。

——这些年她最不敢想的，就是秦楼如何度过每一个日升日落。她只敢给他唯一的要求逼他活着，却深知有时候活着比死难得多。

那样的难，她不是没经历过。

可她也没有选择。

母亲的死一直横亘在她心里，为了洗清冤屈，为了真相终有一日能大白于天下……她不能容许自己有丝毫闪失。

黑暗里的那些人都知道秦楼和她的关系，那些人的眼睛这些年都盯在秦楼的身上。

她要骗过他们，首先就要骗过他。

半晌，宋书才重新找回自己的声音，她站起来走过去，手指尖都在压抑不住地抖。

“对不起，秦楼……”

秦楼转回身，他慢慢平息下汹涌的情绪，低声道：“我没有怪过你，小蚌壳。我知道你不告诉我是因为我也没有办法决定结局是什么……但我只想帮你。让别人陪在你身边，陪你以身犯险，而我只能看着，我不想这样，也做不到。”

宋书轻吸了口气，然后慢慢吐出。

这样过去十几秒后，她终于开口：“好。”

秦楼蓦地抬头看向她。

“但是，”宋书眼神决绝地望向秦楼，“你若有任何想法或者行动，都要告诉我——只有我同意了你才能做。”

秦楼没有回答，眼神微晃了下。

宋书察觉到什么，微微咬牙：“如果你是抱着替我挡子弹的想法参与进来，那我会觉得你是在报复我，秦楼。我为什么不肯告诉你和巧巧？因为这个世上我只剩下你和她了——只有你们两个人，是我活着的时候绝对不能失去的。你不能那么自私，你不能要求我不以我的安危惩罚你而你反将你的安危变成一把刀悬在我的头顶！”

秦楼眼底的情绪沉下去。

须臾后，他慢慢点头：“我答应你。”

“好。”宋书叹出一口气，“我做好准备了，你想问什么，问吧。你想知道的一切，我都可以回答你。”

秦楼思索两秒：“告诉我你们下一步的计划。”

宋书深看他一眼。然后她走到他里侧，翻动桌上的那些文件夹。

她一边快速检索里面是否有自己需要的某个信息，一边开口道：“档案室的事情你已经知道了。既然你知道余云涛，那你大概也已经查到他的真实身份了。”

“乔天波，当年你母亲的辩护律师。”

宋书的手一停，须臾后她苦笑了下：“远不止。如果当年没有那件事情，或许现在我对他已经改口，不该叫叔叔了。”

秦楼眼神一沉。

宋书收回注意力：“所以当年那件事情，除了我之外，余叔比我更复仇心切。但他当时在法律界很有名望，那张脸可以说很多人都有印象，所以明面上的这些事情他都不能自己来做，只能交给我和余起笙。”

“那些档案，你就是代他查看的？”

“嗯。他已经结合他这些年所调查整理的确切情报，获悉当年那个案子中最先在暗地里指证我母亲的秦氏内部高管是受人指使……”

秦楼皱眉：“那个高管是谁？如果是秦氏，那除了你母亲的心腹当年或受牵连或自行离开，其余的多数高层至今还在Vio里……”秦楼一顿，了然，“所以这就是你进入Vio的原因？”

宋书点头：“是。”

“是谁？”

宋书沉默两秒，将手里一个投资项目小组的立项报告展开，放在秦楼面前。

她伸手一指下面的那个签名。

“Vio资本内负责理财中心、投资发展部、信息技术部三部的副总——吕云开，他是最大嫌疑人。”

秦楼眼神一沉。

他皱眉拿起那份文档来。

说出这一切让宋书压力骤减，她慢慢松下心防，回眸。

然后宋书身影蓦地一停。

——望着总经理办公室的玻璃门，宋书皱眉。

秦楼转身，刚要说话，突然见宋书竖起食指在唇前一抵。

秦楼怔了下，随着宋书的视线回头。

十几秒后，办公室的玻璃门突然被人从里面拉开。

门外，微侧着身的许佳佳一愣，然后慌忙举起手里的咖啡。

她撑出一个微微僵硬的笑容：“秦小姐，我来给你们送咖啡。”

第 14 章

—Y A O H E N—

刁难

宋书的身影停了两秒。

“谢谢，辛苦你了。”宋书淡淡一笑，伸手从许佳佳手里接过那两杯咖啡，一副不设防的模样。

“啊……没什么的，这是我的本职工作。那秦总、秦小姐，我先回去了。”

“好。”宋书点头。

许佳佳转身，仓促地离开。

宋书转过身，将手里的一杯咖啡递给秦楼，空出的手关上了身后的玻璃门。

然后她拉着秦楼走进办公室里。

到了窗边，宋书才低声问：“办公室里隔音效果怎么样？”

秦楼漫不经心地瞥一眼门外，收回视线：“做了专门的隔音降噪的软包处理，除非高声，否则外面听不见。”

宋书松了口气，但仍微皱着眉：“你的22层里也是‘藏龙卧虎’啊。”

秦楼嘴角一扯，眼底勾起冰冷嘲弄的笑意：“董事会的那些老狐狸，怎么可能放心不在我身边埋钉子？”

“许佳佳是董事会里的人安排的？”

“八九不离十。”

“……我还以为你是眼里揉不进沙子的那种。”

“沙子？一座山我也无所谓。”秦楼垂了垂眼，“反正你不在，什么人和事情都无聊透顶。”

宋书一怔。

秦楼似乎想起什么，眼皮微撩起来，目光从宋书的脸上扫过：“更何况，摘掉一个明处的钉子，他们就会下更多的钉子在暗处，还不如摆在眼皮下面，至少省心。”

宋书沉默两秒，莞尔道：“补救得有点刻意了。”

秦楼别开脸：“我不会对别人这样小心，难免不习惯。”

“我知道。”宋书举起手里的咖啡杯，尝了一口，然后微微皱眉。

“怎么了？”

“在你这里做钉子，也是不容易。”宋书抬眼，示意了下秦楼手里的咖啡，“这温度，在外面站的时间大概不短。”

秦楼说：“你不喜欢的话，我就拔掉她。”

“不用。”

“为什么？”

“顺着钉子，说不定能摸到下钉子的人。”

秦楼一顿：“你怀疑她背后的人和那件事有关？”

“不知道。只是她入职一年，应该都没有犯过这样的错误，不然助理组也容不下她。”宋书示意了下手里的咖啡杯，“怎么我才来，她就这么急切了？”

秦楼肩背微微绷直，眼底的疏懒慢慢被冷意取代。

宋书察觉，伸手按住他。

秦楼垂眸望她。

宋书摇了摇头，淡淡地笑：“不急，我们慢慢来。”

“嗯。都听你的。”

关于宋书与秦楼的流言在公司内越传越开。

上自董事会，下到公司里临时外包的卫生服务人员，几乎没人没有听说，秦总在法律合规部找了个和自己初恋相似程度有七八分的新入职员工做了小情人，三天两头就在总经理办公室里卿卿我我，传言证据是汇报工作的人好几回看见二人举止亲密。

各部门最八卦的员工们都好奇着这位新入职员工什么时候“上位”。等了几天，果然投资发展部传出消息来——

最近从公司项目资料库内的几百个商业计划书里筛选出来的投资价值合适的

项目中，最被他们投资部和顶头副总吕云开看好的一项AI（人工智能）相关投资项目，项目团队创立在即，相关部门的员工挤破头想往里钻，可惜法律合规部的名额落到了秦总的替身小情人头上。

消息一出，法律合规部众人敢怒不敢言。

——这时候没人会在意宋书那份金光闪闪的履历，大家不约而同地默认一个事实：这份工作就是她陪秦总陪来的，不可能有别的原因。

部门里私下群情激愤，但是表面上和和乐乐——替身也是秦总初恋的替身，只要这人一天不失宠，他们就一天不可能和宋书撕破脸。

于是顶着无数流言蜚语，宋书淡定地作为法律合规部顾问加入Vio最热门的AI项目投资团队里去了。

入组当天，宋书连着收到三封需要她确认的团队邮件，让项目团队内所有成员下午下班后，到投资发展部所在的19楼的会议室开会。

邮件末尾特意加了备注："由于开会时长不确定，与会人员自觉做好长时间加班准备，不予早退，不予请假！！！"

看着"不予早退，不予请假"后面紧跟着的三个感叹号，宋书对于项目团队负责人的性格隐隐有了预感。

临下班前，宋书特意找到姚意琴，询问了相关的事情。

"楚向彬？"姚意琴意外地回头，"你分到他手下的项目组了？哦，我知道了，是不是AI分类下的那个投资项目？"

宋书点头："对。"

"那个项目确实前景不错，风险稍高，但是投资价值也非常可观——投资部那边交给楚向彬负责没什么好意外的。"

宋书说："我之前没接触过他，只是听说他年纪轻轻就做了投资部的副部，很有能力。"

"当然有能力了，他可是吕副总的得力干将。吕总对他十分重视，很有提携他做接班人的意思，你跟着他好好干，说不定以后就……"话说到一半，姚意琴似乎想到什么，停顿了下，"当然，你也未必比他爬得慢。"

宋书自然听出话外之音，但此时只能装傻："但是我听同事说，他脾气有些……不太好？"

姚意琴沉默了下，说："楚向彬今年才27岁，没听说有什么背景，在这个年纪能在Vio坐到投资发展部这种全公司核心部门的副部长位置上，你知道这说明什么吗？"

"个人能力极其出众？"

"没错。"姚意琴意味深长地看向她，"这种人总容易恃才傲物，对于无能者的容忍程度也就比较低——在他手下做事，你也要小心才行。"

宋书沉默两秒，莞尔一笑。

"我明白了。谢谢琴姐提点。"

当晚。

Vio的工作时间一结束，宋书立刻带上她准备了几天的项目相关材料，第一时间快步走进电梯间，乘电梯上了19楼。

看见她的背影，伸着懒腰起身的法律合规部员工里有人撇撇嘴。

"装什么积极勤奋啊，真叫人看不惯。不知道的还以为她真是靠着自己的努力才拿到的AI小组名额呢。"

"不积极可不行，我听说她的组长是楚霸王，他那霸王龙的脾气，哪管是不是秦总的小情人？敢懈怠绝对当天就被踢出组，还得是脸着地。"

"我也是奇怪，楚霸王竟然能容忍她这种走后门的进自己组里？"

"谁说不是呢。"

"唉，可惜我们就没长那么一张跟秦总初恋相似的脸啊……"

"得了吧，靠脸上位的总有一天会摔进泥巴里，到时候才凄惨呢。我倒要看看，她这种靠不正当手段上位的，能在楚霸王的组里坚持几天。"

"哈哈，那我也好奇了。"

……

离开的宋书自然不知道部门里有多少同事等着看她出糗，此时她也确实无暇顾及——

从姚意琴那里确证"楚向彬是吕云开的心腹"这一条消息，已经让她的神经高度紧张起来。

吕云开毕竟是副总，除非借着秦楼的关系，不然很难接近对方。而宋书又不想让秦楼过早地牵涉进来，所以通过楚向彬接近吕云开，就目前来说绝对是可实现性最高和风险最低的捷径。

再加上从那封邮件里和姚意琴那里得到的关于楚向彬的信息，简单分析后宋书就做出了应对这人的最佳方案。

所以她毫不犹豫，第一时间赶到了19楼投资发展部的会议室里。

站到门外，宋书无视身边那些好奇的注目和打量，她轻吸了口气，抬手敲门。

“进。”

会议室内传来一个声音。

宋书推门而入。

此时外面的天色稍稍暗下来，会议室的灯光成排亮起，房间里唯一一个人坐在主位上，皱着眉翻看面前桌上散乱的文件。

宋书进来前，整个会议室里只有他一个人。

宋书微微一停。

——好像过于积极了点，连他们投资部自己的组员还没来。

宋书沉默思考的当口儿，主位上的楚向彬半天没听见汇报之类的动静，他皱着眉抬起头，盯了来人两秒。

“你是谁？”语气不耐烦。

宋书一顿，面上挂起温和笑意：“楚组长，你好，我是法律合规部的秦情，未来一段时间会在您的小组内担任法律顾问及助理合规官的职务。”

楚向彬皱着眉，面上冷冰冰的，盯了她两秒后才开口：“你就是秦情？”

“就是”这词用得妙，宋书听了轻眯起眼，须臾后她笑了笑：“您认识我？”

“久仰大名。”楚向彬淡淡道，“有人让我对你‘多多关照’。”

宋书：“……”

她一时竟然分不出这是正话还是反话。

楚向彬没让两人之间多一些尴尬的对视，他很快低下头去，重新将注意力集中到手里的文件上，同时心不在焉地说道：“进了我的组，就是我组里的人。别人说什么我不管，你是怎么进来的我也不管——做得好留下，做不好滚蛋，懂吗？”

宋书微微一笑：“谢谢楚组长。”

“坐吧。”

“好的。”

片刻之后，团队里的其他人也陆续赶到了。宋书之后来的是成批赶到的，他们探头进来，看见楚向彬身边明显已经有别人的身影后，似乎不约而同地露出了放松的表情。

只不过看清楚是宋书后，几个人的神色又微妙起来。

宋书隐隐察觉到有什么不对劲，但是这会儿显然不是她能问问题的时候。

之后短短一分钟内，团队剩余所有人迅速到齐。

楚向彬在最后一人给会议室关门落锁后，将手里的文件夹一合。

咔嗒。

吸铁石自动扣紧。

而在这极其轻微的一声后，会议室里的所有声音消弭。

楚向彬毫无征兆地扭头，看向宋书：“第一次参加这种小组？”

宋书一怔，点头。

“新人啊，得多关照。”

楚向彬敲了敲桌面：“把投资项目的尽职调查，从调查目的、调查对象、调查内容和调查措施几方面，给大家分析一下吧。”

他一顿，微眯起眼：“要详细。”

楚向彬的话说完，宋书最先感觉到的是身旁其他团队成员不约而同投来的目光，而且那些目光里毫无意外的情绪——似乎对于楚向彬第一个提问宋书，每个人都早有预料。

再想想自己进会议室后大家都成批进来的事情，宋书心里隐约了然：这脾气古怪恃才傲物的楚副部长，多半是有什么在团队会议前例行拿第一个进门的小组成员“祭天”的习惯。

宋书想完这一切，才不慌不忙地开口：“尽职调查，通常是投资项目选择的第三步，旨在对经过前两轮的初步筛选所获得的项目进行详细调查，以确定所调查项目是否具有投资价值。”她说完，稍作停顿，看向楚向彬。

楚向彬头都没抬：“嗯，那调查对象包括哪些？”

宋书思索两秒：“对投资企业的实地考察，对管理团队的会见调查，对该企业业务伙伴、前任投资者、潜在客户、供应商、技术和行业专家、企业会计师和律师、竞争对手等的调查。”

楚向彬没给她放松的机会，在她一停住时立刻抛出第三个问题：“调查内容是什么？”

“调查内容包括企业发展背景、财务状况、经营状况、销售以及运营状况，还有发展前景等方面。”宋书一顿，主动补充新内容，“其中，财务状况、经营状况和发展前景是最重要的部分。”

宋书回答完这个问题后，会议室里不少投过来的目光里透出掩藏不住的惊讶。

显然没几个人想象到她能在毫无准备的情况下从容不迫甚至表现极佳地回答这些问题。

至少他们这些多数已经跟过楚向彬做项目的老员工之前第一次遭遇这样的压力提问的时候，恐怕没有哪个比她表现出色的。

连持平都难。

一时间，原本带些讥诮、嘲讽、幸灾乐祸的情绪而投过来的目光，多数变得谨慎和收敛起来。

宋书心里稍松——

能够借由这样一个会前环节，消除团队内多数人对自己的歧视和成见，绝对是一件利大于弊的事情。她可不想在日后的团队合作里处处受阻后再寻求破题之路。

至于由此而生的顾忌……本来也没人可以便宜占尽却不付出任何代价。

宋书定神，回眸看向楚向彬：“楚组长，我继续往下说？”

楚向彬脾气暴躁，容易为难人，但最不喜欢的事情之一就是浪费时间。看出宋书明显是做了万全准备才来的，他自然不会再在这方面折腾。

楚向彬点点头：“书背得不错，像个刚出学校的毛头学生。”

宋书：“……”

这张嘴果然就跟她听到的公司议论里的一样，“讨人喜欢”啊。

“算你及格，之后看你的表现。”

“好的，楚组长。”

楚向彬的注意力很快从宋书身上移开了，会议正式开始。

几十分钟内，宋书就清楚地认识到这位楚组长的办事效率和脾气。会议前半部分，以对投资项目的资料整合和汇报为主，这一部分是由投资发展部的团队成员一边展示PPT一边做的报告。在报告过程中，宋书就注意到会议室内的气氛随着楚向彬身周气压的变低有明显走低的趋势。

她暗自猜测这位霸王龙还能忍多久。

出乎意料，直到报告结束，这人坐在主位上，尽管表情不善，把那个做汇报的投资发展部团队成员吓得够呛，但总算是没有爆发。

他敲了敲会议室长桌的桌面，眉头紧锁："下一项。"

会议室里沉寂几秒后，有人小心翼翼地站起来，把手里准备好的一沓尽职调查计划书传给组内成员，然后拿着计划书快速宣读起来。

计划书传到楚向彬手里，他随便翻看两页扫了几眼，将计划书往桌上一拍。

"这是什么玩意，你告诉我！小学生作文吗？！秦情一个法律部的新人，来这里给我背投资部的流程书，你在投资部做了多久了，也来给我背书？！"

无辜被波及的宋书只装作没听见，眼观鼻，鼻观心。

楚向彬显然火气没灭掉："而且她背调查内容还知道分个重点内容，你呢，写出来的这是什么玩意？！老太太的裹脚布吗？详略不分、又臭又长的！你就靠这个去准备项目？你真不是勤锐派来的卧底？！"

勤锐资本是国内金融业界一家资历很老的大投行，除了Vio和它的前身秦氏能抗衡甚至在某些季度能力压勤锐外，业界很难有足够和勤锐匹敌的。它也是Vio改制至今最大的对手。

投资部那个员工看起来年纪不大，被扣上这么一顶大帽子，脸上青一阵白一阵的。

看到他的窘相，楚向彬没有再对着他一个人开炮，而是飞快掉转枪口，掉头看向方才上去做PPT展示的人："还有你，你那叫报告？你那叫催眠！他这个是老太太的裹脚布，你那个就是裹脚布又放了三十年！你拿到的那叫行业资料？里面的数据中有过期多久的信息你自己统计过没有？"

"……"

经过几次掉转枪口，团队成员内从投资发展部到财务部再到人事部和客户营运部，竟然无一人幸免。

倒是开头被刁难，后来反复被作为及格线无辜殃及的宋书逃过一劫。

到最后，会议室里未被训斥的人大概只剩办公部派来做会议记录的行政人员了。小姑娘看起来也像个新人，同样被吓得心惊胆战的。

会议室里只有宋书还算神色如常。公司里说得没错，这就是一个人形霸王龙、自走喷火机啊……

楚向彬大概也训累了，把几个部门犯的错误拎出来敲打一遍后，他吩咐道：“回去重新准备，明早会议之前我要看到新的、用脑子做出来的东西！就你们今天做出来的这些东西，投决委员会那一关都过不去，更别说往下走了！”

众人喏喏应下，没人敢接话或者反驳。

楚向彬冷冰冰地扫了他们一眼，站起身：“会议结束！”他转身绕过椅子往外走，迈出去两步后，恰巧停在宋书椅子靠背后面。“我的小组不是新人训练营，背书只能帮你及格一天。之后你和他们就是一个标准，不行就给我滚蛋！”

宋书神色一顿。

几秒后她淡淡一笑：“好的，我记住了，楚组长。”

楚向彬冷冷地扫了她一眼。

在他面前这么准备充分岿然不动，偏还不骄不躁并不急着显露锋芒的新人，他确实是第一次见。

这个秦情，似乎也并不是全如公司传闻里那样靠一张脸上位，其中或许有什么误会？

楚向彬没再多想，扭头往会议室门口走。他不离开，会议室里其他人没人敢动。

楚向彬铁青着脸走到门口，伸手霍然拉开门，刚准备走出去，却顿在原地。

几秒后，他脸色稍缓，眉头却皱起来。

“秦总？”

会议室里戛然一寂。

几秒后，众人目光齐刷刷地投过去。

长廊上，倚墙站着的男人直起身，淡定地从楚向彬身旁走过。

“我来接个人。”

第 15 章

—Y A O H E N—

酒局

楚向彬很快回过神，几乎是秦楼从他身旁走过的下一秒，他就转头看向会议室最里面。

那个在他面前一直淡定微笑的法律合规部的新入职员工，似乎也是刚听到某个声音，面露意外地抬起头。然而在看清秦楼的一瞬间，她的脸上浮起一种近似无奈和纵容的情绪。

楚向彬轻眯起眼。

但那情绪消散得很快，他几乎怀疑是错觉，等他再定睛看过去时，女人精致姣好的五官间只有乖顺的遵从意味。

“秦总。”

她和其他回过神的团队成员一起问了好。

此时，秦楼已经走到宋书身旁。

他停住身时犹豫了下。秦楼的本意是帮宋书拿上她面前的文件资料和电脑就牵着她离开，但是当着那些“观众”的面，这样做显然太过温柔和亲昵。

所以秦楼迟疑两秒，神色冷淡地开了口：“今晚我有个应酬，你接下来如果没有工作了那就跟我走吧。”

秦楼说完，宋书面露迟疑，微侧过身看向会议室门旁站着的楚向彬。

秦楼见状，原本还能控制着冷冷淡淡的表情的脸上，眉头立刻皱起来了。他难掩不悦，眼神也阴沉了两分。

“你看他做什么？”

某人的醋缸又打翻了，宋书心里无奈，面儿上有点委屈地低下头：“楚组长是组内的负责人，我只是想问他今晚是否有别的工作安排……”

秦楼闻言，眉头皱得更深。他抬起手腕看了看腕表：“下班时间早就过了，这个点还有什么工作安排？”秦楼的目光在他不动就没人敢离场的会议室内扫了一圈，“所以你们都还在这儿，是因为有什么人逼着你们加班了？这可不符合公司规定，说出去难道是我这个做总经理的剥削员工吗？”

秦楼的话只差硬撅撅地砸到楚向彬面前了。会议室里投资发展部那几个员工哆哆嗦嗦地扭头看向门边的霸王龙，生怕霸王龙一阵火来急了连他们秦总都要骂。

所幸楚向彬的脑袋里多多少少还是有些上下级意识的。所以尽管他脸色铁青，仍旧没有说什么话。

会议室里机灵的已经赶忙接过话头了：“秦总您误会了，我们是自愿开会，大家都是着急进度自愿聚起来开会的！”

“……是吗？”

秦楼转回头，低眼看向宋书。

不少人立刻倒抽了口冷气。

——楚向彬之前是怎么为难新人，对宋书冷嘲热讽的，他们还都记在脑子里呢，现在有秦楼撑腰，这新人小姑娘还不得狠狠地给楚向彬上上眼药？

万一秦总发了火……临时撤换项目负责人的事情又不是没发生过。

众人正提心吊胆的时候，就见法律合规部的新入职员工抬起头，粲然一笑：“秦总，我们都是自愿参会的。”

大约是这笑容太过明媚了，秦楼眼神阴郁又妒忌地瞥了楚向彬一眼。

他转回头来，似乎不肯放过这件事：“如果都是自愿的，那你刚刚下班怎么还要跟他申请？”

宋书一顿，笑道：“我是想问楚组长我有没有遗漏今天没有完成的工作任务。如果有的话，那在业余时间把白天没能完成的工作任务做完也是员工的职责。”

秦楼挑眉：“你倒是会替他辩解。”

“我只是实话实说。”宋书陪着秦楼演戏的耐心逐渐告罄，她趁其他人还没回过神，收拾好身前东西快速起身，“秦总不是还有应酬吗？我们该抓紧时间了。”

收到宋书的目光暗示，秦楼沉默两秒，终于不紧不慢地点了点头。

这家伙肯下台阶，宋书心里松了口气。她还真有点担心秦楼反被自己激出病态心理，非要把楚向彬踢出去。

她转身，脚步加快，想尽快离开这个是非之地。

经过门旁还没有走的楚向彬身前时，宋书抱着文件包和电脑包冲对方一颔首："楚组长，明天见。"

楚向彬不动声色地望着她。

宋书也没有多停留，快步出去了。

秦楼落后她两步。走到楚向彬面前时，秦楼半垂着眼，声音懒洋洋的，却带着点霜雪似的凉意："楚组长，在公司里就都是一家人，脾气还是收敛着些好，你说呢？"

楚向彬目光扫过秦楼。沉默两秒后，在众人提心吊胆的注视下，楚向彬最终还是慢慢点头："秦总说得对，我以后会注意。"

秦楼笑容一展，他拍拍楚向彬的肩膀："我听说吕云开很好看你，你确实不错。"

最后一个眼神藏在背光的荫翳里，说完这句似乎有点莫名其妙的话后，秦楼垂手离开了。

几分钟后。

Vio资本，23层。

走出电梯间，脱离监控区域后，宋书停住，无奈地回眸："以你的立场教训楚向彬，是不是不太合适？"

"我是他上司的上司，他是我下属的下属，我教训他有什么不合适？"

秦楼走上来，也未在意两人还没有进到防护门内，单手把宋书一扣压到墙壁上的紫色软包上。

他阴郁着眉眼："你从楼下会议室里就在替他说话，这就算了，到我面前还为他开脱？"

"我没有为他开脱。"宋书眨了眨眼，平静地指出，"我是说你们两个明明都是一样的臭脾气，你凭什么教育他在公司要待员工如家人？上行下效，你自己的坏习惯那么突出，还想管下属的下属的脾气？"

秦楼不赞同：“我做到了，然后才要求他的。”

“……做到什么？”

“待员工如家人——对其他所有人我都是这个脾气，一视同仁。”

宋书：“……”

这话竟然太有道理，让她完全没有可以反驳的余地。

想到今晚还有一堆人工智能领域的材料要恶补，宋书拒绝了秦楼要她留下陪陪自己的要求，一向灵验的撒娇耍赖此刻也失灵了。

电梯门打开了，宋书走进电梯，电梯门在秦楼面前缓缓合上。

看着数字变成“1”，秦楼这才收回目光。

23层如此空旷。

没人在的时候实在清寂得不得了。

第二天从早上开始，又是一上午的会议。宋书昨天晚上实打实地恶补了半晚上，早起以后黑眼圈都有了，用遮瑕膏才勉强盖上。

一上午高强度的会议后，AI项目投资小组的成员们几乎都要趴下了。

宋书靠学生时代培养起来的顽强意志撑住了，临近中午仍在孜孜不倦地记录和提出问题。

楚向彬丝毫没有因为头一天晚上秦楼那明里暗里的警告而降低对宋书的要求，只不过让他更加意外的是，宋书对AI项目的相关领域显然也做了投资方面的深入研究，他提出的几个刻意为难的问题都没有把宋书问住。

至此，楚向彬才终于承认了这位空降进组的“特殊人员”作为组内成员的身份，而不再刻意刁难宋书了。

上午结束，AI项目投资小组的成员在楚向彬的要求下，手拉手肩并肩地去了员工食堂。

美其名曰“培养团队默契”。

在这一点上宋书倒是很想告诉他：事实上长期相处后，培养出隔阂、怨念的可能性比培养出默契的可能性大多了。

不过显然，她现在顶多算是争取到了生存权，在组里还没有什么发言权。

所以她只能跟着去了。

各人打好各自的饭，全组坐到了同一张桌上，楚向彬也不例外。

宋书回来得晚了些，不巧空位只剩下两个——

楚向彬左边的，楚向彬右边的。

宋书无可选择，在离自己最近的那个空位上坐下了。

有楚霸王龙在，桌上安静得诡异。

在宋书思考着是不是该有个人出来喊一声“大家开动吧”的口号时，就听见身旁楚向彬开口了：“我刚收到企业那边的消息，他们董事长今晚安排了一场酒局。会见高层的尽调就在酒局上做。其余部分你们分好工，下午把新的尽调计划书再拿给我看。”

组内众人纷纷应声。

然后楚向彬抬了抬眼。

“你，今晚跟我去酒局。”

桌上沉默几秒，宋书缓缓抬头：“……我？”

楚向彬：“嗯。”

诡异的目光聚焦到宋书的身上。

半晌没有听到回应，楚向彬抬了抬头：“有问题？”

宋书脸上堆起笑容：“我回国不久，还没有参加过这样的酒局，我担心自己会坏了楚组长的计划。”

“那就只带着眼睛和耳朵去，少说少做。”楚向彬轻松切断了她的后路。

宋书眼神微闪了下，几秒后她点头：“既然楚组长这样说，那我一定尽力配合好您的工作。”

沉默两秒，楚向彬勾起嘴角，带着点轻嘲。

宋书握着筷子的手一停，预感这人狗嘴里吐不出象牙来。

果然下一秒，就听楚向彬说话了：“说是刚回国，但客套话和拍马屁哪样技能都不算差，用起来得心应手的……”

“……”

宋书保持微笑。

楚向彬的工作能力她还没有了解太多，但既然这么一个得罪人的性格还能在职场吃得开，那恐怕他的工作能力真的是杰出到万里挑一了。

毕竟是吕云开的心腹嘛……

宋书的眼神很快平淡如水。楚向彬的“挑衅技能”扔出去没有获得任何仇恨值，自己也觉着无趣，他吃了几口饭便上楼继续工作去了。

桌旁组内成员们都松了口气，终于不必再食不知味地往嘴里塞食物了。

片刻安静之后就有人开始低声谈论，互相找着聊天的话题。坐在宋书身旁的同事犹豫了下，主动开口：“你好，我是投资发展部的袁怡欣。”

宋书听见她自报家门，眼睛微亮起来，笑容明媚地回头：“你好。法律部，秦情。”

“嗯，我知道你。”说完以后袁怡欣似乎觉着这话有失妥当，又连忙转移话题，“你胆子真大，在楚部面前都敢那样说话办事。”

宋书眨了下眼：“这就是普通工作，我好像也没做什么。”

“刚到楚部面前就能保持普通工作状态已经很厉害了，多数人都做不到。我记得我第一次进他的小组，吓得一晚上梦里都是挨训。”袁怡欣一顿，苦笑，“不然他也不会有‘霸王龙’的外号了，对吧？”

听对方愿意谈楚向彬，宋书自然求之不得。

她尽量不着痕迹地顺着话题谈下去，想得到更多的信息。

“楚组长这样的年纪和脾性，在职场上确实不多见。”

“因为他完全靠自己，能力很出众嘛。”袁怡欣毫不犹豫地说道，“他可是我们投资部的王牌首席，但凡他肯出手的项目，基本上都是十拿九稳的了。早年他做的两个项目至今还在公司的荣誉榜上呢，而且……”

听对方停住，宋书抬眼，故作好奇地问：“而且什么？”

袁怡欣犹豫了下，还是忍不住为楚向彬辩解两句：“而且楚部除了工作上严厉了些以外，私下里还是非常……有原则、守规矩的。所以，秦情你对今晚的酒局不用担心太多，楚部应该是真的觉得需要你在场才叫你去的。”

原来落脚点在这里。

宋书轻眨了下眼，莞尔道：“当然，你放心吧。”

两人的交谈没有继续下去。

袁怡欣不知道的是，在宋书心里铺开的巨大而复杂的关系网里，她的位置已经被圈起来，而且旁边被标上了重点：对楚向彬有强烈好感，可以作为入手点。

又是一下午让人焦头烂额的繁忙，下午5点半，今天的最后一场会议终于结束。

宋书进入公司以来，第一次有几乎灵魂出窍的虚脱感。

然而更悲惨的是，在一堆揉着僵硬的脖子、腰、腿的同事中间，楚向彬收拾好最后一份文件，皱着眉起身走到宋书身边。

他垂手敲了敲桌面："该走了，司机已经在停车场等了。你5分钟内下楼。"

经历了这样一两天生死与共、没有硝烟的战役，在宋书不拖后腿甚至能帮一下组里其他人的情况下，组员们对她的态度有了明显的好转。

比如此时，大家内心幸灾乐祸，但投过来的目光里充满了同情和望君珍重的意味。

宋书心里叹气，但不敢磨蹭，收拾好东西就快速回楼下法律合规部准备离开了。

时间过去了四分零五十一秒的时候，宋书准时站到楚向彬的座驾前。

黑色轿车车身锃亮，在停车场冷色系的灯光下流淌着水色一样的反光。

车门打开，楚向彬不知道什么时候换了一套熨帖的西装，坐在后排的真皮座椅上。

听见开门的动静，他扭头看了一眼车外。

停顿两秒，楚向彬眉梢一挑——这个表情带着些嘲弄的味道。

"还有六秒钟就迟到了，你每次都对自己这么不留余地吗？"

宋书保持微笑，上车："如果有余地，那我会尽可能给自己留余地的。"

楚向彬也没说什么。收回目光前他补充了句："待会儿下车就有企业高层来接，你在车上补补妆。"

宋书一顿。

这一次她终于有些无法忍受了。

长发和黑框眼镜下，女人艳红的唇勾起来，笑容相比在公司时的收敛多了两分恣意和凉薄。

她转过头："楚组长在酒桌上谈工作的时候，还需要女同事或者女下属的脸来做背景板是吗？"

楚向彬一顿，皱眉转头。

连开车的司机都讶异地从后视镜里看了宋书一眼。

宋书笑容不变。她不退不避地迎上楚向彬的目光，柔软温婉的眼神下，撕破了华美锦缎的闪着冰冷弧光的锋芒终于露出一点来。

楚向彬和她对视，车内死寂。

几秒后，楚向彬主动移开目光："随便你。"

楚向彬能这样已经是难得了，宋书没有得寸进尺："谢谢楚组长理解。之后的项目工作里，我会认真向您学习的。"

楚向彬闻言一顿："……你是准备一直跟着我？"

"楚组长是投资发展部极为优秀的王牌首席，能一直跟您合作项目，我当然求之不得。"

楚向彬皱眉："你原本在国外不是做助理合规官的吗？投资部不是最适合你的去处，你为什么要留在这边？"

宋书停顿了下，莞尔道："这也是没办法的事情。Vio的工作重心，这些年似乎一直在走背离投行行业的路线，越来越多地转向风投方面。这样一来，投资发展部自然是公司的高处，我想向这个分支靠拢，也无可厚非吧？"

"你倒是诚实。"楚向彬眉头微松开，"从秦氏改制到Vio以后，这些年在公司理财和基金管理方面，工作比例确实一直在减少。"

楚向彬停顿了下，不知道想到了什么，他哧地笑了声："Jerry乔之前还三天两头地跑22层诉苦，现在都放弃了吧？"

"……"

乔Jerry是秦楼的财务总监，和另外两位副总一样，手底下管着三个大部门，里面的主力恰好就是靠公司理财、基金管理这方面的工作吃饭的。秦楼削减这方面的工作比例，对方叫苦也是正常的事情。

宋书眼神微动："但是我不太明白，企业上市或者一些大的兼并重组项目才是国内投行业务的大势所趋，Vio高层为什么背道而驰？"

"这一点，不该去问你的秦总吗？"

宋书茫然。

"怎么，你不知道这项主张是当年他接手公司以后力排众议、坚持推行的吗？”

宋书半晌才回过神来，摇头：“我从来没有听秦总说过这件事。”

楚向彬想了想，点头：“也对，这件事是公司里的禁忌，基本上没人敢提。万一在这件事上惹秦总发火，卷铺盖走人是最好的下场了。”

“禁忌？”

“嗯。”

楚向彬转过头，看了宋书一眼。

“你刚回国，才进公司不久，对公司的前身了解得大概不多吧？”

宋书眼神一晃，低头。

“嗯，是不多。”

楚向彬沉默两秒。

“当年那起白颂案，你听说过吗？”

宋书身形僵住。

短暂的失神后，宋书迅速调整回正常状态。

她将垂下的碎发拢至耳后，点了点头：“听说过。那起案件的涉案金额数目之巨、受害者牵连之广，无论从哪方面来说都应当算是近十年来的金融大案了。”

“金融大案，呵。”楚向彬嘲弄地笑了声。

宋书有些意外：“楚组长似乎不赞同？”

“涉案金额庞大，数个大投资方和秦氏闹得险些恩断义绝，秦氏信誉大打折扣——只一个案子就能做到这样的程度，对于它是个金融大案的说法，我怎么会不赞同？”

“那楚组长是……”

“你既然是法律专业的高才生，又对国内案例多有研究，那这个案子的结果你是知道的。”

宋书目光轻晃了下。

须臾后，她抬眼，淡淡一笑：“秦氏总经理白颂面临洗钱、股权欺诈等数项刑事指控，开庭前……畏罪自杀。她死前留下自白书，坦承并独力承担下所有罪责，唯独钱款下落不明，无法追查……”

"哈哈哈……"

楚向彬像是听到了什么好笑的笑话，头一次在宋书面前笑得这样明显。

但那笑声里是带着点冷意的。

宋书装作不察："楚组长笑什么？"

楚向彬说："我笑什么？我笑什么你不知道？那可不是一笔小数目的钱款，如果真是白颂亲自经手的，那怎么会人间蒸发，不留下半点痕迹？"

宋书露出疑惑的表情。

楚向彬又说："更何况，白颂是什么人？当年她在秦氏的功业比谁不是绰绰有余？秦氏原本就有她父辈留给她的10%的股权，单吃红利也够她一辈子衣食无忧，那时候掌权的秦老先生又明显有意联姻，将秦氏托付给她，她是撞到墙撞坏了脑子才去做这种弊远大于利的事情！"

楚向彬越说越激愤，宋书心底的疑惑却一层层笼罩上来。

如果吕云开真的是当年栽赃举证白颂的人，那他的心腹怎么会有这样一番愤慨言辞？难道二人貌合神离？可公司内丝毫没有这方面的传言。

如果吕云开不是，那楚向彬又为什么会对这起案件如此敏感，甚至似乎知道一些内情？

宋书思虑之后，还是迈出试探性的一步。她装作无意且好奇的模样，转头看向楚向彬："楚组长的意思是，这件案子另有隐情？"

"……不知道。"楚向彬笑容一收，"没人知道，也没人敢知道。"

宋书瞳孔轻缩。

须臾后，她轻笑："原来这世上还有楚组长不敢的事情。"

楚向彬冷冷地扫了她一眼："少用激将法。今天我跟你说这些已经是多说了——你不是奇怪为什么Vio背离行业市场的发展方向吗？白颂案就是原因。"

宋书一怔。

楚向彬扭过头去："秦总不知道是不是怕了，这件事发生后，白颂成了全公司上下谁也不敢提的名字，当年那件事更是成了禁忌。"

"……"

"而且打那之后，所有和那起案件相关联的融资、兼并重组、基金管理之类的项目，在秦总那里都受到了前所未有的打压。就像吕总说的，秦楼宁可抛弃自己在金融资本市场上天生敏锐得鬼一样的数字敏感度和判断力，从根儿上断绝再创神话的可能，也要逼着Vio一步步偏离投行常态，重心旁落到风投。”

楚向彬说完，目光往旁边一扫。

然后他愣了下。

“你怎么这么个表情？”

宋书蓦地回过神，笑着抬头。

“楚组长，我没什么表情啊。”

楚向彬皱眉：“你刚刚分明就是一副……算了。”

楚向彬别扭地转开脸。

望着车窗外飞速掠过去的景物，他不自觉地紧皱着眉。

是错觉吗？

可是他明明觉得自己就是看到了，方才回过头的一瞬间，那副土里土气地遮了女人半张脸的黑框眼镜后，那双茶色的瞳孔里明明浮起了那么难过的情绪。

像是积聚了雨的云，却只是隐忍着不曾表露。

有那么一瞬间，楚向彬觉得自己好像有点明白秦楼看上这个新人哪一点了。

不过秦楼如果在的话，大概会告诉他：你明白个屁。

他喜欢小蚌壳，从来不是只喜欢她哪一点的。

公司里的轿车最终把宋书和楚向彬送到Q市市区的一家高档餐厅外。

餐厅楼下的门廊里，企业负责人面带和善的笑容，看起来已经等候多时了。

下车前，楚向彬似乎想起什么来，转头看向宋书：“你酒量怎么样？”

宋书顿了下，难得地实话实说：“没喝过。”

楚向彬似乎是被噎了下，不可置信地上下扫了她一遍。

楚向彬皱起眉：“怎么不早说？”

“楚组长，我们是来做尽调的，中介机构也在，应该不会……”

“怎么就不会了？”

宋书沉默。

楚向彬冷冷地看了她一眼：“没喝过那就当第一次试试吧。反正以后无论在公司哪个小组里，碰到这种事情都是你们顶上的。”

宋书无奈：“Vio有拿女职员顶上去挡酒的传统吗？”

“怎么，觉着自己被职场性别歧视了？你接下来准备给我讲讲公司法里反歧视之类的条例了？”

宋书不想搭理这条开启喷火模式的霸王龙，她露出温婉的笑：“当然不是，我会尽力的。”

楚向彬瞥了她一眼，转身下车。

两方相遇，自然免不了一番寒暄，明明并不相识，偏偏要装出世交好友的模样。

看着那个只差拉着楚向彬去拜把子的企业负责人，宋书暗自叹了口气。

本来以为AI这种近些年发展起来的新兴项目企业，负责人会是年轻些的、搞技术的，那样就会纯粹一些。现在看来还是她太想当然——会拉着融资方到酒局上去玩资本的，终归都是这些企业里的老油条。

事实也证明了宋书的猜想。

历史沿革和股东情况介绍完，一轮酒敬上来；重大股权变动和重大重组情况了解过，又一轮酒上来；公司组织结构和制度章程捋了遍，还是一轮酒……

话在酒里，全在酒里。

直到中间一个牵涉到企业三会设立的敏感问题，负责人似乎缺少准备，临时找了个理由去了洗手间。

宋书喝得面色酡红，见酒桌旁近处只剩自己和楚向彬，忍着晕劲儿压低声音问：“楚组长，还要多久？”

楚向彬斜眼看她：“这就扛不住了？”

“……”

以宋书这般不挂心的脾性，这会儿被酒精刺激得都有端起酒泼这人一脸的冲动。

所幸她理智还在。她忍了忍，半是玩笑半是无奈道：“原来做新兴技术的公司也这样啊。”

“你可别把他们当刚出校门的毛头小子，真正的技术口他们才不会带到这种酒桌上呢。”楚向彬瞥了她一眼，难得良心发现有了一点点心虚，然后他移开眼，“而且他们这些都是至少经历过种子轮和天使轮投资厮杀的企业了，专门派出来的负责人一般油滑得很。今天我在场，不会有问题。以后再遇到这种情况，万一酒灌多了，在什么细则上被他们带进沟里，你可别怪我没教过你。”

宋书从开头就听出楚向彬的刻意提点，此时心里更是起伏了下。

虽然霸王龙脾气暴躁还自带随时随地自喷火功能，但在提携后辈上倒是并没有刻意保留。

总算是还有点人性吧……

楚向彬和对方在企业三会的问题上缠磨了一段时间，又经历过无数轮敬酒后，尽调终于进行到最后一环的同行竞争上。

“人工智能领域分支众多，但论起独占鳌头的，应该还是潇凯科技公司了。”那位负责人说到这里停顿了下，转头看向楚向彬，“楚总，我记得它的创始人，好像当年就是从秦氏走出去的啊。”

桌上交杯换盏的声音停住。

宋书低垂着眼，神色间无波无澜。

邓潇凯，秦氏集团在白颂之前的那任总经理。后来在秦氏遇到难关时，也是他最早直接转让股权，离开公司另立门户。

但资本市场上熙熙攘攘皆为利往，这确实也无可厚非，更何况他大概原本就因为降职而对秦梁怀有一点愤懑不满之心。

宋书知道，楚向彬自然也不可能没听说过。

他神色间不见变化：“名字有点熟悉，好像确实是秦氏以前的员工，不过如今秦氏不复，Vio早就经由秦楼秦总改制转型了，再翻那些旧账就没意义了。”

“楚总说得是。”

“那我们继续聊聊其余同业竞争的情况？”

“没问题……”

晚上11点，餐厅楼下。

楚向彬不耐烦地看向腕表，再放下时忍不住开口问：“后勤还没来？”

司机苦笑：“楚部长，都这个时间了，能联系上人事部的人已经不错了。”

“……”

“您要是实在不想等，我们直接把秦小姐送回她的住处就是了。”

楚向彬冷笑了声："夜深人静，孤男寡女，你是想让我明天就被秦总炒鱿鱼？"

司机乐了："那不至于吧。"

"不至于？"

楚向彬想起头天晚上在会议室门口，秦楼几次看向自己的目光里那近乎狰狞的冷意。

他哧地笑了声，移开视线。

"吕总说得没错，咱们这位秦总，年纪轻轻，可比老油条们吓人多了。"

司机没敢接这一句。

又过了两三分钟，司机抬头看见不远处开过来的车，眼睛一亮。

"楚部长，公司人事部的车来了。"

楚向彬犹豫了下："你去招呼，我把醉鬼叫醒。"

"好的。"

司机下车。楚向彬则拉开后座的车门，微弓下腰，单手撑着车门，皱眉看着里面盖着件西装外套借着酒意睡得香沉的女人。

"秦情。"

"……"

"秦情？"

"……"

"秦情！"

熟睡的女人终于察觉什么，慢慢动了动。

楚向彬刚准备再接再厉把人拎起来，就听身旁传来个讥诮的女声："你是想叫得全停车场都听见？"

楚向彬皱眉回头，两秒后他看向来人身旁的司机："让你叫人事部来个女后勤，你把他们部长叫来干吗？"

司机尴尬地解释："我也不知道来的是栾部长。"

"这会儿没人。"栾巧倾没好气地翻了个白眼，"你真当我们人事部做后勤的都是夜猫子呢，一天二十四小时待命？"

"你知道里面躺着的是谁吧？"

“废话！现在公司里还有不认识她的人？”

栾巧倾和楚向彬脾气不对路不是一天两天了，此时不在公司里，也没什么认识的人，就更不用给彼此留情面了。

楚向彬嘲笑：“也对，你俩毕竟都是抱着一条大腿的。”

栾巧倾立刻露出厌恶的表情：“我和她可不一样。”

“唔，单论工作能力，她确实强得不像个关系户——在这一点上你俩确实不一样。”

栾巧倾差点咬碎了牙：“你们到底叫人来干吗？陪你聊天啊？”

楚向彬不确定地问：“你能送人？”

“我为什么不能？”

楚向彬看了车内一眼。

全公司上下没有一个不知道法律合规部的新人秦情和人事部的部长栾巧倾极度不和，他自然也听说过不少流言蜚语。

楚向彬不放心地转回头：“你不会路上把她扔到荒郊野外吧？”

栾巧倾磨了磨牙：“要不你自己送？”

楚向彬权衡三秒，把车门拉到最大——

“请。”

栾巧倾皱眉上前。

她弯下腰从车里把半睡半醒的女人扶起来，然后嫌弃地拖出车。

她一边拖一边刻薄着楚向彬：“不管她是凭什么关系进来的，把小组里的女同事灌成这样，自己一点事都没有，楚部长，你的下限我见识了。”

楚向彬脸一黑。

“这跟我没关系，她自己酒量差得要死。我喝得比她还多，就没见过这样给人当下属的。”

“信你个鬼。”

“……你爱信不信！”

楚向彬差点气得岔气，嫌弃地摆手：“走走走，赶紧走！”

栾巧倾好不容易才在楚向彬司机的帮助下，把秦情塞进自己开来的轿车的后排。

等对方确认无误离开后，栾巧倾皱着眉，把侧躺在车里的女人打量了一番。

因为怕醉酒状态的秦情磕着摔着再伤到眼睛，黑框眼镜已经被摘掉收起来了。秦情长发散落下来，柔软的头发间露出一张精致漂亮的巴掌脸。

几乎没化什么妆，眉眼鼻唇却漂亮得挑不出瑕疵。

姐姐如果活着，长到现在，大概也是这副模样吧。

因为没见过秦情的二十几岁，所以越看这个人越像……难怪秦楼会栽在她身上。

栾巧倾叹了口气，弯下腰，把车后的薄毯盖在秦情的身上。

动作稍大了些，睡着的人睁开蒙眬的眼。

栾巧倾一顿，板起脸："我是因为你长得像我姐才忍不住……"

"巧巧……"

栾巧倾的手陡然僵在半空中。

第 16 章

—Y A O H E N—

生疑

栾巧倾受惊过度，猛地直起身，后脑勺狠狠地撞在轿车顶上，她吃痛地捂着脑袋退出来。

不知道是撞得狠了还是被那声“巧巧”叫蒙了，栾巧倾只觉得此刻自己脑子嗡嗡地响，像是有几百只蜜蜂在绕着她飞。她伸手掐了一下自己的手背。

疼，不是在做梦。

喝醉的是里面躺着的那个，不是她，所以应该也不是错觉或者幻听。

那就是说，里面那个长得像宋书的人，真的喊了她一声“巧巧”。

栾巧倾咽了口唾沫。一个不可思议的想法在这一瞬间从她脑海里掠过，明明理智告诉她不可能，但那个想法就是无法驱散，开始在她的脑海里盘桓。

秦情她……

栾巧倾慢慢走上前，重新弓下腰，她觉得或许应该趁面前的女人意识不清醒的时候做点什么，哪怕只是让自己清醒地反应过来刚才的那个想法有多离谱也行。

可惜栾巧倾的手刚要伸过去，就被旁边突然伸过来的一只手猛地拉住了。

栾巧倾一顿，懊恼地回头：“谁——”她话声一噎，“哥？”

秦楼站在她身旁，气息有些急促，上身只穿着一件单薄的衬衫，胸膛随着呼吸微微起伏。

他皱着眉，平缓了呼吸才望向车里。

“秦情在里面？”

栾巧倾表情复杂：“对，但是……”

她话未说完，秦楼把她拉到旁边，自己躬身把里面熟睡着的宋书抱了出来。

被抱出来的已经睡过去的人安安静静的，没一点挣扎，就那样温顺又乖巧地靠在秦楼怀里。巴掌大的脸从柔软的长发间露出来，睫毛轻轻地搭在眼睑上，安静又漂亮。

比起平常在公司里看到的总是挂着温婉笑容让栾巧倾觉着假得像戴着面具一样的那个女人，此刻的秦情让栾巧倾觉得那么熟悉。

回过神，栾巧倾用力地摇了摇头——

自己一定是疯了！当初自己是亲眼看着宋书被摘下呼吸机，看着医生宣读死亡时间，甚至看着那个人被送进火葬场……

秦情怎么可能是那个人？！

秦楼着宋书直起身的时候，看到的就是栾巧倾那一脸怀疑人生茫然又错乱的表情。

栾巧倾心里有什么情绪和念头是藏不住的，会全写在脸上。

秦楼皱了皱眉，心里隐隐有点不安地看了自己怀里熟睡的宋书一眼：小蚌壳还是第一次喝醉，不会有什么说梦话的习惯吧？

"我来送她就好了，你回去吧。"秦楼想了想，还是决定等明天宋书清醒了再说，他抱起宋书准备走。

栾巧倾没过脑子，张口说："我和你一起……"

"一起什么？"

秦楼停住脚，转回头眼神阴郁地看她。

栾巧倾一噎。

送一个人，还是个只有50公斤上下的女人，怎么说也不需要秦楼和她两个人——连个跟上去的理由都没有。

趁这工夫，秦楼已经皱着眉重新迈开步走了。

只剩尾音留在身后："你通知楚向彬，让他明天上午去我办公室一趟！"

"……哦。"

听出秦楼语气里的山雨欲来之势，栾巧倾没敢反驳，而且今晚的事情确实搅得她意识不清。看着那两个身影走远，栾巧倾在原地站了许久，最后还是皱着眉转身上车了。

坐在驾驶座上，栾巧倾没有急着发动汽车，而是在沉思很久后，鬼使神差地拿出手机，拨通一个号码。

几十秒后，电话接通："栾部长？"

"我让你查人查得怎么样了？"

"这个……还在查，有点困难，因为这个秦情从小是在国外长大的，能够查到的她小时候的影像资料都非常非常模糊，很难比对是否整过容……"

"那就查一个具体的时间点，告诉我她那时候在哪个国家，哪个城市，在做什么。"

"哦？栾部长想查什么具体的时间点？"

栾巧倾闭了闭眼，脸上露出一点没有忍住的痛苦："2010年，8月。我想知道她那个时间在哪里，在做什么。"

"好的，我尽快去查。"

"嗯，我等你消息。"

挂断电话后，栾巧倾揉了揉脸："别想那么多。"

她低声自言自语完，红着眼圈发动汽车，开了出去。

与此同时，停车场的另一侧。

秦楼把宋书放上副驾驶座，然后给她调好座椅靠背，又系上安全带。

做完这一系列动作后，秦楼微停住身，撑着真皮座椅的靠背，俯在宋书安静睡颜的上方。

他微微低垂下眼，低声问："你是不是闯祸了，小蚌壳？"

熟睡的人自然回答不了他。

秦楼皱着眉思索片刻，眉头松开了些："不过她从小脑子就不灵光，就算说错了什么话，总能找个借口蒙过去吧？"

这样想完，秦楼起身坐回到驾驶座，阴沉着脸发动轿车。把他家小蚌壳灌成这样，楚向彬明天完蛋了。

秦楼对宋书的住址一直很清楚，甚至连这是余起笙为她安排的住所都知道——这也是让秦楼最为不爽的一点。

宋书住的公寓，秦楼这次是第一次来。

这片公寓是Q市L区地段最好的高档公寓，装潢也非常大气。室内是大平层，和秦楼在Vio23层的住处相比，只是面积稍小了些。

室内除了承重柱外没有隔断的围墙，而是以书架和展示架作为空间隔断。

进门以后，秦楼抱着宋书，把她放在玄关的矮凳上。

他自己则蹲下身，帮她脱掉脚上的鞋子，换上拖鞋。

然后秦楼将宋书重新抱起来，送到离玄关很近的沙发上。

被这样上车下车上楼下楼进屋地折腾了几回，再深的醉意和睡意也被晃散掉大半。

不知过了多久，宋书慢慢从沉睡中醒来，头晕着，不知道自己这会儿身在何处，刚动了动腿，她就感觉到无法移动的艰难。

宋书低下头去——

沙发旁亮起来的落地灯的光线下，那个男人就坐在沙发下的地毯上，合眼睡着了。

宋书醒来的动作将秦楼惊醒了，两人一个低头一个抬头，茫然地对视几秒，才各自艰难地找回神志。

宋书环顾四周：“你和我怎么……在这儿？我记得……你不是今天下午要到C市出差去的吗？”

“晚上从C市赶回来，刚下飞机就听说楚向彬带你赴酒局了。”秦楼开口，声音倦懒沙哑，他伸手拽松领带，皱着的眉里透出点戾气，“我好不容易才赶到，还差点被人截了和。”

宋书开始艰难地捋自己残存的醉酒后的意识：“那楚组长已经回去了？”

“嗯。”秦楼起身，中间想起什么，皱着眉沉着声，“不许提他！以后不准跟别的男人单独出去喝酒——明明不会喝，再醉成这样被别的男人占了便宜怎么办？你是想被我做成酒酿蚌壳吗？”

宋书在“酒酿蚌壳”这个词上噎了一下。

或许是酒精作祟，叫人总是很难控制情绪，几秒后她就不禁抬手，微遮住眼轻声笑了起来。

“……笑什么？”秦楼抬起头，就见她勾着艳红的唇角，脸颊也泛着粉色。

秦楼微抬起头，皱眉忍着郁积了一晚上的嫉妒：“不许笑了，小蚌壳。”

宋书慢慢停住，但仍遮着眼，不肯放下手：“那你不要这样喊我了。”

秦楼皱眉："为什么？"

"再这样下去，我真要以为自己是什么贝壳类的生物了……"宋书垂下手，起身打开沙发前大理石桌的柜子，从里面拿出一只盒子。

然后她把盒子打开，里面是许多串样式不同的小贝壳手链。

宋书微仰起头，脸颊因酒意而变得酡红，她木着脸把盒子塞给愣住的秦楼。

"你看，之前我每去一个城市，看到这种手链就……总是忍不住买回来……"

秦楼怔怔地接过。

拿着那个盒子僵了几十秒后，他微垂下眼，哑声笑起来："其实你还没醒酒呢，对吧，小蚌壳？"

否则，她藏得那么好，就好像这些年从来没想过他没受过伤一样，怎么会把这样的东西给他看呢？

他的小蚌壳真可爱啊，醉了都要像清醒着一样。

"……胡说。"

宋书轻轻地反驳了他一句，然后她微微弓腰，趴到自己的膝盖上，伸手拨着盒子里的小贝壳们。

玩了一会儿，宋书勾起唇角，轻仰起头："好看不好看？"

"它们都没你好看。"

"……是吗？"宋书严肃地皱起眉，问完之后她抱住盒子认真研究起来，"可是我看它们挺好看的。"

"没你好看。"

宋书认真想了想："那我的蚌壳是什么颜色的？"

秦楼一怔。

宋书苦恼地说："我看不到我自己的蚌壳。"

秦楼再也忍不住，低声笑起来。

宋书皱起细细的眉："你笑什么？我的蚌壳颜色很丑吗？"

秦楼哑着声笑道："你的蚌壳颜色最漂亮了。"

宋书眼睛亮了起来，但是还要努力板着脸，装作没那么在意的模样。

"是……是什么颜色的？"

秦楼看了她几秒后，嘴角一挑："浅橙色的。"

宋书蒙了两秒："浅橙色？"

"嗯，还是透着一点点白色珠光的浅橙色。"

"……"

"蚌壳里面坐着一个小姑娘，穿着白色的裙子，手里总是拿着一只六阶魔方……我每次梦里都会见到她，她躲在蚌壳里面不肯出来找我，也不肯见我，不管我怎么喊她，她都不理我……我等了她好多年啊，小蚌壳，她终于肯出来见我了。"

第二天，周六早上。

不必去公司，也不用开会，在累了一周后这原本应该是最幸福的时间，然而宋书此刻躺在自己公寓的大床上，表情空白，眼神空荡。

——她现在脑袋里塞满的似乎是昨天晚上发生的事情的片段，谁能告诉她，到底是谁冒用了她的身体?

不然，她怎么可能问得出"我的蚌壳是什么颜色的"这种话?

"啊——"

回忆随着思绪重新播放，宋书内心近乎崩溃地掀起被子把自己盖住。

为什么她就没有酒后断片儿这项技能呢?

"醒了？"一阵脚步声从公寓平层的另一侧传来。秦楼趿着浅灰色的拖鞋，绕过大床前侧作为隔断的书架，走上三级木质台阶，然后站到床边。

宋书木然地慢吞吞地拉下被子，露出半张没情绪的脸。

秦楼只穿着一件系带的浴袍，正用毛巾擦着湿漉漉的头发，微垂着眼似笑非笑地看她。

宋书艰难地找回声音："你怎么还在我家？"

"昨晚把你扛回来累得我够呛，现在用完就想把我赶出去，你会不会太绝情了？"秦楼停在床头，微微俯下身来。

宋书挪开眼："我家里没有男式的换洗衣服。"

秦楼直起身："没关系，我让助理来送了。"

"什么？！"

秦楼停了两秒，低笑了声："原来你也会有这种不淡定的时候啊，小蚌壳？"

短短三个字再次勾起昨晚的不堪回忆，宋书尽管努力忍住了，但还是慢慢红了脸。

她艰难地绷住声音：“你让助理来，会不会不太好？”

“哪里不好？”

“容易……引起误会。”

“诚如他们所见，没有误会。”

宋书放弃在此时沟通——这会儿天时地利人和都不在她这里，她需要洗把脸清醒一下顺便换换“战场”。

玄关旁的洗手间和浴室是平层内唯一单独修砌了隔断的房间。

宋书正在洗手间里用冷水洗脸，试图让自己在最短的时间内清醒过来，就听见外面传来门铃声。

宋书犹豫了两秒。

就是这两秒，让她丧失了争夺话语主动权的机会——

“秦总，您要的东西。”安行云淡定的声音从门外传来，听得宋书表情一滞。

一阵窸窣声后，秦楼接过，放到玄关：“安助理辛苦了。”

“身为助理，只是分内的事情。”安行云停顿后，问，“这里是秦总您的新住处吗？”

洗手间里的宋书连忙转身，想跑到门口向秦楼示意不要乱说话。

然而她还未至中途，洗手间的磨砂玻璃门外已经传来秦楼愉悦的笑声：“不是啊。这是秦情的住处。”

空气里弥漫着长久的死寂。

十几秒后，安行云的声音才重新响起，听起来和平常无异，只是多了两分难以察觉的艰涩：“原来如此。是我冒昧了，抱歉，秦总。”

“不用抱歉，就算你不问我也会说的。”

安行云顿了下，低头：“那秦总和……秦小姐，继续忙，我先走了。”

“嗯。”

砰，房门关上。

秦楼愉悦地转身，经过洗手间，就见磨砂玻璃门不知道什么时候被拉开了，宋书面无表情地站在门内，眼神批判地看着他。

秦楼微微挑眉："怎么了？"

"你刚刚就是这样见的安助理？"宋书目光缓缓扫过秦楼——仍是一身浴袍，湿漉漉的碎发，慵懒的眼。

想象到安行云此时的心理状态，宋书只觉得自己刚刚努力重新建立起来的理智再次面临崩溃的危险。

宋书低头，抬手遮住了眼。

"……算了，没什么，你高兴就好。"说完，宋书转身准备回洗手间。

只是转的这个动作还没有完成九十度，她先被门外的人拉住手腕拽了出来，然后抵在洗手间外的墙壁上。

宋书一怔，回过神后她仰起头。

"你怎么……"

"不喜欢我这样吗？"秦楼微微俯下身来。

宋书仰头，淡淡道："安助理是我母亲生前的至交好友，我私下里是称呼她安姨的。"

秦楼一顿。

"所以你刚刚相当于找了一位和我往来密切的长辈，在某个早上突然让她把你的换洗衣服送到我家门口，而且你还是穿着浴袍去开的门。"宋书停顿两秒，"现在你明白了？"

"……"

几秒后，秦楼突然笑了起来，那声音里的情绪实在是太过愉悦。

宋书木着脸，然后她慢慢叹了口气，嘴角也勾起来："让我的长辈误会了这样的事情，你就这么开心？"

秦楼在笑声里挤出字音："对，如果早知道安助理和你是这样的关系，我一定早就忍不住在她面前表现出来了。"

"……你幼稚不幼稚啊，秦楼？"

宋书无奈。

片刻后，她轻抬起手，搭在身前俯下来的男人的后颈上，安抚地摩挲了下。

"对不起。"

秦楼一顿："对不起什么？"

宋书轻叹了口气："我让你没有安全感了，秦楼。"

秦楼的笑停在了脸上，然后慢慢散掉。

很久后，他慢慢弯下身，把下巴搁在她肩上。他低垂下眼帘，声音没什么起伏地开口："啊，被你发现了。那你准备怎么补偿我？"

"我还需要一点时间，在这件事结束之前，我没办法纵容自己接受你所有的感情……你知道的。"

"我不想知道。"秦楼闷声道。

宋书还要再开口，他们身旁的门铃突然响起来。

一个低头一个抬头，二人对视几秒后，在秦楼逐渐危险的目光里，宋书轻声说："我这边从来不会有客人。"

秦楼一顿："难道是安助理又回来了？"

"……"宋书顿时头疼。

秦楼嘴角一勾，直起身要过去开门。

宋书回过神，连忙拦在他面前："还是我来吧，你这一身不合适。"

"刚刚已经看过了。"

"……"

"现在躲是欲盖弥彰。"

宋书放弃挣扎："那你就站在我旁边，不要说话，我来说，好吗？"

秦楼点头。

宋书松了口气，很快又提回来。

她握住门把手，拉开门。

"安——"

"请问秦情住在这——"

话声同时停下。

看着门外呆住的栾巧倾，宋书头痛欲裂。

栾巧倾一晚上没睡好。

前半夜眼皮像抹了油，滑得怎么也合不上，后半夜好不容易睡过去了，梦里全是高中时代被宋书没表情地看着写作业的场景。

浓浓的树荫，嘶鸣的夏蝉和风声，掠过窗外的鸟雀，书桌旁脸儿俏丽的女孩模糊的声音：

“巧巧，你这道题又错了。”

“巧巧，你这次月考多少分？”

“巧巧，lg符号下六分之一乘以0.006你都不会算吗？”

“巧巧……”

那梦是噩梦，她记得自己瑟瑟发抖地罩在宋书“大魔王”的“淫威”下，“大魔王”一张口她就吓得想往课桌缝里钻。

然而凌晨5点，眼睛倏然睁开，一切梦境消散，一切声音和画面都归于无痕……

噩梦又成了潮湿的枕边，成了触之不及和求之不得。

昏暗里栾巧倾攥紧了被子边。

星期六，早上7点15分。

Vio资本是个不剥削员工的好公司，工作时间上一贯实行朝九晚五双休的制度，周六办公楼里除去为了业绩自行加班加点的员工外，并没有什么人在。

栾巧倾顶着两个黑眼圈和一脸麻木的憔悴来到8楼人事部的时候，仅有的几个员工被吓了一跳。

——和Vio其余部门的部长、副部长不太相同，栾巧倾对于部门内的工作事务基本是放养状态。她能力并不出众，在部门里多数时候是起个挂名作用，大家都知道她的后台是秦楼，也就没人对这一点有异议。

所以她在非工作日出现在公司，这还是头一回。

尤其看到她那半人半鬼的脸色，人事部的几个员工料定一定是有什么不好的事情要发生了。

“部长，您怎么来了？”离得最近的员工打过招呼，小心翼翼地站在部长办公室门边问。

栾巧倾正在自己办公桌里翻东西，闻言头也没抬：“我要去档案室查点资料。”

“好的。”

栾巧倾说完想起什么，抬头问：“档案室有人值班吗？”

那人犹豫了下，挠挠后脑勺：“我今天没去7楼看，不太清楚。我现在打个电话过去问问？”

“好，麻烦你了。”

听到这后半句，门口站着的员工心里哆嗦了下。

他回头给7楼档案室打电话询问值班情况的时候，跟自己旁边的人小心翼翼地做手势：“今天部长情绪状态不太对，你们离远一点。”

仅有的几个来加班的员工纷纷用力地点头——

肯定不对。

要是对的话，栾部长怎么可能会在周末突然来公司呢？

这点小心翼翼也被成功传递给7楼档案室的值班人员。

秦楼给Vio立下规矩，所有重要材料必须留下可验真假的纸质备份——即便是人事部部长来调档案，留作备份凭据的查阅证明也是需要的。

值班人员小心归拢好栾巧倾自己盖章的证明，一边拿钥匙给档案室开门，一边赔着笑问：“栾部长，您来是准备查点什么？我对这里比较熟悉，我帮您找可以吗？”

栾巧倾想了想，点头：“我要看一下法律合规部新入职员工秦情的员工履历。”

值班人员一愣，随即点头：“好的，没问题。”

两分钟后，栾巧倾从档案室走出来，快步离开公司。

锁好门的值班人员转回身，想起栾巧倾关注的内容，他心有余悸地摇摇头。

“不愧是栾部长，刚啊，这是准备直接上门收拾情敌的节奏……”

一个小时后。

栾巧倾站在秦情的公寓门外。在心里练习了几遍待会见到秦情要说的话后，栾巧倾深吸一口气，屏住，敲门。开门后的阴影很高，栾巧倾下意识地选择了脑海里“来开门的人不是秦情”那个方案。

“请问秦情住在这——”

话声戛然而止。

因为栾巧倾的面前出现了惊悚的一幕——

卸掉略显犀利的职业妆后显得格外青春的秦情散着长发，身后站着一个比她高出二十厘米，还穿着浴袍的男人。

更惊悚的是，这个男人长了一张秦楼的脸。

……

一分钟后，三人坐在宋书家的沙发上。

气氛尴尬，秦楼看不过去，懒洋洋地掀起眼帘，瞥向对面。

“你来做什么？”

这个问题在进门前准备的答案的射程范围内，栾巧倾已经大脑僵化，此时条件反射地开口回答：“公司里有员工家访的例行安排，作为人事部部长我责无旁贷。”

然而射程外的是秦楼——他一挑眉，毫不留情地拆穿：“Vio的章程是我亲自拟定的，我怎么不知道公司里还有员工家访这个例行安排？”

栾巧倾：“……”

实在没想到扯谎的时候全公司的顶头Boss会在，失算了。

栾巧倾只能硬着头皮解释：“最近人事部的新、新规，刚刚开始试行，还没来得及上报22层总经理办公室。”

“哦？那试行多少例了？”

“……不多。”

“既然这样，那试行前的资料准备、人员安排、家访过程的案例报告应该都在吧？下周送到22层，我看看效果如何。”

“……”

栾巧倾欲哭无泪。

宋书保持微笑，暗地里轻轻戳了秦楼一下：“秦总，您这样一身不合适，还是先去洗手间换好衣服。”

秦楼想了想，低下眼凑得近了些：“可以，那你亲我一下。”

宋书：“……”

秦楼：“不亲不去。”

宋书：“……”

宋书非常敷衍而快速地在秦楼嘴角一吻，闪回去的动作无比敏捷。

秦楼眼底掠过点遗憾，但还是听话地起身，拎起安行云之前拿来的装着换洗衣物的袋子，往洗手间去了。

宋书稍松了口气，再转回头时就见对面栾巧倾拉长了脸，一副“你们俩当我是空气吗”的沉重表情。

宋书心里一顿。

——依巧巧的性格，看见自己这个“冒牌货”和秦楼这样卿卿我我，竟然没发火还忍得住坐在那儿?

似乎有什么地方不太对。

宋书正想着该怎么开口刺探出这个“不太对”的隐情时，就听见身后洗手间方向传来低哑、慵懒、散漫的男声：“宝贝，我领带系不上了。”

“宝贝”两个字砸得宋书肩膀一沉。

“宝贝？”

那个低哑的声音懒懒散散地飘出来。

对面栾巧倾终于换了表情，改为“你俩今天不恶心死我誓不罢休对吧”的愤恨。

宋书只能起身，脚步沉重地走进洗手间。

门一关，她脑壳痛地抬头睃向秦楼，声音压到最轻：“你这样会让巧巧生疑的。”

秦楼双手拉着挂在自己脖子上的领带，闻言挑挑眉：“不是我让她生疑的——昨天晚上是她先到的酒店停车场，我赶去的时候她的反应看起来已经很奇怪了。”

宋书一僵：“你的意思是……”

“你不如回忆一下，你昨天晚上是不是对她说了什么不该说的话？”

宋书顿时更加头疼：“你怎么不早些告诉我？”

“忘了。”

“……”

秦楼躬身，双手拎着领带的两头朝宋书示意了下：“你可以一边回忆一边帮我系上，不耽误的。”

停了几秒，宋书还是无奈地抬起手，帮他立起衬衫的衣领，然后挽着领带慢慢系上。

看着宋书的动作缓慢但并不生疏，秦楼的表情逐渐危险起来了。

到最后一步宋书收紧领结时，秦楼终于忍无可忍，他抬手攥住宋书的手腕，一副凶巴巴的模样，低头道："你是不是给余起笙系过领带，所以才这么熟练？"

宋书没理他，手里动作未停，最后一下收紧，哗地用力，差点给秦楼锁喉——

"咳咳咳……"

感觉到宋书心情不佳，秦楼一边咳着一边收起了方才躁戾的眼神。

宋书这才抬手给秦楼整理好衣领，然后拍了拍重新松开些的领结："不是只有男士的衣服才配领带这种东西。"

"哦。"

宋书拎着他的领带，把他拉得微微俯身，精致的五官间不见什么情绪："万一巧巧真猜到了什么，那她的事情今天就够我头疼的了，所以你今天别捣乱。"

秦楼停了两秒，在宋书没太多情绪的注视下，憋屈地点点头。

等两人再从洗手间里出来坐回沙发上以后，秦楼果然规矩了许多。

宋书也已经安定心思，此时挂在脸上的笑容恢复了寻常的无懈可击。

"所以栾部长今天过来，是为了做员工家访？"

"……对。"栾巧倾心虚地应下。

宋书遗憾地笑笑："那真是不巧，今天是周末，我准备去我父母家探望他们一下的。"

栾巧倾一愣，脱口而出："你有父母？"

说完她自己也觉着唐突，但是又不知道该怎么改口，再加上栾巧倾确实太急于知道这个问题的答案，所以尴尬几秒后栾巧倾紧抿住唇，没有收回话。

宋书只得自己圆场："栾部长开玩笑了，我又不是从石头缝里蹦出来的。我父母今年跟我一起回国的，现在就在Q市暂住，我原本就准备今天上午去探望他们，所以家访的事情……"

栾巧倾心中纠结几秒，她咬咬牙："我跟你一起去。"

宋书微挑眉："这恐怕不太合适。"

栾巧倾索性厚脸皮到底："不、不合适吗？反正是家访，我就择日不如撞日，也去拜访一下伯父伯母。"

宋书见栾巧倾铁了心要去一验真假，面上笑容不变，内心情绪却起伏起来——昨晚在酒店楼下的停车场正是她醉意最浓的时候，发生的事情她记忆模糊，所以怎么也想不起来自己到底对栾巧倾说了什么，才让对方今天这样怀疑自己的身份……

喝酒误事啊。

宋书心里感慨。

"秦小姐，不方便吗？"栾巧倾有些逼人地问。

宋书回过神，莞尔道："怎么会？我想我父母应该也会很开心我能这么快就带公司的朋友回去看望他们。"

栾巧倾挤出笑容："那就好。"

宋书起身："如果栾部长没什么事情，那我们现在出发？"

"嗯。"栾巧倾跟着站起来。

宋书走开之前，微侧过身看向秦楼："秦总……"

"我给你们做司机。"秦楼淡定地拿起沙发靠背上搭着的西装外套。

宋书："……"

秦楼似乎感觉到宋书的迟疑，他回眸，嘴角一勾："我们昨晚不是说好了，今天一起去看望你父母的吗？"

宋书这会儿如果说个"不"字，那就相当于在栾巧倾面前拆自己刚刚搭起来的台了。

宋书沉默几秒，微笑："当然。我只是想问，秦总现在方便一起走吗？"

秦楼淡定地一捋笔挺的西装的袖口："为了拜望伯父伯母，我已经换好正装准备就绪，随时可以出发。"

"……好的，那我们走吧。"

回家的路上，坐在秦楼的车里，宋书当着后排栾巧倾和驾驶座上秦楼的面，给父母打了电话。

"妈，我大概中午前就能到家……嗯，我已经坐在车上了……不，起笙不来，不过我公司里的两位同事说要一起来探望你们……嗯，好，妈你放心吧……”

挂断电话，宋书目光中带着淡淡笑意，扫过后视镜里表情不自在的栾巧倾。

“我已经和我爸妈说过了，今天中午你们就留在家里吃饭吧。”

出于各自不同的目的，秦楼和栾巧倾不约而同地保持了沉默。

一路无话，车开至秦情父母的新家。

别墅外有专门的停车位，宋书指引着秦楼把车停下后，就和局促的栾巧倾一起下了车，提着秦楼出发前让人准备好的东西，沿着修葺平整的草坪走向不远处的连栋别墅。

秦情父母家在连栋别墅的西侧。东侧别墅前的院子里，一位看起来六七十岁的老爷子正弯腰收拾着院里的花草，听见脚步声后他抬起头。

眯眼看了两秒，他对着走在前面的秦情笑起来：“小秦，又回家看你爸妈来了？”

“是。张爷爷您吃过了？”

“我还没，先出来溜达溜达。小秦你是知道的，我那老婆子最喜欢念叨我了，我要是不出来她肯定还得唠叨。”

“你是不是又跟小秦说我坏话呢？”

东侧别墅一楼的窗户被拉开，一位精神矍铄的老太太扒着窗框瞪花园里的老爷子。

老爷子连忙装耳背，低头念念有词地捯饬花草去了。

宋书不由得莞尔：“孙奶奶，哪能啊，爷爷夸您做饭好吃呢。”

“小秦你就别替他说话了，我还能不知道他什么德行吗？”老太太这样说着，还是笑眯眯地乐了起来。

两人又闲聊了几句，这才结束对话。

宋书转回头，就见秦楼眸子里若有深意地含着点淡淡的笑，而他身旁，栾巧倾脸色难看，近乎发白。

宋书心底略微不忍，但还是咬了咬牙装作没看见。

——她对于巧巧和秦楼来说意义终究不同。在尘埃落定之前，她不该也不能把巧巧扯进这不知道结果如何的危局里。

痛一时总好过再失望再绝望地痛得长远。

这样想着，宋书唇角慢慢牵起来。

她脸上笑意温和明媚：“栾部长，请进吧。”

栾巧倾失魂落魄地往里走。

秦楼落后两步，跟在宋书身旁，趁机拉住了她。

“过了。”

“……什么？”宋书微抬眼看向他。

秦楼下巴抬了抬，示意东侧别墅：“你父母不是才刚搬来？若没有刻意亲近讨好的话，两家很难熟络到这种程度吧？”

宋书被这话哽了下。

须臾后她微微叹声：“进去吧，福尔摩斯。”

“你这套把戏，也想用在我身上的，对吧？”

宋书装作没听见。

秦楼跟在她身旁，哑声笑了下：“但是这些对我来说没用的，我确认是你，那就只会认准你，其他所有的人和事情都不能干扰我的判断。”

秦楼一顿，向她摇着尾巴争功：“栾巧倾黏在你身边那么些年，还是没办法跟我比。”

宋书一顿：“你到现在还吃巧巧的醋？”

“哼。”秦楼冷笑了声，“她跟我抢你的那些时候我还没忘呢。这样还认不出来是她自己傻，被一点小把戏遮住了眼，你白疼她那些年……既然她猜不出来，那我们就不告诉她，以后也不告诉。”

宋书进门之前，低低一叹：“善良些吧，秦楼。”

秦楼充耳未闻。

秦情父母今年都还不到50岁，从国外回来定居，思想观念和聊天方式与传统中国父母有所不同，没什么长辈的威严。

等秦楼和栾巧倾跟两位长辈打了招呼，宋书便给他们介绍：“这位是我们公司总经理秦楼，这位是人事部部长栾巧倾。”

秦屿峥有些惊讶：“这么年轻？”

梅静涵轻搡了丈夫一下：“自古英雄出少年嘛，我看秦总和栾小姐都是一表人才，再杰出点也不为过。”

秦屿峥皱了皱眉，不赞同地看她：“以貌取人，肤浅了点。”

“有吗？”

“有。”

“那你要庆幸噢。”

“怎么说？”

“要不是以貌取人，那我肯定瞧不上你的。”

“……”

秦楼和栾巧倾谁都没想到这夫妻俩会是这样活泼的性子，更没想到秦家是这样和和乐乐的气氛，一时都有些回不过神。

宋书显然是习惯的，在父母的互相打趣里，她穿插几句，进出得自然而然，逗得两人跟着笑起来。

然后宋书才像是想起身旁这两位客人：“爸、妈，那我去厨房准备饭菜，你们和他们聊会儿吧。”

“囡囡，妈妈帮你吧。”

“不用。”

一直有些心不在焉的栾巧倾回过神，尴尬地起身：“那我……”

她没说完，秦楼已经先她一步走出沙发区：“我给你打下手。”

宋书眨了眨眼：“秦总是客人，这不太好吧？”

“进了一家门，不就是一家人吗？你还这么跟我客气？”

秦楼语气轻松，带点玩笑的意味，一双黑黢黢的眸子却盯在宋书脸蛋上。

宋书心中无奈，只得同意：“那辛苦秦总了。”

“不辛苦，应该的。”

等两人进到厨房，梅静涵还有些惊讶地扭头看向栾巧倾：“你们秦总年纪轻轻，这么有能力，还这么不端架子，真是好平易近人的噢。”

栾巧倾嘴角抽了抽，心说您是没见他在公司的脾气……

在心底咒骂怨念了秦楼几句，栾巧倾面上强撑住笑：“是啊，我们秦总可……平易近人了呢。”

"那就好，那就好。"

"……"

厨房的玻璃推拉门一关，抽油烟机一开，高功率带来的抽气声遮住了里外所有的动静，把别墅一楼的客厅和厨房隔开，像两个世界一样。

再加上玻璃门是磨砂的，上面又刻着各种繁复而颜色缤纷的花纹，基本上里外看不见任何东西——进了厨房，秦楼大胆多了。

"你和叔叔阿姨生活很多年了？"

"嗯。"宋书在洗菜池里洗着手里的果蔬，眉眼平静，"从出国以后，我就一直跟在他们身边。"

秦楼愣了下："你们是怎么认识的？"

宋书沉默须臾后道："你真要听？"

"嗯。"

"……他们确实有个女儿，就叫秦情。他们一家人原本是回国探亲，却受到我的牵累，被卷进那场车祸里。我和他们的女儿都是重伤，前后被送进同一家医院。后来那家医院里确实有人被下了死亡通知书，但那个人不是我。"

宋书一口气说完，有些如释重负，缓了几秒，她才又开口："医院里那些细节是余叔和他们沟通的。那段时间我很消沉，对整个过程的记忆都已经有些模糊了。但我后来始终觉着自己欠了他们一个女儿，这些年和他们一起相处时有时候也会愧疚……但他们对我很好，我也想尽可能地弥补他们。"

宋书说完后，发现身旁安静了很久。

她有些奇怪地回眸去看，只是刚转过头，就被秦楼从后面抱住。

他将她抱在怀里，手臂箍得很紧。他低下头来贴在她耳边的呼吸中也有些努力压抑却压抑不住的颤音。

宋书垂下眼帘。

身后那人一个字不需说，她便已经听到了。

"这些年我过得……还不错，真的还不错……所以你不需要自责，秦楼，那件事和你没有关系的。"

"如果和秦家有关系呢？"

“秦家是秦家，你是你。”宋书淡淡地笑了，“难不成一个人因为一个姓，就要背负他人的罪吗？”

“……”

“更何况，”宋书轻叹了声，“你就不是受害者吗？”

秦楼没有说话，更紧地拥住她。

宋书竭力让自己的语气听起来轻松些：“你看，我现在有父母，有朋友，还有未婚夫，不是挺好的吗？”

秦楼身形一僵。

几秒后他磨着牙阴沉着声音开口：“你故意的。”

宋书眨眨眼：“听不懂你在说什么。”

秦楼气闷地哼了声。

一听到提起余起笙，他心底那些自责和难过确实嗖地一下原地变质，搅成一锅又一锅冒着大泡泡的浓醋了。

沉默几秒，他不甘心地问：“所以他们真以为你和余起笙订婚了？”

宋书想了想：“余起笙好像是这样告诉他们的。”

秦楼：“……”

宋书莞尔：“好啦，以后我找个机会跟他们解释清楚。”

秦楼这才平息怨气。

宋书轻轻挣扎了下：“松手，我要把菜切一切了。”

“不松。”

“你……”

抽油烟机的声音里，厨房门突然被毫无征兆地打开，梅静涵笑容满面地探头进来：“囡囡，真不需要妈妈帮你们——”

尾声扭曲。

抽油烟机轰鸣。

三个人的表情被这声音轰得有点凌乱。

第 17 章

—Y A O H E N—

咬痕

秦情父母家住的连栋别墅是二层楼的布局，卧室都在二楼，一楼则是客厅、茶室这些会客类的房间。

栾巧倾茫然地坐在客厅的沙发上，独自一人，到此时她也没明白到底发生了什么——

一分钟前，那位很喜欢笑的梅阿姨去了一趟厨房后，表情肃穆地回来拉着秦屿峥到一旁低声说了两句，然后那种肃穆便传导到秦屿峥的脸上。

两人对视几秒，不约而同地转身走向厨房。

几秒后，栾巧倾清晰地看见，秦情被梅静涵领着走向二楼，而秦楼难得有几分不自在地跟在秦屿峥身后，进了客厅隔壁的小茶室。

独留栾巧倾一个人目瞪口呆地坐在沙发上。好半晌，她那被之前秦情父母确实存在的消息打击过度的脑袋里都充满了“我是谁我在哪儿我来干什么”的迷茫。

而此时楼上，宋书在家中她的卧房里。

梅静涵拉着宋书坐在床边，欲言又止了几次，才终于开口：“囡囡啊，那个秦总不是你们公司的总经理吗？”

宋书感到百口莫辩，此时只能顺着往下答：“是。”

“妈妈能理解你，真的。他人长得确实不错，明星似的，身板也挺拔。而且这么年轻能坐到那么一家大公司的总经理的位置，能力肯定很出众……但是吧，妈妈还是觉着，感情上我们不能随国外的观念，你觉着呢？”

“妈，其实起笙和我……”

“妈妈知道，起笙工作忙，陪你的时间没那么多，他又是个事业心强的人。

你如果实在心里有疙瘩，那就跟他摊开讲。”梅静涵叹了口气，“起笙上周还来看过我们，不像是对你有什么意见，妈妈猜你们也没闹崩，这就是你的不对了。你们已有婚约，就算真到了无可挽回的地步，你也得跟起笙说一声再……”

想起自己在厨房看见的秦楼从背后拥住宋书的一幕，梅静涵停住话头，但一口气叹得更长了。

宋书表情尴尬。

她原本有心想和梅静涵夫妻说清楚，自己和余起笙只是为了便宜行事而有了名义上的婚约，但父母肯不肯信还是另一回事。

而且为了不让他们担忧、操心，宋书并没有告诉过他们自己进入Vio的真实目的——婚约一事戳破不难，但补后续窟窿的麻烦就大多了。

所以思虑再三，宋书只得把婚约的事情认下来，她有些艰涩地开口：“妈，其实我和起笙已经……分手了。”

“啊？”梅静涵惊讶地抬头看向宋书，“那我怎么从来没有听起笙说起过这件事情？”

宋书说：“我们是……嗯……和平分手，然后因为工作都比较忙，觉得这件事情可以稍晚些再和你们说，所以就……”

梅静涵表情变换几次，紧张地问：“那你们是因为这个秦楼才分手的吗？”

宋书一噎，僵笑：“不、不是的，妈。这件事和秦楼没什么关系。”

“真的？”梅静涵显然不信。

宋书艰难地点头。

“那他知道你们还有婚约吗？”

宋书迟疑了下：“知道。”

“那他还……”

“但其实，”宋书连忙打断梅静涵的话，“我和起笙当时订婚就非常仓促，没有任何实质的流程，只是一个口头上的约定。”

梅静涵目光犹豫，思索几秒后她站起身：“这件事我得听听起笙的说法。”

“您直接问他就好，他会告诉您的。”

梅静涵点头：“我回来前，你不能离开房间噢。”

“好的。”

梅静涵放心地出门给余起笙打电话确认去了。

独自坐在房间里，宋书松了口气。

她相信余起笙能做好梅静涵的工作，哄长辈是她的这位朋友非常拿手的事情之一。

只是楼下……

想到秦楼此时和父亲秦屿峥可能出现的僵局或者对峙场面，宋书立刻觉得有点头疼了。

宋书不知道的是，梅静涵出去打完电话后并没有直接回来，而是在二楼通往一楼的楼梯上，和提前约好碰头的秦屿峥秘密会面。

梅静涵先说自己的情报："囡囡说她和起笙已经和平分手了。我问过起笙，他说确实如此。听起来不是很愉快，但是应该也没有闹出难看的场面。"

梅静涵说完，问："你那边呢？那个叫秦楼的年轻人，你感觉怎么样？"

秦屿峥沉默几秒，摇头。

梅静涵担心地问："不靠谱？"

"不好说。"

"不好说你摇什么头？吓我一跳。"梅静涵瞪了他一眼。

秦屿峥不满："既然是不好说，我也不能点头吧。"

"算了算了，这不重要。怎么个不好说法？城府很深？"不等秦屿峥回答，梅静涵就担忧地皱起眉，"这么年轻坐到总经理的位置上，恐怕心思和个老油条也差不多吧？我们囡囡人聪明，但不喜欢跟人耍心机的，会不会被这年轻人诓了？"

秦屿峥半天没找到插话的时机，等梅静涵担心地念叨完，他才皱皱眉："我说还是你说？"

梅静涵嫌弃地瞥他："你说。"

"综合来说，这个年轻人性格有些决绝，剑走偏锋，才思聪敏得异于常人，但确实不是城府深那一类的，至少在我面前反倒是不怎么遮掩的样子，直来直去，问什么都没跟我打过马虎眼，不能说的，他就直接告诉我不能说。而且……"

“而且什么？”

秦屿峥犹豫了下：“而且他说了，也不是不能说，只要我们囡囡同意，他所有的情况都可以当着我们的面全部交代出来。”

梅静涵愣了下:“这么听囡囡的话？”

秦屿峥恍然：“对，就是听话，太听话了，让我觉得有点奇怪。按道理囡囡回国不久，就算他们第一天就认识了，那这才几天？我看他对囡囡的喜欢深切得很，倒是一点都不像装出来的。”

梅静涵一愣：“你的意思是，他们认识很久了？”

“我可从来不说没证据的话。”秦屿峥义正词严地说完，犹豫两秒，放低声音补充，“不过确实存在这种可能。”

梅静涵想了一会儿，无果。

“算了，急不了一时。既然起笙那边没问题，我也算放心了。我们再看看。”

“嗯，好。”

半小时后。

午餐端上桌，五个人坐进一楼餐厅里用餐。

栾巧倾仍然不知道之前这四人是去做什么了，但她看得出来的一点是——这对“狗男女”在秦家伯父伯母面前竟然丝毫都不遮掩了！

那眉来眼去的，当两位长辈眼神不好使吗？！

栾巧倾气得咬牙。

要是换个地方她早就压不住这火气了，偏偏秦家父母亲和善良，和她聊天时关怀备至，没有长辈架子还很有长辈温暖。当着这两位的面，她再不爽也只能按捺下去。

于是进了嘴的餐饭，一度被栾巧倾愤恨地咬得咯吱咯吱地响。

饭间闲聊，谈起工作上的事情，梅静涵似乎无意地问了句：“秦先生，我们囡囡在公司里表现如何？没给您添麻烦吧？”

“伯母不用客气，叫我秦楼就好。”秦楼眼里含笑地瞥向宋书，“秦情最近在跟公司里一个非常重要的大项目。负责人跟我说过，她表现非常优秀。”

对面栾巧倾偷偷撇嘴。

就霸王龙那张吐不出象牙的狗嘴，只有贬损人的情况，八辈子也不可能夸谁吧？

这么一想，栾巧倾登时又记起那天晚上，楚向彬那句“单论工作能力，她确实强得不像个关系户，在这一点上你俩确实不一样”。

栾巧倾表情顿时又木了三分，咬蔬菜的力道更加猛了。

两张主位上，秦屿峥和梅静涵对视了一眼。梅静涵刻意想试探秦楼，眼神动了动，便突然没什么征兆地问：“那以后结婚，工作上的事情你们准备怎么安排？”

桌上一静。

几秒后。

“咳咳咳——”并非当事人的栾巧倾却是被呛得最狠的一个，咳得脸色通红，只差泪流满面。

梅静涵看出栾巧倾是被自己的话吓着了，一时有些不安：“囡囡，她不知道你们的事情啊？我以为你们三个既然是一起过来的，一定是关系很好的朋友呢。”

宋书正给栾巧倾递纸巾和水杯，秦楼在此时淡淡一瞥，毫不善良地接过话来：“伯母别担心，这是我的一个妹妹，知道我们的关系，只是没脑子，对什么事情都容易反应过激，和您没关系。”

栾巧倾咳得撕心裂肺无法反驳。

旁边一杯水适时地递过来，栾巧倾条件反射地接过去，连忙喝了两口压住咳嗽：“谢谢姐——”

话声戛然一停。

道谢的、被道谢的，两人齐齐愣在那里。

只是宋书反应更快些，她唇角一勾，笑意温婉。

“不客气。”

栾巧倾似乎是呆住了，连咳嗽都忘记了。几秒后她慢慢回过神，谁都没看，僵着手放下水杯。

察觉出气氛莫名地有点诡异，梅静涵默然片刻，笑着招呼：“都吃饭吧，饭菜都要凉了。”

秦楼主动拾起话头：“伯母，您刚刚是问我们婚后工作上的打算？”

宋书忍不住睖秦楼一眼。

梅静涵好奇：“你想过了？”

“每一天都在想。”秦楼望向宋书，“只看她哪一天愿意嫁给我了。”

宋书有些担心显然已经被秦情父母的存在而欺瞒过去的栾巧倾的反应，只是让她意外的是，斜对面坐着的栾巧倾看起来表情有些麻木，倒像是完全没把秦楼的话听进耳朵里。

梅静涵没有注意这边的反应，追问一句：“那你是怎么想的？”

秦楼说：“秦情现在在法律合规部，跟我还是远了些。我想在这个项目结束后，升她做总经理特助，这样我们也能离得近些。至于以后的工作，她想如何就如何。”

“你这不是玩笑？”

秦楼示意了下已经开启装死模式的栾巧倾：“回去之后人事部就可以拟定任命书，我签字同意即可执行。”

梅静涵听得发愣，过了好一会儿才在和秦屿峥对视后迟疑地笑道：“这听起来好像不合规矩，公司里其他员工暂且不论，董事会里也会传些不好的流言吧？”

宋书露出迟疑的神色。

秦楼恰在此时回眸看向她。“我可以说吗？”他低声问。

梅静涵和秦屿峥一怔，同时扭头看向宋书。宋书无奈，思索两秒后索性自己开口：“妈，秦楼既是Vio的总经理，也是公司的控股人、董事会的董事长。所以在人员任命上，他有绝对话语权。”

梅静涵表情微滞。

秦屿峥反应更快些，他望了秦楼一眼，带着更深刻的审视：“这么年轻就接手家业了啊。”

担心父母把秦楼当作不劳而获的富二代，宋书一顿，轻声解释：“Vio资本是六七年前在他手上完成转制革新的，这些年来，说是由他一手扶上正路也不为过。”

“……”

夫妻俩看向秦楼的目光顿时更加充满审视意味。

到了他们这个年纪，活得通透些，最明白的一个道理就是天上不会掉馅饼，更不会掉金馅饼。

也不会掉金龟婿。

所以他们显然开始怀疑这个看着金光闪闪的金龟婿对宋书是不是怀有什么不可告人的坏心思。

宋书对父母了解，此时一眼就能看出他们的想法，但涉及过往，也无法替秦楼解释。

两边只能表面和乐着，把这个问题暂时跳过去。

一顿午餐终于在多方煎熬中结束。

秦楼大概是餐桌上唯一一个毫无心理压力的人，从头到尾泰然自若。如今不必顾忌秦情父母不知情，他的心思就更是不遮掩了，从眼神和动作里都能溢出来。

秦屿峥和梅静涵夫妻两人在暗中观察，越观察心情越复杂。

梅静涵犹豫了下，笑着开口：“秦楼，你帮我把碗筷收拾下，端进厨房来，好吗？”

宋书欲言，被梅静涵不轻不重地瞥了一眼，只得坐回去。

秦楼似乎未察觉出这里面的试探和考验，闻言毫不迟疑地点头：“好。”

看着秦楼被秦屿峥和梅静涵一前一后地“挟持”进厨房，宋书有些头疼地收回目光。

她未来得及多思考什么，先对上了栾巧倾异样的眼神。

宋书微怔，随即莞尔：“栾部长，今天在我家用餐还习惯吗？”

吃人嘴软，拿人手短，栾巧倾刚要口出恶语的气势顿时消减大半。她扭过头，闷闷地嗯哼了声：“还、还可以。”

“那就好。”

栾巧倾眼神挣扎一会儿，转过头来：“我承认，你和我姐姐确实有点像，有时候连我都要被迷惑住了。”

“是吗？”宋书笑意淡淡，不做反应。

栾巧倾皱眉看着她："但我姐姐当然不会像你现在这样……算了。既然秦楼已经在你父母面前那么坚决地要把你升到22层的助理秘书小组，那我也不打算阻止了。"

这一点宋书确实意外，但她并不说话，只安静地等着栾巧倾的后话。

果然，只听栾巧倾沉默之后又道："但是结婚的事情，绝对不可能，你想都不要想，我……"

"栾部长不必担心。"宋书淡淡地开口，打断了栾巧倾的话，"至少目前几年内，我都没有和任何人结婚的打算。"

栾巧倾一愣："真的？"

"嗯。"

"那秦楼怎么——"

宋书莞尔："栾部长不会真以为，秦总说什么话之前会征求我这个'冒牌货'的意见吧？"

——别的事情会，在跟别人炫耀所有权的时候绝对不会。

宋书内心木然补充。

听了宋书的话，栾巧倾又沉默了很久。她抬头，目光扫过一楼目之所及的房间。

"你有一个条件很好也很温馨的家，叔叔阿姨人也很好……你不该进Vio，更不该到秦楼身边去。"

宋书眼神轻晃了下，笑："栾部长为什么这么说？"

"我有点相信你是为了秦楼才接近他的了，我想以你的家境，没必要为钱做什么冒险的事情。可如果是为了感情，那秦楼什么都给不了你……"栾巧倾和宋书对视，目光悲哀又决绝，"他自己就在爬不上来的深渊里，你能渴望他给你什么呢？"

宋书身形微滞。

几秒后，她垂下眼笑起来。

"你笑什么？"栾巧倾皱眉。

"没什么，只是觉得栾部长思考问题……还是很天真啊。"

栾巧倾脸色顿时变了，她怎么也没想到，自己放弃挑衅，却会被对方主动攻击："你……"

"我这样的家境，就不会为钱冒险了吗？"宋书不留情面地打断她，眼底清光冰凉，"那你就错得太离谱了，栾部长。越是感受过金钱所能带来的特权的人，越是对金钱无法割舍，他们的欲壑比普通人的难填得多。所以他们面对巨大的诱惑的时候，就敢做出践踏法律甚至藐视生命的事情！"

栾巧倾的怒意僵在脸上，身形也顿住。

她很少见到面前这个女人情绪剧烈起伏的一面，这是第二次。

上一次是……

不等栾巧倾思考完，宋书轻呼出一口气，平复下情绪，坐回自己那张高背椅，但眉眼间清冷依旧："抱歉，我有点激动了，只是想起一些不太好的事情。不过栾部长如果坐到Vio高层位置上，对人性还抱有这样天真的想法，那吃大亏是早晚的事情。"

栾巧倾被教训得有点讪讪的，想发火，但因为对方说得好像很对，所以完全发不出火来。

尴尬半晌，她只能冷冷地哼了声："那你是承认你为了利益进Vio了？"

"不，我确实是为了秦楼。"

栾巧倾恼怒地回头看她。

宋书唇角一勾，笑得明媚起来："我喜欢他，但也有分寸感。该保持的距离我会保持，不该跨越的界限我绝不逾越——有我这样一个人在秦总身边，彻底断了那些莺莺燕燕的想法，栾部长不该更开心？"

栾巧倾一噎。

宋书不想在这个问题上和栾巧倾纠缠下去了，她站起身："如果栾部长没有其他话要说，那我先……"

"你知道姐姐怎么称呼我吗？"低着头的栾巧倾突然问道。

宋书僵了下，随即拢起耳边垂落的发，轻笑了声："巧巧吗？"

栾巧倾猛地抬头，却听耳边那个声音很快衔接上："秦总跟我提过的。"

栾巧倾僵在了那儿。

几秒之后她回过神，心里那种希望彻底破灭的感觉让她没表情地麻木着："他连这个都跟你讲？"

“无意间提起而已。”

“……你不要以为，这样就算走进他心里了。”

宋书笑笑：“我没有这样以为。”

“你应该没有见过他的左臂吧？”栾巧倾突然说，“不管天气多么炎热，他都不会在有人的时候露出左手的小臂——你知道为什么吗？”

宋书的思绪有一瞬的滞塞。她想起了多年前，她无意间偷听到秦扶君、宋成均对话时的情景……

看出宋书脸上那丝自己从未见过的惶然，栾巧倾误以为那是对方被自己戳到痛处后的惊慌，她终于笑了。

“那原本是个小女孩留下的咬痕——你不如去看看，后来那上面文了字，是个什么字呢？”

宋书脸色瞬变。

那一刻她想都没想，转身跑进了厨房里。

厨房门被她猛地拉开，站在水池前有点笨拙地洗着碗盘的秦楼微怔了下，抬眼。

宋书的目光直直地落在秦楼的左手上——

即便是此时，他袖口的所有扣子仍然紧紧地扣着，不肯裸露出腕部的半点皮肤。

“囡囡？”梅静涵同样愣了下，“你怎么也进来了？”

宋书几步走到秦楼面前。

秦楼察觉出她的不对劲，声音顿时沉下去：“你怎么——”

话未说完，宋书拉过他的左手，解开袖扣，将衬衫的袖口扯了上去。

厨房里静默几秒。秦楼回过神，不等旁边惊住的梅静涵目光跟着落上去，他已经一垂手，将袖子拂下去。

“怎么跑得这么急？”他的声音在此时格外平静，带着欲盖弥彰的轻松。

梅静涵也茫然，完全不知道发生了什么事情。“是啊囡囡，你怎么突然跑进来了？”梅静涵说完，又低头看了看秦楼垂回身侧藏进她视线盲区的手，“你们刚刚怎么了？”

“……对不起，妈。”宋书深吸了口气，抬眼望向梅静涵和秦屿峥，“我临时有点事情，要跟秦楼谈谈。”

梅静涵表情僵了下，过了一两秒才反应过来，连忙答应着：“哦，好，好，你们去谈。”

宋书点头，拉起秦楼的手，拽着这个比她高二十厘米的男人头也不回地走了出去。

一楼的衣帽间里，宋书停住身，似乎是忘记自己要做什么了。她站在原地僵了几秒，才反身关上衣帽间结实的推拉木门。

门缝合拢以后，宋书没有转身，而是慢慢松下肩膀靠到门上。

背对着任她拽了进来的秦楼，她压抑许久的眼泪终于再也忍不住，挣扎着跳出眼眶，无声地砸落到地面上。

一颗又一颗的泪滴打湿了浅灰色的地面，留下更深的接近黑色的痕迹。

和别人不一样，她哭的时候都安静得一点声音也没有。

秦楼愣住了。

进来之前走过长廊，这一路上他在想，不管小蚌壳怎样斥责和恼怒他都能应付得来，也都能尽力哄得好。可他唯独没想到，进来以后小蚌壳一个字都没出口。

然后他第一次看见小蚌壳哭了。

秦楼蒙得脑袋一片空白。

他突然想起，很多年前他曾恶意地逗“不开壳”的女孩说话，她坐在书桌前专心写作业不肯理他，他又气又恼，坐在她的桌角晃着腿打量她那张没表情的漂亮的小脸，然后憋着坏问：“小蚌壳，你以后要是哭了，掉下来的会是金豆子还是白珍珠？”

那时候的小蚌壳仍旧没理他。

但那个答案秦楼现在知道了。

原来既不是金豆也不是珍珠，是刀子，锋利、冰冷，一把接一把地、狠狠地往他心口最软的地方扎。

疼得他蒙住，疼得他浑身发麻，像根木头像个傻子一样杵在原地。

好半晌秦楼才找回自己的神志，他慌了神，上前两步又手足无措地停住，反应好几秒才小心翼翼地从后面把宋书抱住。

他抱得紧紧的，很用力，像是生怕她跑掉。

“对不起……对不起，你别哭啊小蚌壳。”

他的手就抱在她的身前。宋书僵了几秒，眼泪还落着，也不去管，她只低下头拉住他左手的衣袖。

秦楼一停，想阻止却不敢。

他第一次见宋书哭，还是这样安静地掉眼泪，心疼得像是全身每一处都在被针扎。

不知道过了多久，那只袖子还是被宋书颤着手费劲地拉了上去，她在厨房看见的那个文身再一次露了出来。

那是一个“书”字。

“别哭了。”秦楼低声哄，“别哭了好不好？是我错了，我只是想把那个咬痕留下来，那是我心中对你的纪念。别哭了……”

“笨蛋。”宋书躲开他的吻，流着眼泪说。

“对，我是笨蛋，是我的错。”秦楼低声，“我知道错了。”

宋书咬着嘴唇不再说话。

她知道不是的。

他是无辜的，他什么错也没有，所有事情都和他无关，他却因为她，心中承受着无法言说的痛。

明明都是她的错啊，可是这个人还是一直在抱着她向她道歉，小心翼翼地求她别再哭。明明最疼的是他，她就是因为他的疼才哭的。

宋书伸出手，慢慢环住秦楼，然后一点点用力抱紧。

她贴在他的胸膛前，垂下哭得眼圈泛红的眼。

“对不起。我以后再也不会留下你一个人了，秦楼。”

到秦情父母家拜访过后，栾巧倾对宋书的敌意消减了许多。

或许仍有，但宋书已经没有精力去关注了——之后的一个月，宋书真正懂得了楚向彬何以会被称为霸王龙。

那次酒局只是尽职调查的一个小环节，接下去的三周内，宋书所在的团队对那家AI企业从上到下地进行了一场极为细致、繁复、严格的调查和审查，事无巨细地分析研究了整家公司——从营业能力到团队构架，从公司治理到法律法规，用户增长速度和内容增长速度是基本指标，甚至连一般在IPO（首次公开募股，即狭义的公司上市）环节才需要考虑的盈利能力和潜在盈利能力也被列入考察范围。

楚向彬完成一项投资所要耗费的精力、资源、时间到了骇人听闻的程度，他对团队的要求更加严格。

而尽职调查也只是立项后的第一步而已，紧随其后的项目评估和投资落地前的审核决策这两个环节，因为有了风控委员会和投决委员会的参与，其严苛程度比起尽职调查环节有过之而无不及。

至此，宋书总算明白Vio和楚向彬在风投业界的专业声望都是怎么赢得的了。

身为团队一员的宋书责无旁贷，为了不拖整个团队的后腿，尽到自己在团队内的责任，连调查的事情她都不得不暂时搁置，全心全意地准备这个投资项目。

10月上旬，这个耗费全组人无数心血的投资项目终于走到最后一步：在宋书的参与和见证下，合同达成，投资落地。

楚向彬和对方的负责人完成项目投资内的最后一次会面，返程回公司。

这一个多月里，宋书觉得自己有一半的时间是跟着楚向彬在天上飞的，下了飞机脚踏实地的感觉都显得很不真实。

以楚向彬如今的能力、地位，公司自然派了专车来接。

宋书看得出来，完成这样一项投资，楚向彬也显得有些亢奋，路上难得收敛了他的霸王龙脾气，跟宋书谈起这项投资。

“这家公司数据过硬，资产质量非常高，我预计短期内我们就可以收到可观的投资回报。他家在IPO前应该还会需要两到三轮的融资，我们可以充分把握好这几次机会——回去以后我要拟订新的调查报告，向投资委员会反映后续跟进情况，22层那边的汇报就交给你了。”

“嗯。”宋书习以为常，“但短期投资回报比选中一项优质资产难得多，楚组长就这么有信心？”

楚向彬不以为意地哼笑了声，带着他这人独有的恃才傲物的劲儿：“当然，若没有绝佳的发展前景和超过一定优性把握的预估，你认为我会贸然地参与进来，亲自督进？”

宋书但笑不语。

楚向彬停了几秒，只能自己接自己的话：“更何况，投资决策委员会那帮油滑的老狐狸，都是不见兔子不撒鹰的主儿。他们既然同意战略投资的方式，对这家企业的发展潜力的预估程度已经可见一斑了。”

宋书听完点点头：“还好项目顺利落成，我之前听说别的投资方也在盯这块肥肉。”

“很正常。即便是买方市场，即便在谁手里攥着资金谁就是金主的情况下，优质资产也永远是市场上的稀缺资源。”楚向彬挑了挑眉，“但是同样的道理，在无论选择哪个买方，资金源都充足时，我们Vio的金字招牌也是优质资产更想获得的保障。”

宋书问：“战略投资部分除外，Vio还能给企业提供保障？”

“当然，Vio的实力和口碑就是业界的金章。能被Vio投资的企业，首先在各方的评级上就会提高档次——我们的投资就已经是对他们最大的肯定了。”

尽管加入Vio的时间并不长，但宋书清楚它是秦楼一手扶持起来的公司。听到这样的话，她心里的自豪感丝毫不比Vio的老员工们少。

这样想着，宋书低头看了眼手机。

因为宋书参与这个项目过于繁忙实在无暇，所以没被搭理的秦楼已经哀怨几周了。

项目总算结束，回到公司以后她恐怕得面对一个怨气冲天的家伙了。看来她今天最好腾出时间来，晚上陪他吃顿饭……

宋书还未想完，身旁坐着的楚向彬手机叮咚一声。

楚向彬低头看了眼，随即开口：“今晚小组庆功宴，地点我让助理订好发给你，你之后发到小组群里。”

“好。”宋书迟疑了下，“不过我今晚还有些私事要处理，所以……”

“对了，跟他们说一声，今晚吕总也到。”楚向彬说完扭过头，“你刚刚说什么？”

宋书眼底的笑意已经深深地沉下去。

几秒后，她嘴角上扬，莞尔道：“没什么，我会通知大家准时到。”

“嗯。”

楚向彬不疑有他，转回头重新盯着手机。

宋书转向车外。

窗玻璃上女人的笑意慢慢淡下去。

……吕总，吕云开。

这一个多月确实把她忙疯了，忙得她差点都忘记自己最初进这个团队到底是为什么了。

如果当年直接伸出手将她母亲推进地狱里的人就是这个吕云开的话……

她一定得郑重地见一面啊。

庆功宴是晚上6点半开始。

Vio资本的办公楼3楼设有专门的小晚宴厅，不过毕竟只是以小组名义搞的庆功宴，为免在公司里显得太过高调，这次组内的宴会地点，楚向彬的助理还是选在了公司外。

离晚宴只剩半个小时，将近6点的时候，宋书还在23层给某人做心理疏导。

“吕云开今晚会去，通过投资发展部的重点团队争取到和他接触的机会，这不就是我进这个团队的目的吗？”

“我没有阻止你去。”

宋书无奈：“但如果你和我一起去，有你在场，你觉得我接触吕云开能有什么效果吗？”

自知理亏的某人没说话，只是把怀里的小蚌壳抱得更紧了。

宋书想了想：“那等庆功宴结束，我回来陪你，好不好？”

秦楼眼神里蕴着的光轻晃，但很快他垂下眼帘：“那你在庆功宴上又喝醉了怎么办？”

“一点不喝是不行的，我没有那样的特权。不过以后我不会再出现上次那种情况，你放心好了。”

“不放心。”

宋书轻叹一声，在他怀里侧过身，回眸看他：“那你说吧，你想怎么样？”

“既然不能不去，也不能我跟去，”秦楼皱着眉低下头蹭在她耳边，“那我送你去总可以吧？”

宋书沉默两秒，淡淡莞尔："嗯。"

秦楼眼睛一亮："那我去换衣服。"

"但是我记得上楼前助理组给你整理了一堆文件，你确定可以推后？"

"今晚庆功宴结束，你回来陪我加班。"

"……好吧。"

秦楼满意地换衣服去了。

宋书看着他的背影，眼底情绪深了深。

秦楼从前便很黏她，时间久了见不到就会焦躁，宋书慢慢帮他磨着性子，调着情绪，原本已经改善很多了……

然而那一场变故和漫长的分离后，这次重逢，她明显感觉得到，秦楼对她比以前更加患得患失，几乎恨不得一刻都不要她离开他的视线了。

她并不厌烦他的亲近，只是担心……

宋书回眸，目光落向平层尽头的办公区，她知道，那张办公桌后的柜子里，放着很多有外文标签的药瓶。

等这件事结束后吧。宋书垂着眼想。她要好好帮他调整回来才行。

晚上6点25分。

宋书坐着秦楼开的一辆私人轿车，到达订好的庆功宴承办餐厅的楼下。

宋书下车，正见到泊车小哥站在驾驶座一侧，茫然地看着紧闭的车门。

宋书开口："他很快离开，不必麻烦。"

"哦，好的。"

宋书弯腰看向车内："你回去吧，我上楼去了。结束之后我会直接回公司。"

秦楼趴在方向盘上，眼神凶狠，偏装出可怜巴巴的模样："我看着你上了楼再走。"

宋书莞尔，没有揭穿他的心思，只给他喂了颗定心丸："我会尽快回去的。"

"嗯。"

宋书转身进了餐厅。泊车小哥等在一旁准备指挥这辆低调而又奢华的轿车离开停车场，然后只见车身动了动，钻进旁边的空车位里。

泊车小哥一脸疑问：不是说不留下，这就走吗？

车窗降下来，驾驶座上的人看向快步跑过来询问情况的泊车小哥："我等她出来。"

小哥一愣："一楼有接待室，不如您去那里等。"

"不用。"宋书不在，秦楼有些恹恹的，没精打采地给自己立人设，"她不喜欢外人看见我跟在她身边，也不喜欢在公开场合带我露面。"

泊车小哥心里咯噔一声。

他上下扫视了一眼。

车里坐着的年轻人看起来年纪在25岁左右，长着一张半明半暗的光线也掩饰不住俊美轮廓的脸，西装勾勒出的身形线条似乎也是挺拔有力的……

不喜欢外人看见也就算了，还不喜欢在公开场合带着露面，难道这人其实不是男朋友，而是被方才那个年轻女子包养的？

想想方才那位长相漂亮笑容无害的年轻女子，泊车小哥顿时感觉内心受到了冲击。

他同情又羡慕地看了车里的秦楼一眼："你是有点惨，不过总算也不亏，就别要求太多了。"

"嗯。"

秦楼继续恹恹的，趴在方向盘上盯着餐厅门廊的方向，黑黢黢的眸子里藏着点压抑的、克制的、不敢表露的渴望。

"我什么都不求……她只要肯看着我就够了。"

泊车小哥同情地叹气离开。

而已经进到餐厅，在迎宾人员的引导下走进电梯间的宋书完全不知道，自己此时在楼外停车场已经被某人立起一个冰冷薄情的形象了。

电梯间内。

宋书恰巧遇见了同一团队的两个女同事。两人都是投资发展部的，比较熟，等电梯的时候已经聊开了。

经过一个多月的磨合，组里一部分人对宋书的态度已经有所改观，但也有一部分选择性无视宋书在组内的工作成绩，仍旧认为宋书是抱着22层那人的大腿上位的。

很不幸，面前这两位就属于后者。

表面和乐地打过招呼，电梯恰好下来。

三人进到电梯内，没有第四人在场。密闭的电梯载着三人向上。

其中一个突然开口问另一个："刚刚送你过来的是你男朋友吧？"

"嗯。你看见啦？"

"当然看见了。那是他自己的车？"

"对，他是Q市本地人嘛，父母有点积蓄，给他交了首付买了车。"

"在Q市能交首付很厉害了，那你岂不是嫁过去就可以安安心心做全职太太了？"

"谁知道呢？"被问的女同事嘴上的谦虚也掩饰不住面儿上的得意，她顿了两秒，似乎想起了同在电梯内的宋书，"秦情，你是怎么过来的？我们刚刚好像没看见你。"

宋书闻言回眸，淡淡一笑："我打车过来的。"

女同事眼神闪了下："哦，这样啊。隽升律所那位余总不是你未婚夫吗？他怎么没送你过来？"

——公司里早就有宋书已经和余起笙解除婚约的传言。原话更直接："秦情因为抱秦总大腿做个没名没分的小替身，已经被忍无可忍的余起笙甩掉了。"

宋书自然知道对方问这个的目的，她索性露出点难过的神色，顺着对方的期待往下说："我和起笙，因为性格不合，已经分手了。"

"啊，性格不合啊……"两个女同事意味深长地对视了一眼。

宋书估计最晚不超过明天中午，这个被她本人证实过的消息就会传遍公司。这样也好，总不能因为她而影响了余起笙的名誉。

电梯门开了。三人前后走出电梯，往订好的小晚宴厅走。

路上，她们先去了洗手间整理妆容。

收拾耳环的时候，另一个女同事拾起话头，对宋书循循善诱："我觉得还是要找个稳定点的男朋友，有没有钱倒是其次，最重要的是得能把女朋友放在心上，不轻贱人。"

"没错。我男朋友要不是对我还不错，就算是他全款买了房，我也不稀罕啊。"头一个女同事停顿了下，语气加重，"否则就算再有钱，完全不把人当回事，也不给花，那能有什么用呢？”

宋书闻言但笑不语，表情上做出适度的配合。

此时她一颗心全在待会儿遇见吕云开该如何把握分寸的问题上，哪有半点心思舍得用来应付这两人？

她这边左耳进右耳出，有人却听不下去了——

一间洗手间的门被推开，里面的女人踩着高跟鞋啪嗒啪嗒地走出来。

三人瞥见，同时怔了下。

宋书的两个同组女同事脸色微变：“栾部长，您怎么也来了？”

第 18 章

—Y A O H E N—

好慢

栾巧倾冷着脸，从表情来看也不像是心情很美丽的样子。她不作声地走到洗手台前，停了两秒好像才刚听见那两人的声音，注意到这两人的存在。

她慢吞吞地扭过头去：“刚刚谁跟我说话了？”

两人笑容发僵，但人事部掐着公司全体员工的绩效考核，它的部长就更是几乎所有部门员工都得罪不起的，此时两人敢怒不敢言。

最先开口的那个僵笑着道：“是，栾部长，没想到刚巧在公司外面遇见您。您也是来参加我们组的庆功会？”

“哼！”栾巧倾冷笑了声。

开口的人表情再次僵住，不知道自己做了什么惹得栾巧倾这么不快。

然后她就听栾巧倾开口：“真以为你们组长是霸王龙啊，你们组开庆功宴还得我专门来跑一趟？”

被一通炮轰，女同事哑了火，尴尬地看向同伴。

同伴连忙赔着笑圆场：“我猜也是，栾部长肯定没时间参加这种小组庆功宴。不知道您来这边是为了……？”

“人事部的部门聚餐在今天，刚好也是这个地儿。”栾巧倾洗完手，从旁边拽了张擦手纸。她一边擦着手，一边抬头看向站在原地浑身不得劲儿的两个人：“我出来前听你们聊得挺热闹的，说什么呢这么开心？”

“没、没什么。”

“怎么，还有什么事情是我不能听见的？”

“不不不，栾部长误会了，就是一点闲聊。”女同事连忙解释，跟着，她好像突然想起什么，给同伴使了个眼色，然后笑着说，“我们就是听说秦情和隽升律所的余总分手了，今晚还是自己打车过来的，正在劝她找个稳定的男朋友。”

另一个人立刻会意——公司里传闻栾巧倾因为秦情这个“冒牌货”占了自己亡姐的位置不爽秦情也不是一天两天了，借着这个机会转移火力，她们还能落个清静。于是她立刻帮腔：“没错，就是聊这点事情，不然一个女孩子在社会上无依无靠的，什么事情都不方便……”

“哧。”

那个女同事的话没说完，被一声满浸着嘲弄情绪的嗤笑打断。

她脸色微变，抬头，正对上栾巧倾冷笑的脸：“现在都什么年代了，怎么还能在Vio里听到这样可笑的言论？我们的员工是从封建社会穿越来的吗，思想这么落后？”

那人面露尴尬：“不是……”

“不是什么？你告诉我，一个女孩子在社会上无依无靠怎么了？吃你家大米了还是用你家水电让你家接济了？要是都没有，那跟你有什么关系？嗯？！”

“我……”

女同事被这连珠炮似的问句撑得一句完整的话都说不上来，急得脸通红。

她要是不反驳，那栾巧倾兴许就不跟她计较了。见她还想开口辩驳，栾巧倾又冷笑一声，缓了口气继续开炮：

“你还不服气？我告诉你，我尊重新时代任何女性独立自主的思想，不管是想做全职太太还是职场女强人，那都没问题。但我就看不惯那些以为自己的想法多崇高，别人不按照自己的路子走就得把别人踩进下水沟里的人。你想有男朋友疼有男朋友爱没问题，别人不想，那也没问题。你到底凭什么嘲讽她？”

僵持几秒，宋书亲眼看见那位女同事被栾巧倾一口气撑得梨花带雨，扭头就跑了。

另一个人也不敢久留，面上的笑容惨淡，听不清她咕哝了句什么，就见她也跑了出去。

宋书感慨地在心里点头——

多年不见，巧巧这牙尖嘴利的功夫又有了更高的“造诣”。

“我告诉你，你别误会，我只是不喜欢她们那种言论，这才说两句——”

栾巧倾说着转回头，原本她是板着脸想解释自己开口的原因，结果一回头就看见宋书表情淡淡似笑非笑地站在后面，一副看戏的模样。

栾巧倾气得差点岔气。

“你……你有没有点上进心？她们刚刚那样说你，你就一点都不生气？”

宋书回过神，心思一转就猜到了栾巧倾此时恼羞成怒的原因。

她低头莞尔：“谢谢栾部长。”

栾巧倾脸一红，早没了刚刚牙尖嘴利快语连珠的反应速度。她憋了两秒，摆摆手：“不、不客气。”

“不过栾部长其实没必要为了我而结仇。”

宋书迈开腿，鞋跟轻轻地叩击在大理石地面上，发出舒缓的响声。

她走到栾巧倾面前，微微停住，只化了淡妆的脸蛋精致姣好。

“仗义执言在职场上不算什么明智之举，就算你有力压她们的气势，小人还是少得罪为好。”

栾巧倾听进心里，下意识地皱起眉，刚准备细细思索，突然反应过来站在自己面前的是秦情。

她脸色微变，咬牙。

“还轮不到你来教训我。”

“只是忠告。”

宋书淡淡一笑。

“而且人生短暂，只用在你爱的人和爱你的人身上尚嫌不够，千万不要为不值得的事情浪费时间和情绪啊……巧巧。”

尾音处一顿，宋书展颜而笑，快步走过栾巧倾身旁，离开了洗手间。

原本再次不自觉陷入她的教导里的栾巧倾呆在原地几秒，突然反应过来。

懊恼又怀念，愤恨又不舍……诸般复杂的情绪一股脑涌上她的心头，冲撞得她鼻尖发酸。

栾巧倾恨恨地跺脚：“秦情！不准你再那样叫我听到没有？！”

洗手间的外间传来一声轻笑。

栾巧倾爆发后停在原地，过了几秒慢慢低下头，眼圈微微发红。

难怪秦楼那样越陷越深。

秦情和那个人真的很像……明明那个人从来不会这样温和地笑着和她说

话、教她道理，但是秦情站在她身旁开口的时候，栾巧倾就觉着好像那个人又回来了。

姐姐……

楚向彬手里还有别的小项目要过目，卡着6点半的点儿才到楼上。

从电梯间出来没走几步，他迎面撞上低着头走过来的栾巧倾。难得见人事部这个公鸡似的部长蔫头耷脑的模样，楚向彬因为项目落成心情不错，停住脚打招呼："巧啊，栾部长。"

栾巧倾身形陡然一僵，没抬头就奓毛了："你叫谁巧巧呢！"

楚向彬被冲得一蒙，两三秒后回过神，气笑了："谁管你叫巧巧了？我喊的是栾部长。怎么，三季报快出了，人事部这是忙糊涂了，栾部长参加部门聚餐都不用坐车，直接梦游过来的？"

栾巧倾气得发噎。

从进公司第一次任命会议被楚向彬嘲讽一番，她就发现这人似乎是她的克星，她从小伶牙俐齿，这么多年来罕逢敌手，偏偏在面对楚向彬的时候，总是会被他堵得一句话都说不上来。这种人生深渊级别的存在，栾巧倾以前也就碰到过宋书和秦楼这么两位。

那两位基本不和她一般见识，但楚向彬不同，只要碰上，两人就得在唇枪舌剑方面互相"见识见识"，这样持续几年，终于养成了现在一见面就戗的习惯。

不过今天，栾巧倾确实没什么心情和楚向彬斗嘴，她只明晃晃地翻了楚向彬一个白眼。

"你怎么知道我们人事部今天聚餐？"

楚向彬挑眉笑了笑："没有什么信息是投资发展部得不到的。"

"大尾巴狼！"栾巧倾拿方言嘀咕了句，错开身准备走过去，"庆你们的功去吧，待会儿喝高了别来打扰我们的聚餐氛围。"

"既然你这么说，那我肯定是要让他们去试试的。"

栾巧倾翻白眼："你看到时候有没有人给你们开门。"

"好。"

两位冤家错身而过，各自进了长廊上斜着相对的两个小晚宴厅里。

整场庆功宴，宋书几乎都没有什么存在感。

大多数时候，她在三五成群的组员旁边听他们说着有趣或者无趣的笑话，简单地迎合和附和，然后在话题转移到自己身上之前迅速换到另一个小群体间——像条滑不溜秋的鱼，一晚上她都在鱼群里藏着身影游走。

直到她等待已久的那个鱼饵落了下来——

庆功宴快结束时，吕云开匆忙到场。

他先是说了几句鼓励的客套话，然后向在场的团队成员全体敬了一杯酒，代表公司对他们的努力表示认可和感谢。

等自动聚起来的员工们在他讲罢结束语后散开，吕云开直奔楚向彬而去。两人似乎是在谈公事，表情时而轻松时而紧张，偶尔还会皱起眉说几句。

宋书在角落里不动声色地观察片刻，等注意到两人神色彻底放松下来，大约是开启闲聊模式以后，她从酒水自助的长桌上取了一杯香槟酒，向两人走去。

宋书还没走到两人面前，侧对着她的楚向彬似乎先注意到了她的动向，他低头和身旁的吕云开说了句什么，吕云开挑了挑眉，转身看过来。

宋书心里情绪起伏，面儿上笑意却并无变化。

她径直走到两人面前，停住，弯起唇角笑起来："吕总、楚部长，晚上好。"

"吕总，给您介绍一下，这是法律合规部的新入职员工，秦情。"楚向彬向吕云开道。

吕云开是个年近半百的中年男人，穿着随意，出席今天的庆功宴也是一身休闲衬衫和长裤，如果走在街上，大概没人相信他是这样一家大公司的实权副总。

吕云开听到楚向彬的话，过了几秒才点点头："嗯，我听说过你，后生可畏啊。"

宋书一顿，垂下眼帘，不再和吕云开审视的目光相对。

她笑了笑："我还没做出什么成绩，担不起吕总这样的赞誉。"

"哎，客气什么？我就算对你不了解，对向彬我还能不了解吗？如果真是没什么业务能力，他肯定不会把你留在组里——他谁的面子都不给，是吧，向彬？"

听出吕云开似乎话里有话，宋书眼神轻晃后只装作丝毫不察。她笑了笑："那大概是楚部长对新人宽容些吧。"

吕云开笑了起来："他眼里可没有什么新人旧人，所以你刚进公司不久就做了向彬的小组成员，从侧面更是反映了实力不凡啊。"

宋书不再自谦，顺着吕云开的话聊了片刻，她心底的阴云渐重。

从头到尾，她从吕云开的情绪里感觉不到半点防备或者敌意——如果对方真的就是当年那件案子的举报者，那到底是他心机太深，还是对她的履历毫不起疑？

吕云开的反应和宋书、余家父子预想中的任何一种情况都不同，这让宋书觉得事情的发展出乎预料。

她不准备耽搁太久，准备找个时机离开……

"吕总、楚部长，你们聊，我就不打扰了。"

宋书笑意温婉地向两人颔首，转身便要离开。

吕云开突然开口："等等。"

背对着吕云开，宋书的笑意一顿。转瞬心中波澜退去，她笑着回过身："吕总？"

吕云开却没看她，低着眼不知道在思考什么，又过几秒，他终于抬起头。

这个中年男人露出和之前一样的找不出问题的温和笑容，眼神却是深邃的。

"你长得有点像我的一位故人，我刚刚想了好久才确定。"

宋书心里一紧，但面儿上只露出些惊讶和惊喜的情绪："这么巧吗？那看来我和吕总还是有缘分的。"

"缘分啊。"

吕云开笑了起来。他把香槟杯递给楚向彬，楚向彬接过后会意地转身，离开前不轻不重地瞥了宋书一眼。

宋书只当作没有看见，仍是笑意真诚地和吕云开对视着。

等楚向彬走远，吕云开移回目光，轻叹了声："你出落得比那位故人还要漂亮，加诸你身上的目光也一定会更多，你要小心啊。"

宋书轻眯起眼。这话是提醒还是威胁，宋书自然分得清楚。她感到意外，吕云开竟然会以提醒的语气对她开口。

宋书想着，低下头去："谢谢吕总指点。我在公司里原本就是不懂事的新人，一定会按照前辈们的教导去做的。"

“前辈的教导未必就是对的，你觉得呢？”

宋书迟疑不语。

吕云开这次沉默更久，又叹了一声：“如果这段时间里公司内隐约的风起云涌不是我的错觉，那你就是为了当年的故人回来的。”

宋书瞳孔轻缩。

几秒后她茫然地抬起头：“吕总是说什么当年？我有点不太明白。”

吕云开笑了：“不明白好啊，不明白最好。”他一顿，“可如果你明白，那就不要再查下去了——当年那件事牵连甚广，查下去对谁都没有好处。”

宋书慢慢敛下眉眼：“看来吕总是认定我和您的那位故人有关系了。时隔多年念念不忘，吕总对那位故人是怀恩还是有怨呢？”

“你不必试探我，我和那位故人无恩无怨，我只是一个旁观者罢了。”吕云开停了几秒，突然笑起来，“原来你是怀疑我啊，难怪，难怪。”

宋书这一次也不解释了，抬头直直地望向吕云开，笑意薄凉而锋利：“吕总觉得自己嫌疑大吗？”

吕云开和她对视两秒，突然开口：“我有罪，旁观者都有罪。但有些时候进退两难，说或者不说，都是有罪。”

宋书攥紧拳头：“受教了，吕总，这是我听过的最棒的诡辩。”

“你不懂，我不会强求你懂，就像你也不必强求我懂你这些年的艰苦，更不要指望能拿它们打动我一样。当年在那件事情上我选择明哲保身，再过十年我还会做一样的选择。”

宋书眼底情绪剧烈地起伏了下，但很快便被她悉数压了下去。

须臾后，她低头笑了笑。

“当然。如果吕总真的和那件事情没有关系，那我也不想牵涉任何无辜的人入局。”

“在这一点上，你善良得和我那位故人更像了。”

“……”

吕云开压低了声音：“可是她也有错，她的事连累了那么多人，错就错在她的‘善良’——这一点你懂吗？”

宋书一顿，笑意更加明媚，眼神也更加阴冷：“对豺狼虎豹善良就是错，血淋淋的教训都留下多少年了，我怎么会不懂？”

“那你就比她聪明。”

“……”

“聪明的人才能活得长久。”

“……”

吕云开在这场庆功宴结束前就离开了。他是Vio的实权副总，因为Vio的改制和重点倾斜，也是公司里除了总经理外最忙的一位。

他走之前给宋书留了一句话：“有时候，恩情比恩怨全无更容易招致冤仇。”

宋书独自一人拿着冰凉的香槟杯，站在长桌前，久久没有回过神。

这句话背后的那个小小的答案，她和余云涛、余起笙不是没有想过，只是不愿深想。

确定的线索和信息里，当年举证的高管直指Vio当今的副总。而他们之所以将吕云开定为最大嫌疑人，就是因为统管负责人事部、办公室、风险管理部三大部门的另一位副总林峰，当年是白颂最为赏识的人才，也是被她从一个毫无背景的新人一手提拔起来的。

他们下意识地跳过了这样一个人，或许还是无法直面人性恶的那一面吧。

庆功宴临散场时，宋书给安行云打了一个电话。她们之间极少私下联系，只是吕云开那句话让宋书想起之前拜托安行云帮忙查的事情。

电话一通，两人简单问好后迅速切入正题。

“我当时请您查的那件事，有眉目了吗？”

“嗯，我查过了。21层副总办公室确实有人以副总直批的名义秘密去档案室调查过你的履历信息。”

宋书呼吸一紧，皱眉想着吕云开转移嫌疑的可能性和必要性有多大。

不等她想完，就听安行云又说：“我还查到了更详细的——确实有人去查过你的履历，但那人并不是吕云开身边的人，而是还在出差的那位林副总林峰的助理。”

宋书瞳孔蓦地缩紧。

安行云慢慢叹了口气：“人还在出差，却对公司里的新入职员工这么‘关心’——看来在这件事上，是我们看错人了。”

沉默许久，宋书才慢慢回过神。

“看错人确实是一个很致命的事情啊，安姨。不过我们更幸运，我们还有机会。”

“这件事我会和余云涛联系，你先不要轻举妄动。”

“嗯，我知道了。”

挂断电话后，宋书快速回到小晚宴厅内。

此时庆功宴已然结束，众人三五成群地往外走了。宋书不着痕迹地融入他们，说说笑笑，全无异样。

到了一楼，走出电梯，在庆功宴上喝了酒的都在联系人来接，也有几个商量着拼车回家。

“秦情，你住哪里啊？”

宋书听见声音，笑着回眸：“我今晚还有点工作没完成，需要回公司做完。”

“今天还得加班？这么辛苦吗？”

“我还以为法律部这种中后台部门都挺轻松的，这么一看也惨。”

“那你们谁去公司或者路过，捎秦情一程呗。”

宋书回过神，连忙笑着婉拒：“不用了，我自己打车回公司就好。”

“这么晚了，你自己一个人不安全吧。”有人接过话，带着点酒意，口无遮拦地玩笑，“万一出什么事情，别的不打紧，伤到了脸——那秦总可该担心了。”

“小云！”

大家都脸色微变，只不过有人维护，有人面冷，还有人则是一副快意和看好戏的样子。

宋书视线一扫，将众人作态全部收入眼底。

再想起吕云开那句话，那些关切、担忧一时之间也在她的幻觉里成了虚浮不定的假面。

宋书心里突然累得发沉。

这一次她连遮掩都懒得做了，向前踏出一步：“我先——”

话未说完，一辆黑色轿车开到门廊前，停住。

几秒后，在众人的愣怔里，副驾驶座一侧的车窗降下来。

秦楼趴在方向盘上，打了个呵欠："我都等三个小时了。好慢。"

众人呆了好几秒才反应过来——面前轿车的驾驶座上，那个趴在方向盘上歪着领带解了两颗衬衫扣子，有点慵懒美的年轻人，竟然是他们公司总经理秦楼。

空气凝固几秒后，站在后排的同事间隐约传来压低的议论声：

"总经理亲自给她当司机，还等了三个小时，这是什么级别的待遇？"

"级别？秦总自己就是董事长，高层里什么级别也没有这个待遇。"

"只要长了一张合适的脸，真是应有尽有啊……小云这次惨了，前脚刚把秦情得罪了，后脚秦总就出来了。秦情今晚要是枕边风那么一吹，明天小云就得卷铺盖走人吧？"

"这一个月看秦情被楚组长折腾得忙里忙外不得闲，还以为秦总对她兴趣淡了呢，没想到……幸亏我们刚刚没多嘴。"

"……"

有脑子灵活的立马反应过来，连忙上前朝着车里奉承地笑："秦总，您怎么亲自过来了也不知会我们一声？不然我们哪敢让您在楼下等啊？"

秦楼没兴致地撩起眼帘扫了那人一眼，视线落到宋书身上。他嘴角勾了勾："我也没什么事，所以开车出来散散步，顺便接秦情回公司。"

众人默然无语。

先不说这个"顺便"是真是假，开车散步是哪门子的爱好？

秦楼都这样说了，他们自然不可能反驳或者拆穿。方才还带着或者嘲笑或者冷漠嘴脸的几个人，混在其他和善的笑脸里，让宋书已经分辨不出来。

"秦情，秦总都来接你了，你就快上车吧。"

"有什么消息我会通知你的。"

"路上注意安全啊。"

"……"

在那些杂七杂八的声音里，宋书连笑意都懒得敷衍。她坐进副驾驶座里，系上安全带。

"……回去吧。"

秦楼察觉宋书情绪不高，没有多说什么，换挡踩油门，轿车顺着门廊宽路滑了出去。

没得到宋书回应的组员们站在原地。

尴尬地安静了几秒后，不知道谁小声嘀咕了句："嘁，傲气个什么劲儿，我们跟她告别她都不搭理。还真以为秦总来接她就是捧着她了？"

"要不是那张脸和秦总初恋长得像，秦总会多看她一眼吗？"

"等以后秦总真对她不感兴趣了，有她哭的时候。"

"就是……"

车上。

秦楼问："今晚的庆功宴上，你见到吕云开了？"

宋书沉默几秒，慢慢点头："嗯，见到了。"

"得到答案了吗？"

"大概……得到了吧。"

秦楼听出宋书语气里的异样，侧过脸看了她一眼："得到的答案和你们最开始猜测的不同？"

"最开始其实没有猜测。"

宋书慢慢吐出一口气，扭头看着窗外的夜色，看着路边的灯火连成流水一般的彩河。宋书将头轻轻靠到座椅靠背上，心里疲累地叹了口气，唇角却勾起来。

她声音轻缓地说："Vio的两位副总里，吕云开我从没见过，另一位我却有点印象。忘记哪次了，妈妈出短差，在跟一个大项目，我跟在她身边，和她一起见了位年轻人……那时候我年龄还小，我妈让我管他叫哥哥。"

秦楼思绪转得飞快，在宋书话语开头就猜到了什么。

他眸色微沉，最终却没有开口，只是听着车里宋书用轻得发飘的声音慢慢说着："我记得后来我妈陆续夸过他很多次，说这个年轻人有能力，心性也好，以后会有大成就的……说起来，我只见过他那一面，我以为我早就把这个人的模样全忘掉了。"

宋书的话停得有点突兀。

然后她轻轻地笑了声。

"但是没有，我没忘。"

没有忘记啊。

今晚她端着香槟杯站在长桌前，吕云开那一句话如同一瓢冰水向她兜头浇来，一瞬间那个年轻人的面孔跨过十几年的长河，突然毫无征兆地浮现在她的眼前——那时候还有些青涩的青年人的笑，摸在她没什么表情的脸上的温润的手，还有他上进的渴求的景仰的崇敬的目光……

刺骨的冷意从每一个毛孔往她身体里钻。

冷得宋书想发抖，冷得她想大笑。

笑刺向白颂的那把刀，不管握刀的人是谁，制成那把刀的，却正是她曾经保护、提携过的亲人和后辈！

就是她想保护和提携的那些人，亲手把她推向万劫不复的深渊。

“所以我根本没去考虑那个答案。余叔说当年暗中拿着准备好的大量资料举证母亲，要到法院出庭作证的那个秦氏的高管，就是Vio的两位副总之一，看见林峰的第一眼我就告诉他不可能是林峰，一定是吕云开。林峰性格那么刚直，所有人都知道他大公无私，待人做事公平公正，所以当年母亲的亲信受牵连，而唯独他无人能撼动——我一直就是这么认为的，我从来没有考虑过，也可能是没有允许自己思考过会有别的可能……”

宋书轻声笑了起来。

“如果他是那个恩将仇报的，他是那个把当初唯一肯向他伸出援手的女人推进万劫不复的地狱里的，那这就——”

宋书的话声蓦地哽住。

过了两秒，她重新笑起来：“那这就实在太可笑了，不是吗？”宋书回眸，看向秦楼。

在模糊的视线里，车内车外的光影被折射、扭曲，拧成斑斓的光点和色彩，也遮盖掉那道身影。

到此时宋书才忽然察觉——

她抬手摸了摸冰凉的脸颊，手指和掌心里一片潮湿。

她低着头，茫然地看着模糊的视野里的手掌心。

她现在心中一片空白。

就好像一个患了雪盲症的人孤身走在铺天盖地的大雪里，她突然找不到任何出路，也看不见任何希望。

方向盘向右一打。

秦楼将车停到路旁。他解开安全带，皱着眉俯身过来。他把她抱进怀里，低下头给她擦掉眼泪。

“为什么哭？”

“只是……觉得很累。”

宋书脸上的泪痕和情绪一样淡下来，她第一次放任自己完全依靠状态地靠进秦楼怀里，低垂着眼，喃喃道：“她想保护和救赎的自己女儿的父亲给她挖下了陷阱，她提携和护佑的后辈把她推了下去，其余所有的知情人都漠然地站在那个深坑的边上，低头看着她，却没有一个人发声。一个人都没有，从头到尾啊，那样大的一桩案件，却能那样快速地、证据齐全地、人人默认地完成裁定，没有遇到一点阻挠和……”

宋书慢慢呼出一口气，那口气堵在胸口，郁结在心里，憋得她连呼吸都生疼。

她没表情地望着冷冰冰的车窗外，只能更紧地靠在秦楼身上，试图获得唯一的一点温暖。

“今晚我一直在想，她死之前没有看到那些人就好了，什么都不知道也就好了。不然亲眼见到那些人的嘴脸，看见他们撕下面具之后露出来的丑陋面孔……她那么善良，真看到那些的时候，她该有多绝望……”

车窗降下一道几指宽的缝隙，江面上吹过去的已经满浸着初秋气息的风带来丝丝凉意。

10月中旬，各公司三季报纷纷出炉。Vio第三季度的绩效考核也随之结束，并在公司的电子公告栏公示结果。

原本应该是各部门甚至个人之间互相评价最盛的时期，所有人的注意力却都被22层助理秘书小组发布的一份公示给勾走了。

公示上章程化的表述一堆，核心信息只有一个：法律合规部员工秦情因为表现优异、绩效突出，将在公示一周后调入22层助理秘书小组，填补秘书组内法律顾问及助理合规官职务空缺。

消息一出，在各部门引起轩然大波。

总经理助理这个职务在职级上虽然比副总要低半级，但因为直接接触公司最核心决策高层，总经理助理一职常被视为比副总的实权还要高出几分。

但不同于公司其他树状结构里的职务任免升降，总经理助理这条职位线独具一格，经常是直接从个别部门抽调或者面试空降，所以在任免上往往容易出现偏差。而这个职位的安排一旦失误，对公司的影响将会很大。

因此，Vio索性在助理秘书小组实行组内分权合作机制，虽然有一位总负责人安行云，但其余人仍有直接向总经理报告的权利。

组内可以互相制约，还可以分散、平衡工作压力，时至今日，助理秘书小组内五位助理，除了总负责的安行云外，另外四位都是各有分工。

但即便如此，助理秘书小组的任何位置仍旧是所有普通员工奢求却不能得的。

而今，秦情进入公司不过一个多月，竟然直接跃升22层，这件事情在公司里自然是被广泛议论。

中午，员工食堂里，齐聚一桌的到处都在谈论这件事。

“就为了一张相像的脸，总经理就这么把他的小情人直接放到自己隔壁的助理秘书小组去了？这消息不会有假吧？”

“当然不会，公告栏你没看见吗？在公示之前都不知道走了几道程序了，考核、书面的拟任免报告、任免调整方案，还有助理秘书小组研究讨论会议内容和意见，所有材料全在电子公告栏里，一应俱全。要我说，这准备了至少得有半个月吧。”

“半个月？我看不止。”

“瞧瞧人家这张脸，爹妈给生得多好！才进公司这点时间，直升22层，坐火箭也没这个速度啊！”

“我看总经理是疯了，他就不怕董事会高层弹劾他？”

“谁敢？秦家可是Vio的绝对控股股东，而且秦老先生退出一线后，秦家所有股份、产业全部划到他孙子秦楼名下。秦楼在董事会里说一不二，谁敢逆着他的意思来，不怕被踢出去？”

“你说得夸张了点，倒也没有那么稳妥。万一牵扯到什么根本利益甚至生死攸关的问题上，其余股东合作，摆出破釜沉舟的态度来，那还是会对秦楼构成很大威胁的。”

“但是在助理这种小事上，肯定不会有异议，所以我们就等着人事部审批吧，然后总经理那边审查谈话走个流程，那时候，人家就真的飞上枝头喽。”

“说起人事部审批，过不了栾巧倾这道关，秦情是飞不上去的，栾部长真的肯放？”

“那就难说了。”

“谁认识人事部的？快去打探打探……”

与此同时，Vio资本23层，私人区域内。

公示的这一周，除了给人事部走审核流程外，也是用来给任免升降的员工交接工作的。

然而宋书以秦情身份进入Vio的时间原本就不长，除了初期利用部门职务查看了许多档案材料，她只从头到尾跟过AI那一个投资项目。

资料归档后，她也确实没有什么好交接的工作。

所以，不同于那位忙得废寝忘食加班加点的总经理，宋书这两天特别清闲，每日事务就是上到23层，抱着秦楼的私人笔记本电脑坐在沙发上研究。

秦楼的电脑连入公司内网，在公司电子资料库里享有唯一的最高权限——在这些项目资料里，宋书可以出入自如。

秦楼好不容易审核完刚交上来的公司第三季度财务报表，揉着发僵的肩颈起身过来，就见宋书盘腿坐在沙发上，没上半点妆的小脸素净漂亮，还有点没情绪的严肃。

跟她以前解奥数难题时的表情真像。

秦楼忍不住回忆了几帧画面，然后他无声地笑了笑，坐到宋书身旁，手臂撑在她身后的沙发靠背上，将人虚虚地圈拢在怀里。

“你在看什么？”他轻声问。

宋书眼睛抬了抬，身形动作却一点没变：“我在研究林峰这些年的项目、合作伙伴，还有人脉关系网。”

秦楼听得挑眉：“你怀疑他周围也有……”

“不需要怀疑。余叔这些年搜集的线索表明，这些工具人和黑手之间存在着密切联系。那些小的已经被余叔他们抓到了，如今终于到了这根主藤，我只需要顺藤摸瓜，把最大的那几只黑手拎出来就行了。”

“那现在有怀疑对象了吗？”

“嗯。事实上，前几年我就一直在想一个问题，那桩案件的涉案金额之巨和牵涉之广，绝对不是短时间内能够完成的。那在案发之前，当时秦氏集团的总经理难道就完全没有察觉？”

“你怀疑白颂之前的总经理邓潇凯？”

“没错。”宋书敲了敲手下的键盘，调出几份材料来，“他经手亲自批准的多个项目都和秦扶君、宋成均的子公司有过密切往来。如果包庇他们夫妻的是邓潇凯，那么许多中间环节就能解释得通了。”

秦楼在大脑里检索片刻，开口：“邓潇凯在白颂就职后被降了职务，后来秦氏出事，没多久他就转让股权，带着自己的心腹们离开公司，还创立了一家科技公司。”

“潇凯科技公司，主营方向是AI。”宋书唇角无声地勾起来，“之前我跟着楚向彬的那个投资项目，刚好和他们是竞争对手。做尽职调查时，我特意接手了竞争企业调查这一部分，借机通过会计师所、律所还有金融信息提供商等多家中介机构，名正言顺地调查了他很多事情。整合的资料信息我已经转给余叔和余起笙，他们在这方面比我更老到……”

第 19 章

—Y A O H E N—

圈套

对于秦情调至22层总经理助理秘书小组的审批，人事部在一周内给了审批通过的结果，这让公司里原本等着看栾巧倾和秦情冲突好戏的那些员工大失所望。

人事部审批通过后，秦情调任一事板上钉钉，无可更易，剩下的就只有一些基本流程了。

其中就包括助理秘书小组负责人对秦情的任职谈话。

任职谈话一般是由直属上级给新任职员工做的，在助理秘书小组这个比较特殊的地方，就由特别助理安行云负责。

宋书正式调任当天，22层助理组全员都在，给她开了一个至少表面上还算其乐融融的小型欢迎会。

其间，唯一板着脸的就只有安行云了。

为此许佳佳还凑过来安慰宋书："你不要担心，安姐就是这样的性格。等以后工作中接触多了，你就会觉得她人还不错的。"

面前的小姑娘看不出半点当日在总经理办公室外的鬼祟，宋书和她对视几秒，在对方的眼神里都看不出什么纰漏或者瑕疵。沉默两秒，宋书垂眼一笑。

"嗯，安助理是职场前辈。不管她对我什么态度，我都会尊重她的。"

许佳佳似乎松了口气："那就好，那就好。"

除了安行云和许佳佳外，其余三位助理也都对宋书的到来表示了不同程度的感谢。

有点意思的事情是，另外三个人同样有意无意地提及了安行云，像是生怕宋书无法察觉安行云对她的不满和敌意。

面儿上敷衍地应付着，宋书心里有些漠然：无论是某些高层的态度，还是助理秘书小组内的人出于私利，显然没什么人想让水火不侵、软硬不吃的安行云在总经理特别助理这个位置上一直坐下去。

她得提醒安姨小心防备才行。

小型欢迎会结束，只在宋书最初进门时打了个招呼的安行云终于有所反应。她站起身，抬起眼皮，淡淡地扫了宋书一眼。

“你还有个任职谈话，跟我过来吧。”

“好的，安助理。”

宋书点头，跟了上去。

两人保持一定距离，离开助理秘书小组的办公区，安行云走在前面，最先转身进了22层的一间小型会议室。

宋书跟进来，目光一扫会议室内各角落，确定安行云带她来的这间会议室确实没有监控后，她转身将门关上，无声落锁。

此时已经停在窗前的安行云转回身，看见她的动作，原本僵冷的表情如冰雪融化。

安行云招了招手，笑道：“他们四个都在的时候，不会有哪个敢单独溜过来的。”

宋书赞同地点头：“还是以防万一。”

“嗯，谨慎些也好。”

两人最终都站在这间小会议室的窗前。

安行云开门见山：“任职谈话那些套话我就不说了，今天过来找你是有个挺重要的事情。”

宋书好奇地抬眼：“什么事情不能在电话里说？”

安行云皱眉，她扭过头盯着宋书看了两秒：“你答应我，这件事我说出来以后你不要冲动，回去和余云涛商量过后，我们再做决定。”

看出安行云对这件事的重视程度，宋书点头：“好。”

“我昨天得到消息，九年前你那场车祸里的醉驾司机，在昨天因病保外就医了。”

宋书猛地抬头。

几十秒后她又细眉紧锁，眼神思虑地低下头。

“这么巧？刚好在这种时候。”

“是啊，我也觉得巧。”安行云拧着眉，看向窗外，“这九年里他那边安静得就像个死人一样，始终没有任何消息，甚至连一个探望的人都没有，却在你回国一两个月的时候，突然保外就医了。”

宋书目光微晃：“这个人这些年一直都在监狱里？”

“当然。秦楼当年调查你的车祸，硬是拿出种种证据将这桩醉酒驾驶的车祸定性为冲动杀人案，把这个男人关进了监狱。这件事说起来还要感谢秦楼，如果不是他，那这人现在多半已经逃脱我们的监控，在这个世界的不知道哪个角落里消失得无影无踪了。”

宋书无意识地摩挲着指尖。思索几秒，她像是想到了什么，抬头：“安姨，你对这件事的态度好像不乐观？”

安行云回头深深地看了她一眼：“就像你的第一反应，我也觉得这件事巧合得有些古怪。”

“你是说……有人挖了陷阱？就像我出现在他们的视野里，给他们最大的不确定性和不安一样，而这个男人就是他们给我们下的鱼饵？”

安行云点头，同时皱起眉：“如果真是这样，那一旦有人接近这个男人，无论是谁，他们都会想到你的身上。到那时候，你的身份就会从模糊转为确定，你的处境也就会变得十分危险了！”

“危险我不在乎，我在乎的是能不能达到目的。”宋书说。

安行云拧着眉：“你记得刚刚你是怎么答应我的吧？”

宋书思绪中断，无奈地抬眼：“安姨，就算这是个陷阱，我也不得不去试试。只要能拿到这个人的口供，我们就有了最直接有力的证据，很可能可以直接抓到其中的一只手，这会是将来法庭上最有力的人证——相较于这样的收益，一定的风险是值得的。就算只有1%的机会我们也该尝试。”

“可你的风险是把你自己的安全押上去，我不同意！”

宋书安静几秒，淡淡地笑道：“从我选择回国，从我踏入Vio开始，我的安全就已被押上来了。他们之所以至今按兵不动，最大的可能还是不想节外生枝。但不动是不可能出错，更不可能留下痕迹的，我们要的不就是他们的动和出错？这不也正是我回国亲自参与进来，走到他们面前来的目的吗？”

“所以从一开始我就根本不同意你这个计划！”

“……”

两人的交谈陷入僵局。

小型会议室里安静半晌，还是宋书开口打破沉默。

她笑了笑：“那就按照您说的，我们打电话跟余叔商量一下这件事情。”

安行云迟疑地思考几秒，还是点头答应了。

几分钟后。

宋书哭笑不得地站在门旁，听着房间里安行云手里拿着老式手机，压低声音暴躁地和电话那头的人交谈：“你疯了？！这件事怎么能够让她去？万一出了事，我们以后到了地下怎么去见白颂？！”

电话那头，余云涛声音平静：“你不同意，她就真的不会去了吗？就算她今天不去，你能担保她不会去做需要冒更大风险的事情，只为了求得今天她想知道的答案？”

安行云默然沉目。

电话那头余云涛叹了口气：“这个孩子有多倔，这些年你还看不出来吗？顺着她做吧，这件事我们阻止不了，更没什么资格阻止。我们能做的就是尽我们所能地看护好她，帮她完成她所想做的事情。有风险就帮她排除，有陷阱就帮她找好退路，除此之外，我们还能做什么呢？”

安行云沉默许久，挂断电话。

她在窗前独自站了两分钟，才终于转身看向宋书。

宋书从会议室的门前重新走回到安行云面前，她淡淡一笑：“安姨，您和余叔商量得如何了？”

安行云扫了她一眼：“你就知道余云涛会答应，对不对？”

宋书笑而不语。

安行云冷哼了一声：“他说得大义凛然，全为你着想似的！要我看，他分明就是对你母亲的死心怀怨愤，一心只想复仇，自己疯了也要带着你一起疯！”

宋书低下眼：“您这样说，余叔听见了该伤心了。”

“伤心？”安行云今天显然是气极了，又冷笑了声，“他会伤什么心？我看他那胸膛里早就只剩下一块冷冰冰的石头了，哪还有心！”

宋书看出自己再劝只会惹得安行云更加不悦，对余云涛的怨念也更重，所以她只得苦笑着收回了即将出口的话。

安行云皱着眉不安地在房间里徘徊许久，才重新停在宋书面前。

“这件事去做也可以，但你一定要亲自去吗？我们完全可以找别人……”

“安姨，”宋书打断她，轻声地劝，“先不说我们在筹划的事情，越少人知道越好，只说目的和结果——我去就是为了找出当年他开车撞我的真实原因，哪怕只是受人恶意挑唆而故意杀人，这一样能成为将来的呈堂证供。”

“那何必要你自己冒险？换个人去也能……”

宋书摇了摇头：“我去，我们得到答案的可能性才会是最大的。不管他是觉得我已经死了还是可能还活着，我的出现都会是给他的最大的冲击，在这样的冲击下，无论威逼利诱，他才最有可能说出当年那件事的真相。”

沉默几秒，安行云咬牙：“所以你是去意已决了？”

宋书没说话，只无奈地看着安行云。

“我是阻止不了你了。但是有件事我们说清楚，他保外就医不会只有一天两天，你不准着急，在这件事上我们必须谋定而后动！”

宋书笑着点头：“都听安姨的。”

安行云瞪了她一眼，沉着脸扭头往外走了。

宋书这个助理刚上任，秦楼就出公差半周，而且一个助理都没带。

卡着秦楼要回来的最后一天，宋书终于征得安行云的同意，在当天早上8点多，去往那个酒驾司机所在的指定医院。

去的时候宋书十分谨慎，全副武装——口罩、墨镜、棒球帽一应俱全，确保遮挡严实之后，她才出发。

到达医院后，宋书没有急着下车。

她坐在出租车的后排，安安静静地对着医院的出入口观察许久，没有在附近见到行踪异常的人，这才给司机多付了钱后下了车。

Q市的大小医院人流量都很大，病患较多的科室挂一个号排到两周后也不是什么稀奇的事情。

虽然现在只是工作日的早上，但进出的人已经多到熙熙攘攘的地步了。

这对宋书来说，显然是有利的——就算这真是幕后之人窥探她身份的陷阱，对方布控和发现她的难度都变大了。

进到门诊楼后，宋书装作走到指示牌前确认就诊流程，脑海内则快速地过了一遍安行云跟她确认的信息。

那个酒驾司机保外就医的疾病是冠心病，按照记录信息，他在狱中时严重的心绞痛反复发作，在做了规范治疗后仍旧有严重的冠脉供血不足的表现，还出现了严重的心律失常。

现在，那个男人就在这家医院的心内科病房住院治疗。

宋书对当年那起车祸的印象已经不深了，或许是大脑本能地逃避那噩梦一样的回忆，这些年她几乎连那个男人的模样都忘记了。

不过在昨天，她逼着自己看着资料上那张平平无奇的脸，逼着自己记下一切可以用来对那个人威逼利诱的信息。

九年前她在那场惨烈的车祸里活下来了，这一次她要做那个人的噩梦。

口罩上方，棒球帽下，宋书的眼睛里一点点被冷意浸渍、覆盖，然后完全占据。

她插在口袋里的手无意识地收紧，直到掐得掌心刺痛，她才回过神，向医院门诊楼的里面走去。

资料里那个人住院的病房信息出现在她的脑海内，通往那里的路线图也迅速在她大脑中勾画出红色的线条。

宋书微低着头，偶尔掩住口鼻咳嗽两声，尽量避免与任何人目光交汇。

在医院门诊楼的一楼内乱转了几圈，宋书才终于向电梯间走去。

而就在此时，宋书的手机突然响起来。

宋书犹豫了下。

她拿起手机一看，是秦楼的电话。想到自己此时在做的事情，宋书本能地有点心虚，甚至很想直接把电话挂断。

但是按照那家伙的脾气，如果她此时把电话挂了……

宋书思考了可能出现的几种后果后，头疼地走到旁边，接起电话。

“秦……”

“谁让你一个人去那种地方的！”电话那头响起低哑而愤怒的声音。

宋书语塞："你怎么知道……"

"我当然知道！不在你身边留人的话，我怎么可能放心扔下你一个人出差？！"

宋书无奈，低垂下眼："你既然知道我来了什么地方，应该也查到我为什么来了。这个机会我不能放弃，秦楼。"

"那是个圈套！那个人现在根本就不在那家医院里！"

宋书身形一僵："怎么会……"

"具体的我之后跟你解释！你现在就保持着跟我通话的姿势，哪都不要去，留在原地！"

宋书默然许久，苦笑了声，抬手揉揉眉心。她的声音放到最轻："除了你留在我身边的人外，还有别人在跟着我，是吗？"

电话那头沉默几秒，秦楼的声音再响起时近乎嘶哑："你明知道还要往里面钻，当年那件事真的比你的命还重要是不是？"

宋书慢慢叹了一口气："我不想和你吵架，秦楼，所以我们不要在这个问题上讨论了，好吗？"

秦楼不肯说话。

宋书竖起耳朵听了几秒，突然皱眉问："你现在在哪里？"

"路上。"

"什么路上？"

"当然是去医院找你的路上。"

宋书回神，眼神蓦地一沉："你来这里做什么！你不能过来！如果你出现在这个地方，他们就确定了你也已经知道真相，到时候你会比我还要危险！"

她深呼吸几次，侧转过身，背对着身后熙熙攘攘的人流。

"秦楼，你能不能别这么幼稚让自己冒不必要的风险！我来这里是迫不得已，就算明知道是陷阱我还是要往前踩，因为这些年我们已经进了僵局死局，只有破局我才有可能得知真相，才有可能把那些藏在暗处的我们还不知道的黑手抓出来。而你，你现在根本没必要让自己无谓地陷入危险里！"

"是你先让你自己陷入危险的。"秦楼嘶声道，"我们之前说好了，所有的事情我们一起面对，所有的危险我们共同承担。"

"我只答应告诉你真相，没有说那些危险也要让你……"

“无论如何，”秦楼打断她，“都是你违背约定在先。这件事你根本没有告诉我，就自己做了决定。”

宋书低头：“……我如果告诉你，你会同意吗？”

“当然不会！”

“所以我才不告诉你啊。我都说了，这件事我必须做，哪怕只是踏进他们的陷阱，让他们确认我对他们构成威胁都够了——我需要破局。”

“那你就准备拿自己的命去冒险去试探去破局？”

“……对不起，秦楼，虽然有危险，但是我没别的办法。”宋书无声地叹气，“我会很珍惜自己，会尽力保护好自己的，我知道我不只是为自己和那件事活着的。你也要理解我，我没办法，我只能这样做。”

秦楼再笑，咬牙切齿：“那你也理解理解我！在原地等着，哪都别去，我很快到。”

“……”

听着电话中似乎是有风声掠过，宋书无奈地靠到墙上，她低着眼对着电话，轻声说，像在叹气：“可是你来也没有用的，既然他们设了这样的圈套，又盯上了我，那他们已经能够确认我来这里的目的了——不然我何必打扮成这样？”

宋书停了停。

“所以你回去吧，秦楼，我也会直接离开，你不必来。”

“那场车祸的第三层，我找到了。”

宋书几乎已经要迈出的脚蓦地停在原地。

她睁大了眼睛，好半晌才找回自己的声音：“你说……什么？”

“你就不奇怪，”秦楼缓了口气，似乎在做什么剧烈运动，连笑声都嘶哑，“你刚刚任职助理，我怎么就跑出去出差半周，甚至连你都不带在身边？”

宋书呼吸一紧。

秦楼沉声道：“没错，我也瞒着你去做危险的事情了。”

以宋书这样的心性也忍不住咬牙了：“今天晚上，我们坐下来好好谈谈。”

“是该谈。不过如果你现在走了，那你这辈子都别想从我这儿听到那场车祸的真相。”

“秦楼！”

“你做的事情比我做的危险得多，你要拿自己的命去冒险，却不告诉我，那今天之后，我去那里而面临的所有危险都是因为你，你要一直记得，这样你以后就不会再犯。”

宋书第一次有要被秦楼气疯了的感觉。

她用力地咬牙，艰难地迈开第一步。

“那你就别告诉我，我宁可不知道。我还是会在你到达前离开这里。”

“是吗？”

电话中突然传来一声极轻的笑。

宋书蓦地有一种不好的预感。

下一秒，她身后一阵风声掠过来，她被人从后面抱了个满怀。

前一秒还在手机里的声音，这一刻已经贴在她耳旁。

“晚了。”

宋书牙都快咬碎了。

到此时她哪里还会反应不过来，秦楼之前跟她说那些都是在拖延时间！

“你——”

一想到这人自己无谓地往火坑里跳，宋书的心火便直接蹿了上来。

“对不起，小蚌壳，我没想跟你说那么重的话。但是不这样说的话你就不会生气，不生气的话……你那么聪明，肯定会察觉我的目的。”

连他都知道他自己是她难得的痛处——自己的脾性被这家伙摸得透透的，宋书咬碎了牙也只能往肚子里吞。

时至如今，再气恼都无用。

宋书只能飞快地调动起思绪，思考该如何应对面前的情况。她可以被那些人贴上有威胁的标签，但她绝不能容许秦楼也涉足这样的危险。

不等宋书有成形的想法，秦楼已经牵住她的手，转身往一楼门诊大厅走去。

宋书一蒙，回过神后压低声音：“你做什么？”

秦楼哑声一笑：“救你。”

几秒后，秦楼拉着宋书停在一个医护人员的面前。

他的声音没有任何遮掩，方圆几米内所有可能在暗中盯着的人都能听见：“请问，查怀孕去哪个科室？”

从医院出来以后，秦楼差点被他的有生以来第一次产生恼羞成怒这种情绪的小蚌壳给暴捶一顿。

车往回公司的路上开，开出去很远以后，秦楼噙着笑回眸看副驾驶座上的宋书时，还能看见宋书藏在长发间的泛红的耳郭。

他忍了片刻，还是没忍住，哑声笑了起来。

笑声里是藏不住的愉悦。

宋书表情空白地转过头，睖了他一眼，又转回去了，脸颊更漫上一层薄薄的嫣色。

尽管懊恼于秦楼的做法，但宋书不得不承认，这确实是短时间内最行之有效的方法了……只是过程实在令人觉得羞耻。

尤其是最后秦楼一脸遗憾地拉着医生问：“真的没怀上啊？您确定检查的仪器没出错？”

——那表情、语气、眼神，该有的情绪全都到位，要不是宋书最知道他们之间是什么情况，那大概连她都要跟旁边站着的医生、护士一样，为这个和做父亲失之交臂的男人感到深深的遗憾了。

越回想宋书的脸颊越红，最后她终于忍不住低声咕哝了句：“Vio有没有进军娱乐圈的想法？我觉得你不去演戏实在太浪费人才了。”

秦楼闻言认真思考了下：“可以啊，你想拍什么剧吗？我找人写剧本。”

宋书没表情地瞥他：“不用找人了，你写剧本最合适。”

秦楼并没有按照电话里的约定向宋书透露自己这次出差到底是因为什么，又得到了什么消息。

宋书试探几次无果后，只能压下好奇心，她选择相信秦楼只是还需要确定某些事情，尽量耐心地等秦楼主动把事情告诉自己。

而宋书去医院那件事情必然会让暗处的人生出警惕，尽管秦楼的随机应变似乎使宋书避免了直接暴露的危险，但在知道了事情经过的安行云的警告下，宋书只能依言选择暂时停止更深入的接触和调查。

宋书逼着自己重点关注如何在Vio稳固工作，短期内寄希望于余云涛和余起笙那边，在对邓潇凯和他的潇凯科技公司的调查方面能有新的进展。

秦楼回公司的第二天，正式安排自己的新助理和Vio的高层们见面。

在这件事上，宋书和秦楼发生了不小的分歧——

宋书原本想尽可能通过会议简单介绍之类的形式接触包括董事会在内的Vio的全部高层，但秦楼坚决拒绝了。

“董事会高层内一定有和当年的案件牵涉甚深的人，甚至很可能不止一个，让你留在Vio和他们接触已经是我的底线了。”

“秦楼，这是在公司内，他们不会明着做什么的。”

“只在公司内也够了！”秦楼声音沉下，“每次想到公司里和你擦肩而过，向你打招呼朝你微笑的那些人都有可能是随时想置你于死地的，我都觉得自己要发疯了。所以这就是我的底线，再进一步绝无可能，这件事情没的商量。”

“……”

对上秦楼近乎阴沉的目光，宋书只能妥协。

于是两人达成一致，在林峰还在出差的情况下，让宋书只和公司里另外两位副总级别的高层正式认识。

一位是宋书之前在团队庆功宴上见过的负责理财中心、投资发展部和信息技术部的副总吕云开，另一位则是主管财务三部的财务总监Jerry乔。

前者表现得从容淡定，就好像那天在庆功宴上，他和宋书的所有交流只是她的错觉，而两人在这之前从未见过一样。

至于后者……

宋书此刻站在总经理办公室内，脸笑得快要僵了。她心情十分复杂地看着面前这个完全没有一点副总级高层架子的外国人，听他用热情得近乎谄媚，还带着奇怪口音的汉语跟自己说话：“秦小姐，我实在不知道你是一位如此漂亮的美人，想到接下来的时间里都要跟你在同一家公司共事，我顿时觉着蓬荜生辉！”

“‘蓬荜生辉’不是那样用的。”

总经理办公桌后，秦楼把手里最后一份评估报告看完签好字，然后他皱着眉抬头——

“还有，把你的爪子从她的手上拿下来。”

“真是个小气吧啦的男人。而且你以为我不知道吗？‘爪子’这个词语也不是这样使用的。”Jerry乔翻了个白眼，扭过头以后再次朝宋书露出热情的笑容，“秦小姐，你说我说得对吗？”

“嗯……嗯。”

宋书敷衍地笑着回应。从对方那里“拯救”回自己的手后，她难得有些尴尬地转头，求助地看向秦楼。

宋书自然看得出——

秦楼和这位Jerry乔的关系并不一般，说是公司内的上下级，但看起来更可能是私交十分深厚的朋友。

毕竟，不是哪个人都能在秦楼面前这么无所顾忌地行事的。

收到宋书的求救信号，秦楼低下视线笑了声：“乔，没有其他事情的话你该离开了。”

Jerry乔闻言扭头：“我才待了这么一会儿的时间，你就要狠心地赶我走了吗？”

“你在这里每多待一秒，都是在多提醒我一次——前几天我看到的那份三季报让我有多暴躁。”

“……”

Jerry乔闻言无辜地眨了眨眼。

几秒后他突然转向宋书，姿态很是妖娆地开口：“亲爱的，我突然想到我还有点事情要处理，可能没办法和你再聊天了。”

宋书忍住笑：“没关系，我们下次还有机会，乔总监。”

Jerry乔犹豫了下：“那你能送我去电梯间吗？”

宋书一愣，对于这个要求感到有些意外。

Jerry乔立刻解释：“最好是再装作和我非常热切地交流的模样——你得知道，22层你那位顶头上司实在是个女魔头，我真的想避免一切和她单独碰面的机会。”

宋书想了想，有点忍俊不禁：“乔总监是指……安助理吗？”

Jerry乔眼睛一亮，随即立刻变作一副可怜巴巴的模样：“看来你也和我深有同感啊，亲爱的。”

不等宋书接话，从秦楼的方向咻地飞来一支钢笔。

和方才的扭捏作态不同，Jerry乔几乎是立刻反应，抬手便攥住了从面前要飞过去的钢笔。

然后他扭回头，表情严肃："秦，我刚刚阻止了你犯罪入狱的可能，你能答应我一个条件吗？"

"不能，滚！"秦楼空了手，也不再看文件，他捏了捏指节，"还有，不准再那样称呼她。"

Jerry乔耸了耸肩："这个男人真是小气得可怕，是吧，秦小姐？你是如何忍受他对你的占有欲的呢？"

"……"

宋书毫不怀疑，这个话题再进行下去，会让总经理办公桌后面那只蓄势待发的野兽磨着爪子扑上来做出什么不太好的事情，她只得撑起笑容。

"乔总监不是还有事情吗？我送您去电梯间吧。"

Jerry乔眨了眨眼，像是瞬间忘记了那些不愉快，他连忙转身往外走，生怕宋书反悔似的。

"还好有秦小姐提醒我，不然我还真的要把这件事情忘了呢。"

宋书无奈地回头，用眼神安抚了一下办公桌后表情不满的秦楼，然后跟在Jerry乔的身后快速走出去了。

两人最终在电梯间停下来。

Jerry乔停下之后，没有去按电梯，反而扭过头来饶有兴味地盯着宋书——以一种和在总经理办公室里时完全不同的、带有一点审视性的目光。

宋书保持微笑。

事实上，还是这样具有攻击性的财务总监让宋书觉得更习惯，也更符合她所接触和熟悉的职场高层。

半晌，见Jerry乔不说话，也不去按电梯，宋书琢磨这是要让自己来打破僵局的意思，她主动开口，笑意温婉："乔总监，您有什么话要对我说吗？"

Jerry乔闻言立刻反应，显然就是在等她开口了。

"哦，抱歉，我只是实在很少见到你这样漂亮的美人——我有没有冒犯到你，让你感到不愉快？"

宋书轻眯起眼，几秒后她难得地也开了个玩笑：“不会，我对乔总会比对旁人更宽容些。”

“哦？我能问问为什么吗？”

“原因很简单，乔总您的名字和我在国外读大学时认识的一位关系非常非常好的朋友是一样的。”

“原来如此，那我还真是幸运。”Jerry乔拍了下巴掌，随即笑着问，“既然这样，那我或许能请秦小姐看在那位朋友的面子上，帮我一个忙？”

来了，宋书心说。

在她大脑中关于Vio高层的资料里，可没有什么信息表明这位财务总监是个多么随和或者好色的男人。

换句话说，这人今天对她的态度实在是古怪到了极点——要么就是对她有特殊目的，要么就是对她有所求。

这样想着，宋书眼神不变，只脸上流露出一点由衷的疑惑。

“乔总，我只是个小助理，好像帮不上您什么忙。”

“秦小姐这样说就太客气了，你怎么会只是个小助理呢？”

Jerry乔用力摇头。

“在我看来，秦小姐的权力可比我们大多了，古代那个词怎么说的？哦，对了——太上皇，秦小姐是很有可能坐到Vio的这样一个位置上去的，不是吗？”

“……”

宋书心里一惊。

如果不是没有任何意义或者必要性，那宋书几乎要觉得这人是想捧杀自己了。但看对方表情真诚，至少是竭力做出让她觉得真诚的模样，又不像是怀有恶意。

宋书思忖几秒，莞尔道：“我哪有这样的影响力？乔总这话也就私下玩笑可以说说，万一传出去，我该上业界黑名单了。”

“当然，没有相熟的人在面前的时候，什么话该说什么话不该说我还是知道的。”Jerry乔眨眨眼，“不过秦小姐对秦楼的影响力是有目共睹的，换了旁人，绝无可能在这么短的时间里上到22层的位置啊。”

宋书低垂下眼：“我也只是借了和秦总的初恋长相相像的东风。”

“不管是什么原因，我们更看重结果。”Jerry乔若有深意地说。

宋书抬头，笑容明媚：“那乔总监想让我做点什么呢？”

“很简单，对你对我，对公司对秦楼，都是有益无害的事情。”

“愿闻其详。”

“金融衍生品。”

“……什么？”

“我希望秦小姐你能够劝说秦楼，重新接受甚至开拓Vio的金融衍生品市场。”

宋书眼神微动。

Jerry乔的话提醒了她，让她想起自己之前在楚向彬手下做项目的时候，那次标志着尽调开始的酒局前，楚向彬在车上和她说过的：

“从秦氏改制到Vio以后，这些年在公司理财和基金管理方面，工作比例确实一直在减少。

“Jerry乔之前还三天两头地跑22层诉苦，现在都放弃了吧……”

宋书心里恍然，原来Jerry乔是在打这个主意。

只是宋书当然更记得秦楼改制的原因为何和症结所在。

于是宋书收回思绪，向Jerry乔微微一笑：“乔总监一定是对我有什么误会，我可远远没有触及Vio的商业核心，更不可能影响到公司的经营方向。”

Jerry乔看出宋书明确想要拒绝的意思，有点急了：“秦小姐，如果你真是这么认为，那我得说你远远低估了自己对秦楼的影响力。”

“就算我真的有这个影响力，我也不会这样做。”宋书笑意淡下去，直言道，“这件事一旦决策，影响的会是整个公司，我绝对不会让自己或者秦总冒这样大的风险。公司不是儿戏，不该被除了领导者以外的任何一个人的想法左右，不然会乱套的，乔总您觉得呢？”

“但是我说过，这件事情有利无害……”

宋书轻笑了声，然后她掩住口抬头：“乔总，您这样说话就是拿我当个三岁小孩糊弄了。金融衍生品领域我确实不够熟悉，更不会有您专业，但是我知道，投行的多数金融衍生品都是靠着高杠杆来赚钱的，市场利率上的一点极其微小的变化，就能让人大赚特赚，也更可能亏损得底都不剩——这谈何有利无害？”

Jerry乔表情严肃："这就确实是你不懂了，秦小姐。我们向大客户们推销金融衍生品，我们赚的是交易费，客户大赚我们自然跟着大赚，但是就算客户赔钱，我们照样可以获利。"

宋书眼神冷下来，笑容消失。

Jerry乔沉默几秒："好吧，其实还有最重要的一点——我对秦有信心。"

宋书闻言，已经酝酿起来的不悦被压下去："乔总这话是什么意思？"

"秦小姐你之前一直不在国内生活，严格意义上也不算是业界的人，所以你或许对秦楼不了解。他在业界有个外号——TM，也就是talented madman，天才的疯子。你知道这个外号是怎么得来的吗？"

"我听说过……"宋书沉默几秒，说，"秦楼在国际金融市场利率走向预测上，有过很杰出的成就。"

"Oh my God（哦，天哪）！"

Jerry乔突然间动作和表情、语气都夸张起来，他原地转了个圈，脸色激动得通红，近乎手舞足蹈："那不是杰出，秦小姐！那是伟大，是奇迹，是神的作品！"

"乔总说什么是神的作品？"

"当然是秦楼的思维、他的智商！他对数据的敏感程度远高于业内任何精英数据分析师或者行业研究员！不，应该说他比他们加起来都棒！"

Jerry乔越发手舞足蹈起来，兴奋让他唾沫横飞。

到这一刻，宋书觉得能够理解Jerry乔为什么会是秦楼的朋友了。

显然在某些方面，这两人是相像的。

而Jerry乔的鼓吹并没有结束，他似乎从自我陶醉的状态里醒了过来，再次抓住宋书的手，紧紧握着："秦小姐，真的，相信我，如果你能够说服秦楼，你将重现业界的奇迹，他会让你看到他在这方面有着让亚当·斯密都要嫉妒的卓越天赋！他简直就是为这个行业而生的！而今天，不，早在几年前，他竟然放弃了自己的这项才能——这简直不可理喻、暴殄天物！"

宋书坚定而缓慢地从Jerry乔那里抽回自己的手，面儿上挂着尴尬又不失礼貌的微笑："乔总监成语学得很好啊……"

Jerry乔飞快地一把抓回宋书的手，再次捧到面前，这个金发碧眼的外国人在演戏上和秦楼也有的一拼——就这么短短的几秒钟时间里，宋书看见他的眼眶里已经满含泪水。

“不，不要转移话题，秦小姐！这件事你一定要答应我，你难道不想再次看见奇迹的发生吗？那会是Vio的奇迹，也会是秦楼的，更是他背后的你的——你难道不想亲手缔造这一切？”

“我可能不像乔总认为的那样有野心。”宋书僵着笑，“秦楼如何选择是他的事情，我不会干预。”

“秦小姐……”

“这是我最后一次警告你，不要再碰她的手。”

压着躁戾情绪的声音在身后响起，宋书连忙回头，就见秦楼阴郁着眉眼快步走上前，不等她有所反应就把她从Jerry乔那里拉回来，拽进怀里。

宋书的手被秦楼攥进手掌中，像是要蹭掉那上面别的男人留下的气息。

这样持续十几秒，秦楼才冷眼看向Jerry乔：“我已经说过多少次了，那个决定我既然做出就不会改变，你找谁也没用。”

Jerry乔不甘心地问：“难道秦小姐都不能影响你吗？”

秦楼停顿了下。“她确实能。”他嘴角一勾，“她对我拥有绝对支配权。”

宋书：“……”

Jerry乔的眼睛亮了起来，然后被秦楼无情打击：“但是很遗憾，她显然不站在你那边。”

“秦……”

Jerry乔哀切地看向秦楼。

那眼神戚戚得让宋书几乎快要怀疑秦楼和Jerry乔之间有过什么……

“再胡思乱想我要亲你了。”

她身后的人突然俯身到她耳边，声音低哑地警告。

宋书的心理活动也惨遭抓包，只能无辜地耸了耸肩。

“我什么都没想，秦总。”

秦楼满意地直起身子。

视线落到Jerry乔身上的时候，他再次皱起了眉。

“现在已经是上班时间了，你是准备被我从这踢到21层去吗？”

Jerry乔只得苦巴巴地去按电梯。

临进去前，他不甘心地回过头看向宋书：“秦小姐，你一定要考虑我的建议哦。”

“哦个头，赶紧进去！”

秦楼冷着脸挡在宋书面前，拦住Jerry乔的目光骚扰。

Jerry乔满脸的凄楚终于在电梯门关上之前变成怨念。

“我告诉你，勤锐投行都已经挖我很多次了！再这样你会失去我的！”

“好走不送。”

秦楼报以冷笑。

电梯门关上。

电梯间里终于安静下来。

秦楼回过头，却见宋书似乎是被什么突然的想法击中了，呆在原地一动不动。

“怎么了？”秦楼皱眉问。

宋书思忖几秒，坦言：“昨天晚上余叔告诉我，当年那起案件中的一部分涉案资金，他怀疑流向了勤锐投行。”

秦楼一顿：“所以……？”

宋书犹豫两秒，声音变得很轻：“我可能会……利用你，秦楼。”

少年绘

咬痕

全二册

㊦ 曲小蛐 著

——我在。

——那请你一直在，
永远不要离开。

时代出版传媒股份有限公司
安 徽 文 艺 出 版 社

图书在版编目（CIP）数据

咬痕：全二册/曲小蛐著. —合肥：安徽文艺出版社, 2022.1
ISBN 978-7-5396-7352-3

Ⅰ. ①咬… Ⅱ. ①曲… Ⅲ. ①长篇小说—中国—当代
Ⅳ. ①I247.5

中国版本图书馆CIP数据核字(2021)第244153号

出 版 人：姚　巍
责任编辑：段　婧　张妍妍　装帧设计：梁　霞　啁　啁　张诚鑫

出版发行：时代出版传媒股份有限公司　www.press-mart.com
安徽文艺出版社　www.awpub.com
地　　址：合肥市翡翠路1118号　邮政编码：230071
营 销 部：(0551)63533889
印　　制：北京盛通印刷股份有限公司 (010)67887676

开本：880×1230　1/32　印张：19.5　字数：700千字
版次：2022年1月第1版
印次：2022年1月第1次印刷
定价：69.80元(全二册)

(如发现印装质量问题，影响阅读，请与出版社联系调换)

目录

CONTENTS

目录

C O N T E N T S

目录

CONTENTS

目录

CONTENTS

第 20 章

—Y A O H E N—

亲密

秦楼闻言顿了几秒，垂眸而笑。

他俯身过来：“那答应我，一定要好好利用我。”

宋书怔在秦楼的话声里，过了几秒才回过神。她无奈地垂下眼帘，笑了笑：“你都不问问我，是准备在哪方面，又要怎么利用你吗？”

秦楼坦然道：“工作方面我原本就随你施为；如果是别的方面，”秦楼一顿，莞尔，“那我乐见其成。”

宋书愣了两秒，才听懂秦楼话里的暗示。她眼神一晃，本能地躲开他的目光。

再开口时，宋书脸上的表情已然恢复为没什么情绪，她语气平静地咕哝：“你以前不是这样的。”

“我以前就这样，只是没表现出来而已。”

秦楼噙着笑，停了几秒才低下头来，轻吻了下宋书的额头。

“我们分开的时间那么长，整整九年，我按照你的要求好好活着，照顾栾巧倾。秦梁让我接手公司，我就接手公司；让我设立办事处，我就设立办事处；让我扩大规模，我就扩大规模。”

宋书眼神一滞，微微仰头：“秦楼……”

秦楼笑着打断她：“我遇见各种各样的人，看过各种各样的风景，经历过各种各样的事情。世界很大，人很多，风景很美，可是没有你，总是会觉得无聊无趣……那种时候我就会想，这些人和风景我的小蚌壳都没有看到过，这些事情她都没有经历过，如果她在我身旁，会是哪一个号码和色度的蚌壳式面无表情？”

秦楼似乎是被自己的说法逗笑了，他微弯下腰，附在宋书耳边，笑声喑哑里带一点不易察觉的战栗。

“然后很多很多次，我都会无比地后悔……后悔你还在的时候，我没有和你一起去。酸甜苦辣，人生百味，哪怕是最痛最苦，我都想如果是和你一起就好了……那就太好了。”

秦楼声音战栗即将到达极限值时停住，那些汹涌着快要冲破堤防的情绪也被按下来。

他收紧环住宋书的手臂，把脸埋在她的长发里。

半晌他才低低地叹了一声，似笑非笑。

“真奇怪，明明这些年我以为自己刀枪不入水火不侵的，怎么你回来以后就好像给我扒掉了最外面的一层壳？我都不知道里面的自己这么脆弱，好像随时都要碎了。”

秦楼听见宋书轻吸了口气，努力撑着话音里带点哽咽的笑。

“才没有，你以前就是这样。说我是蚌壳，明明你才更像——总是装作一副没人可以接近、刀枪不入水火不侵的凶悍模样，但是里面的你明明一直都是那个六七岁的无力的小孩儿，从来就没长大过。”

宋书缓了下有些发哽的呼吸。

——但是那也是他原本在她面前都不肯卸下的最后一层保护壳。

那层壳子是死死地贴合着每一寸皮肤生长的，剥一点下来都是入肉刻骨的疼。

然而她的离开带来的绝望终于敲碎了他最后的那层防护——他无比恐慌地把那层壳子撕掉，把自己的一切摊开在她的眼前，以求对她再无隐瞒，以求再也不必面对她无声无息地离开带来的绝望。

他最后的那层自我保护，就这样被她亲手扯下来了。

宋书知道他最想听到的是什么。

她平缓下呼吸后，抱着秦楼安静地开口：“从今天起，我做任何计划都会主动告诉你，我不会再对你有一丁点儿隐瞒了，秦楼。”

所以请他不必再害怕，不必急于把自己的一切都撕扯开来给她看。

秦楼大约是听懂了宋书没有说出口的话，他抱紧她，低下头：“好，这是你说的。”

“嗯。”宋书向后轻退一步，仰起头来淡淡地笑看着他，“那现在，秦总想听听我会怎么利用你吗？”

秦楼一怔，随即哑然失笑：“说吧。”

除了秦楼和宋书以外，没人知道他们那天回到总经理办公室后拟订下怎样一个远超出预期的大胆计划。

想到这是宋书在Jerry乔站在电梯里那短短几秒内临时起意并迅速构想出来的，秦楼都忍不住玩笑：“你可能比我更适合公司总经理的位置。”

“怎么会？在金融方面，除了法律以外我一窍不通。”宋书这一刻眼神格外无辜。

秦楼点头：“你现在和那帮老狐狸似乎没什么区别了。”

宋书一顿：“你好像最不喜欢这些钩心斗角。”

秦楼头都没抬，理直气壮：“我双标。”

“我以为你会讨厌我这样做。”

听见这句话，秦楼终于忍不住回眸看她，皱着眉：“你在说什么梦话？”

宋书一脸问号的样子。

“我家小蚌壳永远是我的，不管蚌壳里产的是白珍珠还是黑珍珠，都是我的小蚌壳，我怎么可能讨厌？”

宋书沉默数秒，忍无可忍：“少啰嗦了！”

秦楼失笑。

秦楼和宋书那天的谈话无外人知晓，Jerry乔自然也不知道。

他完全不清楚两人拟订了怎样的计划，更不清楚秦楼还依据这些年对他那死缠烂打的脾性的了解，教宋书该在哪一步给他下套。

于是Jerry乔就这样毫无防备地踏上了两人的“贼船”——在被宋书躲了一周后，Jerry乔终于自以为成功地在员工食堂里“堵”住了她。

“秦助理，我那天说的事情你考虑得怎么样了？”

宋书听见声音抬头，就见Jerry乔正端着一个餐盘，在周围员工投来的诧异目光里，满脸笑容地坐到自己对面。

宋书想起秦楼的话：“Jerry乔的性格受工作影响，一向多疑狡猾，你不能直接答应下来，否则只会让他心生怀疑。”

“秦助理？”

宋书回神，眼神微晃了下，笑道：“我最近刚接手工作，忙得有些乱了，乔总监说的是什么事情？”

Jerry乔笑脸一僵，有点急了：“秦助理年纪轻轻的怎么记性不太好呢？你忘了，那天在22层的电梯间里，我们不是有过很友好的交谈吗？”

宋书忍住笑，低头喝了一勺汤。她做出皱眉回忆的模样，等余光瞥见Jerry乔越来越耐不住性子的时候，她露出恍然的神色：“您是说，金融衍生品开发的事情？”

Jerry乔大喜：“没错，就是这件事！你考虑得怎么样了？”

“乔总监，这件事情不是我不帮您。那天我已经和您说清楚了，影响公司商业核心模式这么大的事情，我是绝对不敢做的。万一以后出了什么事情，我哪里承担得起呢？”

“秦助理，你实在是过度担忧了。”Jerry乔大约是发现宋书的话里有机可乘，眼神都急切了些，“Vio资本已经是一家非常成熟的公司了，论起资产管理规模，我们在国内都是顶尖的，你要相信它的抗风险能力。”

宋书垂眸，似乎沉思起来。

Jerry乔立刻再接再厉地劝说：“而且我相信你肯定懂，金融衍生品也是投行业的重要领域，这条发展道路是许许多多家国内外的同行验证出来的，在风险防范上早就有了完善的机制。更何况，我都说了，有秦楼在，我们公司走这条路是十分稳妥的，你根本不需要过于担心——就算你不相信我，难道你还不信秦楼吗？”

宋书面露迟疑：“但秦总毕竟不想再走这条路了……”

“诚实地说，秦楼不肯再走这条路，根本不是出于公司发展考虑，而是有私人原因！”

“私人原因？”

“没错。他没有跟你说过吧？他这样选择，原因和他那个去世的初恋情人有关。如果你能够说服他重新开拓和发展金融衍生品领域，你知道那意味着什么吗？”

“……”

Jerry乔有些急切，也没等宋书问，直接开口说：“那就意味着你在他心目中的地位能够超出他那位初恋了啊！这样的事情对你自己、对秦楼、对我们公司都是有百利而无一害的。你看，这样何止一箭双雕呢？”

Jerry乔施展嘴皮子功夫，唾沫横飞地说完，抬头观察宋书的反应，正见对方露出动摇的纠结表情。

Jerry乔心里大喜。

他刚准备一鼓作气把人拉到自己这边，就见面前的人站起身。

“这件事我还是要考虑一下，乔总监能给我点时间吧？”

“当、当然可以。”

Jerry乔深吸了口气，压住拼了这么多年终于看到希望后激动雀跃的心情，竭力使自己的声音、语气听起来足够沉稳可靠。

他调整面部表情，准备展露自己练习过无数次的完美自信的笑容：“那秦助理——”

话未说完，他就发现面前的人早就飘然远去。

Jerry乔的笑容僵了两秒。

两秒后他状若无事，收敛笑容，在四周投来的目光里淡定地吃完面前的中式简餐。

一切都很顺利……

离开员工食堂时，Jerry乔飘飘然地想着。

宋书离开员工食堂后第一时间回到22层的总经理办公室，她把自己和Jerry乔在员工食堂的对话简单叙述一遍给秦楼后，提出了自己的担忧。

“Jerry乔……值得信任吗？”

“怎么了？”秦楼抬眸，“他做什么事情让你不舒服了？”

“没有，只是他最后用那种攻心的话术——很会挑人的弱点下手，而且毫无顾忌，如果我真的只是秦情，那我可能会被他的话术说服——让我感觉到他这个人为了达成目的，无论对敌对友似乎都会无所不用其极……我担心以后的环节会出问题。”

“乔还是值得信任的。他算是Vio的初创团队成员，改制前就一直在公司。这些年因为公司商业模式的改变，他手里的实权和影响力在不断削弱，尽管他时不时跑来22层死缠烂打地闹腾，但从来没表现出过什么异心。他那天说得不错，勤锐这些投行为了挖走他，恐怕费过不少心思。”

宋书轻轻勾唇：“听起来，他好像对你忠心耿耿？”

秦楼似乎被勾起什么回忆，难得地露出头疼的表情。

又拖延两周后，宋书最终“勉为其难”地答应了Jerry乔。

被拖了两周都快神经衰弱的Jerry乔，丝毫不察自己已经落入宋书和秦楼共同谋划的圈套里。

从秦楼那儿得到默许后，Jerry乔第一时间点名产品部紧急开了一周的会议，摆出一定要趁这次打一场翻身仗的架势。产品部在Vio里势弱多年，这次终于逮着机会，自上而下摩拳擦掌准备一雪前耻。

财务总监麾下几个部门热火朝天的氛围很快蔓延至全公司，在这样的动向前，22层的总经理办公室也不见有什么阻止的动静，这很快给了敏感的员工们一个鲜明的信号。

没用多久，投资业界开始风传Vio准备再战金融衍生品领域的消息。

初步目的达成，宋书并没有急着进行下一步。

这种消息需要像红酒一样沉淀和发酵，那样才能真正实现它的最大价值。在这方面，宋书认为自己绝对最有耐心。

秦楼获知宋书的想法后，在第一时间做出应对。

最新一次董事会后，Vio的电子公告栏发布了《关于拟设立E国海外办事处的公告》。

公告末尾以小字说明，总经理秦楼将在助理秦情的陪同下，亲自前往E国进行办事处拟设立地的考察工作。

宋书得到消息的时候，签证和机票都已经摆在她的面前了。

两人隔着总经理办公桌对峙。

宋书无奈：“我所有的计划和细节对你绝无隐瞒，你也不应该隐瞒我。出国公差两周不是小事情，你应该提前通知我的。”

秦楼拿起机票，示意时间：“明天早上的飞机。”

“所以……？”

“今天我就告诉你了，是提前通知。”

秦楼露出报复性十足的笑容："现在你可以联系你的前任未婚夫，告诉他你将要和我出国度蜜月两周。"

"蜜……月？"

"嗯。你还可以告诉他，如果他作为你的前任未婚夫还有什么事很遗憾地没有完成，那他可以告诉我，我来替他做。"

宋书整理好思绪，叹气："余叔和余起笙那边我会去商量——那件事解决以前，这只能是唯一一次，下不为例。"

秦楼闻言迟疑："那我们把两周的行程改成两个月吧。"

"……秦楼。"

"嗯，只是开玩笑。但你记得转告余起笙我刚刚说过的话——这个不是开玩笑。"

宋书木着脸："我不会说的。"

秦楼的声音顿时更加兴奋了，满浸着一种报复情敌的跃跃欲试："所以你的意思是，让我亲自去找余起笙说？"

宋书气噎。

人事部最近几周格外安静。

主要原因大概是部长栾巧倾最近一段时间周身气压肉眼可见地低。倒也不是暴躁，只是去部长办公室报告的人总能看见他们部长坐在桌后或者站在窗边发呆，整个人蔫蔫的，不知道在想什么，看起来很没精神。

部门里有人结合最近公司风头正盛的22层新助理秦情春风得意的情况，分析得出他们部长是因为情伤太重，所以无心工作的结论。

大家深以为然，还由此引发了一场热烈的讨论。

"我就说咱部长对秦总有意思吧，你们还不信。之前部长在公司一年多的时间，秦总对她那么照顾，怎么可能完全没猫儿腻呢？"

"不是都说那是因为栾部长是秦总初恋情人的妹妹吗？"

"嗨，哥哥妹妹地叫来叫去，没有暧昧关系都难吧？"

"听说初恋情人死了这么多年，秦总身边也就栾部长留得下，算起来也勉强是青梅竹马——还是抵不过'天降'啊。"

"最惨的是这'天降'还是个'冒牌货'，只是和她姐姐长得像。"

“要是我大概早就气死了。”

“谁说不是呢。我看栾部长之前跑得那么勤，肯定是跟秦总掰扯去了，但从某人已经升上22层来看，这结果八成不太好。”

“惨哪……”

没聊多久，几人自动散去。

原因无他——从8楼电梯间走出来一位不太熟悉的面孔，跟在他们部长助理的身后，径直往部长办公室去了。

助理停在栾巧倾的办公室门前，敲了敲门，听到“请进”后，她转头示意自己身后的人，然后领着对方走进门内。

“部长，人到了。”

“嗯，我知道了。你出去吧，把门带上。”

“您和这位先生需要喝点什么吗？”

“不要了。没有我的要求，不要进来打扰。”

“好的。”

等助理离开后，栾巧倾从办公桌后绕上前来，向男人颔首：“乔先生，请坐吧。”

“栾部长客气了。”男人落座，从随身带的黑色文件包里取出一只牛皮纸袋，放到茶几上，然后把牛皮纸袋朝栾巧倾的方向一推，“您要我查的东西都在这里面了。”

栾巧倾沉默须臾，伸手拿过来。

但她并没有急着拆开，而是盯着袋子低声问：“结论是什么？”

男人正色说：“目前来看，这位秦小姐的底子是很干净的，没有留下什么整容的证据或者疑似商业间谍的痕迹。这里是她回国前后的一些照片，栾部长可以仔细看一下。如果还是对她怀疑的话，我们可以进行长期的追踪调查。”

栾巧倾没有急着开口。

她盯着手里的牛皮纸袋看了几秒，然后打开，将里面的文件资料和照片倒了出来。

照片上绑着专门的皮筋，绑成“十”字的形状，确保它们不会散开。栾巧倾拽开皮筋的时候似乎有些心不在焉，被弹了一下，手背上留下淡淡的红痕。

栾巧倾停下手，过了许久后，她才开始一张一张地翻看。

那些照片大多是些日常生活照，照片里姿容漂亮的年轻女孩每天似乎只过着公司、公寓两点一线的生活，连外出逛街的痕迹都没留下。

个别几张会多一道男人的身影：隽升律所的老板余起笙。

栾巧倾面无表情地看着照片里的人，翻照片的速度开始加快。

那一沓照片很快被她翻完。

没有任何有价值的信息。

尽管栾巧倾并不意外，但还是皱了眉，她将手里这沓照片的一边压在茶几上，理齐。

“照片里就是她的日常了？”

“是的，栾部长。我看这位秦小姐可能确实是海归人士，她在国内除了隽升律所的那位余先生外，似乎没有结交其他任何朋友。上班时间以外，这位秦小姐几乎很少出门，更别说和什么人接触了，实在得不到什么有效信息。”

“履历都查实了？”

“是。”

“那我上次让你额外查的那件事呢？”

“您是说，2010年8月份这位秦小姐的行踪？”

栾巧倾没抱什么希望，但还是抬头：“对。”

男人为难地苦笑：“上次我就跟您说了，这个实在有点难查。我这边尽量再找些渠道，但这么具体的时间，查起来难度比较大。”

“真查不到的话，那就算了吧。”栾巧倾叹了口气，声音低下去，“反正也不可能真的是她。”

“栾部长您说什么？不好意思，我没听清。”

“没什么。”

栾巧倾起身，将照片递给男人。

“既然这样，乔先生就把这些东西带回去销毁吧。记得不要让其他人知道我在调查她。”

“栾部长放心，这是我们这一行的基本原则，不会有问题的。”

男人笑着伸手去接，却接了个空。

他一愣，茫然抬头。

只见栾巧倾愣在那儿，紧皱着眉，原本已经起身，却又坐回到沙发上，然后拿回那些没递出去的照片快速地翻看起来。

男人茫然：“栾部长，怎么了？”

栾巧倾声音紧张：“我好像错过了点什么……找到了！”

男人被吓了一跳。

实在是栾巧倾这一声过于激动，只见她死死地盯着手里那一沓照片最上面的一张。

男人匆匆瞥了一眼，没看出什么异样。他不解地问：“栾部长，这张照片有什么问题吗？”

栾巧倾没有顾得上回答。

她死死地盯着照片上的一处，看了几十秒后，她捏着照片的手指都开始苍白、发抖。

“没、没什么……你把其他的带回去吧，这张留下。”

男人更茫然了。

他低下头去又确认一遍——

照片上是一家江景餐厅，远焦镜头，再加上夜色遮掩的缘故，照片并不够清晰，只能看得出，照片里坐在桌子两边的正是隽升律所的余起笙和被调查的秦情。两人大约是在举杯，面上都带着笑容。

其他部位都被比较繁复的背景颜色模糊了，只有两人举杯的手在照片里格外清晰。

其中，女人白皙的手腕上，挂着一串淡白色的小贝壳手链。

男人茫然盯了许久也没看出端倪，而栾巧倾已经回过神。

“乔先生，这张照片的电子原件和所有复制件全都发给我，我希望贵方那里一张也没有保存。”

“当然，栾部长放心。”男人立即点头，“这是职业道德，我们不会触碰客户的高压线。”

“还有，之前托你们查的2010年8月份秦情的行踪，请你们继续查下去。”

“您刚刚不是说……”

“我改主意了。”

“好的。”男人无奈地点头。

“乔先生如果没有其他事情，可以回去了。不好意思，我还有些急事要处理。”

“好，那我就不打扰栾部长了。”

“慢走。”

等目送男人离开了办公室，栾巧倾深吸了口气，再次望了一眼照片上女孩戴着的贝壳手链。

——或许别人不清楚秦楼对宋书有过怎样的昵称，但她是与那两个人最亲近的，所以她绝对不会忘。

也许只是巧合……但怎么会有这么多巧合集中在秦情身上?

思索一番，栾巧倾咬了咬牙。

她捏紧照片起身，走到办公桌前。栾巧倾拿起了桌上的电话，拨出一个数字。

“秦总和秦情去E国的海外办事处拟设立计划书与考察行程表，全都发给我一份。”

当天下午，总经理办公室。

秦楼坐在总经理办公桌后，听见栾巧倾的话后，他没表情地抬头。

“你为什么要一起去？”

栾巧倾面不改色：“我们Vio在欧洲的另一家办事处距离E国不远，我刚好去做人事考察。”

秦楼想了想那个距离，皱眉：“如果那叫不远，那你可以走着去E国了。”

栾巧倾：“……”

“没其他事就出去吧，我还有一堆工作要在出发前做完。”

栾巧倾显然不想放弃，她连忙上前：“那……那我就是想去玩一圈！”

“去别的地方玩。”秦楼头也不抬，“别跟在我们身边。”

“为什么？”

“因为你这个‘灯泡’太亮了。”

栾巧倾咬牙切齿义愤填膺：“我姐当初让你照顾我，你就是这么照顾我的？！”

秦楼的身形一僵。

几秒后，他眼帘微垂：“明早8点离开公司，不要迟到。”

栾巧倾眼睛瞬间亮了，她应了一声，麻利地离开了。

办公室里安静片刻，秦楼抬手按了一下桌上的座机电话。

那是直通助理办公室的呼叫按钮。

“让秦情进来一下。”

没一会儿，办公室门被敲响。

“进。”秦楼抬头，同时起身绕过办公桌，走到房间中央。

宋书推门进来，在关门前开口：“秦总，您找我？”

“嗯。”秦楼用眼神示意她把门关好。

宋书会意，将门掩住。

“怎么了？”宋书走进来，停到秦楼面前，“我看巧巧好像来过，她找你有什么事？”

秦楼问：“你最近和她接触过，或者做过什么让她怀疑的事情吗？”

宋书一怔，思索许久才确定地摇头：“我们这段时间接触很少，我没有做过任何会让她怀疑的事。到底怎么了？”

“她刚刚突然来找我，说要和我们一起去E国。我找理由拒绝她以后，她把你搬了出来。”

宋书一愣：“我？”

秦楼意味深长地看向她：“以前，栾巧倾不会这么轻率地为一点小事就提到你。”

宋书有点头疼地说：“所以你的意思是，她又怀疑我了？”

“嗯。”秦楼应声，“而且她很迫切地一定要跟我们去，大概是想跟在你身边验证些什么。”

宋书无奈：“那你答应她了？”

“她都把你搬出来了，我难道还能说不？”

宋书想象了一下之后两周自己可能要面对的各种情况，顿时觉得太阳穴一跳一跳地疼。

秦楼看出她的为难：“你也不用太心烦，我有个办法。”

宋书好奇地抬眸："什么办法？"

秦楼神秘地说："明天你就知道了。"

第二天一早，在总经理办公室见到皱着眉的楚向彬，宋书立刻就猜到了秦楼的想法——

楚向彬和栾巧倾碰到一起就成了针锋相对的冤家，这事宋书早就听说过了。秦楼显然是要用楚向彬引开栾巧倾的火力和注意力。

趁楚向彬沉着脸坐在沙发上，宋书走到秦楼身边，压低声音问："他好像不太愿意去。"

"公差外勤，还要考虑个人意愿吗？"秦楼毫不心虚地反问。

宋书一顿："你现在特别有资本家的无耻嘴脸。"

秦楼手下翻资料的动作一停。

几秒后，他目光危险地抬头："我是为了谁才这样做的？"

宋书适时地露出无辜的表情："秦总，去E国出差这件事可是你私自决定的，跟我没有任何关系，因此而导致的一系列后果也都应该由你自己承担。"

"我……"

秦楼话未出口，总经理办公室的门被敲响，许佳佳探身进来。

"秦总，栾部长到了，楼下的车也已经备好。"

"先让她进来吧。"

"是。"

半分钟后，换掉了职业装的栾巧倾拎着手包进来。她脸上刚挂上笑容，就突然僵住。

"他——楚向彬怎么在这儿？"

秦楼微笑："栾部长，给你介绍下，楚副部长就是你未来两周内的行程伙伴了，祝你们相处愉快。"

栾巧倾表情扭曲，好一会儿才发出声音："我拒绝和这个人……"

"时间差不多了，我们出发吧。"秦楼好像完全没听见栾巧倾的声音，他对宋书说完，便转身往外走了。

宋书笑笑，跟上去。

办公室里仅剩的两人目光在空中对上，几乎要撕扯出电闪雷鸣的声响来。

空气僵滞几秒。

栾巧倾板着脸："我不想跟你一起走，识时务的话你就找个理由退出。"

楚向彬冷笑一声："你以为我想跟你一起吗？知道同行人是你以后，我已经把我这辈子能想到的所有请假理由全部用过一遍了。"

"那请下假了吗？"

"如果请下来了，那我还会坐在这里？"

楚向彬最后这个"你傻吗？"的眼神彻底激怒了栾巧倾，栾巧倾站在原地僵了数秒，才死死地捏着手包带，怒视着楚向彬："接下来的整个行程中，你和我的距离保持在五米以上，互不打扰！"

楚向彬冷笑："那再好不过。"

为了贯彻落实这一点，两人连乘电梯下楼都错开了。

公司门外。

面对着前后停着的两辆轿车，栾巧倾迟疑几秒，走向第一辆——能隐约看得出，秦楼和宋书都坐在后排。

栾巧倾松了口气，刚想拉开副驾驶座的车门，就听见降下来的车窗里面传来秦楼淡定的命令："门锁上。"

司机的反应比栾巧倾快了几秒，她反应过来再想去拉的时候，车门已经拉不开了。

栾巧倾懊恼："副驾驶座不是空着的吗？"

车里的秦楼一歪身，倚到宋书肩上，懒洋洋地合上了眼。

"你坐后面那辆。"

话说完，前面这辆车开出去了。

栾巧倾僵在原地数秒，才咬牙扭头上了后面那辆车。

楚向彬已经换了个很舒服的姿势在闭目养神了。

听见动静，他眼皮一撩，冷笑："栾部长，五米——你是去车顶还是车底？"

第 21 章

—Y A O H E N—

出国

栾巧倾木着脸坐进车里，轿车开了出去。

车是公司的，司机也是公司的，准确地说是人事部麾下的后勤组的，所以司机对他们栾部长的脾气以及后排两位之间的恩怨十分清楚，一路上连个歌儿都没敢放。

车内后排也就格外安静，静得叫人尴尬。

栾巧倾在心底琢磨了一遍秦楼那个脾性，确定自己接下来整个行程可能都要被安排和旁边这只霸王龙一起。

为了自己调查便利，必须和这只霸王龙暂时休战，互不干扰。栾巧倾这样想着，在心底费劲地给自己做了一番心理建设和心理疏导，总算能张开口努力语气温和地跟楚向彬说话了："楚部长。"

"嗯。"楚向彬没抬头，盯着自己手里工作用的平板电脑。

栾巧倾咬了咬牙，保持微笑："楚部长在看什么？"

"他们交上来的工作报告……"话说到一半打住了，楚向彬转头警惕地看向栾巧倾，"你怎么突然这么关心我？吃错药了？"

鬼才要关心你。

栾巧倾在心里骂完，面上保持住咬牙切齿的微笑："楚部长别误会。我只是考虑到接下来两周我们要共事，想着看你有没有时间，我们讨论一下该如何友好地达成一致。"

楚向彬将信将疑地看了她一眼，低下头："昨天临时收到出差通知，没处理完的事情多着呢，有什么话以后再说吧。"

栾巧倾差点咬碎了牙。

几秒后，她抹了一把脸："楚向彬，趁我还跟你好好说话商量的时候赶快把问题解决了，你别蹬鼻子上脸！”

低着头的楚向彬笑了声。

栾巧倾余怒未消，横眉冷对：“你笑什么？！”

“这才是正常的你。以后别像刚才那样忸怩作态的，我看着难受。”楚向彬把平板关掉，往中间软桌上一搁，枕回真皮座椅里，“现在说吧。”

栾巧倾在心底默念了三遍“大人不记小人过”之后，又仔细想想自己这一趟出行要达成的目的，然后才耐着性子放低声音，对楚向彬说：“我不知道秦楼给你布置了什么出差任务，但我这次出来是有私事的。所以我希望之后不管我们被安排了什么共同任务，表面应承下来之后，我们各自做各自的，互不打扰，你觉得怎么样呢？”

楚向彬问：“你有什么私事？”

栾巧倾木着脸：“这跟你没关系吧？”

“那万一你出去杀人放火，我替你表面应承下来，不成了包庇犯罪？”

“我活得好好的，干吗要专程出差去E国干这种事？！”

“谁知道呢？国外更方便你行事也说不定。”楚向彬瞥她一眼，“更何况这次秦情也在，你视她为眼中钉肉中刺又不是一天两天的事了，全公司有谁不知道？你敢说你这次一定要跟着出外勤不是因为她？”

栾巧倾一噎。

她还真就是为了秦情。

“我就说。”楚向彬冷笑了声，转回去，“自己头铁要往南墙上撞，别拉我一起。”

栾巧倾气得磨牙：“我出来的原因确实跟秦情有关，但不是你想的那样！”

“那是哪样？”

“……我不能告诉你！”

“嘁。”

栾巧倾气个半死：“你到底答不答应？！”

这次轮到楚向彬沉默。

他沉默了许久，久到栾巧倾几乎不耐烦了，他才抬了抬眼。他伸手一按，这辆专用公务车前排和后排之间的隔音板缓缓立起来。

栾巧倾一脸茫然：“你搞这个干吗？我又没说什么不能让别人听见的话。”

楚向彬冷笑：“我要说不能让别人听见的话，行了吗？”

“你到底要……”

“你就这么喜欢秦楼？”

栾巧倾一口气没上来，差点把自己呛着：“我……我喜欢谁？”

“秦楼。”

栾巧倾顿时像是受到莫大的侮辱：“我是脑子被门夹了吗我喜欢他？！”

楚向彬停顿几秒，表情微微变化：“你不喜欢他？”

“我当然——”栾巧倾气得噎住，“不是，我为什么要喜欢他啊？他可是我前任准姐夫啊！”

楚向彬点点头：“全公司都这么觉得。你和秦楼的八卦在业界从来不是什么新鲜事，你不知道吗？”

栾巧倾表情木然。

看穿答案，楚向彬似乎是忍不住笑了起来。他转开脸：“还真是‘二’得符合你的个性。”

栾巧倾磨牙：“哪个浑蛋这么传我的谣言？你给我名字，回去我就捶扁他！”

楚向彬说：“这就是谣言没能传到你耳中的原因，你知道吧？”

栾巧倾皱着眉头，心烦意乱地思考几秒，摆摆手：“算了不管了，这件事以后再说。还是回到我们刚刚讨论的事情上去——你问我这个干吗？”

“你既然不喜欢秦楼，那他们俩出差，你为什么非得死皮赖脸地上赶着做电灯泡？”

选择性忽略那些叫人牙疼的词，栾巧倾板着脸说：“我和秦情之间有一些恩怨，跟秦楼没关系，但是我必须得搞清楚。公司里人多眼杂，这些恩怨不方便搞清楚更不方便摊开说，还是在外面最合适。”

栾巧倾说完，停顿两秒：“这样说可以了吧？”

“嗯。”楚向彬点点头。

栾巧倾板着脸，余光却偷偷瞄他：“那我刚刚和你说的，你觉得怎么样？”

楚向彬问：“阳奉阴违，互不干扰？”

“也不用说得那么难听……”

“可以。”

“这么痛快？”栾巧倾意外地扭过头去看楚向彬。

楚向彬笑了笑：“不然——我收回？”

“那倒是不用了。”栾巧倾连忙把话截住，转过去之前她不确定地瞄了楚向彬一眼，“我怎么感觉你心情有点好。”

楚向彬已经把平板重新端起来了。

“你吃错药产生了幻觉。”

“呸。”

车窗的倒影上，楚向彬的嘴角无声地勾了起来。

大约是因为行程匆忙，私人飞机的飞行准许来不及申请，时间合适的航班也只有公务舱和经济舱，没有专门的头等舱上机通道，秦楼便只能和宋书一起去公务舱的贵宾休息室里挤着。

公务舱的贵宾休息室，持有航空公司的会员卡也可进入，没买公务舱的机票同样可以享受贵宾休息室，这便使得休息室内多了些嘈杂和拥挤。

宋书陪着秦楼坐在角落，眉微皱着。

见栾巧倾和楚向彬也各自找了位置落座后，她贴到秦楼身旁，低声问：“你不舒服吗？”

秦楼僵了几秒，似乎才听见宋书的声音。

他抿了抿薄唇，突然没什么征兆地靠到宋书肩上：“嗯，头疼。”

宋书怔了下，还是下意识伸手把他扶住：“那你……”

话没说完，一道身影走到他们面前。

宋书抬头一看，正对上栾巧倾复杂的目光。

宋书嘴角一勾，本能的笑容已经挂在脸上：“栾部长有事？”

栾巧倾手里拿着从旁边自助区取的两瓶矿泉水，她把其中一瓶递给宋书，然后开口：“他就这样。”

宋书一愣。

栾巧倾拿另一瓶水指了指倚在宋书肩上合着眼的秦楼：“从几年前我姐出事了以后，他一进机场就这样，估计也算是PTSD（创伤后应激障碍）的一种症状吧。”

宋书一僵。

这几秒她脑海里是空白的。

因为她瞬间就听懂了栾巧倾没说出口的话——当年秦楼和她在机场告别，她告诉他“别怕，我在啊”，然后他是怎么回答的？

他说：“只要你在，我什么都不怕。”

但是等他回来以后，什么都没了。

所以机场成了他PTSD的发作点，是他只要到了就会开始不安、脸色苍白、情绪起伏躁动的地方。

“秦助理？”

宋书指尖一抖，蓦地回过神。她知道自己这几秒失态了，栾巧倾目光复杂、若有所思、一动不动地盯着她，但那是可以推后处理的事情。

宋书直接拿过栾巧倾手里的水，嘴角牵出一个笑：“我知道了，谢谢栾部长，以后我会注意。你回去吧，这里我照顾就可以了。”

栾巧倾还想问什么，但最终顾忌地看了眼宋书肩上眉头紧锁的男人，犹豫着转身离开。

栾巧倾一走，宋书转过头，担心地伸手试了试秦楼的额头。

触手是一片凉意。

宋书手指再次颤了下，她竭力稳住声音，撑起笑：“秦楼，要不我们还是回去吧？你如果想出去散散心，那我们就换个地方，不用坐飞机的。”

靠在她肩上的人像是已经昏睡过去一样，半晌都没有动静。在宋书紧张得快要忍不住做点什么时，她才听见耳边那人低哑着声音道：“不行。”

“可你现在这个状态，之后还有将近十个小时的飞行。”

“我没关系。”秦楼皱起眉，声音里渗出一点没有压抑住的痛苦，他伸手抱住宋书，用力得指节发白，“我只是还需要……适应适应。”

宋书还想说什么，但她知道，只要秦楼下定决心，她是很难说服他的。

尤其是这人此时的状态，让他多说一个字她都觉得心疼。

宋书只能按捺着焦躁不安的心情，伸臂安抚地轻环住秦楼，让他侧躺下来靠进自己怀里。

“那你好好休息，不要胡思乱想。”

“手……”

“什么？”

“你的……手。”秦楼慢慢摸索着握住她的手，从掌心到指节再到指腹都透着凉意。

栾巧倾说他这是PTSD并不准确，还有其他并发的心理症状。因为那些幻觉有些严重，几乎给他带来生理上的痛觉反应，连此时握住宋书的手的每一个关节，仿佛活动一下就隐隐作痛。

但秦楼还是咬牙扛着，他甚至没让宋书看出来，只是竭力地握住她的手，慢慢十指相扣，然后握紧。

秦楼把她的手抱进怀里——只有这样，他才能觉着她实实在在地就在他的身边，只有这样才能让他在噩梦里不会飘荡无助得像无根的浮萍。

握着宋书的手，秦楼慢慢合上眼，呼吸和情绪也一点点平复下去……

一小时后，飞机进入待飞状态。

秦楼和宋书他们走到登机口时，登机口外已经排起长队，他们四人从VIP通道提前检票登机，四人在公务舱落座。

座位安排上，秦楼和宋书并肩在左，栾巧倾和楚向彬相邻在右，中间隔着过道和一对还空着的座椅。

他们刚坐下，就有空乘走过来，笑容亲切地问他们需要喝点什么。

宋书转过头去看身旁的秦楼。从休息室出来以后，他一直紧紧地握着她的手。

“秦楼。”宋书轻声喊。

空乘担心地问：“这位先生是身体不适吗？”

宋书闻言回眸，歉意地笑笑：“他……昨晚没休息好。饮品就不必了，给我一条热毛巾吧。”

“好的，您稍等。”

不久，空乘送来宋书要的热毛巾。宋书将卷成小卷的毛巾展开，侧身牵起秦楼的手。这么久了，他的手仍旧是冰凉的，像是从身体里往外透着寒意。

宋书无声地叹口气，小心而仔细地将热毛巾覆在他的手背上，轻轻推揉。

等毛巾凉下来，宋书将它拿走，转身准备放到身侧拉出来打开的小桌上。

只是她的手刚离开几厘米的距离，原本一动不动地任她推揉的秦楼突然睁开眼，蓦地伸手把她的手抓回来。

“不许走。”他哑着嗓音道。

宋书一怔，回神后哭笑不得：“我不走，我只是要把这个放下。”

“那也不行。”

“好吧，那我不放了。”宋书只能顺着他。

见宋书坐回身，秦楼眼神里的警惕慢慢消散，但还有些不满：“我想靠着你。”

宋书眨了眨眼：“这个真的没办法。”

公务舱是单人大空间，两人之间的扶手宽得能做小桌子用，完全没有能够让人横躺的余地，连枕到对方肩上都做不到。

秦楼沉着脸，显然也发现这一点了。

看他像个小孩儿似的闹脾气，宋书无奈又想笑：“你再忍一忍，下飞机就好了，嗯？”

秦楼缩在座位里，紧紧握着宋书的手，一声不吭地合上眼。

八九个小时的旅程漫长难耐。

E国所在的时区和国内相差八九个小时，等四人终于到达的时候，时间上和他们起飞的时候几乎一致——太阳在机场外的阴云后躲着，阳光不烈，确实正是中午。

但从身体上来说，八九个小时的旅程后，此时已经接近正常的睡眠时间了，再加上一路劳顿，身体更乏累。

从下机口离开，栾巧倾一边走一边揉着太阳穴低声咕哝：“我最恨倒时差了。”

大约是即将离开机场的事情让秦楼恢复了一点精力，此时他还有暇侧眸瞥了栾巧倾一眼：“不是你自己硬要跟来的吗？”

栾巧倾理亏不语。

公司里专程安排好的给他们四人接机的仍旧是两辆车，这一次栾巧倾格外自觉，和暂时达成友好一致的楚向彬上了后面那辆。

只是开出去没多久，她就发现情况不对了：“我们和他们怎么走岔开了？”

副驾驶座上多了个负责接引的，此时那人笑容满面地转过身来看栾巧倾："栾部长，秦总吩咐过，他和秦小姐今天下午另有安排。"

"那我们呢？"

"秦总说，栾部长和楚部长可以直接回酒店休息了。之后两周还有很多工作要做，两位的时差得尽快倒过来，才能不影响工作。"

"……"

另一辆车上。

秦楼终于如愿以偿地和宋书坐在一起。不必忍受飞机座椅那种把二人隔开的硬邦邦的折磨，他从表情上都透着肉眼可见的愉悦。

车行驶了一会儿，宋书发现了不对劲。

"我们不是直接去酒店？"

秦楼动了动："我们先去做一件事，然后再去酒店。"

"有什么事不如留到明天。你今天状态不好，还是先回酒店休息吧。"

"明天？不行。"秦楼睁开眼，他打开前后排之间可升降的隔音板，然后才很是不舍地坐起身。

宋书瞥一眼升起的隔音板，问："事情很急？"

"事情不急，但是我们急。"秦楼说，"我之所以把行程定得这么仓促，就是不准备给董事会高层或者其他人反应的时间——他们两三天内来不及在隔了半个地球的异国布控，那么开头这两三天内他们就无法掌握我们的行踪。"

宋书情绪慢慢紧张起来，但语气是无奈的："你到底要做什么，秦楼？"

秦楼沉默很久，问："你还记得那天在医院，我告诉你我那几天出差是在查那个酒驾司机的事情吗？"

宋书点头："记得。"

"我没有骗你，我确实是去查了。"秦楼说，"当年我回国后就一直在查那起车祸，因为我觉得它发生的时间太巧了，不可能是意外。查出来的结果也证实了我的想法。"

秦楼抬眼看向宋书。

宋书自然知道他说的是什么："那个司机是庞氏骗局案的受害人。"

"对，所以他是恶意报复，是在明知道你是白颂的女儿的情况下，刻意制造车祸。”秦楼一顿，“这是我那时候查到的结果，即使这样，他也未必会得到应有的惩罚，也太便宜他了。”

宋书心里一紧：“秦楼……”

“没关系。”秦楼松开自己无意识攥紧的拳，露出笑容，“事情已经过去了，你已经回来了，这对我来说没什么。”

宋书担心地看着他。

秦楼收回目光：“不过我没想到，原来我还是被人蒙骗了——这起车祸，他们特意为我准备了可以被查到的第二层，用这一层掩藏了第三层。”

宋书目光一颤：“你查到他是受什么人指使了？”

秦楼停顿了下，点头：“答案可能会让你很失望。”

宋书怔住，随即想到什么，看向车外。

秦楼低叹了声，伸手把人拉回来，抱进怀里：“他们夫妻早有嫌疑，你一定早就知道了。但他们只算得上这桩案子里的工具人，这一次我拿到的证据最多只能给他们两个人定罪，想要牵出后面的人，即便我们能拿到他们夫妻的证词，也没办法确保送那些人进监狱。”

“但是他们应该知道这件事背后的所有黑手。”

“嗯，他们应该知道。”

宋书沉默几秒才开口问：“你是怎么查到他们身上的？”

“当年那个司机因庞氏骗局案而倾家荡产，但是不久前我调查到早已和他离婚所以被忽略的他的前妻后，却发现他们的子女拥有远高于正常生活水平的物质条件。于是我让人去查了他们的银行账户，发现当年那件事尘埃落定后，就有一笔对于普通家庭来说算得上巨额的款项汇入他们账户。”

宋书了然：“封口费。”

“嗯。我亲自去找到那户人家，上门逼问的。款项是匿名汇入的，中间还几经空头账户周转遮掩，我这段时间费了些力气，才追查到当年的秦扶君身上。”

即便心里早已明了，听见这个名字时，宋书还是眼神轻晃了下。

片刻后她抬头看向窗外，轿车已经离开还算热闹的机场附近，进入鲜见人烟的庄园区。

“余叔费尽心思在这方面也没得到一点儿进展……这些年，她就藏在这个地方？”宋书颤声问。

提及这个，秦楼目光微沉下来。

“她是不是被人藏在这里我不知道，但是有个人一定知道。”

宋书一怔，回眸。

她的目光却正对上秦楼狰狞的目光。

从那里面，宋书看得到痛苦、愤怒、无力、悔恨、歉疚……

宋书恍惚了下，便明白此行的目的了。

沉默许久，她伸手握住秦楼的手：“我说了，这件事和你没关系。我不怪你。如果母亲还活着，她也不会怪你的。”

秦楼反握住宋书的手，慢慢收紧。

车行了几个小时，E国的郊区人烟稀少，一路上除了些便利店、加油站，几乎罕见人影。

到后半程，更是只有大片的花田和庄园，零零星星的欧式建筑点缀在遥远的地平线上。

一边是身体疲累、生物钟带来的困意，一边是寻觅多年，即将在眼前展开的真相，宋书像是身处冰火两重天，冷热来回交替地折磨她，让她在昏昏欲睡的边缘觉得精神亢奋难安。

这种折磨持续许久后，轿车终于载着他们驶到一条稍窄些的通往私人庄园的路上。

又行十几分钟，轿车驶入一座庄园。

庄园内种植着许多在E国很少能见到的国内植物品种，风格和来时路上见到的大有不同。

宋书提起精神，知道目的地就要到了。

几分钟后，车停在一栋欧式建筑前。

宋书和秦楼相继下车，在一位金发碧眼的外国管家的引导下，进到建筑内。

走过玄关，绕过长堂，转入正厅。

宋书和秦楼在踏上正厅的台阶前停住，他们身前的管家上前几步，走到里面空着的壁炉对面的沙发旁。

“秦先生，”管家说着一口流利的中文，只是语调有些怪异，“您的孙子到了。”

被沙发上那人拿着的报纸抖了抖，几秒后才被缓缓放到桌上。

“我还以为你一辈子都不准备来看我这个老头子了。”

沙发上的人起身，转过来。

“你怎么突然想到……”

话声戛然一停。

瞪着秦楼身边站着的女孩，秦梁面上故作的镇定土崩瓦解，他睁大了眼：“你、你是谁？！”

“爷爷，我来给您介绍一下。”

秦楼对秦梁的惊恐神情视而不见，他牵起宋书的手，把宋书领进正厅，站到距离秦梁一米远的地方。

对上秦梁战栗的瞳孔，秦楼微微歪了下头，意味深长地一笑：“这是我的助理，秦情。”

秦梁呆呆地望着宋书，好半晌才张开口，声音微颤：“秦……秦情？”

“嗯，是这名字。”秦楼转头，牵了牵宋书的手，向秦梁的方向示意一下，“秦助理，给你介绍一下——这位是我爷爷，秦梁，也是前秦氏集团的掌门人。”

宋书已经做了一路的心理准备，只是在刚看到这位比九年前老了许多的老人时眼神禁不住颤了下，此刻她脸上已是如同面具一般平静温婉、让人挑不出瑕疵的笑容。

宋书朝秦梁慢慢点头：“秦先生，下午好。冒昧上门，打扰您了。”

“你真的叫……秦情？”

秦梁攥紧了手里的龙头拐，老态龙钟的面相上，那一道道皱纹里满盛着往事沧桑的难过。

宋书分得出情绪上的真假，因为真实的情绪可以勾连真实的记忆——老人那双浑浊的、像是盛满了太多过往和回忆的眼眸里缓缓流淌开的情绪，每一点都能勾起她的记忆。

毕竟是曾经被白颂视为父亲的人，毕竟是坐在病床上握着她的手说要等到她和秦楼的订婚宴，喝她敬给他的茶的人。

这位长者曾待她如同亲生的孙女，她也是真心实意地喊过他“爷爷”的。

只可惜人情抵不过岁月变迁，更抵不过考验。

因为抵不过，所以他们面对面站在这里，相逢应不识。

宋书垂下眼，淡淡地笑：“碰巧和秦先生同姓，也是荣幸。按国内的说法，秦先生和我或许五百年前是一家呢。”

“一家？是啊，一家……”秦梁不知道被勾起怎样的回忆，他有点恍惚地转身坐到沙发上去，然后一动不动地停在那里。

正厅内便随着秦梁的喃喃安静下去。宋书回眸看向秦楼，伸手轻轻拉了拉秦楼的手。

秦楼侧过目光。

宋书想了想，看了一眼背对他们的老人，她轻叹了声，拿起秦楼的手，在他的掌心里一笔一画地写：“你到底带我来做什么？”

秦楼会意，抬眼示意了下老人佝偻的背影，然后嘴角一勾，笑意冷冰冰的。

秦楼给宋书做口型：“来刺激他。”

宋书无奈，写：“不要做没有用的事情。”

“怎么没用？他当初调查之后对那件事知道了多少，才会这么果决地立刻带着秦扶君和宋成均离开国内？既然他是掩盖了事实的人，那今天受到良心谴责也是一种惩罚。”

宋书眼神微滞。

她看着这个老人的背影，想起他脸上的那些皱纹和沧桑。

宋书垂下眼，慢慢道：“我知道他做错了，我大概没办法原谅他，但这些公道我以后自己来讨就好。你是他的孙子，他真心实意地照顾了你很多年，你们之间的关系不该由你用这件事来撕碎。”

秦楼没有说话。

他看着那道已经不复当年的伟岸的背影，眼底难得地为宋书之外的人升腾起复杂的情绪。

许久后，他突然出声说：“宋书和白颂的事情，我这辈子都没办法原谅你。”

这句话实在出乎宋书意料，她惊怔过后下意识扭头看向沙发上的秦梁。

秦梁没有动作，只是僵在那儿。

半晌才听见老人声音沙哑地说："我没有选择。"

秦楼额角青筋微微凸起："你有，只是你大概根本没有犹豫过！"

"一边是已经死了的人，一边是我的亲生女儿！"老人用力地敲了敲拐杖，声音痛苦而不忿，"我只剩下这一个女儿了，你让我怎么选？！亲手把我唯一的孩子送进监狱里吗？！"

秦楼眉头猛地拧起来。

宋书伸手想拉住他，却被秦楼避开，他走到秦梁面前："是秦扶君她做错了事情，她犯了错，所以理当受到严惩，无论血缘、人情！"

秦梁满脸涨得发红，眼神更加浑浊，不知道是因为生气还是难过。

他死死地盯着秦楼："如果换过来呢？如果当年是白颂害死秦扶君，那你要怎么选？你要不顾宋书，把白颂送进监狱里，让她以后永远痛苦吗？"

秦楼身影一僵。

秦梁笑起来，亦悲亦叹："你对白颂都会犹豫，更何况我对我的女儿？她就算十恶不赦，到底是我的女儿，让我亲手把她送上绝路，我做不到！"

正厅里再次安静下来。

许久之后，秦楼突然笑起来，笑得厅外用人惊惶地偷望着，笑得秦梁悲怆地看着他，笑得宋书不忍地别开脸。

大笑方歇。

"那我呢？"秦楼嘶声问。

"什么？"秦梁怔住。

秦楼伸手指着自己："她是你的女儿，那我呢？我是你的什么？你有没有考虑过，将来某天我如果得知真相，知道是秦扶君害死了宋书而你却对我隐瞒了真相，那时候我该怎么办？！"

秦梁僵住。

半晌，他嘶哑着嗓音喃喃道："我想过，可我能怎么办？逝者已矣啊秦楼……死去的人已经死去了，丢了的东西就再也不能找回来，你难道真要被一个已经死去的人纠缠着毁了一辈子？"

"你懂什么？我这辈子本来就是她给我的！没有她我早就死了！"秦楼直起身，他笑意惨然，"更何况……你考虑的真的只是亲情吗？你敢说你没想过偌大的秦氏集团不能毁在你手里？你敢说你没想过这件事牵涉甚广，秦氏集团董事会高层数人都可能牵涉在内，一旦揭露就是彻底地伤筋动骨，树倒猢狲散？”

不等秦梁开口，秦楼冷笑一声：“你多好的算计啊，秦老先生——你担下金额庞大的赔偿，甚至不惜将秦氏集团股权分散出一小部分去堵悠悠众口，你只损失一部分利益就保住秦氏集团，还落了个好名声，你让白颂冤死都没能正名！”

“我早就说过了，白颂她真是无辜的吗？她不是！”秦梁忍无可忍，敲着拐杖怒道，“当年我是信任她才把秦氏集团交到她手里，她做了什么？！真发现那桩骗局她为什么隐瞒不报？她为什么要妇人之仁相信宋成均？！如果不是她隐瞒在先，那后面这一切包括她和宋书的死都不会发生！”

秦楼字字咬牙切齿：“你现在是要把罪责推到一个受害者的身上？就算她隐瞒有错，难道是她设下滔天骗局？是她冤死自己？是她买凶杀人，毁灭证据？！”

秦梁哽住，面色涨得通红。

秦楼大步走到宋书身旁，从她手里拿过公文包，将里面一沓一沓的材料扯出来扔在秦梁面前。

“我不指望说服你来告诉我秦扶君和宋成均的下落，你听着就够了。”

秦梁面色铁青：“这是什么？”

“这是秦扶君当年买凶杀人的证据，他们所有的通话记录、账户往来都包含在内。你不说没关系，我可以拿着这些东西回国去法院立案！”

秦梁手一颤：“你疯了？她是你的姑姑！”

“姑姑？”秦楼冷笑，“她当初犯下罪行的时候没有想过这个！”

宋书心底无声一叹。

她迈开腿，走上前，停在秦梁和秦楼之间，然后转过身，从秦楼手里拿过那些材料。

扫了两眼，宋书抬头，平静地看着目光晃动起来的秦梁。

“抱歉，秦老先生。”宋书淡淡一笑，“秦楼不必做，我来。”

“什……什么？”

“我说这些材料，”宋书举起手里的材料，“这些只是复印件，我那里有原件。如果您不告诉我秦扶君和宋成均被您藏在哪里的话，那我就只能以故意杀人、教唆杀人的罪名把她告上法庭。”

秦梁嘴唇颤起来，半晌才吐出一句话："你……到底……是谁？"

宋书微微一笑，垂眼："我是秦情啊。不然您觉得我是谁？"

"宋……宋……"

秦梁张了几次口，那个名字最终还是没能喊出来。

宋书轻笑着叹气，她从旁边桌上倒了一杯茶，然后蹲下身，恭恭敬敬地递到秦梁面前。

"等您病好了回来，订婚宴上我给您敬茶——酒不能喝了哦。"

"好，好！我一定喝我孙媳妇给我敬的茶！决不食言！"

"嗯，我们一言为定。"

许多年前还有些稚嫩的身影和声音再一次在眼前、耳边浮现。

秦梁眼神颤了下，抬手去接。

老人沧桑的手和年轻女孩柔嫩的手触碰到一起时，拿着茶杯的女孩轻笑了声："爷爷，我不是她。"

"……"

"因为宋书她早就死了。"

无人接住的杯子猛地摔落在地，摔出一声脆裂的响声。

傍晚，一辆轿车从秦梁居住的庄园驶出，沿着庄园外的私人路段上了大道，离庄园越来越远。

车里。

秦楼望着窗外飞速掠过的景色，嘴角勾起个凉薄的笑："我本来以为你会把她藏在自己的庄园里。"

此时秦梁已经平复情绪，闻言缓缓开口："有一点你说得对，他们夫妻犯了错，既然犯了错，受到惩罚是应该的。我可以把他们接去庄园，可是我……没有那样做。"

秦楼嗤笑："这时候就别想着把自己撇清了，如果你真有你说的这么大义凛然，那你早就把秦扶君和宋成均一起送进监狱了。"

"大义……如果人人都能做到大义灭亲，那它就不至于成为典故又成为沿用千年的成语了。"

秦楼语塞。

几秒后他转过脸，看向宋书："秦助理，你来。"

宋书一脸茫然。

秦楼说："我知道你们律师嘴皮子都很厉害，你现在是我的助理，你说，这时候我应该怎么反驳他？"

宋书打心底觉得秦楼这会儿有点幼稚，但实在不忍心驳了他，只得开口："大义灭亲之所以能够沿用千年，是靠那些尊崇大义并且愿意践行的人，而不是靠那些踩着它理直气壮地为自己辩驳者。"

秦楼满意地点头，转身看向后排的秦梁："你听见了？"

秦梁没有说话。

他只是侧眸观察了这个所谓的秦情几秒，叹了口气，轻声问："你后来学的是法律？"

"法律是我大学和研究生期间的专业。"宋书目不斜视，微笑着回答。

"毕业后做了律师？"

"是。"

"那怎么进了Vio？"

"回国以后在律所工作，最初以助理合规官身份进入Vio。"

听到这里秦楼突然插了一句："只是以助理合规官身份？我怎么记得还有一个身份是别人的未婚妻？"

"别人"二字被秦楼咬得极重。

宋书无奈地瞥他一眼，而秦梁却身形微震，他扭头看向宋书，又看了看秦楼，最后还是将目光定在宋书身上。

迟疑两秒，他有些沉痛地开口："当年那件事和秦楼是完全没有关系的，他为你……他为宋书的死把自己折磨得很厉害，就算你恨，恨我恨扶君就够了，不要因为这件事怪罪他。"

宋书听了心情复杂。

"罪魁祸首"坐在前面装作没有听到，她只能独力面对。

沉默片刻，宋书轻叹道："我知道，您不说我也知道。我当然不会迁怒于秦楼，他原本就没有做错什么。"

“那你……”

“您放心，我和他之间的事情不会受到这件事影响——无论对我还是对他而言，都是这样。”

“……好，”秦梁点点头，垂下视线，不知道是难过还是高兴，只听他一边叹气一边说，“那就好，那就好。”

轿车最终把三人载到一座封闭式疗养院。

经过门口的双层电子门禁和人工门禁后，轿车才顺利地开进了疗养院内。

轿车缓缓前行。看着疗养院内大道两旁郁郁葱葱的四季青慢慢地被留在身后，秦楼终于忍不住笑起来，带着嘲弄的冷意：“把他们关在这种地方，你这是在藏他们，还是给了他们一个更可怕的牢笼？”

今天经历过情绪上这么多大起大落，秦梁看起来已经疲累而麻木了。

听到秦楼的嘲讽，他只是平静道：“我说了，他们做错事就会有惩罚，我不舍得我的女儿受到审判面对刑罚，但做错事情总要付出代价。”

“……”

“而且，”秦梁又说，“他们中也确实有人需要待在这个地方。”

秦楼挑眉：“哦？难道是秦扶君做了那么多枉法的事情后，终于良心发现把自己逼疯了？”

秦梁抬头意味深长地看了宋书一眼：“不是扶君，是宋成均。”

尽管心中有预感，但真听到的时候，宋书原本平静的心绪还是起了波澜。

车内陷入沉寂。

车停到疗养院的住院楼外，宋书三人下了车。往楼内走的时候，宋书突然开口问：“他是疯了吗？”

秦梁脚步停顿了下：“精神问题，绝大多数时候他都是意识不清、胡言乱语的。”

宋书瞳孔微栗，张了张口，最后还是问出来：“当年秦扶君做那件事之前，他知道多少？”

秦楼身影一停，须臾后他不忍地回眸看向宋书。

他知道这个问题一定藏在宋书心底很多很多年了。而同时，这也是他和宋书都不敢去查明的问题。

——那件事，宋成均知道多少？他是否知道秦扶君要逼死白颂，甚至要买凶制造车祸杀害他的亲生女儿宋书？

他们不敢问，因为他们怕答案是肯定的。

如果真是那样，秦楼不敢想宋书会有多难过，就算她早就对那个所谓的父亲失望，就算她正眼都不肯瞧他甚至根本不愿意承认那是她的父亲，但她曾经比谁都渴望那个抱住宋茹玉拿胡楂蹭女儿脸蛋的男人的怀抱，她曾经用麻木、沉默把所有想要关爱的情绪掩藏。

如果他真知道……

“他不知情。”秦梁突然开口。

就像行刑前突然得了大赦，宋书有些急促地呼吸了下，空气重新涌入肺部，才让她觉得自己活了过来。

她扭头看向秦梁，目光微颤。

秦梁说：“白颂的冤情他大概清楚，但后面的事情……或许是那些人怕他误事，连扶君也隐瞒了他。他知道车祸的真相以后，他们夫妻就决裂了，没过多久他就被送来这里。后来我索性把扶君也送过来了。自己造的孽，还是要自己来清还。”

宋书眼神黯然。

秦梁走了几步，又说：“宋成均当初要娶扶君，我是极不赞同的。我看他心性太凉薄，为人又重利，对他很不满意。但我真正不满意的还是他明明凉薄重利，偏偏又狠不下心，也没什么决断力。”

宋书垂眼跟着：“秦老先生想说什么？”

秦梁叹气：“那时候在秦家，他对你刻薄良多，说到底还是怕你影响他的前途。但你毕竟是他的女儿，你的性命，他是无论如何也不可能下得去手的。”

“那又如何呢？”宋书笑起来，“白颂还是因他们的事情而死，车祸还是他的妻子一手酿成的，甚至更早——秦家的那些事，他对我的刻薄苛待，桩桩件件，我想忘却没办法忘怀。无论他如今多么可悲可怜，我都决不原谅他，他也不配得到原谅。”

秦梁之后没有再作声。

进到楼内后，秦梁向院内的人说明来意，对方当即喊来了两位护工。

一番交谈后，秦梁走回来对宋书和秦楼说：“他们夫妻两人不在一处，你们如何安排？”

秦楼思忖几秒，望向宋书：“你不用急着去见秦扶君，撒手锏要留到最后用。”

宋书眼神动了动：“我不准备见他。”

秦梁犹豫了下：“他毕竟是你的……”

“他不配。”宋书毫不犹豫。

秦楼叹气。

他拉起宋书的手走到一旁，把她藏在墙角：“不许难过。”

“我没有。”

“你如果没有，情绪就不会这么激动了。”

“……”

“真的一眼都不想看他？他当初那样苛待你，如今落了个什么下场，你不想看看？”

宋书别开脸，眼角微微泛起一点红。

秦楼俯身，心疼地吻了吻她的眼角：“不许为别人哭，小蚌壳。”

宋书攥紧拳转回头来：“我早就在心底对自己发过誓，我这辈子绝对不会为这个人流一滴眼泪，到他死都不会。”

“嗯，我知道。”秦楼轻轻抱住她，安抚地吻她的长发，“那就去看一眼吧，最后一眼。”

宋书低下眼安静许久，轻声说：“我自己去。”

“好。”

于是宋书和秦楼、秦梁暂时分开，她独自跟在一位护工的身后，踏上了通往上层病房的电梯。

出得电梯，弯弯绕绕地走了几十步，护工领着她停在一间单人病房外。

“我们到了，秦小姐。”

宋书像是刚回过神，恍惚抬眼。

隔着病房的观察玻璃，空荡的几十平方米的房间里只有一张病床。床上的男人披头散发，神情呆滞疯癫，两只枕头被他抱在怀里，他低着头对枕头说着什么，眼神时不时恐慌地闪躲，像是在躲什么索命的鬼怪。

护工找出钥匙打开门，走了进去。

宋书觉得自己的腿像是灌了铅一样，每踏出一步都沉重费劲。

但她还是走进了房间里。

护工正温和地对病床上的男人说："宋先生，有人来看望您了。"

男人充耳不闻，仍对着自己怀里的两只枕头低声私语，那些话断断续续地传进宋书的耳朵里：

"你们是爸爸的宝贝，爸爸给你们藏了好吃的糖……女儿，这块是你的，不不，这块不能给你，这是你弟弟的，你不能欺负他……

"不喜欢这个？那爸爸……爸爸给你们换一个……

"不能！不能出去！外面有吃人的怪兽！他们会把你们吃了的！爸爸要保护好你们……"

男人拼命地退缩到墙角，怀里的两个枕头被他抱得死紧。他似乎看见了宋书，像是见到了什么洪水猛兽，嘶哑着嗓音拼命地喊着："别过来！别过来！……你走！离我的孩子远一点！"

护工站在宋书身旁，他并不知道宋书和病床上这个男人的关系，所以他只歉意地笑道："秦小姐，您别介意，这位宋先生从送进来那年就这样了。不知道是经历了什么，不过看得出来，他很爱自己的儿子女儿，原来应该也是个好父亲。"

宋书僵在原地。

须臾后她回过神，慢慢舒出一口气，然后她轻轻地笑了："是啊，大概是个好父亲吧。"

他一直是宋茹玉和宋帅的好父亲。

到疯了，还生怕她这个恶鬼似的女儿死了以后不肯放过他的宝贝子女。

宋书转身往外走。

护工愣了下："您不再待会儿了？"

"不用了。"

宋书走到门旁，伸手拉开门，正要踏出去。

房间里，缩在墙角的男人似乎松了口气。

他伸手揉了揉怀里的枕头，把脸靠上去，疯癫呆滞的脸上露出点温柔痴傻的笑。

"书书乖，书书别怕……爸爸这次保护好你了……爸爸在……"

宋书猛地僵住。

第 22 章

—Y A O H E N—

“审判”

宋书僵在原地。

这一次她停了很久很久，其间一度想要转回头去看看那个男人，甚至想揪着他的衣领让他看清楚自己。

最好能晃醒他，问他既然会后悔，既然也想保护她，那当初为什么要做那样的选择？为什么在她最需要他的时候只给她留下冰冷得像陌生人一般的背影？

也问问他，他到底有没有哪怕一秒曾经对她这个女儿于心不忍？

但宋书最终只是站在那里，无声地红了眼圈。

不必问的。

都不必问。

事情已经发生，结果无可更改，就像时间不会倒流，那起车祸必然发生，白颂的死没人能够挽回。

所以一切都不必问。

可恨之人必有可怜之处。

这句话之所以成立，并不是因为只有可恨的人才有可怜之处，而是因为人活于世，没有几个人能够畅通无阻顺风顺水——所以每个人都有可怜之处，因此做出选择的过程不重要，做出选择后产生的那个结果才重要。

每个人都有自己的艰辛，但不是因为艰辛就该被原谅——

有些选择，无论做出的过程多么艰辛，永远都无法被原谅。

“秦小姐，您要再待一会儿吗？”护工看出宋书的迟疑和情绪上的起伏，在她身后不安地问道。

宋书低下头，眼里含着泪轻笑起来：“不用了。没必要。”

“啊？”

宋书没有解释。她抬起头，轻吸了口气，然后收腹挺胸，重新迈开腿，走出病房。

去时比来时更平静，也更从容。

疗养院毕竟人多眼杂，秦楼没有选择在那里和秦扶君对质。

最终秦扶君被秦梁带着乘第一辆车回庄园，而秦楼和宋书坐后面的一辆，比他们晚些出发。

秦楼和秦梁在秦扶君面前没有提起秦情的到来，但也不曾刻意隐瞒。

所以即便是轿车开进庄园内，宋书也是随秦楼一起，再淡定不过地走进那栋欧式建筑的大门和玄关。

只是经过正厅时，只有秦梁一人在。

秦楼的眼神有些警觉。

秦梁早有预料，不等他开口发问，便说：“她说疗养院环境差，设施也不如家里整洁齐备，现在到楼上沐浴梳洗去了。就算再急着知道当年参与那桩案子的人员名单，你们也总不至于连这一时半会儿都等不了吧？”

秦楼压住内心的冲动，微微攥拳。

宋书上前一步，伸手拉住他，同时朝秦梁淡淡一笑：“怎么会呢？已经等了九年，自然不差这一天。”

秦梁脸色微变。

几秒后，那情绪在他眼底又一点点隐去，甚至转成了很浅很淡的笑意：“你现在很善谈，和以前大不相同了，心性同样……这样也好。这样才没人能欺负得了你们。”

宋书目光微动。

但她最终没说什么，跟秦楼并肩走到沙发前，坐了下去。

一老两少坐在正厅里，尽管三个人曾经是秦家那个偌大宅邸里最熟悉的，但此时已是相顾无言。

秦梁上了年纪，对亲情血缘也就格外看重。眼前这一幕叫他心底悲凉，却又无从挽回。

当年在揭露真相和保护女儿之间选择了后者的时候，他就猜到终有一天自己会面对这样的局面。他那时候想，最幸运的大概是秦楼对着他的墓碑心怀一点可以被时间抹平的怨愤，如今时机早了些。

但这是他做的选择，他得承担。

秦梁沉沉地叹了一声。

他微侧过身，抬了抬手，在正厅角落等着的管家立刻上前，躬身到与秦梁平齐的高度。

“老先生？”

“给他们各调一杯喝的。”

管家微微抬头，看向两人：“不知道秦先生和秦小姐喝什么？”

不等宋书和秦楼回答，秦梁开口：“女孩儿喜欢布列夫的咖啡口味。一份浓缩，四分之三份的热牛奶和鲜奶油，再加半份奶泡。”

“那秦楼先生……”

“他？”秦梁瞥了孙子一眼，“他随便，凉白开也行。”

管家忍住笑，应了一声，转身离开。

主仆两人交谈时并没有避讳秦楼和宋书，从头到尾他们都听得一清二楚。

布列夫的咖啡口味是宋书以前的习惯，秦梁记得丝毫不差。虽然知道老人的举动里多少存着求和的意味，但宋书心里还是微微晃动了下。

秦楼似乎有所察觉。他目光一扫，抬手握住宋书的手，冷笑了声看向秦梁：“别被某些老狐狸的手段骗了。我看他这么大年纪没学会别的，只学会人心龃龉了。”

秦梁早就习惯了自己这个孙子的冷言冷语，此时只是扫了秦楼一眼，没和他争辩。

咖啡端上来没一会儿，有人快步从楼上下来，跑到秦梁身旁弓下腰说了些什么。

秦梁点头，摆摆手让对方离开了。他抬眼看向宋书：“扶君要下来了，我们移步偏厅，剩下的事情你不要劳心，让秦楼去管吧。”

宋书一怔。

一直皱着眉的秦楼闻言，难得地和秦梁站到了一条战线上：“想到那个想杀了你的女人要和你站在一起我也觉得不安，他说得对，后面的事情交给我。”

宋书还想说什么："可……"

"今天听我的，好吗？"

"……嗯。"

宋书最终还是答应下来，她点点头，端着咖啡，起身跟秦梁到偏厅去了。

半分钟后，一道身影顺着楼梯不紧不慢地走下来。

是秦扶君。

她在最后一级台阶上看到正厅里秦楼的身影，停了下，然后再次迈开步子走过来。

一直到坐上沙发，她都仪态婉约，脸上平静得近乎麻木。

"我就知道他瞒不住你，终有一天你会走到我面前。"

秦楼手里把玩着之前用人递给他的长玻璃杯，看着剩下的一点水在透明的杯子里晃来晃去，漫不经心地开口："那你怎么不逃呢？"

"逃？"秦扶君流露出嘲讽的情绪，"我往哪里逃？他给我逃的机会了吗？"

秦楼手一停，须臾后他哧地笑了声："秦梁这个当父亲的够仁至义尽了吧？他为你连半世清名都不准备要了，也硬是要帮你躲开牢狱之灾——你还对他不满？"

"哈哈哈哈哈，父亲？他也算父亲？他的确装作不知不闻地帮我掩盖下来了，可他根本就是把我送进了另一个牢笼里！和那些精神病待在一起，九年来我一步都不能离开，连我的孩子都不能见，这和坐牢又有什么区别？！"

随着愈来愈高的话声，秦扶君面上的平静被撕开，底下那些怨愤、厌恨的情绪全都涌了出来，让她那张原本算是姣好的脸显得无比丑陋。

秦楼冷漠地看着她，并不意外："不知感恩只想索取，你做人可真是没有新意啊，秦扶君。"

秦扶君冷笑一声："感恩？最没有资格说这个话的就是你了秦楼！就因为你是他的孙子，你生下来就注定什么都有，你甚至都不需要动动手指，那些我拼了命想要争取的东西都会被他一样一样地送到你面前去！但你什么时候感恩他了？！"

秦楼哑然失笑，他坐直身子，眉眼间是冷然的嘲弄："你以为，你想要的东西，别人就都想要了？对我，他是强行把我不需要的给我，而对你……如果你真的有这么大怨气，真的觉得留在那里还不如坐牢，那你怎么不告诉他你要自首？

秦梁我还是了解的，我不信如果当初你没有死死地乞求他，他会做出包庇你这种事情来——你敢说你没做过？”

秦扶君本能地躲开了秦楼的目光，她无意识地抓紧了身上的衣服。再开口时，秦扶君竭力让自己的声音听不出什么心虚或者漏洞。

“你跑这么远来，难道就是为了教育我？就算你知道了当年那件事的真相，也不要想从我这里得到什么。我已经不可能比现在过得更凄惨了，所以我什么都不怕失去。”

秦楼眼底怒意烧起的火焰剧烈地跳动了下，又被他按捺回去。

他一甩手，之前的材料被他扔到秦扶君面前。

“你最好看完再说话。”

秦扶君眼神微紧，迟疑两秒，还是忍不住拿起材料。

只匆忙扫了几眼，秦扶君脸色就变了：“你……你怎么……找到这些东西的？”

“过程不重要，结果才重要。”

秦楼双手扣着，向前俯身：“你之前说，你不可能比现在过得更凄惨了，那我告诉你，我能让你比这惨一百倍。”

秦扶君很想否认，但她知道这是事实，手里的这些证据足够揭露她和当年那件案子无法割开的关系，而以秦楼的手段和人脉，只要有了这些证据，他就能够轻而易举地把她送进监狱里，她这辈子都别想翻身。

在那和在疗养院不同。

在疗养院她终究是有指望的，她指望着总有一天父亲老去会彻底心软，把她放出来重见天日。所以这么多年即便被关在那里，她也从来没有真正绝望过。

但如果被送进监狱，那她这辈子就真的彻底完了。

心底的那些恐惧、慌乱一点点汇聚起来，秦扶君几乎想像当年向父亲秦梁求饶一样向秦楼求饶了，但她没有那样做。

不是因为顾及脸面，而是因为她清楚地知道，秦楼和秦梁不一样，他绝对不会对自己有半点心慈手软。

秦扶君深吸了一口气，声音微颤地吐出来，她逼着自己冷静下来。

“你把这些证据拿给我，而不是直接提交给法院，我猜，你要让我帮你做什么。”秦扶君压抑着恐惧看向秦楼，“你说吧，你想让我做什么？”

秦楼厌恶地望着她：“我要当年那件案子里所有参与者的名单。”

秦扶君眼神一抖，猛地摇头：“不可能，我不会告诉你——真的告诉你的话，他们连我也不会放过的！”

“原来你也知道怕？那就好办了。”秦楼笑起来，眼神里冷意扑面，他伸手拍了拍桌上那些散落的证据，“如果我把你送进监狱，那你以为我会放过你吗？”

秦扶君脸色煞白。

许久之后，秦扶君似乎终于定下心神来。

她惶惶地抬头看向秦楼，露出一个惨淡的笑：“如果……如果我告诉了你那个名单，你会放过我吗？”

秦楼想都没想：“不可能。”

秦扶君脸上强挤出来的笑容僵住，下一秒就转为狰狞，她像被逼疯了似的狂笑起来：“既然结局都一样，那我为什么要告诉你！反正我已经够不幸了，那你就干脆跟我一样不幸，甚至比我更不幸就好了啊！我看到时候我们之间谁更痛苦！哈哈哈哈……就算你知道我是当年害了宋书的真凶，你又能做什么？！”

秦楼不作声，垂下眼。

那张俊美的面孔上平静淡然，像是那些话完全无法对他的心绪产生半点影响。

“如果你坚持不肯说，在你应得的惩罚之外，我确实不会再对你做什么了。但是……”

“但、但是什么？”秦扶君无意识地咽了口口水。

秦楼笑着垂下眼帘，拿起那个被他放在一旁的杯子：“但是你是不是忘了，我如今才是秦家的当家人，宋帅和宋茹玉，他们的一生都会掌握在我手里……”

秦扶君像是傻在了原地，她一动不动地呆在那里，表情木然。

直到数十秒后，她才反应过来。秦扶君的表情瞬间狰狞起来，她猛地起身，张牙舞爪地扑向秦楼：“你敢！你敢动他们试试！”

秦楼易如反掌地将这个发疯的女人制服，他甚至懒得自己动手，直接把人交给闻声赶过来的几个用人。

看着被两个用人拦着还龇牙咧嘴地想要往自己身上扑的秦扶君，秦楼仰进沙发里，笑道：“真遗憾，这么多年你还是对我毫不了解——我有什么不敢做的呢？”

说完，秦楼停顿了下，然后他俯首笑起来："哦，对，有的。"

秦扶君眼底燃起希望，只是不等更盛，她就听见秦楼声音嘶哑地笑了："我唯一不敢做的，就是宋书不让我做的事情。"

秦扶君蓦地脸色瞬白。

秦楼缓缓抬眼，眸子里再无半点笑意："可你杀了她啊，秦扶君，是你亲手把你自己和那两个孩子的最后一点退路断了。"

"……"

"你怎么可能不下地狱？既然你让我和她在那里面生不如死地活了这么多年。"

正厅死寂。

几秒后，秦扶君蓦地回过神来。

"你……你什么意思？"秦扶君的脸煞白而狰狞，"你是说宋书还活着？不，这不可能！我亲眼看过那些照片，她已经死了！从那场车祸，到入院，到最后她摘掉呼吸机，我都是让人监控着的，她怎么可能还活着？！"

秦楼眼底被激起暴戾的怒意，他垂在身侧攥紧的手背上青筋凸起。

但他最终还是平静下来。

因为秦扶君背对着的地方，偏厅的门被人拉开，宋书安静地站在门旁，无奈又难过地看着他。

她不需要过来。

她甚至不需要说话。

秦楼知道一切她想说的想做的，所以他就像得到她的安抚一样，慢慢平复呼吸，慢慢压下怒意。

"你就这么恨她……"秦楼的声音带着压抑暴怒后的嘶哑，"即便她当初只是一个没有成年的17岁的女孩，你也恨得一定要置她于死地？"

秦扶君头发散乱地跪伏在地，惨然地笑起来："那要怪谁？那都要怪你！怪白颂！怪我那个好父亲！要不是你们，我哪里需要那样担惊受怕？！白颂原本就有秦氏集团10%的股份……是，她有能力，履历辉煌，我处处不如她，连父亲都更加倚重她，根本不把我这个女儿放在眼里……而你呢？！"

秦扶君透过散乱的长发怨恨地看向秦楼："你生下来就有一切，就因为你是秦家的孙子，就因为你的孩子也会姓秦，父亲就把你看作秦家的未来，你才几岁他就想把一切都交到你手里。凭什么是你！白颂就更过分了，她妄想借由她女儿来掌控秦家，她做梦！我得不到的东西她更别想得到！既然她要揭穿我们不给我们留退路，那就别怪我心狠！既然她要把女儿嫁进秦家，那我就杀了她的女儿！我知道我毁了宋书就相当于毁了你，秦家还会是我的，会是我孩子的！”

“就为了秦家的家产，你筹谋了那么多年，甚至不惜作下那样的大案，还要为此杀人灭口？！”

秦楼嘴角勾起一个冰冷的笑：“活该你什么都得不到，落得个凄惨下场。我还要让你看着，如果你不肯告诉我当年涉案人员的名单，那你的那两个孩子会跟你一样——我会让他们余生都在生不如死的绝望里度过。”

“你——！”

秦扶君猛地抬起头，额角的血管在她涨红的脸上绷紧，更让她布满血丝的眼睛看起来骇人。

“他们是你的表弟表妹！他们还是父亲的外孙和外孙女，父亲他绝对不会坐视不理的！”

秦楼恣肆地笑：“我要做的事情，谁管得了？”

“秦楼！”秦扶君疯了一样地挣扎起来，她嘶喊着，“爸！爸！你看见了吗！他连茹玉他们都要逼死啊爸！”

在秦扶君疯狂的挣扎和歇斯底里的呼喊下，偏厅的门终于被秦梁推开了。

走出来的老人头发似乎更白了一些，再也没了当年宋书初入秦家时见到的那副精神矍铄的模样。

秦梁拄着龙头拐，慢慢走入正厅。

看见他的身影，秦扶君像是看见了最后一根救命稻草，她伏在地上一边痛哭流涕一边哀求着：“爸你救救我……你都听到了，秦楼要杀了我，他要逼死我，还要逼死茹玉他们！你不能见死不救啊爸……”

秦梁一言不发。

短短几步，从偏厅到正厅，他像是老了许多岁，一步一步地走过来，连背都有些佝偻了。

他终于慢慢停下脚步。

“扶君……”

老人长长地叹气。

“爸——”秦扶君燃起最后一线希望，涕泪交流地仰起头，充满希冀地看着父亲秦梁。

秦梁叹气：“把名单给他吧。”

秦扶君蓦地僵在那里。

几秒后，她不敢相信地喊出口：“爸！真给了他，那……那我就彻底完了啊爸！”

秦梁恨铁不成钢地重重地敲了下拐杖，拂开秦扶君要抓他裤脚的手，气得声音发颤：“要不是你造孽，事情会到今天这一步吗？到这个时候你还是只想到你自己，你简直……无药可救！”

“爸……”

“你把名单写下来，交给我！不要再多说了！那样我至少能给你照顾你那两个孩子。你要是还对我这个做父亲的不满，那就自己和秦楼谈！”

秦扶君挣扎无望，哀哀地与父亲对视良久后，终于慢慢点下头。

秦梁让人拿来纸笔，亲眼看着秦扶君趴在地上一个名字一个名字写出来。

名单最终交到秦梁手里。

秦梁皱着眉，低头看了几秒，慢慢垂下手。他走到秦楼面前，将手里的名单递过去。

秦楼伸手去接。

爷孙两人的手都握到那张记着名单的纸的边缘，却停住了——秦楼感受到纸上反向的力。

他眼一抬，看向秦梁。

老人垂着视线：“这个名单既然交到你手里，那你就放过她吧。”

秦楼眼神一紧，须臾后他笑了起来：“我说过，不可能。”

“她毕竟是你姑姑。”

“姑姑？她做那些事情的时候，大概从来没有想过这一点。”

“我知道，她对白颂母女做下的事情会永远让你对她怀恨在心，但她只是个工具——当年她没得到秦家的实权，哪里有能力布置得那么天衣无缝？真正的罪魁祸首都在这上面。”秦梁拉了拉手里的名单，“更何况，哪怕到最后，她都没有直接地伤害过你一点——她是顾及血缘亲情的，她只是太过狭隘，被利益蒙蔽了双眼。”

秦楼眼底像是燃着黑色的火焰，那火焰在秦梁的话尾猛地一跳。

而就在此时，偏厅的门突然再次被推开。

一道身影走出来。

“她确实没有直接伤害过秦楼。秦楼不和她计较就是了，让我来。”

听到这个熟悉又陌生的声音，跪伏在地上的秦扶君浑身猛地一哆嗦。

几秒后，她用力地扭过头去看向声音的来处，脖子上的青筋都因为过于惊恐和不敢相信而紧绷起来。

“宋……宋……”

一个完整的名字在哆哆嗦嗦的嘴唇里半晌都叫不出来。

宋书停在距离秦扶君不远的地方。

听见声音，她笑意淡淡地垂眼，视线落在秦扶君的身上：“自我介绍一下，我是秦情，从大学到研究生期间主修法律——我一定会确保秦女士你余生都将罪有应得地待在铁窗内。”

“秦、秦情？”

秦扶君伏在地上呆呆地透过凌乱的长发对上一双漠然的眼。

秦扶君蓦地一栗，表情再次狰狞起来。

“不对，不对！你就是宋书！你就是宋书！你为什么还活着？！你怎么可能没有死？！九年前你就应该……”

秦楼愤怒地走到了秦扶君面前：“你如果还有点良心的话，最好给我闭嘴！”

事到如今，秦扶君已经没有选择的余地了。

秦楼拽过名单，递给宋书。

宋书手指微颤了下，抬手接过。但她没有急着打开看，而是做了个深呼吸，将那份名单叠好收起来。

然后宋书瞥了地上失魂落魄的秦扶君一眼：“秦老先生，您的女儿就先留在您这里，两位有什么割舍不断的父女情分，就在这段时间里多珍惜吧。在解决名单上的人之前，我不会打草惊蛇，这也是我给秦女士留下的最后的自由时间。”

她走回到秦楼身旁，声音放轻了：“我们走吧。”

秦楼没有说话，也没有动作。

过了几秒，在宋书不解的目光里，他抬头看向一言不发的秦梁。

两人对视几秒，秦楼突然开口："我知道你一定不会就这样袖手旁观，你还是会想尽办法把你的这个蛇蝎心肠的女儿救出来。"

秦梁没有否认。

很久后他叹了声："她毕竟是你姑姑。她也没有真的动手伤害过你半点。"

秦楼眼底那黑色的火焰再次剧烈地跳动了下。

那一瞬间他几乎爆发，但宋书及时发现并伸手拉住了他。

"秦楼，"宋书用眼神和语气安抚着面前呼吸急促的秦楼，"这是我的事情，我自己也能做到，不管谁来阻止，你相信我。"

秦楼深深地吸了口气，然后转向宋书："我知道你是怕我为你的事情和秦梁撕破脸，但我不怕。他人脉广，如果他铁了心要从中作梗，你的计划也会受阻。"

秦梁皱着眉望向他，但仍旧没有否认。

秦楼拉开宋书的手，上前一步："你愿意保护秦扶君的根本原因，就是她是你的女儿，而且她没有真正动手伤害过我？"

秦梁点头。

秦楼哧地笑了声："你怎么知道她没有做过？"

秦梁皱起眉："在秦家，在我的眼皮子底下，她没有胆量也没有能力对你做什么……"

"你也知道是在秦家，"秦楼蓦地打断了秦梁，"那在我回到秦家之前呢？"

秦梁想到了什么，呼吸骤然一紧。

老人第一次彻底变了脸色："你是说……不可能！"

"哈哈哈哈……"秦楼大声笑了起来，"好一个不可能。到底是真的不可能，还是你不想相信？"

秦梁呼吸急促，面色涨得发紫："我早就让人查过，你父母的死就是意外，没有别的原因！"

"那我被送进孤儿院受的那些凌虐呢？我自己一个人在那个地方待了三年你都没有半点我的消息，是真的错过了还是有人刻意隐瞒？我回到秦家以后，为什么唯独对秦扶君一家有那么大的敌意？这些问题你想过哪个，想通过哪个？"

秦梁在秦楼一句又一句的质问下栗然不能自已。

半晌后他扭头看向秦扶君，像是从牙缝里挤出来似的一个字一个字地说：“他说的……是真的？”

秦扶君趴在地上早就哆哆嗦嗦的，从头到尾没敢抬头。

她带着哭腔哀求：“爸……”

只这一个字，秦梁就什么都懂了。

秦梁眼前一黑，差点昏厥过去，连着退了几步，扶住沙发才稳住身子。

他当然记得秦楼遭受过什么。

秦梁记得自己第一次走进那家孤儿院看见那个瘦弱而狼狈的孩子，记得他身上一道道的伤疤和血痕，记得他冰冷的眼神，记得他吃饭时大口大口的，凶狠得像野狗似的。

在很多很多年里那都是秦梁心上的一道疤——他让他的孙子一个人流落在外，吃尽了这世上所有不该加诸在一个孩子身上的苦。

他对不起那个孩子，他尽一切所能地想补偿那个孩子。那个孩子想要的一切秦梁都给他，那个孩子再不羁再可怕都没关系也无所谓。

因为本来就是这个世界先伤害他的，那个孩子从来没有做错过什么。

而今天，直到今天，在秦梁已如风中之烛的时候，他竟然才终于知道，那些不幸是有原因的，那些绝望是有罪魁祸首的。

亲手把他唯一的孙子推进这辈子都不可能再逃离、再爬上来的深渊的，竟是他保护了这么多年的亲生女儿。

“秦扶君！”

老人从疼到快让他抽搐的心底挤出一声嘶哑的、震怒的咆哮。

喊完后，他像是再也支撑不住身体，一下子跌进沙发里，老泪纵横。

秦扶君被这个模样的秦梁吓傻了，她趴在地上缩着肩膀磕着脑袋：“爸……对不起爸……是我鬼迷心窍了……我以为他不在秦家就是我的了……我也后悔了……对不起，爸，我知道我错了……”

秦楼神色漠然地看着两人，像是身处另一个世界。

他知道秦梁对自己有多么深的愧疚。得知这个真相后，秦梁绝对不会再原谅秦扶君，更不可能再保护她。

达到目的，秦楼转身往外走。

经过宋书的身边时，他牵起似乎也愣在了原地的宋书的手。

手掌冰凉，秦楼停了下脚步，皱起眉。他看向宋书：“你怎么了？手这么凉！”

宋书蓦地回神。

她眼瞳微颤，看着面前的秦楼。在皱眉之前，秦楼的神色平静而漠然，对曾经切骨切肤地发生在自己身上的悲剧都漠不关心。

而直到此刻站在她面前，他才像是活过来了。她的手凉就能让他皱眉，让他担心，让他有情绪，让他……像个活着的人。

这一刻宋书突然无比庆幸。

她庆幸自己还活着，庆幸自己还在秦楼的身边。

宋书反握住秦楼的手，和他十指相扣。然后她摇头笑笑：“我们回去吧。回去的路上再说。”

秦楼迟疑了下，点点头。

“好。”

车内起初是安静的。

秦楼仰靠在真皮靠背上，似乎有些恹恹的，垂着眼。他轻轻摩挲着宋书细长的手指，在指尖的位置揉一揉，然后又换一根手指……

他像个一心玩着自己的玩具的孩子，完全沉浸在自己的世界里，不知道在想些什么。

宋书便安静地随他去。

窗外天色早就黑透了。

今晚或许有些阴，天空中看不见半点星星，只有叫人阴郁的低压压的云。

宋书失神地看了一会儿，突然感觉到什么，她回过头，只见秦楼托着她的手放在唇上轻轻吻她的指尖。

宋书一怔，莞尔：“我今天可没洗几次手。”

秦楼不为所动，仍抱着她的手不肯放下。

宋书侧着脸安静地看了他一会儿，突然问：“你是什么时候知道的？”

“知道什么？”

“你在……孤儿院，是秦扶君故意隐瞒的结果。”

秦楼想了想："记不清了，大概是回秦家不久吧。"

"那你是怎么知道的？"

"我见过她。"秦楼平静地说，像是在讲一个和自己无关的人的故事，"她去过孤儿院，正遇上我被他们打得下不来床，好几处骨折，然后总是发烧，昏迷……在床上昏昏沉沉地躺了好像半个月吧，所以他们没防备我。再后来，回到秦家看到她以后，我就知道了。"

说完，秦楼停了下，皱眉："你抖什么？"

宋书面上强撑着笑意："……我没有。"

"你的手刚刚明明就——"转过头的秦楼愣了下，眉头拧得更紧，"小蚌壳，你要是敢哭出来我就亲得你哭不出来。"

如果换作平时，宋书大概要被他逗笑了，可这会儿不行，她笑不出来，强撑着也笑不出来。

她眼圈微红地扭开脸。

秦楼自然知道原因，但是他有点不想承认自己把小蚌壳弄哭了这件事。

沉默几秒后，秦楼更紧地握住宋书的手："已经过去很久了。那些伤都好了，什么也没留下。"

"……骗子。"

宋书哽咽地挤出一个词。

怎么会什么都没留下？

身体上的伤口能愈合，心里的却永远不可能。

"我真的已经快要忘掉了。"秦楼皱着眉说，"最开始我是想报复她的，所以不是还把你拉进我的阵营里了？"

宋书回眸看他。

见宋书眼圈虽然红红的，但至少没哭出来，秦楼松了口气，露出点笑意："后来我发现，逗我的小蚌壳开口比报复他们好玩多了。再后来，我就只想着该怎么划下一片水塘用来养小蚌壳，那些事情更懒得去回想了。"

宋书盯着他看了几秒，哽咽道："以后我来保护你……"

第 23 章

—Y A O H E N—

布局

此行预订的酒店坐落在市区，被鳞次栉比的高楼环绕，无论站在哪一层，入眼都是一片钢铁围城。

酒店顶楼的餐厅内，视野勉强开阔些。

临窗一个观景极佳的位置上，栾巧倾撑着下巴，毫不顾形象地坐在高背椅里，懒散地看着窗外的夜景。

托着红酒过来给栾巧倾和坐在她对面的楚向彬斟酒的侍者表情微妙地看了栾巧倾一眼，欲言又止。

侍者以软布托着瓶颈轻绕过半圈，倒完两杯酒，躬身行礼后离开了。

那人一走，栾巧倾撇了撇嘴："我保证，他刚刚一定是想提醒我注意仪态。"

楚向彬抬头瞥了她一眼："他不是什么都没说吗？"

栾巧倾嗖地一下坐直身子："可是刚刚门外那人都不想让我进门。就因为我穿的衣服不够正式？难不成我出来吃顿饭还要做个头发？！"

楚向彬没说话，右手一抬，在空中画了半圈。

栾巧倾狐疑地看他："怎么了？"

楚向彬说："你看看别人。"

栾巧倾侧过头，目光快速地扫过餐厅内的客人，重点在那些盛装出席、容发精致的女客人身上做了短暂停留。

几秒后。

栾巧倾道："她们还真是都做了个头发再来的？"

楚向彬含笑瞥她："你只差穿着酒店里的浴袍和拖鞋下来了，还怪人家侍者拦你。"

"他们就是瞎讲究。"栾巧倾皱着眉，拿起红酒杯，"我们花我们自己的钱，还得穿得花枝招展，符合审美？那我到底是花钱来干什么的？"

话说完，红酒润了一口，栾巧倾眉头松开些，不自觉地点点头："酒还不错。"

"纠正一点，"楚向彬淡定地开口，"不是花我们的钱。"

栾巧倾一脸问号。

"是花秦楼的钱。"

栾巧倾一噎。

楚向彬继续补充："他订的酒店，他订的餐厅，甚至连我们两个现在坐在这儿，都是他安排的。"

"你想说什么？"栾巧倾关键时候并不傻，很快就听出楚向彬话里有话。

楚向彬手里的沙拉叉停顿两秒，似乎有些无奈地抬头："你之前不是说你和秦情之间有些恩怨要搞清楚？"

"是啊。"

"你就不觉得，秦楼这是明确地安排你远离他和秦情？"

"……"

"当然，也有可能秦总只是想和他的秦助理过他们的二人世界，不想看见你。"

楚向彬若有深意地看了栾巧倾一眼。

栾巧倾呆了几秒："难道他早就知道了？"

"知道什么？"楚向彬抬眼瞥她。

栾巧倾张了张口，到底还是忍住了，摆摆手："没什么。"

楚向彬也不追问，他抬手示意了一下不远处站着的侍者，让对方给自己撤掉面前的沙拉盘。

主菜牛排被端了上来。

而等侍者再次离开时，坐在他对面的栾巧倾的表情已经是近乎憋闷了。

"你这个人……"栾巧倾咬牙切齿地看楚向彬，"还真是一点好奇心都没有啊。"

楚向彬嘴角不易察觉地勾了下，他若无其事地抬头："什么好奇心？"

"我刚刚那样说，你就不好奇？"

"又不是我的事情，我为什么要好奇？"

栾巧倾面无表情地盯着楚向彬，这一次盯了许久，直到楚向彬都难得地有些不自在了。

他放下酒杯："你想说什么就说吧。"

栾巧倾开口："你应该算是公司里比较聪明的那部分人了吧？"

楚向彬眼都不抬："请你把比较级换成最高级，再把疑问语气改成陈述语气。"

栾巧倾克制住朝他翻一个白眼的冲动："那你帮我分析一下，如果你觉得某个人在隐藏某件事情，要怎么做才能试探出来？"

楚向彬沉默两秒，暂时放下手里的牛排刀："聪明不意味着全知，更不意味着我们都会掐指一算。按照你现在给我的信息量，好比在哥伦布的时代给我一张纸和一支笔让我给你画世界地图。"

栾巧倾咬咬牙："那如果我觉得某个人在隐藏自己的真实身份呢？"

楚向彬思索了两秒后问："她隐藏的身份是你知道的吗？"

"大概……知道。"

"那你为什么还要试探出来？"

"嗯？"

"既然你已经知道她隐藏的那个身份，为什么一定要试探出来？有些问题不是一定要等到百分之百确定才能解决，这世界上就不存在百分之百确定不变的事情。"

栾巧倾听得茫然。

过了好几秒她才反应过来："你是说，我根本不需要确定她的身份，就把她当作那个人就好了？"

楚向彬没有回答，反问："她隐藏的身份和你是什么关系？"

一提到这个，栾巧倾立刻警觉地看向楚向彬："你干吗问这个？"

楚向彬无奈地撩起眼帘看了她一眼："你现在才想起警惕是不是晚了点？我如果真想做什么，以你这个智商，够被我卖八百次的了，而且我保证你还会全然被蒙在鼓里，毫无知觉。"

栾巧倾终于想起自己为什么跟这个人不对付了——她讨厌一切在智商上对普通人有碾压优势的人。

就比如这种时候，她明明被他这话气个半死，却还是得在心底承认他说的是对的。

呸！

楚向彬也不再追问，重新低下头去切牛排："无论你和她隐藏的那个身份对你而言是敌是友，你与其浪费时间去试探，不如退一步思考。"

"思考什么？"

"如果确如你所猜测的，那她为什么要隐藏自己的那个身份？为了害你吗？"

"当然不可能！"栾巧倾想都没想，脱口而出。

刚说完她就看到对面楚向彬复杂的目光。

楚向彬就那样看着她："我以后得看好你，你这样的智商，真是够呛。"

栾巧倾脑子一转，恍然大悟，然后微微咬牙："你套我话？"

"我需要吗？"楚向彬哧地笑了声，"我说了，我对你们那些事没有兴趣。尤其是乱七八糟的家族纷争之类的，我更是一点都不想掺和。"

栾巧倾盯了楚向彬好一会儿，这才按捺下心底的不安，认真思考起楚向彬的话来。

经楚向彬提醒她才发现，自己最近确实是搞错了重点。从开始怀疑秦情的身份以后，她就一直执着于通过蛛丝马迹确定秦情是不是那个人，而从来没有想过，如果秦情真的就是那个人，那她为什么要瞒着自己，欲盖弥彰地来到秦楼的公司里？又为什么时隔这么多年才出现？她在计划着什么或者说准备做什么？……

栾巧倾越想越烦躁，忍不住拿起旁边的红酒杯毫无美感地咕咚一口咽了下去。

斜对面的侍者看得直皱眉，下意识转眼去看那个女人对面坐着的男人的反应，却见对方只是有些忍俊不禁。

几秒后，男人似乎有所察觉，微皱起眉，转眼看过来，眼神里藏着些凛冽。

侍者慌忙低下头去。

楚向彬收回目光后，看见栾巧倾坐在他对面仍是一副纠结的表情。

他思索几秒，晃了晃高脚杯里的红酒："其实你如果真的想验证那个人的身份，也不是没有办法。"

"嗯？"栾巧倾嗖地一下抬起头，"有什么好办法吗？"

"不算是什么好办法。"楚向彬说，"从你刚才暴露出来的信息里不难看出，那个人隐藏的身份和你是十分亲密的关系，所以在我问你她是否可能会伤害你的时候，你才会有那样的反应。”

栾巧倾不自在又心虚地喝了口红酒。

楚向彬又说：“而既然她隐藏了真实身份，那她的假身份与你的关系应该是对立，至少是中立的，也就是说她的假身份和你是敌对或者毫无瓜葛的关系。”

栾巧倾越听越心虚，佯装出不耐烦的表情：“我们直接进重点吧。”

楚向彬说：“那验证的方法就很简单了——试探她，拿和你自身安危有关系的事情。”

栾巧倾一愣。

楚向彬抬眼：“不是想逼她承认吗？如果一个和你应该无瓜葛甚至应该是敌对关系的人为了你的安危表现出急切的情绪，那她的身份到底如何，不就昭然若揭了？”

栾巧倾恍然，十分赞赏地拉过楚向彬的手，用力地拍了拍：“接触久了发现你并没有那么龟毛（指在日常生活中吹毛求疵，过于注重细节）嘛，达成和解协议不和你吵架以后我觉得你这个人简直顺眼太多了。我决定了，从今天开始，你就是我兄弟了！在公司里有什么事尽管找我，我罩着你！”

楚向彬嘴角微抽了下。

停了几秒，他慢吞吞地抽回手，拿起旁边的餐巾擦了擦：“你罩着我？我还没有活到嫌自己命长的时候。”

栾巧倾的笑容陡然一僵。

在她爆发的前一秒，楚向彬及时抬头：“如果根据你已经透露出来的消息，我还不知道你想调查谁以及你怀疑的她的真实身份是什么的话，那我大概就真是沦落到需要你罩着的地步了。我有一个比较适合你们这种关系的计划，你要不要听？”

栾巧倾低下头凑近：“我听，你说。”

“……”

一顿晚餐，结束在你来我往的低声密谈里。

秦楼与宋书回到酒店时已经过22点了。轿车把他们送到酒店楼下的门廊，秦楼和宋书前后下车，走过酒店古典欧式风格的金碧辉煌的大堂，拐进侧厅的电梯间。

见秦楼刷卡按下楼层后，宋书迟疑地问："我们的房间在同一层吗？"

"嗯。"秦楼懒洋洋地应道，"是不是特别有缘？"

宋书无奈地瞥了他一眼。

没一会儿，目的地楼层到了，秦楼和宋书走出电梯，秦楼二话不说牵起宋书的手就走。

宋书脚下一顿："我们是不是还特别有缘地住在同一个套房内？"

听到她微微咬牙说出"有缘"二字，秦楼哑然失笑。

秦楼拉着宋书停在一道套房门前，拿卡刷开了门禁系统，然后笑着回头："对了，忘了提醒你，我特意嘱咐他们订了一个小的套房，套房里面只有一间卧室，卧室里面也只有一张床。"

话说完，他已经快速地把宋书拉进房间里，顺手把门关上了。

宋书费力地把自己的手从他的手里挣脱出来："我记得我们有过约定……"

"是吗？我怎么不记得了？"

"……"

"既然是已经忘记的约定，那我们就当作没有过好了。"

"忘记了就重新约定。"宋书木着脸往里走，"今晚你睡地板。"

秦楼冲完澡出来的时候，宋书正坐在沙发里，半湿着长发皱着眉看手里的名单。

秦楼走过去。

"可信度如何？"

"我已经发给余叔了。"宋书听见声音后抬头，慢慢仰靠到沙发上，"他们那边会针对名单上的人做十年来的账户调查，如果有异样，那定向分析后一定能比对出来。"

"结果什么时候出？"

"至少两周。"

秦楼点点头："挺好。"他坐到宋书身旁。

宋书皱眉，转过头："这么久，还挺好？"

"当然了。两周，刚好能让我们有一段可以完全放松心情的不错的旅行。"

宋书面无表情地睖了他一眼。

秦楼停顿了下，将手里的毛巾递给她。

宋书抬抬眼：“做什么？”

秦楼指了指自己的脑袋：“给我擦头发。”

“不是有吹风机吗？”

“我喜欢小蚌壳牌吹风机。”

宋书木着脸起身，拿过那条大毛巾盖住了秦楼的脑袋。

从这粗暴的动作里感觉到自家小蚌壳无声的愤怒，秦楼哑然失笑。

他伸手拿过那张名单。

粗略一扫后，他目光微闪：“这上面的人你都认识吗？”

“秦氏的董事会或者高管层里的那部分，多数了解。”宋书微垂下眼，动作轻柔地给秦楼擦着头发。

“既然是秦氏的股东，我和秦梁那里总有他们的把柄在，这部分问题不大。”

宋书的手停顿了下：“如果动了他们，Vio也要伤筋动骨的，甚至很可能……你确定？”

秦楼放下名单，向后一仰头，目光从下往上移动，最后对上站在他身后给他擦头发的宋书的目光：“问我这个问题，你确定吗小蚌壳？”

宋书眼睫微动了下：“对不起。如果有选择，我还是不想牵累你。其实秦爷爷当年做出的决定无可厚非，母亲和我终究是外人，他不想为了外人而冒毁掉秦家百年基业的险，再正常不过。”

“他是他，我是我。而且……”

秦楼嘴角一勾。

“Vio是在我手里改制重建的，我能扶起一个，就能扶起第二个、第三个……你是不是对我太没信心了？”

“……”

预计这个话题说到何种程度，宋书都不能做到坦然，秦楼选择跳过。

“那邓潇凯呢？对他你准备怎么办？”

宋书眼神一冷：“既然确定了他的问题，那潇凯科技公司毫无疑问就是当年那起案件后他的获益了。”

秦楼笑了起来：“你之前的那个计划进展得似乎不错，从Jerry乔那里传开，业界许多人已经风闻Vio准备重新做大金融衍生品，甚至有不少实业公司主动上门来问了。”

宋书点点头：“是因为有你这个金字招牌。”

秦楼也不谦虚，默认下来后他问：“那就继续施行这个计划？”

宋书迟疑：“如果真的按照这个计划来，那我们需要一个替罪羊——那个产品不能是从Vio手里走的，否则真到潇凯科技崩溃的时候，我们也脱不开身。”

“当然。而且如果真是Vio的东西，那潇凯也绝不会放心碰的。”

“……真要利用勤锐，拿它做替罪羊吗？”宋书迟疑地问，“虽然商战里不该有什么仁慈，但是我有点为难……”

“不需要为难。”

秦楼突然从沙发上坐起来，他转身拿起名单，眼神冰冷，用手指一个一个划过上面那些宋书比较陌生的名字：“他们都是勤锐投行的人。”

宋书呼吸蓦地一滞，瞳孔也紧缩起来。

许久后她才找回自己的声音，手里的毛巾被她无意识地捏紧：“你是说，当年那件事……”

“勤锐投行的核心高层才是主谋，秦氏原本就是他们的眼中钉肉中刺，他们甚至不需要冒太大风险。秦氏内以董事会配合当时的总经理邓潇凯替秦扶君遮掩，他们就握着秦氏最不会被怀疑的‘卧底’；而秦扶君如果想找到能够对抗秦氏的助力，也确实只有勤锐可选。剩下的事情，包括最后险些败露前对白颂的栽赃，在爷爷不在国内的情况下，他们相当于掌握了大半个市场的话语权，里应外合就够了。”

宋书死死地握着毛巾，脸色苍白，手指都用力得颤了起来。

秦楼扔下名单，伸手覆住宋书冰凉的手：“所以他们并不无辜，你只需要放手去做。我相信你布下的这个局，你也要相信我对那个产品的把控能力——只要他们踏进去，就是有死无生的结局。”

宋书许久后慢慢平静下来：“但最难的还是那个问题——去实施反间计的这个人选，我们无法确定。”

“你不信任Jerry乔？”

“我可以信任他，但勤锐对他的信任度未必够，尤其是在明知道Vio要重新做大金融衍生品的情况下。之前Jerry乔坚持了那么多年都没离开，偏偏在这个时候离开，勤锐一定会有所怀疑吧？”

秦楼点头：“确实。”

“而且还有一个问题——我们可以想办法尽力给他设计一个倒戈的充分理由，但这都是在他愿意配合的情况下，如果他不愿意配合呢？这样的风险不是人人都愿意冒的，他和当年的事情毫无关联，没理由为我们做这样的牺牲。”

秦楼沉默片刻，突然笑了起来。

宋书正愁眉不展，听见笑声不由得茫然地回过头：“你笑什么？”

“我笑当初我一时兴起，还好没把那人踢出公司，不然到了今天还真是无人可用……”

宋书听得一头雾水：“什么人？”

秦楼转眸望她，笑而不语。

宋书联想到他们在聊的问题，眼睛微亮起来：“你有更好的人选？是什么人？这个人一定要在Vio里有足够但又不能太过的权力和价值，这样才能接触到那个产品，而且他还要能够得到勤锐高层的完全信任，最重要的是，我们也必须确保他值得信任……”

宋书越说越迟疑。

“你确定有这样的人选？”

“权力和价值，年轻有为、能力卓越，又是Vio的副部长，足够了吗？”秦楼一顿，“至于勤锐的信任，如果他本来就是在Vio改制重建管理团队之初被勤锐安插进Vio的人呢？”

宋书的呼吸一滞：“你是说……”

秦楼笑笑：“你就不觉得，他作为一个小副部长，有时候对我完全不像公司里其他人那样尊敬？”

宋书还未从这个消息里回过神：“我以为只是因为他能力卓越，吃定了公司里不舍得失去这样一个人才……”

“我看他是想找个合适的理由，让我把他名正言顺地开出去，让他得到解脱。”

等宋书终于定下心神，她不由得咬了咬唇：“既然他是这样的身份，你怎么敢信任他，让他来做这件事？”

“信任？”秦楼哧地笑了声，“信任本身就最不值得信任了。要拴住一个人，从来不该用信任。”

“那用什么？”

“他的欲求。”

秦楼的话说完，宋书沉默许久。她将自己和那人的所有接触过程从头到尾回忆了一遍，最后无奈地摇头：“年轻一辈里他能力卓越，即便离开了Vio或者勤锐，业内照样有的是公司想要挖他。甚至那些经他手拉到投资做大的公司，据说也有不少人给他开出高额年薪，想要聘请他去公司里坐镇。所以我实在是想不出来有什么东西会是他想要而得不到的。”

“当然有。”秦楼嘴角一勾。

宋书一顿，无奈地说：“别卖关子了。”

秦楼似笑非笑地抛出两个字：“爱情。”

宋书表情微滞了下：“据我所知，尽管他这人脾气差到爆，但是单Vio公司内就不知道有多少女职员看重他前途无量，想攀他的高枝。”

“总有对钱啊权啊这些东西不在乎的。”

“不在乎这些东西的怎么可能会在Vio任——”

宋书的话声戛然一停。

到此刻她突然想起来，Vio里确实有这样一个例外：正年轻，却已经身居高位，而且受公司大Boss也就是秦楼的照顾，从头到尾都顺风顺水，自然也就对钱、权这些东西完全不在意……

宋书慢慢皱眉：“你说的是巧巧？”

秦楼点点头：“嗯，是她。”

宋书抬眼看向秦楼，神色严肃：“我早就说过了，不想把巧巧卷进这件事情里来。”

“然而事实是，不管你想不想，她都已经因为楚向彬而被卷进来了。”

宋书沉默片刻：“你有什么证据说楚向彬对巧巧在意？”

秦楼抬手挠了挠额角，哑然失笑。

“你笑什么？”宋书淡着眸子凉凉地瞥他。

秦楼说：“我们先约好，我说出答案你不许怪我。”

“……不约。”

秦楼无奈告饶：“好吧。事实上这次出差之前，楚向彬手里已经有了一个项目，我要求他一起来E国，他想都没想就拒绝我了。”

“那他怎么——”宋书话声一停，脸上露出恍然的表情，随之涌上来的就是复杂的情绪。

秦楼佯装无辜地点点头：“就是你想的那样。我委婉地表达了一下我们这趟出行情况特殊，如果栾巧倾执意跟来我无暇照顾她，她可能会遇到点什么不在预料之中的事情。”

宋书有些艰难地开口：“然后楚向彬就信了，并且跟来了？”

秦楼笑了起来：“如果他真这么信了，那这几年也不会在业界混得这么风生水起，我也不会放心把这件事交给他做了。”

“他没有信？”

“至少有百分之八十的不信任吧。”

“但他还是来了。”

“没错。”

“……”

余下的话宋书没说，也不必再说——只有百分之二十甚至远远不到的可能性都能把那个看起来暴躁粗线条实则心思缜密的男人骗来，楚向彬对栾巧倾的态度也确实可见一斑了。

思索片刻，宋书突然狐疑地回眸看向秦楼：“你是什么时候知道他对巧巧的态度的？”

秦楼想了想，摇头：“很久以前，具体不记得了。”

“那是怎么发现的？”

“别的商业间谍我也见过，楚向彬和他们不一样。别人是越低调越好，他不，他反其道而行。但是有一点我注意到了——他那个霸王龙的形象一直挺稳的，但只是对部门内或者团队内的下属。遇上公司里的其他人，他一贯是爱搭不理……唯独对栾巧倾例外。”

宋书回忆了下那两人的相处模式，嘴角微抽了抽：“针尖对麦芒？”

“比那还夸张。”秦楼嘲弄地说。

宋书迟疑："那两人这些年一直没什么进展？"

"嗯。因为他似乎一直误会栾巧倾和我有什么。"说到这里秦楼冷笑了声，"我的眼光可比他好多了。"

"不要这样背地里说巧巧的坏话。"

秦楼轻哼了声："当着她的面我少说过吗？"

宋书头疼地皱起眉："那你跟他解释过了？"

"当然没有。"秦楼回答得斩钉截铁。

这过于理所应当的态度让宋书一噎。

这时沙发旁边宋书的手机响起来。

宋书伸手拿来一看，来电显示上真是栾巧倾。

电话接通，宋书主动开口："栾部长，这么晚还有事吗？"

"秦助理，你的房间是哪个？"

宋书表情微顿了下："我已经准备睡了，有什么事情我们可以明天……"

"我有点急事，你告诉我房间号，我立刻过去找你。"

宋书沉默片刻，还是把房间号告诉了栾巧倾。

等挂断电话，她轻捏了捏眉心。

"麻烦要来了。"

"嗯？"

"她大概是准备来探我的底细了。"

"这个时间？"秦楼低头一看腕表，嘴角微微勾了下，"这么迫不及待，是一时冲动还是有高人指点？"

宋书抬眸："你是说楚向彬给她出了主意？"

"以你妹妹那个智商，我本来就没想过她在楚向彬面前能瞒得住任何事情。"秦楼笑了下，"不过这样正好，我最担心楚向彬像前几年那样消极怠工，丝毫没点身为商业间谍的自觉。猫在窝里不动的狐狸可是抓不着的。可如果楚向彬要给你设局了，那我们就能找个机会把他反套进去。"

宋书眼神淡淡地瞥他："说楚向彬是狐狸，那你是什么？明知道他是勤锐派来的人，你还能任用他这么多年，甚至好些项目都放手给他做，吕云开怎么宠信、培养他，你在旁看得一清二楚，抓着他的把柄也不动作……看似惜才，偏偏到这种时候毫不留情地把他和巧巧都算计进局中……”

这时，敲门声响起，宋书起身去开门。

门开以后，站在外面的果然是栾巧倾。

宋书把门拉开很窄的一条缝隙，半倚着墙看向站在门外的栾巧倾，笑容温婉：“已经这么晚了，栾部长有什么急事？”

栾巧倾笑得有点艰难：“秦助理……我听说，我们入住的这家酒店楼下有一个不错的夜店，所以准备邀请你下去一起玩一玩。”

宋书愣住，过了两三秒她才有点不敢相信地问：“去……哪儿？”

“酒店楼下的夜店。”

“现在……”宋书回头，看了一眼房间内的钟表，然后微皱着眉转回来，“已经11点了，我准备休息了。明天说不定还有强度比较大的工作，栾部长最好也不要在这个时间太过懈怠，毕竟我们是来出差的。”

栾巧倾几乎要被宋书的话说得面红耳赤无地自容了，她一边在心里嘀咕楚向彬这是出了个什么馊主意，一边强撑着表情不崩地抬头：“秦助理别误会，我只是想去放松一下，没有别的意——”

话声戛然而止。

面对着栾巧倾的宋书从她移开的呆滞的目光里察觉出一点不祥的苗头，宋书正准备回眸，就感觉有人从自己身后抱过来。

“你想带我的助理去什么奇奇怪怪的地方？”

栾巧倾艰难地挤出一个微笑，把目光落回到宋书的身上：“秦助理，这就是你说的……准备休息了？”

宋书：“……”

秦楼闻言轻哧了声：“我们就是准备一起休息了，你有什么意见？”

“没……没有。”栾巧倾艰难地说完，她在心底反复做了几遍自我暗示和提醒，才找回自己的原台词，“我只是身在异国他乡，对这里的安保不太信任，本来想邀请秦助理和我一起去的，既然秦助理忙，那我不打扰了。”

栾巧倾说完，作势转身要走。

宋书眼神微晃了下，沉默两秒还是开口：“时间确实很晚了，栾部长不如早点回房间休息吧。”

栾巧倾停住身子，但并没有转回头："我可不像秦助理，走到哪儿都有人陪着，我还是去楼下玩一会儿吧。"

"……"

宋书头疼。

面前这是个明晃晃的套儿，很可能还是栾巧倾在楚向彬的帮助下设的。或许秦楼说得没错，楚向彬真的是只狐狸，这么轻易就抓住宋书的心理，给她设下了这样一个明饵……

偏偏她还不能真的放任栾巧倾不管。

想想这点，好像也是她身后这只狐狸用在楚向彬身上的圈套。

"等等。"

秦楼懒洋洋地喊住栾巧倾。

栾巧倾意外地回眸，和宋书一齐望向秦楼。

"E国的夜店我还没见识过，不如一起下去玩会儿。"

宋书会意，莞尔一笑道："好，我都听秦总的。"

栾巧倾上来前并没想到秦楼会在宋书的房间里，因而对这突然出现在计划之外的第三种情况满脸回不过神的茫然。

宋书微凉着眸子回头看向她："既然栾部长坚持，那我们一起下去吧。不过请栾部长在大堂稍等，我们换身衣服。"

"好……好的。"

栾巧倾丢了魂儿似的飘回电梯间，乘坐电梯去大堂。

走出电梯间，栾巧倾看到正在大堂内休息区一侧等候的楚向彬。楚向彬也看见了她，见栾巧倾是孤身一人下来的，楚向彬挑了挑眉，起身走过去："怎么，她不肯来？"

栾巧倾心情复杂地摇了摇头："秦楼也在她那里，根本没等她说什么，秦楼就先答应了。"

楚向彬一愣，几秒后摇头笑了起来。

栾巧倾咬着牙瞥他："你还笑得出来！现在怎么办？"

"还是按原计划吧，装作在楼下偶遇，说我们部门有个员工的人事问题我需要和你探讨一下，然后你跟我回去。"

栾巧倾没说话。

停了两秒，楚向彬想到什么，皱起眉："你不会真打算……"

"如果她真是那个人，我就不信她能忍一晚上都装作没看见。"栾巧倾咬了咬牙，"秦楼平常也不会干涉我太多，如果待会儿去了夜店，即便只有他表现反常，那也足够验证我的判断了。"

楚向彬拧眉："我已经查过了，楼下这家夜店是E国最有名的玩得开的夜店之一，你确定你要去？别到时候连秦楼都来不及拦你，你就自己先倒下了。"

说完，楚向彬就有点后悔了。

他应该深知栾巧倾是最受不得激的，就算原本还有些不确定，听见他这话恐怕也拉不回来了。

果然，栾巧倾一听楚向彬的话，顿时细眉一竖，冷笑了声："我做夜店女王的时候你还戴着眼镜在学校里当书呆子呢，瞧不起谁？"

楚向彬难得地有种搬起石头砸自己的脚的挫败感。

沉默片刻后，他点头："行，去吧，我跟你一起。"

正在心底给自己加油打气的栾巧倾一愣，扭回头："你干吗要跟我一起？"

楚向彬斜眼冷瞥了她一眼，嘲弄地笑："万一今晚你出了事，以后他们追查到我这里，发现是我给你出的主意……Vio的副部长位置我坐得正安稳，暂时不想因为私人恩怨被开除。"

"嘁。"栾巧倾撇了撇嘴角，"杞人忧天。说真的，就算我哥开了你，不说那些大公司小投行，单勤锐恐怕都巴不得拼命挖你过去吧？"

楚向彬的眼神难以察觉地顿了下。他回眸看向栾巧倾，女人此时已经不再看他了——那话确实只是出自无意，以她的智商也做不出这种试探的事情。

楚向彬回神，自嘲地一扯嘴角。

栾巧倾那边等得不耐烦，不知道哪一秒余光从楚向彬身上扫过去，几秒后又重新落回来。

她的视线定格在楚向彬身上。

楚向彬皱眉："你这么看我干什么？"

栾巧倾不但看了，还绕着圈看了一遍，看完之后她嫌弃地拍拍楚向彬的肩膀："兄弟，就你这一身还去夜店呢，随便拉到哪个正式的会议场合倒还行——

你这西装也太正式了。”

楚向彬皱着眉不说话。

显然，夜店着装这部分属于他的知识盲区。

栾巧倾和他对视两秒，扑哧一声笑出来：“哎，你不会都二十五六岁了，还从来没去过夜店吧？”

楚向彬冷笑了声：“我一不缺爱，二内心世界丰满自足，三整日忙于各种工作，你从哪里看出我像是会去夜店那种地方虚耗生命的人？”

栾巧倾冷笑：“那有本事现在你立刻回楼上，别去。”

“……”

难得见楚向彬在自己面前吃瘪，栾巧倾快开心死了：“行啦，以前在公司里装得人五人六，一副包括我哥在内把谁都不真放在眼里的模样——现在看，你还是挺爱岗敬业的嘛。你放心吧，看在今晚你给我出谋划策的分儿上，不管出什么事，我都不会说是你的主意，这样最后肯定牵连不到你，行了吧？”

“……”

“你还站着干吗？不回楼上？”

“……”

在栾巧倾被楚向彬的眼神盯得发毛，隐隐觉得今晚的楚向彬有点不对劲的时候，只见那人嗤笑了声，扭开头。

“跟你不一样，我还是有良心这种东西的。我给你出的主意，你若出了事，我怕你做鬼都不会放过我，那就太可怕了。”

“……”栾巧倾磨牙。

楚向彬嘲讽完，转回头看向栾巧倾：“去夜店应该是什么样子的着装风格？”

栾巧倾没好气地瞥他：“反正不是你这种一看就人模狗样的。”

楚向彬艰难地想象了一下，伸手脱掉身上的西装外套、马甲。

“乱一点？”

“你能乱出什么——”

栾巧倾扭过头去看他，嘲弄、轻蔑的笑容僵在了脸上。

脱掉笔挺得几乎没有一点褶皱的西装外套和马甲，楚向彬皱着眉低头，单手扯松了领带，另一只手解开衬衫的最上面两颗扣子，然后露出线条分明的锁骨来。

栾巧倾看得脸上莫名地一热。

抛开积怨已久不提，这个男人不做出一副刻薄嘲弄的模样时，长得确实是很少见地好看。

也难怪这么个臭脾气都有人追……

想想自己部门里那些花痴小姑娘，栾巧倾连忙收回目光。

疯了疯了。

“这样行了？”楚向彬抬头皱着眉问。

栾巧倾瞥了他一眼，又瞥了一眼，最后终于忍不住转过去，盯着那人的头发抬起“爪”来。

她够了够，有点费劲。

“低头。”

“什么？”

“让你朝我这儿低下头。”栾巧倾故意做出不耐烦的表情。

楚向彬顿了两秒，还真听话地朝她低了低头。

陌生的男人气息靠得很近，栾巧倾心里警铃骤然拉响，她懊恼得恨不能闭上眼睛，但此时在那人的目光下，栾巧倾只能咬着牙伸手揉乱了他的头发。

然后栾巧倾还得给他解释：“头发……太正经了，需要乱一点。”

“嗯。”楚向彬没什么情绪起伏地应了声。

靠得实在太近，栾巧倾情不自禁地把呼吸屏住了。等终于把楚向彬的头发弄出点凌乱里透着造型感的夜店风格，栾巧倾拨好最后一缕不听话的碎发。

“……好了。”

楚向彬应声抬眼。

两人目光不期然对上。不知道是因为屏息还是因为什么，栾巧倾脸上泛出红色，楚向彬的眼神也比平时多了几分黑沉。

两人身影同时停住。

就在气氛暧昧到几乎要发生点什么的时候，突然一个很煞风景的声音响起来：“你们这是在玩游戏还是准备接个吻？”

第 24 章

—Y A O H E N—

摊牌

一听见这突然响起的声音，栾巧倾吓得差点跳起来。

她连退了两步，惊恐地扭头看去——秦楼和宋书一前一后从电梯间里走出来，此时正停在几米外，各自抱臂看着她和楚向彬。

栾巧倾回过神，心虚地“尬笑”：“什么游戏、接吻的，哥你可真幽默，哈，哈哈……”

秦楼盯了栾巧倾那完全僵硬并且强挤出来的笑脸两秒，没表情地转向身后：“秦助理，她骂我。”

宋书无奈地侧眸瞥他，压低声音：“刚刚就让你不要突然出声了。”

秦楼仗着两人听不见宋书的私语，驴唇不对马嘴地接话：“她一边说我幽默，一边笑得像哭，怎么不算骂我？”

宋书：“……”

栾巧倾：“……”

楚向彬看不下去，开口救栾巧倾的“火场”：“秦总这么晚了还亲自陪秦助理下来玩乐，辛苦您了。”

被拿来围魏救赵的宋书猝不及防，无辜地抬眼。

秦楼闻言轻啧了声，视线横着移到楚向彬身上，眼底的戏谑情绪变得清冷起来：“听楚部长这话，你这么晚下来看来不是去夜店的，难不成……”他嘴角弯了弯，“赏月色？”

楚向彬淡定一笑：“我单身，玩是天性。”

秦楼毫不犹豫地抬起手臂，把身前宋书的薄肩一钩，自己趴过去：“我醋性大，不自己看着容易发疯。”

楚向彬目光一转，落到宋书身上："那秦助理有点可怜。"

秦楼哼地笑了声，一瞥栾巧倾："楚部长未来的女朋友更可怜吧？"

"……"

宋书保持微笑，权当没看见没听见没感觉。

栾巧倾原本事不关己在旁看戏，对上秦楼的目光后她蒙了下，伸手指指自己的鼻尖："跟我有什么关系？"

秦楼嗤笑，拉着宋书往外走："栾巧倾，你是长进不了，多少年了还是那个傻样儿。"

栾巧倾目瞪口呆地看着两人从自己身旁走过，愣了几秒才扭过头一脸无辜地指着两人的背影问楚向彬："你们俩斗嘴为什么要殃及我啊？"

说完栾巧倾就发现楚向彬看她的眼神也带着点复杂的意味。

两人对视几秒，楚向彬伸手按下栾巧倾抬起来的手，自己手插兜往外走。

"确实傻，我怎么会——"

余音未竟，消失在一声若有若无的叹息里。

栾巧倾根本没去多想，只是连着遭受两次人身攻击，她百思不得其解，还差点气得原地爆炸。

最后想起今晚的根本目的，栾巧倾只得踩着小高跟啪嗒啪嗒走了出去。

楼下的夜店和酒店不是一个入口，需要绕行到侧门方向。夜店的外部装潢低调，只是门外站着两排虎背熊腰还在大晚上在胸口别着墨镜的黑西服安保人员，一个比一个表情严肃。从他们中间走过去的时候，宋书的笑难得地有点不自在。

为了适应场合，她今晚特地换了条黑色的膝盖以上的连衣裙，款式很简单，但也恰到好处地勾勒出她凹凸有致的身材。微鬈的长发没像平日里扎成利落的马尾，而是盘了个松散的花苞头造型，脸上也只化了接近素颜的淡妆，看起来就像不施粉黛，但眼波流转间格外动人。

宋书路过安保人员时，有人忍不住多瞟了她两眼。

秦楼从下楼后护小蚌壳就护得格外紧，碰见这么大胆的，他眼神一凛就冷着神色要上前，却被宋书扯了回来："下楼前说好的，今晚不是还有正事要做？"

秦楼气鼓鼓的："他看你。"

宋书无奈地笑："眼睛长在别人身上——进去以后说不定更多。"

秦楼深思一番："那我们还是回去吧，不划算。"

"别闹。"

"我认真的。"

"你这样醋性就大得有点过分了哦。"

秦楼想了想，认真地为自己辩解："如果有人以纯欣赏的眼神看你，那我不会有异议的，但他们这种，明显不是。"

宋书被秦楼那副认真模样逗得忍俊不禁："你以为我们要进的是什么正式会场吗？"

"所以我说别去了。"

"就一会儿。"宋书放软了声调，低下声，"正事要紧，嗯？"

"你把我当小孩儿哄？"秦轻眯起眼。

宋书笑："那你听不听哄？"

秦楼憋了半天："听。"

"乖。"宋书的笑容更明媚。

走在前面的栾巧倾和楚向彬已经过了夜店门内的第一道安检，此时在安检门后收拾好东西，栾巧倾撇着嘴角目光不善地盯着秦楼、宋书两人。

盯了两秒，她抱起手臂："秦楼就是个流氓，搂腰哪有搂那么紧的？他就差把人揣兜里藏起来了！"

楚向彬站在旁边，听见以后目光复杂地转回头，盯着栾巧倾不作声。

栾巧倾过了几秒才慢半拍地察觉到，扭回头对上楚向彬的目光后，狐疑地问："你这样盯着我干吗？"

楚向彬盯着她，仍是那副表情，慢条斯理地问："你到底是吃谁的醋？"

栾巧倾磨牙："这跟吃醋有什么关系？！"

"那你那么看不得他们好？"

"我就是……"栾巧倾语塞，"反正如果秦情真是我以为的那人，那秦楼就是欠了她很多，我看他这么轻易黏回去了就来气……"

"栾部长、楚部长，还没进去吗？"宋书恰是时候地打断了栾巧倾的话。

栾巧倾背后一毛，一个激灵转回头，僵着笑脸："这不是等你——等秦总吗？”

秦楼瞥她一眼：“以前怎么不见你这么尊敬兄长？”

栾巧倾气噎。今晚一个两个三个地全都跟她过不去，好气哦。

栾巧倾忍了忍，才终于面带咬牙切齿的微笑，把“你算个屁兄长”这句不雅之言憋了回去。

她伸手示意了下通往夜店的宽阔长廊：“那秦总、秦助理，我们进去吧。”

“嗯。”

夜店里的音乐声震耳欲聋。

宋书在正式踏入里面的第一秒就开始后悔了——这环境对耳朵的折磨实在过于严重，让人感觉自己的整个神经系统都不太好了。

但已经进到这里，后悔药也没的吃了。宋书只能硬着头皮，被秦楼小心护着走到夜店里的卡座区。

四人落座。

事实上栾巧倾也有好几年没进过这种夜店了，现在的音乐、氛围、环境都让她有种不再熟悉、不再享受甚至只想逃离的感觉。

然而之前当着楚向彬的面已经把“夜店女王”的名号吹出去了，这个时候绝对不能认㞞。

这样想着，栾巧倾假装娴熟地接过侍者递来的酒水单，一边翻开，一边佯装淡定地问：“你们喝点什么？”

宋书从进来以后几乎都是木着脸的，此时在嘈杂的声音里也只能看到栾巧倾似乎说了句什么。

宋书侧过视线看向秦楼，做口型：“她说什么？”

看着逐渐被身周的环境逼得有点退去伪装失去理智的小蚌壳，秦楼有些好笑，他往后仰了些，抬起手捂住宋书的耳朵：“这样好了吗？”

栾巧倾坐在对面，面无表情地看了这两人几眼，终于收回视线放弃再征询他们的意见。

她偏过头看向和自己坐在同一边沙发上的楚向彬：“你喝点什——你也难受？”

楚向彬从进来以后就暴躁地拧着眉沉着脸，此时听见动静回过头：“我不喝。”

栾巧倾撑他："那你来干吗？"

楚向彬不说话，脸色难看。

栾巧倾嘲讽地笑了声，音乐声实在嘈杂，她似乎担心楚向彬听不见，刻意往他那里俯身低了低头，说："要不干脆我也学秦楼，帮你把耳朵捂上？"

楚向彬无言地瞥了她一眼。

栾巧倾得逞地直起身。她本来以为楚向彬肯定不会回她什么，没想到还未浏览完这一页酒水单，她就听见楚向彬向她一倾身体，说道："秦楼是以什么名义，你又是以什么名义？"

栾巧倾隐约从他压抑着的暴躁语气里感觉出一点不太一样的情绪，她下意识地扭过头去看，却发现楚向彬已经冷着脸坐回去了。

三个人没一个配合的，栾巧倾随便点了足够卡座最低消费的酒水，就没兴趣地把酒水单扔回给侍者。

没一会儿，点的酒水全都送上来。

栾巧倾拎过一瓶啤酒，开瓶，然后递给桌对面的宋书，还没到她面前呢，就被秦楼一个眼神压在了半空。

秦楼睖着栾巧倾："她酒量不行，不要拿酒精毒害她。"

栾巧倾叹了口气，说着"行行行"，把开了瓶的啤酒递向自己身旁的楚向彬，没想到等了半天也不见人接。

她扭过头去："怎么，楚部长也酒量不行了？"

楚向彬正仰靠在沙发里"闭目养神"，睁开眼以后，眼神和表情都很不愉悦。

从楚向彬眼神里面读出拒绝的意思，栾巧倾把酒瓶往桌上一搁："舞肯定不跳，现在酒也不喝？你们就大大咧咧往这儿一坐，还一副这破音乐烦死个人改天就买了这夜店换钢琴曲或者人家夜店欠了你们三百万的架势——所以你们三个今晚是来干什么的？砸场子啊？"

"……"

"行，你们不喝，我喝。"

栾巧倾气得没脾气，拎过桌上的啤酒瓶仰头就灌。

原本抱臂而坐的楚向彬几乎是下意识地抽开手想要阻止了，只是行动过半，又被他自己掩饰性地压了下去。

秦楼抱着宋书，也是为了防止宋书有什么动作，此时就安安静静似笑非笑地看着栾巧倾。

于是，小半夜过去，桌上的酒水一多半进了栾巧倾肚子里。

喝到后来，栾巧倾终于把自己喝高了。

把最后一只空瓶子往桌上一扔，看着它咕噜咕噜地滚了出去，栾巧倾盯了几秒，灿烂地一笑。

然后她突然没有任何征兆地站了起来，摇头晃脑地朝舞池走去。

一晚上都压抑着焦躁情绪的楚向彬眉头挑了挑，抬眼看向对面。

秦楼仍紧紧地把宋书抱在怀里，宋书抬眸想看看栾巧倾走到哪里了，却被秦楼半强制地压了回去。

此时似乎感觉到楚向彬的目光，秦楼微微抬眸，朝他一笑。

楚向彬沉着眸色，伸手指指栾巧倾："秦总不管？"

秦楼做无辜状："我可管不着。"

"我以为秦总是真把她当妹妹，原来只是说着玩的。"楚向彬的目光有意无意地落向秦楼怀里的宋书。

秦楼沉默几秒，突然笑了起来："楚部长，你乱了。"

楚向彬的眼神有点阴沉。

不用秦楼说，他自己也知道——秦楼故意当着宋书的面说出这样若有所指的话，就是把他扯进这个他原本一点都不想再掺和的局里。

他还是第一次露出这样明显的把柄。

而事实上，从今晚在酒店大堂和秦楼针锋相对，事情的走向和他自己的情绪就已经开始脱离他的掌控了。

秦楼见楚向彬还是坚持着没说什么也没做什么，面上笑意更重。

他突然起身，并拉起自己身旁的宋书，在宋书微有异议的目光里低头在她耳边说了什么。

然后秦楼直起身，似笑非笑地俯视着楚向彬，宋书的手被他紧紧地握在掌中："楚部长好好玩吧，秦助理有点累了——我送她回去。"

楚向彬和秦楼对视几秒，终于慢慢垂眼，无声一叹。

然后楚向彬起身，眉眼发沉地径直走向舞池。

他的身后，秦楼哑然一笑。

秦楼回眸看向被自己半强迫地紧抱在怀里的宋书，然后低下头去，动作亲密地凑到宋书耳边，吻着她的长发。

秦楼一边吻一边笑着低声说：“你看吧，我就说他会忍不住的。”

宋书忧心地望了一眼，转回视线：“虽然楚向彬是想挑拨离间，但是他的话说得没错。”

“嗯？”

“你确实没把巧巧当妹妹吧？”

“妹妹？”秦楼哧地笑了声，“我对她比对妹妹好多了，换宋茹玉来试试。”

宋书无奈：“我不是说待遇，我是说情感。我本以为你多少接纳她作为亲人了。”

“情感上我不接纳除了你以外的任何人。我这里没有情感上的百分比表格，如果有的话，也只有100%和0%这两个点。”

秦楼话声一顿，顺着宋书的头发慢慢下移，吻到她的唇上：“对我来说这世上只有两种人。”

“哪两种？”

“你，别人。”

最后还是楚向彬冷着脸把试图挣扎的栾巧倾从夜店里拎了出来。

宋书和秦楼在夜店的那条长廊里等着。见两人出来，宋书没了秦楼的钳制和阻止，连忙上前把栾巧倾接过去。

栾巧倾还在挣扎：“别、别管我……我还要跳！我们继续……你们都别管我！你们算我什么人啊？！”

宋书原本已经没什么情绪的眸子里，此时满浸凉意。

她伸手握住栾巧倾的手腕：“我送你回酒店。”

“不……不要你送！你就是仗着和我姐长得像，你少来……少来管我！”栾巧倾死命地挣扎起来，“我姐都不管我了，她都不要我了，你凭什么……你凭什么管我？你管我是死是活呢！”

最后一句话终于扯断了宋书脑袋里那根名为理智的弦，她愤而转身，单手扬起来落下去。

楚向彬眼神一变。

不等他阻止，宋书的手已经停在了怔住的栾巧倾脸旁。

僵了几秒，宋书垂回手，眼睫也落下去，精致的五官间冷得不见一丝情绪。她轻声开口："栾巧倾，你闹也要有个限度。"

"……"

"现在闹够了？"

"……"

"闹够了就跟我回去。"

宋书说完，松开了栾巧倾的手，转身往夜店外走去。

栾巧倾呆呆地在原地站了许久，蓦地醒过神来，连忙跑着追了上去。

看着两人的背影半晌，楚向彬收回目光。把栾巧倾拽出来后，他的表情看起来就平静多了。

"秦总和秦助理这是不拿我当外人，还是准备杀我灭口了？"

秦楼笑起来："怎么会呢？你可是个聪明人。聪明人在这个世界上是不可多得的，每一个都应该用在最适合他的位置上。"

楚向彬和秦楼对视几秒后，竟然也低头笑起来了："看来秦总今天要跟我摊牌？"

"不急。"秦楼抬手看了一眼腕表，"已经很晚了，我看还是明天再说吧，嗯？"

秦楼朝楚向彬一点头，转身离开。

看着那道背影，楚向彬皱了皱眉——

两边的面具都摘了，藏在面具下的剑拔弩张和针锋相对已经到了昭然若揭的地步，这人还能这样淡定得像完全不在意，根本不知道他到底是怎么想的……

真是个让人无法揣测的家伙，正常人大概都没办法理解他的思维。

楚向彬皱着眉，慢慢往外走去。

与此同时。

宋书和栾巧倾走进酒店的电梯里。夜色已深，电梯厢内只有她们两人。

电梯门关合后，电梯缓缓上升。

栾巧倾看着那道背影，几次欲言又止后终于开口："你……"

宋书轻叹了声，打断她的话："是我，巧巧。"

宋书坐在酒店套房的沙发里，不知道该做什么表情。

坐在她对面的是栾巧倾。确切地描述，应该说是已经哭得用了将近一包抽纸后鼻头都擤得通红却还有滔滔未尽之势的栾巧倾。

宋书起初还心生愧疚，毕竟栾巧倾虽然跟在她身边好几年，但除了当初大雨中在社区便利店外抱着她一边喊"妈"一边号啕以外，这还是第一次在她面前哭成这副可怜模样。

不过在坐了半个小时，发现栾巧倾没有任何要停止的迹象后，宋书已经表情空白地木起脸。

三刻钟后，宋书感觉自己的太阳穴开始一跳一跳地疼起来了。

栾巧倾把最后一张抽纸用完，打了个带着酒气的嗝，通红着白兔似的眼睛抬头看向宋书："还……还有纸吗？"

宋书心里那点愧疚早就被这洪水似的眼泪冲没了，此时摇头都不带什么感情："没了。"

栾巧倾听完似乎就噎在那儿了，呆呆地看着宋书，眼神里带着怀疑自己耳朵的茫然，模样像极了一只傻乎乎的狐獴。

毕竟是自己带起来的傻妹妹，宋书终究还是有点于心不忍，她打开随身的手包，拆开一包手帕纸，将大半包手帕纸快速抽出扔进包里，然后将剩下的小半包拿出来，递给栾巧倾："最后几张，你省着用。"

"哦……"

傻妹妹并没怀疑，接到手里，看了看那点可怜的纸巾后，努力把还没流够的眼泪憋了回去，只收拾了下此时自己脸上的惨相。

等声音终于勉强恢复到平时的音准，栾巧倾抽噎着开口："真的……真的是你吗？"

宋书忍了忍，尽量使声音温柔："如果不是我，那你为什么要哭这一个小时呢？"

"可是那时候我是看着医生给你摘下呼吸机的……"栾巧倾说着说着眼泪又开始在眼眶中积聚，但又想着可怜的纸巾量，努力往回憋着，她透过眼泪看着宋书，“怎么会……怎么会……”

宋书轻叹了声：“当年在医院里去世的不是我，是一个和我同龄的人。”

栾巧倾脑子里那根快要哭断的名为理智的弦，在这一刻通了电：“就是你现在……现在这个身份里，原本的人吗？”

“嗯。”宋书说，“你是不是调查过我？”

栾巧倾通红着眼睛、鼻子，慢慢点点头：“一开始你进公司，我以为你是商业间谍，是……是故意整容成这个样子的。”

宋书莞尔：“但是从身份背景却看不出什么问题来。”

“对，他们的调查也更倾向于秦情是一个真正存在的人。尤其……尤其是上次见到你的父母，我本来都有些怀疑了，但是看到他们，又觉得是自己想多了。”

宋书垂眼笑笑，心中是一种夹杂着遗憾的复杂情绪。

两人沉默几秒，栾巧倾终于还是问出了自己最想知道的问题：“你为什么要装作另一个人？当年在医院……是搞错了还是……”

“当然不是搞错的。”宋书微微正色，“你真以为当年那件事只是一起普通的车祸？”

栾巧倾一愣：“哥查出了那个酒驾司机是蓄意报复……”

“那一层也只是掩盖而已。”

“掩、掩盖？”栾巧倾结巴起来，“掩盖什么？谁要掩盖？这件事背后还有什、什么别的阴谋吗？”

看着栾巧倾那副惊呆了的模样，宋书苦笑了下：“我原本是想等一切尘埃落定后再告诉你的。但是你产生了怀疑之后一直在试探甚至表现出来，这都会对我们洗冤复仇的计划产生不利的影响，所以我才选择在这个时候告诉你。”

“洗、洗冤？”栾巧倾呆滞几秒后，慢慢哆嗦了下，她的脸色在这一瞬间变得苍白，“你是说，当年那件事情，姨妈是被冤枉的？连……连你也是因为这个才遭遇车祸的吗？”

宋书沉默几秒，慢慢点头。

栾巧倾似乎被这个消息震惊得要傻掉了，她脸色难看地坐在沙发里很久很久都没回过神，到某一刻她的视线终于重新聚焦，眼泪却已经再次涌出来了。

栾巧倾转过头去紧紧抓住了宋书的手，她一边咬牙切齿一边有些抖：“是谁？是谁干的？”

宋书沉默之后摇了摇头：“巧巧，我不能告诉你他们具体是谁。我只能告诉你，他们中有些人曾经离你很近很近，甚至还有一些人，就算是现在也就在你身旁不远的地方。”

栾巧倾呆了几秒，声音猛地提高：“为什么不能告诉我？如果姨妈是被冤枉的，那么那件事的真凶也是几乎毁了我的人生的人！而且我……我也想为你们做点什么啊！”

宋书叹气：“因为你会表现出来的，巧巧，你会让他们察觉。而一旦他们察觉了，你、我，包括其他所有在暗中努力想要揭开这件事情的真相的人，都会陷入更大的危险里。那是一群丧失了人性的野兽，他们为了自己的利益早就红了眼，为了保全利益他们甚至不在乎人命——你要因为这个，让我们所有人都陷入危险里吗？”

栾巧倾被说得愣在沙发上，半晌才慢慢回过神。她低下头去，摇了摇头：“我知……知道了。”

刚说完，眼泪珠子就砸在攥紧了的手背上。

宋书再次无声一叹。

宋书从手包里拿出一张纸巾，起身后走到栾巧倾那一侧的沙发前坐下来。宋书拿着纸巾伸手替栾巧倾擦掉了脸上的眼泪：“但是我可以许诺你，巧巧，这件事不会拖延太久……很快，很快，最多一年，最少三个月到半年。我们已经找出了藏在底下的所有大鱼，等最后一个计划完成，我们就会收网把他们一网打尽。到了那时候，我把一切都告诉你，好吗？”

栾巧倾一边强忍一边抽泣：“好……那我之后……之后要怎么做？”

“什么都不要做。”

栾巧倾泪眼蒙眬地抬头看向宋书。

宋书重复一遍：“什么都不要做。就像以前你什么都不知道那样，在公司里，在生活里，在自己一个人的时候，什么都不要去查或者去了解，你就当对当年的事情还有我的身份仍旧一无所知。”

宋书刚说完，栾巧倾就用力摇了摇头：“我做不到的！我之前对你那……那么不好，现在我已经知道了，怎么可能还能对你说出那些话来？”

宋书哑然片刻，失笑道："那就装作不认识吧。你前一段时间不就是这样的吗？把我当空气，私下不要跟我联系，更不要在公司里有什么交流。"

"可是……"

"顶多再坚持一年就够了。"宋书打断栾巧倾，语气慢慢坚定起来，"我们的计划，不容有失。所以无论做不做得到，你都要逼着自己去做，这就是你能为我或者为当年那件事做得最多的了。"

许久后，栾巧倾终于还是慢慢点了点头。

之后，两人的情绪都慢慢平复下来。宋书在栾巧倾的要求下，零零碎碎地给她讲了很多这些年以秦情的身份活着时遇到的事情。说的过程里，栾巧倾时哭时笑的，眼圈上的红一直就没褪下去。

这时，两人的交谈声被敲门声打断了。

宋书有些诧异地看了一眼时间。

已经凌晨2点多了，按理说不会有人在这个时候敲门。

最有可能是秦楼，但他们离开酒店前就已经说好今晚在楚向彬露出马脚后就跟栾巧倾摊牌的事情，所以秦楼知道今晚情况特殊，应该也不会选择在这个时候出现。

宋书从沙发上站起身："我去看看。"

栾巧倾眼睛通红地点头。

宋书来到门边，将挂着锁的门拉开一道缝隙。

借着长廊上的灯光，她看清了门外站着的男人——是楚向彬。

宋书稍松了口气，但心底的警惕还是有的。她朝楚向彬淡淡一笑："楚部长，您这么晚过来有事吗？"

楚向彬看清是宋书，似乎愣了下。他退了半步，抬起头来，确认过一遍门牌号，才低下头："你在……栾巧倾房间里？"

"对。今晚栾部长有点事情找我聊聊，我就没回房间。"

宋书说完，就在楚向彬脸上看到一瞬了然的反应："我是不是打扰你们了？"

"没有的。"

宋书保持微笑，心底却微微感慨：秦楼说得一点没错，楚向彬藏在霸王龙外表下的绝对是颗黑透了的狐狸心，巧巧如果真和他在一起，大概率是被"吃"得渣都不剩吧。

楚向彬犹豫几秒之后，把手里的袋子提起来，递给宋书："这个是我在附近买的醒酒养胃的东西，你让她喝点吧。"

"好，我会嘱咐栾部长的。"宋书接过去。

楚向彬颔首："我不打扰了。"他转身离开。

宋书看着手里的东西，眼神复杂地盯了几秒，关上门重新锁好，然后拎着袋子转身往里走。

栾巧倾恰在此时走了出来，花着脸问宋书："什、什么人这个时候过来？"

"楚部长。"

"楚向彬？"栾巧倾皱了皱鼻子，"他这个时候来干吗？"

"给你送解酒之类的东西。"宋书把袋子递给栾巧倾，"你又哭又闹了一晚上，也确实该养养胃了。"

"哦……"

栾巧倾伸手接过，低下头去。

之前哭得太厉害，这会儿从她脸上也看不出来有没有点害羞的意思。

宋书观察几秒没得出结论，摇摇头懒得再去想。

"回去吧。"

"……哦。"

楚向彬听见身后的关门声响起来没多久，就感觉到手机的振动。

他停住脚步，拿起来看了一眼。

来电显示让他微微皱眉。

犹豫几秒，楚向彬还是接通电话，同时走向电梯间。

电话里传来一个笑着的男声："小楚，还没睡？我还以为你已经睡了呢。你们那里现在是不是凌晨啊？"

楚向彬已来到电梯间入口，他扫了一眼手机上的时间，半靠上墙："嗯，凌晨2点多。"

"这么早呢，不好意思啊。"

"没事。有什么事情您说。"

“其实也没什么事。我这边刚上班，想起来你们也该到E国酒店里了，就给你打个电话问问——这次出差确实是你加上秦楼、秦情还有那个人事部部长四个人吧？”

“嗯。”

“你们相处得多吗？秦楼有没有避开你们，单独和秦情待在一起？”

楚向彬眼神晃了下：“没有。我们今天落地后就进了酒店，晚上还一起出去到夜店玩了一晚上，才回来。”

“夜、夜店？”对面的男声似乎噎了下。

楚向彬无声地翘了翘嘴角，眼底是嘲弄的笑意：“嗯。”

“哦……哦，放松点也好，也好。”

“除了这个，您还有什么要问的吗？”

“既然你们还私下相处了，那你看秦情的身份，尤其是秦楼对她的态度，疑点多吗？”

“……”

“怎么不说话了？”

“我在回忆。”楚向彬低了低头，“按照我的观察，目前来看还找不到什么明显的疑点。她到底是不是你们担心的人，还需要继续调查。”

“这样啊……那么那件事呢？”

“哪件？”

“哎哟小楚，这时候就别开玩笑了——我之前不是特意叮嘱过你，让你多注意一下秦楼重新开发金融衍生品市场的传言是真是假吗？”

“啊，那个啊。”楚向彬没什么表情，语气听起来倒是挺真诚的，声音和表情一对比也就格外带着点不知道对谁的讽刺，“那件事我之前就查过了，Jerry乔手底下的几个部门最近一段时间异常活跃，确实是有要大干一场的架势。我听说他们专门成立了一个精英小组，连秦楼都会为这个小组出谋划策，力求在短时间内拿出一款厉害的金融衍生品产品。”

对面在沉默之后，声音明显地紧张起来：“那他们的进度如何了？”

“我没有进到组内，具体的情况我很难得知。”楚向彬顿了顿，“不过，确实有不少公司已经开始通过各种渠道打探起这款产品了……从我这里找突破点的，就有几家似乎是你们的老顾客。”

“呸，这群只看得见利益的东西！”那头臭骂了句，很快想到什么，又连忙笑着开口，“你能打听到这么多消息，真是辛苦你了。小楚你放心，等你回到公司，我们一定会给你最高的待遇的！”

楚向彬懒洋洋地扯了下嘴角，没说什么。

电话里沉寂几秒，那头的人似乎有些尴尬，声音放软下来：“小楚，既然你已经查到这些了，不如你看看，那个小组你能不能……”

楚向彬微皱起眉：“你想让我偷那个产品？”

“嗳，干吗说得这么难听？这个行业里大家都要互相学习嘛，有什么好的东西，我们当然要跟上，多多向人家学习。当然，最后肯定还是要做自己的产品，但是学习一下思路或者是先进的理念也是不错的……”

楚向彬脸色越来越沉，几秒后他冷笑了声：“那我如果不想呢？”

电话那头明显一愣，再开口时声音还带着笑，但笑里的情绪发凉了：“小楚，你是个明白人，别做不明白的事情。你看你为公司牺牲了这么多，大家都记着你的好呢，以后你回到公司就是公司的大功臣。而且你和公司也是连在一起的嘛，有些事情还是得考虑清楚。你在Vio做商业间谍这个事情可不是小事，万一大家闹得不好看，消息传了出去，别说Vio对你会是欲除之而后快，就算是业内其他公司甚至别的行业，也没人敢再聘请你了！”

楚向彬听完之后，慢慢叹了一口气：“您这是在威胁我？”

“哎呀，小楚，这是说的什么话？我是在给你讲明白这个道理。我知道你年轻，又优秀，有些时候心态难免浮躁，有些问题看不清楚。我这不是在帮你看清那些问题，再给你提个醒，免得你以后把自己弄进坑里吗？”

“这么说，我该谢谢您了。”

“谢谢不用，我们是什么关系啊对不对？我可算是你的学长，你进这行不还是我介绍的门路吗？”

楚向彬这一次的沉默尤其久。

然后他开口：“好，我会尽力试试的，但不保证结果。”

“哎！小楚你能想明白就好，有什么困难你尽管跟我提，我一定会帮你解决的！”

“嗯。”

“既然这样，那我也不打扰你休息了。时间不早了，你赶紧睡觉吧，啊！”

“好。”

几秒后，手机通话结束。

楚向彬低头看着手里的手机，面上没什么表情，眼底的情绪起伏得厉害。

不知道独自站了多久，他慢慢直起身，扭头似乎准备去乘电梯。只是刚一转身，楚向彬的脚步就停在原地。

安静几秒，楚向彬看着电梯间里站在暗处的男人，微微皱眉。

“你跟踪我？”

“哧……”黑暗里的人嘲弄地笑了声，懒洋洋地抱着手臂，从阴影里慢慢走出来，“楚部长想得有点多。我是下楼来找我的小助理，刚巧你在电梯间入口打电话，我被堵在这儿了而已。”

随着话声从黑暗里走出来站到光下的不是别人，正是秦楼。

楚向彬眉头稍松：“这样，那我错怪秦总了，抱歉。”

说完，楚向彬扭头准备进电梯间。

秦楼哑然一笑：“你倒是对我挺信任。”

楚向彬脚步停了停：“某种意义上来说，我和秦总还是挺像的。”

“比如……？”

“比如骨子里都带着点傲劲儿，有些谎不屑去撒，有些事情不屑去做。”

秦楼挑了挑眉，侧过身去：“你这是在跟我解释刚刚我听到的内容，还是告诉我你不会动这次Vio在筹备的金融衍生品小组即将推出的那款产品？”

“我只是说了个事实。秦总想做什么理解，我无所谓。”

“刚刚在自己顶头上司面前暴露了自己商业间谍的身份，你倒是潇洒。”

楚向彬扭回头看秦楼，笑意发冷：“秦总知道这件事，也不是在今天吧？”

秦楼懒散地点点头：“确实不是。”

“已经彼此默契了这么久，秦总怎么非得在这个时候戳破？”楚向彬眼神一闪，“是想让我明天交辞呈，还是准备以商业间谍的名义起诉我？不过有点可惜，我现在没给贵公司造成任何实质性的利益损失，选择后者恐怕很难完成。”

“楚部长想多了，我只是要跟你谈谈合作。”

“合作？”楚向彬笑了起来，“我可不觉得我有什么资本和秦总合作。”

“当然有。”

话到此处，秦楼面上笑意淡下去。

“我需要楚部长给我帮个小忙。作为补偿条件，Vio的大门永远向楚部长敞开，商业间谍之类的事情，没人会知道。”

楚向彬眼神微冷：“什么忙？”

秦楼抬了抬下巴，示意楚向彬手里的手机：“他们不是要你进组吗？我要邀请楚部长进组。”

楚向彬瞳孔一缩。

几秒后，他突然露出某种恍然和震惊交织的眼神。

然后他笑了起来：“那个产品，还有挑动财务总监和他手底下所有部门干这么件影响公司改制的大事，竟然是秦总设下的一个局？”

秦楼耸耸肩，不置可否。

楚向彬微微咬牙：“就为了惩治勤锐？秦总不觉得拿自己的整个公司做赌注，一旦输了，代价太大了吗？”

秦楼盯他两秒后，却突然笑了：“刚刚楚部长那句话我是赞同的。”

“哪句？”

“你说我们有点像，骨子里都有种傲劲儿。”秦楼缓缓收了笑，眉眼冷然，“我不会输。”

楚向彬皱眉。

秦楼重新笑起来：“现在，赌局已经开了，双方都下场了。要站哪一边，楚部长自己选。”

说完，秦楼毫不留恋地转身，没准备多劝一个字，似乎就要离开了。

楚向彬太阳穴跳了跳：“秦总就不怕被我透了底，告知勤锐？”

秦楼背对着他，闻言停下来，笑道：“我既然说了，当然就不会怕。”

“……”

“我相信和勤锐打交道那么久，有件事楚部长比我清楚——勤锐是个有着怎样的为达目的不择手段的经营理念的公司，他们又是如何只看重利益而看轻这之外的一切东西……楚部长一定深有体会。”

楚向彬微微沉眸：“你说得对，如果真是你做出来的产品，在巨大的利益面前，他们不但不会相信我的话，或许还会把我视为异己。不过你又哪来的信心，觉得我一定会在这场赌局里选一方站？”

秦楼回眸：“楚部长是一边都不想选？”

楚向彬冷笑：“这些东西我早就厌烦也早有退意了。所以就算你们都拿商业间谍的事情威胁我，我也没什么好怕的。”

秦楼突然乐了：“楚部长别误会我，我跟他们可不一样，我最不喜欢威胁人，我更喜欢拿出诱人的条件。”

楚向彬的眉心慢慢皱起来：“什么条件？”

秦楼故意做出思考的表情，然后打了个响指。

他微微低头，带着戏谑的笑：“栾巧倾怎么样？”

第 25 章

—Y A O H E N—

撒网

听见秦楼的话，楚向彬的眉头明显地跳了跳，眼底泛起被激怒的情绪，只是被他压下去了，并未发作。

“秦总在跟我开玩笑吗？”

秦楼无辜地抬眼：“我可没有。”

“那秦总给我的条件是一个人，还是你们人事部的部长？秦总是看我缺下属吗？”

秦楼低下头，哑声笑起来。他手插裤兜转身往回走了几步，停在距离楚向彬一两米的位置，然后抬头：“楚部长，我们都谈到这一步了，你还跟我装傻就没意思了吧？”

楚向彬没有说话，只挑了挑眉看着秦楼。

秦楼笑道：“我的条件就是栾巧倾，随楚部长怎么理解都行。事成之后，你可以回Vio，她也可以到你手底下给你当下属，楚部长觉得如何？”

楚向彬沉眸片刻后冷笑了声：“秦总还是挺会给人画饼的。别的不说，一旦事成，秦总这边赌赢了，勤锐会不知道这件事是我做的吗？”

“也许他们蠢呢？”

“就算再蠢，看我回到Vio，他们还能不明白？”

“啊……楚部长是担心这个。”秦楼笑着摇摇头，“这个我倒觉得楚部长不必担心，他们不敢对楚部长提起诉讼的。”

“为什么不敢？”

秦楼停顿两秒，在原地晃了下，漫不经心地笑：“我手里可有着不少楚部长和勤锐私下往来的证据。最先玩安插商业间谍这种手段的是勤锐，而不是我们Vio。真到那时候，勤锐内部风雨交加，他们是疯了吗？还敢在这件事上跟我们做诉讼的牵扯？”

“……”

秦楼见楚向彬不说话，眼神微动，又开口：“不过楚部长到时候如何与栾巧倾相处，那就是你们之间的事情了，我不能给你什么保证。”

楚向彬抬眼看他：“我不懂秦总一直提栾部长的原因是什么。”

秦楼失笑：“我们都是聪明人，非得装傻就没意思了吧？”

“秦总是觉得，这么大一件事情，关乎我的职业生涯甚至人生，我却只会为了栾巧倾把自己押进赌局？”

秦楼耸肩：“这可不是我说的。”

“……”

“不过楚部长这话倒是让我想起来了，之前说厌倦了所以不在乎职业未来的是你，这时候却又突然提起……”秦楼感慨地叹了口气，“不知道楚部长是口是心非，还是欲盖弥彰呢？”

长廊上沉默许久。楚向彬收回目光：“这件事我会考虑，但不是为了秦总的可笑条件，而是为了我自己的利益。如秦总所说，对勤锐的经营理念我很不认同，它与我的观念相悖，我确实更愿意站在秦总这一边。”

秦楼失笑：“随便楚部长如何自我安慰，我等你的答案。”

秦楼一边说着话，一边转身离去。

楚向彬准备进入电梯间时，突然听见秦楼想起来什么似的啊了一声。

楚向彬停下，侧过目光，只见背对着他已经走出去很远的秦楼挥了挥手臂，笑里满是戏谑、嘲弄：“楚部长早有退意，这点我知道，从你和勤锐联系频率的降低上就能看出来了。我就是比较好奇，既然你这么不耐烦我们两家争斗，那这段时间你到底是为了谁留下来的？”

楚向彬一愣，等他回过神再想接话，秦楼身子一转，已经绕过拐角，消失在他的视野里了。

楚向彬沉着脸转回来。

过了几秒，站在原地一动未动的楚向彬却突然苦笑了声。

其实秦楼说得对，他们都是聪明人，聪明人之间真不该像刚才那样做无意义的撕扯。

显然，从他今晚做不到旁观而强行把栾巧倾带离夜店，秦楼就已经死死地拿住他的命脉了。

秦楼按兵不动这么些年，非要等到这个时机，一张牌一张牌地打到他无力还手……

而他，还有勤锐，都太低估这个家伙了。

不过……

“栾巧倾啊。”

楚向彬头疼地捏了捏眉心，抬脚走进电梯间里。

半晌，电梯间响起一声低低的自嘲：“本来是给宋书挖的坑，怎么就把自己坑进去了？”

听到房间里另一个人的呼吸声终于平稳下来，靠在床边的宋书无声地又沉甸甸地叹出一口气。

心虚和负罪感真不是好受的——当年她都没这样哄过栾巧倾入睡啊。

宋书在心底感慨完，轻手轻脚地站起身。她收拾好房间里被栾巧倾的滔天泪海糟蹋出的一地纸巾，这才关上落地灯，悄悄地离开这间套房里的卧室。

打开套房外门推门出来时，宋书被门旁倚墙站着的人吓了一跳。

“你怎么在外面？”

秦楼听见声音，慢慢直起身，揉了揉发酸发僵的肩颈：“在等你。”

宋书放轻声音：“既然来了，怎么不给我打个电话或者发条消息？你在外面等多久了？”

秦楼看了一眼腕表：“没多久。”

宋书稍松了口气。

然后就听秦楼懒洋洋道：“半个多小时吧。”

宋书拿他没办法，拎着他往电梯间走：“你是不是故意让我心疼？”

“嗯。”秦楼应得毫不犹豫，被拎着离开的过程里还低下头来凑近些，“那你心疼了吗？”

宋书心情复杂地瞥了他一眼，没有说话，一直拉着秦楼进到电梯间里。

几分钟后，两人回到他们的套房内。

关上房门，宋书背过身，叹气看向秦楼："巧巧今晚才知道这件事，我怎么也得安抚她一下，还得教她之后如何表现——这不是我们走之前说好的吗？"

"嗯，"秦楼恹恹地垂下眼，"我说什么了吗？"

宋书无奈："你还需要说吗？"

秦楼沉默几秒，慢慢俯身，钩住面前的女孩抱紧了，然后低下头埋在她的长发里。

"对不起。"

"……"

"我不想这么患得患失的，也不想追得太紧。我怕把你吓跑了，但是我忍不住。"

宋书叹气："我没有让你道歉，我那么了解你，所以你追得再紧我也不会跑的，秦楼。我只是不喜欢你表达在乎的方式——你不能用这样近乎自虐的、让我心疼的方式去表达在乎。我就是会心疼，但这对我们哪个人都没有任何益处。"

"我知道你怕什么。"秦楼突然在宋书耳边开口。

宋书身形微僵。

秦楼出声："你从看见我手腕上的字开始就怕了对不对？或许更早，从我在你面前吃药？你怕我太在乎你，怕我哪天因为一点误会或者不大的事情就做出什么极端的选择？"

宋书没有说话，只是慢慢收紧抱住秦楼的手臂。

她并不意外。

他那么聪明，数学和人心，哪一项他都很擅长。

套房的玄关处安静许久，秦楼轻轻叹口气，声音里带一点哑然的笑意。

"我想了想，虽然很想，但是好像还是没办法给你保证——我没办法保证我不会这样做，小蚌壳。"

宋书的眼神微微一栗。

她下意识地更紧地抱住了秦楼。半晌后她低声说："你说得对，我很害怕。"

秦楼怔了下，他微微直身想要去看宋书的表情，宋书却抱得紧紧的，不肯让他稍退半步。

宋书的声音听起来有些战栗，那战栗是她想强压下去的，却压抑不住。她慢慢舒出一口气："我怕我不在的那九年……已经把你毁掉了。"

她声音轻抖了下："这才是我所有负罪感的来源，而我丝毫不敢表现出来。因为我不知道该怎么办，我怕我尽最大努力了，还是只能看着你一步一步往深渊里滑，我怕我尽全力了还是拉不住你，我若拉不住你怎么办，秦楼？……"

"拉得住的。"

秦楼突然打断她的话。

宋书轻颤了下："……我可以吗？"

"当然了。"秦楼哑声笑起来，"这个世界上只有你拉得住，你让我做什么我都会听话。只要你在，只要你告诉我哪里是深渊，那我一定会离得远远的。为了你我也不会掉下去的。"

"……这是你答应我的，你要说到做到。"

"我向来说到做到。"秦楼拥紧她，笑了，"而且我好不容易才重新抱住你了，我怎么舍得松开呢？"

2019年11月，秦楼、宋书、栾巧倾、楚向彬四人的行程结束，中旬归国。归国之前，秦楼和宋书、楚向彬三人进行过一场没有第四人知道的数小时密谈。

同月，刚刚结束外省出差的林峰回到公司后，又被秦楼直接外派E国，着手准备海外办事处设立事宜。

消息传出后，公司里隐约传出秦楼对林峰不满，有意架空他的流言。

月底，Vio内跨多部门的衍生品研发小组正式建立，团队中有包括财务总监Jerry乔以及投资发展部新锐副部长楚向彬在内的多位Vio公司骨干。

这一态势似乎表明了Vio卷土重来，对金融衍生品市场势在必得的气势。相关媒体连续跟踪报道后，更获知Vio总经理秦楼将亲自参与最新的衍生品产品的开发。

确切消息一出，业界震荡。

12月18日，早上8点。

楚向彬站在穿衣镜前，慢条斯理地系好领带，收紧。

对着镜子面无表情地站了几秒，他才侧过身，拿起桌上已经振动许久的手机。

电话那头声音兴奋而急切："你真把那个产品模型拿到手了？"

"嗯。"

“今天就能过来？”

“在路上了。”

“好好好！我等你电话，不，我这就下楼接你！”

电话挂断。

楚向彬拉开抽屉，拿起另一只手机拨出一个号码。

几秒后，接通。

楚向彬对着镜子整理了一下领结，声音平静：“秦总，该撒网了。”

勤锐投行，董事长办公室。

勤锐资本是国内金融业界资历最老的投行之一，除了Vio和它的前身秦氏集团能够抗衡甚至在某些季度的财务报表数据上力压勤锐外，业界很难有能和勤锐匹敌的。

而在金融衍生品市场上，因为Vio早年的改制和避让，勤锐一直独占鳌头，甚至可以说勤锐的财务报表有一小半都是产品部在支撑的。而这一次，勤锐在金融衍生品市场这一块，还是头一回隐隐有地位受到威胁的感觉。

反应最直接的就是股价：随着Vio即将重战金融衍生品市场的消息愈传愈盛，勤锐的股价在长期保持总体涨势之后，已经连续数周以跌势收盘。

公司上下，尤其是管理层，也逐渐为此躁动起来。

这几周，管理层没人休息得好，大小会议接连地开，有正式的，有非正式的，无非就是讨论上得了台面和上不了台面的竞争手段、应对措施。

今天在董事长办公室开的这场会，显然就属于后者。

勤锐的控股权一直在常家手里。据传，勤锐建立之初，是几位合伙人共同享有股权经营，控股人另有其人。而在勤锐上市之后，现在的董事长常建丰利用股权对赌协议，表面与当时的控股人虚与委蛇，暗中却收购股份，并终于在获得绝对控股权后撕下面具露出獠牙——“血战”之后，勤锐被常建丰收入囊中。

包括这次股权大战在内，常建丰一直因为在经营策略上不择手段不讲情分而颇受诟病。但勤锐投行被他逐渐做大，常家绝大部分的资产已经和勤锐一脉共生，根基牢固不可动摇。而资本从来不看人情，纵使业内外不少人对常家恨得咬牙切齿，却还是得捧着常建丰的臭脚过活。

勤锐入市数年后，他们需要捧的臭脚又多了一个：常建丰的儿子常亭。

常亭是常建丰的独子，虽然不像一些富二代那样贪图玩乐沉迷酒色不知进取，但他刚愎自用，志大才疏。

毕业以后他声称要“白手起家”，拿着父亲几亿元的赞助费出去，短短数年内血本无归，最后又灰溜溜地夹着尾巴回了家。

常建丰对自己的这个独子非常宠爱，甚至到了溺爱的地步。彼时勤锐早在业界站稳脚跟，常家也已经家大业大，常建丰就劝儿子只当“长经验”了。

随后常建丰安排常亭进入勤锐，打着从基层做起的名号，靠同事小心翼翼曲意逢迎助他做业绩堆功劳，硬是在短短两年之内迅速把常亭推到总经理的位置上。

前面说了，常亭这人最缺的就是自知之明，他不觉得自己得到现在的地位是因为有同事帮衬，反而认为自己能在两年内迅速晋升总经理全靠自身努力和优秀，行事更加自傲。

常亭今年30余岁，楚向彬是晚他几届的校友。常亭回母校致辞时偶然发现了学校里这位颇有名气的师弟，还在楚向彬困难时施以援手，但是此后就挟恩图报还贪得无厌，这才有了后面楚向彬进入Vio的事情。

楚向彬是直接对接常亭，他拿到了Vio的衍生品团队的最新成果后直接办理了离职手续，前往勤锐。

常亭第一时间亲自下楼迎接楚向彬，然后激动得几乎打着哆嗦地把这款产品秘密交给早就组织好的应对团队确认和审核。

常亭数年来一直对Vio那位被业界吹捧年轻有为的董事长兼总经理秦楼心怀妒忌、怨愤。比起大了数岁的他，秦楼的能力和在业界的名气都压过他，这已经成了刚愎自用的常亭心里的一根刺。

所以常亭这次把这个机会视为自己翻盘的最大希望。

只不过事情的进展显然没有常亭想象的那样顺利——他翻盘大计的第一步，就先卡在了他们自己公司的风险管理部。

这天一早，董事长办公室里站了数位公司内常家父子的心腹，也是这些年协助他们不择手段蝇营狗苟的公司高层。

毋庸置疑，他们都是为楚向彬带回来的那款产品来的。

常建丰虽然溺爱独子，但老奸巨猾的狐狸本性没有丢，他也知道自己儿子难当重任，所以勤锐的总经理名义上是常亭，但若有需要决策的重要事务，公司上下还是会提交到董事长办公室去。

这次显然就是这种情况。

而对于刚愎自用的常亭来说，这种情况就是对他最大的不信任，甚至无异于一记耳光。每次出现这种局面，常亭总会被气得脸红脖子粗，唾沫横飞地跟那些与自己意见不同的人争辩。

“好了，不要吵了。”

听办公室里聒噪半晌，办公桌后的常建丰终于不耐烦地动动眉毛，伸手敲了敲桌面。

并不响亮的沉钝声音让办公室里安静下来——常建丰在这些人，包括自己那个刚愎自用的儿子常亭心里，是有着绝对话语权的。所以虽然在吵架，但在场的老狐狸们几乎都在盯着常建丰的脸色。

谁也不想得罪这位真正的老板，闻风而动就是他们在常建丰手底下学会的第一条铁律。

听办公室里安静下来，常建丰对自己在公司内的权威还是很满意的。他微耸起来的眉毛放平下去，安静几秒，才沉稳地开口：“一个一个说。吵吵闹闹的，当这里是菜市场吗？”

“爸，我——”常亭刚开口就被父亲瞪了一眼，回过神，连忙改口，“常董，这个机会实在难得啊，金融产品部那边的意见已经提交上来了，分析文案您可以看看。我们完全有希望借助这个产品压得Vio翻不了身，而且必须得快！”

常建丰听完没说什么，抬头看了看另一边：“反对的这边派个代表出来说，说完其他人再补充。”

几个人交头接耳一番，一位勤锐的高层走出来。开口前他先小心翼翼地观察了一下常建丰的脸色，确定没什么异样后才开口：“常董，我们也知道这款产品潜在盈利能力非常杰出，但经过我们部门分析，这款产品的杠杆实在是太高了——它以预测国际市场利率走向为盈利基本，而高杠杆带来的就是，国际市场利率哪怕只是发生比较小的变化，这款产品的购买方也会面临两个极端：要么赚得盆满钵满，要么一个不慎血本无归。”

常亭的眉毛陡然一跳。

他生平最恨的四个字就是“血本无归”，每次听到他都觉得开口的人是在嘲讽他当年毕业后堪称惨烈的创业史。

而今天更是在这样一个被他视为最大翻盘机会的关节点上听到了。

常亭立马就脸色铁青地炸了。他扭头死死地盯着那个高层，心里一边盘算着该如何找机会把这个人弄得身败名裂然后踢出公司，一边恼怒地大声驳斥：“有风险怎么了？我们吃的就是风险这碗饭！要是人人都只玩存款只玩指数基金，那我们就得露宿街头了，哪还有机会让你们西装革履地坐在敞亮的大办公室里喝茶看风景？”

泥人还有三分血性，更别说在勤锐这样一家大公司供职多年，陪着常建丰打了天下的公司高层。他们原本就对常亭这个志大才疏的总经理心有不忿，此时被这样一激，立刻就有人忍不住了：“常总，您这话说得就不对了。我们吃饭不是靠风险，而是靠借着风险里的顺风获利，避着风险里的逆风躲亏——从公司建立至今，常董和我们也是一步步小心翼翼机关算尽，才有今天的局面，您怎么能……”

这位高管的话声戛然而止。

原因不在常亭，而在常建丰——常建丰不知道听到了哪个词，面皮陡然跳了一下，有一瞬间甚至不掩凶光地瞪向那个开口的高管。

高管赶忙一缩脖子，沉默地低下头。

而常亭这会儿已经怒火上头，并未察觉父亲的情绪变化，听到以后更加愤怒：“你少胡说，我爸——常董是你们这样胆小如鼠的吗？你们是不是在高位坐久了，胆子都坐没了？这件事……”

“好了。”

常建丰沉着声音打断儿子的话。

常亭一噎，明显心有不甘，但到底不敢反抗父亲，只得不忿地把话咽下肚。

常建丰也不说话，拧着眉坐在办公桌后，思虑一番，他突然想到了什么似的，抬头看看常亭：“帮你拿回这个产品的那个年轻人叫什么来着？”

“楚向彬。”常亭回答。

“他今天来了吗？”

“来了来了。”

常亭醒过神，这才想起这位靠山——虽然不愿意承认，但这位比他小几岁的学弟的能力是他无法企及的，或许楚向彬能帮他翻盘。

这样一想，常亭便迫不及待地转身在人群里找："楚学弟？"

高管们也四下看着。

几秒后，办公室的另一头传来一个声音："这边。"

原本堵在董事长办公桌前的高管们哗啦一下向两边让开，常建丰一抬头，隔着大半间空荡的办公室，一个年轻人坐在休息区的沙发里，正作势要把手里的一杯茶搁下。

在场高管们的表情顿时微妙起来。

他们进来以后，董事长助理组那边给他们每人上了一杯茶，但都搁在桌面上，哪有这会儿顾得上喝的？

这个年轻人，还真是……

就在高管们心里不知道该用哪个词形容楚向彬的时候，办公桌后的常建丰眯眼打量了楚向彬许久，看到年轻人那波澜不惊的神情，他眼底却浮起一点很是欣赏的意味。

"常亭，这就是你学弟？"

"是。"常亭连忙应道，他以为父亲是对楚向彬的行为不满，连忙赔着笑，"学弟这人散漫惯了，但能力还是很杰出的，您别跟他计较。"

常建丰摆摆手："我当然知道，小楚是Vio这些年来除了那个年纪轻轻的老板外最有名的新秀了吧？他的名字我听说过好几次了，没想到是常亭的学弟啊。这样好，以后我们就算一家人了。"

对面沙发上的楚向彬站起身，做出一副晚辈姿态："不敢不敢，学长对我有提携之恩，我无以为报。"

"一家人谈什么报恩？"常建丰摆摆手，"既然这个东西是你拿回来的，我也想听听你的意见。"

楚向彬似乎犹豫了下："我资历太浅，是不是不合适？"

"有什么不合适的？达者为师，可不是看年龄、资历。"

高管中有人脸色微变。

"那我就斗胆谈一谈，班门弄斧，有什么说得不好的地方，请几位随时指出。"

楚向彬朝几位脸色不好的高管躬躬身，这才开口："这款产品是我一日不落地跟着Vio的精英团队走下来的，它在盈利方面的杰出性我想不需要我再补充。至于它的风险，这一点我可以明确告诉大家的是，关于产品模型内利率走向预测的部分，全部是由Vio总经理秦楼亲自跟进研发和提供核心概念模型的。"

常建丰动了动眉，抬起视线："你的意思是……？"

楚向彬笑了笑："我也没什么意思，只是说出来让几位前辈判断一下，看大家对秦楼这个人的能力的信任度有多高，是不是值得冒这个险。"

常建丰看向诸位高管。

众人面色各异，最后还是有人站出来说话了，正是不久前被常建丰瞪了一眼然后吓得缩回脖子去的那个人："这一点倒是毋庸置疑。秦楼年纪轻轻，当初能在不融资、不给我们半点插针的机会的情况下把Vio成功改制，资金来源几乎全在金融衍生品市场上。那时候这个年轻人可真是风头无两所向披靡啊，无论什么大胆的、和多数人逆风的预测他都敢做，不但敢做，偏偏还能在最后赢得没人能质疑，TM的外号不也是那会儿传开的？"

提起这段历史，众人纷纷点头，目光里有无法掩饰的赞叹和神往情绪。

对于这样的传说似的往事，即便不是发生在他们自己身上，只要深知那样的难度和成功所代表的可怕的能力，他们也会不约而同地心神战栗。

这位高管说完也是一副神往的模样，只不过似乎注意到常家父子表情没那么美好，他话头一转连忙说："当然，这方面再厉害到底也就是个玩技术的。他们的最新产品，他自己的心血力作，不还是到了我们手里吗？"

常建丰神色稍霁，又过几秒，慢慢露出点笑容来。

这个笑容看得风险管理部的那几个高管心都凉了，面面相觑，无声叹气，然后低下了脑袋。

但还是有人心存不甘，斟酌着用词，而后开口："但利率走向预测毕竟危险，而且我们和Vio不同，不能拿出秦楼的金字招牌来说话，到时候客户不买账，我们也没法推销这个产品啊。"

常亭闻言撇嘴："那不是营销部要考虑的问题吗？要是什么东西都是一张口就能卖出去，还要他们营销部干什么？"

常建丰在这一点上显然与儿子意见差不多，他皱着眉看了开口的高管一眼，正要说什么，突然听见有人笑了一声。

众人扭头去看。

楚向彬走上前说：“其实正是考虑到这一点，我才觉得这款产品的价值非常之高。”

常建丰挑眉：“怎么说？”

“它的汇率风险是可以隐藏的。”楚向彬点到即止，没有多说，只给了答案，“最重要的一点是，我们赚的是利率市场和买方的中间费用。所以大家信任秦楼与否并不重要，因为即便买方损失，只要利率波动，我们就照样可以从中获利。”

常建丰的眼神蓦地一动。

几秒后他略带责怪地开口：“小楚，你这话说得就不对了，我们还是要以客户利益为重的。”

楚向彬立刻敛去笑容：“常董说得是。”

“常董……”

还有人想要再说几句什么，可常建丰摆了摆手：“行了，这件事我会考虑清楚，你们都先回去吧。”

事已至此，反对方都看出回天无力，一个个蔫头耷脑地离开了。

楚向彬落在后面，临离开前被常亭拉了一下。高管们走出办公室后，房间内只剩下常家父子和楚向彬三人。

常建丰从办公桌后站起来，走到楚向彬面前，笑容明显多了。他拍了拍楚向彬的肩膀：“可以，可以，年少有为啊。常亭，你得多向后辈学习了！”

常亭笑意一僵。

楚向彬适时补充：“常董这话谬赞了，我就是个搞技术的，再有为不也是给您和常总打工吗？”

这话说得常亭每个毛孔都舒坦极了，笑容顿时更加真诚。他颇有炫耀意味地看向父亲常建丰：“爸，怎么样？我都说了我这个学弟是个人才——没辜负您的期待吧？”

常建丰瞥他一眼，转向楚向彬：“你来之前，常亭天天跟我提你，我的耳朵都快起茧了。”

楚向彬笑笑：“是学长高看我了。”

三人又虚与委蛇地客套一番后，常建丰终于切入正题："你之前说的隐藏汇率风险，切实可行？"

"当然。"楚向彬笑着回答，"我已经将几种方案一并提交，常董可以找风险部的人判断一下。"

"好，好好。如今像你这么会办事的年轻人可不多了，你放心，事成之后，伯父一定记得你的功劳。"

"谢谢常董。"

楚向彬笑容满面地低下头去，眼底却掠过冷然的光。

以常家父子难以容人的心性，这件事若真办成了，利益赚够的时候他们要做的第一件事，恐怕就是找个法子，把他永远踢出投行业，让他一辈子没法开口透他们的底。

就这样，常建丰获得自己想要的信息后，显然有些迫不及待地要去调查和布置了。他几句话打发走两人。

常亭亲自送楚向彬出门，两人一起下楼。

"小楚啊，这次可多亏了你！"

"学长客气了。"

"哪里哪里，要不是你提前得了消息通知我他们要来我爸办公室参我一本，那我估计到现在还被蒙在鼓里呢。"

"这倒不是我的功劳，是常总您在公司积威日重，有人想投靠常总，听说我和您有些来往，从我这儿下手罢了。"

"哦？什么人？"

说话间，两人到了电梯间。正和楚向彬说说笑笑的常亭一抬眼，看见了一位留在电梯间里还没走的高管。

看清这位高管，常亭脸上的笑容顿时一沉。

因为面前不是别人，正是之前在办公室里反驳常亭，说自公司建立至今，大家都是小心翼翼机关算尽，才有今天的局面的那个。

楚向彬看穿常亭心中所想，淡淡一笑："常总，我给您介绍下，这就是我说的那位。"

常亭一蒙，看看这人，又扭头看看楚向彬："你确定没搞错？刚刚在办公室里他可是跟我对着来的！”

那人连忙上前，苦笑着给常亭赔礼，同时解释：“常总别误会，这是楚先生教我的话。”

常亭更加茫然地看向楚向彬。

楚向彬笑笑：“我也是为了帮常总您抓住这个机会。”

“就凭他？他那些话哪有半点帮我的意思？”

楚向彬说：“要想说动常董，根本上还是利益，这点旁人帮不上忙，也不需要帮忙，那个产品本身就已经足够了。”

“那他的话有什么用？”

“只是需要加快常董的决定，让常董能下定决心。”楚向彬笑着解释，“毕竟机不可失，常总您也急着推出这款产品，而有时候激将比劝说更有用。”

常亭能走到今天，到底不是个完全的蠢货。在楚向彬的提醒下，他仔细回忆了一下这人之前说的那句让常建丰变了脸色也开始明显露出态度倾向的话，便恍然大悟了。

“这些年我父亲确实对外界给他的……评价，十分不满，你这一手确实是给那帮人来了个釜底抽薪啊。”

常亭颇为感慨，看向楚向彬的目光里多了点埋藏很深的复杂意味。

三个人又闲聊几句之后，常亭先离开了。

他一走，楚向彬和那位高管都收敛情绪。

高管迟疑地问：“楚总，你这样给他透底……常亭可不是什么有容人之度的人，反而会开始疏远你啊。”

“我故意的。”

“啊？”

楚向彬安静几秒，蓦地一笑，被之前虚与委蛇的姿态遮掩许久的傲气终于露出些锋芒。

他转回头，笑着拍拍这个自己留在勤锐的唯一心腹的肩膀：“他当然不能重用我，也不能重用你。这件事既然完成，那之后在具体操作上他对我们越疏远越好。”

那人愣了下，随即有点恍然：“您是想避险？”

“嗯。”楚向彬说，“勤锐确实是条巨轮，但它迟早是要沉的。船沉的时候，我们离它越远越好。”

这人思索一番后，不由得苦笑着向楚向彬竖起大拇指：“楚总，你这一计里，一箭射穿了多少只雕我都懒得数了。不过……”

这人迟疑地停住话头。

楚向彬侧眸瞥了他一眼，似笑非笑：“你是想说，我既然看得穿这场风暴有多危险，干吗非得卷进来自讨苦吃，是吧？”

“不敢不敢。”那人笑起来。

“我也不想啊。”

那人脸色一变：“有人逼你？”

楚向彬走出几步，叹了口气：“没人逼。怪我自己，鬼迷心窍。”

第 26 章

—Y A O H E N—

叛投

周一早上，Vio资本22层，总经理办公室内。

周末宋书一直在整理诉讼所需要的材料，熟悉和钻研相关案例、法条，忙得昏天暗地。秦楼不管看不看得懂，非要陪着熬。

最终结果就是他自己的工作堆到了周日晚上，干了个通宵才没有耽误各部门新一周的进度。

五六点的时候，秦楼在23层小憩了三个小时，不到9点就被宋书拎下楼了。此时他就坐在自己办公室内的椅子上，一副了无生趣的模样。

宋书被他气得发笑：“谁让你周末非要缠着我整理材料？明明也帮不上什么忙。”

秦楼撩了撩眼帘，神色恹恹：“就算帮不上实质性的忙，至少有精神支持。”

“你自己的工作都没做完，还精神支持我？”

“……”

“知道错了吗？”

“知道了。”

“下次还敢吗？”

“敢。”

宋书恨不得伸手拍醒他：“领带歪了。”

秦楼低头看了一眼。

今早扎领带的时候他确实没怎么走心，随手一束了事。

秦楼盯着那个丑巴巴的领带结几秒，伸手一挑领带尾巴，顺势把自己上身拽得离宋书近了点。

宋书没表情地瞥他："做什么？"

秦楼也没什么表情，只是眼睛里透着点装出来的可怜和委屈："帮我。"

"你的右手呢？"

"断了。"

宋书终于还是没绷住，被他气笑了："就为了系一条领带，你还真舍得啊？既然断了就别要了，还系什么领带。"

话是这样说，宋书已经绕过总经理办公桌，到了秦楼坐着的转椅前面。

她伸手钩起秦楼的领带，解开重新系起来。刚系到一半的时候，办公室外面突然传来一阵类似争吵的喧闹。即便是在隔音效果极好的办公室内，也能听到外面越来越近的声音："栾部长，您不能直接进去！栾部长……"

办公室的门蓦地被推开。

许佳佳惊慌道："抱歉，秦总，栾部长一定要进来，我没拦住。"

秦楼的领带被宋书空白着表情慢慢攥紧，他自己忍住笑："嗯，我知道了。你回去工作吧。"

许佳佳这才小心翼翼地关门离开。

只剩下栾巧倾站在原地，身子僵硬，脸色发白。

宋书快速地给秦楼打好领带，然后一言不发地低下头警告地看了他一眼。

回眸看向栾巧倾，笑意一淡，他皱眉道："你周一一早跑上来发什么疯？"

宋书没表情地瞥他。

秦楼想了想，换了句："你周一一早跑上来闹什么小孩子脾气？"

宋书这才收回视线。

如果是平常，栾巧倾大概还会嫌弃一下这两人的腻歪劲儿，但此时她根本没那个心情。

她大步走到办公桌前，啪地一下把手里的文件按在桌上："楚向彬离职了？！"

宋书微皱眉："栾部长，注意你说话的态度。"

秦楼慢慢俯身，撑起手肘靠到桌上，揉了揉发酸的颈。停了几秒，秦楼才懒散道："白纸黑字写得清清楚楚，你难道要我一个字一个字念给你听？"

栾巧倾此时气势已经比来时弱了许多，但还是有些不甘心地仰了仰脖子："可是我是人事部部长，我都没有得到通知，更没有提前聘请合适的接任者接手工作——他怎么就直接办了离职手续走人了？”

“上周他已经跟我交了辞呈，人事手续是我给他批过的，工作是直接和吕云开还有投资部部长对接的。投资发展部不是还有一位副部长？工作暂时让他来接手了。”

“可这……这根本不合流程！”

“特殊人员，特殊情况，特殊对待。”

“他算什么特殊人员？这又是什么特殊情况？”

栾巧倾的步步紧逼终于让秦楼没了耐性，他冷冷地瞥了她一眼。

“这件事已经尘埃落定，你再追究也没有用。有这个时间来我办公室质问，不如尽快找猎头物色合适的接任人选。”

栾巧倾气得咬牙：“我是人事部的部长，我有权也需要知道人事调动的确切情况。”

“你不需要。”

栾巧倾气得脸都白了。

秦楼比她还神色不善：“公司体系里，不是每一件事每一次人员调动都必须征得你的同意，我一样可以做主。如果这样你就觉得人事部部长这个位置让你坐得不舒服了，那我也一样可以随时换个人来坐。”

栾巧倾僵在原地。

毕竟是Vio内部的事情，宋书不想在这种时候拉偏架，但看到栾巧倾一副死死绷着却随时都会哭出来的模样，她还是有些于心不忍。

宋书轻咳了声。

秦楼抬眼，两人目光遇上的一瞬，不需要宋书说什么，他已经知道她想表达的了。

秦楼敛去眉眼间的冷意，语气缓和下来：“如果没什么其他问题，你回去吧。”

栾巧倾僵着站在原地几秒，最后慢慢点头，转身往外走。

快走到办公室门口的时候，她逐渐放慢脚步，最终停下。

栾巧倾握着办公室的磨砂玻璃门的金属把手，沉默许久后还是开口问了：“我就是想知道，他为什么突然就离职了？……他不是还参与了衍生品开发吗？这种关键时候，不应该尽量避免人员变动吗？”

秦楼一顿，抬眼：“你到底想问什么？”

栾巧倾咬了咬牙，鼓足勇气，转过身看向秦楼：“公司里传言有人在勤锐见到他了，他……他是不是真的去勤锐了？”

说到最后一句，不知道是因为生气还是因为别的什么，栾巧倾紧紧攥着手，浑身都有些抖。

宋书无奈地垂下眼。

秦楼沉默两秒，哧地笑了声，移开视线：“就算是又怎么了？难道Vio离了哪个人，或者因为谁的离职就没办法运作了？”

“可他现在离职涉及新产品开发……”

“那些不是人事部要管的事情！”秦楼猛地一拍桌面。

栾巧倾被吓了一跳，蒙在那儿半晌，似乎吓呆了。

许久后，她慢慢回过神，低下头去，声音发涩：“我知道了……对不起秦总，是我失态了。”

说完，栾巧倾拉开门，头也不回地跑了。

傍晚，总经理办公室的灯灭了,宋书和秦楼一起走出来。

进了电梯间，两人刚要开口，消防通道楼梯的门突然开了，栾巧倾走了出来。

宋书愣了下：“你怎么……在这儿？”

“我在等你。”栾巧倾眼圈发红，“今晚我请你吃饭，我们一起出去吧？”

宋书迟疑：“可我今晚已经和……他约好了。”

栾巧倾大有下一秒就要哭出来的架势。

宋书头疼，秦楼不为所动：“我们已经订好餐厅了，你排队，改天吧。”

栾巧倾咬了咬牙：“我不。”

秦楼皱眉：“你连我的话都敢不听了是吧？”

栾巧倾梗着脖子：“现在已经下班了，你不是我上司了，我为什么要听你的话？”

秦楼目光危险地轻眯起眼。

眼见火药味越来越重，宋书只得从中调停。她微侧过身，避开栾巧倾的目光，和秦楼进行口型交流：“让她一起去吧。”

秦楼皱眉：“她可能会误事。”

“也许反而会有所助益呢。”

思考几秒，秦楼点头，同时警告地看向栾巧倾：“下不为例。”

栾巧倾这才收起奓毛的气势来。

半个小时后。

秦楼的司机送三人来到Q市一家私厨餐馆。

这家餐馆消费极高，不为大众所知，通常是拿着钱也找不到门的地方。

餐馆装潢偏苏州园林风格，竹林、溪水隔开游船、长廊、小亭子等各类就餐地点，私密性和观赏性都极好。

唯一的弊端就是曲径通幽，那隐在园林中的弯弯绕绕的路并不好走。

秦楼他们刚走进园子没多久，遇见个小三岔路口时，就见迎面有一行人走来。

双方视线交汇。

栾巧倾看清了对面那一行人里靠前的一位。

她身形僵住，几秒后咬牙：“楚向彬！”

栾巧倾突然提高的声音让秦楼和宋书都惊了一下。他们不由得停下脚步，对视片刻后，宋书最先移开视线，看向三岔口的斜对面。

来路上，原本半低着头谈论着什么的几人显然也被吓了一跳。他们的话声不约而同地停住，其他几人下意识地望向为首两位中的一位。

楚向彬停顿两秒，蓦地一笑：“好巧啊，栾部长。”

栾巧倾差点咬碎了牙。她想都没想，从原本并肩走在她前面的秦楼和宋书中间快步冲过去，宋书伸手想去拉她，却没来得及把人拉住。

众人回过神时，栾巧倾已经大步走到楚向彬的面前。

她单手拎住楚向彬半掩进西服外套内的领带，凶巴巴地往下一拽。

“……哎！”

楚向彬身后几人慌了，有人下意识地伸手过来想帮忙。

楚向彬手臂一抬，示意他们止住动作。而他自己像是丝毫不介意被栾巧倾死死拎住领带，反而笑了起来：“栾部长，我们才一个多星期不见，你就算再想我，也不用一见面就这么大的架势吧？”

“我想你……去死！”栾巧倾狠狠咬牙。

楚向彬的领带末端已经被她从西服里拽出来了，她反手缠了半圈，迫使楚向彬的上半身不得不向下又低了几分。

栾巧倾的目光刺刀似的划过楚向彬身后几人，再收回来时已经冷冰冰的了。

她挤出个笑：“这就是你找的新主子？才进团队几天就被人收买了，你可真不拿自己当人。怕我跟你算账，所以连人事部的环节都没过，直接给总经理交辞职信，然后吓得夹着尾巴就跑了啊。”

楚向彬没说话，她身后有人听不下去了：“哎，你这个小姑娘年纪轻轻的，怎么说话这么难听？而且你说话就说话，先把楚先生放开，不然我可叫保安了啊！你松不松手……”

“没关系。”

楚向彬打断那人的话，放下来的手臂又向前一抬，但他没试图挣开栾巧倾的手，而是屈起手指蹭过下颌。

然后楚向彬盯了气得眼神冷冰冰的栾巧倾两秒，偏过视线，嗤笑了声：“给你们介绍下，这位是Vio资本的人事部部长，栾巧倾，也是我的前……同事。”

有人听出楚向彬话声里的停顿，嘲笑起来：“哟，只是前同事吗？看这架势，我原本还以为是楚总您的前女友跑上门来寻仇呢。”

“就是啊。而且人往高处走，水往低处流，你们Vio留不住人才，来找楚先生撒火有什么用？”

“找个女人做人事部的部长，我看Vio这公司也确实不行啊。”

“……”

几个人都是捧着楚向彬和他身旁站着的常亭来的，此时自然借着玩笑，话怎么难听怎么说。

栾巧倾面对七嘴八舌的攻击气得脸色涨红，可越急越开不了口。

这时一声轻笑在她身后响起来。

众人火力暂停，纷纷抬眼看向笑声传来的方向。他们的视线甫一触及那个神色懒散地站着的男人，表情就已经开始发生微妙的闪躲避退的变化。

于是焦点顺理成章地集中到男人身旁掩着嘴巴偏开脸笑的女人身上。

女人有张姣好的面庞，即便一个侧颜也漂亮得不需怀疑，五官精致，此时掩着嘴笑也有格外动人的韵味。

有人闷了两秒，终于忍不住开口了：“你、你笑什么？”

宋书听见话声，终于敛去本就没进眼底的笑意，冷然抬眸看向几人：“女人做部长怎么了？到这种场合还要拿性别开玩笑，您是把所有脸面归根于自己是男的了吗？我要是您母亲，都会为您感到羞耻。”

“你——！”

那个之前开口的脸色顿变，显然怎么也没想到这样一位看起来漂亮柔弱的女人，言辞却如此犀利。

他气得脸色通红，目露凶光，一副随时要上来动手的架势。

迎着那人的视线，秦楼和宋书几乎是同时迈开腿，不需要任何眼神或者话语，他们轻松随意地走向前。

秦楼懒散地笑起来，接过话头：“动手前先考虑清楚。撂倒你们费不了什么力气，但一来我不想脏了手，二来嘛……欺负一帮老家伙没什么意思。”

几人的脸色顿时更加难看。

但他们心底不得不承认，秦楼说得一点都没错。在场的勤锐这边的，除去还不太算公司里自己人的楚向彬以外，最年轻的常亭也是直奔不惑的人了。

而对面年纪轻轻的、在投资界没人敢轻视半点的年轻人，不过二十六七岁。

能力和年龄上的大幅度落差，让勤锐这边几人的脸色都跟打翻了酱油瓶似的。

宋书和秦楼走到三岔路口前停下来。宋书视线飘了飘，淡淡道：“栾部长，还是晚餐更重要些，别为不值当的人浪费时间了。”

栾巧倾手僵了下，尽管有点不甘心，但是宋书都已经开口了，她怎么也不敢再折腾。

栾巧倾松开楚向彬的领带，转身之前恶狠狠地瞪着楚向彬：“我知道你在这个关头做了叛徒肯定是跟产品小组那个研发有关。竟然做这种缺德的事情，我以前算是看错你了。你记着，从今天开始最好小心点，千万别让人抓着把柄，不然我一定亲手收拾你！”

说完，栾巧倾咬牙切齿地转过身，走回宋书和秦楼身旁。

栾巧倾回去后，楚向彬才整理好领带。他身旁的常亭侧过头看了一眼，笑着转向秦楼：“秦总，您这下属还是有点年轻气盛啊。一点小事而已，干吗撕破脸面，闹得双方都不好看呢？”

秦楼也笑："有脸面才叫撕破，对脸都不要的人，没这个说法。"

常亭笑意一滞。

他对秦楼原本就满怀妒忌，这次撞上还以为对方应该很是垂头丧气，没想到竟是他自己这边碰了一鼻子灰。

常亭心思转得飞快，只想立刻找出点事情来攻击秦楼，好叫他也尝尝灰头土脸的滋味。

僵持几秒后，常亭似乎突然想到了什么。他把目光横移，落到了秦楼身旁的宋书身上："这就是传闻中秦总新招的美女助理？"

"没错，常总。"跟在常亭身边的自然有拍马屁拍惯了的，最擅长的就是琢磨常亭那点心思，此时立刻有人谄笑着接话，"听说叫秦情，长得和秦总的初恋情人有点像呢。"

常亭点点头："哦，这样啊。我说小姑娘，Vio接下来的日子恐怕不好过，你要是真缺钱，不如干脆跟我走吧。"

常亭话一出口，其余人哄然笑了起来，只是刚笑几秒又一个接一个地噎住——

原本神态懒散的秦楼此时像是被触了逆鳞，一瞬间从眼神到表情都流露出一种阴郁躁戾的情绪。

被那双漆黑的眸子一扫，勤锐这边的人感觉脖子旁都凉飕飕的，像是被架了把刚开刃的刀，仿佛他们要是再笑一声，那把无形的刀就要横扫过来了。

秦楼情绪的波动自然不只对面觉察得出。宋书心里无奈，面上却只嫣然一笑。

她主动伸手钩住秦楼的手臂，脸蛋贴到他肩侧，看着常亭眨了下眼："不好意思，常总，我选上司一般先看能力，再看脸——您恰巧两样都没有啊。"

说完，宋书不再理会常亭铁青的脸色，挽着秦楼的手臂轻晃了下，声音都是带着弯儿的："秦总，我们别理他们了，我都饿了，还是去吃饭吧。"

"好，听你的。"

秦楼任宋书挽着，目不斜视地从勤锐的几人身旁走过去。

确认从对方视野中完全脱离后，宋书面上情绪一淡，她微皱起眉准备抽手回来，却被人按住了。

宋书回眸，正见秦楼微暗着眸子看她，眼神有点危险："在他们面前比我们独处时都温柔，你可以啊小蚌壳。"

宋书哭笑不得："这点醋你都要吃？"

"这和吃醋没关系。我看你表演得很熟练，那以后只有我们两个人的时候，你也要这样跟我撒娇。"

宋书的表情顿时变得微妙："我自己都差点起鸡皮疙瘩了，你还很享受？"

秦楼轻眯起眼："何止是享受？"

"停！"宋书及时警觉，"这个话题到此为止。"

秦楼深感遗憾。

三人被引领到订好的位置。他们坐下点餐时，栾巧倾看起来还是心不在焉的。

宋书和秦楼对视了一眼，宋书微微摇头，两人于是都装作什么也没看见。

用餐途中，秦楼看了一眼腕表，拿起雪白的餐巾擦了擦嘴角，起身道："我去一趟洗手间。"

宋书会意，淡淡一笑："嗯，我们等你回来。"

几分钟后。

秦楼走到私厨餐馆的一个角落。

竹林环绕，人工小瀑布冲刷着纹理漂亮的巨大的黑色山石。绕过山石，他走进这里唯一一处现代风格的洗手间里。

洗手台的水池前站着一人，正是楚向彬。

楚向彬抬头，从镜子里一瞥秦楼："我检查过了，没人。"

秦楼漫不经心地点点头，走到洗手台旁停下："'螳螂'和'蝉'都入套了？"

第 27 章

—Y A O H E N—

收网

“‘螳螂’的大半个身子已经进套了。”楚向彬关掉水龙头，从旁边抽出一张擦手的一次性棉柔巾，“毕竟董事会里有一部分不太想冒险的保守派，在汇率风险的问题上还要做一点掰扯。”

秦楼不以为意：“常家父子是激进派就够了。”

楚向彬哧地笑了声：“常亭嫉妒你嫉妒得眼睛都快红了——你没看到你们走后他的模样。有你在，就算他不是激进派，也会因你而变成激进派的。”

“常亭？他嫉妒我什么？”秦楼对这一点倒是毫无所知，回眸看向楚向彬。

“你正式接手秦氏之前，常亭一直自诩年轻有为，他周围的人也都是这样拍他的马屁。各种钻石王老五或者最年轻富豪的排行榜上他曾一直名列前茅。自从你出现，那些风头就跟他一分钱关系也没有了，更别说后来你那些在业界广为流传的事迹。他岂止是嫉妒你，大概早就到欲除之而后快的地步了。”

“那常建丰呢？常亭只是个傀儡，顶多能对常建丰起到点影响的作用。常建丰才是‘螳螂’的脑袋，指挥着这只恶心的东西到底往哪里走。”

楚向彬此时已经擦完手，他把废弃的棉柔巾丢进回收桶里，说：“常建丰是狐狸和乌龟的结合体，既狡诈又谨慎。目前来看他的态度偏向激进派，但我预计，他会尝试先拿那个产品做一两笔小额交易。”

“没关系，线铺得长，前期原本也是要叫他们有收益的——把甜头喂给他们就好了。”

楚向彬沉默几秒，似乎很是感慨地转过身，看向秦楼：“你就那么自信，你的市场利率走向预测绝不会出问题？”

秦楼没回头：“不会。”

“为什么？”

“因为我懂数学。”

楚向彬似乎被噎了一下，随后露出点嘲讽的笑：“很多人都懂。”

秦楼不说话，侧过目光给了楚向彬一个淡淡的眼神。

尽管这一次他的眼神里没有任何嘲讽或者轻蔑或者不屑，但楚向彬明显感觉到了比这些情绪加起来做乘方后还要强烈的被鄙视的感觉。

——甚至这人都不是跟他站在同一个海拔上鄙视他的。

不等楚向彬说话，秦楼又转回去了：“有人说过，如果你能掌握这个世界上在这一秒发生的所有事情，并把它们转化为可识别的信息，那你就能预知一切。”

楚向彬听完，点点头：“但没人能做到。”

“对，我也恰好不需要知道一切。”秦楼伸手，在空中虚画了一个圈，然后抬起手指向中间一点，“我只要知道这个圈，就能确定它最中间的那个点。每一个圈，每一个点。”

楚向彬似懂非懂。

秦楼一向对宋书以外的人没什么耐心：“数学模型和对应的数据能够给予一切答案。”他给出最简单粗暴的答案，然后摆出“你爱懂不懂”的表情。

楚向彬反驳：“那每一个杰出的数学家都应该能成为商业天才。”

“你怎么知道他们不能？”秦楼瞥他，“他们只是没有去做，或者没有足够的数据信息支撑，而这个时代不同。”

楚向彬思考片刻，点点头：“你说得很有道理，但我还是觉得没这么简单。数学之外，一定还有别的东西。”

秦楼沉默之后，转过身面向楚向彬：“你这是在试探我？”

楚向彬一顿。

“就算现在你觉得这个模型不够可靠，船你已经上了，队你也已经站了，你还能反悔吗？”

楚向彬笑起来：“秦总误会了。我没有要反悔的意思，我只是需要根据您的答案来考虑，我到底要在最后一击上用多大的力气。我不想给他们留活路，但如果胜算不大，那我还是想给我们的船留下点余地的。”

“不必留。”秦楼的眼神也冷淡下来，“我可以告诉你，数学之外，确实还有市场和局势，但这一部分同样是可以被计算的数据和信息。每一件事发生前必有征兆，每一个人做出决定前必有迹象，这天底下多么有影响力的人心，在这一点上都不会例外。所以只要能够得到足够的数据和信息，你就能预知。”

这一次楚向彬的沉默持续得格外地久。等到再抬头看向秦楼时，他眼底已经多了非常复杂的情绪：“如果你坚信自己所说的话，并且笃定能够实现，那我必须承认，你们这些天才的念头游走在疯狂的边界。”

楚向彬一顿，又笑道：“或许该感谢秦总这些年没闲着无聊，冒出点‘我觉得没什么意思不然大家还是都别玩了’之类的想法？”

秦楼早就被他消磨尽了耐心，此时嘴角一咧，眼底却是又冷又冰：“既然你得到答案了，那我们可以继续了吗？”

楚向彬做出个“请”的手势：“还有什么要问的，秦总请说。”

秦楼笑意一敛：“‘蝉’那边的进度如何了？”

“还在试推。”

“你有什么想法？先说好，我不认为你直接向常亭或者常建丰提出建议是个好方法。”

“当然，这点我还是明白的。”楚向彬摇头而笑，“常建丰是个多疑又谨慎的老狐狸，工具已经是我给他的了，对象就绝对不能让我来指明。尤其是考虑到潇凯科技和勤锐曾有过的那点见不得光的勾当，他会怀疑我们。”

“嗯。”

“我在勤锐埋过一手，有人可以影响销售部。到了合适的时机，他们会需要一个有这方面需求的公司来买这个产品，我会让人安排他们‘碰巧’发现潇凯科技很合适，再找第三方顺水推舟卖个人情。对于付出代价获得的信息，他们不会怀疑，只会觉得是靠自己的大部分努力和一小部分运气。”

秦楼思索片刻，点头：“那初期几次试探的时间要调整好，转折点我已经给你分析过，最重要的是记得控制力度——不要让他们一次吃饱，但也要有足够的甜头勾得他们下狠心。”

楚向彬皱皱眉：“把控得这么精细……我不但要赌你的预测准确无误，还得赌那个转折点也是和计划相符合的。”

秦楼轻嗤：“转折点不符合还算什么准确无误？”

秦楼话刚说完，两人的手机几乎是前后脚地振动或者响了一声。

秦楼抬眼和楚向彬对视。

“秦总在外面插了‘眼’？”

“你也一样。”

“以防万一，小心为上。”

说完这句话，两人一个向内一个向外，就像从没交谈过，各自离开了。

大概是因为当年的勾当已经成为一颗不定时炸弹，勤锐投行与潇凯科技之间一直有着密切的联系。

潇凯从最初的募资到后来的上市，都是勤锐一手包办的，中间的资金流如何运转，里面有多少是不为第三者所知的当年那个案子里随着白颂的死而“消失”了的资金，大概也只有这两家公司的主事人知道。

潇凯科技的主事人自然就是董事长兼总经理邓潇凯。和常建丰一样，当年参与到这件案子最初的那个骗局里的祸首身上有一个共同点：贪得无厌。

资本市场上没有“足够”，强大者眼里只有“利益吞并”，而弱小者只有不被吞并，当弱小者坚持到成为强大者的那一天时，吞并也就成了他们的生存本能。

邓潇凯就是一个典型。

独力创造AI行业内领军的企业并没有让他心满意足，潇凯科技每年都在进行一定数额的利率掉期交易，而且这个数额还有着逐年增长的趋势。

数额并不巨大，有赚有赔，但从未停止。显然在这方面邓潇凯的野心从未熄灭。

楚向彬暗自猜测，觉得这里面或多或少有秦楼的缘故。从这一点来讲，常亭和邓潇凯都算是“可怜人”。

在能力上，二人被碾压得毫无还手之力。

秦楼和楚向彬对勤锐在行动方向上的估计没有太大偏差——董事会上，常亭的积极站队，以及常建丰在巨大利益的诱惑和驱动下的默认态度，使得激进派毫无悬念地压倒保守派，顺利推行了楚向彬“偷”回来的这项产品。

推行速度比楚向彬想象的快了不少。这一点还要归功于Vio资本那边做出一副要以最快速度打入市场的架势，逼得急功近利的勤锐销售部以最快速度投入运作。

计划里唯一的波折，就是潇凯科技并未参与到第一轮和第二轮的购买中，更多是其他小公司和一些小打小闹无关痛痒的交易。

但这款产品很快就表现出它杰出的盈利性——相对于并不大的交易额，佣金的可观让销售部兴奋起来。

常亭最先将这件事汇报给父亲常建丰。

常建丰原本就从这款产品里看到极大的利益市场，此时预估被验证也让他心里火热起来。但更大的问题摆在面前——利率掉期交易风险极大，在当前市场背景下，多数公司并不愿意接触，就算是有意购买，往往也都是小额交易，这对他们的佣金影响就很大了。

勤锐现在抓着生钱的工具，只缺足够信赖他们的投资者。

潇凯科技就是在这个时候，被暗中的一只推手，恰到好处地推到了常建丰父子面前。

当在秦、楚两人千方百计设计出来的“机缘”下，发现潇凯科技无比适合这款产品时，被无比美好的前景打动的常建丰、常亭父子俩都觉得这是天上要下金馅饼雨了。

两边迅速重建密切的联系。

邓潇凯自然有自己的考虑。事实上他确实一直在关注利率掉期交易市场，勤锐投行的新产品他也隐隐有所耳闻。

常建丰父子俩找上门，两边可谓一拍即合。

但邓潇凯还是比较谨慎的。在确定这项产品的利率预测和自己的预估一致时，即便心里有过“什么天才，秦楼也不过如此”这样的念头，他还是极其小心地只进行小额交易。

然后甜头越来越大。

短短两个季度，上百万的利润入账，收益远超邓潇凯之前任何一笔掉期交易。勤锐投行获得的佣金数额同样可观，几乎让他们的腰包像吹气球一样地鼓了起来。

唯一美中不足的是，在两个季度结束之后，他们得知Vio资本与一家实力雄厚的实业公司合作，双方在前两个季度都借助这款产品有了双倍于他们的收益。

如《资本论》里所说：“一旦有适当的利润，资本家就会胆大起来。如果有

10%的利润，他就保证会到处被使用；有20%的利润，他就活跃起来；有50%的利润，他就铤而走险；有100%的利润，他就敢践踏一切人间法律；有300%的利润，他就敢犯任何罪行，甚至冒着被绞首的危险。”

在得到非常“可靠”的消息之后，邓潇凯自认为确定了下一季度的利率走向变化依然会与产品预测方向一致。

他向常建丰父子提出了一个称得上可怕的数额。而这笔巨大的数额，终于最大限度地牵涉到当年那笔神秘消失的资金。

常建丰父子都深知真相。他们自然也动摇过，这风险实在太大，一旦出了差错，远不只是巨额的损失那么简单。

但利益能让谨小慎微的聪明人彻底红眼。

计算过两方最保守估计将会有的佣金与收益之后，常建丰父子与邓潇凯拍板，定下了这项大额交易。

他们并不知道的是：

Vio资本与合作公司在第三季度并无投入，而向邓潇凯提供那个隐秘度极高的消息的，是余云涛早就对这个前秦氏集团总经理有所怀疑而埋藏多年的一条暗线。

第三季度还未过半，在勤锐投行和潇凯科技的主事人笑得嘴巴都快合不上的时候，利率市场走向忽然急转直下。

这场利率走向转折来势汹汹。

短短两天，潇凯科技的巨额投入，其亏损迅速超过了前两个季度的全部获益，而且大有直接掉入无底冰窟的趋势。

常亭一拿到盈亏报告，吓得连忙捂住，没敢让自己父亲看到，连夜给楚向彬打电话，责令他立刻赶来和自己见面。

楚向彬接到电话时在家里。

从第二季度开始，勤锐利用这款产品收获颇丰，常亭便开始有意无意地疏远他。楚向彬几次故意提起自己在勤锐入职的事情，都被常亭打了个哈哈带过去。

之后楚向彬再找，常亭便以各种托词，一拖再拖。

等到前不久，第二季度近末，常亭对他已经是避而不见了。

“飞鸟尽，良弓藏”的道理，在这些心术不正的人身上表现得淋漓尽致，楚向彬对这一点完全不感到意外。

甚至可以说，常亭对楚向彬的戒备和疏远，每一步都在他的掌控里。从当时在电梯间告知心腹的那一手开始，楚向彬就在逐步计划着让常亭慢慢看轻和疏远自己。也只有这样，他才能一点点把自己从这个局里抽离出来，免得在最后收网时受到牵累。

而今天晚上常亭的仓促来电，同样在楚向彬的意料之中。

他和秦楼对这款产品的复杂公式模型是最为熟悉的，开始与市场利率走向相悖的那个转折点就是在第三季度中。楚向彬最近在家闲着，除了享受生活以外，他最关注的就是市场利率走向的变化。

形势急转直下，他也是第一批知道的人之一。

接到常亭的来电时，楚向彬正坐在落地窗前的小桌旁。桌上边搁着一只大肚子的红酒杯，旁边还立着一瓶珍藏级别的红酒。

听见声音，楚向彬拿起手机，看了眼便嗤笑了声，调成静音扔在桌上。

然后他拿出另一只手机，给秦楼打了一个电话。

两边互相问候了句，楚向彬单刀直入："常亭那边应该已经收到亏损报告，大概是坐不住，给我打来电话了。"

秦楼在电话那头嘲弄地笑："他这点定力，比他父亲那只老狐狸差远了。"

"接下来怎么做？"

"不需要做什么，顺其自然就好。你那边不是已经脱身了？"

"嗯。不过，真不需要再稳他们一稳？"

"不需要，也稳不住。"秦楼低笑了声，笑声带着愉悦，"这是一条长套。套子越深，他们进得越深，等到收口的时候就越是毫无退路——收口的手也不是我们，是市场。人心可以算计，市场在这方面就冷酷无情得多了。"

"市场……"楚向彬也跟着嗤笑，"市场确实可怕，你能把市场把握得这么稳、准才更可怕吧？收口的手确实是市场，但借助市场一步步把他们推进这套子里的可是秦总你啊。"

对面默然几秒，很是无辜："楚部长不要乱说话，我只是听信我的小助理吹的枕边风，帮Jerry乔研发了一款新产品，还被人'偷偷'送去了竞争对手那里而已。"

楚向彬气得发笑。

不过很快，他突然反应过来一个用词："秦总刚刚怎么称呼我？"

"楚部长。"秦楼淡定地重复一遍，"事情差不多了结了，你也该回来了。不如明天回一趟Vio，来我办公室，我们谈谈后续的安排和补偿问题。"

"……好。"

挂断电话，楚向彬才低下目光看向桌上那只手机。

一直亮着的屏幕上已经有十几通未接来电，全是来自常亭的，由此也能看得出他此刻有多焦虑、暴躁了。

想想自己刚挂断电话的这一边那个年纪轻轻却好像已经什么事情都无法扰乱他的心的家伙，再想想这个遇见波折第一时间就给自己连环夺命Call的常亭，楚向彬低声感慨了句什么，才接起电话。

没开免提，常亭暴躁的声音已经在空气里炸响："你怎么才接电话？！"

"抱歉，刚听到。"楚向彬的语气不紧不慢，"常总贵人事忙，这大半夜的怎么突然想起给我打电话了？"

常亭似乎这才想起自己之前对楚向彬的冷落，心虚了一秒之后就顾不得那么多，急道："你现在在哪儿？赶紧来公司一趟！利率走向突然变了你知不知道？这才几天工夫，潇凯之前赚的全都赔进去了，而且根本就是个填都填不满的无底洞。你赶紧给我来公司，来出个对策啊！"

"常总，贵公司不是我入职的公司，我不适合总是出入。这好像是前不久，您的秘书亲口跟我说的。"

常亭一噎，连忙放软语气："下边的人不会说话，回头我一定好好教训他们，你别跟他们计较。"

"那我也过不去。我现在赋闲在家，贵公司违反承诺不肯受理我的入职，我在业界又丢了名声——最近心烦，来外地散心，有什么事情常总就在电话里说吧。"

一听楚向彬话里是不想管的意思，常亭急了："楚向彬，这可是你给我带来的东西，出了事情你想撒手不管直接跑路？"

尽管对这个多年来挟恩图报的学长的丑陋嘴脸早就看得一清二楚，但是此时突然听见这样不要脸的话，楚向彬还是没忍住气笑了。

他单手撑着额头，修长的手指垂下来掩住眼睛，闷闷的笑声从胸膛里传出来。

电话那头，常亭一哑："你……你笑什么！"

"……大概是笑可笑的人吧。"

"楚向彬！你什么意思？你现在还在说我可笑？！"

"常总别误会，我是说我自己。"楚向彬终于慢慢停住笑声，身体也一点点坐正，"我只是想到自己竟然还对常总您抱有过一丝不忍，这真是太可笑了。"

"你——"

"常总，既然您贵人多忘事，那让我提醒您一下。这款产品就是您想方设法逼全员赶工研发的证据，也是您再明白不过地'暗示'我，这个只是我还您的恩情，跟我没半点关系。之前收益大好，我连勤锐的一个职位都拿不到，常总巴不得把我踢到深山老林里。现在出了偏差，您竟要让我这个连勤锐正式职工都不算的闲人给您负责，哈哈哈……"楚向彬笑得声音清冷下来，"常总，您是准备拿自己的厚脸皮给我开工资吗？"

常亭被楚向彬这番话气得差点昏厥过去。

临挂断电话前，楚向彬扔给他最后一句话："上季度结束前，我专程给常总提过醒，利率掉期交易风险很大，最好见好就收，常总听过我的吗？"

说完，楚向彬挂断电话。他没放下手机，直接给自己的心腹拨过去。

电话接通。

楚向彬起身走到落地窗前，看着窗外夜色层层厚重地遮掩上来，他慢慢嘘出一口气。

"楚先生，这次他们两家是砸实了啊。"

"嗯。"楚向彬神色松弛下来，"等这笔资金全部砸进去，他们无力回天以后，你去给潇凯科技提个醒——勤锐隐瞒了多少汇率风险，如何把他们坑进这无底洞里，让邓潇凯知道个清清楚楚。"

"楚先生是想让他们狗咬狗？"

"潇凯这一次算是玩儿完了，当年牵涉的案子迟早也会被扒出来——在那之前不能给他们统一战线的机会，得逼他们撕破脸互相攀咬才行。"

"我明白了，楚先生放心。"

第二天一早。

栾巧倾刚到公司，就听说了楚向彬今天突然来到公司的消息。

“听说是直接去的22层呢。”

“竟然没被拦在前台，也是神奇了。”

“看情况是预约过的吧，不然22层也不会放他进去啊。”

“我听说这次利率市场生了巨变，勤锐要倒大霉了，楚向彬之前还被他们排挤来着，现在日子肯定不好过吧？难道是后悔了回来找前任东家？”

“不能吧？他干出那样的事情来，公司里谁不是恨他恨得牙根痒痒？秦总能原谅他就怪了。”

“……”

栾巧倾面无表情地进到自己的办公室，又面无表情地在门后站了几十秒，终于还是没忍住，转身拉开门往外走。

刚要敲门进来的助理愣了下：“部长您去哪儿？”

“22层。”栾巧倾咬牙切齿道。

栾巧倾到得也是巧，刚出22层的电梯间，连助理组的面都没见，就先迎面遇上了往外走的楚向彬。

还是秦楼亲自送出来的——

“之后证监会一定会介入调查，在案子被牵扯出来前，我去E国把人证带回来，双管齐下。”

“相关的文件材料都准备好了？勤锐毕竟体量大，不能给他们留半点喘息的机会。”

“自然……”

秦楼和楚向彬两人低声交谈着走进电梯间，秦楼最先停住话声。

他看了一眼僵在原地的栾巧倾，又回头看看楚向彬：“余下的事情之后再谈，楚部长自便吧。”

楚向彬点头。

秦楼转身要走，想了想，还是给栾巧倾提了个醒：“最近几天楚部长会重新办理入职，栾部长可以提前准备一下了。”

栾巧倾还没从两人并肩走来的那一幕里回过神，闻言呆了几秒：“……哥，你怎么能让这样的叛徒回来呢？！”

秦楼脚步一停，他幸灾乐祸地看了楚向彬一眼，耸耸肩：“这件事你得自己解决，我不爱跟这个动不动就撒泼的家伙讲道理。”

递了一个“保重”的眼色，秦楼就跟没听见栾巧倾的话似的，溜溜达达地从电梯间离开了。

第 28 章

—Y A O H E N—

落定

秦楼回来时经过助理秘书小组的工作区，只有宋书和安行云在。今天原本是安行云和许佳佳例值，不过早上出了点“意外”——

秦楼从23层下来后第一件事就是把许佳佳叫进办公室，历数她入职以来犯下的错误，然后干脆利落地把人开掉了。

宋书从安行云那里得到通知后第一时间赶到公司，但只来得及和哭得梨花带雨的许佳佳在电梯间擦身而过。

在她面前藏了那么久的小姑娘，最后在走之前给了她一个无比恼恨的眼神，大概是把这个结果归咎到她身上了，这让她有点遗憾。

她还是喜欢善始善终的结局，所以才会从一开始就装作没有察觉许佳佳的那些异样举动。

对于这个不在计划里的“开除事件”，秦楼给出的解释是已经推进到最后一步了，他必须保证队伍的纯洁性。

许佳佳已经去办离职了，宋书知道多说无益，只能无奈默认。

秦楼经过时，安行云正在工作区里“教育”宋书：“董事会那边把这个‘钉子’埋下这么久，再硌得慌我们也忍到现在了。原本说不定还能发挥点别的作用，结果你就放任他这么任性地拔了？”

“安姨，毕竟他才是总经理。”

“他是总经理也不行，他闹着玩你也陪着他闹吗？他是二十六七岁还是六七岁？你怎么还得跟哄小孩儿似的，这么惯着他？”

宋书帮秦楼说好话：“秦楼在大局上还是有所考虑的，好些事情一直忍到现在。如今到最后一步了，任性点就任性点吧。”

“你啊……”安行云恨铁不成钢地看着宋书，“他就是个除了你之外没人能按得住的性子，本来我还指望以后有你在他能收敛些，现在看来你分明就是助纣为虐，再这样下去，我看他倒是要先被你惯坏了。”

宋书莞尔不语。

站在工作区外的秦楼听得忍不下去了，他抬手敲敲工作区敞开的玻璃门。

宋书和安行云听见声音回过头去，只见她们前一秒还在谈论的男人靠在门框上懒洋洋地笑，眉眼里藏着点躁戾：“安特助，背后议论自己的老板是不是不太好？”

安行云表情淡定，语气不卑不亢的：“就算当着秦总您的面，这些话我也一样能说得出口，所以不是背后议论。”

秦楼挑了挑眉，想说什么，还是忍住了。

安行云却没给他面子，眼皮一抬，目光犹如古井不波：“秦总想从头再听一遍吗？”

“……不用了。”

安行云是和白颂同时期的员工，算得上公司元老级别的人物了。而且她的工作能力确实极强，有她在，助理秘书小组能给秦楼减少一半以上的工作量。也是因着这一点，这么一位不合秦楼脾性的人能在特别助理的位置上稳稳当当地坐着。

不过以前秦楼也没这么听话，最多和安行云保持井水不犯河水的距离。只是从宋书那儿得知安行云是白颂的旧交，又算是当年宋书的救命恩人之一，所以如今秦楼对她也尊敬些了。

本想为自家小蚌壳打抱不平的秦楼难得地碰了壁，也不说话，就安安静静地瞧着宋书。

宋书习惯他这般“没脸没皮”，安行云却受不了。她难得地多了点表情，皱眉扭过头去看宋书：“他是不是有事？”

宋书这时候格外不给面子，嘴角微微翘了下，语气却淡淡的：“他如果有正事就会理直气壮地提出来了。找不到借口的时候他才会这样。”

安行云沉默几秒，实在被那殃及自己的目光腻歪得不行。她伸手拿过宋书手中记载着和当年案件类似的金融法案实例的文件夹，指指门外：“麻烦你把人领回去，别让他在这儿碍事。”

长辈发了话，宋书只能起身走到门旁，把得逞的秦楼拎回总经理办公室。

“楚向彬走了？”宋书关上总经理办公室的门，回身时问秦楼。

“没有。”停在门旁等她的秦楼开口，“送到电梯间，刚好遇见栾巧倾上来了。”

宋书一怔：“然后呢？”

“我让他们慢慢聊。”

“你就把他们扔在那儿，自己回来了？”

“嗯。”

“那你有没有跟巧巧说清楚我们的计划，或者告诉她楚向彬其实是双面间谍，她之前误会他了？”

秦楼心安理得地摇头：“没有。”

宋书哭笑不得：“你就不怕待会儿巧巧在电梯间对楚向彬做出点什么吗？”

“又不是对我，我有什么好怕的？”

宋书彻底无言以对。

宋书想想，对楚向彬的个人能力还是比较有信心的，栾巧倾那样的傻瓜，在那只藏着狐狸心的霸王龙面前，更大的可能是被忽悠得找不着北，她也就稍微放下心。

她仰头看向秦楼：“你和楚向彬谈过补偿的事了？”

“给他复职。”秦楼坦承，“等尘埃落定后，把那些被牵连处理的董事的股权回购回来，我会给他一小部分。”

听到最后一句，宋书有些意外，不过想了两秒她便恍然：“你还是希望他来接吕云开的班。”

“吕云开年纪不小，也该退了。”

“你不会是因为他在当年那个案子里袖手旁观，对他有意见吧？”

秦楼没有正面回答，垂下眼眸问宋书：“你难道没有？”

宋书默然。

她当然有。刚知道当年吕云开对真实情况有一定了解却什么都没说的时候，她对这位副总的恨意并不比对林峰那个有直接关系的人的恨意少。

只是有些事情，如果只从自己的角度去考虑和判断，难免有失偏颇。

宋书无声地叹，再抬眸时，眼角已经盈上一点淡淡的笑意："至少他当年坚决地拒绝诬陷我母亲。我们于他终究是外人，没权利要求他为了外人的事情冒险，他也没有那个责任和义务。而且如果连他也要责怪的话，那我要记恨的人可就太多了……我不想自己活得那么累。你也不要。"

秦楼听完以后眼神有些微妙，而且很久都没有言语。

宋书都被他看得有点不安了："怎么了？"

"……没什么。只是突然觉得，你本性里终究还是像你母亲更多一点的。"

宋书一怔："为什么这么说？"

秦楼垂眸，嘴角轻勾起来："经历过这样的事情，你的心和路却可以越走越宽……"

宋书皱眉。

秦楼的话没有说完，她听得出来。

没有说完的那部分里有一个转折，和他有关。

宋书到底是这个世界上最了解秦楼的人，只安静十几秒后，她就想到了什么，瞳孔蓦地轻缩了下。

宋书本能地伸手握住秦楼的手腕："我的路就是你的路。"

秦楼身形微僵了下，几秒后他抬眼笑，声音有些哑然："你又听见了？"

宋书慢慢收紧手指："我都听得见，一直听得见。所以就算你的心和路窄了，那也没关系，因为我的会成为你的——我们的路永远在一起。"

秦楼眼底慢慢透出一点笑意。

他俯身，把宋书握着他手腕的手连她整个人一起抱进怀里，慢慢拥紧。

秦楼原本准备亲自出国将秦扶君"接"回国内，为洗冤翻案最后一步所需要的人证做准备。

然而第三季度尚未结束，秦楼却收到消息：秦梁已经秘密将秦扶君带回国内。

Vio人多眼杂，高层又不干净，秦楼得知消息后与秦梁约好在秦家旧时的偏宅，也就是当初少年时他和宋书一起生活过的那个地方见面。

如今公司上下，乃至业界内外都知道秦楼对自己的新助理“亲近”得很，几乎从不离身。

为了掩人耳目，这一次秦楼出来见秘密回国的秦梁、秦扶君父女，宋书便特意留在了公司内，装作秦楼一直在办公室里的样子。

安行云负责守外，宋书则来回进出办公室，帮上来见秦楼的管理层们“传递”消息或者文件。

一上午过去，没人知道22层在唱空城计。

郊外这处宅子一直在秦楼名下，只是后来空置，无人居住。虽然有人定时打扫卫生修剪花草，但走进来后仍然能感觉到庭院里都透着一股没有什么生气的死寂。

秦梁这次秘密回国，除了秦扶君外，身边只带了一个心腹。宅子里守家的人被提前支开，秦楼跟在秦梁的这位心腹身后，去见两人。

秦梁和秦扶君都在后院。

那人把秦楼领到两人坐着的后院廊亭下，就转身离开了。

秦梁一早便听见动静，回过头看着孙子一步步走近，但正眼都没瞧自己一眼，便耷拉着眼皮坐到斜对面。

而他身旁的秦扶君像是木头似的杵在那儿，一动不动，对外界的任何事情任何动静都不关心了。

秦家到秦梁这一辈，上下三代，统共只剩下这么三个人。他垂垂老矣；秦扶君身负罪责，牢狱之灾近在咫尺；而秦楼，似乎再也不肯原谅他这个做爷爷的……

秦梁突然闷声咳了起来，脸色涨红。

亭下死气沉沉的气氛被打破，秦楼抬了抬眼皮，看向秦梁，声音没什么起伏地开了口：“我来之前，她叫我对你态度好一些，说你无论如何也是我的爷爷，从没有苛待过我，让我不要跟一个爱女心切的老人计较。”

秦梁慢慢压下咳嗽：“宋书……一直是个好孩子。”

“你当初应该也这样夸过白颂吧？”

这个名字不只让秦梁动作一僵，连旁边像是没了魂魄的秦扶君都眼珠微微颤了下。

她垂在腿上的手指无意识地绷紧了些。

秦楼对他们的反应全不在意，即便看到了也只是目光淡淡地掠过去。

他嘴角轻勾起来，眼神飘开，眸子里不见笑意："如果夸过，那你还是别这样夸宋书了，我替她心寒得慌。"

秦梁慢慢从那种僵硬里恢复过来，声音里带着老人独有的暮气和平静："我知道你不会原谅我。你是什么样的性格，我太知道了。"

"既然知道，那你又何必亲自带她回来？搞得像要讨好我，像要缓和关系，还要弄出这么一副尴尬场面来。"

秦楼言辞锋利得不留半点情面。

秦梁慢慢叹气："没什么的。我已经上了年纪，土都快要埋到脖子了，看你们平平安安就好，怨我恨我我都无所谓了……只是还得求点心安，我终究是要下去见白颂的。"

秦楼闻言回眸，嘲弄地笑道："你这算什么？知错能改？"

秦梁也笑，却沧桑、悲凉："我知道，改不了，或许最开始就是我错了。如果我没错，就不会教出这样一个女儿，不会让她做出枉顾亲情、背离人性的恶事……我不称职，无论是作为父亲，作为爷爷，还是作为秦家的当家人。"

"……"

某一刻，秦楼眼底情绪晃动得厉害，像是将要倒塌的高楼上摇摇欲坠的灯火。

只是终归平静。

10月，各公司第三季度的财务报表纷纷出炉，素来赶早的潇凯科技却迟迟未出。

各类风言风语开始传播时，10月15日，三季报的最后截止时间，潇凯科技的财务报表终于姗姗来迟——

利率掉期交易出现了骇人听闻的巨额亏损。

报表一出，潇凯科技股价跌停。怨声载道之际，董事长兼总经理邓潇凯宣布潇凯科技破产，同时在新闻发布会上暴跳如雷地指责勤锐投行违法隐瞒汇率风险出售金融产品，并提起诉讼。

证监会等相关机构第一时间介入调查。

然而相关机构在介入内部获取信息数据的调查过程中，收到匿名举报者举报，定向勘察后发现勤锐投行与潇凯科技在十年前合作伊始存在巨额不明资金流，经为期数月的调查，发现其中多数可追溯至当年震惊业界的庞氏骗局案，并与其中下落不明的涉案资金有关。

新的案情进展一出，业界再次沸腾。

相关部门立即根据已有证据成立专案小组，重查当年的金融大案。

而在此时，自称当年主要涉案人员的秦扶君主动向警方自首，并供述包括勤锐投行常建丰、常亭父子，前秦氏集团总经理、现潇凯科技董事长兼总经理邓潇凯，现Vio资本副总经理林峰及多名Vio资本董事会成员在内的数名共犯。

涉案人员牵连之广，骇人听闻。

紧随秦扶君之后，以前秦氏集团董事长秦梁、Vio资本现任副总经理吕云开、Vio资本现任总经理特别助理安行云为代表的当年秦氏集团的多位高层现身，表明当年庞氏骗局案中自杀身亡的白颂确有冤情。

当年案件里白颂的代理律师——现已更名余云涛的乔天波律师也拿出数年来搜集的证据和当年白颂录音证据，给案件板上钉钉。

不日，当年案件里最先收受贿赂，污蔑栽赃式举证白颂犯案的林峰对自己的罪行供认不讳，并供出当时的直接指使者邓潇凯与数名前秦氏集团董事会高层。

铁证如山，邓潇凯等人先后供认罪行，供出当年所有涉案人员。

年底，这桩特大金融案件重新开庭审理。

涉案人员全数在押，并依法判处。

至此，白颂的冤情大白于天下。

年关将至。

对于风投业界来说，过去的一年显然是血雨腥风的动荡的一年。

表面上，庞氏骗局案案情大白，勤锐投行内部人员涉案甚广，管理层几乎全军覆没。证监会等相关机构介入勤锐内部进行一番清查后，公司高层几乎无一幸免，体制结构支离破碎。树倒猢狲散，中层骨干纷纷被吸纳进其他公司，而其中最为受益的就是原本与勤锐势均力敌的Vio资本。

而暗地里，人们揣测在勤锐投行翻车一事中Vio资本做过的手脚，把这场翻案定性为一场绵延数年的商战……

除此之外，还有一个广为流传的说法：

据知情人士透露，这一切都是现任Vio资本董事长兼总经理秦楼暗中谋划的，只为给当年冤死的初恋情人宋书和她的母亲报仇。

为此他历时数年卧薪尝胆，大义灭亲，一洗冤案，深情拳拳，简直见者伤心，闻者落泪。

在八卦传闻中，人们最钟爱的莫过于英雄难过美人关和冲冠一怒为红颜，从各种说法的传播力度和广度来看，人们显然更愿意接受后一种说法。

而传闻起源地——Vio资本公司内部，除了个别“心中有鬼”的知情高层以外，全体员工也都对这个传闻深信不疑。

尤其是助理秘书小组的许佳佳被罢免离职，进入公司不到两年的没什么资历的秦情一跃成为总经理特别助理安行云的臂膀后，与这个传闻相关的流言更是在公司员工间流传开来。

据年底还有半个月，年底考核像一把铡刀悬在脑袋顶上，各部门忙得脚不沾地，公司内唯一一点空闲时间就是在员工食堂用餐时。

无聊苦闷的枯燥生活却是滋生八卦的土壤。

此时的员工食堂最外围，背对食堂入口的那一排的最中间，一个女职员跷着指甲染成红色的手指，撇着嘴感慨：“啧啧，许助理真是惨啊，听说当初她教秦情教得最用心，可以说秦情是她一手带进助理小组的，没想到最后还是被人吹枕边风给吹出去了。”

“真不公平啊，许助理多好的人，就这么被挤出去了。”

红指甲的女职员轻蔑地笑：“没办法，谁让人家爹妈会生，刚好长了一张和秦总初恋一模一样的脸。”

“一模一样吗？真的假的啊？”

“呃，我也是听说很像……不过你们想想，要是不像，秦总哪会那么宠她啊？之前去E国出差，秦总哪个老助理都没带，就带了她一人，这还不能说明问题吗？”

“啧，真叫人羡慕啊。”

“得了吧，这种事情有什么好羡慕的？我看她也就是表面风光，秦总都拿她当替身了，对她能有多好？”

宋书和栾巧倾并肩走进员工食堂时，一不小心溜进耳朵里的正是几个人议论声中的最后一句。

宋书和栾巧倾原本在谈论年底绩效考核的优化措施，听见这句话，她们不约而同地脚步一停。

宋书最先反应过来，回过神后她眨眨眼，直接伸手往旁边一拉，刚要有所动作的栾巧倾恰巧被她拉回来。

栾巧倾面上已经带着恼怒，此时被拉住，转过身看向宋书：“她们嘴那么碎……”

“合情合理的猜测而已。”宋书那张精致的脸上不见什么情绪，“而且，就算堵得住一个人的嘴巴，你还能堵得住公司内外所有人的？”

栾巧倾气不过：“那也不能放任她们这样说吧？”

宋书想了想，不以为意地抬起眼。她一边拉着栾巧倾的手往食堂窗口走，一边淡定地宽慰栾巧倾：“年底压力大，就当给她们宣泄情绪了。”

栾巧倾又好气又好笑地被自家心大的姐姐拖向食堂窗口。

不过栾巧倾的性格如果是乖巧听话的，那从小到大就不会给宋书和秦楼搞出那么多的事情了——

趁宋书不注意，栾巧倾借口去拿饮料，溜进食堂的安全通道，拿出手机给秦楼打电话。

打了三通，被挂断三次。

等第四通的时候，电话里干脆就是“您所拨打的电话暂时无法接通”。

栾巧倾咬牙：根据秦楼以往的劣行判断，她怀疑自己已经被拉进黑名单了。

“……像你这样的能‘脱单’纯属意外。”

栾巧倾一边对着手机在心里把秦楼狠狠骂了一遍，一边愁眉紧锁地思索起来。

犹豫之后，她给楚向彬拨了个电话过去。

不等那头开口，栾巧倾开门见山道："我哥今天有什么会要开吗？"

楚向彬沉默几秒，笑着问："怎么，联系不上他了？"

"少废话，猜到了就赶紧说。"栾巧倾抬起脚来，无意识地踢了踢墙角。

楚向彬在电话那头端架子："这可不是跟上司说话应有的态度啊，栾部长。"

栾巧倾差点气得七窍生烟。

楚向彬没说错，他如今确实是摇身一变，成了她的顶头上司——林峰牵扯旧案受审，人事部等三部门顶头的副总职位空缺，他这位功不可没又业绩卓著的大功臣顺理成章地顶到副总的位置上去了。

如今按职务，见了面栾巧倾还得管他叫一声"楚总"。

想到这一点，栾巧倾就气得忍不住磨牙。但毕竟有求于人，忍了两秒，她还是不情不愿地呜嗯了两声。

"栾部长没吃饭？"

栾巧倾咬牙："楚总！"

楚向彬在电话那头愉悦地笑起来："这才对啊，栾部长。"

"少废……赶紧把答案告诉我。"

"投资决策委员会今天召开年底最后一项汇报会议，上午10点开始的，现在估计还没结束。秦总应该就在那边。"

栾巧倾皱眉："那他几点能结束啊？"

"我又不是神仙，可没办法帮你掐指一算。"

"……"

"你找他有急事？"

"算……算是吧。"栾巧倾支支吾吾敷衍过去，"我给他打电话，他不接也就算了，还把我拉黑了。"

"他在开会，不接电话难道不是职场基本素养？"

"我有事嘛。"

楚向彬思索两秒，笑了："我确实有个办法，能让你联系到他。"

"干吗？"栾巧倾不信任地问，"别跟我说直接去闯会议室。我可不是我姐，秦楼那脾气一上来比你都炸，上次我这么干差点被他丢出来。"

楚向彬失笑："你也知道他对谁特殊？你的电话他不接，秦情的电话他也会不接吗？”

“对哦。”栾巧倾眼睛一亮，“可以啊楚霸王，等明天我送你一箱生发液，以示答谢！”

说完，栾巧倾没给楚向彬“婉拒”的机会，挂断电话就转身跑了。

21层副总办公室旁的会议室内，楚向彬对着已经回到主页界面的手机愣了两秒，轻轻哧了声：“没良心。”

说完，他转身看向会议室内自己的助理小组：“刚刚说到哪儿了？我们继续吧。”

助理们扶额：“……”

会议期间不接电话的职场基本素养哪儿去了？

楼下员工食堂。

栾巧倾以自己的手机锁屏，她不小心误触，达到解锁的上限次数为由，成功借来了宋书的手机。

这次躲进安全通道里，再给秦楼打电话，栾巧倾几乎连第二声响铃都没听见，电话那头就一下接通了。

那头响起一个从懒散一秒转入愉悦、惊喜的男声：“小蚌壳？”

尽管栾巧倾对于在秦楼心目中宋书区别于包括自己在内的其他所有人这一点有着再明确不过的认知，但是这样云泥之别的待遇，还是让她忍不住磨了磨牙：“是我，刚刚被你拉进黑名单里的我！”

那头的话声又在一秒内恢复懒散，甚至还带上点失望和漫不经心：“我在开会，没事能不能不要给我打骚扰电话？”

栾巧倾气得差点咬碎牙：“我的电话是骚扰电话，我姐的就不是？”

秦楼轻哧了声：“我没别的意思——除了小蚌壳的，你们的都是。”

“……”

“有事没事？没事我挂电话了。”

“我姐让人欺负了，你管不管？”

电话那头沉默三秒，再开口时，原本轻松的语气硬是拧出点轻飘飘的阴郁的笑意：“谁敢欺负她？”

栾巧倾被这家伙变脸的速度弄得背后发毛，犹豫两秒后还是开口：“你来食堂就知道了。”

电话倏然挂断。

栾巧倾心有余悸地往外走。

她一边走一边在心里嘀咕，自己应该不会好心办坏事了吧？秦楼这家伙发脾气已经很可怕了，万一再惹得宋书生气……

栾巧倾心里一哆嗦，连忙正色，手脚麻利地删掉通话记录里她拨给秦楼留下的“罪证”，然后快步进了食堂。

第 29 章

—Y A O H E N—

恃宠

在栾巧倾第二趟回来以前，宋书已经在食堂里找了张空餐桌。放好两人打好饭菜的餐盘，她百无聊赖地撑着额角，望着落地窗外。

Vio资本所在的办公楼，装潢风格是比较典型的现代化性冷淡风。从1层到22层的外围都是做过防窥视处理的落地钢化玻璃——从内向外可以无阻碍视物，但从外向内，即便是往食堂这样的低楼层处看也只能看到玻璃反射的色彩斑驳的刺眼光线，里面的人影模糊难辨。

所以宋书可以没什么顾忌地看着窗外的人来人往和车水马龙，而不用担心有人会注意到她。

不过以她的性格，即便真被人撞见了，她最多也只会朝对方微笑点头，然后移开视线，心里都不会起一点波澜。

——除了那些和她有恩怨爱恨牵扯的人，否则宋书从来懒得多在意，从小她就已经知道自己如此，也从来没想过要改。

这几年她忙于为母亲白颂的案件搜集证据，苦学法律，钻研金融，分析类似的金融案例，不放过一点蛛丝马迹……劳劳碌碌中时间匆匆过去，每一天好像都没有多余的时间思考为母亲洗脱冤情之外的问题。

而如今事情乍一解决，她油然而生一种无所适从的茫然感。

临近年终，在Vio资本这样的大企业里又肩负着无数需要年终汇总报告的大规模的资产管理事务，她作为专项负责助理时常忙得脚不沾地。

但身体整日碌碌于工作，心却像是飘得很高很高，往云边或者天尽头的地方飘，没着没落……

"嘿。"

耳边突然传来一声搞怪的动静，拉回宋书飘远的思绪。

伴着左肩上一下轻拍，宋书顿了下，向右转回身，毫不意外地看见栾巧倾正蹑手蹑脚地要从她右边溜过来。

被宋书淡淡一瞥，栾巧倾顿时垮了脸："你怎么回事？脑袋后面有眼睛吗？我明明拍的你的左肩膀，你干吗要往右转？"

宋书嘴角很轻地勾了下："落在肩上的手指朝向不对——下次你用右手拍我的左肩，我大概会往左看。"

栾巧倾呆了下。她低头看了看自己刚刚拍了宋书一下的左手，站在原地思索两秒，恍然："是哦，如果是站在你左边，正常应该会用右手去拍的。"

宋书心里无声地叹，这样一个傻妹妹碰见那个披着霸王龙皮却藏着狐狸心的家伙，不被"吃"个干净才怪呢。

宋书感慨间，傻妹妹浑然不觉自家表姐的腹诽，已经为自己获得了新的"技能"而开心地坐到宋书对面。

"姐，你刚刚看什么呢？"

宋书怔了下，随后微抬起眼："不是说在公司不要这样称呼吗？"

"我又没用多大声音，没人听得见的，你就放心吧。"栾巧倾小声嘀咕完，轻咳了声，然后清清嗓子，"所以，秦助理，你刚刚在看什么呢？"

宋书没有计较栾巧倾刻意搞怪做出来的阴阳怪气的样子，淡淡垂眼："没看什么。"

"没看什么是什么？"

宋书瞥她一眼，无奈道："发呆，可以了吗？"

"……"

宋书半晌没听见回应。习惯了栾巧倾跟在自己身边时那24小时不带停的聒噪劲儿，她有些意外地抬眼，只见栾巧倾正一脸愁苦地托着下巴盯着她看。

宋书放下碗筷："有什么话就说吧，憋着也不符合你的性格。"

"其实也没什么，就是感觉……"

"嗯？"

"感觉从那件案子解决以后，你看起来总是心不在焉的。"

或许是意外于栾巧倾的敏感，宋书微怔了下，随即淡淡一笑："只是弦绷紧太久，突然松下来有点不习惯。”

栾巧倾对着宋书皱了皱鼻子，露出嫌弃的表情：“没错，就是你现在这个表情，每次露出来我都觉得是你最心不在焉的时候，连该如何有诚意地敷衍都懒得思考了。你要是之前就这样，我可不会到那时候才发现。”

“……”

栾巧倾露出点狐疑的神色：“所以你刚刚就是在敷衍我，心里根本不这样觉得，对吧？”

宋书从愣怔里回过神来，她无声一叹，视线落回到面前的食物上。“别想那么多。”宋书拿起碗筷，“有那个时间，还不如把这点难得的聪明劲儿放在自己身上。”

——免得快要被霸王龙“吃”了都不知道。

栾巧倾自然是不可能听得出宋书的潜台词的，她想都没想就伸手按住宋书的手：“不要想着逃避话题。姐，咳……秦助理，你现在这个状态实在很叫人担心，你知道吧？”

“担心什么？”

“就……就是一种感觉啊。”栾巧倾皱着眉费劲地描述，“总感觉你好像是用空气捏出来的似的，下一秒刮阵风你就要散了。”

宋书微微垂下眼，笑：“你是不是科幻电影看多了？”

栾巧倾更加狐疑地看她：“那你告诉我，你一直不肯想办法恢复真实身份的原因是什么？”

宋书没抬眼：“太麻烦了，而且也没什么必要。”

“有什么麻烦的？怎么会没必要呢？！”

“真正和那个身份有关的人原本就只剩寥寥几个了。你和秦楼都在，也都知道，这就够了，还有什么必要？”

栾巧倾语塞。

过了几秒，她才心有不甘地竖起筷子，用力地戳了戳碗里的米饭泄愤：“可给我的感觉，分明是你随时都准备离开这儿。”

宋书怔住。

直到此刻听到栾巧倾的话后，她才觉得她心底那种没着没落的空荡感背后的真正原因被揭开了。

原来是白颂这条牵绊被解开以后，她就感觉自己像无根的浮萍，没有重心也没有方向，更看不见来路和归处。

至少这里，这个留下过她最不愿回忆的苦痛的城市，在心底终究不是她的归处。

栾巧倾难得地机敏，面对宋书这几秒的愣怔警惕起来："你还真是这样想的？"

"不会，"宋书回神，视线聚焦，"至少现在不会。"

栾巧倾听她语气笃定，不像是敷衍，迟疑地问："为什么？难道是因为……我？"栾巧倾的眼睛亮起来。

宋书及时敲碎了她的幻想："因为秦楼现在脱不开身。"

栾巧倾："……"

宋书淡定地一边用餐一边解释："这次的事情是一个很好的机会，董事会高层动荡带来的益处就是新旧更替。Vio现在正值高层和中层骨干的调整换血期，这个难得的肃清旧制的机会对于秦氏的企业来说绝对不能错过。秦楼没有办法在这个时候抽身离开，我当然要陪他。"

栾巧倾嘴角抽了抽："为了……就没了？"

宋书眨眨眼，似笑非笑："不然呢？"

栾巧倾面无表情地指指自己："我在你眼里已经不算是人了是吗？"

宋书莞尔："巧巧，你都20多岁的人，别像个孩子一样了。就算我走了，也会有新的人出现，会作为更不可割舍的人陪着你。"

栾巧倾情绪上来得急，眼圈说红就红，她伸手就去攥宋书的手："我不要别人陪我！我就要一直跟在你身……"

"你做梦。"

一个冷淡冰凉的声音毫不留情地打断栾巧倾的话。

宋书那只没来得及被栾巧倾握住的手，被来人手指一钩便握进掌心。说话的人一边落座一边漫不经心地冷眼瞥着栾巧倾："让你一直跟在她身边那是不可能的事情，你最好想都不要想。"

栾巧倾气急败坏，怒视着这个被自己叫下来却丝毫不知道给她留情面的男人。

而宋书此时才发觉，食堂里不知道什么时候安静了许多，显然是因为公司这位顶头Boss的到来，那些聊天或者议论的话声已经自觉消音，而宋书和栾巧倾之前聊得投入，完全没有察觉。

宋书回忆了下秦楼的行程，低声问："你怎么过来了？今天上午不是有投资决策委员会的年终汇报吗？已经结束了吗？"

"没有。"秦楼淡淡地瞥了眼听见宋书的话后立即心虚地低头的栾巧倾，他收回视线，落到宋书身上，"就是听说你来食堂了，考虑到公司最近总有些不实传闻，我来正一下视听。"

"什么不实传闻？"

秦楼回忆了下："比如说你只是表面风光，或者说我对你不好，你失宠了。"

宋书木着脸转头看向栾巧倾。

栾巧倾正一脸惊讶地望着秦楼，收到宋书的危险目光后，她立刻用力摇手："跟我没关系，真的！我什么都没说，只是说你在食堂让人欺负了，具体的话不是我告诉他的。秦楼你会读心术吗？！"

"注意称呼。"秦楼皱眉，"而且这是在我的公司里，确定了时间、地点、人物以后，我想知道发生了什么事情很难吗？"

栾巧倾："……"

栾巧倾在自家表姐逐渐降温的目光的注视下，慢腾腾地低下自己的脑袋："对不起，我以后再也不告密了。"

在两人目光看不见的地方，栾巧倾气得恶狠狠地磨了磨牙：再跟秦楼这种没有良心的人说一次她就是傻子！

秦楼已经下来了，宋书知道再和栾巧倾计较也没什么用了。她无奈地盯了栾巧倾几秒后，便回眸看向秦楼："你作为公司总经理，尤其是在这种关键时期，还是需要做出表率的。会议期间擅自离席，这让公司其他员工如何想？"

"我饿了。"秦楼突然出声。

宋书打住话头。而此时她面前的某人那双桃花眼的眼角微微耷拉下来，刻意做出一副可怜巴巴的模样，眼神也黯黯的："开了一上午会，都快12点了还没结束，所以我一听见你在楼下就下来了。"

于是，余下还未出口的话，宋书怎么也说不出来了。她沉默两秒，无奈地起身："我去给你打一份饭菜，你在这边等我。"

"嗯。"

看着宋书走向食堂窗口，秦楼转回视线，正对上栾巧倾满是嫌弃表情的一张脸。

秦楼那点可怜情绪一秒收走，他没表情地瞥栾巧倾："看什么？"

栾巧倾说："以前你可没这么会演戏啊。自从我姐回来以后，你怎么整天一副随时准备备战奥斯卡的架势？"

秦楼轻哧一声："我乐意。"

栾巧倾被他轻飘飘的话一噎，气得发笑："连装可怜这种小孩儿的方法你都使出来了，秦总，怎么说你也是二十六七岁的人了，不嫌丢人啊？会不会太不择手段、无所不用其极了？"

"你说什么？"

栾巧倾一听这话心里咯噔一下，以为秦楼生气了，结果她抬头一看，却见那人坐在对面，正拿着宋书的水杯放在掌心玩，一副漫不经心的模样。

栾巧倾松了口气，腰板也硬了："我说你不择手段啊。"

秦楼没犹豫，淡定地点头："你说得对。"

栾巧倾再次噎住。

秦楼放下水杯，眼神平淡地落向栾巧倾："以前我就是太收敛了，总是顾忌和在意一些没必要的细节，被那些细节束缚着不去表达，所以我才会差点失去她。"

栾巧倾表情一僵。

她当然明白秦楼说的是怎样一种"失去"，那段记忆对于她和秦楼来说都是绝对不愿回忆，却又要时时刻刻提醒自己绝对不能再次发生的。

"所以现在我不会了。"

秦楼懒洋洋地撑着颧骨，回眸看着食堂窗口前那道身影。他的嘴角轻勾起来，因侧身而背着光的眸子里黑得深不见底。

"无论如何我都会去争取，被人嘲笑、议论也没关系——比起什么都没来得及说和做就失去她，比起那以后每时每刻使我痛苦的悔恨，那些东西有什么值得在乎的？"

栾巧倾过了十几秒都没有说话。

沉默之后，她轻声问："那你之后有什么打算吗？我姐可能……并不是很想留在Q市。"

"职业经理人我已经在物色了，等Vio这段换血期结束以后，我会陪她一起。"

栾巧倾微皱眉："既然都准备离开了，干吗还要等？"

"我无所谓，但是她不会同意现在走的。"秦楼想了想，"对于每一件能做评判的事情都要求自己达到A+的成绩，对她自己和她关心的人都会有这样的要求——这一点，你不应该比我还清楚？"

"……"

被勾起学生时代惨痛回忆的栾巧倾顿时黑了脸。

不等栾巧倾再说些什么，宋书已经端着餐盘往回走了。

秦楼像是背后长了眼睛似的，一听见身后的脚步声就站起来，问栾巧倾："之前议论过她的是哪桌？"

栾巧倾愣了下："你问这个干吗？"

"别废话，不是问我管不管吗？告诉我就行了。"

栾巧倾犹豫了下，回头看了一眼："食堂门口那一桌。"

"哪几个人说的？"

"就那个染着红指甲的，还有她左边斜对面那个，还有那个穿蓝色衣服的……你准备做什么？"

栾巧倾话没说完，就见秦楼端起宋书的餐盘，正迎上走过来的宋书："我们换个地方坐。"

宋书一怔，微微错愕地看向栾巧倾。

栾巧倾立刻耸肩做无辜状："跟我没关系。你们要换自己换，刚好我也不想吃'狗粮味'的午餐。"

"……"

宋书没来得及多做思考，已经被秦楼牵着手走向食堂门口那一桌了。

刚走出几步宋书就有所察觉，她试图抽回被秦楼扣着手腕的手，同时压低了声音："秦楼，你别闹了。"

"闹？"秦楼笑了笑，眼里闪着狡黠的光，"只是吃个午餐而已，怎么就算闹了？”

“……”

看出这人主意已定，宋书头疼地任他把自己拖了过去。

早在看到秦楼进来时，这桌之前议论过宋书的职员们已经有种不太好的预感了。等有人发现秦楼拉着宋书走过来，几个人进行一番眼神交流，也顾不得没吃完的午餐，先后起身。

“秦总好。”

“嗯。”秦楼懒洋洋地笑着应了声，“不介意跟你们拼个桌吧？”

这几人哪敢说介意？纷纷僵笑着点头：“不介意，不介意。”

秦楼放下了宋书的餐盘：“你坐这里吧。”然后又从宋书那里接过自己的，“我坐你对面。”

宋书无奈地瞥他，在那些职员尴尬又小心的眼神里落座。

这一顿午餐吃下来，秦楼吃得舒坦，宋书无所谓，没参与过讨论的职员们心情复杂地尝着公司食堂新开发的“狗粮味”午餐，而剩下那几个，大概只有“味同嚼蜡”能够形容她们的午餐体验了。

吃完午餐，秦楼似乎已经把身后那桌还在担惊受怕的员工们忘了，他再自然不过地接过宋书手里的餐盘。宋书无奈地看着秦楼过去倒掉厨余，然后走回自己身旁。

秦楼问：“下午做什么？”

宋书想了想：“人事部的绩效考核优化还在有些没敲定的事情，我需要去继续跟进。”

秦楼微撇嘴：“栾巧倾的业务能力真的需要提高一下了。”

“你自己选的人。”

秦楼纠正：“是因为你才选的人。”

“……”

两人并肩远去，即便听不清，也看得出秦楼对这位“不受宠的替身”是怎样一副温柔低语的模样。

食堂事件后，“新助理只是个不受宠的替身”“秦总对秦情其实一点都不好”之类的谣言很快在公司内不攻自破。

但茶余饭后总是需要谈资的，于是，“秦总为了新助理在会议中途离席”“二人在员工食堂公然撒狗粮”等话题取而代之，在公司员工们私下的聊天中热度愈来愈高。

话题热度很快从公司基层传至高层。只是在管理层内，在秦楼之下还有话语权的只有两位副总和一位财务总监。新上任的副总楚向彬对这件事一贯一笑置之，老副总吕云开最擅长事不关己高高挂起，财务总监Jerry乔感念秦情当初为金融衍生品开发之事说情的恩情，对秦情只有溢美之词。

至于更上一级的董事会，原本就由秦楼绝对控股，白颂案之后他去查了一下部分小股东的情况，小股东多少有点把柄掌握在他手上，都不敢出声。

一时间，“秦情”这个名字俨然成了Vio资本里“太上皇”的代名词。

只是公司里有一些人显然很不满秦情的待遇。

没过多久，新一轮讨论风向一转，变成了秦总多么痴迷初恋，以致对这么一个只是和初恋长相相像的小助理都宠到了无法无天的地步。

再结合之前白颂案带出来的陈年旧事，一些改制前就在Vio的前身秦氏集团工作的老员工们或多或少地“科普”了一下秦楼和他那位只活在传言里的初恋的那些青梅竹马的故事。

对比现实中在他们眼里鸠占鹊巢的某个小助理，员工们越发把秦总的那位已经过世的初恋奉为白月光、朱砂痣一般的存在。

而秦情和宋书在对比之下显现出的可怜，终于让这些人心态平衡起来。

这类流言宋书自然也有所耳闻。

食堂事件之后，基层员工里已经没人敢在宋书面前肆无忌惮地提起这些事情了，但栾巧倾还是会不忿地把这些传言汇总，以“打小报告”的形式汇报给宋书。

Vio资本办公楼附近的一家星巴克。

栾巧倾义愤填膺地咬碎了嘴里的马卡龙：“最过分的是什么？他们竟然觉得我也是被你迷惑了！我又不傻，如果你真是抢了我姐位置的人，我怎么可能真心实意地和你一起工作呢？他们都不用脑子想问题的！”

看着一块马卡龙碎屑从过于激动的栾巧倾的嘴巴边掉到小圆桌上，宋书沉默两秒，慢慢挪开了自己的咖啡杯。

栾巧倾正巧低头，看见了这个动作，心里拧巴了下，她哀怨地看向宋书：“姐，你不爱我了，你竟然开始嫌弃我了。”

“我没有开始嫌弃你。”宋书语气温柔，顺手推开了准备趴过来的栾巧倾，“我是一直。”

栾巧倾：“……”

宋书说：“尤其是，以后不要用刚刚那个表情跟我说话。”

栾巧倾几近泫然：“为什么？”

宋书用指尖敲了敲手里的杯子，杯子发出清脆好听的声音：“大概因为这杯馥芮白过于甜腻，配上你这个表情，我容易消化不良。”

呆滞几秒后，栾巧倾揉了揉脸，不满地哼了声：“秦楼现在在你面前也经常这副德行的，你怎么不嫌弃他呢？”

宋书垂眸，一点笑意爬上她好看的眉眼：“他和你不能放在一起比较。”

马卡龙噎在栾巧倾嗓子眼里，不上不下的，透着一股子强塞来的“狗粮”味道。

宋书抬腕看了看手表。

栾巧倾斜眼一瞥：“这就是秦楼新送你的那款情侣表？”

宋书有点意外地抬眼：“你怎么知道？”

栾巧倾道：“还能怎么知道？公司里一直有人盯着你的动向，从头到脚，哪怕一根头发丝今天从左边挪到了右边他们都恨不得八卦一下是什么原因，更别说你腕上这块新年限量款情侣表。”

宋书不在意地点点头：“是他送的，说是准备的新年礼物，怕忘记了，所以提前给我。”

栾巧倾撇嘴：“我看他就是迫不及待想要秀恩爱。”

“嗯？”

“你是不知道他那德行那嘴脸，啧啧啧，”栾巧倾趴过来，“就算公司里没人传，我看他也巴不得广而告之，让所有人都注意到你和他戴的手表是一对。他整天这么秀，也难怪在公司给你树敌那么多了。也就你，不但不管，还顺着他来。”

宋书无所谓地笑笑：“反正也不会待太久，随他玩吧。”

栾巧倾冷哼了声。

宋书将表盘拉回袖口内，垂下手："你今天找我出来喝咖啡，除了'打小报告'，就没别的事情了？"

"你要干吗？"

"没事我就回公司了。"宋书作势起身，"眼看就要跨年，各部门的聚餐，还有之后的年会安排，有一堆琐碎的事情要跟进。可不是谁都能像你似的做个甩手掌柜。"

栾巧倾连忙一把把她拉回来："跨年聚餐你要去哪个部门？"

宋书一怔："什么意思？我是助理秘书小组的，怎么还要去部门？"

"噫，你不知道啊？往年都是这样的。"

"什么样？"

"像是聚餐啊年会啊这种公司活动，秦楼从来不参加，年节都是把自己一个人锁在23层的。但是他作为总经理，这种时候总该表示一下对员工们的慰问或者动员嘛。"

"所以……？"宋书心底生出点不好的预感。

"所以，慰问、动员这种事情，一贯是由助理秘书小组负责。"

宋书不解："那我去年也进组了，为什么没听说过这种消息，也没人要我一定参与？"

栾巧倾幸灾乐祸地笑："去年22层的助理秘书小组除了你之外，还有五个人。今年，许佳佳不是被秦楼给开了？"

"五个助理……全部要用上？"

"倒也不是。"栾巧倾掰手指算，"两位副总加一位财务总监，每人手底下三个以上的部门，Vio的聚餐都是根据副总来分组的，所以基本上是一位副总那儿派去一位助理。"

宋书说："那不是三个人就够了？"

"还有两大委员会啊。风险评估委员会和投资决策委员会的负责人还有职员们不算人了吗？"栾巧倾继续幸灾乐祸，"而且每年就数他们最难搞，负责的助理总是焦头烂额的。"

宋书头疼。

栾巧倾眨眨眼："你怎么不问问我，这样是四个助理，干吗还要第五人？"

宋书冷淡地瞥她："安姨是特别助理，又不是搞娱乐生活的，而且以她的资历、性格，怎么可能有人敢拉她去折腾？"

栾巧倾竖起拇指："不愧是你，想得很通透。"

宋书叹气。

栾巧倾是很少见宋书对什么事情无可奈何的——除了秦楼以外，所以此时幸灾乐祸的情绪在她脸上表现得尤为明显。

"怎么样，秦——助理？对于这个'好'消息，你现在有什么想法？"

"我现在辞职还来得及吗？"宋书木着脸问。

"先不说我哥有没有一丁点的可能性同意这件事，单说人事部这一关，"人事部部长面带"和善"的微笑，"你想都不要想。"

宋书："……"

栾巧倾说："出于人道主义精神，我给你一个良心建议——来我们这个分组的聚餐吧。"

宋书没什么情绪地瞥了她一眼："为什么？"

栾巧倾理直气壮："反正都要被折腾，来我们这边，至少我还能罩着你不是？"

宋书认真思索了下。

两大委员会那边她确实不考虑，那里基本是公司里资历最老的职员，甚至有一部分属于退休返聘，一进里面要自动降两辈。

吕云开当年在白颂案里保持缄默，他的选择宋书可以理解，但要说心无芥蒂显然还做不到——她同样不考虑。

财务总监Jerry乔……一想到那人的性格和对她一贯阿谀的态度，宋书仅仅是考虑一下去那边参加聚餐的可能性都觉得有点头大。

总结起来，楚向彬做副总的这一组有栾巧倾作为三副手之一，而且又恰巧是宋书初入公司时进入的风险管理部下属的法律合规部所在的分组，名义上算是她在公司里的"娘家"，确实是最合适的。

于是宋书点头答应下来。

栾巧倾大喜过望，当即开心地拉着宋书回了公司。

——这副兴高采烈的模样反而引起了宋书的怀疑。晚上秦楼忙完一桩公事后回到23层，宋书决定主动向他求证一下："巧巧今天跟我说，每年聚餐的时候，助理秘书小组会例行去各部门分组的聚餐，代表总经理慰问员工。"

"嗯，是有这个惯例。"秦楼本能地回答完，正在松领带的修长手指停住。几秒后，他狐疑地回眸："她跟你提这个做什么？"

宋书正在无隔断的厨房里准备晚餐的摆盘，闻言头也不抬地应道："唔，她邀请我去楚向彬那一组。"

秦楼立刻停下动作快步走过去："你答应了？"

"嗯。"宋书答完，才慢半拍地抬起眸子，就见某人一副苦大仇深的模样，"怎么了？"

秦楼语气立刻委屈起来，眼底那点凶光也被他藏住："去年跨年你回家了，今年所有事情都解决了，你也不准备陪我？"

宋书愣了下："可是助理秘书小组去各部门慰问，不是每年的惯例吗？"

"那是往年。"秦楼皱眉，眼神逐渐不善，"今年情况不同。我前几天明明跟楚向彬说过了，今年他们那组自力更生。栾巧倾故意憋着没告诉你，诓你过去参加聚餐吧？"

宋书一愣。

几秒后，宋书低下头，把最后一片胡萝卜雕花放到盘子旁边，然后笑了起来："难得，巧巧都会跟我耍心眼了。"

这年元旦的前一天恰巧是周六，公司上下的气氛都好极了。

中午聚餐。今年新任人事部、办公室、风险管理部三部责任副总的楚向彬自掏腰包，提前声明全员均可带三位以内的家属，额外开销他全部负责，全组人更是兴奋得不得了。

这种忘乎所以的兴奋劲儿，一直持续到他们来到聚餐地点的楼下，副总楚向彬宣布，代表22层总经理办公室下来慰问的总经理助理不是别人，正是秦情。

众人倒吸一口凉气。

众所周知，他们公司里那位大老板跟这位助理之间的恋情最近已经到了明目张胆的地步了。

而且近半年来有心人观察得出结论：除非在公司里事务极其繁忙的情况下，

否则基本上秦情所在之地的方圆十米之内，必然能够看见Vio大老板秦楼的身影。

大约是看出职员们的紧张，楚向彬笑着安慰：“不要担心，秦助理还有一段时间才能到。而且大家照常吃喝，不用顾忌什么——今天没有上级和下属，只有朋友。”

这样费劲安抚一番后，众人这才喜忧参半地进入餐厅。

楚向彬落在最后，笑容微微收住。在原地等了大约半分钟，旁边挂断电话的栾巧倾过来了。

楚向彬抬眼：“他也来吗？”

栾巧倾气得磨牙：“跟屁虫，肯定是他赖着要跟我姐一起来的。”

楚向彬沉默片刻，决定不去打破栾巧倾的幻想，问：“那大概什么时间到？”

“估计要过两小时吧。”

楚向彬一愣：“怎么那么久？”

这话问完，栾巧倾那边却没有声儿。

楚向彬扭过头去，只见栾巧倾露出一个有点微妙的表情。

——既有幸灾乐祸，又有某种感慨。

楚向彬难得地不解：“到底怎么了？”

栾巧倾回神，挤眼笑:“你知道秦楼特别护头吧？”

楚向彬想起秦楼那头最初很是震撼过他的紫色头发，陷入沉默。

栾巧倾还在幸灾乐祸：“某人那一头紫发啊，终于要被唯一能管得住他的人摁进理发店咔嚓掉咯……”

第 30 章

—Y A O H E N—

真爱

秦楼是真的护头。

业界但凡认识他的人，哪怕只有一面之缘，也都记得他那一头紫发，而他身边那些原秦氏集团的老员工还有栾巧倾最熟知他护头这一点。

栾巧倾比别人多知道一重：秦楼这紫色的头发，是在十年前那场险些要了他命的大病后开始染的。

那是在他刚能下床的时候。秦楼意识清醒以后，第一件事就是让人找来秦家的造型师，将他那一头乌黑的头发漂成完全的白色，然后又染成了紫色。

秦楼染头发那天，栾巧倾是一直站在旁边看着的。

镜子里的少年大病初愈，瘦脱了形，颧骨突出，眸子暗淡无光，连焦点都很难看得到。

造型师战战兢兢地给他染完以后，烘干定色，从头到尾少年一句话都没有说。

染好以后临近中午，家里的用人小心翼翼地来问他们中午吃点什么。栾巧倾记得那个面色苍白的少年仍然一句话没说，他安静地走出房间，走下楼——大病数月，他第一次下楼。

然后他走进院子，不知道到了哪一步，大约是没力气了，他就那样直挺挺地倒到地上。

紧跟着的用人们吓坏了，脚踩脚地要去背他，栾巧倾也跟着跑上前去。可是少年没晕过去，他顶着那头刚染好的头发，躺在砾石、泥土、草丛混着的院里的地上，睁着眼看着天空。

没人知道他在看什么。

他只是躺在那里，一言不发，从中午一直看到晚上。

从那天以后秦楼就好了，开始说话，开始吃饭。

只是他会护着栾巧倾，会早睡早起，会定时体检——不，应该说频繁体检。

栾巧倾听到过家里的用人私下议论说，那场大病以后少爷变得惜命了。

他确实惜命了，只不过不是因为那场大病，而是因为宋书留下的那张纸条。

第一年频繁体检到家里的私人医生团队都有些好笑的时候，栾巧倾听见过，有个医生好奇地问秦楼这么频繁体检的原因，是不是具体哪里不舒服。

栾巧倾记得那天秦楼笑了，恣肆又散漫，他说，没有不舒服，只是怕死，怕88岁以前死，他可不能死那么早啊。

医生们跟着笑，只有躲在门外的栾巧倾一下子红了眼眶。

所以虽然后来那么多人质疑甚至暗地里嘲笑秦楼的紫色头发，但在知道秦情就是宋书之前，栾巧倾从来笑不出来。

她比谁都知道，那紫色对于秦楼来说意味着什么——他是逼自己活。

即便每天醒来一睁眼就是绝望，可看见镜子里的紫色他自然就想起来，那年大病将死，他在病床上对一张纸条有过承诺。

而宋书……

宋书比栾巧倾更知道，这紫色对于秦楼和她，意味着什么。

所以她一直没提。

她想等秦楼自己放下，等哪天他的安全感回来了，他大概就能主动和她提：“小蚌壳，你陪我把头发染回来吧。”

宋书等啊等，等啊等……

身份确认一年了，秦楼都没提这茬。紫色褪了就染回去，再褪了再染回去，好不容易哪天她进总经理办公室送咖啡，感觉坐在老板椅上的某人发顶有点长出黑色头发的迹象了，不出三天，黑色就会消失不见。

于是直等到白颂案真相大白，一切尘埃落定，到了这年阳历年底的跨年，她和秦楼在Vio资本23层的大衣帽间里给秦楼选聚餐要穿的衣服。

看着那一套套衣服换下去，宋书的目光最后还是定格在秦楼的头发上。

两人对峙数秒。

心有灵犀一点通。

秦楼主动开口：“我不。”

宋书木着脸："不行。"

秦楼僵了两秒，眼神和表情开始朝委屈调整——这一年来他的演技逐渐炉火纯青。

"装可怜也没用。"可惜没等到演技达到巅峰值，就被宋书一盆冰水浇灭了挣扎的火苗。

于是反抗无效，宋书亲自联系人事部部长栾巧倾，让她安排人事部下属的后勤人员找来专业造型团队，紧急收拾秦楼那头紫毛。

栾巧倾心里虽然有感慨，但自从宋书回来她被秦楼折磨了这么久，此时更多的绝对是喜闻乐见。抱着幸灾乐祸的态度，栾巧倾第一时间把造型团队带去了23层。

23层一整层都是秦楼的私人空间，除了当初装修时，这还是第一次这么大张旗鼓地上来这么多陌生人。

大概是发现反抗无用了，秦楼也不干别的，让人把宋书叫来站在旁边，他握着宋书的手，眼神可怜巴巴地往旁边看着。

负责给他漂洗掉发色的小姑娘也算是身经百战了，但大概也是头一回看见这么一位护头护到像护命的成年人。

秦楼凶的时候，有宋书在旁边做"镇宅兽"，他们还能少些顾忌；到中间他那可怜巴巴的眼神死不挪窝地盯着宋书的时候，小姑娘只是旁观，都感觉自己下不去手了。

欲抬又落了好几回，小姑娘犹豫地看向宋书："秦、秦小姐，真洗吗？"

一听见这话，大概是觉得自己的软硬兼施起效果了，秦楼立刻再接再厉。他的眼神一瞬间就从委屈巴巴转向凶巴巴，投向要给他漂掉发色的小姑娘，准备"一招退敌"。

可惜没来得及命中"敌人"。

——宋书任他牵着手，然后平静地走到小姑娘身旁："我给他洗，你来教我吧。"

秦楼怔住，小姑娘也愣了下。

然后小姑娘下意识地扭头看向秦楼，她其实是想替秦楼说句话的："有些人天生五官俊朗匀称，再衬上冷白肤色、自带气质的眼神，更是叫人挑不出半点瑕疵。这样的模样，什么发色都是好看的。"

但她目光落过去，却发现秦楼好像屈服了。

他不知道什么时候合上了眼，安安静静地躺在洗发椅上，没什么表情，俨然一副任人宰割的模样。

眼前这人从方才浑身是刺儿到现在毫不反抗，小姑娘不认识这俩人，至少不熟悉，但她心底莫名地生出点羡慕来。

——倒不是羡慕哪一个人，而是羡慕这种感情。

后面就真是小姑娘一句一句教，宋书戴上手套一点一点给秦楼洗掉了头发上的紫色。

等最后一盆水变得清澈见底，秦楼那头紫发也褪成了接近奶奶灰的白色。宋书摘下手套，然后朝拿来新毛巾的小姑娘伸手。

她笑笑："我来吧。"

小姑娘觉得这个一直没什么情绪的女孩的笑容里，好像突然多了种如释重负的温柔。

小姑娘没懂，但还是把毛巾递给了宋书。

这一角安安静静的。

造型团队的其他人都在旁边束手等着这边的进度。在那些或明或暗的视线下，宋书给秦楼擦拭头发时仍是温和的，不紧不慢。

等到快要擦干的时候，她轻声笑了笑："舍不得吗？"

一直闭着眼像是快要睡过去的秦楼眼睫颤了颤，几秒后才哑着声音开口："为你留的，你洗掉的，舍不得也得舍得了。"

宋书给他擦头发的手停了停。

"我不是嫌它难看。"

"我知道。"

"你才不知道。你如果知道，就不会一直留着了。"

秦楼默然。

宋书也安静下来。

感觉不到明显的潮湿了，宋书拿掉毛巾。

她微微俯身，低下头去，轻轻地吻了吻秦楼被洗成白色的头发，又吻了吻他的额头。

宋书轻声道：

“我真的回来了。”

躺在洗发椅上的人身子僵住。

数秒后，那张冷白清俊的面庞上，秦楼的眼眶慢慢泛上一点红。

“真的？”

“真的。”

“还会再离开我吗？”

“不，再也不会了。”

“……”

秦楼和宋书乘车到达楚向彬他们的聚餐场所时，已经是临近晚上。从栾巧倾之前发给宋书的不断更新的地点来看，这已经是他们换的第三个场所了。

地点在Q市一家比较有名的高档KTV，坚持到这场的人不少，订了一个自带舞池的大包厢才总算容下了。

宋书按照栾巧倾发给自己的包厢信息，和秦楼一起，在迎宾人员的引领下到达包厢外面。

迎宾帮他们拉开门，宋书最先走进去。

房间里灯光半明半暗，包厢玄关这里只有头顶两盏小LED灯。宋书进来时包厢里的众人察觉到动静，纷纷看了过来。

一看清楚进来的是助理秘书小组的秦情，前一秒还满脸笑容的职员们顿时紧张起来，拿着话筒鬼哭狼嚎的都一个接一个停下了，大家纷纷下意识地将目光往宋书身后投去。

进门有台阶，宋书比她身后那人多上一级，恰巧挡住了身后那人的长相和身材。

不知道谁的话筒没关上，带着点醉意的议论声悄悄从音箱里冒出来。

“那是……秦助理来了？”

“好像是吧。”

“她身后跟着的是谁啊？”

“我瞅瞅啊……看不清，黑头发的，反正不是秦总。”

“不是秦总，嘿嘿，不是秦总就行……”

后面不知道是不是被还清醒的同事提醒了，议论声很快消失了，众人目光四下搜寻，想去看是谁出了糗。正笑着闹着，突然不知道哪支话筒里传出一声：“秦总！”

众人吓了一跳，纷纷看向门口，目光越过宋书和宋书身后他们之前确认过发色的人——什么都没有。

正有人恼怒地回神，准备谴责刚刚开口的人故意吓唬他们，就见宋书和她身后懒洋洋地手插裤兜的男人走到了近处。

宋书身后那人身材颀长，没穿正装，上身衬衫，下面长裤，外套一件中长的休闲风衣。

黑色头发下一张清俊冷白的俊美面孔，上面那偏冷的眉眼和高挺的鼻梁还有微薄的唇——再熟悉不过的五官叫众人一惊。

“秦……秦总……？！”

除了早有心理准备的楚向彬和栾巧倾外，其余人都惊讶得张大了嘴，嘴巴里面都快能塞下一只鹅蛋了。

秦楼听见那声称呼，懒洋洋地应了一声：“你们唱你们的，我就陪小蚌……陪她来看看。”

这个“她”是指谁，不言而喻。

在众人惊诧的目光里，秦楼真就和宋书一起，先去跟楚向彬还有三位部长聊了两句，然后来到包厢角落的沙发前。宋书坐下来，秦楼就坐到她身旁。

尽管秦楼说了“随便唱”，但自从他来了以后，职员们明显收敛了许多。

除了个别早就点好歌的不得不按顺序硬着头皮上，其余人多数老老实实地坐在各自位置上。

离得近的小声说话，离得远的才敢低声讨论。

“什么情况？是我喝大了把自己喝成色盲了吗？秦总那头发……”

“嘘，小点声，秦总那头发颜色以前在公司里都不让提不让问的。”

“可我听说那跟他的初恋有关啊！现在是什么情况？不只着装风格突然变成了我差点没敢认的休闲风，连头发都染回黑色了。刚刚我还以为是秦总有位双胞胎兄弟呢。”

“他和秦情一起来的哎，不会是为了秦情把头发……”

“妈耶，那秦总初恋也就太惨了吧，还真被一个鸠占鹊巢的给完全代替了？”

“你们别脑补了行不行？我看跟秦情根本没关系，说不定只是白颂案解决了，秦总决定放下过去迎接新生了呢。”

“要真是那样，秦情也该失宠了吧？可你看她现在哪有要失宠的征兆？就算头发不是因为她染回来的，但今天秦总都说了是陪她来的——以前，你们什么时候见秦总参加过公司里的这种活动？”

“也是啊……”

讨论的人越来越多，有心思唱歌的倒是越来越少。

楚向彬思索几秒，准备说几句结束语放这群无心跨年一心八卦的职员各回各家，却被察觉他意图的栾巧倾拦住了：“干吗呀？我还没玩够呢。”

“你是没玩够，还是没看够戏？”楚向彬拆穿她。

栾巧倾一噎，撇嘴：“你管我是没做够什么，反正就是不能结束。”

“已经没人唱歌了，要不你去顶上？”

“不想唱歌那就换下一摊呗。”栾巧倾憋着坏心眼，朝楚向彬眨眨眼，“我吃了那么多年的‘狗粮’，可不能就我一个人遭罪。他们不是爱质疑秦楼对我姐怎么样吗？让他们今天‘狗粮’管够。”

楚向彬思考几秒，还真默许了。

栾巧倾在公司里尤其是楚向彬麾下三部门中的威信不比楚向彬低多少，她主动起身发话要去下一摊，即便有人顾忌秦楼和宋书在，多数人也都响应了。

只是众人在去哪里的问题上纠结起来。

最后楚向彬扫了一眼包厢角落的两位甩手掌柜，起身走到为难的栾巧倾身旁，说：“我看也到晚饭时间了，今天折腾一下午，午饭都消化得差不多了，我订一家名气不错的特色大排档，晚餐去那边吃，热闹些。”

楚向彬发话，众人纷纷响应。

秦楼大概是唯一一个有异议的，可惜不等提出，便被他身旁的宋书察觉了。

“你不想去吗？”

秦楼憋了两秒：“想。”

宋书知道他不喜欢更没耐性和别人相处，但更知道这样下去对他有害无益，所以此时见没触底，就压着他的脾气来。

她安抚地笑：“那我们一起。”

听见这句“我们一起”，秦楼原来暗沉的眸子总算亮起来些。

半个小时后，秦楼就后悔了。

楚向彬订的那家大排档确实十分有名气有特色且火爆，唯一的弊端就是太抢手，好不容易才在赶到之前抢订了个大长桌。

老板特意打电话来解释：跨年头一个晚上，各个公司聚餐都多，需要跟人拼个房间，但是会立上屏风，尽量互不干扰。

楚向彬答应下来，转头跟大家解释一番。

众人都能理解，毕竟是跨年，人多也热闹。这样想着，他们前前后后包了十几辆车才到达目的地。

不巧的是，服务员领着众人到了合包的房间门口，正遇上和他们拼房间的那拨人——

为首的是隽升律所的余起笙。

彼此认出后，两方说笑声戛然一停。

下一秒，所有人不约而同地转向最后方——

秦楼和宋书的身影露出。

不知道哪个在上一轮喝高了的没控制住音量，嘀咕了句：“哎？秦情的前未婚夫，是不是就是对面这位啊？”

大排档的大包厢外，Vio资本和隽升律所各自几十号人分立两侧，那阵仗如同两军对垒。

气氛相当紧张。

领着两队人过来的两名服务员都是站在最前面，此时尴尬又无辜地对视，目光交流了几秒，纷纷回身去问身后各自公司的管事人。

Vio资本这边，服务员小心翼翼地窥探着楚向彬的脸色：“楚先生，我们店里目前预留下来的大包厢只有这一个了，您看……”

楚向彬还没说话，他身旁的栾巧倾回过神了，笑意盎然：“没事没事，别误会，对面是我们公司的合作律所呢，两家关系特别好，那简直是——亲如兄弟啊！”

说到最后一句，栾巧倾似乎生怕秦楼没听见，特意回头看了队伍最后的秦楼和宋书一眼。

宋书忍不住有点想扶额。

虽然这么些年从来没斗赢过身旁这个刺儿头，但栾巧倾在挑衅和激怒秦楼这方面总是“不遗余力”。

同样想叹气感慨的还有楚向彬。

他一抬胳膊，像是随手把栾巧倾扒拉进了包厢门内：“进去给大家安排位置吧。”栾巧倾没来得及拒绝就被楚向彬推出了秦楼的仇恨视线范围。楚向彬自己则面上挂着笑，径直走向几步外的隽升律所的众人。

余起笙在这方面一向理智得多，到此时神色间也不见太多变化。见楚向彬主动走过来，他回头对跟着的助理安排几句，助理便带着隽升律所的人进了包厢。

楚向彬停在余起笙面前，主动伸手：“余总，久仰。”

“哪里哪里。”余起笙客套地微笑，“我对楚总才是久仰大名，一直没机会见到，没想到今天在这里遇见，看来也是有缘分了。”

“不只是我们有缘分，也是我们两家合作伙伴的缘分啊。”楚向彬抬抬下巴，“您这边也是出来犒劳员工搞跨年活动吧？”

余起笙点头：“没错。楚总这是带着手下几个部门聚餐？”

“差不多，陪他们放松放松。”

“既然是来吃饭，又有缘进到一个包厢，那我们也别在门外站着了，一起进去？”

“余总请。”

“……”

进包厢前后，楚向彬又和余起笙客套了几句。

等到不经意间看见两边的座位安排，楚向彬的脚步一停，面上笑容也僵了——

店里确实在两方的中间放置了屏风，但大约是桌椅实在太多，店里屏风不够用，并没能完全隔开，近门一侧两边的桌椅都是互相可见的，中间没有任何阻拦。

Vio资本这边是栾巧倾安排座位，秦楼和宋书又落在队伍最后，职员们进去后纷纷往里走，从内向外排，到了秦楼、宋书这边，长桌两边只剩下近门一侧的主位了。

不巧，隔壁给余起笙留的位置也在这一侧。

秦楼和宋书已经站在桌旁，随着余起笙和楚向彬先后进来，空气再次变得微妙。

两边的职员都不敢大声，只有靠里面的还敢小声议论。

“这就是传说中的修罗场了吧？”

“我都替余总尴尬，一个是前任未婚妻，一个是撬走了前任未婚妻的情敌，今晚这跨年饭还怎么吃得下去？”

“本来还说来大排档能看个跨年节目，这下省了，这场大戏可比任何一个台的跨年节目都真实、精彩得多了。”

“待会儿不会打起来吧？”

“那可真难说。”

“早知道我就陪女朋友回家了，这饭吃下来得多消化不良。”

“……”

房间里，不管是Vio的职员还是隽升律所的员工，视线焦点都是落在秦楼和宋书身上的。

秦楼视若无睹，伸手给宋书拉开椅子，然后抬眼看她。

宋书犹豫了下。

秦情这个身份特殊，至少在众人眼里，和余起笙该是反目成仇的；而秦楼尽管没有言语，但宋书能感觉得出自从余起笙出现以后秦楼情绪上的紧绷——显然他还是介意宋书和余起笙的关系和所谓婚约，即便那婚约只是假的。

宋书只能歉意地看了余起笙一眼。

即便是至交，这时候她和余起笙也不能有任何交流，那样于公于私都不合适。

而且最自私的一点是：这个世界上拿任何一个人和秦楼做比较，宋书都会选择秦楼。她可以对不起任何人，但她做不到让秦楼再有半点不安。

宋书收回视线，坐到秦楼单手扶着椅背的椅子里。

秦楼顺势拉开她旁边的那张椅子，打算坐下——就在此时，余起笙主动迈开步子走过去。

稍稍缓和的气氛再次凝固。

楚向彬有点头疼地摇摇头，懒得再去管这三人之间的事情，干脆停在那儿了。

“秦总，”余起笙走到秦楼面前，打了个招呼，“好久不见。”

秦楼闻言嘴角勾起来，似笑非笑地瞥向他，眼神冰凉得没有半点笑意：“我觉得碰不见挺好的，撞见才尴尬呢，对不对？”

“……”

本就凝固的气氛，在秦楼说完这句话后几乎哐当降下十摄氏度来。

余起笙面上客套的微笑收敛起来。

栾巧倾不知道从哪个角落溜到楚向彬身旁，此时忍着要笑起来的冲动在旁边看戏：“嘿，一句话就把自己和别人的退路都给断了，我哥还是我哥。”

楚向彬睨了她一眼，无奈：“你就这么看热闹不嫌事大？”

“再大的事情也不是我的事情，我怕什么？”栾巧倾撇撇嘴，“再说了，谁让秦楼整天折腾我的？”

“所以，你挺余起笙？”

栾巧倾思考一下，摇头：“秦楼我都不赞同，余起笙就更没资格了，他哪年认识我姐的？顶多算是捡了个大便宜，不然他哪有资格站在我姐身边？”

“……”

两人在这边小声讨论，秦楼和余起笙那边眼神对峙间的火药味却越来越重了。

而且谁也不肯先开口，眨眼都没有——各自有一份事业在手，年轻有为，偏偏此刻幼稚得跟两个孩子似的。

余起笙到底比秦楼理智得多，大约是感受到职员们越来越微妙的目光，他眼帘一垂，收回视线。

“秦情，我们也有一段时间没见了，最近怎么样？”

宋书深深地怀疑余起笙这是在“报复”她——就算要叙旧，也没必要当着Vio和隽升律所这么多职员的面叙旧吧？更何况旁边还有个易爆炸的家伙一直在虎视眈眈地盯着她呢。

但余起笙已经开口，宋书再装傻装不认识都不合适了。她只能承着秦楼投向她的目光站起来：“谢谢余总关心，Vio的工作环境跟隽升一样让人舒服，我一切都好。”

这样说话的时候，宋书的目光却没有看向余起笙，而是凉飕飕地落到一旁就差拿一捧瓜子一边嗑一边看戏的栾巧倾身上。

栾巧倾笑容一僵。

她视野里的宋书幅度很轻地朝身后示意了下。

栾巧倾垂头丧气地叹了一声。

楚向彬注意到姐妹俩的互动，转回头看栾巧倾："怎么了？"

"我姐让我们热热场，把他们的注意力拉走。"

"……你会读心术？"

"这叫默契，你懂什么。"栾巧倾撇撇嘴，不甘心地承认，"而且我和我姐这个根本不算什么。你是没看她和秦楼，简直变态，和他俩待久了你就会觉得自己简直不是个人，是个摆件——他俩可以一整天一句话都不说，但是永远保持同步调，完全清楚对方下一秒要干什么……"

栾巧倾一边嘀咕着，一边主动绕过"三人战场"，走向Vio的职员们。

在她的带动下，Vio的职员们非常上道，房间里这半边的气氛开始热闹起来。隽升律所那边也不是傻子——自家老板下不来台的场面，除非他们不想干了，不然最好谁都别亲眼见证。

热闹起来的气氛冲散了三人间的尴尬沉默。

宋书心里松了口气，面上淡淡的笑容不变。她抬头看向余起笙："伯父身体还好吧？"

"嗯，他一直念叨着想见你呢。"余起笙淡定地开口，"虽然婚约解除了，但我们应该没有闹到不上门的地步吧？"

宋书笑意一顿。

旁边秦楼嗤笑了声，转过脸来，眼神冰冷："是写了婚书还是送过彩礼？我怎么不知道你们有什么正经婚约？口头上占个便宜我也就忍了，余总别直接来碰瓷我家小蚌壳，好吗？"

余起笙转向秦楼。

"余总只是开个玩笑。"宋书伸手钩住秦楼的手，在他掌心轻挠了下。

秦楼顿了顿，面上那些凌厉的攻击性全都压下去了，他有点憋屈地回眸看了她一眼。

宋书见成功安抚，松了口气。她没松开秦楼的手，淡淡地笑着转向余起笙："年前太忙，一直没能找到合适的机会，等年后我会和秦楼一起去拜望伯父的。”

话里话外的疏离，已经不言而喻。

余起笙目光黯然。他低下视线，正瞧见秦楼和宋书握在一起的手。

余起笙自嘲地勾了勾唇：“我记得以前在国外，你最讨厌和别人有肢体接触，稍微靠近些都会让你不舒服。”

宋书眼神微晃，然后她莞尔：“是吗？我都忘了。”

余起笙抬眼看她。

宋书轻声道：“那几年我活得如同行尸走肉，回忆起来只记得不计其数的案例和卷宗。现在一切结束，我想把它们忘了，余总也忘了吧。”

余起笙沉默许久，有些惨然地笑了笑：“这样说你会觉得我自私卑鄙，但那几年是我很珍惜的时间，我甚至希望你永远只是秦情，所以我不会忘。只不过——”

余起笙的目光从那两人十指相扣的手上抽走，转身离开：“只不过，我也不会再提了。”

宋书眼神轻晃了下。

“新年快乐，余总。”

“嗯。新年快乐……秦情。”

秦楼醋性大——宋书对这一点再清楚不过。

这人从小就是这样的。他失去过太多，那些抛弃过他伤害过他的，他绝不原谅也绝不回头，生性执拗至此。

秦梁把他接回秦家以后，恨不得把所有的好东西都给他，但他只是玩，一件也不喜欢，最多一时感兴趣，很快就厌烦了，然后破坏，丢掉。

唯独那年突然来到秦家的小蚌壳是个例外，然后便一直例外下去了。

——他对所有事情、东西都无所谓，然后把自己的全部注意力和情感都集中在了宋书一个人身上。

那时候他们是彼此的救命稻草，紧紧攥着，相依相偎，谁都不肯松手。习惯以后才发现并体连根，分不开，扯一下都是撕心裂肺的疼。

白颂的事情迫使他们分开了，就像秦楼后来说的那样，他是陪着她“死”过一次的。

那件事也逼着宋书长大、改变，去接纳那些从前在那个只有他们两个人的世界里所没有的东西，去适应新的规则。而唯独秦楼停在原地，就在他们两人的那个世界里，他执拗地站在那儿，一动不动。

他的那个世界里还是只有他和宋书，他也仍然只允许宋书靠近。如果宋书不牵着他的手带他往前走，那他大概会永远把自己困在那里面。

宋书太了解这一点，她想帮他打开那扇紧闭的、让人窒息的门，一点一点，小心翼翼，如履薄冰。

于是在栾巧倾、安行云这些并不理解的外人眼里，就成了她太纵容秦楼。

只有宋书知道不是。

是她先走的，所以她没资格要求秦楼改变。她必须得回去，不管是陪着他，还是带他出来，她必须得回到他身边。

所以她纵容秦楼的一切。

包括他那天大的醋性。

众人在这家大排档分开时，时间并不算晚，街上准备跨年的人们才刚开始聚集。只是今晚包厢里的气氛，无论怎么调动，都很难活跃起来。

尤其是Vio这一边，顶头Boss笑意阴冷眼神如冰地给自己灌闷酒，吓得原本准备敬酒的没一个敢上前。

在这样的氛围下，自然只得提早散场。

灌了一晚上闷酒的后果就是秦楼毫无疑问地喝高了。公司专车来接的时候，秦楼还在作——

车门已经打开，秦楼却怎么也不肯上车，抱着冰凉的车门喊“小蚌壳”。

大家都在讨论小蚌壳是谁的时候，陪着楚向彬去埋单的栾巧倾头疼地钻出来：“别问了，是我姐，我姐——秦情人呢？”

不知道谁说了句：“好像是秦助理的父母打来电话，她去接电话了。”

“……”栾巧倾顿时感觉自己一个头两个大。

“栾部长，秦总不肯上车，这怎么办？”

“我哪知道怎么办？”栾巧倾嘟囔完，试探地走上前，“哥？”

扒着车门身高腿长的那个人懒懒地抬了抬眼皮，半晌憋出来一句满是轻蔑、不屑、嘲弄、嫌弃的笑："你是谁啊？"

栾巧倾差点当场气死。

她深吸了口气，忍下去，强笑道："我，栾巧倾。"

秦楼上上下下扫了她两眼，冷笑着趴回去了："不认识。"

栾巧倾咬牙切齿："那你认识宋书吗？"

有那么一瞬间，栾巧倾几乎感觉秦楼脑袋上新染的黑色呆毛都随着主人注意力的变化而笔直地竖起来了。

她看见秦楼慢慢抬起头："小蚌壳来了吗？"

语气小心翼翼的。

栾巧倾心里莫名地一涩。

几秒后，栾巧倾笑着指了指车内："已经在车里了，你进去看看。"

秦楼的目光慢慢沉下来，然后他转开脸，冷哼了声："你骗我。"

栾巧倾太阳穴剧烈地跳了跳："你都不看一眼，怎么知道我骗你了？"

秦楼用一种"你别是个傻子吧"的眼神睨她，然后伸手在敞开的车门前比画了一下，语气严肃认真："我已经张开网好久了，一直盯着，小蚌壳没钻进去。"

栾巧倾抹了一把脸，扭头看着目瞪口呆的职员们："我不行了。你们出个人，现在立刻去把秦情叫来，就说秦楼喝高了开始作了，让她待会儿再打电话，先把这家伙带回去。"

于是宋书一通电话没来得及打完，就被同事们拽到了路边。

她看了看秦楼，无奈地回眸："那这里的事情就交给你和楚向彬了？"

栾巧倾飞快地点头："不用你干别的，赶紧把他带走。要帮手吗？"

宋书摇头："不用。"说完走到车旁。众人都好奇她要做什么，却见她弯下腰，自己进车里了。

众人一蒙。

刚有人要说什么，就见车门上前一秒还醉睡不醒的男人，这一刻像是察觉到什么似的，突然抬头。

像是发现蚌壳落网，秦楼毫不犹豫地钻进车中。

众人一个个满脸愕然。

第 31 章

—Y A O H E N—

回家

看着轿车驶离，没入车尾灯汇成的长河里，Vio资本的职员们在寒风里僵立许久。

方才那一幕给他们的心灵带来的冲击实在是太大，难以用语言表达，过了很久，他们才回过神来。

不知道谁先开的口：

“我还是第一次见秦总这么……听话啊。”

“可别乱用词，这个词用在秦总身上，我听着都觉得惊悚。”

“是吧？我也这么觉着。”

“可刚刚那状态确实是听话啊，秦助理甚至都没说什么，他就直接跟着进到车里去了。”

“这才是真正地长了一张余生无忧的初恋脸啊，真叫人羡慕。”

“得了吧，你自己羡慕去，我才不羡慕呢。被当作替身，到死也是替身，这么活着不可悲吗？”

“噫，你不会是吃不着葡萄说葡萄酸吧？”

“你……你才吃不着葡萄说葡萄酸呢！”

“不过，也难怪秦情现在在公司里要风得风要雨得雨的，就看刚刚那场面，这枕边风恐怕已经把秦总给吹迷瞪了。”

“……”

那些议论声乘着风，多多少少漏进栾巧倾耳朵里一些。

栾巧倾站在马路边上，撇了撇嘴：“什么枕边风……他倒是想被吹枕边风，有那福气吗？”

楚向彬恰巧结束了和隽升律所那边的最后一点客套，出来以后走到栾巧倾身旁，这句话一个字不落地进到他耳朵里。

他瞥过去："你倒是替秦楼操心。"

"呵呵！谁替他操心啊？我那是……"栾巧倾本能地反驳，扭过头对上楚向彬的脸，她又停顿了下，难得地有点不自在的情绪，"谢、谢谢你今晚给我挡、挡酒啊。"

说着话，栾巧倾脸上飘上一点可疑的红晕。

楚向彬眼神微闪了下，低笑了声，被酒意熏染沙哑的声线带着点调笑和嘲弄："不就是喝了个跨年酒，怎么还把栾部长喝结巴了？"

栾巧倾刚爬上心头来的那点赧然顿时被一盆冰水浇得一丝不剩，她磨了磨牙，转头怒视楚向彬："你才结巴呢！"

楚向彬不陪她玩这种幼稚的互掉，只笑了声，没说话。

栾巧倾把这声笑自动解读为嘲弄，羞恼相加，心中蹿起一股火。

她回头看了一眼楚向彬出来的方向，然后转回头，抱起手臂冷笑了声："楚总刚刚干吗了？和隽升律所的余总友好交流去了？"

楚向彬垂眼看向她，没说话，算是默认。

"在我印象里，楚总以前可不是这么爱搞娱乐的人啊，包括在公司里也是。怎么觉着你这次回来以后，脾气都好多了。"

楚向彬看了她两秒，笑着转开眼："想嘲讽什么就直接嘲讽，别拐弯抹角了，这也不是你的性格，栾部长。"

栾巧倾脸一红："你知道我什么性格……不对，你也知道我要嘲讽你了？我看你原本在公司都敢和秦楼对着干，还觉得你有点骨气呢。怎么去勤锐溜达了一趟回来，连那点傲气都被磨掉了？"

楚向彬默然两秒，眼帘一掀："那你猜是为什么？"

栾巧倾一噎："我哪知道。"

楚向彬轻声："因为有所求。"

"求什么？"

"……"

栾巧倾想了想："股权？我听说秦楼要给你Vio的一部分股权了。"

楚向彬无声一叹，默然以对。

栾巧倾以为他是默认，更不屑地撇了撇嘴："没想到你也是个为五斗米折腰的……虽然Vio的股权现在比五斗米值钱太多太多了，但你也不缺这点能力或者钱，干吗这么想不开？"

"栾部长现在是以Vio人事部部长的身份劝我改投别家公司？"

栾巧倾一噎："我可没说这话。"过了两秒她反应过来，竖起眉头，"你是我的顶头上司，我管得到你吗我？"

楚向彬笑着点点头："难得你还记得，从你平常跟我说话的态度里，我还真感觉不出来。"

"干吗？非得我恭恭敬敬跟你道声'楚总万福'？"栾巧倾斜了他一眼。

楚向彬笑："不用，直呼名字都可以。"

"……你怎么突然这么好说话？"

"你是秦楼、宋书的妹妹，我现在有所求，想在Vio混下去，不该捧着你？"

栾巧倾一琢磨，恍然大悟，她笑着拍拍楚向彬的肩膀："可以啊小楚，有觉悟。"

楚向彬眉毛一挑："……小楚？"

"你说直呼名字都可以的，这样叫不行吗？"

楚向彬沉默良久，慢慢笑了。

他的眸子里黑漆漆的："行，当然行……以后有你叫的时候。"

栾巧倾茫然地回过头："你刚刚说什么？声音太小我没听清。"

楚向彬抬了抬手："没什么。我给你当司机，送你回家吧。"

栾巧倾刚想拒绝，想了想自己刚占了便宜，得巩固巩固，免得明天起来楚向彬再装忘了。

她咧嘴一笑："行啊，走吧小楚。"

"……"

楚向彬垂眸莞尔，领着栾巧倾往自己停车的地方走了。

另一边。

公司派来接秦楼的专车内。

秦楼今晚闷不作声地就着醋海翻波给自己灌酒，确实灌得有点多了。

跟着宋书钻进车内完全是依靠本能——宋书用的沐浴露和身体乳，是淡淡的睡莲混着檀木的清香，洗发水则是紫罗兰的香气，这味道是他最熟悉的。

宋书没怎么见秦楼喝醉过，第一次见就是刚回国到Vio办入职那天，在23层摸着黑担着惊受着怕，她也根本顾不得注意这人醉酒后是个什么模样。

此时车里除了司机就只有他们两个，左右无事，宋书便转过头去，安静地看着倚在自己肩上睡着的男人的眉眼。

睡着时秦楼眼帘安静地闭着，于是最出彩的就是那笔直挺立的鼻梁，加上肤色冷白，像是用昂贵的羊脂玉一点点雕琢出来的。

宋书无意识地抬起手指，顺着视线，隔着一两厘米的距离，在空气中慢慢滑下那人的鼻梁曲线。

只是滑到一半宋书蓦地醒神，看着自己还举在半空的手，有点哭笑不得：一定是最近和巧巧待在一起时间太久了，她那点“花痴”都快传染给自己了。

宋书这样想着，就准备收回停住的手。只是未等她收回，眼前影儿一闪，然后她的手腕就被紧紧地钳制住了。

宋书怔了怔，随即抬眼，视线正撞进一双黑漆漆的眸子里。

眼睛的主人还靠在她的肩上，见她没有挣扎的意思，秦楼嘴角一勾，慢慢支起身：“小蚌壳，你刚刚是不是想趁我睡着，对我做点什么？”

宋书被攥着手腕也没什么情绪变化，只安安静静地垂眸看着他。盯了大约五秒钟，她神情间终于有了点变化。

宋书微微挑眉：“你之前在装醉？”

“没有。”秦楼否认。

“那怎么这么快就清醒了？”

宋书一脸疑问。

“我知道我在说什么、做什么，但是身体不太受大脑控制。”秦楼停顿了下，“也可能是大脑现在兴奋过度。”

宋书轻眯起眼，不知道是不是在判断秦楼这番话的可信度。

秦楼也不抗拒，索性侧身倚到真皮座椅的靠背里，任宋书打量着自己。

过了片刻，宋书垂眼，点点头：“好吧。那现在你可以把我的手放开了？”

顺着宋书的目光，秦楼的视线也落到被他握着的宋书的手腕上。

秦楼看了两秒，抬眸，无辜地眨眨眼：“我说了，身体现在不受大脑控制。”

宋书：“……”

宋书知道，秦楼若是要起赖来，那她也是没办法和他计较的。抓抓手腕也不是多大的事情，宋书索性随他去了。

从今天下午到晚上陪着楚向彬小组的职员折腾了两场，宋书也有点乏。秦楼安静地在旁边盯着她，宋书习以为常，只放松身体倚到自己的座椅靠背上。

“我们这是去哪里？”车里安静半晌，秦楼突然问道。

宋书看了看窗外。

驾驶座上一直装作自己不存在的司机终于小心地抬眼看了一眼后视镜：“秦总，我送两位回公司。”

秦楼默然两秒，才慢慢皱了皱眉：“回公司？”

“是。”

“不回公司。”秦楼侧过脸，这话音量压得低而余音缱绻，显然是对身旁人说的了。

宋书回眸看他：“那去哪里？”

秦楼眼睛亮了起来：“你不是要去余家拜访伯父？”

宋书顿了一下，说：“今天不适合去，而且余叔也不会想见到你。”

“我还不想见到他们家的人呢。”秦楼轻哧了声，“小蚌壳，我陪你回家吧。”

宋书一怔。

秦楼朝她眨了眨眼。

车停到停车位里。看着不远处的连栋别墅前在夜色里亮起的那盏小灯，宋书长长地叹了口气。

——她一定是鬼迷心窍了，才会答应带秦楼一起回来。

临下车，宋书认真提醒：“你想今天来的心意我能明白，不过如果你真想给他们留个好印象的话，那记得把你的酒劲儿收住了。不然弄巧成拙，别怪我没提醒你。”

这一趟回家是临时起意，从停车位走向联排别墅的砾石小路上，宋书一直思索着待会儿该如何表达，才能在秦家父母开门时不让这个“惊喜”变成惊吓。

她正想着，发觉身旁的脚步声似乎慢了下来。

宋书停下脚步，回眸："……怎么了？"

秦楼望着和秦情家的小别墅联排的那一家的院子里，微微皱眉："上次我来的时候，不记得这院子里栽了这么多金桂、银桂。"

宋书顺着秦楼的目光看过去。

隔壁院子里不知道什么时候矗立起一座小型温室花房，看起来保温效果很好，亮着的温室小灯下，还真看得到淡金黄色的和白色的小花儿点缀在绿叶间。

宋书有点意外："是有点奇怪，张爷爷喜欢花草，但是孙奶奶不太喜欢，这种大株的植物还是第一次见他们种呢。"

秦楼轻眯起眼："应该是特意从外地移植过来的，而且经过专业培育，不然这个季节，即便是在花房里也不可能开得这么馥郁。"

宋书："你怎么对它们这么熟悉？"

秦楼回眸深深地看了宋书一眼："秦梁喜欢。"

宋书愣了下。

这一瞬间，在两人的对视下，不约而同产生的某种情绪或者说预感拂了过去。

这一角小路安静几秒。

跨年将近，辽阔的夜色外，音乐声和人潮声从很远的地方被晚风吹来。

宋书将耳边垂下的头发拢到耳后，伸手钩住了秦楼的手："兴许只是你想多了。"

秦楼沉默两秒，笑意微冷："最好是。"

"我去敲门？"

秦楼想起此行重点，他轻吸了口气，慢慢调整好情绪："好。"

宋书按下庭院外的门铃。

没一会儿，门铃旁边的小扩音器发出接通的声音，里面传出梅静涵算得上温和的声音："你好。"

"妈，"宋书开口，"我回来了。"

"囡囡？"梅静涵既惊讶又欣喜，"你怎么突然回来了？都不跟妈妈说一声。你等一下啊，妈妈出去给你开门。"

几乎是这边刚挂断，别墅正门就被打开了，梅静涵走下台阶，顺着院子里的小路快步走到院门外。

她还未开口，就先见到了宋书身旁的秦楼。

“伯母好。”秦楼此时的表现绝对称得上温良恭顺，提着来之前在路上备好的礼盒，半低着头，连头发丝都透着“乖巧”。

梅静涵回过神，有些嗔责又无奈地瞥了宋书一眼，然后才拉开门：“你们一起过来，也不提前打个电话说一声，家里什么都没准备。”

“不用准备，今天公司聚餐，我们已经吃过了，之前通话时不是跟您说了吗？”宋书挽上梅静涵的手臂，眉眼微弯。

梅静涵说：“那电话挂得匆忙，也没跟我说要来啊。”

“临时起意，没想到会结束那么早。”宋书笑着解释。

梅静涵没再说什么，回头看了眼安分地跟在两人身后的秦楼：“秦楼穿得这么单薄，赶紧进家里吧。”

“谢谢伯母，我没事。”

三人寒暄着前后上了台阶，从别墅正门进到玄关。秦楼和宋书换鞋的时候，往里走的梅静涵突然想起什么：“哦，对了，家里来客人了，比我们还长一辈呢，你们过来问个好。”

宋书身形一顿：“什么客人？”

“隔壁孙奶奶和张爷爷老两口今年冬天就搬去另一个城市跟儿子儿媳住了，把房子卖掉了。新搬来一位老爷子，人挺和乐，就是独居，好像也没个伴儿。过年嘛，人多热闹，今晚我和你爸就特意请他过来一道吃顿晚饭。”

新来的独居老爷子……这个时机，再加上那看起来就很昂贵的金桂、银桂……

宋书和秦楼对视了一眼。

不等他们问什么，客厅通往隔壁茶室的走廊里，传来秦屿峥和人交谈的声音：“应该是我家囡囡回来了……”

伴着话声，秦梁的身影出现在两人的视线里。

在院外看到了金桂、银桂，又听了梅静涵对新搬来的邻居的描述，宋书对于此刻看见秦老爷子从自家茶室里走出来，已经没有太多的惊讶了。

只是她能够明显地感觉到，看到秦梁出现的那一秒，站在她身旁的秦楼身体紧绷。

宋书眼神微晃了下。

她上前一步挡住了秦楼看向秦梁的视线，同时手背在身后，不动声色地握住了秦楼的手腕。

梅静涵和秦屿峥到底对秦楼并不熟悉，他们没有注意到这个年轻人神色的变化。

秦屿峥只是在看见秦楼时稍微愣了一下，然后他转向身旁的秦老爷子，抬手朝宋书示意。

“囡囡，这是隔壁新搬来的秦老先生，恰巧和我们同姓。你今天回来也凑巧，过来跟老先生问个好吧。”

宋书和秦梁对视几秒，达成某种默契后，她微垂眼，拉着秦楼走过去。

“秦爷爷，您好，我是秦情。”

秦梁显然没有料到会这么早就暴露了自己搬来这边的事情，从意外中回过神，他镇静下来，转头朝秦屿峥点了点头：“是个很好的孩子。”

秦屿峥笑了起来，余光很快扫到被宋书挡了一半身影的秦楼身上。秦屿峥脸上闪过一点尴尬的表情，犹豫两秒，他还是介绍道：“这位是秦情公司里的老板，嗯，两人关系不错……说起来，年纪应该跟您的孙子差不多。”

这话一出，客厅里除了秦屿峥和梅静涵夫妻外，其他三个人同时顿了下。

宋书回过神，想说什么补救一下，却已经来不及了。她身后的秦楼反握住她的手腕，将她拉到身后，同时低低地冷笑了声。然后秦楼慢慢抬起眼：“怎么，秦老先生只说自己有个孙子，却不肯说你们的祖孙关系早就断了吗？”

这话一出，秦屿峥和梅静涵都愣住了。

夫妻俩思绪稍转，通过宋书有些无可奈何的表情和秦楼毫不掩饰的冷淡态度，隐隐察觉到事有隐情。

秦屿峥笑意微僵，他转头看向自己身旁的秦梁：“老先生，您和秦楼是……？”

秦梁目光幽幽地望了秦楼两秒，然后他轻叹了声：“抱歉，隐瞒了你们。秦楼就是我提过的我的独孙。”

尽管夫妻俩早有意料，但听到这话以后，他们还是心情复杂地对视了一眼。

客厅里的空气僵滞了几秒。梅静涵打破尴尬的安静：“既然是一家人，那也别站着了，我们还是去茶室，去茶室。”

秦梁随秦屿峥转身往茶室走。

梅静涵朝宋书使了个眼色，自己也快步跟上去了。

宋书沉默数秒，转头看向秦楼："你要走吗？"

秦楼握着宋书手腕的手慢慢滑下去，他钩住她的手指，然后一点点握紧。

"我们一起进去吧。"

"但你不想看见他。"

"我更不想你因为我而为难，尤其是对他们。我知道你真心地把他们当作父母，你爱的人我也会学着珍视。"

宋书无法反驳："真要进去？"

秦楼用行动回答——

他牵着宋书的手，走向茶室。

秦楼和宋书走进茶室以后，却发现茶海旁边只坐着秦老爷子一个人。这让宋书有点意外，但是很快又了然。

秦家父母显然是打算给他们一个处理问题的时间。

宋书能想到的问题，秦楼自然也能想到。他沉默几秒，便牵着宋书的手走到桌旁坐了下来。

秦楼没什么过渡和客套，直接开口："如果我是你，那我一定没脸坐在这个房间里。"

秦梁沉默几秒："我只是想对我们的关系做一些修复。"

"有些事情修复得了，有些事情永远不行，就像打碎的水杯一样。"

说着话，秦楼抬手，握住桌上的一只紫砂杯，然后慢慢攥紧。

他的指腹紧压着杯壁，隐隐泛白，看起来下一秒就要把这只杯子扔掉。宋书伸手按在了秦楼的手腕上："他们不会希望看见你今晚来做的第一件事就是毁掉一个茶杯。"

秦楼的手蓦地一松。他懊恼地皱起眉，看了宋书一眼，最后还是把茶杯放下了。

秦楼转向秦梁："如果刚刚我打碎了这只杯子，你觉得它还能修复得了？"

秦梁皱眉。

不等他开口，宋书突然没什么征兆地接过话头："他只是想告诉我们，有些事，是没办法修复的。"

秦梁一愣，他视线里女孩漂亮的面孔上没什么情绪，语气也平静，只是带点不赞同的凉意。

那凉意不是冲着秦梁来的。

秦梁看向秦楼。秦楼显然也察觉了，他转向宋书：“我们应该同仇敌忾的。”

“不会有什么作用。你不会放弃你的敌视，秦先生也不会放弃他的坚持，说再多总会绕回原点。”

爷孙俩对视两秒，各自酝酿好的情绪和想说的话早就没了。

两人不约而同地陷入沉默。

半晌，还是秦楼先开口，声音低闷，大约接近一种不满却又不舍得发作的生气：“你故意的。”

宋书已经喝完面前的茶，放下杯子以后她平静地接话：“今年的最后一个晚上，我不想我爸妈听着你们的争吵度过，他们毕竟也上年纪了。”

秦楼闷不作声。

秦梁扶着拐杖，慢慢站起身：“旧年的最后一晚，你们确实是该安安顺顺地过，我就不打扰了。”

老人的声音沧桑。

终究是浸淫商场太久的老者，宋书分辨不出他的话里有几分真情几分假意，她也一贯不去分辨。

宋书起身：“我送您。”

秦梁想说什么，最后还是沉默地点点头。他看了一眼没有再抬头看过他的秦楼，轻叹了声，拄着拐杖往外走。

一路穿过走廊，走出玄关，再走进别墅外的院子，一前一后的两人都很安静。

到了院门前，宋书主动上前，打开门锁。就在她侧过身准备让出过道时，她听见身后的老人笑着叹了口气：“其实今晚能在这儿见到你们，对于我来说已经是个意外之喜了。”

宋书沉默两秒，平静地开口：“秦先生既然特意搬来，今晚的相遇就早在您的预料之中，没什么好意外的。”

“不，今晚不一样。毕竟是旧岁换新年，我原本以为我是要一个人跨过去的，没想到还能看见你和他。”

老人话里那种有感而发、没有刻意渲染的苍凉让宋书的话声也哽在了喉咙里。

她沉默许久，道："新的一年，祝您身体健康。"

秦梁似乎是愣住了。

他眼神微颤，几秒后才沙哑着嗓音开口："我以为你永远不会原谅我。"

"我确实不会。"宋书没有犹豫地说，"我也没资格原谅您，有资格的人长眠地下，没办法告诉我她的答案。"

"那你——"

"但我会给您该有的尊敬，因为您是秦楼在世的唯一的直系血亲了。就像他为了我对您心存芥蒂一样，我会为了他尊重您。不管秦先生是否能理解我们之间的感情，我们就是这样的。"

秦梁眼神微震。

宋书平静地垂眼，继续道："他讨厌功利，而您给他的一切所谓的爱，都有目的。不管是为了补偿，为了赎罪，还是为了保全，为了得到原谅，您给他的每一份关怀和爱都明码标价，从来没有哪一份是纯粹地为了他。而可以被估价和买卖的东西，是他最讨厌的。"

宋书停住，抬眼："我也一样。"

这一次秦梁的沉默格外地久。

而后，他慢慢点头："我知道了。无论如何，谢谢你告诉我这些话。"

"……不客气。"

宋书侧身，让出通往院外的路："您慢走，我不送了。"

秦梁拄着拐杖，慢慢、慢慢地向外走。

看着那道已经有些佝偻的背影，宋书垂下了眼。

她的声音很轻："我知道，至少在以为我已经死了之前，您是真心照顾过我的，就像……我也真心把您当作自己的爷爷。"

秦梁的背影蓦地一僵。

"那些年我不喜欢说话，或许欠了您一句……"

她抬眸，在夜色里轻轻转身："新年安康，爷爷。"

半晌，别墅门关上的声音从身后传来。

而背对着院门上那盏昏黄的小灯，秦梁藏在阴影里的有些浑浊的眼，慢慢、慢慢湿润了。

“对不起啊……”

老人的声音被风吹散在夜色里，不知道被吹到了谁那里。

元旦过后，离农历新年便不远了。

上一年的绩效考核以及农历新年前需要公示的年度财务报表都到了最后阶段，公司上下忙得如火如荼。

其中尤以人事部为最。

绩效考核本来就是他们部门的头等大事，以前有林峰在，栾巧倾基本“摸鱼”。今年林峰涉案在审，楚向彬又是从吕云开手底下跨组调过来的，对人事部流程并不熟悉，这可忙坏了栾巧倾。

距农历新年还有三个星期，公司年会还没安排好。

绩效考核这边栾巧倾已经有点自顾不暇了，再加上组织年会，她恨不能当场把自己切成两半来用。

人事部里原本就有后勤的分组，只是缺少能够领头的人——这种公司内一年一度的大活动，要想镇得住场，至少也得是部长以上级别的人。可这会儿公司里，部长以上级别的哪个都不好过，根本就找不到能借调的人手。

栾巧倾正焦头烂额的时候，习惯性地把目光投到宋书的身上。

被栾巧倾死缠烂打了两天，宋书终于松了口。

“先说好，”宋书无奈道，“这种年会我从没操办过，所有细节一概不明。我顶多按照往年的流程，只负责检查和监督进度。”

“够了够了，这就够了！”栾巧倾点头如捣蒜，一把抱住了宋书，“果然只有你才是我的亲姐啊，其他人就没一个靠得住的！”

宋书嫌弃地推开她：“本来就是你的工作，还要别人靠得住？明年再尸位素餐，不用别人提，我会跟22层要求换一个更有能力的人。”

栾巧倾被自家表姐训得蔫头耷脑，偏偏还一个字都反驳不了，只能老老实实地听着。

于是从这天之后，宋书几乎每天早上来到公司后第一件事，就是先去一趟8楼的人事部，关心一下年会的进度。

最大的益处大概是，需要22层决策的事务，通过她，这边就能在最短时间内敲定。

而跨年时部门聚餐的事情传开以后，公司里都知道秦情助理在22层的总经理那边正是盛宠，没人敢得罪她，连背后的议论都少了许多。

直到一个人出现，给Vio这片逐渐平静的湖面抛下了一颗石子。

荡开的第一圈涟漪，先泛到了人事部那里。

这天早上，宋书刚到22层的助理秘书小组没多久，就见栾巧倾气势汹汹地从电梯间出来，直奔总经理办公室。

宋书一怔，放下手中的文件，起身走到办公区外，把她拦住："大清早的，你上来做什么？"

"秦楼呢？我要见他！"栾巧倾脸色通红。

宋书微皱起眉："E国办事处那边出了一点状况，他出差去了。"

栾巧倾一愣："那你怎么没去？"

宋书冷淡地瞥她："你说我怎么没去？"

"哦对，年会快到了是吧？"栾巧倾微咬牙，"呸，气得我都糊涂了！"

宋书不解地问："到底出什么事了？"

栾巧倾欲言又止几回，终于咬咬牙开了口："我那边刚接到通知，说宋茹玉要回国了——她妈做下那样的事情，她还有脸回来？！"

第 32 章

—Y A O H E N—

年会

“宋茹玉……回国了？”

听到这个消息，宋书明显地怔了一下。

提起这个人，栾巧倾就咬牙切齿：“我也是今早才得到消息，听说她已经回国好几天了。我哥不是一直把她扔在国外吗？她怎么又觍着脸回来了！”

宋书思绪飘了几秒，回过神，她淡淡莞尔：“回来就回来吧。去哪儿是她的自由，不然你还真想让秦楼违法拘禁她吗？”

“她要是一辈子不往我们眼前钻，那她爱去哪儿去哪儿！可我今天分明听说她这次回来是准备进公司的！”

宋书想了想：“她好像确实有Vio资本百分之几的股权。”

“啊——想到我要忍受她在我眼皮子底下像只苍蝇似的飞来飞去，我就要硌硬死了！”

宋书莞尔：“这都过去多少年了，你对她还有那么大敌意？”

“什么啊，姐你不知道，她一开始在国内待过的。就前几年，当时秦家和寒家关系走得近，她还和我哥的那个朋友订过婚，后来也不知道怎么闹掰了，然后就各种作，最后还是我哥把她安排到国外去的。她现在突然又要回来，我怎么想怎么觉得她不安好心！”

“可能只是因为秦扶君的事情。”宋书淡淡的，“我们再怎么厌恶，对于她来说秦扶君是母亲，想回来见一面，很正常的。”

栾巧倾脸色微变。

其实从知道秦情就是宋书以后，她在宋书面前已经极少提以前的事情了，尤其是不愿意让宋书想起白颂的死。结果今天被宋茹玉的回国戳到痛处，她一时说话没顾忌，把这茬给忘了。

“……好了。”看出栾巧倾的不安，宋书没什么情绪地瞥了她一眼，“别去管宋茹玉的事情了，兵来将挡，水来土掩。”

栾巧倾一愣，冲宋书竖大拇指：“姐，我从小就特佩服你这种特淡定又特牛的劲儿。”

“有夸我的工夫，不如你去把年会的审核流程再走一遍？”

栾巧倾演技浮夸地扭过头：“哎，我刚刚上来前好像谁跟我说了点什么事情，还挺着急的。姐，我先下去看看啊！”

说完，栾巧倾就准备开溜。

宋书无奈地瞥她一眼，转身准备回自己的工作区。

然而栾巧倾刚走出去几步，似乎想起了什么，又小碎步跑回来，扒在助理秘书小组办公区的门上：“对了，姐，宋茹玉还不知道你就是……嗯，你自己的事情吧？”

宋书停顿了下：“应该不知道。怎么了？”

“噢。”栾巧倾点头，转过身时脸上换作幸灾乐祸的笑，声音也低下去，“那估计要有好戏看了。”

“……”

看着栾巧倾快要蹦跳起来的背影，宋书无奈地摇摇头，回到自己的电脑桌前。

她旁边的桌位就是安行云的。之前安行云全程一言不发，到此时办公区里安静下来了，她才淡淡地问：“秦扶君的那个女儿要回来了？”

“嗯，巧巧说的，应该没错。”

“那是个比她母亲还没有脑子的，回来也没什么。”

宋书莞尔：“原来安姨你也有这样嘴不饶人的时候。”

安行云对这个评价未置一词，倒是沉默之后抬眼看了看宋书：“需要我提醒一下秦楼吗？”

“不用。”宋书行云流水般地敲着键盘，屏幕上映着的漂亮面孔上笑意淡漠，“不是什么重要的事，没必要让他知道。”

“嗯。”

安行云显然很同意这个说法，点点头就转回去了。

不知道是宋茹玉太经不起念叨，还是栾巧倾这嘴巴开过光，她们刚讨论过这件事，第二天，已经回国几天的宋茹玉打着董事视察的旗号来到公司，而且来了以后直奔人事部。

那天助理秘书小组轮值到除了宋书和安行云以外的三位助理身上，宋书原本不用来公司，但是因为要处理年会筹备工作，她上午便来了公司，按惯例去人事部找栾巧倾。

到了人事部的楼层，宋书察觉出一点和平常不太一样的气氛——

以人事部最八卦的那个叫Lisa的小姑娘为首，好几个职员都在部长办公室的磨砂玻璃门外溜达。其余人即便是在各自的工位前，也都时不时地回头看一眼。

显然，栾巧倾的办公室里现在正发生着什么让他们全体都很感兴趣的事情。

宋书微微皱眉，往栾巧倾办公室的方向走。

迎面过来的人事部职员愣了下，连忙开口："秦助理。"

这一声把离得近的正聚精会神看着办公室那边动静的职员们都惊得回过神，众人纷纷咳嗽地掩饰着低下头。

原本聚在门边的也纷纷散开了。

提醒过的这个职员松了口气，低下头准备离开，却被宋书喊住了："等等。栾部长办公室有客人吗？"

职员犹豫了下，点点头："对，好像是公司里的一位董事，宋茹玉宋小姐。"

宋书感到意外："她今天来公司了？"

职员愣了下，然后才反应过来，这个"她"指的就是宋茹玉。职员立刻点头："是，宋小姐今天刚过来。"

"她说自己是来做什么的了吗？"

"这个……好像没有。"

"好，我知道了。"宋书朝职员淡淡一笑，"谢谢。"

"不……不客气。那秦助理您慢走。"

职员脚步飞快地离开了。

宋书在原地停了两秒，才有点无奈地摇摇头，往栾巧倾的办公室走去。

走到玻璃门前，宋书抬手刚要叩门，就听见里面传出栾巧倾气到冷笑的声音："你真以为自己是公司里的高层管理人员了是吧？不过是有点股份攥在手里，你出去问问，谁承认你是公司董事？哪次董事会通过你的连任了！”

“这是秦家的资产，我是我外公的外孙女，秦楼是跟我有血缘关系的表哥，我站在这儿是理所应当。倒是你，你不过就是一个外人，你有什么资格这样质问我？你连Vio的股权都没有吧？不过是靠着我哥以前对宋书的那点感情，你还准备吃这感情债吃一辈子？”

“……”

宋书眼神微晃了下，屈起手指，轻轻叩门。

门内栾巧倾刚要炸的声音一寂，几秒后才咬牙压住情绪：“谁？！”

“栾部长，”宋书轻声开口，“年会筹备方面还有一点小问题，我需要跟你确认一下。”

一听见这个声音，门内静了两秒，很快响起一阵高跟鞋的声音。

不一会儿，宋书面前的玻璃门被拉开，栾巧倾表情复杂地站在门口：“秦助理，你怎么来了？”

宋书淡淡地笑：“方便让我进去吗，栾部长？”

栾巧倾没敢质疑，乖乖让出过道。

宋书平静地走进办公室内。

办公室里现在没有别人，在落地窗旁边的沙发上只坐着一个打扮靓丽的年轻女人。她脸上的妆很重，用“浓妆艳抹”来形容也不过分，尤其是在公司这样的场合，看起来就更让人觉得扎眼了。

沙发上这人自然不是别人，正是回国没多久的宋茹玉。

她原本对于办公室里进来了什么人毫不在意——来之前她已经打听过了，秦楼出差去了E国，她料定公司里没人敢跟她叫板，也没人有那个资格。

只是当宋茹玉眼角的余光扫过走进来的女人，刚准备掠过去时，她的身子就猛地僵住了。

几秒之后，瞪大眼睛看清楚来人的长相，宋茹玉深深地吸了一口气，几乎是回过神的一刹那就从沙发上站起来：“宋——不对，这不可能！”

相较于宋茹玉情绪上大起大落因而面容都露出一丝狰狞的反应，宋书从进门停住，到此刻抬眼望定，连眼神波动都极不明显。

迎着宋茹玉战栗又厌恶、害怕又不敢相信的目光，宋书淡定地移开视线，问身旁的栾巧倾："栾部长，这位是……？"

栾巧倾收起眼底快意的情绪，她冷笑了声，上前道："这是公司的一位小股东，恰巧也是秦总的表妹，宋茹玉。"

说完，栾巧倾转向惊魂甫定的宋茹玉："别这么害怕啊，宋小姐。给你介绍一下，这位是22层总经理办公室助理秘书小组的特别助理，秦情，秦小姐。"

栾巧倾停顿了下，带些恶意地笑起来："看来宋小姐吓得不轻。也对，不少人都说秦小姐和那位长得很像，宋小姐的母亲做了那么多亏心事，这半夜要是有鬼敲门，大概最方便的就是来找你这个乖女儿了吧？"

宋书淡淡地瞥了栾巧倾一眼，栾巧倾收到警告，这才闭上嘴巴。

然而宋茹玉已经被吓得不轻了。

她脸色难看得妆都快挡不住了，垂在身侧的手攥得很紧，紧得几乎带着整个身体发抖，在恐惧、紧张的情况下，瞳孔变大——

大约僵持了十秒，宋书打破僵局，朝前迈出一步："宋小姐——"

她话还没说完，手也没伸出去，面前宋茹玉已经吓得猛退一步，差点跌到沙发上。

等宋茹玉回过神，惊叫一声就狼狈地冲了出去。

办公室的玻璃门砰的一声合上，门外传来一阵不知道是不是宋茹玉跑出去的时候跌跌撞撞碰倒了什么的声音，好一会儿才消停下来。

宋书有点愣怔。

而她身旁，栾巧倾回过神，捧腹大笑："哈哈哈哈，姐你看到了吗？她是不是差点被你吓尿了？哈哈哈哈哈……我刚刚应该给她录下来的，哎呀，竟然错过了，简直要遗憾死了，哈哈哈哈……"

被栾巧倾的笑声一吵，宋书回过神，抬手在她脑门上戳了一下："别笑了，再笑下巴都要脱臼了。"

栾巧倾眼泪都快笑出来了，好不容易艰难地收住笑，半晌才慢慢平复笑出来的肚子疼。

然后她才想起正事来："姐，你今天怎么过来了？"

"年会流程基本敲定了，我把相关文件拿过来给你签个字，然后我再拿去22层。"

“噢噢，我都快把这件事忘了。”

“……你还能记得什么？”

“就刚刚宋茹玉吓得屁滚尿流的那模样，哈哈哈……我绝对这辈子都忘不掉。”

“……”

监督着栾巧倾确定过文件又签好字盖好章，宋书收起文件夹，准备往外走。

到门口时她停住脚步：“宋茹玉如果再来找你，就让她直接上22层。你不需要跟她闹，对你自己在公司里的名声也不好。”

“我看她这一次已经被你吓蒙了，恐怕不会再来了吧。”

“宋茹玉度量小，心眼更小，今天吃了瘪是因为没防备，不会这么轻易放过的。”

栾巧倾撇嘴：“那也没事，我才不在乎名声什么的呢。”

“……”

收到宋书淡淡的警告的目光，栾巧倾只得收敛自己的乖张样子，安分地点点头：“好的，我知道了，秦助理慢走。”

宋书这才推门离开。

宋茹玉那天确实是被秦情吓怕了，连续几天都没在公司露面。直到连续做了几晚噩梦以后，她终于打听到了关于秦情的确切消息。

了解到“替身”这件事的来龙去脉，又从Vio的职员那里获悉了不少关于秦情的情报，宋茹玉果真“重整旗鼓”，咬牙切齿地准备再去Vio，为那天落荒而逃的自己一雪前耻。

第二回合的战场是在21层的副总层。

宋书最近经常需要去楚向彬办公室转交文件。秦楼出差在外，公司里目前需要总经理决策的事务多数由总经理助理秘书小组审核无误后，再送去楚向彬的办公室，由他决策签字。

而同样的，副总层的一些小会议，宋书也不得不代表秦楼参加，再在会后做整理和意见转达。

这天临近中午，楚向彬组的临时会议结束，宋书和他的两位助理一同往员工食堂走，还没进电梯间，就遇见了另一位副总吕云开的助理，以及跟在对方身后的宋茹玉。

两拨人脚步一停。

宋书已经忙了一上午，实在没心情也没精力搭理对方，只装作没看见，准备走过去。

宋茹玉自然不会罢休。

眼见着宋书要从她身旁过去，宋茹玉挎着包往宋书的去路上一拦，面上挂起假笑："这位就是秦助理吧？久仰大名。"

宋书抬眼，淡然一笑："宋小姐。"

"秦助理别急着走啊，你还不认识我吧？我是宋茹玉，秦楼的表妹。"说完，宋茹玉微微挺胸。

宋书点点头："我记得，前几天在人事部栾部长的办公室，宋小姐给我留下了非常——深刻的印象。"

宋茹玉一噎。

这实有所指的嘲讽让她的火气腾地一下蹿了上来，偏偏其余几人都不明所以，她又没办法明着发火。

宋茹玉只得咬着牙笑："原来你知道啊。那你知不知道我还有一个身份？"

"……"

宋茹玉微微迫近："我可是宋书货真价实的同父异母的妹妹。"

"……"

宋茹玉竭力想从这个叫秦情的女人脸上看出心虚的或者惶恐的表情，只有这样才能洗去她那日因为这个女人而有过的耻辱。

然而她失望了，在对方的脸上，除了那温婉无害的笑，她看不出半点情绪波动。

这样僵持几秒，宋书低笑了声："这我怎么会不知道呢？要不是同父异母，秦扶君，哦不，你母亲，或许还不会心狠手辣到一定要逼死她们母女吧？"

宋茹玉脸色蓦地一变。

几位副总助理的表情也跟着变了。

白颂案牵连虽广，但许多确切的案情都是不宣之秘，对秦扶君涉案的深度，公司里的职员们有所耳闻，但并不十分清楚。

直到此刻从宋书嘴里听到，他们才觉得自己得到了第一手准确消息。几人交换了下眼神。

宋茹玉回过神：“你……你少血口喷人！你知道什么？！”

“我知道的，应该比宋小姐你知道的要多得多。”宋书仍是无害地笑着，“毕竟我才是秦总的助理，那件案子冤情得雪，我是全程参与的。甚至可以说，送你母亲进监狱，使她受到应有的惩罚，这里面也有我的一份功劳。”

宋茹玉表情彻底变了。

她面部扭曲，近乎凶恶地开口：“就算我母亲做了错事，那跟你有什么关系？你不过就是秦楼的一个玩物而已！他把你当一个可悲的替身，你还沾沾自喜？你根本不知道他有多爱宋书，比起宋书，你什么都不算！”

宋茹玉说完，她身旁站着的领她进来的助理表情也变了。

尽管这是公司里人人心底的想法，但至今没一个人敢在秦情面前说出来。

助理连忙伸手去拉，去被宋茹玉一把甩开：“别碰我！我说得不对吗？她不过是仗着秦楼喜欢她那张跟宋书一样的脸，她算个什么东西，也敢教训我？！”

助理们的表情彻底失控。

他们心脏抽紧地看向秦情，却惊讶地发现她看起来丝毫没有什么生气的模样——她几乎是安静地、像听别人的故事一样地听完宋茹玉的话。

等到空气里只剩下宋茹玉痛骂之后呼哧呼哧的喘气声，宋书垂下眼，嘴角微翘：“宋小姐说完了？”

宋茹玉挤出一个冷笑：“怎么，我说得不对？”

“不，你说得很对。”

宋书失笑。她抬眼，带着笑，走到宋茹玉的面前：“可是再对有什么用呢？”

宋茹玉脸色一变，在宋书那冰冷的似曾相识的目光的盯视下，她下意识地想退：“你……你什么意思？”

“就算他只爱我的脸，那又怎样？”

宋书停下，红唇艳抹，这一笑退去平日的素淡无害，极尽了她精致五官的艳丽感，气质夺人。

“就算只凭一张与宋书相像的脸，一样任我施为。”

是夜，E国。

某私人会所顶楼。

从唯一非露天的VIP电梯通道走出来就是露天观景台，观景台的外围是一道环形泳池。泳池仿照新加坡金沙酒店顶楼露天泳池的无边设计，不明材质的透明边界挡住深蓝色的水，在几十层的高度上，夜景一览无余。

此时夜色已深，除了观景台角落里嵌入地砖的LED地灯外，只有泳池内亮着几盏小灯。

泳池里的水在夜色中荡起深蓝的涟漪，混着黑暗的边界，更像夜空里一块巨大的深蓝色琥珀。

里面的整体布置，秦楼是欣赏不来的，两人找了个稍微舒适的位置坐了下来。

“你怎么亲自来E国了？”寒时问道。

秦楼懒得抬眼，慢条斯理地切着面前开胃前菜里的温泉蛋：“E国这边的办事处建立之初只有我和林峰比较系统地接触过，他因为涉案已经进去了，公司里没有合适的人选，自然指望不上别人。”

寒时笑，有些幸灾乐祸：“楼兄还真是辛苦啊。不过我以为按照你的脾气，就算不得不出国，也一定会把宋书带在身边的，怎么这次舍得自己出来了？”

一提这个秦楼就想黑脸：“她那个妹妹办事不力，公司里有点事情，她脱不开身。”

“难怪。”寒时笑着点点头。

秦楼抬头看看，寒时那笑容怎么看怎么叫他不爽：“你现在对着我幸灾乐祸，是不是有点早了？”

寒时抬眼：“什么意思？”

秦楼哼地笑了声：“我至少回国就能见到我家小蚌壳，你能吗？我记得你家那位亲自发话，让你家老爷子把你踹出国来了。”

这次轮到寒时被戳到痛处，瞬间黑了脸。

两个情场上各有痛处的至交好友互损一番后，寒时终于祭出了自己的撒手锏：“我虽然人不在国内，但是消息从来没断过。这几天楼兄不在国内，知道投资业界有了什么样的风声吗？”

秦楼微眯起眼。

最近E国办事处在当地几处手续的审批上出了问题，他忙得焦头烂额，除了每天固定给他的小蚌壳打电话，打着“听取公司各项工作进度汇报”的旗号一逞私心外，他确实没什么精力关心国内的传闻。

寒时既然这么说了，肯定是听到了对他会有所影响的消息……

秦楼想到这里，手里的刀叉停住，他抬眼，神色严肃起来：“你听说什么了？和她有关？”

计谋得逞，寒时笑了笑：“看来她没跟你提起过。”

“……别卖关子。”

“其实也没什么。”寒时嘴角一勾，切了块牛排润下一口红酒，然后才抬眼，“只是最近投资业界突然盛传，说Vio资本去年刚刚升任总经理助理，并且很有望接班成为特别行政助理的那位，是个靠替身上位的小可怜。”

秦楼将刀叉攥紧了些，眸子也一点点阴沉下去。

须臾后，秦楼面上笑意退去，只剩点冷淡的嘲笑：“早就有这样的传闻了，小寒总消息来得也太慢了点。”

寒时摇了摇头：“可我听说，之前虽然隐隐有传言，但未成规模。如今有人说这位小助理自己亲口承认了，这传言在业界闹得风风雨雨的呢。”

寒时停顿了下，挑了挑眉，抬头笑：“这个最新消息，楼兄也知道吗？”

秦楼慢吞吞地咀嚼完嘴巴里的牛排，咽下去后他阴恻着眸子站起身，拿起餐巾擦过嘴巴扔到一旁，转身的弧度都带着压抑的冷气：“我去打个电话，你先吃。”

寒时终于扳回一城，心情舒畅地保持微笑：“楼兄自便。”

没一会儿，电话接通了，传出来的声音平静里带点意外：“秦楼？怎么了，突然这个时间给我打电话？”

“临时查岗。”秦楼轻眯起眼，手指敲着面前的大理石台面，“你现在在哪儿？”

宋书默然两秒：“员工食堂。”

“……我们之前不是说好，以后你不要再去那边吃饭了吗？”

“今天情况特殊。”宋书耐心解释，“明天就是年会，巧巧有些事情还是不确定，需要跟我商量一下，再去23层做饭的话，时间有点紧张。”

“又是栾巧倾。”秦楼皱了皱眉，咕哝了声后，还是暂时放过这个问题，“那你最近有没有向我隐瞒过什么事情？”

宋书怔了怔，她认认真真思索一番，摇头：“该让你知道的事情都已经汇报给你了。”

“还有不该让我知道的？”

宋书说：“只是一些琐碎之事，如果都要讲，那我们大概需要二十四小时语音连线了。”

秦楼说：“我不介意。”

“我介意。作为总经理助理，尤其在总经理不在公司，所有工作还不能有半点耽搁的情况下，我很忙的，秦总。”

从一贯淡然的宋书的语调里都能听出一点怨念了，秦楼心虚几秒才开口：“我这边的事最晚后天就能出结果，我会尽早赶回去的。”

“嗯，那你到国内之前通知我，我去给你接机。如果没其他事情，我先挂了，巧巧还在等我回去。”

秦楼犹豫了下：“你确定没有什么事情需要让我知道？”

宋书无奈地叹气：“我很确定，秦楼先生。如果你真那么担心，那处理好手头的工作尽快回国就好了。”

秦楼眼神微晃，最后还是接受了宋书的回答。

他垂下手：“好。那午安，小蚌壳。”

宋书回忆了下今晚秦楼的行程安排，也轻笑了声：“晚安。听说那个会所顶楼的夜景泳池很不错，好好享受。”

“唔，你喜欢吗？那我们蜜月来这里……”

“晚安！”宋书半是警告半是玩笑地打断他，“秦总。”

秦楼只得遗憾地应声：“你先挂断吧。”

通话结束以后，秦楼返回露天观景台。

寒时见他回来，有些意外地挑挑眉：“这么快？”

“嗯。”

“宋书果然承认了吗？”

“问了两遍她没提起，我就没有戳破。”秦楼坐下来说。

寒时有点意外："这么委婉可不是你的性格啊，楼兄。"

"距离太远。"秦楼半是叹气地抿了口红酒。

寒时问："什么距离？"

秦楼看向寒时："我和她之间的距离太远。如果她不想说，而我逼着她提起来了，那么就算她情绪变差了，我也没办法第一时间到她那儿去。所以只能等到我可以立即出现在她面前的时候再问，最好是当面，这样她有什么情绪我都能照顾得到。"

寒时听得愣怔，几秒后他失笑，举了举红酒杯："原来你也有这么细腻的时候。这一杯，我敬你和你的小蚌壳百年好合。"

"百年哪够？"

秦楼也举杯，对着寒时，或许是对着寒时头顶那轮清冷的月。

他低笑了声："生同衾，死同穴，百年后合骨而葬，到化成灰我都要她与我好合。这样若真有下辈子，我是她的，她也是我的。"

宋书挂断电话后，对着手机思索几秒，实在没想到秦楼打来这通电话背后能有什么原因。

迟疑片刻，她转身回了员工食堂。

关于她为什么会来食堂，宋书对秦楼是据实以告的。回到食堂以后，她未做停顿，径直走回自己的位子。

栾巧倾正坐在桌旁，百无聊赖地玩着碗筷。

宋书在她对面的位置上坐了下来，把手机放到餐盘旁边。

见宋书回来，栾巧倾抬眼："我哥又是为了什么事情找你？"

宋书想了想这通电话的全过程，摇摇头："不知道。"

"什么叫不知道？"

"他问我有没有向他隐瞒什么事情，"宋书说，"大概是听谁提起什么了吧。"

栾巧倾撇嘴："那肯定是说最近的流言啊，还能是什么事？"

宋书动作停顿了下："什么流言？"

"你不知道？"一提起这个，栾巧倾气得脸都拧巴起来，"我还以为你肯定听说了呢。你前几天是不是和宋茹玉正面'刚'了一波？她现在到处说你自己亲口承认靠着和……和我哥初恋长得一样的脸上位。”

宋书有些意外：“这个我确实没听说。”

栾巧倾咬牙：“你既然是第一次听说，这个反应会不会太淡定了点？如果我是你，现在大概已经忍不住冲到她面前，要求她道歉并澄清了。”

宋书莞尔：“没必要。他们说什么，我实在懒得多浪费一秒钟去听。”

栾巧倾无奈道：“你这个性格，真的能轻轻松松地气死我。”

宋书也确实不想为宋茹玉浪费时间，话题很快被她带到明天的年会上：“各部门应该都有一到两个节目，我看还有几个节目的审核单没有交上来，你得催催他们，最晚今天下午下班前……”

宋书说着话，余光从栾巧倾的身后瞥过去，然后微微一顿。

“怎么了？”听见突然没了动静，栾巧倾回头去看，就见宋茹玉在几个职员的簇拥下，正昂首挺胸地走向她们。

宋书无声一叹：“你这个嘴巴，真的没有去请哪位大师开过光吗？”

栾巧倾一看见宋茹玉便有种吃了苍蝇的感觉，她厌恶地扭过头：“这种反向开光把自己变成乌鸦嘴的事情我会做吗？”

宋书：“……”

栾巧倾问：“她好像是朝着我们过来的，怎么做？”

“装没看到吧。”宋书单手撑住下颌，轻轻地叹了声，“是我那天失策。以她那斤斤计较的性格，不能一下拍死的时候，就该碰都别碰，不然粘上了身，甩都甩不脱。”

像是要印证宋书的话，她这边刚说完，宋茹玉的声音在她们桌旁不远的地方停住，然后带着点骄矜地响起来：“我看就坐这桌吧，刚好有熟人——不对，应该说刚好有张熟悉的脸。”

簇拥着宋茹玉的职员们尴尬几秒，但还是纷纷迎合着坐下来了。

见宋茹玉在众人中间像只孔雀似的，栾巧倾嫌弃得直撇嘴：“一帮没眼力见儿的。宋茹玉不就是有点公司的股权吗？充其量就是秦梁的外孙女，除了这一点之外，她还有什么能让他们这么上赶着捧她的？”

宋书淡淡一笑，没抬眼：“利来利往，一点诱饵都能糊住人的眼，更不消说这么多——有机会抱上秦家嫡系的大腿，对他们来说已经够了。”

“真正的‘大腿’分明是你，一群睁眼瞎，迟早叫他们五雷轰顶地清醒一下。”

宋书被栾巧倾的语气逗得发笑：“有什么都被外人知道，那才无聊……不是所有人都配得上。”

栾巧倾听了深思几秒，然后摇摇头：“不行不行，我不能听你的，再这样听下去，你和秦楼白头到老，我直接孤独终老了。”

两人来来回回又逗了几句，有说有笑，可以说把宋茹玉一行人无视得彻彻底底。

宋茹玉起初还趾高气扬的，眼见着宋书和栾巧倾端着餐盘都准备离开了，她终于挂不住笑了。

轻轻咳了下清清嗓子，宋茹玉突然问旁边的人：“秦总什么时候回公司？”

旁边的人愣了下，谄笑：“秦总的具体行程我们不清楚，要问22层的助理秘书小组。宋小姐有什么事情吗？”

“也不是，”宋茹玉嘲弄地笑了笑，“前几天跟朋友出去玩，在KTV看见一位挺漂亮的‘公主’，长得和我表哥的那个初恋挺像，我准备问问他有没有换一个助理的打算。”

这话一出，桌旁都安静下来了。

自从那次秦楼给秦情出头以后，公司里再也没人敢当面议论秦情的不是，如今秦情就站在旁边，即便宋茹玉真是他们想捧的，对于和秦情正面冲突，他们也还是犯怵的。

而这话的音量未加掩饰，直撞进宋书和栾巧倾的耳朵里。

栾巧倾的脸色当时就变了。

她将手里刚端起来的餐盘直接往桌上一摔，汤汁四溅。栾巧倾扭头指向宋茹玉：“你再敢说一遍？！”

这一嗓子出来，员工食堂里的人都蒙了。

栾巧倾这两年虽然有点消极怠工，但比起从前宋书陪着她的时候，已经成长了太多太多，公司里没人见过她这么野蛮的一面。

宋茹玉多少还是有点印象的：这就是个疯丫头，以前在秦家，宋书不拦着她她敢冲上来薅自己的头发。

宋茹玉脸色微微一变，面上却强撑着：“我又不是说你，你这么生气干吗？”

栾巧倾眼神近乎凶狠地瞪着她：“你确实不是说我，你说的是我姐——就你那张嘴也配提她？信不信我现在就给你撕了！”

说着话，栾巧倾大有一撸袖子就要上的架势。

看得出栾巧倾真是发了火要犯浑了，宋茹玉吓得脸色大变，其余人见状不好赶忙起身来拦，这才让宋茹玉的底气稍微足了些。

她咬咬牙，梗着脖子，余光看见旁边没事人似的站着的秦情，她转向栾巧倾，心底恼怒更重：“你既然这么护宋书，那干吗还让这么一个‘冒牌货’待在我表哥身边？一样是陪酒陪聊，秦情跟我说的那个KTV里的‘公主’有什么区别？”

听了这话，栾巧倾几乎要冲上去。

众人都看出栾巧倾是气疯了。

这么几年，他们也打心底知道秦楼对自己的初恋情人的妹妹到底有多重视，众人一时间犹豫了。

眼看着场面不可收拾——

“栾部长。”

一声极轻也极为平静，平静得接近冷淡的声音，竟然稳稳地叫停了几乎要冲上去挠宋茹玉的栾巧倾。

众人惊异地看着暴躁的栾巧倾克制住自己的动作，然后循着声音回头——

宋书把栾巧倾的餐盘收拾好，和自己的一起，端到旁边的厨余桶旁倒掉了，然后才走回来，停到栾巧倾身边。

其间他们在那张精致的面孔上甚至看不出什么情绪波动。

“年会的事情还多着呢，别为不值当的人浪费时间，走吧。”

“可是——”

宋书没再开口，只抬眸扫了栾巧倾一眼。

栾巧倾咬咬牙，憋屈地把话咽了回去。然后她跟在宋书的身后，攥着拳低着头往外走。

这一幕让宋茹玉眼瞳微抖。

因为实在太熟悉，她只在一个人的身上见过这种能让张牙舞爪的栾巧倾听话的平静。也正是这种平静，能让她最害怕、敬畏的表哥，从失控的状态恢复正常。

不只是脸，就连性格和眼神还有这种掌控力，秦情怎么会和那个人那么像？

难道……

心底那个可怕的念头一生出来，就被宋茹玉猛地摇头断掉。

不可能！

那个人已经死了！

十年前，她最嫉妒的那个女孩的死讯是她无数遍地确认过的！一个死人怎么可能会复生呢？！

宋茹玉的脸色越来越接近铁青。

不知什么时候，宋书和栾巧倾的身影已经从食堂中消失了，死寂的食堂内逐渐恢复正常，才有人小心地走到宋茹玉的身旁："宋小姐，明天年会上的节目，真要那样演吗？"

"按原计划。"宋茹玉回过神，咬了咬牙，"只要你们安排得好，我保证能实现你们的要求。我说了，她就是一个替身小助理，难道你们觉得她的地位能比得过我这个秦家的血亲？"

几个人纷纷谄笑着否定。

看着秦情离开的方向，宋茹玉紧紧攥起拳，咬牙切齿地在心里发誓：

我这次回来以后所受过的羞辱，一定要在明天的年会上，跟她全部清算，叫她丢尽脸。

第二天上午，年会开始了。

宴会厅被布置成专门的年会现场，Vio的职员们齐聚一堂。因为秦楼不在，与年终颁奖和发言相关的事务都交由楚向彬和吕云开两位副总负责。

上午结束了几项年终颁奖的正式活动，在宴会厅以自助餐形式结束了午餐后，年会主持人宣布各部门开始准备上台表演节目。

各部门多数已经提前交过节目单，人事部那边审核通过了，唯独信息技术部一堆只会敲代码的大老爷们儿犯了难，人事部昨天催了几遍，还是没有结果。

所以一直等到年会最后，只剩下代表22层总经理办公室的助理秘书小组还没表演，这时终于轮到他们了。

主持人临时被人拽着耳语几句，就笑着上了台："今年还是技术部压轴啊，不过这次他们终于不赖了，专门请了外援。我先说好啊，这部分费用你们自己掏，别想找后勤报销。”

安行云从来不参加这样的场合，所以这会儿，在台旁单独和助理小组其余三位坐在一起的宋书微微皱眉。

她回头看了一眼人事部的座位区，和同样看过来的栾巧倾交换了一下目光。

眼神交流的结果就是，两人都确定这件事彼此并不知道。

宋书心底隐隐掠过某种预感。

主持人的报幕很快印证了她的想法：“让我看看外援们的节目，唔，是一个小品啊，小品名字叫……”

主持人面上的笑容僵住，但是低下去的声音还是通过音响传给在场的每一个人：“《总裁的替身情人》？”

这话一出，全场哗然。

几秒后，众人的目光不约而同地投向宋书的方向。

台下一时骚动起来。

主持人站在台上尴尬半晌，但话都说出来了，他只得硬着头皮僵笑：“瞧这外援，还真爱开……开玩笑啊。”

没给他救场的机会，外援们已经开始上台，主持人只得尴尬而忧心忡忡地下来了。

而后的十几分钟内，Vio的职员们各怀心思地看了一出“心机女为求上位不择手段，甘愿做替身最后却被残忍抛弃”的大戏。

演员似乎还有点专业，包袱不断，可惜场下几乎全程冷场。

众人都看得心不在焉，一直向助理秘书小组那边投去或同情或嘲笑等复杂的眼神。

然而出乎他们意料，直到这场闹剧落幕，外援们纷纷下台，他们预想中的“秦情不堪受辱愤而离席”的场面也没有出现。

主持人再上台的时候，几乎感觉自己是踩着刀尖上去的了。

他一边擦着汗忧心地想秦楼回来以后自己会有什么样的下场，一边小心翼翼地上台。主持人开了几个小玩笑，对之前的节目一字不提，然而这只是让台下的议论声越来越重。

在终于压不住场的时候，主持人只能硬着头皮僵笑：“最、最后一个节目了，我们有请助理秘书小组的秦……秦情为我们带来歌曲。”

台下死寂。

众人的目光齐刷刷地投向坐得非常靠前的助理秘书小组。

在众人复杂的目光下，宋书站起身。

她的神情依然平静，只是那双乌黑的眸子里终于露出一点被消磨尽耐性而冒头的冰冷感。

她的目光淡淡一扫，很轻易看到台旁站着的宋茹玉快意的神情。

宋书微皱起眉。

在这里闹起来大概是宋茹玉最想见到的事情了。昨天员工食堂那一幕已经在公司里传得风风雨雨，今天若真折腾起来，对于Vio的内部氛围和外在声誉都会产生不利影响。

这个宋茹玉……

在心底给对方记下“留后处置”的浓重一笔，宋书有些无趣地垂了眼，淡淡地笑道：“只是唱首歌，我就不上台了。”

已经下台的主持人一愣，随即体谅地点点头，连忙跑步将话筒送过来。

宋书伸手接过，伴奏也跟着起来。

她一顿，拿着话筒笑了声：“换首歌吧，不唱这个了。”

主持人跟音响师都愣了好几秒。

伴奏慢半拍地停下来，主持人小小心翼翼地问：“那秦小姐要什么音乐？”

宋书眼神一晃，莞尔道：

“《演员》。”

众人一愣，随即哗然。

音响师快速切换。前奏结束后，清澈动听的女声响了起来：“简单点，说话的方式简单点/递进的情绪请省略/你又不是个演员/别设计那些情节……”

宋书一边和着伴奏轻声唱着，一边慢慢在宴会厅内踱步，神态自然。

随着宋书走过，场中不少人回过神，然后露出会意的笑容——

不管是什么人利用技术部每年都节目难产的事情做出这样的手脚，秦情选择任何反驳或者还击的方式都会显得苍白无力。

更大的可能是，会直接毁了Vio的年会，甚至闹到公司以外的地方去。

而比起幕后之人这样不计后果的小人行径，秦情的应对手段让大家忍不住在心底叫了声好。

她就用这样玩笑又轻松的方式，顺水推舟地应下这个尴尬的场面：一首《演员》，几处歌词都若有深意地做了反讽；再到结尾，苦情一转，她把替身梗玩成了“情深”：“……不在意的样子是我最后的表演/是因为爱你我才选择表演这种成全。”

尾音恰到好处地收住。

最后一个音节落时，宋书正站在宴会厅门前。

望着正对面台下脸色难看的宋茹玉，她淡淡一笑，眼神深处极尽漠然和不屑的冷淡：“《演员》——谢谢捧场。”

宋书言罢，微微垂眼。

宴会厅里响起零零落落的掌声，有人投来欣赏的目光，但还有许许多多带着恶意的目光。

那些目光一直都在身边，如影随形，到了什么地方都逃不开。

真是无聊啊……这个一成不变从无新意的世界。

她有点想唯一不同的那个人了。

宋书垂下手里的话筒。

而就在这一秒，她身后宴会厅的门却突然被推开。

“……歌唱得不错。”

熟悉的低哑声线带着熟悉的气息和温度，蓦地从身后裹上来。

宋书怔住。

她几乎要以为是自己太想那人而产生幻觉了——直到秦楼从后面抱住她，然后握住她的手腕抬起来。

话筒被重新拉至面前。

宴会厅里的众人到此时才回过神，场内蓦地一寂。

他们愣愣地望着那个方向。

然后他们听见，话筒里流泻出低缓好听的带着笑的男声：“‘是因为爱你我才选择表演’，不过有个问题，我还是想问问。”

“秦楼……”

宋书心底的不安终于冒出头，她回身想要阻止秦楼的话，然而为时已晚。

秦楼微微俯身，吻在她的唇角。

秦楼的问题通过音响，响在宴会厅里每一个角落每一个人的耳边：“书书，假死这么久，你还想让我等多少年？”

第33章

—Y A O H E N—

惊骇

偌大的宴会厅里，这声线低沉的话音透过音响，清晰无比地传入现场每一个人的耳朵中。

宋茹玉看到秦楼出现的那一瞬间，脸上因报复而显现的快意笑容还未消失，就紧随着秦楼那脱口而出的称呼直接僵住了。

她不敢相信地瞪大了眼睛，看向被秦楼从身后抱进怀里的女人。

书书不是秦楼对宋书的称呼吗？他怎么会……

一个可怕的想法在一瞬间掠过宋茹玉的脑海，她的脸色唰地白了，身体本能地向后猛退一步，仓皇地扶住身后的矮桌才稳住身子。

等从那个让她惊骇欲绝的想法里回过神，宋茹玉的表情都扭曲起来——

那个人明明已经死了！秦情不就是那个人的替身吗？她怎么可能是宋书呢？！

年会现场，其他人也从秦楼突然出现一事里回过神，他们或是疑惑或是思索后，面露震惊地交头接耳起来。

“秦总刚刚说什么？我怎么没听懂呢？”

“我听见他喊秦情‘书书’了哎，后面好像还说了句假死什么的。”

“书书？假死？这什么跟什么啊？”

“呃……你们还记得秦总的初恋情人叫什么吗？”

“肯定记得啊，最近公司里不是经常在聊她？她叫宋书——天哪，事情不会是我想的那样吧？”

“如果不是的话，那秦总为什么要管秦情叫书书？”

“是不是喝……喝大了，把替身当正主儿了？”

“你觉得这有可能吗？”

“不是说宋书十年前就出车祸死了吗？”

“十年前？十年前所有人还都以为白颂就是那件案子的真犯呢，十年过去后还不是都推翻了？”

“那死而复生这事情也太惊悚了吧！”

“我之前还奇怪，这么多年秦总身边一个亲近的人都没有，怎么刚巧只遇见秦情这一个长得像的，还一来就把她宠上了天？原来秦情就是本尊啊！”

“这消息可太爆炸了！”

“啧啧啧，明天头条预定了。”

“刚刚那个小品《总裁的替身情人》是谁搞的来着？这下估计恨不得找条地缝钻进去了吧？”

“这真是一击即中地得罪了未来老板娘。还好我以前没说过秦情什么坏话，不然就凭秦总对她这十年不改的痴情劲儿，她若追究，谁都跑不了。”

“是啊……”

秦楼一句话成功地把会场气氛直接带入高潮，巨大的惊诧带来的议论声一波又一波像浪头一样涌向宋书和秦楼两人。

眼见离得近的职员几乎要压抑不住“求知欲”冲上来了，宋书罕见地变了脸色。她咬咬牙，握住秦楼的手腕，转身从身后宴会厅的大门溜了出去。

众人没来得及往外追，加上自己也不是什么八卦小报的记者，真冲上去把自家老板娘惹得恼羞成怒，谁都担待不起。于是他们只能站在原地遗憾这场“大戏”中场结束。

不过余波未止，现在没人关心年会进度如何，全都一门心思地八卦起这个惊天逆转。

无数信息从偌大的宴会厅内的每一个角落，顺着他们各自的关系网向尚不知情的外界散播出去。

“秦楼！”

等宋书终于拉着秦楼停住脚步，确认身后没有人追上后，她转回头。

一贯少有情绪的女孩此时恼得音量都提高了不少，她白皙的面庞染上一点艳粉的颜色。不知道是气得还是跑得，她的呼吸有些起伏不稳。

仗着长腿优势，秦楼一直懒洋洋地单手插着裤兜，另一只手任由宋书拖着，把他从会场里拽到露台上，目光一直没离开过女孩的后脑勺。

到此时被“点名”了，他似乎才回过神。

“嗯？”

这个十足地懒散而无辜的腔调，把宋书的火气又勾起了一点。

她慢慢平稳下呼吸，抬眼：“我们之前不是说好了，在公司里不暴露这件事情吗？”

秦楼装傻：“暴露什么事情？”

宋书没表情地仰脸看着他。

秦楼在这样情绪空白的目光下坚持了十几秒，终于还是没忍住，他转开脸，哑然失笑：“你这样就算犯规了啊，小蚌壳。”

宋书还是不说话。

秦楼只得告饶：“好吧，是我错了，我说漏嘴了，当时没有看到你拿着话筒，对不起，我的小蚌壳。”

宋书被秦楼话尾那不正经的语调气得想抬脚踹他——这个世界上大概也就秦楼有本事让她产生这么大的情绪波动了。

宋书慢慢做了个深呼吸，忍下去：“你当时是故意的。”

秦楼无辜地眨了眨眼：“我是吗？”

“……”

“好吧我是。”

秦楼再次笑起来。他趁宋书还没放开他的手腕，把她往自己的方向轻拉了下。

旁边就摆着两张藤椅，秦楼迎上宋书不为所动的没表情的脸，语气低下来：“我昨天连夜赶飞机，今天一到机场就立刻打车过来了，现在好累，陪我坐会儿好不好？”

“……”

宋书不得不承认，以前面对那个“傲娇”、别扭的少年，她都会因为心疼而主动做出让步，现在这个学会服软装可怜的秦楼已经让她完全没有招架之力了。

面对秦楼的神情坚持了两秒，宋书败退下来：“……坐吧。”

手上的阻力卸掉，秦楼得逞地勾了勾嘴角，自己坐到藤椅上不算，还把宋书拽了过去。

宋书没提防，直接落进秦楼怀里，然后被他长臂一环，毫无挣扎之力地被他圈在身前。

宋书迟疑两秒，想到坐都坐下了，再想回到刚刚的状态根本不可能，也就随他去了。

而秦楼显然是最了解宋书的人。

只从宋书眼神中流露出的细微的情绪变化，他就能察觉她的心理状况。感觉到宋书心中的火苗已经熄灭，自己慢慢脱离了危险，他放低了声音："我知道你不想把这件事暴露出来，但是我也不想你再被他们那样议论了。"

宋书微皱起眉："我们不在意别人说什么……"

"我不在意别人，但是我在意你。所以凡是伤害到你的话，我一句都不想听。"

宋书微怔，眼底最后一丝情绪松动下来。

秦楼又开口："而且，我想没有任何顾忌地和你在一起，不需要演戏。我想告诉全世界我的小蚌壳已经回来了，她就在我的身边，她不是任何人的替代品，更不可能被任何人替代——那是对她的侮辱。而我从始至终会看见的、会重视的、会视为生命的，只有这一个人。"

"……"

秦楼的声音轻柔："这样，你能原谅我了吗？"

宋书沉默许久，终于忍不住微微抬眼，乌黑干净的眼眸里盛着点淡淡的怨意："如果你都这样说了我还不原谅，那我是不做人了吗？"

秦楼一愣，随即哑然失笑。

"蚌壳算'人'吗？"

"……不算。"

"那蚌壳算什么？"

宋书表示不想理他，并且没表情地转开了脸。

秦楼是典型的得了便宜还卖乖，见宋书不和自己计较当众拆穿她身份的事情了，他不但没心虚消停会儿，反而得陇望蜀。

栾巧倾兴高采烈地按照侍者的指点跑上露台来找人的时候，正撞见秦楼得寸进尺地抱着她家表姐要亲亲的场面。

栾巧倾面上的笑容瞬间僵住，并迅速扭曲成了咬牙切齿的状态：“秦楼，这光天化日朗朗乾坤众目睽睽的你怎么还敢动手动脚的呢？！”

秦楼因为和宋书的嬉闹被打断原本就心里不爽，瞥见来人是一向被他视为头号“情敌”的栾巧倾，他更是嘴角一勾，冷冰冰地笑了声：“怎么，成年以后这么会用成语了吗？”

宋书习惯了这两人碰到一起就互相看不顺眼的斗鸡场面，此时只轻轻挣了下，低声说：“让我起来。”

“不。”秦楼反而把抱着她的手臂收紧。

栾巧倾冲到两人面前：“旁边有那么多张椅子，你干吗非让我姐和你坐一张？”

秦楼目不斜视：“旁边椅子上都有人。”

“整个露台上就你们俩，你说有鬼我还信！”

“那就有鬼。”

栾巧倾深吸一口气，决定在被秦楼活活气死之前放弃和他争论。

宋书对栾巧倾一向比较善良，此时主动给栾巧倾找了个台阶：“你过来是有急事吧？”

“也没什么急事，就是告诉你个好消息。”被宋书一提醒，栾巧倾想起来意，脸上立刻开花似的露出笑容，“不得不说，我哥刚刚那一嗓子还是很帅的。姐，你是没看见那些说过你坏话的人的表情，尤其是宋茹玉，我看她差点吓瘫了，哈哈哈……那样整你，她简直太活该了！”

宋书不在意这些，表情也不见变化。听了栾巧倾的话，她只无奈地瞥了秦楼一眼：“不用一天时间，这件事情就会传开的，到时候你自己去收拾烂摊子吧。”

秦楼满不在乎地点点头。

比起把他身旁这人就是如假包换的小蚌壳这件事情公之于众，再多的麻烦对于他来说也只能算是一点小小的代价而已。

栾巧倾一拍脑门：“哦对，还有件事，宋茹玉被吓蒙了以后，好像打电话给谁求救了，带着哭腔让对方给自己支着儿呢。她找谁了啊？求情电话有没有打到你们这儿？你们可千万别心软啊！”

宋书闻言面露茫然。

她在很久以前就对宋茹玉完全不关心了，如今对宋茹玉的交际网更不清楚。唯一可能清楚的……

宋书转向秦楼，问：“你知道是谁吗？”

秦楼冷笑了声，不以为意：“她求到天王老子那里也没用。”

栾巧倾立马竖起大拇指：“这才对嘛。你那个妹妹就是个惹祸精，你必须得有这个气魄替我姐扳回一城！”

“她是惹祸精，你也不差。”秦楼毫不买账。

栾巧倾一噎。

宋书也瞥了栾巧倾一眼，示意栾巧倾不要再煽风点火，而后她转向秦楼：“会不会是寒时？他不是和宋茹玉订过婚？”

秦楼一怔，随即失笑：“你不知道当初寒时为了丁玖玖闹成什么样子，他会为宋茹玉说情？不落井下石就不错了。”

秦楼刚说完，一个电话打了进来。

他拿出手机低头扫一眼，嘴角轻扯了下：“我还以为是谁。”

秦楼的手机屏幕没有避宋书的视线。事实上，就秦楼把她圈在怀里的这个姿势来说，她想不看见秦楼的手机屏幕都难。

不过屏幕上并没有显示来电人信息，显然这个号码不在秦楼的手机通讯录里。

对这一点宋书倒是习以为常：秦楼天生对数字敏感，把一个电话号码存入手机比存入他脑子里用时大概还要久一点，11位数的电话号码背一本对他来说也不是多么难的事情。

宋书早就失去了和他比记忆力的兴趣。

所以确定自己不认识这个号码后，宋书抬头问秦楼：“是谁的电话？”

秦楼笑了下，没有作答。

他接通了电话，拇指又在免提键上轻触了下。

“哥哥哥哥哥哥……”

电话刚一接通，里面就迫不及待地响起复读机似的一迭声的呼喊，语气哀怜诚恳，耳听着就是要声泪俱下的节奏。

可惜秦楼对他家小蚌壳以外的人，最擅长的事情就是冷酷无情，所以听见这一串“哥”后，他依然不为所动地打断了对方的话：“小蚌壳现在就在我身边，有什么话你对她讲。”

电话那头一噎。

宋书瞥向神情淡漠的秦楼：“电话对面是宋帅？”

此时，电话那头的人反应过来，赔着笑颤着声儿觍着脸喊了一声：“姐？”

这一声“姐”叫得宋书怔了下。

秦楼冷笑了声，屈起修长的食指扣了扣被他扔在桌上的手机：“说话就说话，别乱占便宜——谁是你姐？”

“这个……本来……血缘上也确实是我姐嘛……”宋帅委屈地在电话那头咕哝。

栾巧倾忍不了了：“这是我姐，跟你有半毛钱关系？！”话刚说完，不等宋书的视线落过来，她已经识时务地抱头蹲下朝向另一边了。

宋书头疼。

她感觉自己像是掉进了一个满是成年人的幼儿园里。

这工夫，宋帅已经自动忽略被他辨认出来的栾巧倾的声音，小心翼翼地试探：“那喊什么？嫂子？”

栾巧倾蹲在地上忍不住嘟囔：“这是什么乱七八糟的家庭关系……”

唯独秦楼意外地挑挑眉，表情似乎还挺愉悦：“这个有点新奇，可以。”

宋书表情空白地瞥他。

而电话那头宋帅如蒙大赦，连忙用隔着手机都能“脑补”出来的尴尬笑声做陪衬，给宋书道起歉来：“嫂子，对不住对不住。我那个亲姐姐是个没脑子的你肯定早就知道了，她哪能猜到你就是正主儿呢？这事也怪我，我前段时间其实多多少少听我哥暗示过，只不过有点事情给忙忘了，也没记得提醒她。她是不是惹你生气了？”

宋书听完，沉默片刻，转向秦楼。

她也未顾忌免提还开着，指了指手机：“他什么时候变成这样的？”

秦楼挑眉："哪样？"

宋书想了想，选了个词："听话？"

一旁的栾巧倾听了扭过头，补充："姐，你不用给宋帅留面子，他那哪叫听话啊？分明就是谄媚。好几年了，他对我哥一直这个德行。"

秦楼直接无视："他不是一直还算听话吗？"

宋书从栾巧倾那儿收回终极预警的警告目光："那是以前被你吓得。"

"唔，那就是现在已经被吓得成为本能了。"

宋书："……"

对于这两人毫不避讳地讨论自己，电话那头的宋帅纵使有什么怨言也是不敢说的。

而且这种似曾相识的即便同处一室也会被那俩人无形的屏障完全隔绝在外的感觉实在是暌违已久，他觉得自己突然有点不对劲儿，不然怎么听着听着还觉得有点怀念了呢？

秦楼先转向手机："你不会觉得宋茹玉最近趁我不在公司做出的事情，靠你这一通电话就解决吧？"

"那当然不会，就算哥你同意，我也绝对不能同意她这么草率而毫无诚意的。"宋帅这两年拍马屁水平见长，说完就话头一转，"那哥你觉得，这事情怎么处理好？"

秦楼哼地笑了声："让她来给小蚌壳道歉、认错，再做个一万字左右的检讨。记得，必须当面。"

那头的宋帅牙疼似的倒吸了口凉气。

秦楼声调一抬："有意见？"

"没有没有！那哪能啊？哥你能给机会，我觉得已经是给足面子了。你放心，我一定督促她完成。"

"嗯。"

宋帅又说了几句好听的话，电话这才挂断了。

一旁栾巧倾抬起头，小心地问宋书："姐，我能起来了吗？"

宋书严肃地看她："下不为例。"

"噢……"

栾巧倾揉着蹲麻了的腿站起身。

秦楼像是才注意到栾巧倾的存在，难得地往这边看了一眼，眼神显得冷淡：“一骂脏话就蹲地板的‘好’习惯一直保持到现在？挺好。”

栾巧倾白了他一眼。

秦楼立刻转头向宋书告状：“她刚刚绝对在心底骂我脏话了，让她继续蹲吧，小蚌壳。”

宋书无奈地垂眼：“你有点当哥的样子好不好？”

秦楼想了想：“那太累了，我还是选择没有弟弟妹妹。”

宋书转向栾巧倾：“公司里的人都走了吗？”

“嗯，年会结束了，我上来之前他们就已经开始散场，现在估计没人了。”

宋书点头，转回来，把方才终于乘秦楼接电话之机从他的束缚下抽出来的手抬了下，敲了敲秦楼的手腕：“现在可以松开了？”

“不可以。”

“我们该走了。”

“我都有一整周没看到你了，多抱一会儿。”

宋书犹豫地停住。

旁边栾巧倾忍无可忍地搓了搓胳膊上的鸡皮疙瘩：“你俩可腻歪死我了。”

栾巧倾话声一落，立刻收到秦楼的目光警告。

栾巧倾噎了下，秉持着“眼不见为净”的原则转身往露台下跑，一边跑一边头也不回地叮嘱宋书：“姐你记得，千万别轻易原谅宋茹玉啊，她可实在太过分了！”

余音未了，人影已经消失在露台的门外。

秦楼轻哧了声：“她是怕你继续罚她，才跑这么快吗？”

宋书纠正：“是你对她太凶了。”

秦楼冷笑：“对‘情敌’，我的字典里从来没有‘心慈手软’这个说法。”

宋书不知道秦楼这是从哪里喝的一口浓醋，但也熟知他的脾性，懒得和他计较。

她抬起手，揉了揉秦楼那头顺眼的黑色头发：“去E国累吗？”

“嗯。”

“辛苦了。”

秦楼眼底那些幼稚的情绪一滞，然后慢慢消解。他微垂下眼帘，无奈地笑了声，靠到女孩的肩上。

“你这样就真的是犯规了，小蚌壳。”

“不可以吗？”

“当然可以……对你，我没有什么是不可以的。”

“……”

果然，没过几天，秦情就是宋书这件事就在整个投资圈子里被传得沸沸扬扬。明面上的八卦新闻都被秦楼找专门的公关运营团队压了下去，但每个人的嘴巴他却是管不住的。

没人不对这俩人堪称传奇的情史感兴趣。等那些八卦人士从各种各样的渠道得到关于秦楼和宋书二人经历的或真或假的消息后，两人更是被戏称为圈里的金童玉女级别的行业代表性CP（配对）。

只是资本市场永远不缺新“乐趣”。

这点八卦到底只是一时之兴，除了Vio资本内部对宋书这位总经理助理从虚情假意转为真心实意以外，在外界这场风波很快就平息了。

得益于此，秦楼在公司里对宋书的“纠缠”更是变本加厉。而且不久前他多了一个新的“爱好”：午餐不再在23楼吃，而是改去员工食堂。

秦楼美其名曰“上下级平等”，事实上长眼的都觉得这人就是来秀恩爱的。

Vio资本的人事管理制度中并没有禁止办公室恋情这一条，由此带来的弊端尽可能通过其他管理制度，诸如保密条例进行解决。所以公司里有情侣并非什么稀罕事，但是高调成某人那样的……

栾巧倾面无表情地端着餐盘经过那两人身旁时，语气中都充满了嫌弃：“食堂师傅最近怎么回事？做出来的饭怎么都有一股‘狗粮味’？”

宋书无奈地扶额。

她对面，秦楼撑着颧骨，眼神懒散地跟着她的动作走——没精打采，但极度“护食”。

宋书随便吃了几口，在众人哀怨的目光下，终于把这“祸害”拖起来往23层去了。

走进23层的电梯间里，宋书转过身。

不等她开口，秦楼先发制人："我们搬回老宅住吧？"

宋书愣住，过了数秒才回过神："我……们？"

秦楼点头，他低下眼意味深长地笑："嗯，就我们……两个人。"

第 34 章

—Y A O H E N—

惩罚

宋书回过神："可是老宅应该已经很多年没人住了。"

秦楼说："秦梁前不久回国，就是先去的那边。这几年宅子里一直有人打理，他回去以后把以前在家里工作的老人都召了回去。前几天我去看过，还是那边的环境和空气好些。"

"那这边……"宋书回身看了看23层。

"这边我会让人定时上来打扫，只当作偶尔休息的地方。"

宋书回眸："我以为你应该已经在这里住习惯了。"

"老宅更舒服些。"

"那之前为什么搬来这里？"

秦楼突然沉默下来，过了一会儿，他抬眼笑道："因为不敢回去。"

宋书怔住。

她抬起头，和秦楼那双黑得深邃而漂亮的眼睛对视，仿佛在这双眼睛里看见了那个会紧紧拥着她在她耳边说"只有你听得见我的求救"的少年。

那个少年的身影这么多年来都藏在秦楼的心底，只是成年人的这个外壳掩饰得很好。

他聪慧、暴躁，又敏感、脆弱，对除了宋书之外的一切都缺乏安全感。他身体里藏着一个怪物，那些年里他都在和那个怪物搏斗，经常头破血流。

后来是她看见了。

再后来，即便有别的选择了，他也允许她看见……过去了很多年，一直到今天，从未改变。

宋书轻叹："好。现在有我陪你了，我们一起搬回去住。"

"……"

在关乎宋书的事情上，秦楼一贯是个执行力一流的行动派。

在宋书答应下来的当天晚上，他就找来专业人员，整理完了23层所有的必需品，以最快速度打包装箱，并有条不紊地迅速安排搬到老宅去——整个过程效率高得让宋书不得不怀疑他是早有预谋。

对此，秦楼显得很无辜："他们是专业的，随叫随到是他们的宗旨。"

宋书无言以对。

两人搬家是趁着Vio的下班高峰过去了的时候，但公司各楼层里有一小部分加班的员工下班稍晚。一个职员在电梯里遇见了下楼离开的宋书和秦楼，他连忙喊了"秦总"，看向宋书后犹豫了下，才小心地试探地喊："秦……秦助理。"

宋书朝那个有些局促不安的职员淡淡一笑："晚上好。"

宋书本就生得好看，笑起来更让人心暖，职员呆了两秒，刚准备回以微笑，就感觉旁边原本懒懒散散的秦楼突然抬起眼，目光直直地钉到了他身上。

职员僵了下，硬着脖子缓缓转头，果然不是错觉，秦楼那双墨黑的眸子正一眨不眨地盯着他呢。

职员强挤出笑："秦……秦总？"

"你是不是想勾——"

秦楼还未说完，只觉眼前一黑——

宋书伸手遮住了秦楼的眼，然后才转身朝职员歉意地一笑："没事，他开玩笑呢。"

说完以后，宋书转回头，面上笑意一凉，声音放轻："别在公司里闹，我们说好了。"

秦楼："我没开玩笑。"

"……"

职员胆战心惊地看着他们那个出了名的脾气差的老板，此时明明被宋书白净的手没怎么用力地捂着眼，却乖乖巧巧一动不动，连半点挣扎的迹象都没有，只低声咕哝。

秦楼的语气委屈极了："你今天都没对我笑得这么好看过。"

职员："……"

难怪刚刚差点被目光穿透，原来自己一不小心翻进老板那比太平洋还宽广的醋海里去了。

职员惊魂甫定，宋书倒是习以为常了。

她只当没听到秦楼这话，见他安分地从无辜的职员身上移开目光，她才把手放下来。

二人到了停车场，宋书坐上秦楼的专车。司机被秦楼放了假，他自己坐进驾驶座。

“晚餐你是想回家吃，还是在外面吃？”

宋书想了想：“回家吧。”

“嗯。”

车从地下停车场驶出，开了一段距离，宋书突然想起什么，看向秦楼：“搬去老宅的事情，你和秦老先生提过了吗？”

秦楼一顿，原本算得上轻松愉悦的情绪消失。几秒后，他淡淡地开口：“不需要提。”

宋书轻声，说道：“那毕竟也是他的住处。”

“他现在不是整天住在你家旁边的联排别墅里吗？”秦楼嘴角一勾，嘲弄地轻哧了声，说道，“而且我去哪里住，不需要经过任何人的允许。”

宋书垂眸，没有再和秦楼说什么。

她知道秦梁当初的选择是秦楼的一个难解的心结，而且缠出那个心结的情绪太过复杂，远不只是对秦梁的怨恨那么简单。

秦楼在自责。

而且那种自责自咎的程度之深，甚至让他根本不允许别人帮他从那种负罪感里解脱出来。他偏执地沉溺其中，自我折磨也折磨其他他认为有罪的人，宋书想要插手他都会表现出抵抗。

不能着急。

宋书轻轻握起拳，在心底告诉自己，就像当初她给他培养出转魔方这个“心理镇静剂”那样，这个过程将是漫长的，要有耐心。

他们还有很多很多的时间，她可以慢慢来……

她会把他从那个牢笼里救出来。

秦楼中午得到宋书的同意后，就已经把他们要搬回来住的事情告知老宅那边的人。

如今老宅里的佣工多数是十多年前就在家里的老人，其中不少人甚至可以说是看着秦楼和宋书长大的。

那些年家里这个喜怒无常的小少爷和撬不开口的小蚌壳没少“祸害”他们，但相处多年产生的感情自然保存下来，又被时间打磨得温润美好，让人怀念。

所以听闻当年的小少爷和小少爷的那位小蚌壳要一起回来，宅子里的老人们从中午就开始忙活，到了下午实在没什么可做的了，便在院子里外、正门前后，还有花园里的小径旁，三三两两地聚着，等两人露面。

“多少年了啊，终于回来了……”

在砾石小路旁做园艺修剪的佣工看起来已经四五十岁，他边举着大剪刀修剪不整齐不美观的枝丫，一边和正门小路前垂手等着的管家感慨。

管家也慨叹：“是啊，太久了，我本来以为自己都等不到这一天了。没想到啊，还有机会回到这个宅子里。”

“现在也好，少了些乌七八糟的人，就能比以前清静多了。”

“乌七八糟的人？”管家起初没反应过来，和园艺工人对视了一眼，才恍然大悟，随后摇了摇头，“怎么说也是秦家的血脉……只可惜，长歪了点。”

“岂止长歪了点？”园艺工人不客气地修剪掉一根歪枝，“错了就该及时改正，免得日后酿成不可挽回的大过。如果当初改得及时，那后来那些事情就不会发生。只可惜了白小姐那么好的一个人，心地善良，懂得体恤人……”

管家半晌才回过神，眼角不明显的皱纹似乎都深了几分：“过去的都过去了，不要再提啦。”他摆摆手，“以后也少提吧，有些人有些事放在心里，是好是坏我们自己明白，再带进棺材就够了。她做那些从来不求别人理解的，想来小少爷他们也不想被勾起伤心事。”

“这个我当然明白。”

“不过……”管家故作苦笑，“小少爷一回来，我们接下来恐怕又不得消停喽。”

园艺工人撇撇嘴：“别装了，我看你分明挺开心的。”

“我有吗？”

“表情管理倒是到位了，不过你这一身燕尾服……”园艺工人转过身，上下打量了一番自己的老朋友，“我可记得这是你以前最珍爱的一套，不是重要场合绝对不穿出来的。”

管家被拆穿，索性大大方方地承认了：“毕竟是小少爷他们要回来了，宅子里多少年不见什么人影，今天终于迎回主人，正式一点也是应该的。”

“去去去，谁信你的！”

“你还说我，今天这花草我看比前几日齐整多了，你是不是前些天偷懒了？”

“少来，分明是你这老头高兴得眼睛都歪了……”

“……”

在俩人的聊天逗闷里，天色一点点暗了下来，宋书和秦楼的座驾也终于在长路的尽头出现。

等待的人们不约而同地停下说笑，翘首望去。在他们的视线里，车身一点点驶近，慢慢停到正对着老宅前门的砾石小路前。

宋书一走出来，就被热泪盈眶的众人那慈祥欣慰的眼神笼罩。

“我好多年没回来了，老宅里什么构造我都快忘记了。和大家打个招呼，然后我们进去走一走吧。”

秦楼被宋书那句“好多年”带得情绪一沉，过了一会儿他才回过神，笑了起来：“好。”

家里也在这方面做了安排，二人与大家互相问好并寒暄后，管家主动提出带他俩在老宅里转转，熟悉一下这些年那些变了的和没变的布置。

双方一拍即合，宋书和秦楼跟在管家身后往宅子里走。

在老宅的院落里绕了一圈后，管家领着两人进了主楼。

“主楼前几年重新修葺过，一些房间的布置都已经改换了。”管家走在前面一一介绍着，他的身后，秦楼、宋书从正门进入。

厅内的佣工停下手里的活问了好，三人穿过正厅。

在一楼看得差不多了，管家停在楼梯口：“二楼还是书房和卧室，没有做别的改动。至于三楼……”管家看向秦楼，微微躬身，“三楼的一切布置都按照少爷说的，平日里也没人上去。”

秦楼点点头："剩下的我们自己看吧，你不用跟着了。"

"那我下去为两位安排晚餐。"

"嗯。"

等管家转身离开，宋书才抬眼看向秦楼："三楼你布置什么了？"

秦楼晃了晃身，朝宋书伸出手："我还以为你一点都不会好奇呢。"

宋书在台阶下停了两秒，还是把手搭上去，然后她迈开步子，跟在秦楼身后踏上楼梯。

秦楼牵着她上了二楼。

看到走廊上各个卧室的布置，宋书还能在记忆里找到似曾相识的感觉。跟着秦楼走过一扇又一扇房门时，回忆里那些她以为早就模糊了的记忆扑面而来。

宋书情不自禁地放慢步伐。

直到秦楼牵着她的手走到长廊中间的一扇门前。

"这里是……"宋书在记忆中翻找，随后有些不确定地看着面前这道造型古朴、有花纹的双开门，"书房吗？"

"嗯。"

秦楼点头，伸手推开。

房间里面一片昏暗，窗帘是拉开的，如水的月华透过落地窗，倾泻在房间里。

秦楼打开了门旁的触摸灯开关，眼前的昏暗陡然被灯光撕开。

看着面前的布置，宋书愣住了。

和她记忆里那个氛围有点严肃的书房不同，这里是按照另一个地方重新装饰的——宋书曾经和秦楼单独住过的秦家的另一处宅子，那里的书房是他们两个人独有的地方：一半是高高的书架，堆满了各种不同语种的数学类大板砖书籍；另一半则布置成画室的模样，卷起来的画摞在画架上，还有几幅用漂亮的画框装裱起来，挂在墙壁上，或者斜着倚靠在墙角。

宋书站在门外，看着这个好像和过去那个房间一模一样的书房，几乎能够清晰地回忆起她和秦楼曾经在那里度过的每一刻——

有时候她在画画，而他捧着一本厚重的书靠在书架上。笔尖在画纸上沙沙地响，书页划过空气，两种声音交织在一起，像是舒心的乐曲。

有时候他坐在窗边的书桌上，晃着长腿看落地窗外的风景，虽然看来看去就那么多，春夏秋冬也没什么太大的变化，但他这样做的时候宋书就会陪在他身边，听他讲讲今天又看了哪本数学史，偶尔皱着眉头抱怨书里的某个论证有多晦涩。

更多的时候，宋书坐在画板前画画，而秦楼站在她身旁。

家里最肆无忌惮的家伙这种时候总是格外安静，他一句话也不说，只是站在那里给她扶着画纸，或者削那些他觉得画出来也没什么区别的各种型号的铅笔。

这种时候书房里总是安安静静的，几乎什么声音都听不到，但书房里甚至只是那个画板前，却又好像藏着一个独立的世界，所有美好的声音都在那里面。

所以什么都不必说，他和她全都听得到。

宋书慢慢垂下微微战栗的眼睫。

半晌，她轻勾起嘴角，露出一个很淡的笑："都怪你。"

秦楼回眸："怪我什么？"

"我本来一直在忍着的。"宋书轻声道，"在踏上回来的路以前我就在想，今天一定要做好表情管理，不能让你看出什么异样，不然我难过你也会难过，而你难过我就会更难过——这对我们两个都不好。"

秦楼听到这话时已经是眼神禁不住地晃，等宋书说完，他也垂了眼帘遮住眼中的情绪："那现在失败了？"

"你说呢？"宋书侧过身看他，"还没有进院落的时候就失败了。"

"……"

"更何况，你还故意在这个时候给我来这么一出。"

听出宋书语气里有一点小小的埋怨，秦楼哑然失笑。

他伸手钩起女孩儿的手，牵着她走向书房的另一半。

"以前我从来不敢回这里，也不敢回那个宅子里。就算把房子整个推倒重建，将所有的痕迹全都抹掉，无论在哪个房间里，我都能想起你还在我身边时这里的模样。

"一直到确认你真的回来了，我才敢让人按照我的记忆布置，把这里改造成现在这样。"

秦楼拉着宋书走到这半边房间中央，那里支着一块画板，雪白的画纸平整地铺展开。

再往旁边，支起来的画架上搁满了削好的按照型号排列的铅笔和其他绘画工具。

秦楼松开手，转而扶上女孩的肩膀。他把她带到画板前，让她坐在椅子上。

然后秦楼收回手，看着画板和坐在画板前的宋书，微垂着眼笑了起来："这一幕我已经梦见太多回了。每次梦到的时候，我就会忍不住朝坐在椅子上的你跑，我一直跑一直跑，可是越跑离你越远。就算终于跑到你面前了，我一伸手摸你，你就消失不见了。"

宋书听得心口轻颤，她抬眸看向站在自己面前的男人："秦楼——"

"我提这些不是要你难过的。"秦楼突然说道。

他俯下身来，额头贴住女孩的额头。秦楼的眼帘微微垂着，他低声开口，带着一点哑哑的笑："我带你看这一切没有别的原因，只是想告诉你，我对你的执着已经到了什么程度。我也想让你看见这些以后知道，这一次既然你回来了，我就绝对不可能再让你离开，甚至，我不会再给我们彼此像当年那样分开的机会……不管再出什么事情，就算哪一天咱俩之中有一人要死了，我也一定要在你的身旁。"

宋书听完摇了摇头，轻声说："你知道不需要这样，本来这个世界上也没什么能让我离开你的。"

"不，我不知道。"秦楼像是自嘲地低笑道，"我以前以为我知道，直到现实给了我一耳光，为了那份自傲付出的代价这一辈子我都不会忘。所以从那天开始我什么都不确定，我不知道以后会怎么样，我能做的唯一一件事，就是在我身边画一个牢，什么我都可以给你，但是只能是在我身边的那个牢里。我知道你想把我从那里面救出去，小蚌壳，但我就是不想出去。我只想把你拉进来，我只想这个笼子里关着我们两个人。生同衾，死同穴，百年之后合骨而葬，一辈子，几辈子，谁都不要离开，这样就最好。"

宋书听得怔然。

许久之后她慢慢点了点头，伸手轻轻环住秦楼："好，我听你的。"

她贴着秦楼的额头，看着他一点点凑近，呼吸缠上呼吸……

她轻声地笑。

"如果是你想要的，那怎么样都是最好的。"

从在这个世界上呱呱坠地，每个人都是初来乍到。

人生百年，谁也看不到更长远的未来，所以没有人能够规定，一个人的一生必须是什么样的。

在我们所处的这个世界上，除了彼此，谁也伤害不到我们。

那么无所谓对，无所谓错——

如果这是你想要的，那么也就是我想要的。

“你如果怕，”她抱紧他，“那就把我锁在你身旁。”

秦楼哑着声，似哭似笑：“好。”

晚餐时，老宅里来了两位不速之客。

听见管家来说，已经和宋书一起下到一楼的秦楼皱了皱眉，回过头：“谁要来？”

管家看出小少爷在楼上不知道经历了什么，眼角微微泛红，眸子里的光阴沉冰冷，一副不能招惹的模样。

他只能在心里替那两个人点了一支蜡，然后如实回答：“是宋茹玉和宋帅姐弟俩，估计是听说小少爷你搬回老宅了，所以赶过来的。宋帅说是……”

老管家抬头看了宋书一眼：“茹玉之前不懂事冒犯了人，专程来向宋小姐道歉。”

秦楼沉声道:“他们倒是会选时间。”

管家心说可不是吗？这一趟看起来道歉难成，更像是往枪口上撞。

但他只安静地等着，不言语。

秦楼转向宋书：“你想见吗？不想见就算了，我让他们回去。”

宋书想了想，没急着回答，而是转眸看向一旁站着的管家：“他们什么时候打来的电话？”

管家看了一眼腕表，回答：“大约半小时前。少爷和小姐没下楼，我就没敢上去打扰。”

“那应该是快到了。”

“按路程，差不多了。”

“那就见吧。”宋书的目光落回秦楼身上，“免得再折腾了。”

秦楼哼地笑了声：“宋茹玉是欠折腾，不整治几次不长记性。”

话虽这样说，但宋书既然答应了，秦楼也就随她去了。

十几分钟后，宋帅和宋茹玉一起赶到了秦家老宅。

管家听到消息，出去迎两人。他们的母亲再怎么有错，管家体恤两人到底也算是流着秦家的血，进主楼之前压低声音嘱咐："今天晚上秦楼少爷心情不好，你们说话小心些。"

这话一出，宋茹玉当时脸就白了。她伸手抓住宋帅的衣袖："要……要不我们还是改天再……再来吧。"

宋帅拿这个同胞姐姐没法儿，无奈地问："先不说现在这当口放哥的鸽子要付出什么代价，就算改天再来，你就能确保他心情好了？"

宋茹玉脸色更加难看。

宋帅也一样头疼："你既然那么怕他，也知道他不好惹，干吗招惹宋书呢？你不知道那是他的心头肉，别人多看一眼他都要发疯的吗？"

宋茹玉欲哭无泪："我哪知道秦情就是宋书啊？我还以为秦情就是一个被当作替身的小助理，还在我面前那么嚣张……我就想给她点教训嘛。"

"从小你就想找机会给宋书个教训，还不是反被她教育到大？怎么就不长一点记性呢？"

"宋帅！你还当不当我是你姐姐？"

宋帅翻了个白眼："我要不当你是，这龙潭虎穴的，我会豁出命，陪你一起来吗？你到底还记不记得咱妈当初做过什么错事？表哥没把咱俩逐出秦家都已经是万幸了，这个当口我真是舍命陪你来的。"

宋茹玉知道宋帅说的是实话，不由得苦着脸："那待会儿表哥要罚我，你记得帮我多说几句好话啊……"

"我看情况，反正你别再犯傻招惹宋书就行。"

宋茹玉哭丧着脸："我哪还敢啊？早知道她就是宋书，我肯定连回国都省了。"

"……"

两人跟在管家身后，一路进到主楼的餐厅内。

餐桌旁只有两个人——

宋书坐在主位，秦楼站在她身旁，手里把玩着什么。

听见动静，秦楼懒洋洋地抬起眼，手中停住，冷冷地一笑："来了啊？"

看清秦楼拿着的六阶魔方，宋茹玉眼前一黑，差点当场昏厥过去。

第 35 章

—Y A O H E N—

情深

秦楼的六阶魔方对于他和他家小蚌壳以外的所有人来说，绝对是心理阴影级别的存在。

因为以他们共同在秦家老宅里生活数年的经验来看，只要秦楼手里拿着六阶魔方，就代表着他此刻的情绪处于爆炸的边缘。也只有在这种时候，宋书才会把一只被拧得乱七八糟的六阶魔方塞进秦楼手里，转移他的注意力，安定他的情绪。

所以六阶魔方在其他人眼里就是一种预警，大概类似“前方雷区，小蚌壳以外的生物勿近”这种警示标语。

而在今晚，看见这只已经数年未见的六阶魔方再次出现在秦楼修长的指间，宋茹玉和宋帅姐弟俩的心理阴影面积有多大也就可以想见了。

两人对视一眼，在对方眼神中都读出“珍重”的意味。

管家在旁边看这一代秦家晚辈的戏，看得差点忍不住笑，直到有所察觉的秦楼的视线淡淡地扫过去，他才连忙正色，开口：“宋帅、茹玉，你们两个就坐这边吧。少爷和宋书小姐等你们好一会儿了。”

宋茹玉下意识地抗拒和秦楼坐一桌吃饭这件听起来就很可怕的事情，张口推辞：“我们来之前已经吃过……”

“你们吃过晚饭了，还赶在我们的晚饭时间过来，是诚心来打扰的？”

在他们进来以后抬头问了一句就低下眼去玩魔方的秦楼终于再次开口，面上笑意懒懒散散的，声音里却透着一种凉意。

宋茹玉一噎。宋帅连忙伸手拉了她一把，随即笑道：“哥，我姐就是怕打扰你们才这样说的，我们是来道歉的，哪有心情吃晚餐呢？你们要是不介意，我们就坐下了啊。”

秦楼似笑非笑地瞥了宋帅一眼，收回目光。

宋帅松了口气，连忙丢给宋茹玉一个眼神，然后拉着她坐下了。

管家去餐厅侧门旁拉了一下响铃，通往厨房的长廊门被拉开，用人们推着准备好的餐车进来给四人布菜。

今晚来宅子里掌勺的是法国大厨，做的是法餐。最先端上来的是烤出一圈淡淡的金黄色的餐前面包，面包被切成漂亮的小方块，外层酥脆金黄，沾着点香葱碎末之类的，而内里松软香甜。

无论温度还是口感，都是最适宜的，只从这餐前小点心也能够看得出厨师的水平。

只可惜也只有宋书有心情品尝这味道了，其余三人全都心不在焉的——秦楼正架着长腿靠在椅背上专心致志地玩魔方，宋茹玉和宋帅别说尝味道了，眼神交流都小心翼翼如履薄冰，估计吃进嘴里的东西是什么他们也完全没注意。

在这样的情况下，餐厅里的空气安静得让食物都难以下咽。

直到大约两分钟后，秦楼手里的魔方咔嗒一声轻响，最后一层转回后，魔方完全复原。

他炫耀似的把魔方举到宋书面前：“看，小蚌壳。”

宋书叉着餐前面包停住，转过头来瞥了他一眼，低头看过腕表后才抬起视线：“比以前慢了好多。”

“是吗？”秦楼捏了捏修长的手指，“太久不转了，手生了。”

宋书点点头：“以后可以多练习。”

“好。”秦楼没犹豫地答应下来，然后扶着宋书坐着的高背椅的椅背，微微倾身，“虽然慢了点，但是毕竟也复原了，有没有什么奖励？”

宋书默然地空白着表情盯了他两秒，然后开口：“你想要什么奖励？”

秦楼眼睛一亮：“什么都可以吗？”

“不行。”

这次轮到秦楼噎了一下：“我还没说呢。”

“你说了。”

秦楼皱着眉扭过头，看向对面的两人：“我刚刚说什么了吗？”

突然被cue（被点名，被叫到）到的宋茹玉和宋帅姐弟差点被食物噎住。等两人回过神，宋茹玉求助地看向宋帅，宋帅只能硬着头皮笑："哥，我也没……没听见。"

秦楼不满地轻啧了声。

他把手臂从宋书身后的椅背上拿下来，往铺着洁白餐布的餐桌上一支，那双黑漆漆的眸子一眨不眨地盯住宋帅："这种时候，你应该说你听到了。"

纵使是拍惯了秦楼马屁的宋帅这次也没跟上秦楼的"脑回路"，他茫然地看着秦楼。

却见秦楼嘴角一勾，笑得恣肆又得意。他撑着颧骨歪过头去，盯着依然没什么表情地微鼓着腮帮咀嚼食物的宋书："我家小蚌壳说什么都是对的——她说我说了那就是我说了，没说也说了。"

宋帅嚼着嘴巴里"狗粮味"的餐前面包，一边僵硬地笑着，一边附和地点头。

一顿晚餐吃得宋茹玉和宋帅姐弟多次被噎险些进医院，倒是宋茹玉那份已经背诵了很久的自我检讨完全没有用上。

因为吃完晚餐后，秦楼就毫不客气地下了逐客令，半点多留他们的意思都没有。

宋茹玉还想说什么，被经过这顿晚餐已经有所会意的宋帅阻止了。

两人起身告别时，宋帅突然想起什么，对秦楼说："哥，这周日Q市二中举行校庆典礼，邀请你去。"

秦楼想了想，挺久没有回去看看了，便说："行，到时候我跟小蚌壳回去看看。"

周日，Q市二中校庆典礼。

邀请函在前一天已经被宋帅送过来了。秦楼和宋书吃过午餐，便提前到了二中。

学校里负责接待的工作人员接到消息，紧赶慢赶地来到学校门口。等秦家的专车将秦楼和宋书送到校门口，对方已经笑容满面地迎了上来。

"秦总，久仰久仰，我是刘瑜笙。"男人和秦楼握了握手，笑着说道，"今天我负责接待您，有什么需要，您尽管对我提出来。”

刘瑜笙说完，才将目光投向秦楼身旁的宋书：“这位是……？”

宋书正要开口，秦楼的话声先一步出来：“我未婚妻，是跟我同届的二中学生。”

“哦？没想到还能有这样轻段缘分呢。”刘瑜笙惊讶说完，笑了起来，他朝宋书伸手，“不知道怎么称呼您？”

宋书和对方轻轻握手，便收了回来，淡淡一笑：“刘老师客气了，叫我宋书就好。”

“好的。那我带两位先参观一下学校？”

“……”

刘瑜笙领着秦楼和宋书在二中简单看了几处标志性的建筑物，算是结束了这趟参观。

“学校里这两年变化还不算太大，两位看着应该多少有些亲切感。”刘瑜笙说，“我看走了这么远，你们应该也累了，我带你们到校庆典礼的休息室吧。”

宋书刚准备点头，就见一直懒洋洋的没什么兴趣的秦楼突然抬头，开口问道：“今天校庆，学校里的老师们应该多数都在吧？”

“那是自然。”刘瑜笙回答完，疑惑地问，“秦总是想……”

秦楼微微一笑：“我想去看望一位老师。”

刘瑜笙一愣，反应过来：“噢，原来秦总想要探望恩师，还是您心细。不过我对学校里的教学老师的安排不是很熟悉，还得麻烦您告诉我尊师的名字，我去教务处查一查。”

秦楼想都没想：“我们跟你一起去。”

刘瑜笙点点头：“好。那两位随我来。”

趁着刘瑜笙转身走到前面，宋书收回目光，淡淡地瞥向秦楼。

“这就是你回学校来的真正目的吧？”

秦楼勾着嘴角，笑得漫不经心的：“嗯。”

“上学时多数老师被你气得半死，我怎么不知道你有什么恩师要探望？”

“有啊，当然有。”

秦楼眼底的笑意沉了下来。

“不过不是我的，而是你的。”

宋书不解地转向他：“我的？”

秦楼笑了起来：“你是不是忘了？你那时候的班主任把你叫到办公室，警告你离我这种人越远越好。”

宋书一噎。

她的记性不算差，听秦楼一提，她从脑海里翻找出那天的画面。

宋书想了几秒，轻叹了声：“那个班主任不是第一个这样对我说的人。”

秦楼轻哧了声：“那我不管，我只听见他这么说。”

宋书无奈：“这件事已经过去了那么多年，而且对我们并没什么影响……你会不会有点太记仇了？”

刘瑜笙确定了宋书当年的班主任孟庆津现在任教的班级后，便带着秦楼和宋书直奔班级所在的教学楼。

刘瑜笙带着秦楼、宋书上到教学楼的三楼，向和楼梯口斜对着的一间办公室的门示意了下。

“这就是孟老师和另外两位老师的办公室，他们都是班主任，今天在校值班自习。我提前让同事给孟老师打了个电话，他现在就在办公室里呢。里面也没别人在，要不我带两位进去？”

秦楼眼神躲闪：“不用，我们自己进去就好了，辛苦刘老师了，我们先进去了。之后校庆典礼那边我们直接过去，就不用麻烦刘老师了。”

“哎，秦总这话就说得太客气了。”刘瑜笙摆摆手，“我一直在好像确实不方便，那两位自便，我去之前给两位介绍过的学校会堂等两位？”

“好。”

双方作别，刘瑜笙转身下楼去了。宋书和秦楼走到办公室门前。

秦楼要叩门，宋书拉住他的手：“你确定要进？”

“来都来了。”秦楼低笑了声。

宋书无奈：“你的报复心太强了，秦楼。”

秦楼笑，眼神泛凉：“我原本就这样。更何况在所有和你有关的事情上，我的心眼比针眼大不了多少。”

宋书还是不放心："那我们说好，进去可以，但是不要闹得太厉害。"

"怎么样算太厉害？"

"……"

秦楼笑得恣肆："你知道的，我对'太厉害'的界定可能和一般人不太一样。"

宋书木着脸看他："那就按一般人的界定来。"

秦楼表情无辜："我哪里知道一般人的界定是什么样的？"

在宋书几乎要放弃和这个家伙讲道理的时候，秦楼轻声笑起来："好了，我知道了，不是有你在吗？"

宋书抬眸看他。

秦楼钩住她的手："只要你给我一个眼神，我就会停下的——我一向只听你的，你也知道。"

宋书垂下手去，秦楼叩响办公室门。

里面立刻响起一声"请进"。

秦楼推开门，等宋书走进去后，自己也跟了进去。

办公室里坐着一位中年男人，从那五官间，宋书隐约能看出一点印象中老师的样子。

孟庆津提前接到同事的通知，说校友会有位他的学生要顺便过来拜访他，此时他显然在极力回想着这是自己带过的哪一届学生。

只是或许宋书在学生时代太过安静，孟庆津只发自内心地有一种似曾相识的感觉，却似隔着一层窗户纸，怎么也想不起来。

他站起身，疑惑地问："你是……？"

"宋书。"

一个声音代替宋书回答了。

孟庆津循声看向宋书身后，一张更加熟悉的俊美面孔出现在他的视线里。

孟庆津身形一僵。

这张脸如果退去棱角，再添两分少年的桀骜和凌厉感，那不就是……

"我是秦楼。好久不见了，孟老师。"

秦楼勾唇一笑，停住脚步。

"秦……秦楼？"

孟庆津顿时表情变化起来。

Q市二中校史上卓越的学生不少，但像秦楼这样没法用一个词概括的绝对是唯一一个。

时至今日，老师们偶尔聚在一起闲聊起来，还会摇着头感慨：谁能想到当年那么一个桀骜不驯却又成绩优异的学生，能在短短几年内成为国际金融行业里的一个传奇人物呢？

同样，秦楼在校时的那些“事迹”，至今还在师生间广为流传。

而孟庆津的感慨更多一些，原因就在……

孟庆津的目光落到那个进来以后一言不发的女人身上，他苦笑了下：“我记起来了，宋书，我是该记得你的。”

宋书微垂下眼：“孟老师好。”

这一声平平淡淡的“孟老师好”，很轻易就勾起孟庆津的一些回忆。这个女孩给他的印象其实是深刻的，毕竟他带过的学生中，在那个年龄，长得那么好看，学习成绩那么棒，性格又那么安静的，实在是罕见。

更何况，这个女孩那时候还和学校里最有名的问题少年有斩不断的牵扯。

孟庆津记得，自己好像多次叫女孩来办公室，不为别的，只为劝她离那个一看就很危险的小子越远越好。

可惜到最后都没劝动。

孟庆津看看宋书，又看看秦楼，他会意地笑了起来。

办公室里那点生疏和隔阂的尴尬终于消失了。师生释嫌，宋书和秦楼前后落了座，陪着这位恩师聊了好长时间。

等太阳西下，下午最后一节自习课的上课铃声打响了，两人这才起身告辞。

宋书和秦楼没让孟庆津送，告别孟老师，一起出了办公室的门。

门关好。

此时走廊上只剩下秦楼和宋书两人的身影。夕阳把余晖从西边的窗户里投进来，两人的影子映在地上，长长的，相依相偎。

第 36 章

—Y A O H E N—

求婚

二中的校庆结束后，春节也快到了。前几天秦楼不知道发了什么疯，当众向宋书求婚。宋书没料到他会来这一出……反正求婚戒指她是没有接，只带着秦楼赶紧回家，从某种意义上说，她可丢不起这个人。

当众求婚被拒这种事如果放在一般人身上，也不是什么大事。但是秦楼是谁？他们两人出众的相貌本来就很“吸睛”，认真看一下的话，有人会发现求婚的那个人可是Vio的总经理，于是没过多久就各种八卦消息满天飞了。

这天，栾巧倾给宋书发来消息，一排幸灾乐祸、龇牙咧嘴的笑脸后面，跟着一个八卦新闻标题的浏览器链接——《惊！Vio资本总经理当众向一神秘女求婚！》。

宋书怔了下，扫了一眼，随后了然。

不等秦楼说什么，她把手机按成黑屏收回去。

秦楼回神，侧眸，薄唇抿出凌厉的线条：“让我看完。”

“没有必要。”宋书平静地说，“上网门槛低，低素质人群批量拥入这类依靠噱头和捏造新闻取胜的网站也是很正常的事情。”

秦楼皱眉：“那就给我看那个人的账号信息。”

宋书无奈地回眸：“你想做什么？”

“法治社会，他要为他的言论付出代价。”

宋书无奈：“你是嫌这件事给你造成的负面影响不够大吗？”

再次想起那条内容，秦楼眼神愈冷：“那就一一清算。”

“你疯了吗？”

宋书小声嘀咕了句，她打开手机，删掉了链接，清空浏览记录。

秦楼反应过来要阻止的时候，已经来不及了。

他眼睁睁地看着浏览记录消失在眼前，一点恼意在秦楼眼底升起。

离春节放假只剩最后两天，宋书在请假半周后还是回到公司里。

栾巧倾第一时间跑上来问情况："怎么你们这边刚爆出铺天盖地的求婚新闻就双双请假？扯证度蜜月去啦？"

某种程度上的事实被这个傻瓜一言击中，宋书抬起眼懒懒地瞥了她一眼，没说话。

"哎哎，你别用这个眼神看我，怎么跟秦楼似的？你俩可真是越来越有夫妻相了。"栾巧倾嘀咕着，凑近一点，"秦楼到底求婚成功没有哇？"

"新闻上没说吗？"

"那些八卦新闻一早就被撤掉了，怎么可能留得了那么久？"栾巧倾回忆了一下，"不过我看见的新闻都说，你开了个玩笑，在台上装作把他拒绝了。"

"没有开玩笑，"宋书没表情，"就是拒绝。"

"啊？"栾巧倾愣住了。

宋书似乎想到了什么，冷淡一笑："而且，未来很长一段时间里他也不要指望会成功。"

栾巧倾小心翼翼地观察了宋书几秒："秦楼到底对你做什么了？你这么无底线宠他的人，竟然都对他生这么大的气。"

宋书还未来得及开口，她桌上的座机响了起来。

宋书瞥了一眼，按下免提。

男人委屈的声音从座机里传出来："书书，我渴了，我想喝你冲的咖啡。"

"喝水。"宋书冷淡地回。

栾巧倾站在旁边差点没憋住笑。

这会儿还没到上班时间，又是年底，助理秘书小组基本每天都是全员在岗，提前到了的两人也忍不住笑了起来。

秦楼毫不气馁："待会儿我有个会议要开，书书你来给我做会议记录吧。"

宋书的语气无波无澜："按照分工，会议记录不是我负责。钱助理就在我旁边，我会通知她。"

电话那头沉默下来。

“没事了吗？那我挂电话了。”宋书说完，伸手把电话挂断。

目睹全过程的栾巧倾给宋书竖了下大拇指：“不愧是你。全公司也就你敢这么挂秦楼的电话，解气啊。”

宋书瞥她，有点无奈：“因为现在不是上班时间。真等上班以后，公私分明，我也不会这样随便。”

栾巧倾狐疑地问：“会分这么清楚吗？”

“秦楼也会分得很清楚。”宋书一顿，轻眯起眼，“所以待会儿上班时间一到，他肯定要趁机闹。”

栾巧倾更加不信了。

然而9点一到，一通电话就从隔壁的总经理办公室打进了助理秘书小组。

只不过不是打给宋书的，而是打给办公区的那位钱助理。钱助理接起电话，喊了一声“秦总”后，表情古怪地听了几秒，才说了句：“好的，秦总，我会通知她的。”

等那头电话挂断，钱助理抬头看向宋书：“宋助理，秦总让你……去会议室准备开会。”

刚起身要走的栾巧倾算是大开眼界了，她看看总经理办公室的方向，又转回来看宋书，惊叹道：“你对他可真是……了如指掌啊。”

宋书撇嘴，起身去准备做会议记录所需的东西：“他如果不了解我，也不会这么做。”

“这倒是真的，他就吃准了你公私分明才敢这么干。”

栾巧倾还想说什么，已经被宋书下了逐客令：“上班时间快过去一分钟了，栾部长，别玩忽职守。”

“啊，好吧好吧，我这就下楼。”

看不成热闹，栾巧倾只得遗憾地离开。

宋书提前赶到了会议室，了解一番以后才发现秦楼这人有多无聊——就是公司财务部的一次例行总结会议，按惯例顶多副总级别的监督出席，秦楼却硬要凑上来。

财务部也是临时接到总经理要出席会议的通知，本应气氛轻松的一场年底总结加新年展望会，顿时被这个消息搞得人心惶惶。

大家原本还对秦楼会不会出现这件事情抱有侥幸心理，然而宋书一露面，全员绝望——

公司里现在没人不知道，无论宋书在哪儿，他们的秦总经理基本上会在方圆十米的范围内出现。

果然，离会议正式开始还有十分钟的时候，秦楼走进了会议室的前门。

职员们一见，纷纷紧张地起身。

“秦总好。”

“秦总请坐。”

“秦总……”

秦楼简单地应了，目光越过众人，落到了在会议长桌一角安静地翻开会议记录本的宋书身上。

宋书自然察觉到了，但只装作没看到。

“这场会议我就是旁观，你们按你们的流程来，不用管我。”秦楼对身旁财务部的高层说完，转过身，径直走向会议室的角落。

几秒后，宋书身旁的椅子被拉开。

秦楼解开西装外套的扣子，坐了下来。

宋书没抬眼：“秦总好。”语气平静而淡定。

这会儿会议没开始，秦楼更是毫无顾忌了。他挪动椅子，靠近宋书，然后手肘支在会议长桌的桌边，侧撑着颧骨歪着脑袋，从下往上看宋书的眼。

众目睽睽之下，宋书被他弄得没办法不理会，只能冷淡地抬了抬眸子：“秦总有事？”

秦楼抿了抿唇。

宋书想到了什么，唇角微翘，笑意发凉：“我去给秦总冲咖啡？”

秦楼撇了撇嘴，丝毫不顾自己在财务部职员们面前的形象，蔫蔫地枕着手臂趴下去：“还没消气吗？”

宋书一默。

过了两秒，她慢吞吞地移开目光。

——顺毛且是正常发色的秦楼，又顶着一张“祸害脸”，真委屈起来，杀伤力确实不低。

但表面上宋书仍旧冷冰冰地绷着，看不出半点松动的迹象。

财务部的总结展望会开了将近两个小时才结束。他们这边散会时，距11点半已经不到五分钟。

部门里的高层没有推托，部长全程观察过秦楼的表情，只是秦楼的真实情绪实在无法通过脸部判断出来，所以此时即便看着秦楼面上带笑，财务部部长仍旧是小心翼翼地走过来的。

“秦总，我们这边结束了。您看您有什么指示还是……？”

秦楼回眸看向身后收拾会议记录本的宋书，他挑了挑眉：“宋助理，会议记录完成了吗？”

即便知道秦楼是明知故问，宋书也点了点头：“整理完了。”

秦楼转回来：“那你们去吃饭吧，也快到中午下班时间了。宋助理留在这边陪我讨论一下会议内容就好。”

宋书：“……”

财务部部长如蒙大赦，他感激地看了宋书一眼：“那秦总和宋助理是在会议室里讨论？”

秦楼随意地点点头：“嗯，就不上22层，省得折腾了。”

“好的，那秦总和宋助理自便，我们就先散会了。”

“嗯。”

新年假期前的最后两天转瞬即逝。

大年三十一早，宋书醒来，并在下床前发现自己身旁多了一坨不知道什么时候溜上来的“不明生物”。

沉默数秒后，宋书选择直接无视，穿着睡衣去套间的洗手间里洗漱。

大约三十秒后，那坨“不明生物”也出现在洗手间里，并且动作非常娴熟地从后面糊到了宋书的身上，毛茸茸的脑袋蹭在她披散着长发的颈窝里——撕都撕不下来的那种。

宋书僵了两秒，把举着牙刷的手放下，用另一只手推了推自己颈窝里的脑袋。

半个小时后，两人到楼下的餐厅吃早餐。

秦家老宅里的三餐都是按照秦楼和宋书的时间准备的。他们这边刚下楼坐到餐厅里，用人们已经推着餐车将温度适宜的早餐摆到两人面前。

管家亲自上来给两人布置刀叉，做完以后他笑容慈和地退到一旁，问："少爷、宋书小姐，今晚是除夕夜，两位有什么安排吗？"

宋书的动作一停。

秦楼垂着眼，情绪上没什么起伏："安排？比如呢？"

"需要在外面布置烟火表演吗？或者，少爷要不要开着游艇带宋小姐去江上跨年？"

秦楼想了想："江上太凉，不如在被窝里困觉。"说完，他一抬眼，似笑非笑的，"小蚌壳，你觉得呢？"

宋书没理他，淡定地吃自己的早餐："今晚如果你没什么事情，陪我回去一趟吧。"

秦楼一顿。

须臾后，他轻眯起眼。

秦楼当然知道宋书说的"回去"是回什么地方。毕竟现在，在这个世界上，对于宋书来说能称得上"回去"的，除了他所在的地方外，已经只剩秦情家那一处了。

而秦楼更清楚的一件事是，按照他得到的消息，秦老爷子一直就住在秦情父母的隔壁。

——像极了守株待兔。

在这样的情况下，让秦楼自投罗网显然是他不太想做的事情。

秦楼思索几秒，问："把他们接来老宅怎么样？"

"他们不会过来的。"宋书抬眸，精致的脸蛋上没什么情绪，"而且，管家他们也是要回去过年的——这种时候了还不放假，你是周扒皮吗？"

临近中午时，秦楼陪着宋书一起回了秦情父母家。

这次宋书提前打了电话，等他们到的时候，秦屿峥和梅静涵已经在家里等了很久了。

秦楼和宋书这边刚停下车，联排别墅外的院门已经被推开，秦屿峥站在台阶中间，梅静涵喜气洋洋地笑着迎出来：“囡囡，怎么才到？路上堵车了吗？”

宋书上前：“嗯，有点堵。”

秦楼也已经从后备厢拎出礼盒，跟着走到梅静涵面前。

“伯母好。”秦楼这种时候大概是人生中看起来最乖巧的时刻了，拎着礼盒垂眼站在原地，一副温柔无害的模样。

恰巧有邻居从小路前经过，隔着不远停住脚步：“梅姐，女儿回来了啊？”

“啊，是。”梅静涵连忙拍拍宋书的手臂，“囡囡，跟瞿阿姨问好，瞿阿姨是住在我们后面那排的。”

宋书听话地回身问好，秦楼自然也要跟着一起。

他这边刚问完好，对面老太太眼睛一亮：“哎，这位是……？”

宋书正要开口，就听梅静涵突然抢着说：“我女婿。”

“啊？已经结婚了啊？”瞿阿姨顿时露出失望的表情。

“还没，不过明年就完婚，岁数也不小了，不能拖。”

“哎哟，那他有没有同事、同学之类的？我看小伙子一表人才，应该也交了不少朋友吧？我这边啊…………”

宋书和秦楼在旁边站了好一会儿，梅静涵终于应付完这位瞿阿姨，转身回来了。

对上两人微妙古怪的目光，梅静涵脸上客套的笑容一僵，尴尬了两秒：“啊，这个……不是我特意给你俩撮合，这个老瞿整天见着个合适的小年轻就想给她闺女介绍对象，我刚刚要不那么说，她准得惦记呢。说起来她闺女还比囡囡你小一岁呢，你都不着急，也不知道她们急个什么……”

梅静涵说完一顿：“哦，我不是催你俩的意思，你们年轻人的事情我们不管，不管哈。”

秦楼忍住笑，微垂下眼。

宋书难得地有些尴尬，她轻飘飘地瞥了秦楼一眼以示警告，然后才转回身：“没事，妈，回去吧。”

“哎。”

中午家里简单地做了一顿家常菜，秦楼还陪着秦屿峥喝了几杯。秦屿峥不胜酒力，午餐结束后已经通红着脸被梅静涵撵去屋里午睡了。

秦楼喝得不比秦屿峥少，但从面上来看没半点痕迹。

梅静涵见他端着餐盘进厨房来，扫了两眼后似乎无心地问："小秦酒量不错啊，在酒桌上练出来的吗？"

秦楼认真想了想："应该是天生的。"

难得见这么一个"实诚"的，梅静涵噎了两秒才有些好笑地回头看了秦楼一眼："……盘子放水池里吧。"

秦楼应了声，乖乖放下。

梅静涵走过来："上次见你不太熟练，会刷碗碟吗？"

秦楼默然。

身为现今秦家的掌门人，Vio在他手里被打理得蒸蒸日上，论能力论谋划论眼光，秦楼自认同龄人里没人能和他相比。

但是论刷碗……

秦总经理默默摘掉那两颗价值不菲的袖扣，放在一旁，乖巧而坚强："我可以学。"

宋书进来的时候，正听见这句话，眼见着秦楼撸起袖子准备去刷碗，她忍不住弯下眼笑起来："妈，您别逗他了。"

宋书走过来，拿过秦楼手中的碗放下。她看向梅静涵，无奈地笑："上次我不是在电话里跟您说过了？他是大少爷出身，除了小时候吃了点苦外，一直都是十指不沾阳春水的。刷碗这种事情他哪会做？"

秦楼仍试图在未来岳母那里给自己挣回一点印象分："但我学东西很快的，伯母。"

宋书伸手把他推出去些，然后才笑着转回来："妈，他用不着学这个，再说这也不是他擅长的事情。您还不如让他给您选只股票呢。"

梅静涵叹气："就是听你说了我才不安心呢。回国前妈不是就跟你说过，谈恋爱结婚就找个踏踏实实的，长得不用多好看，家里不用多有钱，人稳当些好过日子，他这个……"

梅静涵看了一眼还没离开的秦楼，眼神复杂而遗憾。

毕竟眼前的这个简直就是一条都没贴上啊——

大约感受到了未来岳母对自己由衷的嫌弃，秦楼委屈地看了宋书一眼。

宋书夹在两人中间，几乎忍不住要笑起来：“妈，您就别‘以貌取人’了。”

这话一出，秦楼看向宋书的眼神更哀怨了。

晚上的年夜饭，秦屿峥和梅静涵商量了一番，还是从隔壁把秦老先生请来了。

秦楼自然不乐意，看见秦梁便冷下脸。

但在准岳父、准岳母那里，他的女婿位置还没坐稳，借他一百个胆子他也不敢甩脸子。

一顿年夜饭吃得秦楼几次向宋书投以委屈的眼神。

等挨到年夜饭结束，三位长辈留在一楼客厅看春晚，宋书刚收拾完碗盘走出厨房，就被秦楼捂住口鼻直接拦腰抱进楼梯间去了。

一楼通往二楼的休息平台探出了一块露台，将宋书搁到外面，秦楼才拿开捂住她口鼻的手。

她原本也没挣扎，此时无奈地回身：“秦楼，你又闹什——呜……”

一句完整的话尚未出口，面前那人已经俯下身吻住了她的唇。

过了会儿，秦楼意犹未尽，但还是退开一步，转而将宋书拥在怀里。

他低下头，月下目光深邃。

不知道过了多久。

远处黑漆漆的夜空里，突然有个烟花飞上了天空。

砰的一声，五彩斑斓的烟花在黑暗的夜空里炸出晃眼的亮度。

秦楼皱眉，下意识伸手想去捂宋书的耳朵。

只是在他动作时，靠在他胸前的宋书突然轻声开口：“新年到了。”

秦楼停住，然后垂回手，慢慢抱紧宋书：“嗯。”

“听说新年第一个愿望都可以实现的。”宋书仰起脸，眸子里有某种熠熠的光，“要许个愿吗？”

秦楼微皱起眉：“只能一个？”

宋书点头：“只能一个。”

秦楼又问：“一定能实现？”

宋书说：“一定能。”

秦楼垂手，摸到了自己的大衣口袋，那里面放着一只小盒子。

他沉默两秒，而后轻叹了声。

“那我许愿，”他抱紧怀里的宋书，“新的一年，我的小蚌壳平平安安、快快乐乐。”

宋书一怔，抬眼看向秦楼。

她可不相信他刚刚没听懂自己的暗示。

似乎是察觉到了她的动作，秦楼低下眼：“如果每年只能许一个愿望，那我每年的愿望都是这一个。”

宋书沉默几秒，轻勾起嘴角：“那你岂不是要单身一辈子了？”

秦楼低声：“只要能实现，我宁可单身一辈子。”

“……那不行。”

僵了几秒，秦楼才好像确认了宋书的话，他连忙低头看她。

“小蚌壳，你刚刚说什么？”

宋书眼角微弯：“你想单身一辈子吗？那我可要换个未婚夫了。我爸妈催婚催得急，想一辈子单身的未婚夫，再喜欢也只能扔出门了。”

秦楼反应过来，慌忙伸手去摸自己大衣外套的口袋。拿出那个天鹅绒的小盒子时，他的手指都有些发抖。

对上宋书含笑的杏眼，秦楼脸上有些发烫：“冻得。”

宋书轻声笑起来：“我可什么也没问。”

秦楼轻吸了口气，慢慢平复下胸膛里擂鼓似的心跳，然后松开紧紧抱住宋书的发僵的手臂，退后两步。

秦楼屈腿，单膝跪到他的女孩面前。

他左手中那只天鹅绒的盒子被打开，里面的定制戒指露了出来——

钻戒是一枚小贝壳的形状。

秦楼右手牵起宋书的手。

低哑动听的声音里藏着一丝连夜风和远处的烟花都压不住的轻颤。

他缓缓低身，吻了吻宋书的指尖，然后才抬眼：“小蚌壳，你愿意嫁给我吗？”

宋书垂眼，莞尔道：“当然。因为这是我的新年愿望。”

第 37 章

—Y A O H E N—

新年

新年伊始，万象更新。

宋书一年都难得睡一次懒觉，大年初一早上睁开眼醒来时，终于没有快要听出心理阴影的手机闹铃，也没有某个近些日子总喜欢趁半夜溜进她房间的“不明生物”了。

至于原因……

宋书拿起床头柜上的手机，轻敲两下点亮屏幕，锁屏上最先跳出来的消息就是秦楼发过来的。

宋书点开消息。

对话框里以昨晚某人被迫和宋书分房睡之前的哀怨“控诉”为结束语，最新的也是今早唯一的一条消息是个动态图：一条泰迪犬可怜巴巴地看着镜头，然后低下身，又乖巧又委屈地趴到自己的前爪上，乌黑的眼珠子从始至终盯着镜头。

她忍不住嘴角一弯，视线看向动态图的上面。

发出消息的时间是两个小时前。

宋书有些意外，这可实在不像那个越来越黏她的家伙发信息的频率。

除非是被什么事情耽误了。

而这世上能让秦楼听话甚至没法拒绝的人，除了宋书以外几乎没有。

唯一的新增例外是……

宋书大约想到什么，她有点无奈地退出对话框，点开一个成员人数为三人的小群。

宋书想了想，调出键盘快速打字：“爸、妈，你们不会又在‘考验’秦楼吧？”

没过几秒，群里顶着莲花头像的梅静涵出来了："瞧你说的，没有的事情。秦楼这孩子表现挺好的，我们都很满意。你爸也挺喜欢他的，一大早就带他出去跑步了。"

宋书："他们回来了吗？"

梅静涵："哪能那么快，回来那么快还叫什么晨跑呢？"

宋书看了眼手机上的时间，有点头疼地问："我爸那跨江晨跑的习惯还在保持？"

"对啊。"

宋书竭力使自己的表达足够委婉："妈，事情是这样的……你们有没有想过，那种随随便便就跑两三个小时的'壮举'，除了我爸这种常年大运动量锻炼的人以外，普通人基本很难做到，更大的可能是还没结束就先累趴下了？"

梅静涵："那怎么会嘛，你们都是年轻人，体力难道还比不过我们这些老一辈的？"

宋书："……"

梅静涵："而且要是真比不过，那就说明你们太缺乏锻炼了。机会难得，让小秦跟着你爸多锻炼锻炼也好，囡囡你说对不对啊？"

宋书正思考该如何救秦楼于水火的时候，突然感觉手里的手机又振动了下。

宋书低头一看，是梅静涵发来的消息："哎呀，回来了。"

宋书从这五个字里莫名地读出了某种遗憾，心里不由得对秦楼产生了点同情，她点开和秦楼的对话框。

宋书："还活着吗？"

秦楼："时日无多。"

宋书不由得莞尔。

从时间上看，秦楼几乎是秒回，显然他一进家门就把手机拿出来，还打开了和她的对话框。

没过两秒，对方又飞快地跟上一句："趁我还剩口气，你快下来看看我吧。"

说完，秦楼还发来了一张吐着舌头气喘吁吁的泰迪犬的动态图。

宋书笑得眼角都忍不住弯下来，她心情极好地下了床，白净的脚丫踩着床边柔软的地毯，一边向独立洗手间走，一边动作轻快地打字："等我洗漱完。"

宋书走到洗手间的磨砂玻璃门前时，对方回过来一条消息，只不过是条语音，而且只有一秒。

宋书好奇地点开，然后就听见安静的空气里响起一声欢快的——

“汪！”

宋书一呆。几秒后，她再也忍不住，扶着面前的磨砂玻璃门低头笑起来。

宋书洗漱完下楼，走出楼梯间的拐角，正撞见秦楼被秦屿峥和梅静涵夫妻俩夹在沙发中间坐着的一幕。那人垂眼低头的，只差把手放在膝盖上了，乖巧得像是变了个人。

宋书觉得自己都没见过这家伙这么听话的模样，忍不住嘴角上扬，放慢脚步在那儿看，不知道三人在说什么。

大约听见了宋书过来的动静，梅静涵最先回过身：“囡囡，起来了？”

“嗯。”宋书第一时间收到一束哀怨的眼神，她忍着笑装作不察，“你们吃过早餐了吧？我先去餐厅了。”

梅静涵喊住她：“我们吃过了，不过小秦还没吃。给你们留好了，放在凉屉里，你跟他一块过去吃吧。”

已经转过身的宋书回眸：“秦楼还没吃？”

“小秦非说要等你一起，我和你爸就先吃了。”

梅静涵边说话边起身，到餐厅里给两人拿出准备好的早餐来。

宋书和秦楼走到桌旁，宋书主动伸手接过梅静涵手里的碗碟。

只是她的手刚伸出去，梅静涵就轻轻咦了一声。

“这是什么？”

顺着梅静涵的视线，宋书看到自己无名指上的戒指。

她眼神轻晃了下。感觉到秦楼那边落过来的目光，宋书索性抬起手，举到梅静涵面前：“妈，好看吗？”

梅静涵终于反应过来，目光复杂地看了两人一眼：“昨晚吃年夜饭那会儿还没见你戴呢。”

宋书唇角微翘起来，眼神淡淡的，但能看出一点由衷的笑意：“唔，因为某个人靠着新年愿望才求婚成功的。”

梅静涵放下碗碟，又看了两眼后，终于还是忍不住问：“这个钻戒的形状怎么奇奇怪怪的？”

宋书一怔，随即失笑：“那你要问秦楼了。”

因为被宋书在未来岳母面前亲口承认而幸福得快要冒泡的秦楼猝不及防被点了名，连忙抬头：“什么？”

宋书笑：“我妈妈问，这个钻戒为什么是这个奇奇怪怪的形状。”

对上梅静涵不解的目光，秦楼表情古怪：“那是贝壳的形状，我请人专门定制的。”

梅静涵更疑惑了：“贝壳？”

被长辈问起这种小情趣真是很尴尬，连秦楼都忍不住移开了视线才开口：“嗯，因为我一般都是喊书书‘小蚌壳’的。”

“……小蚌壳？”

梅静涵怎么也没想到会得到这样一个答案。

她愣了一会儿才扭头看向宋书，上下打量她一遍，问：“怎么会叫这么一个奇奇怪怪的名字？”

宋书淡淡莞尔：“因为我小时候不喜欢说话，所以他说我是撬不开口的小蚌壳。”

听完解释，梅静涵呆了两秒，扑哧一乐：“那倒是挺贴切。”随即她又板起脸，“不过都这么大的人了，还叫这种奇奇怪怪的小外号，难不成要一直叫到结婚生娃以后？”

宋书微怔了下。这句话里的某个关键词，让她下意识地转头去看秦楼的表情。如同她所预料的那样，前一秒还温文乖巧的男人，此时眼底已经露出些压不住的本性来。

宋书在心中叹口气，主动挽着梅静涵的手把她往餐厅外送。

“好啦，妈，您和我爸去看春晚重播吧，我先和秦楼吃饭。吃完早餐我们再陪您二位聊天，好吗？”

“别吃太慢啊，上午家里说不定会有来拜年的。”

“好。”

目送梅静涵的身影走进客厅，宋书才反身回到餐厅内。

她刚拉开秦楼身旁的椅子准备坐下，旁边一直隐忍不发的男人突然伸手将她往怀里一拉。

宋书没防备地被拉下来，坐到了秦楼的腿上。

宋书无奈地抬了抬眼帘："你要干吗？"

秦楼阴沉着眼，表情和声音却极委屈："不要孩子。"

"……"

"不要孩子。"

"……"

"不要孩子。"

"……"

宋书哭笑不得，在秦楼说第四遍以前，她竖起食指往秦楼的唇上一抵："你还没完了是吧？婚都没结就想孩子的问题，会不会太早了？"

"反正就是不要孩子。"

宋书想了想："为什么不要孩子？"

秦楼委屈得不抬头："你明知故问。"

"我只是想听你说说。"

秦楼闷了几秒，道："不能有人和我抢小蚌壳，谁都不行，不——孩子更不行。"

宋书无声地叹息：她就该知道，以秦楼的脾性，一定是无法容忍这个。

宋书有点迟疑："但是我爸妈应该会很坚持……"

"我要哭了。"秦楼闷着声，猝不及防地来了一句。

宋书吓了一跳，缓过神才无奈地垂眼，抬起手揉了揉他那头染回来后顺眼了太多的黑发。

"有这么委屈吗？"

"不是委屈，"秦楼埋在她颈旁，慢慢压下微颤的呼吸，"我不想有人跟我分享你的爱。想到将来会有……我就难受得要发疯。"

宋书沉默许久，慢慢抬手，无奈又纵容地轻叹："好，那我听你的。"

宋书弯身，等秦楼坐起来，她钩着他的颈轻吻他的薄唇。

"你说不要，那我们就不要。"

第 38 章

—Y A O H E N—

婚礼

秦楼和宋书的婚礼最终定在了九月初九。

依两人的本意，婚宴烦琐而且没什么意义，原本是要省略掉的。但秦屿峥和梅静涵两位长辈不同意，即便宋书一再使出拖延战术，也拗不过两位长辈。

最后无奈之下，秦楼和宋书只得在梅静涵请人择的日子里选了一番，将婚礼定在九月初九。

8月底，白颂忌日的前一天。

刚吃完午饭，栾巧倾就提前从公司请假来到秦家的老宅，打算陪宋书准备明天祭祀相关的事情。

管家把栾巧倾领进主楼一层的正厅："栾小姐，您先请坐。宋书小姐现在在三楼午睡，按照少爷的吩咐，我们不敢上去打扰……"

"我懂，我懂。"栾巧倾了然又嫌弃地摆摆手，"那家伙什么脾气我还能不了解吗？谁多蹭他家小蚌壳一下，他就会暴跳如雷。"

管家好脾气地笑着。

用人很快给栾巧倾送来红茶。栾巧倾自然不好意思让管家这么一位和自己父辈年龄相仿的长辈站在旁边陪着，接过红茶以后抿了一口，就放下杯子对管家说："您忙您的事情吧，我在这里等我姐下来就好。"

管家点点头："那栾小姐自便，有什么需要再喊我。"

"好的。"

管家离开后，栾巧倾在正厅里坐了片刻就感到有些无聊。她从沙发上站起身，往正厅侧旁走过去。

正厅的南侧向阳面是一道月洞门，门后是一间耳房，拐过去便通往长廊。

月洞门两旁是沿着拱形空门设计的博古架，栾巧倾自然知道上面的摆件随便拿出来哪一件都是能当传家宝的稀罕东西，她索性连碰都不碰。

只不过这博古架的C位（核心位置）上，却放着一个和其他摆件格格不入的东西——

一只淡紫色的正方体礼盒，礼盒盖子拉开一半，繁复的装饰彩带从盒子上垂下来。

但再精美的设计也掩饰不住这就是一个没有什么收藏价值的现代礼盒。

栾巧倾没抑住好奇心，上前两步，踮起脚去看那半敞开的盒子里放着的东西。定睛几秒后，栾巧倾脸一黑，伸手把里面的东西拿了出来。

一个六阶魔方。

这是她的童年阴影之一。

栾巧倾把魔方拿在手里来回转了两圈都没看出这玩意有什么稀奇的，既不是金镶玉，也不像是藏了什么机关的样子，便十分嫌弃地准备放回去。

她还没碰到盒子，就突然听见身后传来一个淡淡的声音："让秦楼看见，你小心出不去这道门。"

栾巧倾吓得一哆嗦，手里的魔方差点掉到地上，但所幸求生本能让她在第一时间双手把魔方捞回怀里直接抱住了。

等确认魔方安全后，栾巧倾长长地松了口气，随后叹着气哀怨地扭头："姐，你是不是打算吓死我？"

栾巧倾身后的正厅里，刚从楼梯上下来的正是宋书。

此时，宋书已经面无表情地打了一个呵欠坐到沙发上，闻言，她很正经地抬抬眼，看向栾巧倾："没有吓你，我是说真的。那魔方秦楼从不让人碰一下，被他看见，你确实就很难走出这道门了。"

栾巧倾闻言立刻谨慎起来，她小心翼翼地把魔方往回放，同时软着声笑："哎呀，反正也没有第三个人看见，姐姐你不说，我不说，那不就没人知道了？"

宋书淡淡莞尔："你以为秦楼是你吗？他的东西，只要被别人碰过，哪怕只改变一丁点位置，他也是能分辨出来的。"

栾巧倾一僵："……这么变态吗？也对，是他的风格。"

转了好一会儿脑筋也没想到对策，栾巧倾只得苦巴巴地转过头："那怎么办？我都拿过了。秦楼不会捶死我吧？"

"从小就和你说不要乱碰别人的东西，你到现在都没记住。"宋书瞥她。

栾巧倾哭丧着脸："我什么德行姐你还不知道吗？我绝大多数时候行动都比脑子快多了——刚刚还好奇的时候，我就已经伸手拿出来了。"

"嗯。"

"都这个时候了，你就别嗯啊的了，秦楼，不是，我姐夫快回来了吧？他用多久能察觉？我是不是没多少好日子了？"

宋书忍俊不禁："好了，别耍宝了。把它直接拿过来吧。"

栾巧倾尽管疑惑，但还是听话地把魔方递到宋书面前："姐你是想……？"

宋书伸手接过。

魔方是复原状态的，六面颜色刷着整齐漂亮的釉彩。宋书接过去后，盯着看了两秒，嘴角轻轻一勾，细长的手指就轻巧地把魔方拨弄了几圈。

没几秒的时间，魔方就成了乱七八糟的状态。

栾巧倾没来得及阻止，看得瞠目结舌，好几秒才反应过来："姐……你这是看我跳坑里，不但不拉我，还顺手给我填了两把土啊。"

宋书似笑非笑地瞥她一眼。

正厅里又安静了几十秒，栾巧倾突然恍然，面露喜色："姐，你是不是准备把这事揽到你自己身上？"

宋书沉默两秒，轻叹了声，语气里充满了对这个反应永远慢半拍的妹妹的遗憾："你和楚副总的恋爱谈得还顺利吗？"

栾巧倾差点从沙发上蹦起来："谁、谁、谁跟楚向彬谈恋爱了？！"

宋书慢吞吞地一抬眼，一边有一下没一下地玩着魔方一边瞥栾巧倾："反正不是我。"

"你、你、你肯定是听了什么乱七八糟的谣言。"栾巧倾急得眼睛乱转，不知道哪一刻目光瞄上宋书手里的魔方，连忙转移话题，"这个魔方是哪来的？怎么放在博古架上，还占了个C位？"

宋书没执着于之前的话题，顺着台阶下来："秦楼的生日，我送给他的生日礼物。"

栾巧倾面无表情："就一个生日礼物，他是准备一辈子就过一次生日吗？这么郑重其事地摆在正厅展览，碰都不准别人碰一下。"

宋书想了想："有个特殊节点——他今年生日那天我们做的结婚登记，所以这个也算是我送给他的新婚礼物。"

栾巧倾双手合十央求宋书："姐，你千万瞒住了，别跟他说我碰过啊！就秦楼那个死脾气，他要是知道我玷污了你送给他的新婚礼物，就算白天看在你的面子上忍住了，到了晚上也一定会梦游去找我算账的！"

宋书好笑地问："你能不能有出息一点？"

栾巧倾泫然欲泣："有出息能摆平这事吗？"

"好了，别作态给我看了。"宋书伸手一点她的额头，从沙发上起身，"不是来陪我准备明天忌日的事情吗？上楼聊吧。"

"哦，哦，好。"

栾巧倾连忙站起来。

看着宋书的背影，她悄悄松了口气——

来之前还担心宋书的情绪不稳定，而此时看，时间果然还是治愈创伤的最好的药啊。

秦楼是晚上到的家。

果然如宋书所说，他几乎是刚进正厅就发现博古架上的礼盒被人动过了，前一秒还神情懒散的脸上瞬间阴云密布。

不过在秦楼走到博古架前，发现里面是空着的时候，他的神色又缓和下来了。

管家旁观全程，此时小心翼翼地问："少爷，怎么了？"

秦楼懒洋洋地一抬眼："魔方没了。"

管家脸色骤变。

不等他开口说什么，秦楼眼神微晃了下："碰倒是算了，但谁都没胆子拿走，肯定是在小蚌壳那儿。"

管家此时也想通了这一层，长松了口气，无奈地笑起来："宋书小姐没提。"

秦楼解开西装扣子，一边脱下外套一边转身往楼上走："下午家里来客人了？"

"栾小姐来了。"

“她来做什么？”秦楼微皱起眉。

管家早就习惯了自家少爷对栾巧倾那从来没消减过的敌意，此时也忍不住无奈地说：“大约是为了明天白颂夫人的忌日来的。”

秦楼上楼的步伐蓦地一顿。

过了数秒，他才重新抬脚上楼，只是没再说一个字了。

也是恰巧，他这边刚上二楼，就见宋书和栾巧倾从二楼走廊里过来。三人在楼梯口撞了个正着。

栾巧倾心虚地看了秦楼一眼，咕哝了句“姐夫好”就转头看向宋书：“姐，那我先回去了，明早我再过来陪你一起去。”

“嗯。”宋书点头。

栾巧倾转身准备下楼，秦楼也没有要多说的意思——对于被他视为“情敌”的人，秦楼的原则基本就是能少见一秒就少见一秒。

不过栾巧倾在走下两级台阶后，还是没忍住回过头问：“姐夫，你明天还不肯去看我姨妈吗？”

秦楼背影一滞。

宋书面上情绪也顿住。几秒后，她撩起眼帘，没什么情绪地瞥了栾巧倾一眼，带着警告的意味。

栾巧倾撇了撇嘴，到底还是没再说什么，嘟嘟囔囔地下楼去了。

走廊里只剩下宋书和秦楼两人。

宋书像是眨眼就忘记了栾巧倾的话，她走了两步停到秦楼面前，抬手给他整理被拽得歪到一旁的领带。

只是还没整理好，她的手腕就被秦楼握住。

宋书微怔，抬眼看向面前的男人。

秦楼握着她的手，眼底情绪翻涌片刻，最后他只垂下眼帘，有点固执地抓着她的手腕托到面前，轻吻了下她的指尖。

秦楼低声：“为什么不问？”

“问什么？”

秦楼无意识地皱了下眉：“问我……为什么不肯陪你去看她。”

宋书眼底浮起一点无奈的笑意：“需要问吗？”

她抽回手，慢慢给秦楼理好领带："就像我知道你每次到了家门口就会故意拽松领带，想让我给你整理好一样，你在想什么，我怎么会不知道？"

秦楼眼神微动。

宋书捋平领带上的褶皱，垂下手，然后轻轻向前一环。

宋书抱住秦楼，侧脸贴上去，轻叹了声："我不问，因为我知道就算我问了也没有用，你一样会怪自己，你总是想不开。"

秦楼眼神一颤。

几秒后，他终于从那种僵滞的状态里回过神，抬手紧紧抱住宋书，那声音在胸膛里便振鸣，带着似笑似哭的喟叹："对，我永远想不开。还好我也不必想开，因为我甚至不需要说出来——这个世界上不会有人比你更了解我了，小蚌壳。有再多人误会都没关系，只要有你在，我便不在意他们怎么看。"

宋书轻叹。

安静片刻。

楼梯下方传来管家的声音："少爷、宋书小姐，晚餐已经准备好了。"

"知道了。"

秦楼哑着声音应了一句。

他退后半步，垂下手把宋书的手握进掌心，然后慢慢攥紧："下楼吃饭吧？"

宋书刚要点头，突然想起什么："等等。"

秦楼没来得及说什么，就见宋书走回长廊，没一会儿又回来了。

这一次，她手心里多了个被转得乱七八糟的魔方。

宋书把魔方举到秦楼面前："饭前任务。"

秦楼伸手接过，看了两秒，微皱起眉。

宋书歪了下头，问："怎么了？不会玩了？"

秦楼叹气："六阶魔方的结构很不结实的，万一用错了力气，整个掰开都有可能。"

"这个质量好。"宋书木着脸。

秦楼迟疑许久后，还是慢慢地转动起来。这是他第一次把魔方玩得这么慢，谨慎的模样，像是一不小心就会把魔方捏碎似的。

宋书也不说话，安安静静地站在旁看他转完。等魔方终于被秦楼用最少的步骤却是最长的时间复原，秦楼牵着宋书下楼，把魔方放回原处。

他回过身："下次不许碰了。"

宋书没表情地瞥他："明明是我送你的礼物。"

秦楼冷哼了声："我没说你，我说栾巧倾。"

宋书沉默地和秦楼对视两秒，叹气："你是在眼睛上安了指纹扫描仪之类的吗？"

秦楼轻声笑了下："就像你最了解我一样，我也最了解你——你想瞒过我，觉得可能吗？"

"……"

秦楼看着难得地露出一点挫败情绪的宋书，愉悦得嘴角都快翘上天了。他伸手牵着她往餐厅走，余音在正厅里回荡："认命吧，小蚌壳。"

"认什么命？"

"命中注定我们是一对。"

宋书沉默两秒，慢慢反握住秦楼的手，眼底一点笑意渐染。

清晨，Q市公墓。

天气预报明明没雨，宋书到公墓的时候，天却下起了淅淅沥沥的小雨。

这处公墓里除了台阶，少有冰冷的石砖，多是以泥土为基。雨滴落下来，也就使墓地周围格外泥泞。

宋书一路走上来，泥点子飞溅到鞋子和小腿上，斑斑驳驳地缀着。

白颂的墓掩映在一片松林中。

墓地一直有专人打扫和摆放贡品，宋书来的时候，墓碑前早就摆满了洁白的花束。花束中不乏各种各样的卡片，花式的落款更多。

宋书知道其中有不少是为了顺着她来巴结秦家的——在案情未明之时，白颂的墓地从来都冷冷清清的，终年没什么人来过。

所以现在那些刻意留了落款的，宋书自然看都不会看一眼。

她独自在墓碑前默不作声地站着。墓碑上那张小小的照片里，与记忆里的容貌一般无二的女人温柔地望着她。

不知道过去了多久，脚步声来到宋书身旁，然后停住。几秒后，栾巧倾上前，把手里的花束放在墓碑前。

她后退两步："跟姨妈说你要结婚的事情了吗？"

"说了。"

"骗人。"栾巧倾叹气，"我刚刚站在那边，什么都没听见。"

宋书无声地笑了下："在心里说的。"

"那姨妈同意了吗？"

宋书想了想："她会同意的。"

栾巧倾迟疑两秒，还是实话实说，只不过声音放低了很多："我看未必呢。本来就不是什么良婿，在她的忌日都不肯来看一眼，姨妈会同意才奇怪呢……"

宋书无奈地望她："路上不是说过秦楼有自己的原因吗？"

栾巧倾皱起眉："那我问他也不见他搭理我。"栾巧倾停顿了下，"姐，其实你知道吧？他是不是跟你说过？"

"没有具体说过，但是我差不多也能猜到。"宋书说。

栾巧倾连忙问："那到底是什么原因啊？"

宋书望着墓碑沉默几秒，轻叹了声："虽然这件事的罪魁祸首不止秦扶君一个，但她是诱因，也是导火索。秦楼一直觉得这件事是因他而起的，如果没有他的存在，或者说如果不是因为我们之间的感情影响到了秦家的家产与权力的划分，当初秦扶君或许不会选择那样一条路。"

栾巧倾慢慢睁大了眼："你是说，秦楼把这件事……揽到他自己身上了？"

宋书沉默片刻。

她转回头，认真地看向栾巧倾："巧巧，你没怪过他吗？"

"我——"

栾巧倾语塞。

她当然怪过。

在宋书不在的那些年里，尤其是一开始她无法接受最亲近的两个人离世这件事的时候，栾巧倾记不得自己有多少次责怪过秦楼。她记得自己找不到可以怨恨的人，便把一切归咎于秦楼的迟归，虽然她明明也知道，宋书的"死"伤得最深的人大概就是他了。

栾巧倾慢慢低下头去："对不起，姐，我那时候……"

宋书轻轻摇了摇头："巧巧，你不用跟我道歉的。你能理解他不来并且不再怪他，这就够了。”

宋书转回头，看向墓碑，轻叹道：“说到底，他自责也不是因为你的责怪。只是连你都这样想，他也就难免的。在心理上，秦楼从小所承受的本就比我们要多很多。我们不懂他最真切的感受，也就不该说什么。如果待在那里面能让他好受些，那就让他待在里面吧，我会陪着他的。”

栾巧倾听得似懂非懂。但她听得出宋书话里的怅然和担忧，所以最后还是没说什么，只点了点头。

栾巧倾又陪着宋书站了会儿，便准备先下去到车里等宋书。只是转身离开前，她又想到什么似的停了下来：“姐，秦楼以前来过墓地吗？”

宋书回忆了下：“他父母去世的时候是在国外，那时候他还很小，不知道有没有参加过葬礼。此外……应该没有过。”

栾巧倾点了点头：“那秦楼的记忆里唯一一次来墓地，应该就是在……那时候你的葬礼上。”

宋书一怔，回头。

栾巧倾回忆起那一天，慢慢紧皱起眉，神色里露出些苦楚：“你的葬礼比姨妈的只晚了几天，我记得那天也下了雨……秦楼那时候的痛苦大概是没什么词能够形容的。我刚刚突然想到，这可能也是他不愿意来墓地的原因之一吧。如果是我，那在我死之前，我都永远不会想要再来这个地方了。”

说完，栾巧倾歉疚地看了宋书一眼，转身往台阶走去。

宋书独自站在墓碑前，许久都没有回过神来。

按计划，婚礼在秦家老宅举办，婚宴的布置按照宋书的要求，一切从简。

秦屿峥和梅静涵夫妻二人在国内并没有多少称得上至交的好友，所以宋书这边基本上只请了白颂的一些故交，以及公司里亲近些的同事或者高层。

至于秦楼那边，他列出可怜巴巴的几个名单后就全部甩给了管家安排。

于是秦楼和宋书举行婚礼的消息传出去没几天，谁拿到婚礼请柬谁没拿到的话题在豪门圈里盛传一时。

婚礼前，毛手毛脚的新佣工早半个星期就被老人们安排出去做琐事了，涉及婚宴的大小事务，一概由老人们亲手打理，务求这对他们从小看着长大的少爷、小姐有一场完美的婚礼。

只不过对于即将做新郎的这位少爷，大家都表示不太放心，生怕他在婚礼当天做出点什么骇人听闻的举动来，破坏了他们准备已久的婚礼。

为此，全家以老管家为首的佣工们开了几次紧急会议，重点内容就是讨论可能会出现的状况以及必要的应对措施。

做了N个应急方案后，老人们总算稍宽心，眉开眼笑地等着婚礼到来了。

九月初九，宋书和秦楼的婚礼如期举行。

宋书一大早便被栾巧倾请来的顶配造型团队从被窝里“挖”了出来，迷迷糊糊地被“端”进化妆间里。

一通折腾死人不偿命的妆容精修持续了数小时，宋书困得几次对着镜子磕头，都被化妆师恐慌又紧急地抢救回来重新补妆……紧随其后，换婚纱的过程同样漫长而可怕。

而秦楼那边，按照秦屿峥和梅静涵的要求，婚礼前一整个星期秦楼都没能见着宋书的面。

好不容易忍到婚礼的头一天晚上，秦楼万分艰难地听了栾巧倾的“劝告”，为了不让他家小蚌壳顶着遮不住的黑眼圈参加婚礼，秦楼又忍了一整晚，没有趁着半夜溜去宋书的房间里抱着他的小蚌壳睡觉。

结果婚礼当天一早，他换上新郎装后推开了还想在他脸上动那一堆乱七八糟的化妆工具的化妆师，满心愉悦急不可待地到了宋书的房间，却发现他家小蚌壳不知道什么时候被人“偷”了。

这顿时像点了炸药。

秦家上下所有抽得出空的佣工集体出动，也没能拦住他们那个火急火燎地往新娘化妆间跑的少爷。

一把推开化妆间门的时候，秦楼大概觉得自己是从恶龙手底下勇救公主的勇士。至于惊魂甫定的化妆师们，自然只觉得他就是“恶龙本龙”了。

不管是勇士还是恶龙，秦楼见着他家小蚌壳以后，总算是消停下来了。

在那位语言不通还带着翻译的化妆师战战兢兢地表示他还没搞定这个新娘妆后，秦楼眼神躁戾地瞪了他一眼，这才心不甘情不愿地自己搬了个椅子，坐到宋书旁边死死地盯着宋书，生怕再有人趁他不注意把他的小蚌壳“端”走。

宋书是习以为常了，化妆师却着实吓得不轻，好几次差点手抖画歪了妆线，全是凭着国际一流的职业素养才硬生生补救回来。

等到终于完成这场全妆，化妆师长嘘了一口气，安排助理快速离开这个虎狼之地。

请人来的栾巧倾尴尬得不得了，偷偷瞪了秦楼好几眼后，才赔着笑把这位国际知名的化妆师往外送。

到了门口，化妆师心有余悸地看了一眼身后，叽里咕噜地说了一句外文。栾巧倾笑着点完头，回身问自己带的翻译："他刚刚说的什么？"

那个翻译表情古怪地看了栾巧倾一眼，低头道："他说，刚刚进去的那位是新郎吗？相比较而言，这位新郎更像是抢婚的。"

栾巧倾："……"

不得不说这话很有道理。

即便秦楼再舍不得，秦屿峥和梅静涵化完妆出现在后台时，他还是没什么选择地被"赶"回了婚礼现场。

因此，秦家年轻的当家人穿着一身新郎服在自己的婚礼上站在战战兢兢的司仪身旁，眼神、表情却冷得很。要不是在座的都对他和宋书的传奇恋爱史耳熟能详，那大概不少人会以为他是被逼婚的了。

直到《婚礼进行曲》奏响。

一身雪白婚纱、戴着白色长手套的宋书挽着秦屿峥的手臂，沿着铺着洁白的玫瑰花瓣的长毯，踩着音乐，一步步走上司仪台旁。

在众人的目光下，秦屿峥郑重地把宋书的手交到了秦楼的手上。按照司仪的安排和秦屿峥与梅静涵事先的准备，自然免不了一番令人眼眶湿润的托付致辞。

致辞之后就是宣誓环节。

司仪长提了一口气："秦楼先生，你是否愿意谨遵婚礼誓言，无论顺境还是逆境，无论贫穷还是富有，无论健康还是疾……"

"等等。"

司仪差点被自己的一口气噎过去。

做他们这一行的，最怕的就是这句"等等"，因为这句话一出，基本意味着喜剧变悲剧，甚至还可能发生什么临场抢婚导致的流血事件。

但是司仪迅速扫视全场一圈后才震惊地发现：这句话不是别人说的，是新郎说的。

司仪早就听说过这一位流传在外的事迹和名号，顿时笑得比哭都让人心疼："秦、秦先生还有什么要说的吗？"

秦楼皱眉："我不喜欢这套结婚誓词，千篇一律，而且毫无诚意。"

司仪："……"

要不是在婚礼现场，要不是面前这位实在得罪不起，那他可就要骂人了。

司仪沉默许久，挤出一个诚恳的笑容："那不如……秦先生自己来？"

秦楼嘴角一勾，笑意恣肆："来就来。"

司仪没来得及反悔，手里的话筒就到了秦楼那里。

熟知秦楼脾性的众人几乎要吓得窒息了，不知道这家伙又要搞出什么事情来，纷纷紧张地看着。

秦楼拿过话筒便没再看那个司仪，他的视线转回到宋书身上。

秦楼脸上恣肆的笑容收敛了一点。话筒里始终很安静，他看着她，笑容一点点淡下去，慢慢变为平静和严肃，却一个字都没说出。

空气便跟着他们一起安静。

蓦地，扩音器里传来一声低哑的笑声："真奇怪，原来我也会有明明有很多话想说，但偏偏不知道该说什么的时候……我还以为我不可能会有紧张这种情绪。"

宋书没作声，只安静地看着他。

秦楼慢慢握住她的一只手，十指紧扣："他们的那套誓词我听过，也知道，他们最后会让我说——我将爱你、珍惜你，对你忠诚，直到永远。"

秦楼一顿，他低下眼笑："可是我知道，没有什么感情是永远的。"

台下所有宾客的表情顿时僵住，有人倒吸了一口凉气。

司仪更是差点昏厥，他觉得自己简直要目睹结婚变离婚了。

秦楼却不在意他人的反应，他的声音低下去："十二年前，我就已经无比深刻地知道这件事了。只要一秒，一件小事，一个意外……死亡就可以把我们完全隔开。"

宋书眼神轻颤了下："秦楼。"

“但是没关系，”秦楼抬眸，“从那以后，我便不再奢求活着的永远。”

秦楼笑了起来，在自己的婚礼现场说出上面那番话，他的笑让台下的所有人觉得他像是疯了。

但他全不在意。

他的眼里从头到尾只有宋书一个人，所以他也只看着这一个人。

秦楼笑着说：“我想这个世界上应该没有人像我一样，参加过我最爱的人的葬礼，然后又在十二年后和她一起走进我们的婚礼现场。”

宋书微怔。须臾后，她垂眼笑道：“这样听起来有点吓人了。”

秦楼握紧宋书的手，低声道：“所以也就没人比我更有资格说，我爱你，是最深切、浓烈甚至让他们都畏惧、躲避的爱，是我人生里从遇见你到生命画上句点的过程中所有的属于人的情绪。我把它们连同我自己全部献给你，直到我们的呼吸停止的那一刻。

“然后，就像我说过的，生同衾，死同穴，百年之后合骨而葬——我再也说不出口的那些感情，让我烧成灰烬的魂和灵来说，在那个小小的黑黢黢的盒子里，你不要怕啊，小蚌壳……因为它会永远永远地陪着你。”

秦楼说完，看着眼圈泛红的宋书，慢慢一笑：“我们该管这个叫什么？”

宋书含泪而笑：“就叫——你和我的至死不渝。”

第 39 章

—Y A O H E N—

番外 你是人间翘楚（Ⅰ）

楚向彬最初不姓楚，姓文，单名一个“彬”字。名字是他生父取的。

他在小学和初中的时候比一般男生发育晚一些，所以在同龄人里总显得格外瘦弱。每次他到台上做自我介绍，说“我叫文彬，文质彬彬的文彬”时，总会招来满堂哄笑。

时间久了，文彬就变得特别安静。人群里他很少开口，只低着头，一个人贴着墙根走。

后来他的头发慢慢长长了些，半遮住眼，身上总套着一件好像大了一两号的衬衫。学生们喜欢喧闹和出彩，没人注意角落里这个羸弱、苍白的少年。

文彬很聪明。

这一点小学的时候尚未显现。他们那个小县城的学制是五年小学四年初中，等文彬升入初中，科目增多，难度增大，文彬的成绩就在同龄人里轻轻松松地拔了尖。

他上初一那年，第一次期中考试就在班里进了前三。成绩下来的时候，班主任和各科老师都很意外，对这个学生他们几乎没什么印象，从来不见他上课回答问题或者下课主动提问。

大家只当是个意外。

到了期末考试，文彬考了全年级第一，老师和学生们终于开始注意起这个走路都贴着墙根的瘦弱少年来。

被同学们注意上对于文彬来说绝对不算什么好事。

他安静寡言，不合群，总是独来独往，再加上身体发育迟了些，比同龄人看起来要小个两三岁，男生们对他都很排斥。

而成绩好更是让他成为众矢之的——

被扔进垃圾桶的课本，被涂得乱七八糟的课桌，被丢到楼下草丛里的凳子，被倒进茶叶水的书包……各种各样的欺凌每天发生。

毕竟是成绩好的孩子，老师总会格外关注。班主任原本也想帮忙，但文彬别说主动求助了，即便班主任把他叫到办公室问有没有什么难以解决的事情，这个看起来孱弱瘦小的少年也是一言不发地站着。

被扔进垃圾桶的课本文彬会自己捡回来，被涂抹得乱七八糟的课桌他会用随身带的抹布擦干净，被丢到楼下草丛里的凳子他总能找回来。

文彬对什么人都是这样的态度，即使被欺负了也一声不吭，久而久之，欺负他的人也觉得没意思了——他们喜欢看弱小者求饶、躲避，但没人喜欢在一根木头上浪费时间。

直到初四那年。

第一学期开学，学校开家长会。开家长会那天不巧遇上暴雨，路上湿滑，文彬的母亲身子骨本来就弱，骑着自行车来学校的路上又在下坡时摔了下来，一身泥水地狼狈地到了学校。

家长们开会那节课，学生们本来应该去操场，但因为下雨，大家就在学校的音美教室或者体育馆里躲雨。

班里最调皮的男生从教学楼出来，进到他们班所在的音美教室里就哈哈笑道：“我还以为咱们学校进来要饭的了，原来是文彬他妈啊。文彬，我听说你爸早就死了是吧？难怪你学习这么用功这么好，你妈是不是要饭供你上学啊？”

教室里哄堂大笑。

大家都习惯了，这个瘦弱而又木讷的少年原本就是大家奚落的对象，他们以往也从来不避讳开他的玩笑。

所以当文彬突然朝那个男生冲过去，然后一拳把他脸上的笑容打掉的时候，其他所有学生都蒙在了原地……

那个男生被同伴扶着去医务室之前，眼神怨毒地盯着文彬，朝他做口型：“你完了。”

文彬平静得像没有看见。

那天晚上，文彬被四个流里流气的男生堵在了学校后门的小巷子里，为首的就是那个被他揍得脸上青紫的男同学。

文彬原本就瘦弱，白天完全是因为他被触了逆鳞再加上对方毫无防范才得手的。

而那天晚上面对四个都比他强壮的男生，文彬毫无还手之力。

泥水四溅里，拳脚和咒骂噼里啪啦地落在蜷缩在墙角的少年身上……

雨越下越大，男生们谩骂着转身离去。文彬仍旧缩着身体，一动不动地蜷在墙角。

直到他耳边一个嬉笑的声音响起来："喂，你死没死啊？"

散漫，随意，没心没肺。

——和很多年后，在那个明亮宽敞的办公室里，西装革履的楚向彬对栾巧倾的记忆一模一样。

而当年那个满是泥泞的逼仄小巷里，文彬抬起头，看见了一个小姑娘站在巷口。

说小姑娘，是从声音判断的。因为巷口那个女孩的头发比文彬的都要短很多。

但不可否认，她很漂亮，鼻子挺翘，眼角微扬，是灵动劲儿十足的那种漂亮。

小姑娘撑着伞，溜达溜达地走到他面前，蹲下来了："我刚刚看见他们打你了，不过没敢过来。今天可就我自己，打不过那么多人的，你别怪我见死不救啊。"

"……"

"不过那几个高年级的也是不要脸，好几个人打你一个低年级的，他们的脸皮怎么这么厚？"

文彬一直没说话。

他怀疑这个小姑娘脑子有点问题，不然怎么会这么自来熟，用词也乱七八糟的，而且叽叽喳喳？

小姑娘自己在那儿嘀嘀咕咕说了一大堆，似乎才注意到文彬没开过口。面前苍白瘦弱的少年的头发比她的都长，刘海儿几乎盖住眼，乌黑的、湿答答的，贴在冷白的皮肤上。

她往前凑了凑，试图看清那双眼睛："喂，我跟你说话呢。"

"……"

"你是初一的还是初二的？怎么长得这么秀气，跟个女孩似的？"

"……"

"说起来，刚刚你挨揍的时候一声都没吭，你不会是个哑巴吧？"

"……"

"小哑巴，你还能动不？能动的话就给我起来，不然你冻死在这儿，我以后都要吓得不敢走这条路了。这可不行，我告诉你，我回家最近的就是这条路了。不走这条路，我要绕好远的……"

"……"

文彬被缠得脑袋里都嗡嗡的了。

他第一次遇见这么叽叽喳喳还毅力十足的女孩子，完全没有办法。再加上浑身上下分不清楚哪里疼，他也不想这个样子回到家里叫母亲担心，便慢慢扶着墙站起身，跟在这个头发比他的都短的小姑娘身旁一步一步地往前挪。

小姑娘很仗义地跟他合打一把伞，结果就是，到小姑娘家里的时候，两个人都淋成了落汤鸡。

"我妈在我小时候就去世了，我跟我爸住，不过我爸经常不回家。"小姑娘领他进了一栋高级公寓里。从电梯出来后，她拿钥匙打开一道门的工夫，已经把自己家的情况跟他抖搂得清清楚楚。

文彬更确定自己的判断：这个小姑娘大约是个傻子。

"我家的公用浴室在这里，你用这个吧，我去我房间里洗。"小姑娘把伞扔在门外，说完就准备进去了。

文彬忍了忍，声音涩哑地开口："你就不怕我不是好人吗？"

"咦，你不是哑巴啊！"小姑娘一脸惊奇地转回头，惊讶地看着他，随即才想起他的问题，然后笑了起来，"你还没我高呢，一看就是个初一、初二的小屁孩，我怕你干吗？再说了，打你的那几个人我都认识，专欺负学校里不敢回手的老实学生，你能是个什么坏人啊？"

不等文彬再说什么，小姑娘皱着眉回头："浑身湿答答的，难受死了，我先去冲一冲，你也赶紧收拾一下吧。"

说完，小姑娘转身跑了。

文彬站在原地沉默许久，终于转过身，一瘸一拐地走进小姑娘说的那个公用浴室里。

这还是他第一次进到这样一个对于他来说称得上奢华的家里。比起他习惯用的简陋的水龙头和盥洗室，这间浴室内的高级卫浴设施让他觉得陌生而新奇。

凭着敏锐的观察力和判断力，文彬没用多少工夫就搞清楚了这套卫浴设施的用法，冲了个热水澡，洗掉了身上的血和污泥。

冲完以后，文彬将自己脱下来的衣服泡进水里，清洗后拧干。

在他准备换上这些半湿的衣服时，卫生间的磨砂玻璃门被敲了敲，然后门被推开一条缝。

一只白净的小手伸了进来，手里攥着一套白衬衫、黑长裤和一条浴巾。

一并进来的，还有小姑娘得意的声音："我从前年开始买了好多男孩的衣服穿，我看你只比我矮一点点，穿我的应该刚好合适。"

望着那只小手和衣服，文彬默然。

第 40 章

—Y A O H E N—

番外 你是人间翘楚（Ⅱ）

小姑娘跷着二郎腿在自家客厅的沙发上坐了好一会儿，终于等到公用浴室的磨砂玻璃门被人从里面拉开。

那个比她还要矮一点的少年慢吞吞地、一瘸一拐地从满是水汽的浴室里走了出来。

黑色的头发已经被擦得半干，服帖地垂下来，遮住少年的眉眼，只露出好看的鼻梁和嘴唇。

他微低着头，手里抱着浴巾，身上穿的是小姑娘刚刚递给他的衬衫和长裤，比他自己的那一套要合适得多。到底是男生，骨架要比女孩子的大一些，穿起衬衫来也好看。

小姑娘看得呆了两秒，从沙发上蹦下来。

她像只小猴子似的，几乎是跑跑跳跳地来到文彬面前，伸手拍了拍他的肩膀，龇着牙笑："没想到你换好衣服看起来还人模人样的嘛，哪像刚刚，缩在墙角，跟只脏兮兮的小土狗似的。"

文彬被她拍得晃了一下，眉头也轻轻皱起来。

小姑娘这才想起什么："哦，你身上还有伤是不是？我给忘了。来，你坐到沙发上，我去找药箱。"小姑娘没给文彬半点拒绝的机会，拖着他便把他拽到沙发前。

她的力气实在大得很，半点不像个女孩子，文彬原本是想反抗的，但最终没挣过她，被拖到沙发前摁着肩膀坐了下去。

然后小姑娘就嘀嘀咕咕地在家里转着圈找药箱去了。

栾巧倾哼着小调儿抱着药箱回到客厅的时候，却不由得愣住了——

抱着浴巾的少年窝在沙发一角，蜷缩着身体歪靠着靠枕，黑发垂到一旁，露出的眼睛紧紧合着，显然已经睡过去了。

栾巧倾下意识地放慢脚步，小心翼翼地走过去。

她把怀里抱着的药箱放到了地上，自己扶着沙发扶手鬼使神差地蹲下去，观察着少年的睡颜。

直到栾巧倾蹲得腿脚都有点麻了，少年还是没有半点要醒来的迹象。

“睡得真熟，也不怕被人卖了，还说我没防备呢。”

小姑娘嘀嘀咕咕地说着，轻手轻脚地跑去自己的房间，拿来一条毛毯，给沙发上的少年盖住了身体。

收回手，她又在原地看了几秒。

“原来眼睛长得这么好看，那怎么还留这么长的刘海儿？真奇怪……”

文彬这一觉睡了不知道多久。

等他睁开眼的时候，窗外原本放晴的天已经暗下来了。

文彬慢慢眨了眨眼，昏沉的意识让他有点难以分辨自己此时在什么地方，又是什么时间。

他动了动身体，感觉到身上好像盖着什么柔软而暖和的东西。文彬怔了两秒，慢慢抽出手，掀起身上盖着的东西。

那是一条毯子，带着好闻的清淡的香气。

“你醒啦？”

客厅沙发这一角的动静惊醒了昏暗里的小姑娘。

文彬还没来得及确定声音传来的方向，就听见咔嗒一声类似开关的轻响，然后整个房间被温暖的光晕铺满——

沙发正对面餐厅厨房一体化的环形吧台前，一个剪着奇奇怪怪的寸头的小姑娘坐在高凳上，正揉着眼睛看他。

文彬反应了好几秒，才慢慢想起自己为何身处这个陌生的环境。

他僵了几秒，拎着毛毯要起身。

“哎，你别急着动啊，我给你找来的药还没用呢。”小姑娘嗖地一下从高凳上蹦了下来，几步就跑到文彬面前。

她把放在沙发旁边的药箱拎到桌上，自己坐在桌沿，把手搭在膝盖上瞪着眼睛看文彬。

文彬被她看得浑身不自在，第一次在同龄人面前生出点局促的感觉来。

两人就这么安静地对视了几十秒。

小姑娘终于有点不耐烦了："你怎么跟个木头似的呀？你不把伤口露出来，我怎么给你上药呢？"

文彬终于会意。不知道是小姑娘的语气还是表情让他觉得不好意思，他沉默地憋了一会儿，脸上飘起点红："不用了。"

"受伤了就要处理伤口，你小小年纪怎么那么倔？"小姑娘一副"我是大人，你要听我的"的口吻，还故意板起脸来看着文彬。

文彬拗不过她，沉默数秒后慢慢伸出胳膊。

小姑娘这才松开紧皱的眉头。她伸手给少年解开衬衫的扣子，一点点挽了上去，露出青紫的伤处。

"还好没有出血，不然蹭着伤口肯定很疼……"

小姑娘一边嘀咕着，一边从药箱里拿出药瓶，熟练地往手心里倒出来一些，揉开了才一点点抹到少年的手臂上。

药水凉凉的，但小姑娘的掌心温热，慢慢轻揉伤痛的部位，文彬的脸颊一点点热了起来。

等好不容易上完药，文彬心里有种如释重负的感觉。

他放下袖子站起身："谢谢……衣服我会洗好，给你送回来的。"

"不用了，那多麻烦，而且我不一定什么时候在家。"小姑娘江湖气十足地挥了挥手，盖好药箱后转回来，眨巴了下眼，"你要走了啊？"

"嗯，谢……谢谢。"

小姑娘乌黑的眼珠滴溜溜地转了一圈，然后她露出一个灿烂的笑："谢就不用了，你帮我做件事吧。"

文彬愣了下，从遮住眉眼的头发下抬眼看她。

小姑娘摸了摸肚子："你陪我吃一顿晚饭，就算是抵过了，好不好？"

文彬很想拒绝。

而且那个"不"字已经到嘴边了，但是对着小姑娘那双乌黑的眼睛，话却怎么也出不了口。

鬼使神差地，他慢慢点了点头。

小姑娘脸上的笑容顿时更加灿烂了，她几乎是从桌角原地跳了起来，转身就飞奔向厨房："你等着！看姑奶奶给你露一手！"

文彬："……"

这么一个小姑娘，也不知道从哪儿学来这么些乱七八糟的词。

平心而论，小姑娘煮泡面的水平还是可以的——

至少能吃。

虽然里面软硬夹杂的部分口感有点奇怪，但文彬还是努力地把自己那碗全部吃下去了。

放下碗筷的时候，文彬明显地从坐在对面的小姑娘眼睛里看到了心满意足的情绪。

真是个奇怪的小姑娘。

——文彬那时候这样想。

然后他便从吧台前的凳子上下来，还是微低着头："我要走了。"

小姑娘沉默几秒，点点头，仍是小大人似的气势："那你路上小心。"

文彬没说话，去洗手间拿了自己洗好叠好的半湿衣服，转身往玄关走。

他蹲下身换鞋的时候，小姑娘似乎突然想起什么："我去给你找个袋子装衣服。"

没给文彬拒绝的机会，她已经转身跑回自己房间了。

小姑娘拿着一个袋子出来时，已经换好鞋的文彬安静地站在玄关柔软的灯光里。

小姑娘走过去，把袋子递给他。

"谢谢。"

文彬接过，把衣服装进去，转身去开门。

然后他走了出去。

小姑娘低了低眼，面上笑容淡下来，等着她最熟悉的关门声响起。

可是等了好一会儿，小姑娘都没有等到。她有点奇怪地抬起头，只见少年站在拉开的门外，扶着门把手，露出迟疑的表情。

小姑娘更奇怪了："怎么了？"

少年仍是沉默。

这沉默持续好久，她听见少年低声说："生日……快乐。"

小姑娘一愣。

好半天她才回过神，然后慢慢露出一个灿烂的笑脸："你怎么知道今天是我的生日？"

"日历上，我看见了。"

栾巧倾扭头看向玄关墙壁上的挂历，今天的日子上果然画着一个红红的圈，旁边写着"女儿的生日"。

小姑娘呆了两秒，扭回头笑："你还挺聪明嘛，所以知道自己有多幸运了吧？要不是不想自己一个人回来，我才不会在学校后门晃荡那么久，更不会看见你然后带你回来呢。"

少年抿着唇不说话。

"看在你这么聪明的分儿上，以后在学校里就由我罩着你啦。你记住了，我叫栾巧倾，在学校里大家都叫我巧巧姐，以后再有人欺负你，你就报我的名字！"

"……"

"你怎么又不说话啦？"栾巧倾皱起眉，随后大度地摆了摆手，"算了算了，不为难你了。你赶紧回家吧。再见啊！"

房门在少年的面前合上。

过了好久，走廊上的感应灯也熄灭了。

少年站在黑暗里，抱着怀中的袋子，慢慢转过身。

其实看见挂历上的字的时候他就知道了，小姑娘只是不想一个人过生日，不想一个人吃生日晚餐。

就算今晚在雨里遇见的是一只小野猫或者小土狗，她大概也会抱回来的。

这点善意并非为他，大家各取所需，按说他也不需要挂怀。

只是……

少年慢吞吞地挪出一步去，声音轻得似不可闻："再见。"

黑暗里，感应灯蓦地亮了起来。他面前那条长长的走廊也被照亮了。

尽管说了再见，但栾巧倾和文彬谁都没有想到，他们的再次相遇会来得这么快。

——仅仅相隔一周，在文彬他们班的卫生区。

那天早上轮到文彬卫生值日。他每次值日都会提前到学校，然后把卫生区打扫好。

学生们进教室的时候，他往往已经坐在教室内了。

然而这天一早，早自习上到一半的时候，突然有人敲了敲教室门，把卫生委员叫了出去。

两分钟后，卫生委员表情不好看地走进来，走到讲台上："今天谁做卫生区的值日啊？检查的说垃圾都堆满了！"

文彬愣了下。

然后他听见教室后方传来不怀好意的笑声。

沉默几秒，文彬站起来："我去重新扫。"他转身走到教室后方的工具角，拿了打扫卫生的工具，从后门离开了教室。

文彬没看见的是，班里后排那几个笑过的男生对视了一眼，其中就包括那个挨过他几拳的。然后他们纷纷起身，跟着从教室后门溜了出去。

几分钟后，文彬他们班的卫生区。

在那些一看就是恶意被倾倒出来的垃圾旁边，穿着大两号的白衬衫的少年吃疼地佝偻下身体。

而围着他的两个男生死死地摁着他的手臂不让他挣扎，第三个人站在他前面，正抬脚踹向他的腹部。

"让你打老子，你就是活腻了……"

男生表情凶狠地骂着，抬脚又要踢下去。

就在这时，一个笑嘻嘻的声音响起来："学长，你怎么又打人呢？"

这会儿早自习已经上课了，校园里根本没什么人，突然听见这个声音，围着文彬的三个男生同时一僵。

为首的那个立刻扭过头："谁？"

"我啊。"

循声看去，见是一个剃着寸头、穿得像个男孩子似的小姑娘。

为首的那个男生看清楚是个小姑娘，松了一口气，刚想开口骂，可看着小姑娘那一头标志性的短发，他沉默下来。

和那张丝毫没被他的凶恶表情吓退半点的灿烂笑脸对视几秒，为首的男生转过身："你是……初三那个栾巧倾？"

"哎呀，学长听说过我啊？"栾巧倾仰起脸，朝比她高了一头多的男生龇牙一笑，"是我呀。"

三个男生对视了一眼，为首那个皱着眉说："这件事和学妹你没什么关系吧？我们就是教训个不识时务的小子。"

"哎呀，不巧。"

栾巧倾俏皮地背着手，闻言歪了歪身体，看向他们三个身后蹲在墙角的少年。

然后她的眼睛笑成了月牙儿，又正回身来："这个不识时务的小子刚好我认识啊。三位学长给点面子，我帮你们教训他？"

为首那个眉头拧起个疙瘩来："你认识他？"

另一个也哧地笑了声，接话："他一个㞞包，走路都贴着墙根的，怎么可能和你认识？"

"就是说啊，栾学妹，你可不能这么哄我们。"

"我真认识啊。"

栾巧倾眨巴了下眼睛，笑容灿烂地说："他是我上周认的干弟弟。"

三个男生同时一呆。

随后三人满怀疑心地对视了一眼。

过了十几秒，为首那个才反应过来，冷笑了声，看向栾巧倾："你认的干弟弟，怎么可能？"

"怎么不可能？"栾巧倾脸不红气不喘，"你们爱信不信，反正这个人，我罩了！"

第 41 章

—Y A O H E N—

番外 你是人间翘楚（Ⅲ）

等到那三个男生互相对视了一眼，嘀咕过什么之后识趣地走掉了，栾巧倾才长松了一口气。

脚步声一远，她连忙向后收身，撑着地面仰坐下来，紧张地看着呆住的少年。

栾巧倾不在意文彬的沉默，她站起来拍了拍裤子：“哎，对了，你怎么会被他们堵在这里？你看起来不像是个会逃课或者迟到的学生。”

文彬也慢慢地扶着墙站起来。沉默几秒后，在栾巧倾期盼的目光里，他嘴唇动了动，还是说话了：“我过来打扫卫生。”

“打扫卫生？”栾巧倾眨了眨眼，“这里不是初四的卫生区吗？”

文彬抬头，沉默地看着她。

对视十秒。

“啊！”小姑娘原地一个后跳，震惊地看着少年，“你是初四的？你竟然比我大？！”

文彬默默地拿起倒在地上的卫生工具，算是默认了。

栾巧倾大约是受到了不小的惊吓，直到他打扫完卫生区里的垃圾，她才唉声叹气地走过来：“你看看你，完全像个初一初二的小男生嘛，哪里像初四的学长？”说着，她偷眼瞟他，“你不会怪我对你没大没小的吧？”

文彬沉默几秒，收起工具，摇了摇头。

她松了口气，一副哥儿俩好的模样，拍了拍他的肩膀：“那就好，那就好。那从今天起咱俩就是兄弟了，我一定罩着你，你放心吧！”

文彬被她拍得差点趔趄了下，眉头下意识地皱起来。

过了几秒，文彬点了点头：“好。”

“那可就说好啦。”

栾巧倾勾肩搭背地搂着比自己还矮点的少年往前走：“你叫什么？哪个班的啊？别怕啊，我问你这个不是为了别的。既然我们已经是兄弟了，那我以后可以经常去你们班溜达溜达，这样他们就不会欺负你了！”

“初四一班，文彬。”少年沉默两秒道，“……文质彬彬的文彬。”

“噫？听名字就感觉文文弱弱的，难怪不爱说话，还瘦瘦小小的。”小姑娘嘀咕完，又拍了拍少年的肩膀，“不过没关系，我不会嫌弃你的，我对兄弟最好了！你放心吧！……”

在栾巧倾滔滔不绝的话声里，两人的背影并肩远去。

从那天之后，学校里就流传开了一个传闻，说初三那个有名的差生栾巧倾跟初四一个文文弱弱的书呆子成了朋友。

学校里除了文彬这样真正“两耳不闻窗外事，一心只读圣贤书”的学生外，多数人都对初三那个混世小魔女有所耳闻。

这个传闻一出来，绝大多数学生都是秉着嗤之以鼻的态度：怎么可能呢？就栾巧倾那家伙，全校都知道她次次考试“追赶”倒数第一，怎么可能会跟一个书呆子混到一起？

消息最开始是从文彬班里传开的。

班里学生们都听后排那几个男生明里暗里地提过，文彬就是传闻中的那个书呆子。

但是即便在文彬自己班里，也是没人愿意相信的。

这条传闻在学校里扩散开的那个星期的星期五，上午课间操结束后，学生们纷纷回到教室。

他们学校课间操的休息时间一般比普通课间休息时间要长些，离上课还有十几分钟，学生们都在教室里闹腾，整个教室里人声鼎沸。

直到从教室前门探进一个小脑袋来——

“同学，你们这是初四一班吧？”

临门那边的最前排的学生听见动静抬头：“是啊，你找……”看着探身进来的小姑娘那头标志性的短发，这个学生不自觉消了音。

栾巧倾却似乎毫无所觉："那你们班有个叫文什么，哦，文彬的吗？"

"呃……有的。"

"那你帮我叫他出来一下呗。"

"好……好的。"

那个学生扭头朝向教室另一边："文彬——有人找！"

教室里安静几秒，紧接着，一束束好奇、疑惑的目光投向教室前门。——显然大家都很好奇，班里这么个存在感极弱，性格又十分孤僻的男生，怎么还会有外班的人来找？

在看清了靠在门旁笑容灿烂地朝着文彬挥舞手臂的小姑娘以后，所有人的表情同时一滞。

"这不是初三那个……"

"栾巧倾？！"

"她怎么会来找文彬？她和文彬竟然认识？！"

"感觉是两个极端啊，他俩怎么会认识？"

"……"

在杂乱的议论声还有加诸身上的复杂目光里，文彬望着教室门口的女孩子愣神几秒后，慢慢拉开凳子，默默地从自己的座位走到教室前门。

他犹豫地停在小姑娘面前："你怎么来……"

话没说完，他的手腕便被栾巧倾毫不见外地握住了："找你帮个忙啦，跟我来！"说完，她直接拖着文彬消失在教室门外。

留下满教室表情震惊无法回神的学生们。

栾巧倾一直把文彬拖下楼。

到了教学楼外，路过的学生都诧异地望着学校里这个极有名的差生，更惊讶于被她拉着的男生。而栾巧倾浑然不觉，兴奋地把文彬拖到楼前的一片自行车停放区。

六七个打扮得乱七八糟的小姑娘嚼着口香糖，有的蹲在地上，有的趴在自行车上，有的倒坐在自行车后座上……

她们看见栾巧倾拖着人过来，一个接一个地眼睛亮起来。

栾巧倾此时已经拉着文彬停住脚步，骄傲地一仰头："喏，他就是文彬。我都说了我认识他，没骗你们吧？”

几个小姑娘讶异又惊奇地打量着文彬。其中一个踢了踢腿，跳下单车，好奇地问：“你真是初四那个总是拿全校第一的文彬啊？”

栾巧倾翻了个白眼：“你们要是还不信，那我干脆让他拿学生证出来给你们看看？”栾巧倾说完，扭头看向身后沉默的文彬，她松开他的手腕，拍了拍他的肩膀，一副老气横秋的样子，“拿学生证给她们看看嘛，让她们死心！”

文彬默然。

对于学校里的这帮同龄人，他心里是不屑为伍的。在他看来，这群只会动手动口的小孩既幼稚又无聊，思考问题既简单又片面，所以他宁可被人欺负，也不愿意委屈自己融入他们的小团体。

至于面前这个小姑娘，她大概算是他们中最幼稚最傻的了。

可是……

文彬低下头，看见自己不知道什么时候从裤袋里摸出来的学生证——

文彬慢慢皱起了眉。

不知道是不是一种错觉，他总觉得，自己好像要一步步踩进一个深不见底的大坑里了。

第 42 章

—Y A O H E N—

番外　你是人间翘楚（Ⅳ）

见文彬拿出了学生证，几个小姑娘凑上前来，盯着学生证上面无表情的照片叽叽喳喳地议论起来。

“还真是文彬哎。”

“原来他就是啊，跟我想象中的一点都不一样，没想到这么不起眼。”

“噫，说得你好像多了解人家似的。”

“那……也差不多啦。你们不知道，我们老班三天两头唠叨，说初四有个成绩多厉害的学长，数理化生经常考满分，还总说不要求我们跟他一样，有一科能出个尖子他就不用那么操心了……”

“对对，我们班主任也经常提他呢，说是咱们学校十年也不一定遇得上的尖子生，就是不怎么听老师安排……我还以为是三头六臂呢。”

“我听说他也不是很用功那种，上课都不回答问题的，和那些天天背书刷题积极听讲的学霸一点都不一样，也不知道脑子怎么长的。”

“就是……”

“这就是传说中的‘学神’吧？太牛了！”

议论过文彬的那些事迹后，几个小姑娘再看栾巧倾就更加敬佩了。

“你好厉害啊巧巧姐，文彬你都能这么熟吗？我听说他在学校里一个朋友都没有，一直独来独往的。”

“是吗？”

栾巧倾灿烂地笑到一半，迟疑地回头看向文彬。

“你学习这么好，我昨天听她们说你的成绩都吓一跳呢……怎么会没朋友？”

文彬默然。

他总算明白为什么栾巧倾今天突然来找他了——这小姑娘分明之前完全没听过他在学校里的名号，大概偶然和别人聊起他才知道他的情况，所以今天就迫不及待地把他拉出来向她的小姐妹们炫耀了。

果然跟他猜测的一样，又傻又幼稚。

而他和栾巧倾也确实神奇地相似——

从某种意义上说，他们两个都是在学校里非常“有名”，甚至算得上学生里尽人皆知的，但是唯独他俩在认识之前对彼此一无所知，以至于认识了这么多天，直到最近几日，才开始了解对方的情况。

见文彬不回答，栾巧倾丝毫不介意，甚至还拍了拍他的肩膀：“算了算了，看你这么不爱说话，要是交个朋友也让你憋死了。没关系，以后我就是你的朋友了，我的朋友也是你的朋友。看，一下子多了这么多姐妹，开心不开心？”

栾巧倾把手一挥，颇有点“看，这是朕为你打下的江山”的豪气。

文彬抿了抿唇，终于忍住了，没说什么。

文彬没想到，自己真的和这个天真幼稚还傻得不轻的小姑娘成了“朋友”。

按照栾巧倾的说法，他和她的关系还是天下第一好的那种。

不过栾巧倾说这话的时候是有所图的——

临近期中考试，栾巧倾的那个在文彬看来能养出这么个性格的小姑娘势必心很大的家长，大约是发现自家女儿再这样下去初中毕业都困难，于是终于做了学习成绩上的明确要求：考试再进不了班级前66.7%，就断掉栾巧倾的零花钱。

这可要了小姑娘的命了。

栾巧倾哭丧着脸和姐妹们抱怨完，有的人附和说自己的家长随着初四临近也开始发愁她的中考问题而要求提高成绩。很快就有机灵的提出来：“巧巧姐，你不是和文彬熟吗？让他给你补课啊！他从初一上学期的期末考试开始就是全校第一，让他给你辅导，那不就解决了？”

像是抓住了救命稻草的栾巧倾眼睛一亮。

但很快就有人泼冷水：“可我听说文彬从来不给人讲题或者辅导，所以在他们班人缘一点都不好。”

“那也得分人吧？巧巧姐可是他朋友呢！对吧，巧巧姐？”

栾巧倾回过神，用力点头："那必须的。我这就去找他！"

栾巧倾做事不爱思考，但是行动力绝对一流。那天晚自习，她麻溜地跑到了初四一班。

最近一段时间，栾巧倾没少到初四一班教室门口晃悠，所以一瞧见她的人影，最先从前门出来的学生立刻就笑了起来："你又来找文彬啦？"

"啊，"正在探头探脑的栾巧倾听见动静，点点头，"帮我叫他出来呗。"

"行啊。"

那男生痛痛快快地答应了，回到刚下晚自习还算安静的教室里，起哄道："文彬，你女朋友来找你了啊！"

教室里蓦地一寂，跟着便是一阵哄笑声——自从文彬交了栾巧倾这么个朋友，班里的男生因为顾忌没法再欺负他，反倒是看热闹的占了大多数。

坐在座位上对着窗外漆黑的夜空发呆的文彬回过神。默然几秒，他将面前的书本一合，起身走了出去。

文彬对于哄笑声充耳不闻，从自己的位子走到教室前门外，他的表情没有发生半点变化。

等他停到门前，栾巧倾转过身来，一副夸张的泫然欲泣的表情。

僵了两秒，文彬慢慢皱起眉："你……怎么了？"

栾巧倾问："文彬你说，咱俩是不是好朋友？"

文彬默然片刻，慢慢点头。

栾巧倾又问："你都没什么朋友的，我跟你应该算是关系天下第一好了吧？我们应该好到穿一条裤子也不跟对方计较的那种了，对不对？"

这次文彬沉默的时间更久。

但是在面前女孩那小狗似的眼巴巴期盼的目光里，他最后还是艰难地点了点头。

栾巧倾眼睛顿时亮了，双手一抬，一把抓起文彬的手捧上来："这可是你亲口承认的！既然这样，朋友有难你可不能见死不救啊！"

在路过的那些别班学生异样的目光下，文彬艰难地抽出自己的手："你有什么难？"

"当然是成绩啊！我爸逼我这次期中考试要考进班里前三分之二，还说我要是没做到，就断了我的零花钱！”栾巧倾欲哭无泪，“我认识的姐妹们你是知道的，成绩都和我差不多，指望她们是没用了。我只能靠你了，给我辅导一下吧，能让我考进前三分之二，我请你吃大餐！”

文彬皱眉：“我不会给人讲题。”

栾巧倾立刻回应：“不会没关系，我们可以慢慢学嘛！我也不用你多会，真的！”

见文彬仍旧犹豫，栾巧倾顿时皱起鼻子，一副可怜巴巴的模样：“你不会真的见死不救吧？我们可是好到穿一条裤子的，朋友有难，这次只能靠你了啊。”

“……”

其实文彬在栾巧倾刚开口时，就已经不会拒绝她了。

他也知道，如果自己不松口，以栾巧倾的性子，一定会一直缠他，直到他同意。不知道是不是那天晚自习太无聊，也不知道是不是第一次见这个总是咋咋呼呼的小姑娘在自己面前装出一副很夸张的可怜模样，他觉得新奇……

文彬只知道，他明明一开始就会同意的，但还是等着小姑娘抱着他的手缠了好久，他才点头。

很多年后再回想起这个很普通的晚上，文彬仍觉得印象深刻。

倒不是因为别的。

只是很久以后他才发现，原来自己深埋在骨子里的那些心机，最开始就是从这一秒，因为这个女孩，而不知不觉地被“发掘”出来了。

人使心机，是因为他有渴求。

以前他没有，但从那天，或者更早，他便有了。

不得不说，作为一个平时翻翻书，而不热衷于归纳什么考点、重点、难点、得分点的“学神”，要给一堆基础约等于零的学习困难户补课，过程绝对是无比痛苦的。

至于为什么是一堆——

“文彬，我们商量件事情呗。”

“……”

“你看，反正你要给我讲题了，一个也是讲，两个也是讲，干脆连我那几个姐妹一起带带怎么样？她们中有几个人也被父母逼着要提高成绩呢，特别惨，差不多跟我一样可怜了。”

“……成绩也跟你差不多吗？”

“是啊！你问这个干吗？”

“……”

“你是不是嫌弃我们学习差？你忘了我们是关系好到穿一条裤子的朋友了吗？”

“……我没有嫌弃你。”

“那你是答应啦？”

“……”

“你说话呀。”

“……嗯。”

“哈哈哈哈哈……我就知道你最仗义了！那在周末之前我来找你说我们补习的时间、地点啊！”

“……”

于是，这件对于文彬来说超级痛苦的事情就这么定了下来。

周六上午。

文彬再次站到高级公寓楼内那扇熟悉的房门前，几秒后，他抬手敲响房门。

几秒钟后，他面前的防盗门便被打开，一张灿烂的笑脸露出来：“文老师早上好啊！”

文彬微微一怔，随即反应过来。他沉默地点了点头，然后跟着转身进屋的栾巧倾走进房间。

“我们今天就在书房上课吧，我已经跟我爸说好了。”栾巧倾一边往里走，一边笑着说道。

文彬犹豫了下，难得主动地开口问：“叔叔同意了吗？”

“这有什么不能同意的？”栾巧倾奇怪地回头。

“这么多人来……”

“哎呀，这不是你也要来嘛。”栾巧倾笑得眼睛都弯起来，“我爸一听说年级第一来给我补课，高兴还来不及呢。”

文彬默然几秒：“叔叔没有给你找家教吗？”

栾巧倾闻言不回头地答道：“你怎么知道他没给我找过？当然有，可惜啊，我和那些老师八字不合，每次一听到他们给我讲课我就犯困。而且他们一个个还凶巴巴的，要么就一点不会笑，我才不想要他们给我辅导呢。”

“……”

两人一前一后走到书房里，栾巧倾推开门后想到什么，突然回过头，一边灿烂地笑着，一边握住文彬的手腕把他拖进去：“你看，我爸昨天让人送到家里来的教学白板，还有那些彩色马克笔，这边是吸铁石和板擦。——怎么样，是不是很有氛围？”

文彬没说话，任栾巧倾拉着他在书房里转了一圈，介绍完那些教学工具。

直到又有敲门声，栾巧倾这才出去开门了。

听着隔了一两个房间传来的玄关处热闹的声音，文彬安静地望着那块白板。

过了几秒，他抬起手腕，无声地看着方才被栾巧倾没意识地攥过的地方，另一只手慢慢抚上去。

笑闹的声音逐渐近了，文彬慢慢敛下眼底难得地流露出的真实情绪，抬眼重新望向白板。

这一刻他突然有点后悔——

早知道不该答应连其他人一起辅导的……

期中考试成绩出来后，老师和学生们惊奇地发现，栾巧倾和她那几个不务正业的小姐妹成绩有了相当大的进步。

尤其是栾巧倾，一贯“力争”倒数第一的她，期中考试的班级名次竟然进入了前50%。

要不是考生们所在的考场是随机安排的，老师们大概要怀疑她们一起作弊了。

即便否定了这个可能，各班的班主任还是专门找栾巧倾等人问了一下情况。得知是初四那个成绩优异却性格孤僻的文彬给她们做了半学期的周末辅导后，班主任们都啧啧称奇。

文彬和栾巧倾的这份“坚固友谊”一直延续到新的学期。

对于文彬来说，这是中考前的最后一个学期了。

文彬的母亲独木难支，选择二婚，在新年前嫁给了一个离异并有一个女儿且家境殷实的楚姓男人。文彬由此有了一位新的父亲，也终于摆脱了困苦的生活。

第 43 章

—Y A O H E N—

番外　你是人间翘楚（Ⅴ）

没过多久，栾巧倾消失了。没有任何征兆，也没有任何留信，栾巧倾在文彬的世界里消失时就如同她出现时一样，迅疾而不可预料。

很多年后楚向彬才知道，她的消失是因为家里的重大变故——父亲突然决定再婚，未婚妻对她无比排斥，提出的结婚条件就是让她离开故土去和姨妈同住。

但那时候的文彬并不知道。

中考之后他等了她很久很久，每天固执地去那个高级公寓看她是否回来了。

等得春去冬来，那道防盗门的花纹凹陷处落了一层无人扫去的灰尘，他仍旧没有等到她回来……

考进省重点高中那年，文彬和母亲落户到继父的户口上，按照继父的要求，他改随继父的姓。

从那天开始他姓楚，叫楚向彬。

高中以后，楚向彬的成绩越发优异。而在母亲嫁给继父后，随着家庭条件的改善，从过去的营养不良状态中脱离出来的少年开始飞快地蹿个儿。

没用多久，他成了高中的“学神”和“校草”，是女生们心目中的“男神”，是男生眼里叫人嫉妒又无可奈何的存在。他不再像以前那样沉默、孤僻，初四那年给栾巧倾和她的小姐妹们辅导功课的经历让他逐渐习惯了迁就别人和融入群体。

他变得优秀、耀眼、无可挑剔，身上半点不见当初孤僻少年的影子。

但他的身边，再也没有那个会拍着他的肩膀，嬉皮笑脸地喊他“兄弟”的小姑娘了。

偌大的世界，人口数十亿，住在同一栋居民楼里的两个人可能一辈子都不会碰一次面，哪怕他们的住处只是相距数十米。

所以楚向彬一直以为，自己和栾巧倾大概没有再见面的可能了——难以接受但不得不接受，这大概是成长给他上的第一堂课。

但命运给了他第一个奇迹。

高考之后，楚向彬进入A大。

大二下学期刚开学，楚向彬的室友看上了校辩论队的“女神”，立志要把人追到手。

室友是个有经验的，知道追女孩的诀窍之一就是“买通”她的闺密或者好朋友。而既是巧合也算是可以理解的事情是，楚向彬作为一进入A大就受到全校女生密切关注的“校草”级人物，恰好就是女神闺密的心头好。

于是大二下学期开学没几天，楚向彬便被这位室友死皮赖脸地从书桌前拽到阳台上：“楚神，跟你商量个事情呗。”

楚向彬没急着开口，目光从手机上抬起来看了室友一眼。

室友反应过来：“哦，我忘了，你最讨厌别人说话用‘呗’了是吧？我收回，我收回。不过你这个习惯真是有点奇怪啊……”

楚向彬打断他：“有话直说，没事我回去敲代码了。”

“楚神你这也太忙了，你是我们经济学院的，又不是他们计算机学院的，干吗还要——哎哎哎，我不说了，你别走啊！”室友连忙把不耐烦的楚向彬拉回来，“是这样，今晚校辩论队有个纳新晚会，我准备过去看看，你跟我一起去怎么样？”

楚向彬没抬眼：“我不参加学生组织。”

“这我知道啊，大一下学期校学生会副会长亲自来招募你都不进，更别说别的学生组织了。所以我也没指望让你参加，就是让你陪我去一趟。”

楚向彬抬眼看他，眼神平静，但总叫人觉着在这双眼睛下有种让人藏不住心事的犀利。

室友僵笑几秒。

楚向彬揉了揉脖颈：“为什么不找别人，非得我和你一起去？”

室友装无辜：“我问他们了，他们都要陪女朋友，没时间啊。毕竟咱寝室里单身的就剩咱俩了，他们哪像楚神你这么洁身自好、清心寡欲？”

尽管楚向彬不太想去，但在室友死皮赖脸的央求下，他最后还是陪着室友去了一趟校辩论队的纳新晚会。

如果说起初楚向彬只隐约猜到室友没有说出来的目的，而没有猜到真正的原因，那么到了校辩论队举办纳新晚会的教室门外之后，楚向彬很快就捋清楚了前因后果。

室友拉着他迫不及待地赶过去，刚到教室前门，就和站在那儿的一个女生对上眼神，然后热切地拉着他过去打招呼："楚神，给你介绍一下，这位是孙雨冉学姐，也是咱们学校辩论队的副队长。"室友说完，转过头朝面前的女生直眨眼，"孙学姐，这位是谁，应该就不用我介绍了吧？"

"当然。"那位叫孙雨冉的学姐和楚向彬的室友飞快地进行过目光交流后，再望向楚向彬时，眼里的倾慕和喜悦已经有些压抑不住了，她清了下嗓子，笑着伸出手，"想来在A大没人会不认识楚向彬学弟。学弟你好，我叫孙雨冉，文学院德语专业的，比你们高一级，目前是辩论队的副队长。"

楚向彬没握手，而是微眯起眼瞥了自己的室友一眼。

室友被这很是清明通透的一眼看得后背冒冷汗，他僵笑着背过身，低声对楚向彬说："求求你给个面子吧，我是真的有求于这位，不得已才这么干的。仅此一回，我发誓，回去我就跪寝室门口还不行吗？"

楚向彬没说什么，收回目光后他很随意地碰了一下对方伸出来的手，算是握过，语气也平淡："学姐好。"

女生的笑有点发僵，但很快就绷了回去："纳新晚会还没开始，不过你们也不是大一的学生了，就先进来找个位置坐吧。"

"谢谢学姐，谢谢学姐。"室友一迭声地应了，生怕楚向彬反悔似的把他拉了进去。

校辩论队的纳新晚会选了间不小的教室，此时教室内空空荡荡的，除了校辩论队的成员外还没其他人。他们聚集在讲台上下，有的三五个人凑在一起商量什么，还有的人在台上调试待会儿演讲要用的PPT。

楚向彬进来以后坐到最靠墙的位置，一个人低头研究转存到手机里的代码文件。

他那位重色轻友的室友自然老早就跑到自己的女神身旁献殷勤去了。

楚向彬清静了没一会儿，身边投下一道阴影。

“楚学弟，你在忙吗？”

楚向彬一抬头，是刚刚那个叫孙雨冉的学姐。他停了两秒，才疏远地笑了下：“学姐有事？”

“我刚忙完，这会也没什么事情，看你一个人坐在这里，我就过来问问。”孙雨冉把脸颊一侧的头发拢到耳后，顺势坐到楚向彬身旁，然后将手里的饮料放到了楚向彬面前，“学弟空手过来的吧？纳新晚会估计要开很久，你先喝口饮料吧。”

楚向彬顿了下，伸手接过：“谢谢。”他把饮料放到一旁，没再去碰。

孙雨冉长得也算漂亮，主动对男生有所表示的时候还从来没遇见过像这样冷淡的，她一时间表情都有些僵。

感觉到不远处或明或暗地投来的辩论队其他人看热闹的目光，孙雨冉咬了咬牙，在心底告诉自己，再怎么样也不能让人看笑话。于是她强撑着笑，继续和楚向彬攀谈：“我听祝鑫阳说，你们是经济学院工商管理专业的，是吧？”

祝鑫阳就是楚向彬那个室友的名字。

楚向彬再次从手机屏幕上抬起视线，不冷不淡地刮了一眼讲台旁祝鑫阳的背影。

大约是这眼神里的冷意非常实质化，那边的祝鑫阳一僵，小心翼翼地扭过头，然后隔空给楚向彬做“求求你了兄弟”的口型。

楚向彬微垂了眼……

“楚学弟？楚学弟？”

耳旁的声音拉回楚向彬飘远了的思绪，他转回头：“抱歉，走神了。”

“没事。”孙雨冉咬着牙保持微笑。

“学姐刚刚问了什么？”

孙雨冉说：“我是问，你和祝鑫阳都是经济学院的？”

“嗯。”

孙雨冉眼珠一转，笑着说：“那太好了。我家里每个月给我不少生活费，用不完，搁着又觉得可惜，所以今年我准备了解一下指数基金定投，正愁不知向谁请教呢。”

楚向彬没说话。

孙雨冉只能硬着头皮接着说："要是楚学弟方便的话，我能不能加一下你的微信？之后有这方面的问题就……"

孙雨冉话没说完，楚向彬开口了："不好意思，学姐，这方面我不擅长。不过我们西方经济学和资产管理学的几位教授的邮箱我都有，之后会让祝鑫阳发给你的，他们比我专业太多了，学姐不如去请教他们。"

不等孙雨冉反应，楚向彬起身："我突然想起还有件事情要去找辅导员谈谈，得先离开了。麻烦学姐让一下，我出去。"

孙雨冉僵着表情起身："学弟不参加纳新晚会了？"

"看来没机会了，很遗憾但也没办法。"楚向彬这样说，但表情和语气都没有什么遗憾的情绪，"谢谢学姐的饮料。"

说完，他淡定一笑，转身往外走。

讲台前后，校辩论队的学生们纷纷低头议论。

"孙学姐还真是敢想，楚向彬什么人啊？我听说整个就一机器人，从大一进学校到现在一年半了吧？明恋暗恋他的女生多得能绕学校三圈了吧？他什么时候给过谁眼神了？"

"我也觉得学姐有点妄想。"

"就是。校学生会那位校花副会长在他大一时专门去招募他，不还是铩羽而归吗？"

"不过他今天能来我已经很意外了。不是说他对任何学生组织都没兴趣吗？这在工管专业显得多另类啊！"

"我听说也是，不接受任何学生组织的邀请呢，今天竟然来我们纳新晚会。可惜了，没看就要走，不然我们辩论队得在学校论坛里出一把名。"

"哈哈哈，是有点可……"

几个学生聊天的声音戛然而止。

原因无他——他们正在议论的那位原本正在向教室外走，此刻却突然毫无征兆地止住脚步，震惊地看着投影幕布。

校辩论队的几个学生一愣，下意识地跟着回头看向悬垂在黑板前的投影幕布。

上面放的正是纳新演讲PPT中的一页，大约是某次辩论赛时拍的照片，照片正中的黑板上还写着“A大校辩论队VSQ大校辩论队”的字样。

而黑板前，两队各自的四位辩手表情严肃地坐在辩论桌后，正在讨论着什么。

校辩论队的几个人看了好一会儿，也没搞懂这张照片有什么特殊的地方能让楚向彬有这么大的情绪波动。

他们正茫然无措的时候，楚向彬终于回过神。他的眼神发僵地从Q大辩论队的一辩身上挪开，过了好几秒，他才走到讲桌前。

“这张……”楚向彬张口时声音竟有些发哑，他甚至感受到了已经很久没有过的紧张的情绪，他听见自己的声音僵得像另一个人的，“这张照片里的比赛是……什么时候的？”

正在调试PPT的学生犹豫了下，小心地回答：“上学期末。”

“里面两边都是辩论队的人？”

“对，这场是新人赛，就是各校辩论队的大一新成员之间切磋热身，适应辩论环节。各大高校的辩论队之间，经常有这种固定下来一对高校频繁切磋的比赛。我们学校是和Q大配对的，几乎每个月都有一场。”

楚向彬的目光再次投向Q大辩论队里坐在一辩位置的那个熟悉又陌生的女孩儿，很久以后他垂下眼：“你们纳新会有申请表格吗？”

那个学生愣住了。

旁边一直在小心翼翼地听着这边动静的校辩论队的人，也纷纷投来震惊的目光。

在那些人的注视下，已经慢慢平复心情的楚向彬深深地看了一眼那张照片，转向面前的学生：“我申请加入。”

楚向彬加入校辩论队的事情很快在全校传开。

对于这个消息，所有人一开始的反应都是不相信。

“怎么可能？楚向彬吗？”

“他大一那会儿拒绝了多少学生组织的邀请？我不信他没拒绝过校辩论队，怎么都到大二下学期了才突然要参加？”

“对，肯定是谣言。”

“……”

大约是不忿于这种质疑的声音，校辩论队这次纳新评选的效率格外地高——不到一周，校辩论队新加入成员的名单就在校宣传栏里张贴出来。

其中高高居于第一位的，赫然是“楚向彬”三个字。

继校辩论队众人之后，全校都被震惊了。人们开始议论纷纷地猜测起楚向彬加入校辩论队的原因，猜什么的都有，但没一个人知道真相。

这场议论一直持续到一个月后。

甚至连自认为是校辩论队大功臣的祝鑫阳都非常良心不安地找楚向彬求证：“楚神，你到底为啥进校辩论队啊？难道真的是为了给兄弟我助攻？你要是这么够义气的话，我可真是无以为报啊！”

楚向彬正在收拾衣物，闻言头都没回：“别做梦了。”

“不是因为我啊？”祝鑫阳遗憾地说，接着又好奇地凑上前，“那到底是因为什么？”

楚向彬没答话。

祝鑫阳摸着下巴做思索状：“难道……真是因为看上了校辩论队的哪个女生？可是我那天看你对孙雨冉学姐一点都不‘感冒’啊。”

楚向彬仍旧没理他，转过身后开口：“让让，我拿行李箱。”

“哦，好。”祝鑫阳让开以后才突然反应过来，“等等，这不过年不过节的，就是个周末而已，楚神你怎么还收拾起行李来了？”

楚向彬身形顿住。

他站在柜子前，保持着那个姿势，半晌没动。他背对着寝室，祝鑫阳看不到他的眼神或者表情。

祝鑫阳只听到，很久以后楚向彬才开口：“辩论队要去Q大……进行一场辩论赛。”

祝鑫阳愣了下。

那是他从来没在楚向彬那里听到过的、无比复杂的、好像藏了很多很多往事的情绪。

那天只是一次每月例行的普通比赛。

A大和Q大之间隔着数个城市，但是两个城市每天都有十个车次以上的高铁直通，所以往来并不是什么麻烦的事情。

Q大主场，A大要参加比赛的校辩论队成员纷纷来到Q市。因为楚向彬的缘故，这一次还来了几位本没必要出现的老成员。

楚向彬对这场比赛期待了整整一个月——当年高考的时候他都没有紧张过，一路上难得地处于完全失序的状态，心不在焉的模样所有人都看得出来。

有人大着胆子玩笑："楚神怎么紧张得像是要去见心上人一样？"

不知道是不是太过紧张的缘故，楚向彬就像没有听见这句话似的，没有做出任何否认的反应来。

那天纳新晚会在场的人清楚楚向彬突然加入校辩论队的起因，他们纷纷交换视线，显然各自心里都有所猜测。

下车后一行人直奔Q大。在Q大安排的休息室里没待上多久，他们就被通知去了比赛用的教室。

听说Q大校辩论队的人都在里面了，进到教室里时楚向彬紧张得几乎要同手同脚了。

然而进到教室内，楚向彬的目光仔仔细细地搜寻过所有陌生的面孔，却唯独没有见到自己最渴望见到的那一张。

他没有太多的时间，比赛就要开始了，楚向彬只能心情烦躁而沉郁地坐到四辩的位置上。

一直到裁判宣读规则的前一秒，他的目光犹带着一种刻骨的不甘，一遍又一遍地刮过Q大校辩论队的那些身影。

两方的亲友团都察觉到了。

Q大今天带队的人和A大带队的坐在一起，此时表情略显尴尬："这就是你们新招的那个A大'校草'吧？"

尽管也尴尬，但作为宿敌，A大带队的人显然绝对不会在这个时候露怯，他露出嘲讽意味十足的笑容："哟，你们也都听说了？怎么样，嫉妒不嫉妒？这模样，这脑子，全都是门面啊！"

"长相、气质是没的说，你们还真是走了狗屎运……"Q大的翻白眼，"但是这人怎么这么凶啊？你们赛前动员怎么做的？看我们的眼神跟有血海深仇似的。"

A大的语塞，过了好几秒才冷笑了声："估计是你们不招人待见吧。这位楚'校草'在我们学校虽然说不上热和，但也没这么冷过。"

"……"

出乎两边的意料，这场比赛结束得格外快。

原因还得归结在那个人身上——

原本在来的路上看起来无比紧张的楚向彬，开始辩论后像是变了个人似的，场上的八个新辩手中，唯独他表现得像个上场"虐菜"的老油条。

自由辩论阶段，Q大四人几乎被楚向彬一个人碾压，其言辞犀利，逻辑无懈可击，气场惊人，场面一度看起来像是一场降维打击。到了自由辩论后面几分钟时，Q大四个人已经完全崩盘。

结辩阶段，面对全程几乎就没坐下过的A大的四辩，Q大的四辩连话都快说不利索了。

比赛草草结束，胜负不言而喻。

两队带队人表情各异。

裁判宣布结束后，两人之间沉默数秒，Q大的先开了口："你们这是打哪儿找来的大杀器？确定不是偷偷藏了一年半，到今天突然掏出来？"

"我们犯得着吗？早知道他有这实力，我们肯定直接拉进一队了，怎么还会让他打这种局？"A大的说到一半就忍不住嘲讽，"对不住啊，欺负坏你们的新人了吧？我看回去以后你们得给你们队的新人好好做做心理辅导，不然容易被搞出心理障碍来啊，万一以后吓得都不敢碰辩论了，那我们得多么良心难安！"

"你们还有良心呢？"Q大的斜了对方一眼，反唇相讥，"而且别只说我们的新人，你们的能强到哪儿去？自由辩论阶段，你们队那三个明显都蒙了，完全跟不上逻辑，全靠人家一个人打全程啊。这哪是四对四，分明是一对七！"

"……"

两位带队的成功在几秒内挑起对方的怒火，开始了众人很熟悉的、每月每场比赛后都会发生的、台上刚刚结束台下又无规则抬杠的场面。

而在众人纷纷搬板凳看热闹的时候，没人注意到台上已经结束了比赛的八人在"友好"握手时，楚向彬来到四个已经被他吓出心理阴影的对手面前，目光冷峻地握住四辩的手——

“你们辩论队里有个叫栾巧倾的吗？”

对方四人都愣了下。被握手的四辩是个男生，他表情僵硬地道：“楚、楚同学是说栾巧倾学姐吗？有、有的。”

“她今天没来？”

“栾学姐今天跟队长他们在我们队的活动室讨论事情……”

“活动室？”楚向彬二话不说把他拖出去，“麻烦你带我去。”

男生欲哭无泪地被这个可怕的魔头拎了出去，连挣扎的余地都没有。

两人很快到了Q大辩论队的活动室。

然而敲开门后，却只有队长一个人在。男生犹豫了下，感受到身旁楚向彬再次陡然下降的气压后，他小心翼翼地上前问：“队长，栾学姐……不在吗？”

队长正忙着写什么材料，闻言头也不抬地回答：“去北门了。她不是每个下午都回家吗？”

“哦……”

男生退了出来，小心地转达。

楚向彬沉了眸色，微微咬牙：“你能领我去你们学校的北门吗？越快越好。”

“……”

几分钟后，两道身影在Q大校园里从南向北的主干道上飞奔而过。

大学生们已经很少有这样火急火燎的生活节奏了，一路上所有人都忍不住看过去。

在发现其中一个还是个极品帅哥以后，大家更好奇了。

楚向彬对那些目光和议论声全不在意，一直到了Q大的北门前，他终于停下脚步，胸膛起伏。他的目光快速巡视过校门内外杂乱的人流。

过了数秒，Q大辩论队的那个男生终于气喘吁吁地停到楚向彬身旁，撑着膝盖，指了指马路对面——

“栾……栾学姐一……一般都在那里等……来接她……她的车……”

顺着男生的手指，楚向彬一眼便看见了那个站在马路边的女孩。

他的身形僵住，连呼吸好像都忘掉了。

蓦地，楚向彬回过神，胸膛再次剧烈地起伏起来，像是在窒息后突然恢复了呼吸，他的脸色慢慢涨红。

他的目光一瞬都不敢移开地看着那道身影。

他张开口。

在那个名字要被喊出口的前一秒，一辆无比嚣张而扎眼的亮紫色跑车突然停在了那个女孩面前。

几秒后，在楚向彬僵滞的目光里，从驾驶座走下来一个染着紫色头发的年轻男人，那张俊美面孔散漫得没什么表情。和女孩说了几句话，那人把她的小行李箱扔进跑车座位后。

隔着一条马路，楚向彬看见那个熟悉又陌生的女孩，对着那个年轻男人委屈地说了什么。

听不清，但是看得出来，那是一种只有对自己至亲至爱的人才会有的亲近。

然后两人分别上了跑车的驾驶座和副驾驶座，车子扬长而去。

许久之后，楚向彬仍然僵在原地。

他身旁的男生大约已经看穿了什么，不忍心地开口道："那个人好像是栾学姐的男朋友……我听队里的人说，栾学姐每个月回一次家里，他们好像……早就住在一起了。"

像是过了一生那么久。

楚向彬慢慢转身。

他笑了笑，眼神一点点暗下去："谢谢。还要麻烦你最后一件事——别告诉她……我来过。"

回去以后，楚向彬仍旧留在辩论队里，并且承诺，在自己毕业前，校辩论队的活动和宣传他都会配合，唯一的条件是，从此以后他不再参加任何与Q大辩论队的比赛。

一度担心他要退队的校辩论队众人自然同意了。

在楚向彬从Q大回来以后，祝鑫阳发觉楚向彬好像发生了很大的变化，说不分明，只是他给人的感觉一点点不同起来。

直到偶然看了一场楚向彬的比赛，祝鑫阳终于看清了那点变化：楚向彬的某一面被解封了。

原本为了某个人而和这个世界达成的和解被彻底抛弃，他不再像少年时孤僻寡言，但他最具攻击性的那一面，彻底吞掉了他心底的最后一点柔软。

楚向彬在辩论队里渐渐成了“恐怖”的代名词。

那种天资卓绝和不留余地的碾压带来的恐怖感和压迫感，持续了很久。

直到大四那年，楚向彬的继父经营的小公司因为市场份额变化，加之经营策略失误而走了下坡路，眼看着就要不得不宣布破产时，常家父子伸出援手，调动资金，帮助楚向彬继父的公司渡过难关。

早就听闻A大这位后起之秀的学弟的能力，常亭在故意接近楚向彬后挟恩图报，半是威胁半是逼迫地让楚向彬以应届毕业生的身份卧底进入了Vio资本。

楚向彬那时候对自己在什么公司、做什么工作已经无所谓了。

但他不知道，自己人生中的第二个奇迹，即将降临。

第 44 章

—Y A O H E N—

番外 你是人间翘楚（Ⅵ）

那个没心没肺的小姑娘在中学时的不告而别和在大学时给他带来的感情破灭的绝望，是楚向彬人生前二十几年里最狼狈的两场败仗。

唯一的区别是，当年在小姑娘不告而别后他总是忍不住想起她的灿烂笑容，而从Q大回来以后，楚向彬就把所有的心思放到了学业和事业上，半点可以让回忆乘虚而入的缝隙都不留下。

时间长了，伤疤果然长好了。那个小姑娘的身影在他的记忆里一点点模糊，最后只剩下心底一道淡淡的影子，不刻意去找去想，便寻不见痕迹了。

楚向彬觉得这样很好。

用不了多久，他就可以把那个没心没肺的薄情的小姑娘忘个一干二净。

这种乐观的想法一直持续到他进入Vio资本的第三年。

楚向彬进入Vio没多久，就因为能力出众被当时分管投资发展部等部门的副总吕云开注意到了。吕云开惜才，对楚向彬十分赏识，丝毫不介意这人不羁的性格，不遗余力地提拔他。

进入公司第三年的时候，楚向彬以一种坐火箭般的惊人速度，年纪轻轻的就被提拔到投资发展部副部长的位置上。

那段时间，公司里职员们茶余饭后闲谈时，都在聊这位进公司不过两三年就平步青云的年轻人到底是哪家的关系户。

没多久，这种流言的风向变了。

倒不是因为众人消除妒忌心理承认楚向彬确实能力卓越，而是那年春招后，一个真正的关系户空降Vio资本——

“疯了疯了疯了！”一位男职员推开投资发展部茶水间的门，一边进来一边跟身后的两个女职员抱怨，“秦总是怎么想的？竟然空降人事部部长！那个位置空了那么久，大家都在讨论是哪个副部长顶上，怎么竟让一个新人来？”

“什么新人，普通新人能坐到那个位置上？我看多半是秦家的人吧。”

“我也觉得是，这也没什么好意外的，人家安排亲故罢了。毕竟咱们Vio严格意义上算是秦家的家族企业，秦总若是想安插个人的话，董事会的那些人才不敢说什么呢。”

男职员不忿地压低声音说：“可秦总就不怕几位副部有意见？”

“他们会有什么意见？我可听说了，人事部副部长现在按照正部职级领工资奖金和年终分红，听说那个空降的是个毕业没两年的小姑娘，那就更明显是一个盖章机器，没什么实权了。相反，要是真提拔哪一个副部长上去，另外两个才真正不乐意呢。”

“这么说倒也是，秦总会算计啊。”

“毕竟是他将秦氏改制重生的，想法、做法怎么可能会那么简单？肯定还有什么别的我们猜不到的原因呢。不过啊，跟我们也没什么关系。”

“话是这么说，不过原来大家都说楚副部是关系户，现在看，真正的关系户这不是来了吗？”男职员带着点嘲弄，“我们就不一样了，完全没关系，只能靠自己一步一步龟速地往上爬了……”

男职员话没说完，一个被打扰了清梦而阴恻恻的男声突然响起来：“你爬得龟速，不是因为你没关系，而是因为你把本可以用在工作或者休息上的时间浪费在了这些无聊的事情上。”

听清楚这个这两年他们再熟悉不过、给他们留下心理阴影的声音，一男两女三个职员不约而同地脸色一变。

他们慌忙扭头看向声音传来的方向。

“楚……楚部长！”

和茶水间隔着一面落地玻璃窗的休息室的玻璃门被拉开，不知道什么时候在那里的楚向彬脸色阴沉地走出来。

楚向彬经过三人面前时原本准备直接离开，反正此类话他已经听了很多遍，早就麻木到无所谓了，只是突然想到了什么，楚向彬脚步一顿，转头看向那个面如土色的男职员。

对视几秒，男职员瑟缩地低下头："对……对不起部长，我们不该议论您……"

楚向彬冷然地笑："你好像对我很不服气？"

"没有没有，我绝对不敢！"

"没有吗？可我听到的就是。"楚向彬转身往外走，"没关系，你从今天开始临时加入我现在带的第二个项目小组，让我看看你的工作能力。只要你做得比我好，我就立刻给公司打辞职报告，同时力保你坐上这个位置。"

男职员面色唰地一白，可惜他还没来得及辩解一下，楚向彬的身影就已经消失在茶水间外面了。

楚向彬皱着眉从休息室离开后，身周气压就一直比较低。

倒不是介意他们说的话，这种嚼舌根，楚向彬实在是不会放在心里。

可是前两天他手里抓着三个项目小组，一组和三组昨天都是deadline（最后期限），连着熬了一个多星期没休息好，他今天上午忙完以后本来准备到休息室睡一会儿，不承想外边三个职员越聊越high（很兴奋）。

他是因为被扰了清梦实在忍无可忍，这才出来的。

楚向彬正考虑着二组的进度以及自己要不要回办公室那张坚硬的实木沙发上勉强躺一会儿的时候，放在西服口袋里的手机突然振动了下。

楚向彬脚步一停，拿出手机查看未读消息。

信息是吕云开发来的："公司里新上来一位人事部部长，来21层打个招呼吧。"

楚向彬皱了皱眉，很想拒绝，但还是回复了个"好"字。

换作秦楼，他大概不会给这个面子，不过吕云开不同。这位对他是爱才爱到了极点，几乎把他当儿子看了。

而且类似这种信息也算是不同于上下级而更接近朋友间的提点，他如果拂了吕云开的好意，难免显得没什么人情味。

虽然他本来就没有。

嘴角轻撇了下，一点冷淡的笑意从脸上掠过，楚向彬脚下一转，往电梯间走去。

楚向彬上到21楼的副总层，径直朝吕云开的办公室走去。

吕云开办公室的门半开着，他走到门前的时候，副总助理刚好从里面出来。对方一见到楚向彬，便了然地朝楚向彬点了点头："楚部长，新来的那位人事部部长刚好来跟吕总问好，您也进去打声招呼吧。”

“嗯，好。”

楚向彬敲了敲门，从办公室里间传来一声“进”后，他才推开半敞着的门，走了进去。

走过无人的副总办公室外间，楚向彬熟门熟路地进到吕云开在办公室内特意辟出的茶室。

茶海旁边坐着吕云开，还有一个看起来年纪轻轻的女孩的背影。

一种无法言喻的熟悉感从心底浮起，某种说不清来处的警觉掠过脑海，楚向彬的脚步蓦地停住。

侧对着房门的吕云开听见动静，主动起身：“小楚，过来认识一下，这位是我们公司新来的人事部部长……”

茶海前背对着他的人站起身，转过来。那张面孔比起他记忆最深处一直站在那儿的小姑娘的影子并没有什么太大的变化，所不同的是，那笑容不再灿烂明媚。

她依然望着他，杏眼里的情绪敷衍而疏离，像是在看一个陌生人——

“楚部长，你好。我是新来的人事部部长，栾巧倾。”

楚向彬怔怔地僵在了原地。

有一瞬间他恍惚觉得，自己掉进命运给他挖的大坑里了。

而且这一辈子他都别想爬出去……

几年后。

得知“叛投”到勤锐投行的楚向彬回到公司的那天，栾巧倾差点气得原地爆炸。

偏偏在她冲上22层总经理层后，刚出电梯又听见秦楼亲口说楚向彬要回到公司就职，栾巧倾只觉得自己整个人都要气成一只鼓起来的河豚了。

秦楼几句话挑完事儿转身溜走，栾巧倾想都没想便准备追上去，质问她哥是不是脑袋被门夹了所以要“收留”楚向彬。

可惜她还没迈出去两步，就被那个站在原地没动的男人一把握住了手腕。

栾巧倾猝不及防，被拉得踉跄了下。

站稳后，她磨着牙扭头看向楚向彬：“这个时候还敢拉我……你找死？！”

楚向彬却笑了："栾部长火气这么大，对身体不好。"

"你是不是以为这是在公司，所以我不可能打你？"栾巧倾气得攥拳。

楚向彬低下头笑了起来："我了解栾部长，你不是那种拘于小节的人——是不是在公司，对于你哪有区别呢？"

"你知道还不赶紧把手松开？"

楚向彬听话地放开手，看着栾巧倾抽回手表情难看地揉手腕。他沉默两秒，说："你去找秦楼也没有用，我回公司这件事已经成了定局，谁都改变不了。"

栾巧倾气得咬牙："你的脸皮可真厚，如果我是你的话，那我绝对没脸回到自己背叛过的公司里。你以后在同事间如何自处？你不怕大家背地里戳你的脊梁骨吗？"

楚向彬沉默数秒，突然轻眯起眼来："栾部长这是在担心我？"

"担——"栾巧倾被他的话一噎，整个人都不好了，一副要原地跳起来的模样，"我担心你的下场不够惨还差不多！"

"那既然按栾部长说的，我回到Vio才该是最惨的下场，你怎么还要来阻止？"

栾巧倾语塞，表情更拧巴，瞪着楚向彬，似乎恨不要冲上来咬他一口。

楚向彬被她瞪得发笑。

栾巧倾更恼了："你还有脸笑？"

"栾部长知不知道自己有个特别严重的毛病？"

"关你屁事！"栾巧倾骂完，过了两秒没忍住，心虚地移开视线问，"什、什么毛病？"

楚向彬没急着回答，而是转过身来正对栾巧倾，眼底深埋着的一点认真的情绪让栾巧倾不自觉地愣了下。

等她回过神的时候，楚向彬已经站在离她极近的地方了。

栾巧倾脸色微微一变，下意识地想退后两步拉开距离。可是没等她做出反应，楚向彬已经抬手按住了她的头顶。

栾巧倾顿时脸都绿了。

——这个臭家伙比她高了一头多，此时这个姿势跟摸狗似的。

栾巧倾瞬间就要奓毛。但是楚向彬多清楚她的着火点呀，卡着点儿，在栾巧倾要爆炸的前一秒，他笑了笑："栾部长，你进公司好几年了，在你姐和你姐夫以外的人里，你跟谁关系最亲近？”

栾巧倾下意识地移开视线，努力压着心虚开口：“反正不是你。我这辈子加起来跟别人都没吵过这么多架，你还觉得我和你关系好？”

栾巧倾越说越心虚。

楚向彬却笑了：“你这个人，看起来大大咧咧，对人好起来算得上热情了吧？结果就是你对所有人和事都是三分钟热度，时间一过你就会无意识地换下一个更感兴趣的……你管那叫‘朋友’吗？”

栾巧倾慢慢皱起眉：“你凭什么这么说我？你又不了解我。”

“不，跟宋书比我不敢说，但是在这几年里，我是最了解你的人。”楚向彬低头，嘲弄地笑了下，“你看我对上谁的时候跟对上你一样，吵个没完没了的？”

“……你到底想说什么？”

“我想说，因为你对人对事三分钟热度，所以要想让你无法忘记，最简单直接的方式就是刺激你。越是凶你，你越是会无意识地去关注。”

栾巧倾张口想反驳，却无从下手。

因为越是被楚向彬的话引导着想下去她越是觉得可怕——楚向彬的每一句话都说到她的痛点上，让她不得不承认他对她的剖析都是对的。

那是她自己都没发现或者不愿意去细想的阴暗面。

而对楚向彬的话最有力的佐证就是，如果一定要让她在公司里除了秦楼、宋书以外的人中选一个可以没有顾忌地说什么的人，那一定就是楚向彬，连思考这个问题的时间都不需要。

楚向彬站在电梯门旁，看着面前的栾巧倾表情、眼神变化着，猜得出她此刻心里有多复杂纠结和茫然无措。

楚向彬垂下眼，一点得逞的笑意从眸子里掠过去：“看来栾部长需要一点思考的时间。那我不打扰，你慢慢想，想清楚再来找我。等多久都没关系，我一向有耐心。”

楚向彬说完，按下电梯下行键。

栾巧倾还没将那满心窝子的乱麻捋清楚，但不妨碍楚向彬费心费力给她培养了这么多年的本能反应支配她下意识地开口挑衅：“你死心吧，我才不会去找你，我看都不想再看见你一眼！而且我一定不会让你这么顺利回公司的！”

“栾部长尽管尽你所能地阻止我回来好了。”楚向彬笑道，“我求之不得。”

电梯门在楚向彬面前打开。

他抬脚进去之前，突然停了下，转头看向栾巧倾：“给栾部长提个醒，你不需要去找秦楼或者宋书，找也没有用。我和他们之间已经有太多秘密，我也知道了很多不该让外人知道的东西，所以就算我自己不想留在Vio，秦楼和宋书也未必会放我走。”

话音落后，没有给栾巧倾做出反应的时间，楚向彬径直走进电梯里。

电梯门合上。

由宽变窄的缝隙里，计谋得逞的男人抬了抬手，朝栾巧倾做了个“再见”的口型。

几秒后，空旷的没有了其他人的电梯间里，回过神的栾巧倾像只眺望远方的土拨鼠一样大喊：“啊——！”

某日中午。

Vio资本员工食堂。

几分钟前，栾巧倾在秦楼充满怨念的目光里，终于成功地把她姐姐从秦楼的“魔爪”里抢了出来。

此时两人面对面坐在食堂里，栾巧倾几乎以每挑起一粒米就要叹息一次的频率在宋书对面叹着气。

宋书听了半分钟，终于忍不住开口问了：“你是叫我下来陪你吃饭，还是听你叹气的？”

栾巧倾抬头，哀怨地看了自家姐姐一眼。然后她索性放下筷子，支着下巴垂头丧气地看着窗外。

宋书问：“怎么了？”

“其实也没什么，就是这两天，有个人跟我说了一件很颠覆我对自己的认知的事情。”

宋书微微讶异：“你对自己还有过认知吗？”

栾巧倾：“……”

看着栾巧倾吃瘪的表情，宋书眼角浸着笑意微微一弯：“和你开玩笑的。那个人说什么了，对你打击这么大？”

“他……他竟然说我对所有人和事情都是三分钟热度！”栾巧倾气愤地转过头来，“还说只有对我凶我才印象深刻！”

宋书听完点点头：“这是谁说的？”

“姐你也觉得他在扯淡对吧？”

“不是，我只是觉得他对你的了解很深刻啊，不像是普通关系……难道是楚向彬？”

栾巧倾吓得差点从椅子上跳起来。

过了好半晌，她睁大眼睛看着表情淡定眼神无辜的宋书，一时间不知道该问“这怎么是了解深刻”，还是该问“你怎么能猜到是楚向彬”。

栾巧倾呆了好一会儿，还是宋书好心地主动开口，为她答疑解惑：“对你了解到这个程度的，除了我以外，只可能是楚向彬了。”

栾巧倾僵笑：“哈，哈哈哈……姐你这玩笑一点都不好笑，怎么会‘只可能是楚向彬’呢？”

“难道不是他？”

栾巧倾：“……”

从栾巧倾的眼神里得到答案，宋书也没有再逼问她，低下头继续吃饭：“如果你只是想问这个才找我下来，那我建议你，找时间和楚向彬坐下来好好谈谈。”

栾巧倾放弃挣扎，趴到桌上死气沉沉地问：“谈？谈什么？我自己都不知道的老底儿都快被他摸透了！”

宋书轻笑了声。

栾巧倾懒洋洋地抬眼，哀怨地说：“都这个时候了，姐你不但不同情我，还嘲笑我。”

“我确实是嘲笑你，不过是笑你没脑子。”

“我怎么没脑子？”

“楚向彬都和你摊牌到这种程度了，你怎么就没反过来想一想？”

“反过来？反过来想什么？”

宋书无奈地看了栾巧倾一眼，抬手敲了敲她的额头：“动动你的榆木脑袋吧。楚向彬既然明明早就知道这一点，那为什么要这么做？”

栾巧倾的身形蓦地一僵。

几秒后，她嗖地一下直起身：“姐，你是说——”

“我可什么都没说，你自己好好想想吧。”宋书端起餐盘，准备走人。

栾巧倾反应过来，连忙起身追上去：“我才不想呢，他的事情我干吗要想？一个在最关键的时候背叛你和我哥的叛徒，哼，亏你们还愿意收留他，也不知道你们是怎么想的！”

宋书偏过头，盯着栾巧倾看了好一会儿。

栾巧倾被盯得心虚：“你……你这样看我干吗？”

“以你的表演能力不太适合做这种试探的言行，有点傻。”宋书一针见血，毫不留情，“不过我们是怎么想的，你也直接找楚向彬谈清楚吧，我是不会掺和你们之间的事情的。”

宋书说完，倒掉厨余，径直回楼上去了。

栾巧倾自己一个人站在原地来来回回地思考着，表情一会儿喜一会儿怒，变化个不停。

过了好久，她才像下定决心似的昂起头来往外走，那模样，那气势，只差正步离开食堂了。

栾巧倾原本打算挑一个良辰吉日，利用那天在食堂她根据宋书的提示猜到的事情，逼楚向彬说出实情的。

可惜还没等到楚向彬正式回公司复职，有关他的传闻就在公司里流传起来。

“哎，你们听说没？我听公司外有人说，楚向彬不是勤锐倒台后才回来的，他一开始就是秦总这边的人。”

“巧了，我今天中午刚听朋友跟我念叨呢。”

“啊？我怎么不知道啊？真的假的？”

“当然是真的了，我那位朋友的朋友之前可是勤锐的职员。他们内部垮掉之前就传开了，说楚部长带去他们投行的那个产品是故意给勤锐挖的坑。”

“真这样的话，勤锐会信任楚部长？”

“这就到了传奇的地方了。他们说楚部长是双面间谍呢——常亭那边以为他是他们的人，但其实他是咱公司这边的。”

“常亭会那么以为肯定有原因的吧？我还是觉得不太可能。”

“这有什么？高层之间的利益纠葛最多了，这种权力博弈对于他们来说是家常便饭，赌输了就是棋差一着呗。”

“可是当时闹得那么凶。而且我听说之前秦总和宋书还有栾部长在外面吃饭遇见勤锐的人，栾部长差点把楚向彬给打了呢。”

“或许只是做戏？”

“不会吧？栾部长哪像是藏得住这么多事的人？”

“不过这样就解释得通了——之前我就奇怪，就算楚向彬能力再杰出，就算他们之间有什么我们不懂的交易吧，以秦总的脾气，怎么会同意一个关键时候背叛公司的人回来？可要是他本来就是Vio这边的，那一切就顺理成章了。”

“这么说，是我们冤枉他了？”

“唉，那楚部长也太惨了吧？之前大家都把他骂成什么样子了，尤其是咱们栾部长，我看一度都要提刀上门了。”

“是啊……”

与此同时，门外。

“栾部长？”

正站在人事部楼层的茶水间门口的栾巧倾脸色一变，连忙扭头看向身后。

她部门里的职员拿着打水的杯子，正茫然地看着她：“部长您在这儿是……？”

“没……没事。你进去吧，我只是突然想起有件重要的事情忘了……”

栾巧倾表情诡异地扭过头，快步离开了。

走出去几米后，确定那个职员没再注意自己了，栾巧倾这才松了一口气。

但是一想到刚刚在茶水间门外听到的那些话，栾巧倾顿时整个人都不太好了。

狼狈地回到办公室后，栾巧倾坐立不安地在办公室里转了好几圈，终于还是犹豫着从手机通讯录里翻出楚向彬的手机号。

迟疑了很久之后，栾巧倾一咬牙，把电话拨了出去。

电话接通得很快，是这几年栾巧倾最熟悉的也最能把她气得牙根痒痒，现在却总是一想起来就叫她心情复杂的那个男声：“栾部长这时候突然给我打电话，是终于想通了？”

栾巧倾微微咬牙，很想撑回去，但一想到刚刚听到的那些话，再想想自从得知楚向彬“叛投”勤锐自己以后对他的恶语相向，她顿时又觉得底气不足，心虚得很了。

这样沉默许久，那头却一直耐心地等着。

栾巧倾终于咬了咬牙，有点妥协地说：“你这个周末有时间吗？我们出来谈谈吧。”

那头沉默两秒，旋即笑起来：“好啊。”

楚向彬答应得痛快，让栾巧倾莫名地有那么一点又爽又不爽的感觉。

她犹豫了下，问：“那你什么时候方便？”

“我现在是赋闲在家，什么时间看栾部长安排。”

“那地点呢？”

“也随你的便。”

栾巧倾微微眯起眼：“这可是你说的，别后悔。”

“嗯，”楚向彬笑了声，“我说的。我太期待看看栾部长怎么让我后悔了。”

栾巧倾说：“把你家地址发给我，周六晚上6点等我开车去你家楼下接你。”

栾巧倾一口气不停顿地说完便直接摁断了电话，通话界面退出后，黑下来的屏幕上映出她恶狠狠的表情。

“就这臭男人的臭脾气，有可能喜欢我吗？我看他是哪一世跟我结了仇，所以想气死我！”

手机无辜地保持沉默。

抱怨归抱怨，周六晚上5:50的时候，栾巧倾还是按照楚向彬发给她的地址，开着她心爱的红色小跑车，准时到了楚向彬家楼下。

令栾巧倾意外的是，已经站在楼前的楚向彬显然到得比她早多了，看起来不知道等了多久。

栾巧倾在他面前停稳车，跑车的车门像翅膀一样自动旋起展开。楚向彬扶着车门，微微俯身，挑眉：“我坐副驾驶？”

栾巧倾看他：“双座跑车，不坐副驾驶你准备坐哪儿？车顶还是车底？”

——当时去E国出差，临出发去机场时楚向彬撑栾巧倾的话被栾巧倾扔了回去，见楚向彬沉默，她顿时有一种爽呆了的感觉。

然后栾巧倾才慢半拍地想起，自己今天是来找这个被自己冤枉还骂惨了的家伙认错的。

完了，撑这人撑顺嘴了怎么办？

但出乎栾巧倾意料，楚向彬沉默两秒后反而笑了下，还不是带着怒意或者强撑的那种。看得出也听得出，他的笑是发自内心地愉悦。

楚向彬直接矮身坐上副驾驶座："谢谢栾部长专程来接。"

刚反省完又松了口气，此时的栾巧倾有点不自在地移开视线："咳，那什么，不……不客气。你系上安全带，我们就出发了。"

"好。"

路上，楚向彬安静无话，只望着窗外或者平视前方。

栾巧倾好几次偷偷瞥他，那人不知道是没察觉还是装没看见，始终没说什么。如果搁以前，像这样同处一个密闭空间，那他恐怕早就跟她互相开火了吧？

现在这是说开了，干脆也不折腾她了？

这么一想，栾巧倾觉得楚向彬原本就好看得很的眉都柔和、顺眼了许多。

尤其是今天，大约因为不是去公司这类正式场合，他只穿了一套休闲西装，头发也散散地垂下额头，神情再疏懒下来，更多了几分斯文的味道。

如果再像在E国出差晚上去夜店那次一样，把最上面的两颗衬衫扣子解开，那大概会更……

那天在酒店大堂里差点吻到一起的画面突然掠过脑海，栾巧倾被自己发散的思维吓了一跳，连车身都跟着晃了下。

栾巧倾心跳加速，心脏差点从胸膛里跳出来——也不知道是被车吓得还是因为心虚。

车身重新稳定后，车内诡异地安静几秒。栾巧倾听见旁边副驾驶座上，手肘靠在车门上手支下颌的男人低低地发出一声闷笑。

栾巧倾脸上莫名地一热："你……你笑什么？"

楚向彬垂下支着下颌的手，转过头来朝栾巧倾笑："我倒不是介意你盯着我看，到了目的地以后随你怎么看都行，但现在毕竟在路上，我们还是安全第一。怎么样，栾部长？"

栾巧倾："……"

柔和？顺眼？

嘁！全是她眼神不好产生的错觉！

扎眼的红色小跑车一路奔驰，半个小时后就来到了目的地。

天色暗得早，他们下车的时候大约6点半，但天已经黑得差不多了。小跑车停在一个露天停车场，旁边都是些小货车、面包车或者普通轿车，栾巧倾的小跑车在中间显得格外扎眼。

再联想刚进来时有点颠簸的水泥路，楚向彬下车以后看了一圈，怎么看怎么觉着栾巧倾把自己带到了菜市场或者小吃街之类的地方了。

楚向彬扶着车顶朝对面看过去："栾部长不会是打算带我来买菜，然后回去亲自下厨吧？"

栾巧倾白了他一眼："做你的美梦吧。"

"那这是要去哪儿？"

栾巧倾顿了下，微微撇嘴，然后绕过车身，走到楚向彬身前一米的地方："怎么，怕我把你卖了啊？"

楚向彬笑："你做不出那么有出息的事情，我更怕你把自己卖了。"

栾巧倾："……"

就凭这臭男人的这张嘴，她就算是大罗神仙，之前能猜到他喜欢自己吗？

栾巧倾气急败坏地扭头走了。

楚向彬低头笑了笑，抬脚跟上去。

步行了十几分钟，穿过这个带状的小市场，栾巧倾带着楚向彬到了一家店前。

是家烧烤店，店面算得上简陋。

楚向彬虽然之前没猜到，但此时也并不意外，只是觉得有些好笑——过了这么多年，栾巧倾骨子里的那点习性还是半点都没有变。

栾巧倾停在店门前，回头瞥楚向彬："楚部长自己说的随便我选地方，现在不会后悔了吧？"

"当然不会。"楚向彬回神，笑着走上前，"我觉得这里很合适。"

栾巧倾瞥他："合适什么？"

楚向彬嘴角一勾："谈心。"

不等栾巧倾说什么，他已经径直进了店里。

虽然楚向彬今天穿的是休闲西装，并不算十分正式，但大概是这么些年在职场里历练出的气质，从他进烧烤店里开始，就时不时有客人拿惊奇的目光打量他。

这情况一直持续到他和栾巧倾找了张空桌坐下。

过来送菜单的是烧烤店里的小姑娘，看向楚向彬时脸上满是拘谨又害羞的表情。

栾巧倾注意到之后偷偷撇了撇嘴。

等小姑娘紧张又兴奋地介绍完店里的招牌菜后依依不舍地离开了，栾巧倾才百无聊赖地撑着下巴，懒洋洋地拿眼角余光扫坐在自己对面的男人："楚部长不愧是楚部长，到什么地方都掩藏不住精英的魅力啊。"

楚向彬浏览着菜单，没抬头："这你也要怪我？"

"……"栾巧倾心里一虚，再次想起自己此行最重要的目的，自觉地收起满身的刺来。

发觉对面安静下来，楚向彬有点意外，他抬眼看向栾巧倾："你今天不是要找我出来谈谈？谈什么？"

栾巧倾眼神回避，含糊其词："先点餐吧，点完再说。"

几分钟后，楚向彬把点好的菜单给了店里的服务员。等服务员走后，他收回目光，不紧不慢地落到心虚到拼命给自己灌水的栾巧倾身上。

看了几秒，楚向彬笑了笑："栾部长如果是想把自己灌醉了好开口，那还是等我们点的啤酒送上来——灌凉白开是没有效果的。"

栾巧倾放下杯子，不满又哀怨地抬头瞥了他一眼。

楚向彬说："餐点完了，现在可以谈了。栾部长想问什么，直说吧。"

栾巧倾对着面前的水杯沉默许久，终于慢吞吞地开了口："我听……公司里有人说，你当时是假意叛投勤锐。"

说完这句，栾巧倾小心地抬头看了楚向彬一眼——他的表情和平常没什么区别，半点疏漏都看不出来。

栾巧倾咬了咬牙，索性直言："我就是想知道，我是不是之前真的冤枉你了？"

楚向彬微一挑眉："栾部长只想知道这一件事？"

栾巧倾说："我现在最想知道这件事。"

"好吧。"楚向彬点头，"过程比较复杂，但我带着那款产品去勤锐的事情，秦楼确实早就知道。"

栾巧倾一梗。

过了许久，她才有些懊恼又负罪感十足地皱起眉："那你们为什么不跟我说？哪怕只是暗示我一下……我当时也不会对你发那么大的火……"

楚向彬笑："最重要的原因应该是栾部长在演戏这方面确实缺乏天赋，而且就像宋书当初选择隐瞒你一样，你在不知情的情况下，很多表现能十分完美地迷惑敌人。"

栾巧倾一时语塞。

过了好半晌，等服务员把第一份烧烤送上来又离开以后，栾巧倾才终于憋出了那句话："对……对……对不起。"

不知道是因为憋得还是因为自责得太厉害，话刚说完，收敛了平常张牙舞爪的虚张声势，难得地像个普通小姑娘模样的栾巧倾，脸就红透了。

楚向彬愣了几秒，然后蓦地笑了起来："道歉就道歉，你脸红什么？"

"……你才脸红了。"栾巧倾不满地小声嘟囔。

"你要是没脸红，那把头抬起来看看。"

"……我就不。"那颗脑袋埋得更低了。

楚向彬几乎被这个模样的栾巧倾逗得停不下笑。

他原本想要逼着她跳进去的那个坑就在眼前了，但看着栾巧倾脸红得要自燃的架势，楚向彬实在有点于心不忍，也就没再逼她往坑里跳。

恰好余下的烧烤和啤酒接连被送上来，楚向彬只当陪着她演一"酒"泯恩仇的戏，省得她以后看见他都这么抬不起头来。

结果一顿饭没结束，栾巧倾先把自己给灌醉了，而且主动地、麻溜地开始往坑里冲刺。

楚向彬刚接完电话回来——确定自己和栾巧倾都要喝酒以后，他就提前发消息通知助理开车来接他们，对方看到以后立刻打来了电话，和他确定烧烤店的地址——就发现不知道什么时候栾巧倾趴到桌上去了。

而且她的手边还多出来好几个空掉的啤酒易拉罐和一小瓶白酒的空瓶。

楚向彬连忙走过去："栾部长？"

栾巧倾趴在桌上，一动没动。

楚向彬笑容一收，有点慌了："栾巧倾？"

还是不动。

楚向彬想了想，试探性地开口："巧巧姐？"

栾巧倾嗖地一下坐直了身子，醉眼蒙眬，表情却严肃极了："谁喊我？"

楚向彬有些哭笑不得："车很快就到了，我们回停车场等，然后我送你回家。"

"回家？不……不回家。"栾巧倾皱起脸，嘟嘟囔囔地往下趴，"回家也没有人陪我玩，冷冷清清的，我才不要回家。"

楚向彬微怔了下。

须臾后，他垂下眼："怎么没人陪你？不是你把人丢了吗？"

已经醉得快要不省人事的栾巧倾自然没办法回应他。

眼见着栾巧倾又要趴回桌上了，楚向彬只能立刻把她从桌旁扶起来，结账以后，把她带出烧烤店。

去停车场的路上，栾巧倾难得地既安静又乖巧地跟着他，一句话都不说，不知道比平常清醒的时候乖上多少。

楚向彬忍不住感慨：有些人喝醉了耍酒疯，这家伙大概是清醒时太疯了，所以喝醉了反而安静了。

不过毕竟是醉酒的人，行动起来难免没有清醒的时候那么灵活，从烧烤店出来以后，经过那个带状小市场去停车场的路上，楚向彬好几次走着走着就发现身旁的小姑娘想往别的方向溜达。费了好一番工夫，他才几次把跑歪了的小姑娘重新拽回到自己身后。

到了后半程，楚向彬拿喝醉后不说话但很能乱跑的栾巧倾没办法，只能把她拢进怀里，半拖半抱地往停车场的方向带。

等他们来到停车场时，开车来接他们的助理看起来已经到了有一会儿了。

"楚部，这位是……"楚向彬的助理讶异地看着被楚向彬半拢在怀里的小姑娘，看了好一会儿才惊愕地问，"这是人事部的栾部长？！"

"嗯。"楚向彬答得随意，"我和她出来吃饭，喝了点酒。今天辛苦你了。"

"不辛苦不辛苦，这是我应该做的。"助理又呆了好几秒才回过神来，连忙转身给两人拉开后排的车门。

楚向彬把栾巧倾扶进车里，自己也跟着坐进后排。

助理表情一言难尽地坐进驾驶座，发动汽车往停车场外开。

起步以后，他小心地看了一眼后视镜："楚部，我送你们去哪儿比较方便？"

楚向彬想了想："你知道栾部长住哪里吗？"

"不知道……"

"那就送我们回我家吧。"

沉默半晌，看着后视镜里那个靠在他们楚部长肩膀上睡得正香的小姑娘，助理艰难地点头道："好。"

第 45 章

—Y A O H E N—

番外 你是人间翘楚（Ⅶ）

路上，车内十分安静。

助理开了一会儿车，见后排熟睡的栾巧倾只是靠在楚向彬肩上，二人没别的什么亲密举动，他吊着的那口气也稍微松了些。

安慰过自己后，助理开口问："楚部，部门里大家听说您要回公司都挺高兴的，这几天商量着给您办一个庆功会，您看您最近方便吗？"

楚向彬刚想开口，靠在他肩上睡觉的栾巧倾却好像被这突然发出的声音给吵醒了。

她迷迷瞪瞪地坐直身子，揉着眼看着窗外："怎么这么黑啊？我是不是瞎了？"

楚向彬也跟不上喝醉以后的栾巧倾的"脑回路"，沉默数秒之后他笑道："怕影响你休息没开车里的灯，你要打开吗？"

顺着声音，栾巧倾揉着眼睛转过身，安静几秒后，她往前凑了凑："你是谁啊？"

楚向彬无奈地叹气："我是楚向彬。"

"噫……我知道你，霸王龙，说话特别坏。"栾巧倾一副嫌弃的口吻，突然又笑起来，"而且我最近还知道了你的一个大秘密！"

助理胆战心惊地从后视镜看了两人一眼。

他很担心今晚他们楚部长这只霸王龙忍无可忍喷火把栾巧倾给灭了的时候，会不会捎带上自己。

结果他竟听见他们楚部长用一种他们部门里所有员工从来没有听到过的近乎温柔的语气笑着问："哦？什么秘密？"

“嘻嘻……不告诉你。”

“你知道的不是我的秘密吗？”

“是啊！”

“既然是我的秘密，我自己当然知道，你就算不告诉我我也知道，那你为什么不能告诉我？”

栾巧倾原本就被酒精麻痹得近乎迷糊的脑袋被这么一番绕下来，更加陷入呆滞状态了。

琢磨许久之后她才点了点头：“好像是这个道理哦。”

助理同情而心情复杂地从后视镜看了栾巧倾一眼。

栾巧倾在这一番纠结后说：“那我就告诉你吧。你过来点，我偷偷和你说。”

楚向彬依言朝栾巧倾靠了靠。栾巧倾趴到他肩上，温热的呼吸吹拂在他耳边，带着微醺的酒气和轻笑：“我发现的秘密是——楚向彬他好像喜欢我！”

轿车车身猛地一晃。

楚向彬下意识地扶住座椅的同时，抬手把栾巧倾护在怀里。等轿车稳定下来，他压着恼怒抬眼。

“抱、抱歉，楚部……我、我、我一时没把住方向盘……”助理的声音都带上颤音了。

楚向彬心知这也不能完全怪助理，只能拧着眉直回身：“继续开吧——别再走神了！”

“是，是。”

助理胆战心惊地从后视镜看了一眼，连忙转过头聚精会神地看着前方的路，不敢再有半点心思去听两人说话了。

而轿车后排，方才的始作俑者这会儿是看起来最无辜的那个。从楚向彬怀里爬起来，她茫然地转转脑袋。

“刚刚……为什么晃得这么厉害？地震了吗？”

楚向彬无奈地收回视线，看了她一眼：“地震也是你震出来的。”

“啊？”

“你明天清醒以后，可不要后悔得想自杀。”

“后悔？我为什么要后悔啊？”

“明天你就知道了。”

“哦……”

此后一路无话。

助理小心地把栾巧倾和楚向彬送到楚向彬住处的停车场里。

楚向彬的住处是电梯入户的，每栋楼对应的入户电梯在各自停车场的区域都有入口。下车之后，栾巧倾非常自来熟地跑进楚向彬那栋楼的电梯间里，楚向彬却没急着跟上去。

他回头看了一眼眼神有点瑟缩的助理，缓和了下语气开口道：“今晚辛苦你了，回去好好休息。我从下周一开始上班。”

“好、好的，我下周一准时来接您。”助理小心地应下。

楚向彬想了想：“今晚在车上，栾巧倾说过的事情……”

助理立刻接话：“楚部长您放心，我绝对、绝对不会说出去的！”

沉默一会儿后，楚向彬却笑了：“不，还是要麻烦你说出去的。”

“是，我肯定不会——啊？”助理呆滞地抬头，“说……说出去？”

楚向彬点头：“对，最好是下周一上班的时候，全公司所有人都知道她说过这样一句话。”楚向彬停顿了下，微笑，“我想这对于你们来说应该不难吧？”

助理半晌才终于回过神，他艰难地点点头，又挤出一个笑：“我明白了，楚部长。”

“辛苦了。”

“不……不辛苦……”

“那下周见。”

“好的，您慢走。”

新的一周，从令人崩溃的周一开始。

一上午，人事部部长办公室大门紧闭，栾巧倾把自己闷在办公室里，一步也没踏出去。

她实在没脸见人了，尤其是没脸见楚向彬。谁能想到，她明明是去找人家道歉的，结果把自己灌醉不说，竟然还当着人家助理的面，只差拿喇叭喊出那句“我知道你喜欢我”了。

如今全公司传得风风雨雨的，大家都在讨论到底是栾巧倾自作多情，还是那位楚霸王确有其意。

“叛投”风波刚有平息的迹象，栾巧倾又一举把人家送到了风口浪尖上。她一上午都在思考，这次自己是不是应该去投资发展部负荆请罪。

“啊——什么酒都敢喝什么话都敢说，栾巧倾你别是个傻子吧？！”

办公室里，被自己折磨得呈半疯状态的栾巧倾痛苦地揉起了自己的头发。

办公室的门突然被叩响：“栾部长，外面有——”

栾巧倾凶巴巴地扭过头：“我不是说了今天上午有特殊情况，下午再来汇报工作吗？”

“不是，是有人来见您。”

“谁啊？有预约吗？没有预约一律不见！”

门外犹豫了下，小心翼翼地说：“是今天来办理复职手续的楚部长。”

“……”

几十秒后，办公室的门从里面打开了。

栾巧倾表情严肃地站在门内。

“楚部长进来吧。”

楚向彬站在栾巧倾的助理身后，笑着问：“栾部长如果不方便的话，我下午再来也可以。”

“不不不，没关系，很方便。”栾巧倾承受不住外面人事部其他职员偷偷望过来观察两人的目光，她拼命给楚向彬使眼色，“楚部长请进吧。”

楚向彬走进办公室内。

栾巧倾下意识地想甩上门，把那些目光全部隔绝在外。

但经过她身旁的楚向彬似乎早有意料，压得极低的声音掠过栾巧倾的耳边：“你如果关门，那只会让他们觉得我们要做什么不能见人的事情。”

栾巧倾心道：有道理。

栾巧倾摸上门把手的手也没空抽回，她一用力，把房门拉开，一直敞到最大限度。

楚向彬瞥见，一丝有所图谋的笑意掠过他的眼眸。

栾巧倾浑然不知自己已经把最大的“恶狼”放进窝里了，转身回到办公室内。

刻意保持距离地和楚向彬聊了几句公事以后，栾巧倾小心地放低声音：“那个……上周六晚上的事情……实在对不住了啊。”

楚向彬不在意地笑笑：“没事。”

栾巧倾松了口气。

楚向彬又道：“反正你对不住我的事情，也不止这一件了。”

栾巧倾蓦地一噎。她很想张口反驳，但是一句话都说不上来，因为楚向彬说的确实是事实。

栾巧倾欲哭无泪地垂下脑袋：“楚部长，你说吧，有什么我能帮得上忙的，我一定做，一定补偿到你满意为止。”

楚向彬眼神微晃了下：“真的？”

“真的！千真万确！”

“那我确实有一个条件。”

“嗯？”

“很简单，以后在公司里，我发表过意见的事情，希望栾部长能无条件支持我。”

“呃……”

栾巧倾迟疑地顿住。

楚向彬笑了下：“你放心，不会影响到公司或者其他人的利益——在我或者别人征求你对我的某个说法的意见时，你只要说‘好，可以，没问题’。”

栾巧倾隐约觉得楚向彬在给自己挖坑，但是琢磨半天都没想出来坑到底在哪里。

楚向彬作势起身：“看来栾部长没什么诚意，那就算了吧。”说着他已经快走到门外了。

“别、别、别，别算了啊！”栾巧倾连忙追上去，“我答应就是了，以后我无条件站楚部长的队，只要你说好，我绝对不跟你唱反调。”

“说定了？”楚向彬背对着栾巧倾，嘴角微扬起来。

“一言为定！”栾巧倾咬字铿锵。

“好。”

楚向彬说完，走出栾巧倾的办公室。

栾巧倾长松了口气，心想这件事总算是解决了。然而不等她去关门，已经走到人事部办公区的楚向彬停下脚步：“啊，对了，栾部长，我忘了件事情。”

栾巧倾一僵。对着楚向彬那一脸笑容，她隐约有种不祥的预感。

楚向彬淡定道："上周六晚上我问你的那个问题，你考虑得怎么样了？"

栾巧倾笑容僵硬："什么问题？"

楚向彬站在人事部职员们的办公区中间，在所有人好奇的目光里，他淡定开口："你可以做我的女朋友吗？"

众人蒙住。

等人事部职员们回过神以后，大家都觉得大概下一秒他们的暴躁部长就要冲上去开撕了。

然而半天没等到动静，众人茫然望过去，只见栾巧倾涨红了脸蛋。

半晌，她盯着楚向彬脸上那狐狸似的笑容，咬牙切齿又忍不住羞恼地说："好，可以，没问题。"

"女朋友，"楚向彬笑着转身，"中午见。"

至此，楚向彬设计数年的"奸计"终于得逞。

第 46 章

—Y A O H E N—

番外中的小番外

一直到很久很久以后，栾巧倾才通过楚向彬家里的一张毕业照，发现楚向彬就是当年的文彬。

震惊过后，她不解地问楚向彬："你一开始为什么不告诉我？"

"告诉你？"楚向彬笑着反问，"告诉你，然后让你继续拍着我的肩膀喊我兄弟？"

"也……不至于吧。"栾巧倾自己说着就心虚了。

楚向彬说："而且，我已经不是以前的那个我了，所以既然你忘了，那我就不去提醒，就像现在，凭现在的自己和你在一起。"

"……"

栾巧倾坐在他怀里，抱着照片研究。看了一会儿后，她忍不住指着照片上那个有点阴郁的少年直乐："哈哈哈，鬼才信你的话呢。你其实是怕被我发现了会丢人吧？你看你以前，哈哈哈哈……多小一只啊。我记得那时候还给你穿过我的衣服呢，你当时从我家浴室里出来的时候看起来又白又瘦，小小一只的，还没我高呢，哈哈哈哈哈……"

笑着笑着，栾巧倾就有点笑不出来了，她隐约感觉被自己坐在怀里的某人的情绪开始接近危险临界值。

栾巧倾慢慢收住得意的笑，小心翼翼地僵着脖子扭回头："啊，呃……我其实没有别的意思……"

话没说完，栾巧倾惊叫一声。

眼前瞬间天翻地覆——她被突然从沙发上起身的男人直接拦腰扛到了肩上。

"又白又瘦小小一只？"楚向彬冷笑了声，往卧室走，"你这是在挑衅我吗？”

“啊啊啊——楚向彬，放我下来！”

“……”

“啊——我错了！你放我下来吧！”

“晚了。”

一声冷笑后，房门砰地合上。

第47章

—Y A O H E N—

番外　小珍珠

1

宋书和秦楼结婚两年，两人仍旧半点要孩子的意思都没有，这可急坏了秦梁老爷子。他知道自己去说只可能起反作用，再加上这两年和秦峙峥一家来往密切，秦老爷子便三番五次在做客的时候有意无意地提起要孩子的事情。

秦峙峥和梅静涵夫妻俩起初并不着急，架不住秦老爷子念叨，终于有点坐不住了。

秦楼和宋书再回家时，闲聊时，秦峙峥与梅静涵就开始时不时地把话题往要孩子上面拐。

但秦楼和宋书久经商场，都是打太极的高手，要么装傻充愣，要么轻描淡写一带而过，两位长辈总是迷迷瞪瞪地就被忽悠过去了。

谁也没想到，这件事的转机竟在栾巧倾身上。

那时候秦家父母实在已经无可奈何了——秦楼任性，宋书便宠着纵着他的任性，半点都不肯让他为难。眼见这件事情成了僵局，长辈们束手无策的时候，来秦家做客的栾巧倾拍了胸脯："这件事还不简单？交给我。"

她是和楚向彬一起来的。坐在旁边的楚向彬闻言，嘴角勾了勾，似笑非笑地看她："我怎么不知道你有这么大能耐？"

栾巧倾睨他："等着看吧，我这就叫你知道知道吧。"

楚向彬向栾巧倾做了一个"请"的手势，栾巧倾拿起手机，雄赳赳气昂昂地去了隔壁茶室。

2

包括楚向彬在内的所有人都没想到，这件事竟然真的是被栾巧倾说成的。甚至根本没用多长时间或者什么手段，栾巧倾只是打了一通短暂的电话。

一天后，秦楼亲自向两位长辈表态，同意生孩子。

秦屿峥和梅静涵夫妻两人都惊了，一早就好奇地打电话追问栾巧倾，却被栾巧倾含含糊糊地带过去。

栾巧倾这边挂断电话，眉宇间的小得意几乎藏不住。

楚向彬笑着问："你到底和秦楼那家伙说什么了，他竟然这么轻易就松了口？"

栾巧倾红着脸，过了半晌才哼哼了两声："其实也没什么。那人虽然性子执拗，但是死穴和软肋都再明显不过了，是秦家叔叔阿姨没搞清进攻方向。"

"那你是怎么说的？"

"我就说了一句话。"

"什么话？"

栾巧倾轻叹了声："我说：'婚礼上你的那些誓词说得太对了，可如果有一天你出了意外，你是要叫宋书一个人孤零零地活在这世上，还是真要她随你去死？'

"他最清楚那种生不如死的滋味，他不会希望我姐承受。"

楚向彬沉默半晌，无奈地笑："你还真是风格一贯，够狠心。"

"我哪有？我还狠心？"栾巧倾皱眉抬头，"而且我这是实话实说嘛。"

楚向彬点头："是实话，也是你最擅长还不自知的薄情。"

"什么？你说清楚！"

"……"

那天栾巧倾缠了楚向彬很久，都没能逼他讲清楚他说出这番话的缘由。

3

宋书的备孕和怀胎都非常顺利。她深知秦楼对自己的重视程度，所以一直在专业的护理团队的帮助下，尽可能以科学的方式杜绝一切风险。

这种顺利一直持续到临产。

秦老爷子得知孩子即将出生，兴高采烈地请来了国际顶尖的妇产科团队。经过一番产前检查，对方十分笃定地通过秦梁随身的翻译安抚着三位焦躁的长辈：“胎位非常好，生产也会非常顺利，基本不会有风险，三位可以放心。”

三位长辈都松了口气。

眼见着准备进产房了，看起来沉稳地坐在一旁的秦楼却突然起身上前。他走到那位医生面前，叽里咕噜地说了一串外语。

医生从R国来，三位长辈听不懂他们的交流，但表情他们能看懂——

他们看得很清楚，秦楼一句话说完，那位医生就呆在了原地。

过了好一会儿，医生才表情莫名地点了点头，转身进去了。

秦梁看向旁边同样呆住的翻译：“秦楼刚刚说的什么？”

翻译表情复杂：“秦先生说……保大，不用问，一定保大。”

三位长辈：“……”

4

秦楼和宋书的宝宝十分健康顺利地出生了。

唯一的意外是，这个因为出生前很安分而被全家当作小公主，甚至已经被宋书起了个“小珍珠”的小名的宝宝，是个男娃儿。

这就更让秦楼不爽了。

秦梁请来的专业团队把小珍珠照顾得很好，没几天就真像颗小珍珠似的变得白白胖胖。

小珍珠多数时间是在专业的护理团队那里，但每天也会被送到妈妈的疗养房来。

每到这个时候，宋书总会注意到，原本陪在自己身边嘘寒问暖小心翼翼的秦楼，第一时间就将注意力转移到孩子身上，带着点莫名的警惕。

小珍珠也是神奇，对着凶得能吓哭其他所有孩子的秦楼，偏偏总是咯咯咯地乐。

他越是乐，秦楼越是凶，看起来苦大仇深。

对这父子俩，宋书总是哭笑不得。

5

一眨眼，春夏秋冬过了一圈，就到了小珍珠的周岁宴。

家里只请了最亲近的一群人，每人给小珍珠带来了一件东西。这一天，在秦家老宅一楼的长桌上，堆满了各种物件，小珍珠被小心翼翼地抱到了桌边。

离得最近的是一个纯金的小算盘，小珍珠爬过去摸了摸，似乎嫌凉，嫌弃地收回了手。

他又往前爬了一段距离，在一套厚重的书前停住了——《古今数学思想》，一套四册，结结实实地摆在那儿。毋庸置疑，这是秦楼随手从他书房里那一堆能砸死人的书里拿来的。

小珍珠似乎对这玩意儿很感兴趣，可惜到底人小，坐在那儿手脚并用，只差拿牙啃了，还是没能把那套书抱起来。

秦楼站在旁边冷笑："没天分。"

宋书无奈地瞥他，栾巧倾嫌弃地撇嘴："你这不靠天分，得靠天生巨力。"

秦楼用拿儿子练了一年的眼刀一扫，栾巧倾立刻乖乖闭嘴了。

小珍珠转啊转地在桌上绕了一圈，终于停在了一个物件前。

犹豫几秒，他伸手一抓，把那个方方正正的东西拢到怀里，死死地抱紧，然后咯咯地咧开嘴笑起来。

秦楼脸色顿时一黑，扭头看众人："谁给他放上去的？"

所有人眼观鼻鼻观心，装傻充愣地看向一旁。

宋书有些惊异地望着小珍珠，过了好几秒才回过神，轻笑起来。

——小珍珠抱进怀里的不是别的，正是宋书送给秦楼作为结婚礼物的那个六阶魔方。